BASTEI
LÜBBE

P2090

JERRY COTTON

Tiger der Nacht

Blond, nackt und verloren

Drei Stunden bis zum Super-Gau

Drei Kriminalromane

BASTEI LÜBBE

BASTEI LÜBBE TASCHENBUCH
Band 31 936

Erste Auflage: Dezember 2001

Lektorat: Rainer Delfs
Titelbild: Linda Veras und Michael Le Royer
in ›Ball der Gangster‹, Columbia
(Die abgebildeten Schauspieler stehen in keinem Zusammenhang
mit den Romantiteln und dem Inhalt der Romane)
Umschlaggestaltung: QuadroGrafik, Bensberg
Satz: QuadroPrintService, Bensberg
Druck und Verarbeitung:
AIT, Trondheim, Norwegen
Printed in Norway

ISBN 3-404-31936-2

Sie finden uns im Internet unter
http://www.luebbe.de
oder
http://www.bastei.de

Der Preis dieses Bandes versteht sich einschließlich der gesetzlichen Mehrwertsteuer

Tiger der Nacht

Phil holte mich mit einem Tritt von den Beinen. Als ich dem regennassen grauen Asphalt entgegenstürzte, sah ich im Widerschein des Mündungsfeuers das bleiche, beinahe bis zur Unkenntlichkeit verzerrte Gesicht von Lefty Singel.

Er stand vielleicht zwanzig Schritte vor uns, etwas nach links versetzt, im Eingang eines Häuserblocks, der so baufällig aussah, dass ich Angst gehabt hätte, mich gegen die Fassade zu lehnen.

Einsturzgefahr! Jemand hatte vergessen, die Warntafel aufzustellen, oder die Bewohner hatten sie kassiert, um damit ihre armselige Behausung zu heizen, wenn in zwei Monaten die Kälte kam.

Ich drehte mich durch den Rinnstein aus dem trüben Lichtschein einer alten Peitschenlaterne heraus.

Mit der ersten Kugel hatte mich Lefty nur knapp verfehlt. Das nächste Projektil, das er zu mir herüberschickte, zog um mehr als einen Yard an mir vorbei, bevor es irgendwo gegen eine Hauswand klatschte.

Fluchend richtete ich mich auf. Ich kniff die Augen zusammen. Nachdem jedoch das Mündungsfeuer verglüht war, war auch von Lefty nichts mehr zu sehen.

»Er ist ins Haus geflüchtet!«, rief Phil, der mir mit dem Tritt gegen die Beine gerade das Leben gerettet hatte. Ohne diese Aktion, für die es auf dem Rasen unweigerlich die rote Karte gab, wäre in einigen Tagen ein G-man zu Grabe getragen worden.

»Okay«, sagte ich entschlossen und kniete mich auf den mit Unrat überzogenen Gehweg. Den 38er Special hielt ich in beiden Händen. Ich visierte den Eingang des Häuserblocks an, während Phil die Straßenseite wechselte, um in die Nähe des Eingangs zu gelangen.

Wenn Lefty auch nur seine schiefe Nase an die

frische Luft streckte, würde ich sie ihm abschießen. Eine zweite Chance, einen unterbezahlten G-man als lebende Zielscheibe zu benutzen, würde er nicht bekommen. Nicht, solange ich den 38er halten und den Abzug drücken konnte.

Phil erreichte den Eingang. Einige Sekunden lang blieb er regungslos stehen, dann hob er die Hand. Es war das Zeichen dafür, dass die Luft rein war.

Ich sprang auf und setzte meinem Freund nach.

Zwei Minuten später standen Phil und ich in der Eingangshalle. Hier unten war das Licht ausgefallen. Irgendwo im zweiten Stock brannte eine trübe Funzel. Ihr Licht reichte gerade aus, um sich auf dem Weg zur Treppe nicht den Hals zu brechen.

Lauschend blieben wir stehen.

Lefty war nirgends zu sehen. Aber er musste doch zu hören sein. So würde er Phil und mir schließlich verraten, wo wir nach ihm suchen mussten. Abgesehen vom Schnarchen eines Mieters, das bis in die Halle hinunterhallte, war nichts zu hören.

Aber Lefty war irgendwo. Ich war damit beschäftigt gewesen, mein Leben in Sicherheit zu bringen, als Phil ihn ins Haus hatte verschwinden sehen.

Nur einige Sekunden verstrichen, dann hörten wir ihn.

Er war bis in den zweiten Stock hinaufgekommen. Dann hatte er uns gehört und versucht, sich still zu verhalten.

Aber das war unmöglich bei einem Mann, der unter Strom stand. Heroin macht unruhig, setzt den Bewegungtrieb in Gang, und man kann sich nicht dagegen wehren. Dass er unter Strom stand, darauf deutete schon der Umstand hin, dass er auf uns geschossen hatte.

Lefty Singel war zwar durch alle Niederungen des Lebens gegangen, durch manche möglicherweise auch zweimal, aber er war kein Killer. Mehr eine feige Ratte, die sich eher auf der Flucht die Hacken schief lief, als sich einer Auseinandersetzung zu stellen.

Zuerst war nur das Knarren der ausgetretenen Treppenstufen zu hören. Dann die eiligen Schritte, mit denen er seine Flucht nach oben fortsetzte.

Phil stand der Treppe am nächsten und machte sich als Erster auf den Weg. Und als Leftys Schritte verklangen, blieb auch Phil sofort stehen. Ich prallte gegen ihn und brachte ihn ins Straucheln. Irgendwie gelang es ihm, auf den Beinen zu bleiben.

Dann feuerte Lefty die nächste Kugel ab. Er zielte einfach ins Treppenhaus hinein. Blind und in der Hoffnung, sich uns so vom Hals halten zu können.

Das war ein weiteres Indiz dafür, dass er vor kurzem noch an der Nadel gehangen hatte. Normalerweise hätte er wissen müssen, dass er uns durch die verdammte Schießerei nur noch wilder auf ihn machte.

Die Kugel verirrte sich im Zickzack des Treppenschachtes und fand ihr Bestimmungsziel schließlich in irgendeiner Stufe.

Ein einziger Blick von Phil sprach Bände. Unmissverständlich drückte er damit aus, dass wir Lefty vergessen konnten, weil wir ihn nicht lebend schnappten. Tot nutzte er uns nichts. Da war er nur ein Dealer weniger in der Szene, in der der Nachwuchs Schlange stand und auf seine Chance wartete. Um Leftys Stellung würden sich zehn andere balgen.

»Ruhe!«, schrie jemand aus irgendeiner Wohnung. »Anständige Menschen brauchen ihren Schlaf, damit sie am nächsten Morgen wieder ausgeruht, munter und frisch für die Not leidende Nation arbeiten können!«

Recht hatte er, obgleich ich nicht daran glaubte, dass er schon geschlafen hatte. Keiner, der aus dem Schlaf gerissen wurde, hielt aus dem Stegreif eine solche Rede.

»Ruhe ...«

»Schnauze, Mann!«

Letzteres war zweifelsohne Lefty Singel. Das verdammte Zeug, das durch seine Blutbahn kreiste und etwas in seinem Gehirn durcheinander gebracht hatte, ließ ihn aggressiv werden.

Leftys Stimme hallte noch als dumpfes Echo durch das hohe Treppenhaus, als ein krachendes Geräusch folgte.

»Der hat gerade eine Tür aufgebrochen«, stellte Phil sachlich und leise fest.

Genauso war es. Sekunden später schrie eine Frau.

Der Schweiß schoss mir aus allen Poren. Und da waren verdammt viele, denn augenblicklich klebte mir das Oberhemd auf der Haut.

Es war zwar unsere Pflicht, aber gleichzeitig auch ein verdammter Fehler gewesen, Lefty durch die halbe Stadt in die Mulberry Street zu hetzen und nun in die Wohnung einer Frau zu treiben. Aber niemand konnte Unheil voraussehen, auch ein G-man nicht.

Jetzt war das Schlimmste eingetreten: Lefty war nicht mehr allein. Er hatte sich eine Geisel genommen.

In seinem Zustand konnte das fatale Folgen haben. Wenn er ausrastete, sich auch nur bedroht fühlte, erschoss er die Frau und wahrscheinlich auch sich selbst.

Der nächste Schrei der Frau klang etwas erstickt. Es hörte sich an, als halte Lefty ihr den Mund zu.

Phil und ich hetzten höher. Es war die zweite Wohnung auf der linken Gangseite. Also Straßenseite, extra kostspielig wegen der Aussicht auf die schmutzigste Meile von New York City, wie man die Mulberry an dieser Stelle wirklich nicht zu Unrecht nannte. Die Tür hing schief in den Angeln und ließ sich nicht mehr schließen, weil das Schloss aus der Halterung getreten worden war.

Phil und ich blieben am Gangknick stehen.

»He, ihr verdammten Bullen!«, schrie Lefty. »Verdammt, ich weiß genau, dass ihr dort draußen seid.

Vielleicht will sich einer von euch einen Orden verdienen. Kommt rein!«

Er lachte schrill und hektisch.

»Die Sache hat nur einen Haken, Bullen. Der Orden wird postum verliehen und mit in den Sarg gelegt!«

Die Frau schrie erneut, dann brach der Schrei abrupt ab.

»Und so ganz nebenbei fällt die Tante, die hier bei mir ist, ebenfalls mit in die Gruft, ihr Helden!«

Erneut schloss sich sein hohes, beinahe schrilles Lachen an.

Phil und ich wechselten einen schnellen Blick.

»He, Bullen! Warum seid ihr so still?«

»Unterhalte dich mit ihm«, flüsterte ich Phil zu. »Die Wohnung liegt zur Mulberry-Seite. In genau drei Minuten versuchst du, ihn etwas abzulenken.«

Phil und ich schauten gleichzeitig zur Uhr. Dann drehte ich mich um und rannte, so leise es eben ging, wieder nach unten.

»Ich kann dich gut verstehen, Lefty!«, schrie Phil. »Was verlangst du? Eine Million und einen Jumbo-Jet?«

Dann hörte ich nichts mehr. Die Tür schlug hinter mir zu. Ich stand auf der Mulberry und genau in dieser Sekunde begann es, wie aus Kübeln zu schütten.

Die Feuerleiter war ein rostiges Zickzack. Wahrscheinlich hielt dieses Stahlgerippe den Bau mit der rissigen Fassade noch zusammen. Mein Blick huschte nach oben. Ich zählte die Fenster. Eines von denen, hinter dem noch Licht brannte, befand sich im dritten Stock. Es gehörte zweifelsohne zu der Wohnung, in der sich Lefty mit einer Frau als Geisel verschanzte.

Ob das Glück im Unglück war, musste sich erst noch herausstellen.

Morgan, Jones und Daniels saßen zwar an einem Tisch, aber der Zigarettenrauch waberte dicht wie Londoner Nebel durch das Zimmer, sodass der eine vom anderen kaum mehr als einen Schatten erkennen konnte.

Der Regen trommelte gegen die beschlagene Scheibe. Der Rahmen war so undicht, dass der Wind die Gardinen blähte wie einen Ballon.

»Die North-Western-Filiale?«, fragte Alan Morgan und zog die Oberlippe hoch. So wie Bogart es in schwierigen Situationen immer getan hatte. Morgan hatte jeden Bogartfilm gesehen, kannte jeden seiner starken Sprüche, konnte reden und sich bewegen wie Bogart. Nur sah er nicht so aus. Schon eher wie ein zerbeulter Mülleimer. Zudem war er klein und gedrungen und hatte gelbliche Augen, über denen die Brauen zusammengewachsen waren.

»Die North-Western-Filiale«, wiederholte Jack Jones, der lang aufgeschossen war. Ein Strich in der Landschaft, mehr war er nicht. Wenn er in der Dunkelheit irgendwo regungslos herumstand, konnte man ihn leicht mit einem Laternenmast verwechseln.

»Und woher weißt du es?«, wollte Brian Daniels wissen. Daniels war ein Allerweltstyp. Ohne seine dünnen roten Haare, durch die an manchen Stellen die Kopfhaut schimmerte, wäre er in der Masse untergegangen.

»Wenn ich sage, die Filiale ist löchrig wie ein Schweizer Käse, dann kannst du es mir glauben«, verteidigte sich Jones. »Ich habe meine Informanten.«

Morgan und Daniels nickten. Nicht gerade begeistert zustimmend, aber doch leidlich interessiert.

»Da gehen wir rein wie das Messer in die Butter, kassieren schnell und verschwinden wieder!«

»Wenn man dich reden hört, könnte man meinen, du würdest solche Dinger am laufenden Band erledigen«, knurrte der Reserve-Bogart Alan Morgan.

»Wir drehen das Ding am Freitag«, fuhr Jack Jones

fort. »Jedenfalls ich! Mit euch oder mit anderen Partnern. Es ist die einmalige Chance.«

»Das soll eine einmalige Chance sein?«, fragte Daniels.

»Es springen fünfzig Riesen heraus, mindestens«, sagte Jones.

»Das reicht gerade für ein Wochenende in Palm Beach. Aber dann darfst du auch keine anspruchsvolle Puppe mitnehmen!«

Alan Morgan fand den Satz gut. Er grinste und überlegte sich, ob Bogart in einer ähnlichen Situation wohl das Gleiche gesagt hätte.

»Für die Beute holen wir Stoff beim Griechen und verkaufen ihn mit Gewinn weiter. Vielleicht springen hundert Riesen dabei raus.«

Morgan grinste nicht mehr. Hundert Riesen, das war für ihn eine unvorstellbare Summe. Auch der rothaarige Daniels war still und andächtig geworden. Mit einhunderttausend Dollar ließ sich schon einige Zeit auf der Sonnenseite leben.

»Das alles ist doch nicht auf deinem eigenen Mist gewachsen?«, fiel Daniels in diesem Moment ein.

Jack Jones neigte seine lange, dünne Gestalt weiter über den runden Tisch, auf dessen Platte die Brandlöcher wie Pockennarben aussahen. Langsam schüttelte er den Kopf.

Es war sinnlos, den beiden Kumpanen etwas vormachen zu wollen.

»Lefty Singels Idee«, sagte Jones also. »Oder glaubst du, dass der Grieche an einen von uns auch nur ein Gramm Schnee verkaufen würde, he?«

Jones wartete sehr effektvoll ab.

»Lefty hat den Lieferanten und wir besorgen die Kohle, mit der er kaufen kann.«

Daniels nickte nachdenklich.

»Da ist was dran«, sagte er. »Und Lefty hat schließlich auch noch die Kunden, an die er den Schnee durchschieben kann. Lass uns das alles noch einmal in Ruhe auf die Reihe setzen!«

Durch den strömenden Regen waren die Stufen der rostigen Feuerleiter glatt und schmierig geworden. Für mich gab es keinen Grund zur Eile. Von den drei Minuten, die ich mit Phil abgesprochen hatte, war noch nicht einmal die Hälfte verstrichen.

Aber ich beeilte mich dennoch.

Auf dem Podest im zweiten Stock rutschte ich aus. Geistesgegenwärtig klammerte ich mich ans Geländer und blieb auf den Beinen. Dennoch knallte ich mit dem Schienbein gegen die unterste Stufe der nächsten Treppe.

Schmerz zuckte durch meinen Körper. So heftig, dass sich mir die Nackenhaare aufstellten. Am liebsten hätte ich mich in den Regen gesetzt und darauf gewartet, dass sich der verdammte Schmerz verflüchtigte. Aber so viel Zeit blieb mir nun auch wieder nicht.

Ich humpelte weiter nach oben, bis mich der Lichtschein aus dem Zimmer einfing. Ich duckte mich. Das Fenster war geschlossen, aber die armseligen Gardinen standen ein Stück offen.

Ich sah Lefty, der einen soliden 38er in der Faust hielt, und die Frau, auf die er zielte. Sie war blond, dreißig vielleicht, und sie trug nur einen schwarzen Slip. Ihr Körper war fest, die Rundungen ausgeprägt fraulich.

Aber dafür hatte Lefty bislang wohl keinen Blick gehabt. Er redete zur Tür hin, unterhielt sich mit Phil. Verstehen konnte ich nichts. Der Regen prasselte auf mich nieder, trommelte gegen die Scheibe und die dicken Tropfen schlugen mit einem klirrenden Geräusch auf die Eisenplattform der Feuerleiter.

Ich richtete mich etwas weiter auf. Irgendwie hatte ich auf ein Wunder gehofft. Darauf, dass eines der

Fenster offen stand, vielleicht nur angelehnt war und ich so leicht in die Wohnung eindringen konnte. Das Wunder geschah nicht. Nun blieb mir kaum etwas anderes übrig, als mit dem Fenster ins Haus zu fallen.

Schießen durfte ich nur im äußersten Notfall. Wir brauchten ihn lebend. Jeder abgefeuerte Schuss, auch wenn ich noch so gut zielte, konnte tödlich sein, falls sich Lefty im falschen Moment bewegte und der Kugel damit ein anderes Ziel gab.

Ich rieb mir den Regen aus dem Gesicht, als sich die Blondine zurückbewegte und Lefty sich zum ersten Mal umdrehte.

Seine dunklen, glänzenden Augen standen im krassen Gegensatz zu seinem grauen, eingefallenen Gesicht. Er schielte etwas. Das hatte ich immer gewusst, aber erst in diesem Moment fiel es mir wirklich auf.

Mit dem 38er dirigierte er die Blondine weiter ins Zimmer hinein. Damit kam sie immer dichter an das Fenster heran.

Dann drehte sich Lefty wieder herum. Er feuerte einen Schuss in den Hausgang, um Eindruck auf die Bullen dort draußen zu machen. Nach dem Schuss lachte er wie irr.

Erschrocken wich die Blondine noch weiter zurück. Sie weinte. Tränen rannen über ihr gutmütiges, schönes Gesicht und ihre runden Schultern zuckten.

Es war ihr anzusehen, dass sie nicht mehr lange durchhielt. Sie wohnte zwar in einer schlimmen Gegend, aber mit einem solchen Zwischenfall hatte sie nicht einmal im Traum gerechnet. So etwas sah man auf dem Bildschirm oder es passierte anderen Leuten.

Lefty reagierte nervös. Er brüllte sie an. Sein Zeigefinger war gefährlich um den Abzug gekrümmt. Noch einige Gramm mehr Druck auf den Abzug, dann ging die Kanone los.

Ich schaute zur Uhr. Eine Ewigkeit schien verstrichen. In Wirklichkeit jedoch brach erst in fünfzehn Sekunden die dritte Minute an, die ich mit Phil abgesprochen hatte.

Während Leftys Blick zur Tür ruckte, schaute die Blondine zum Fenster. Gedankenschnell erhob ich mich, dass sie wenigstens meinen Schatten sehen musste. Falls der Zwischenfall sie nicht völlig aus der Bahn geworfen und ihren gesunden Menschenverstand blockiert hatte, musste sie wissen, dass der Schatten zu jemandem gehörte, der ihr helfen wollte.

So schnell, wie ich mich erhoben hatte, duckte ich mich wieder. Ich wich bis ans Ende der Plattform zurück. Nun konnte ich nicht mehr sehen, was drinnen passierte, aber ich hörte die Schüsse.

Den ersten feuerte Lefty ab. Die nächsten beiden schickte Phil einfach in den Hausgang, wo sie keinem gefährlich werden konnten.

In derselben Sekunde rannte ich los. Ich hatte gerade zwei Yards Anlauf, in den ich alle Kraft legte. Von der Plattform hob ich ab und durchbrach mit der linken Schulter das geschlossene Fenster.

Es war alles eine Sache von Sekundenbruchteilen.

Die Blondine war noch dichter an das Fenster herangekommen und ich erreichte sie mit Leichtigkeit. Zusammen mit der Frau ging ich zu Boden, als Lefty reagierte. Er schoss aus der Drehung, wie einst John Wayne. Der hatte sein Ziel niemals verfehlt, aber der hatte sich auch nicht mit Heroin voll gepumpt wie Lefty Singel. Die Kugel traf den Mittelbalken des Fensterrahmens. Ein Prachttreffer, aber in diesem Fall brotlose Kunst, denn die Kugel hatte mich erwischen sollen. Die Blondine reagierte instinktiv richtig. Sie suchte den Schutz meines Körpers, mit dem ich sie bedeckte.

»Genug für heute, Lefty!«

Phil sprang in die Wohnung. Das stand in keinem Lehrbuch für angehende FBI-Agenten, denn es kam einem Selbstmord gleich. Und auf der Akademie lehrte man die Jungs, dass sie ihr Leben nie leichtfertig aufs Spiel setzen sollten. Auch dann nicht, wenn es darum ging, das Leben eines anderen, in diesem Fall das der Blondine, zu retten.

Trotz des Heroins reagierte Lefty völlig normal. Er erkannte die Gefahr hinter sich und wirbelte herum. Phil war schon auf Tauchstation gegangen.

Lefty drückte ab. Es klickte nur.

Weder Phil noch ich hatten damit rechnen können, dass er die verschossene Munition nicht nachgeladen hatte.

Phil und ich sprangen gleichzeitig auf und hatten den Dealer genau zwischen den Läufen unserer Dienstwaffen.

»Such dir aus, von wem du am liebsten erschossen werden willst, Lefty«, sagte ich.

Er drehte sich wieder zu mir herum. Das Glitzern in seinen Augen blieb, aber seine schmalen Schultern sackten resignierend nach vorn.

Schauspielerei, das war mir sofort klar. Wenn man sich so lange wie Lefty in der Szene behauptet hatte, dann gab man ein Spiel nicht so leicht verloren. Vor allen Dingen konnte er davon ausgehen, dass FBI-Agenten einen wehrlosen Mann nicht einfach über den Haufen schossen.

Er rannte in meine Richtung, schlug einen Haken nach rechts und versuchte, durch das zertrümmerte Fenster zu entkommen.

Ich warf mich in seine Laufrichtung und prallte mit ihm zusammen. Wir stürzten. Geschmeidig wie eine Katze kam er wieder auf die Beine und startete einen zweiten Versuch.

Mit einer wilden Bewegung schlug ich zu. Der Lauf meiner Waffe traf sein rechtes Bein. Er wurde aus der Bahn geschleudert. Halt suchend ruderte er mit den Armen in der Luft, bevor er wieder stürzte.

Es war das endgültige Aus für den Dealer, der uns das Leben in den letzten Minuten so schwer gemacht hatte. Als er wieder aufstehen wollte, traf Phils Fuß seinen Kopf und schickte ihn bewusstlos zu Boden zurück.

Die Blondine hatte von alldem nichts gesehen. Sie lag lang ausgestreckt auf dem flauschigen Teppich und hielt ihr Gesicht in die Armbeuge gepresst. Vogel-Strauß-Taktik. Was man nicht sah, konnte einem auch nicht gefährlich werden.

»Okay, Lady«, sagte ich rau. »Okay.«

Sie hob das Gesicht aus der Armbeuge und schaute sich zuerst verwundert um. Irgendwie schien sie noch immer nicht zu begreifen, dass sie es überlebt hatte. Dann richtete sie sich zögernd in die Hocke auf und stand wenig später wieder auf den Beinen. Sie kam auf mich zu. So langsam und lauernd, dass ich eigentlich hätte misstrauisch werden müssen.

»Seid ihr Cops?«, fragte sie mit atemloser Stimme.

»FBI«, sagte ich.

Ihre Hand kam mir so schnell entgegengeflogen, dass ich mich nicht mehr ducken konnte. Sie traf mein Gesicht. Den Schmerz spürte ich tiefer, irgendwo in meiner Brust.

»Danke«, sagte sie mit zitternder Stimme. »Aber wozu eigentlich danke? Ihr habt mich doch in diese Situation gebracht, also war es eure verdammte Pflicht, mich herauszuholen. Und wenn …«

Ein heiseres Schluchzen zerriss ihre Stimme. Ich hielt sie fest, als sie an mir vorbeiwollte. Sie lehnte sich an mich. Ich streichelte beruhigend ihre Haare und ihre Schultern.

Es dauerte beinahe eine Minute, dann hatte sie sich wieder beruhigt. Mit tränenumflortem Blick schaute sie mich an. Als sie etwas sagen wollte, schüttelte ich den Kopf

»Sie haben vollkommen Recht«, sagte ich. »Wir hatten Sie in diese Situation gebracht und es war unsere verdammte Pflicht ...«

Sie klammerte sich an mich und küsste mich. Nicht wie eine Mutter ihr Kind. Ihre nackten Brüste drängten gegen mein nasses Hemd.

»Danke«, sagte sie schließlich, als sie sich von mir löste und zurücktrat.

Phil stand da wie jemand, der zu kurz gekommen war. Vielleicht war er das ja auch. Aber ich konnte die Lady schließlich nicht darum bitten, ihren Dank in gleicher Art und Weise dem zweiten Retter zu zollen.

Die Blondine verließ das Zimmer und ging ins Bad.

Rechts an der Wand hing ein Spiegel. Phil schaute eine ganze Weile schweigend hinein. Dann drehte er sich um und musterte mich kritisch.

»Was hast du, was ich nicht habe?«, fragte er.

»Gib dir keine Mühe«, sagte ich. »Es ist die väterliche Ausstrahlung. Entweder du hast sie oder du hast sie nicht!«

»Du hast Ärger, Stavros«, sagte der Mann am Telefon. »Verdammten Ärger, der uns ganz und gar nicht gefällt!«

Stavros Papadretow streckte der kleinen, zierlichen Eurasierin den rechten Fuß hin. Sie zog ihm den hochhackigen Stiefel aus.

»Komisch, dass ich nichts davon weiß«, sagte Papadretow dann in die Muschel. »Vielleicht kannst du mich schlauer machen.«

Am anderen Ende der Leitung erklang ein wüster Fluch.

»Also?«, fragte Stavros Papadretow ruhig, während das Mädchen ihm den anderen Stiefel auszog und aufstand.

Der große Mann war kahlköpfig. Dafür hatte er einen tiefschwarzen Schnauzbart, der beinahe schon bedrohliche Ausmaße angenommen hatte. Er schaute der kleinen Eurasierin nach.

Von hinten war sie nackt. Sie trug einen jener Slips, die vorn aus einem winzigen Flecken Stoff bestehen und ansonsten nur aus einem schmalem Gummiband, das auch zwischen den Backen des kleinsten Hinterns verschwindet.

Stavros, der Grieche, hatte eine Vorliebe für zarte, kleine Frauen mit knabenhafter Figur.

»Die Narcotic Squad läuft Amok, weil drei Jugendliche durch schlechten Stoff umgekommen sind!«, sagte der Anrufer.

Stavros Papadretow lachte kehlig. »Über acht Millionen Einwohner«, sagte er dann lakonisch. »Tausende von Dealern und Zehntausende Pusher. Warum, verdammt, sollen die wegen drei toter Kerle Amok laufen? In New York gibt es jeden Tag eine Handvoll Idioten, die sich den goldenen Schuss setzen.«

Die Eurasierin drehte sich zu ihm um. Aus kleinen, mandelförmigen Augen schaute sie den hünenhaften Glatzkopf mit dem gewaltigen Schnauzbart an. Sie zündete eine Zigarette an und gab sie dem Griechen.

»Okay«, sagte Stavros Papadretow, »Geh ins Bad. Vergiss nicht, eine ganze Flasche Parfüm ins Wasser zu kippen. Ich mag den Geruch der Puffs von Hongkong.«

Die Kleine nickte. Sekunden später war sie verschwunden.

»Also«, wiederholte der Grieche. »Wenn dir jemand gesagt hat, ich hätte Ärger, dann hat er dich angelogen. Und wenn das Kartell wegen des angeblichen Ärgers nicht mehr an mich liefern will, dann tun es die Chinesen.«

»Du lebst gefährlich, Grieche!«

Stavros lachte dröhnend. »Sicher«, sagte er dann. »Es gibt eine Menge Menschen, die mich hassen. Ich habe mich darauf eingestellt und mich mit genügend

Männern umgeben, die mich beschützen. Und wenn es mich dennoch erwischt, werden die Bullen Material genug finden, das sie auf die Spur meines Killers bringt.«

»Ist das vielleicht eine Warnung, Stavros?«

»Ja«, antwortete der Grieche. »Geschäfte macht man am Schreibtisch oder in einer Bar, aber nicht mit Gewalt, mit Drohungen und Waffen. Wenn euch etwas nicht gefällt, dann sagt es geradeheraus.«

»Man sagt, der schlechte Stoff kommt von dir!«

»Unsinn. Ich verkaufe, was ihr mir liefert. Er könnte also nur von euch kommen und das halte ich für unmöglich. Wenn der Stoff dennoch schlecht und tödlich ist, dann hat ein kleiner Dealer ihn mit zu viel Zyankali oder anderem Scheiß gestreckt. Und das ist nun wirklich nicht mein Problem.«

»Du stehst auf der schwarzen Liste der Narcotic Squad obenan, Stavros.«

»Das ehrt mich nicht und das beunruhigt mich auch nicht. Bislang haben die Rauschgiftbullen immer ins Leere gegriffen, wenn sie mal auf mich losgegangen sind. So wird es bleiben!«

»Zwei der Toten kommen nicht aus New York. Der Fall ist zur FBI-Sache geworden.«

»Mit den G-men werde ich auch klarkommen. Sonst noch was?«

»Du solltest es nur wissen.«

»Okay, du hast es mir gesagt, Mann. Ich erwarte eine Absage oder die nächste Lieferung pünktlich zu den abgesprochenen Konditionen. Ware gegen cash.«

»Palotti verlangt, dass du Unregelmäßigkeiten sofort an uns durchgibst, Stavros.«

»Sicher!«

»Und du sollst die Augen und Ohren offen halten. Der Kerl, der den schlechten Stoff auf den Markt bringt, gehört aus dem Verkehr gezogen.«

»Okay.«

»Das war alles.«

Es klickte.

Wütend schmetterte der wuchtige Grieche den Hörer auf die Gabel zurück. Nebenan rauschte das Badewasser. Der Duft von Givenchy III durchzog die Penthousewohnung und kitzelte Stavros in der Nase. Er konnte sich bildlich vorstellen, wie sich die kleine Eurasierin mit dem knabenhaften Körper in der übergroßen Wanne streckte und die sanften Schwin-gungen des Whirlpools genoss.

»Parker!«

Hank Parker kam herein. Er war mittelgroß und schlank. Er trug einen korrekten Anzug, ein sauberes Hemd und Krawatte. Stavros hatte seinen Mitarbeiter und Stellvertreter noch nie anders als korrekt gekleidet gesehen. Nicht einmal die Hacken seiner schwarzen glänzenden Schuhe waren schief gelaufen.

»Palotti wird nervös wegen des Stoffs!«

Parker zuckte mit den schmalen Schultern, die durch die Wattierung des Jacketts breiter wirkten, als sie es in Wirklichkeit waren.

»Soll ich das Zeug vernichten lassen?«

»Wie viel ist es?«

»Für mehr als zweihundert Riesen!«

Stavros Papadretow zuckte zusammen. Zweihunderttausend Dollar waren schon was. Als Sohn eines Bauern – er hatte in den kahlen Bergen Kretas selbst noch Ziegen gehütet – war er in Armut aufgewachsen und zur Sparsamkeit erzogen worden. Das steckte selbst heute noch in ihm.

»Welches Labor hat den Dreck verschnitten?«

»Das im der East 11th, in East Village.«

»Joe Carnington?«

Parker nickte.

»Lös alles in Luft auf, Parker. Mit Mann und Maus. Solche Fehler können uns das Genick brechen. Carnington mag ein guter Mann sein, aber wer einmal einen Fehler macht, begeht auch den nächsten. Verstanden?«

Parker nickte erneut. Er war wortkarg. Eigentlich hatte Stavros etwas gegen solche knochentrockenen Typen, mit denen man nicht saufen und nicht lachen konnte. Aber er konnte sich keinen besseren Mann als Parker wünschen. Also fand er sich damit ab, dass man mit Parker nicht saufen und lachen konnte.

»Hast du eine Idee, wem wir den schlechten Stoff und damit den Schwarzen Peter unterschieben können?«

»Lefty Singel«, sagte Parker, ohne nachzudenken.

Papadretow zwirbelte überlegend seinen Schnauzbart. »Der ist nicht gut für zweihunderttausend Dollar«, sagte er dann.

»Noch nicht«, stimmte Parker zu. »Aber bald vielleicht doch!«

»Wie das?«

»Lefty und einige andere planen ein Ding. Dann sind sie flüssig.«

»Was für andere?«

»Kleine Fische, die davon träumen, groß zu werden. Sie kaufen, wir geben den Cops einen Tipp und man schnappt sie anschließend mit dem schlechten Stoff. Dann ist das Problem aus der Welt. Wir haben Geld für den schlechten Stoff bekommen, die Bullen bekommen den tödlichen Stoff und einige miese Typen dazu, die nicht einmal wissen, woher sie das Zeug bezogen haben. Damit wäre allen gedient.«

Stavros schaute sein Gegenüber erstaunt an. »Das war die längste Rede, die du jemals gehalten hast, Parker«, sagte er staunend. »Du wirst doch nicht den Job wechseln und Politiker werden wollen?«

»Dazu bin ich nicht korrupt genug!«

Stavros Papadretow lachte brüllend und schlug sich vor Begeisterung auf die Schenkel. »Das ist gut«, sagte er schließlich prustend. »Das muss ich mir merken!

Erledige das Labor und mach das Geschäft mit Lefty Singel rund. Die Sache hat nur einen kleinen Haken: Lefty!«

»Wenn alles gelaufen ist, wird man ihn aus dem East River fischen. Stumm wie ein Fisch!«

Stavros drückte die Zigarette aus. Parker war kalt wie die Antarktis. Er fällte Entschlüsse über Leben und Tod und führte sie dann auch professionell sachlich aus. Alles, was er sagte, war überlegt und hatte Hand und Fuß. Stavros Papadretow hatte noch nie erlebt, dass Parker sich hatte korrigieren müssen.

Und Papadretow wusste, dass Parker auch für ihn gefährlich wurde, wenn er dem Kerl eines Tages einen Grund gab, ihn zu hassen. Dann nämlich würde Parker mit der gleichen kühlen Sachlichkeit sein, Papadretows, Ende planen …

»Etwas dagegen?«, fragte Hank Parker, der sich jetzt ebenfalls eine Zigarette nahm.

Papadretow schüttelte den Kopf. »Dein Job, Parker«, sagte er. »Sobald das gelaufen ist, gehört die Hälfte des kassierten Geldes dir!«

Parkers Brauen huschten erstaunt in die Höhe. »Warum die Großzügigkeit?«, fragte er.

Papadretow zuckte mit den mächtigen Schultern. »So bin ich nun einmal, Parker«, sagte er. »Entweder ich mag einen Menschen, dann beschenke ich ihn, oder ich mag ihn nicht, dann kann er meinetwegen in der Gosse krepieren. Dich mag ich. Ich habe mich immer auf dich verlassen können. Und ich bin in guter Stimmung.«

Papadretow deutete mit einem Fingerzeig zur Badezimmertür.

»Da in der Wanne schwimmt ein kleiner, köstlicher Fisch, den ich gleich angeln werde.«

Parker grinste. »Danke, Stavros«, sagte er.

»Keinen Dank, Taten!«

»Okay!«

Papadretow wartete, bis Parker den Salon verlassen hatte.

Nachdenklich schaute er auf die Tür, die hinter Parker ins Schloss gefallen war.

Bevor schlimme Gedanken in ihm aufkommen konnten, hörte er das Plätschern aus dem Bad. Der Fisch schwamm, der Fisch genoss das aufgewirbelte Wasser und der Fisch wartete auf ihn, um sich aus dem Wasser ziehen zu lassen.

Zeerookah, mein indianischer Kollege, umrundete den Stuhl, auf dem Lefty saß, wie weiland seine roten Vorfahren den Marterpfahl.

Dann blieb er dicht vor Lefty stehen und warf einen besorgten Blick in dessen graues, eingefallenes Gesicht. »Ich sehe schon richtig vor mir, wie du auf dem heißen Stuhl sitzt und dir der Rauch aus Ohren und Nasenlöchern quillt!«

Lefty zuckte mit dem linken Auge. Mit dem anderen schielte er zu Phil und mir. Irgendwie schien er zu erwarten, dass wir dem Indianer widersprachen und ihm, Lefty, die frohe Botschaft verkündeten, dass ihm eigentlich gar nichts passieren konnte. Zum Beispiel, dass er wegen des Heroingebrauchs vor der Tat unzurechnungsfähig war.

Vielleicht traf das auch zu, vielleicht hatte er Glück damit. Das kam ganz darauf an, ob er einem gut oder übel gelaunten Mediziner in die Hände fiel.

Phil und ich schwiegen.

»Hast du schon mal gesehen, wie jemand auf dem Stuhl vom Leben zum Tod gebracht worden ist?«, fragte Zeery.

Möglicherweise ging er etwas zu weit, aber der Zweck heiligte auch hier die Mittel. Und je schneller Lefty weich wurde, umso größer war unsere Chance, Menschenleben zu retten.

Leftys Augen wurden immer runder, sein Schielen fiel immer mehr auf. Er zitterte.

Phil gab ihm eine Zigarette. Schweigend, obgleich Leftys Blick ihn darum anflehte, Zeery einen Lügner zu nennen.

Lefty Singel rauchte einen Zug. Der Rauschzustand, in den ihn das Heroin versetzt hatte, war lange verflogen. Langsam aber sicher wurde auch Lefty Singel bewusst, dass er verdammt tief in der Tinte steckte. Aber an den elektrischen Stuhl hatte er, bis zu dem Moment, als Zeery darüber zu reden begonnen hatte, nicht einen Moment gedacht.

»Hast du schon mal gesehen …?«

»Verdammt, nein!«

»Ich meine, vielleicht im Film«, sagte Zeery. »Da sieht das richtig harmlos aus!«

»Kann mir niemand diese Rothaut vom Hals halten?«, keuchte Lefty. »Ich dachte, General Custer hätte die damals am Little Bighorn allesamt ausgerottet.«

»Das wirfst du durcheinander«, sagte Zeery. »Damals haben meine roten Brüder deine weißen Vorfahren das Fürchten gelehrt. Mein Opa war selbst dabei.«

Lefty ließ die gerade angerauchte Zigarette fallen und stellte den Absatz darauf.

»Dreifacher Mord, Geiselnahme und Mordversuch an G-men«, zählte Zeery an den Fingern auf. »Das reicht für zweimal Stuhl!«

Lefty starrte ihn an wie ein unbekanntes Wesen von einem anderen Stern. »Zweimal?«, fragte er atemlos. »Wie, verdammt …?«

»Zweimal ist für den Fall, dass beim ersten Versuch der Strom ausfällt!«

Obgleich die Sache wirklich ernst war, schaute ich in die andere Richtung, weil ich lachen musste. Dann zündete ich mir eine Zigarette an.

»Ihr seid doch total verrückt!«, schnappte Lefty wie ein bissiger Hund. »Vielleicht habe ich nicht immer so gelebt, wie die Bibel es vorschreibt, aber umgelegt habe ich noch keinen!«

Darauf hatte Phil gewartet. Er knallte die Polizeifotos der drei Jugendlichen auf den Tisch, die an dem schlechten Stoff gestorben waren und nicht an einer Überdosis, wie man zu Anfang angenommen hatte. Das medizinische Gutachten war einwandfrei und von Spezialisten erstellt.

»Die beiden Mädchen waren siebzehn, der Junge neunzehn, Lefty!«

Lefty Singel warf einen kurzen Blick auf die Fotos. Auf Polizeifotos sahen Tote immer besonders tot aus. Hässlich und entstellt. Vielleicht lag es am Blickwinkel, aus dem die Aufnahmen gemacht wurden.

»Und?«, fragte Lefty. »Was habe ich damit zu tun?«

»Das waren deine Kunden, Lefty. Das hat die Narcotic Squad einwandfrei ermittelt.«

Das entsprach der Wahrheit. Lefty war schlau genug, uns nicht für Dummköpfe zu halten.

Er nickte. »Kann ich noch eine Zigarette haben?«

Phil deutete auf die halbe Zigarette, die Lefty gerade ausgetreten hatte. »Ich kann es mir bei meinem Lohn nicht leisten, halbe Zigaretten wegzuwerfen.«

»Dann hättest du eben was Anständiges und nicht ausgerechnet G-man werden sollen.«

»Vielleicht ein Dealer, der tödlichen Stoff verkauft?«

Lefty begann zu schwitzen. »Meine Kunden«, sagte er und deutete auf die Fotos der drei Opfer. »Aber was ich ihnen verkauft habe, war reiner Schnee, Mann! Wenn die damit herumexperimentieren und tödliche Chemikalien zusetzen, dann ist das doch nicht meine Schuld, oder?«

»Der Schnee war giftig und du hast ihn geliefert, Lefty. Die Analyse hat ergeben, dass die Fixer gar keine Möglichkeit hatten, den Stoff so zu verschneiden, wie sie ihn konsumiert haben. An diesem Strick hängst du und da kann dich auch niemand wieder abschneiden!«

Ich gab ihm eine Zigarette. Seine Finger zitterten so sehr, dass er sie kaum an die Lippen führen konnte.

»Kann natürlich auch sein, dass dein Lieferant dir den schlechten Schnee untergeschoben hat und du den Tod nur weiterverkauft hast«, setzte ich sofort nach.

Zeery lachte lauthals.

Phil verzog skeptisch das Gesicht. »Das ist eine verdammt schwache Geschichte«, sagte er. »Damit kommst du bei keiner Jury durch.«

»Aber vielleicht ist es so gewesen«, schnappte Lefty nach dem Köder, den ich ausgeworfen hatte. »Warum sollte …?«

»Das kannst du nur hart machen, wenn wir den Lieferanten schnappen und weiteren schlechten Schnee bei ihm finden«, unterbrach Zeery den Dealer. Dann schüttelte er ohne Übergang den Kopf. »Weder der Grieche noch das Kartell werden dir einen solchen Trumpf in die Hand geben.«

Lefty rauchte hektisch. Es machte ihn schon nervös, dass wir Stavros Papadretow und Palotti vom Kartell ins Spiel brachten.

»Wahrscheinlich hast du Recht«, wandte ich mich an Zeery. »Die Brüder riechen das faule Ei, sobald sie erfahren, dass wir Lefty haben. In diesem Fall lassen sie den verdammten Schnee einfach verschwinden.«

Lefty sackte immer mehr in sich zusammen. Wäre ich an seiner Stelle gewesen, hätte ich auch nicht mehr viel Hoffnung gehabt.

»Aber das, verdammt, weiß doch keiner«, wandte er sich an mich.

»Bislang nicht«, gab ich zu. »Aber wir können dich wohl schlecht wieder springen lassen, Lefty. Es war schon schwierig genug, dich zu schnappen.«

Der schielende Dealer lächelte geschmeichelt. Nur eine Sekunde lang, dann besann er sich wieder auf seine schlechte Lage.

»Und wenn es mich nun erwischt hat?«, fragte er.

Ich schüttelte den Kopf.
»Aber es wäre doch verdammt möglich gewesen, oder?«
»Sicher«, sagte Phil. »Aber du könntest vorher noch geredet haben und …«
»Das glaubt keiner von mir!«
Zeery trat wieder dicht an den Stuhl heran, auf dem Lefty saß wie ein Häufchen Elend. »Damit haben wir sie immer noch nicht. Selbst dann nicht, wenn du uns Namen nennst wie den von Papadretow oder Palotti vom Kartell. Da muss dir schon verdammt etwas Besseres einfallen, Mann!«
Lefty stand auf. Er rannte auf die Wand des Vernehmungszimmers zu. Es sah aus, als wollte er sich selbst den Schädel einrennen. Im letzten Moment drehte er ab, schlich an der Mauer entlang und stoppte das Spiel erst, als er alle vier Wände auf diese Art und Weise gesehen hatte.
Dann setzte er sich wieder.
»Die haben mir den schlechten Schnee untergeschoben«, schrie er plötzlich. »Wahrscheinlich würden sie mir auch noch mehr unterschieben.«
Ich schaute ihn fragend an. In diesem Moment schielte Lefty, so wie Inspektor Columbo es auf der Mattscheibe tat, wenn ihm die Erleuchtung gekommen war.
»Es gibt einen Weg«, sagte er dann.
Zwei Sekunden lang herrschte absolute Stille. Das war der Moment, den wir herbeigesehnt hatten.
Dann lachte Lefty meckernd. »Es gibt einen verdammten Weg«, wiederholte er.
»Und?«
Lefty schüttelte den Kopf. »Ich will Zusagen und Sicherheiten, die ihr mir nicht liefern könnt.«
Diesmal lachte ich. »Der Präsident macht gerade Urlaub auf seiner Ranch, und der Vize hat Besuch aus Afrika wegen Entwicklungshilfe.«

»Bevor wir überhaupt weiter diskutieren, musst du uns einen fetten Köder zuwerfen, Lefty«, sagte Phil.

»Welchen?«

»Auf jeden Fall einen sehr überzeugenden. Nicht nur Namen wie Papadretow und Palotti, die jedes Kind kennt.«

Lefty rauchte noch einen Zug. Dann war die Kippe so weit heruntergebrannt, dass er sich die Fingerkuppen ansengte. Er ließ den kläglichen Rest fallen. Diesmal stellte ich meinen Schuh darauf.

»Vielleicht ein Labor, in dem der Grieche den Stoff verschneiden lässt?«, fragte Lefty. »Und vielleicht den Namen des Mannes, der dafür verantwortlich ist?«

»Das wäre doch zumindest schon etwas«, sagte ich. »Aber das kann nur der Anfang unserer Zusammenarbeit sein, Lefty. Um wirklich vom Stuhl zu springen, musst du schon viel lauter und viel mehr singen.«

»Das ist doch der helle Wahnsinn, Cotton!«, sagte District Attorney Samuel Toney. »Was Verrückteres habe ich noch nie gehört. Wirklich nicht.«

Ich wollte Toney nicht widersprechen. Er hatte nämlich vollkommen Recht. Es war der helle Wahnsinn. Wenigstens auf den ersten Blick. Auf den zweiten, klaren Blick jedoch musste auch der District Attorney einsehen, dass es eine einmalige Chance war und wir im Grunde nichts zu verlieren hatten als einige Dollars, die die Bundesdruckerei schnell wieder nachdrucken konnte. Ich trank einen Schluck Kaffee. Mr. High saß hinter seinem Schreibtisch. Er wartete darauf, dass Toney ihn direkt ansprach.

»Es könnte gut gehen«, sagte der Chef, als das geschehen war. »Und wenn wir etwas Glück haben, könnten wir sogar bis zu Palotti und zum Kartell vorstoßen.«

»Womit Ihr Name mindestens eine Woche lang fett

gedruckt auch in der kleinsten Vorstadtgazette steht. Das ist der halbe Wahlsieg für die nächste Amtsperiode«, lockte ich.

Das war zwar eine billige Art, Toney zu schnappen, aber sie wirkte. Sie machte ihn wenigstens nachdenklich, wo er eben noch ablehnend gewesen war.

»Aber wenn das ins Auge geht, bin ich politisch tot!«

Ich zuckte mit den Schultern. »Die Reporter werden sich dann in erster Linie auf den FBI stürzen, Sir. Ich kenne die Leute. Die werden gar nicht daran denken, dass auch der DA mit allem zu tun haben könnte.«

»Was sind das für Kerle?«, fragte Toney.

»Morgan, Jones und Daniels. Kleine Fische, die vom großen Coup träumen, Krümeldiebe.«

»Bewaffnete Krümeldiebe, nehme ich an.«

»Ja«, sagte ich und nickte. »Sie werden hereinkommen, ohne Schwierigkeit kassieren und ruhig wieder verschwinden, Sir. Unsere Leute haben das alles unter Kontrolle. Sobald sie die Bank wieder verlassen, können die drei keine unbeobachteten Schritte mehr machen. Dann haben sie das Geld und der Kreislauf beginnt. Sie werden kaufen und anhand der markierten Scheine schnappen wir die großen Fische, in deren Kasse die Dollars fließen.«

Lieutenant Joe Gonzales von der Narcotic Squad, den wir einbezogen hatten und der bislang schweigend aus dem Fenster geschaut hatte, drehte sich nun zu uns um. Gonzales war ein hagerer Halbmexikaner, der so gutmütig aussah wie ein Sonntagsprediger. Normalerweise.

In diesem Augenblick wirkte sein Gesicht hart. Kalter Glanz stand in seinen dunklen Augen.

»Das Kartell und Palotti«, sagte er. »Wenn wir das richtig durchziehen, Sir, dann wird es ein großes Reinemachen. Das heißt nicht, dass wir dann kein Rauschgiftproblem mehr in der Stadt hätten, aber sie müssen wieder ganz von vorn und mit neuen Leuten beginnen. Das bedeutet im günstigsten Fall auch, dass einige Jugendliche am Leben bleiben und vom Stoff loskommen, weil er plötzlich knapp geworden ist.«

DA Samuel Toney nickte nachdenklich. »Wie ist das mit der Bank?«

»Die spielen mit«, sagte ich. »Keine Gefahr für die Angestellten, denn unsere Leute werden sich als Kunden in der Schalterhalle aufhalten.«

»Und es ist sicher, dass die drei Krümeldiebe es versuchen?«

»Wir gehen davon aus«, sagte Mr. High. »Wenn nicht, haben wir, was diesen Fall angeht, eben Pech gehabt und müssen nach einem anderen Weg suchen, um dem Griechen und dem Kartell das Genick zu brechen.«

»Immerhin besteht noch die Chance, dass wir in der East 11th Street etwas finden«, sagte ich.

»Was?«, fragte Toney.

»Vielleicht etwas von dem Schnee, der die drei Jugendlichen das Leben gekostet hat«, sagte Joe Gonzales zu mir.

»Und dann erübrigt sich die Sache in der North-Western Bank?«

»Dann ja, Sir. Aber wir müssen damit beginnen, Vorbereitungen zu treffen.«

»Wer trägt die Verantwortung für das Unternehmen?«

»Der FBI«, sagte Mr. High.

Ich zündete mir eine Zigarette an und trank noch einen Schluck Kaffee.

»Auf einen Nenner gebracht: Drei kleine Ganoven überfallen unter den Augen des FBI die Filiale der North-Western-Bank. Dabei fällt ihnen gekennzeichnetes Geld in die Finger, mit dem sie beim Griechen oder beim Kartell Rauschgift einkaufen. Anhand der Scheine haben wir dann einen Beweis und machen unsere Beute. Ist das so richtig?«

Ich fand, dass Toney es kurz, klar und sehr treffend umrissen hatte. Ich nickte. »Vollkommen, Sir!«

Toney nickte. Er stand von seinem Platz auf und streckte sich. Plötzlich war sein Bauch verschwunden, er wirkte richtig dynamisch. »Der FBI sichert und überwacht alles und dann schlägt die Narcotic Squad zu.«

»Das trifft den Nagel auf den Kopf, Sir«, stimmte Lieutenant Joe Gonzales dem DA zu.

»Aber vorher versuchen Sie es über das angebliche Labor in der East 11th Street.«

»Ja.«

»Und Lefty Singel?«

»Den haben wir bei der Festnahme leider erschießen müssen. Unsere hauseigene Pressestelle arbeitet das so auf, dass selbst die großen Agenturen danach schnappen.«

»Und die Gegenseite denkt, wir hätten von nichts eine Ahnung, weil Lefty vor seinem Tod nicht mehr mit uns geredet hat?«

»Ja«, sagte ich erneut.

Toney strich sich über die lichten grauen Haare. »Ich will ein Protokoll dieser Unterredung, Gentlemen. Danach haben Sie meinen Segen. Aber die Verantwortlichkeit dieser Operation bleibt beim FBI.«

Mr. High atmete genauso erleichtert auf wie Joe Gonzales und ich, nachdem der DA gegangen war.

»Wir hätten es auch an Toney vorbei machen können«, knurrte Gonzales.

»Aber so ist es mir persönlich lieber, Lieutenant«, sagte Mr. High. »Wer kümmert sich um das angebliche Labor in der East 11th Street?«

»Gonzales und ich, Sir«, sagte ich. »Phil und Zeery sind an Carnington dran, der das Labor angeblich leitet. Steve Dillaggio kümmert sich mit einigen anderen Kollegen um Morgan, Jones und Daniels. Von diesem Moment an haben wir alles unter Kontrolle.«

»Das gefällt mir nicht«, murmelte Stavros Papadretow beim Lesen der Morgenausgabe. »Verdammt, Sue, das gefällt mir nicht!«

»Habe ich etwas falsch gemacht, Sir?«, fragte die knabenhafte Eurasierin, die Stavros auch bei Tisch bediente.

Stavros Papadretow schaute sie an und tätschelte ihr beruhigend den kleinen, runden Hintern. »Du kannst doch gar nichts falsch machen, weil du alles genauso machst, wie ich es dir sage, Butterfly. Parker soll kommen!«

Parker kam, sah die Zeitung und grinste.

»Damit haben die G-men uns eine Arbeit abgenommen, Stavros.«

»Lefty bei seiner Festnahme erschossen«, zitierte Stavros aus der Zeitung. »Das gefällt mir nicht, Parker!«

»Es wird sich nichts ändern. Einer von uns wird sich mit Leftys Partnern in Verbindung setzen und denen begreiflich machen, dass die Sache auch ohne Lefty läuft.«

Der wuchtige Grieche nickte. »Sonst noch was, Parker?«

»Die Sache in der East 11th Street läuft. Einige unserer Leute sind heute Nacht dort gewesen und haben alle Vorbereitungen getroffen. Zwei weitere werden Carnington erledigen.« Hank Parker warf einen schnellen Blick zur Uhr. »In einer halben Stunde gibt es einen großen Knall und die Welt ist wieder in Ordnung.«

»Wenn mir das ein anderer sagen würde, würde ich es nicht glauben, Parker. Bei dir bin ich mir seltsamerweise absolut sicher.«

Parker nickte, ohne besonders geschmeichelt zu sein. Er war es gewohnt, ganze Arbeit zu leisten. »Ist schließlich ein Riesenjob für mich«, sagte er. »Ein Highlight in meiner Karriere. Danach hätte ich gerne einige Tage Urlaub, Stavros. Hawaii würde mir gefallen. Ich wollte schon immer mal dorthin!«

Stavros Papadretow nickte verstehend. »Wegen der Weiber in den kurzen Baströckchen, he?«

Parker grinste, obgleich das nicht der Grund war. Wenn Hawaii, dann wegen der Sonne und wegen seines Bruders, der Manager in einem bekannten Luxushotel war.

»Okay!« Stavros Papadretow nickte verstehend. »Du hast es mit Baströcken und ich mit kleinen Ärschen, Parker. So hat jeder seine Schwäche.«

Erneut nickte Parker.

»He, Parker!«

In der Tür stehend, drehte sich Parker noch einmal um.

»Ich hasse Niederlagen und Pleiten, Parker!«

»Ich auch, Stavros«, antwortete der elegant gekleidete Mann. »Es läuft alles genau so, wie ich es versprochen habe.«

Für Jack Jones war eine Welt zusammengebrochen. Lefty hatte es erwischt. Unter diesen schlechten Voraussetzungen musste er seinen Anteil von einhunderttausend Dollar, den er in Gedanken schon verplant hatte, wieder einkassieren und abschreiben.

Ohne Lefty lief nichts! Ohne Lefty gab es nicht das wirklich große Geld. Daniels und Morgan würden den Schwanz einziehen.

Jones kam aus der Snackbar, blieb im Eingang stehen und schaute deprimiert in den dunklen Himmel, der sich über Manhattan ausweinte.

Missmutig löste er seine Fahnenstangengestalt aus dem Eingang, visierte die Rostbeule von Dodge an, die zwanzig Schritte entfernt stand, und machte sich auf den Weg. Den Strafzettel, der nass und schlapp hinter dem Scheibenwischer klebte, sah er schon von weitem.

Der Hass auf alle Bullen in dieser verdammten Stadt überschwemmte ihn. Erst erledigten sie Lefty und dann verpassten sie ihm auch noch einen Strafzettel!

Jones erreichte den Dodge. Er entfernte den Strafzettel so heftig, dass sich dabei das Wischerblatt verzog. Fluchend knüllte er den nassen Zettel zusammen und warf ihn in den Rinnstein.

Mit Freude sah er das Papier in einem Gully verschwinden. Dann erst fiel ihm ein, dass ihm das gar nichts nutzte, und dann kam die Wut auf die Bullen wieder zurück. Er dachte daran, dass er mit Daniels und Morgan sprechen musste. Nichts ging mehr nach Leftys Tod. Die Schweine hatten den wichtigsten Mann in seinem Leben erschossen! Jones' Laune sank gewaltig unter den Nullpunkt. Er dachte an den 38er, der unter der Fußmatte im Wagen lag, und daran, den nächstbesten Cop einfach über den Haufen zu schießen.

Er öffnete die Wagentür, stieg ein und wollte sie wieder schließen. Sie klemmte.

Erst in diesem Moment entdeckte Jones den Mann im schwarzen Trenchcoat. Der stand neben dem Dodge. Die Tür klemmte, weil der Kerl einen 38er dazwischengeschoben hatte.

»Rutsch mal ganz schnell rüber, Jones!«

Jones tat, was ihm gesagt wurde. Normalerweise hasste er es, sich Befehle geben zu lassen, aber einem Unbekannten, der einen 38er auf einen richtete, widersprach man nicht.

Der Mann stieg zu ihm in den Wagen. Jones traute sich kaum, ihn anzusehen.

»Hast du das mit Lefty schon gelesen, Jones?«

Jack Jones nickte. Ein kalter Schauer schüttelte ihn. »Aber damit habe ich nichts zu tun, Mann!«

Der Mann im Trenchcoat nickte. Sein stoppeliges Gesicht verzog sich zu einem Grinsen. »Und jetzt, Jones?«

»Jetzt was?«

»Der Traum vom großen Geld, Jones.«

»Ich weiß nicht …«

»Lefty hat mit uns gesprochen«, unterbrach der ungebetene Fahrgast ihn. »Es wird sich auch nach seinem Dahinscheiden nichts ändern.«

Jones schluckte trocken und richtete sich steil auf. Er war so lang, dass er in dieser Haltung mit dem Kopf gegen den Wagenhimmel stieß.

»Was heißt das?«

Langsam aber sicher sackte die Angst. Das lag nicht zuletzt daran, dass sein Nebenmann nicht mehr mit dem 38er auf ihn zielte.

»Das heißt, ihr macht die Sache mit der North-Western-Bank wie abgesprochen. Danach rufst du eine Nummer an, die ich dir gebe, Jones, und wir liefern die Ware. Du bekommst Leftys Kundenliste dazu. Verstehst du?«

Jones verstand nur so viel, dass der Kerl im schwarzen Trenchcoat mit Sicherheit kein Bulle war. Ganz im Gegenteil. Er war einer von Leftys Partnern, von denen er bislang geglaubt hatte, dass er, Morgan oder Daniels keine Chance hatten, an sie heranzukommen. Wahrscheinlich kam der Kerl vom Griechen persönlich.

Jones nickte und sein Gesicht begann zu glühen.

»Die Sache läuft wie geplant, Jones. Du bist der Boss. Wir geben dir diese Chance. Mit Leftys Kundenliste bringst du das Zeug in den Handel und vielleicht hast du dann ausgesorgt. Das heißt, nachdem du einen verdienten Urlaub gemacht hast, können wir dich brauchen. Es liegt eine Menge Geld für dich drin. Lefty hat sich dämlich angestellt!«

Jones nickte hämisch. »Jeder, der sich von Bullen erschießen lässt, ist dämlich!«

Der Mann im schwarzen Trenchcoat steckte die Waffe ein.

»Ihr könnt euch auf mich verlassen!«, versicherte Jones.

»Das weiß ich. Deswegen habe ich ja auch ausgerechnet mit dir geredet, Jones. Nun besuchen wir deine Partner und legen denen das alles auseinander. Vielleicht haben die noch Fragen an mich.«

Nach der Panne beim Verschneiden der letzten Lieferung war Carningtons Verhältnis zu Stavros Papadretow merklich abgekühlt. Er hatte einen verdammten Fehler gemacht, wie er jedem unterlaufen konnte. Etwas zu viel Zyankali.

Carnington dachte so darüber, Papadretow und Parker würden natürlich ganz anders darüber denken.

Als Carnington an diesem Morgen das Haus verließ, tat er es mit seltsam gemischten Gefühlen. Kurz zuvor hatte er zwar mit seinen Männern im Labor in der East 11th Street gesprochen und alles schien in Ordnung, aber Carnington traute dem Braten nicht. Er fühlte sich wie ein Einhandsegler, der mitten auf dem Atlantik gerade eine Orkanwarnung bekommen hatte und den Kurs nicht ändern konnte. Es blieb ihm gar nichts anderes übrig, als abzuwarten.

Bis zu seinem Wagen waren es fünfzig Schritte. Trotz des Regens ging er langsam und schaute sich immer wieder lauernd um. Carnington konnte nichts Bedrohliches entdecken. Der Verkehr war so dicht wie an jedem anderen Tag. Es befanden sich wegen des Regens nur wenige Passanten auf der Straße. Jeder hatte es eilig, niemand kümmerte sich speziell um ihn.

Dennoch hatte er Angst. Stavros Papadretow reagierte manchmal etwas langsam, aber doch sehr bestimmt. Parker hatte ihn gestern noch angerufen und ihm mitgeteilt, dass alles in Ordnung sei. Vielleicht war es das auch aus Parkers Sicht, aber Parker war nicht der Boss.

Carnington ging weiter und er nannte sich selbst einen Idioten. Stavros Papadretow war ein Mann, der seinen Verstand gebrauchte. Und der Verstand musste dem Griechen sagen, dass es nicht ausreichte, ihn, Carnington, einfach abzuknallen. Wenn er wirklich reinen Tisch haben wollte, musste das ganze Labor aufgelöst werden. Und das konnte sich auch der Grieche nicht leisten.

Es herrschte Hochkonjunktur. Papadretow konnte nicht einfach auf ein Labor verzichten. Dann geriet er unweigerlich in Lieferschwierigkeiten und die großen Abnehmer schauten sich nach anderen Quellen um. Dann kamen die Chinesen plötzlich ins Geschäft, die sich Stavros Papadretow bislang vom Hals gehalten hatte.

Ihm, Carnington, konnte also gar nicht passieren. Es durfte ihm nur kein weiterer Fehler unterlaufen.

Seine Schritte wurden länger.

»Er kommt!«

Phil ließ sich tiefer in den Sitz gleiten. Zeerookah steckte seinen Kopf hinter eine Zeitung.

Carnington hatte das Haus verlassen. Sie wollten ihm unauffällig in die East 11th Street folgen und ihn sich dort greifen, wo Jerry und Gonzales schon warteten.

»Sehr glücklich sieht er nicht aus«, sagte Zeerookah. »Vielleicht hat Lefty Recht, vielleicht hat Carnington den tödlichen Schnee fabriziert.«

Phil zuckte mit den Schultern. Wachsam huschte sein Blick durch den strömenden Regen. Er konnte keine verdächtige Figur hinter Carnington ausmachen.

Der Buick, in dem die beiden G-men saßen, stand vielleicht zwanzig Schritte hinter Carningtons Oldsmobile. Carnington passierte sie auf der rechten Seite. Er schenkte ihnen keine Beachtung.

Wenn er es getan hätte, wenn er sie entdeckt hätte, wäre er auch nicht schlauer gewesen. Zeery und Phil stand es schließlich nicht auf der Stirn geschrieben, dass sie G-men waren.

Geduckt ging Carnington auf seinen Wagen zu. Anfangs war er langsam, lauernd gegangen, dann wurden seine Schritte immer länger und zielstrebiger. Er wollte aus dem Sauwetter raus in den trockenen Wagen.

»Der macht es uns sicher nicht schwer«, sagte Zeery genau in dem Moment, in dem Carnington stolperte, als ihm die Beine einknickten und er zu Boden stürzte.

Phil richtete sich steil auf. Zwei Sekunden verstrichen und Carnington lag noch immer auf dem Gehweg. Phil wollte aus dem Buick. Zeery legte ihm beruhigend die Hand auf die Schulter.

»Mann, Zeery!«, keuchte Phil. »Die haben ihn aus einem vorbeifahrenden Wagen heraus erledigt!«

Genauso sah es aus, denn Carnington bewegte sich noch immer nicht.

Zeery stieß einen ellenlangen Fluch aus. »Dann müssen wir erst recht sitzen bleiben«, sagte er schließlich. »Vielleicht steht noch jemand von denen in der Gegend herum. Wenn man uns als G-men erkennt, dann wissen die, dass wir hinter Carnington her waren. Und dann fragen die sich vielleicht, ob Lefty vor seinem Tod nicht doch noch geredet hat.«

Phils Hände umklammerten das Lenkrad so hart, dass die Handknöchel weiß hervortraten. Zeery hatte vollkommen Recht. Jeder Fehler konnte das gesteckte Ziel in Gefahr bringen. Und es wäre ein verdammter Fehler gewesen, die Gegenseite wissen zu lassen, dass sie hinter Carnington her waren.

Es dauerte länger als eine Minute, bis sich ein Passant um den am Boden Liegenden kümmerte. Und dann gab es keine Zweifel mehr daran, dass es Carnington erwischt hatte.

Der tödliche Schuss war mit einem Gewehr aus großer Entfernung oder aus einem vorbeifahrenden Wagen abgefeuert worden. Auf jeden Fall war es hoffnungslos, nach dem Todesschützen zu suchen. So oder so hatte der sich längst in Sicherheit gebracht.

Das Feuer wütete mit aller Macht bis in den zweiten Stock hinauf. Feuerwehrwagen, Ambulanzen und Patrol Cars der New York City Police blockierten die East 11th Street. Einige Cops standen im Regen und leiteten den Verkehr missmutig um.

Einer von ihnen stürmte auf den Dodge zu, in dem Joe Gonzales und ich saßen. Ich drehte das Fenster ein Stück herunter. Regen traf mein Gesicht.

»Dreht die Schrottkarre herum und sucht euch einen anderen Weg.«

»Was ist passiert?«, fragte ich.

Abneigung gegen uns prägte das Gesicht des jungen Cops. »Umdrehen und verschwinden! Verdammt, wenn ihr nicht …«

Er zuckte zusammen wie ein ertappter Sünder, als er den Bundesadler auf meinem Ausweis entdeckte und ihm die Buchstaben FBI entgegensprangen.

»Sir – ich …«, stotterte der Cop.

»Nun mal in aller Ruhe, Junge!«, grunzte Lieutenant Joe Gonzales.

»Das geschah vor einer halben Stunde. Terroristen wahrscheinlich. Die haben den unteren Stock einfach in die Luft geblasen – da waren Menschen drin. Die Feuerwehr hat …«

Ich nickte und fuhr langsam weiter.

»Haben wir einen Fehler begangen oder ist der Grieche uns einfach nur zuvorgekommen?«, fragte ich Joe Gonzales, der mit versteinertem Gesicht auf das brennende Gebäude starrte.

Bevor Joe mir antworten konnte, kam der Anruf von

der Zentrale. Phil und Zeery hatten den Mordanschlag auf Carnington durchgegeben.

»Lefty hatte Recht«, sagte Joe Gonzales. »Die haben hier einen Fehler begangen und den Schnee mit einer tödlichen Mixtur verschnitten. Nun hat Stavros Papadretow reinen Tisch gemacht.«

Ich zündete mir eine Zigarette an und hielt neben dem Einsatzwagen der New York City Police.

»Das passt verdammt zu dem Griechen«, versicherte Joe Gonzales. »Vorsichtig und konsequent. Lieber eine Leiche zu viel als die entscheidende zu wenig. Deshalb konnten wir ihn bislang auch nicht greifen.«

Ich stieg aus und ging die wenigen Schritte durch den Regen. Joe Gonzales folgte mir. Der Captain, der den Einsatz leitete, warf einen schnellen Blick auf meinen Ausweis und zuckte mit den Schultern.

»Das ist wie im Krieg«, sagte er. »Die schießen nicht nur aufeinander, die jagen sich auch gegenseitig in die Luft. Heute Nacht muss jemand den Sprengstoff ausgelegt haben. In die Luft gejagt hat man das alles erst, als die beiden Männer, die im Labor arbeiteten, auch an ihrem Arbeitsplatz waren. Es hat noch einige Verletzte gegeben, aber wie es nun aussieht, haben meine Männer alles unter Kontrolle. Was hat der FBI damit zu tun?«

»Nichts, Captain«, antwortete ich. »Wir sind nur zufällig vorbeigekommen.«

»Kennen Sie jemanden, der sich die Hose mit der Kneifzange anzieht, G-men?«

»Nein«, sagte ich.

»Schade«, sagte der Captain. »Dem könnten sie das Gleiche erzählen und der würde Ihnen vielleicht auch glauben. Aber das ist wohl nicht meine Sache, he?«

»Ganz richtig.«

»Dann gehe ich mal wieder der Arbeit nach, für die man mich schlecht bezahlt!«

Ich schaute ihm nach, als er geduckt durch den Regen hastete und zur Feuerwehr ging.

»Der Grieche macht immer ganze Arbeit«, sagte Joe Gonzales.

Darauf wies alles hin, denn schließlich war auch Carnington erschossen worden. Ich hoffte, dass es nichts mit Lefty zu tun hatte. Wenn man nicht an Lefty Singels Tod glaubte, dann lief auch die Sache in der North-Western-Bankfiliale nicht, die morgen über die Bühne gehen sollte. Ich musste es herausfinden und dem Griechen einen Besuch abstatten.

Alan Morgan, der Bogart-Verschnitt, und Brian Daniels, der Junge mit dem roten Haar, hörten dem Mann im schwarzen Trenchcoat in aller Ruhe zu. Keinem fiel es ein, ihn zu unterbrechen.

»Jones ist von nun an der Boss«, sagte der Kerl. »Wir wollen es so. Ihr tut genau das, was er euch sagt. Verstanden?«

Morgan und Daniels nickten zustimmend. Es war ihre erste Begegnung mit einem Gangster aus der oberen Schicht. Sie hatten Ehrfurcht, zumal sie davon ausgingen, dass hinter dem Mann im schwarzen Trenchcoat der Grieche stand.

»Noch irgendwelche Fragen?«

Jones, Morgan und Daniels schüttelten die Köpfe.

»Wir drehen das Ding, ich rufe die Nummer an, wir bekommen den Schnee mit Leftys Kundenliste und bringen ihn unter die Leute. Anschließend verschwinden wir auf einen wohlverdienten Urlaub.«

»Richtig!«, lobte der Mann im schwarzen Trenchcoat. »Ihr werdet das schon machen!«

Sie würden es schon machen. Davon waren sie alle überzeugt.

Von Steve Dillaggio hatte ich erfahren, dass die drei Krümeldiebe Jones, Morgan und Daniels Besuch von einem Unbekannten bekommen hatten. Die Kollegen hatten ein Foto von dem Mann gemacht. Es wurde noch ausgewertet.

Der Grieche hatte zugeschlagen und einiges deutete darauf hin, dass er weitermachen würde. In unserem Sinn.

Ich dachte daran, als ich den Wagen direkt vor den Eingang abstellte und die weite Halle des Gebäudes betrat. Es gab einen Pförtner, der dem Luxus und dem Marmor gemäß eine lila Livree trug und eine Art von Zylinder. Lächerlich, aber doch irgendwie imposant.

»Sir?«

»Papadretow«, sagte ich.

Der Livrierte deutete auf einen Extrafahrstuhl, mit dem man nur das Penthouse erreichen konnte. »Der kommt nur nach Voranmeldung herunter, Sir. Geben Sie mir Ihren Namen. Ich rufe oben an.«

»Jerry Cotton«, sagte ich.

»Sonst nichts?«

»Wie soll ich das verstehen?«

»Soll ich nur den Namen durchgeben, Sir?«

Ich zögerte einen Moment, dann schüttelte ich den Kopf. »Sagen Sie, Mr. Jerry Cotton vom FBI.«

»FBI?«

Ich verstand, dass Polizistenbesuche in diesem Luxusgebäude nicht zur Tagesordnung gehörten. Und wenn wirklich mal welche kamen, dann gingen sie diskret vor und gaben sich nicht zu erkennen.

»FBI«, sagte ich.

Ich ging auf den Lift zu, während der Livrierte telefonierte. Dann schaute er in meine Richtung und zuckte mit den Schultern. Allem Anschein nach hatte ihm niemand präzise gesagt, ob ich ein willkommener Gast war.

Ich zündete mir eine Zigarette an. Eine Minute verstrich, dann zeigte die Leuchttafel an, dass sich der Lift zum Penthouse in Bewegung befand. Natürlich zierte sich Papadretow nicht. Seiner Meinung nach hatten wir Lefty erschossen. Dass Lefty und er etwas miteinander zu tun hatten, war bekannt. Also war es nur natürlich, dass der FBI auch einen Agenten zu ihm schickte. So lief das nun einmal und Papadretow kannte die Spielregeln.

Fauchend sprang die Doppeltür der Kabine auf. Sie kamen zu zweit, waren breit wie die Schränke und auf ihren Gesichtern spiegelte sich keine Regung.

»Ausweis!«

Ich tat ihnen den Gefallen. Ein blondes Bleichgesicht schaute ihn sich sehr gründlich an, obgleich ich sicher war, dass er eine Fälschung nicht von einem echten Ausweis unterscheiden konnte.

»Kann ich den wiederhaben?«, fragte ich, als ich dachte, dass er ihn sich lange genug angesehen hatte.

Er gab ihn widerwillig zurück.

Der andere, er war dunkelhaarig und hatte den ausgesprochenen Stiernacken eines Bodybuilders, war schweigsam und misstrauisch. Er hielt die Rechte unter dem Jackett.

»Haben wir so einen schlechten Ruf?«, fragte ich und deutete auf die Ausbuchtung unter dem schlecht gebauten Jackett. Der Revolver zeichnete sich mehr als auffällig darunter ab. Aber vielleicht war das auch Absicht. Vielleicht sollte es andere davon abhalten, einen frechen Mund zu haben.

»Noch schlechter««, knurrte der Schwarzhaarige. Er hatte kleine, gelbe Mausezähne, die eigentlich gar nicht in sein Gesicht passten.

»Wegen Lefty?«

Der Lift zog an. Der Schwarzhaarige schwieg verkniffen. Stavros oder Parker musste ihm gesagt haben, dass man Aids bekam, wenn man sich mit einem G-man unterhielt.

»Das mit Lefty ist einfach ein Betriebsunfall gewesen«, sagte ich. »Berufsrisiko, Mann. Du kennst das ja. Einer von euch oder wir.«

Ich redete, weil ich das kleine Mikro in der rechten oberen Ecke der Kabine gesehen hatte. Stavros konnte also hören, was seine Besucher unterwegs redeten.

»Vielleicht tröstet es dich in deinem Schmerz, wenn ich dir sage, dass Lefty nicht lange gelitten hat. Eigentlich überhaupt nicht, denn ...«

»Was bist du nun?«, fragte der Blonde. »Bulle oder Prediger?«

Wir kamen oben an. Fauchend sprang die Tür wieder auf. Der Lift führte auf eine überdachte Glasterrasse, auf der alle exotischen Pflanzen blühten, die man sich vorstellen kann.

Gegenüber befand sich der Eingang ins Penthouse. Eine vergitterte Glastür. Kugelsicher, das war auf den ersten Blick zu sehen. Stavros lebte gefährlich und hatte sich dementsprechend eingerichtet. Neben dem Eingang hielt sich ein kleiner, untersetzter Mann auf. Irgendwie kam er mir bekannt vor, aber auf den ersten Blick wusste ich nicht, in welche Schublade ich ihn schieben sollte.

»Ist er sauber?«, fragte der Untersetzte mit schnarrender Stimme.

»Seit meinem ersten Lebensjahr«, versicherte ich. »Ich war das einzige Kind in der Nachbarschaft ...«

»Nehmt ihm die Kanone ab.«

»Sorry«, sagte ich. »Aber die gehört dem Staat. Ich darf sie nicht aus der Hand geben!«

»Habt ihr nicht gehört?«, fragte der Untersetzte. Seine Stimme klang wirklich wie eine Tür in ungeölten Scharnieren.

Der Blonde und der Schwarzhaarige kamen gleichzeitig. Ich musste mich blitzschnell für einen entscheiden. Meine Wahl fiel auf den muskelbepackten Bodybuilder. Die sahen meistens gefährlicher aus, als sie waren. Viel Muskeln, sicher auch Kraft, aber empfindlich wie die Haut eines Elefanten.

»Vorsicht«, warnte ich. »Explosiv!«

Er grinste, bis meine Faust als Schatten vor seinem dümmlichen Gesicht auftauchte und dann voll einschlug.

Ich hatte ihn richtig eingeschätzt.

Es riss ihm die Beine weg, als sei ihm ein Sherman-Panzer dagegen gefahren. Das Glasdach der Terrasse geriet in leichte Schwingungen, als der Muskelmann zu Boden ging.

»Explosiv«, sagte ich. »Das habe ich doch laut und deutlich gesagt.«

Der Untersetzte knurrte und der Blonde griff unters Jackett.

Da knurrende Hunde, so sagte man jedenfalls, nicht beißen, sprang ich den Blonden an.

Meine Füße trafen ihn an der Brust, bevor er seinen Revolver aus dem Schulterholster ziehen konnte. Er blies mir seinen übel riechenden Atem entgegen und setzte sich mit dem Hintern in ein sorgsam gepflegtes Kakteenfeld.

Papadretows Gärtner würden die Tränen kommen, wenn er mit dem Schaden konfrontiert wurde.

Der Blonde stieß einen leisen Klagelaut aus und sprang mit einem Satz auf die Beine. Ich hoffte, dass die Stacheln, in die er sich gesetzt hatte, giftig waren.

Er kam wieder heran. Der Untersetzte knurrte noch immer, als ich ihnen meine Dienstwaffe zeigte, auf die sie so scharf waren.

»Das ist die Kanone«, sagte ich leise.

Der Blonde blieb stehen. Auch der Schwarzhaarige, den ich zuerst erwischt hatte, stoppte seine Bemühungen, wieder auf die Beine zu kommen.

Der Untersetzte knurrte nicht mehr. Er besann sich darauf, dass er fürs Beißen bezahlt wurde. Er versuchte, rechts an mir vorbeizutauchen, halb in meinen

Rücken zu gelangen und mir dann zu zeigen, was Sache war.

Mein rechter Fuß sichelte zur Seite. Ich erwischte ihn an der Hüfte. Er drehte sich wie eine Eleve beim Vortanzen und aus Versehen drückte er die Kanone ab, die er inzwischen gezogen hatte.

Das Projektil zerschmetterte das Glasdach der Veranda und stob in den mit schwarzen Regenwolken verhangenen Himmel.

Als er sich dann wieder in meine Richtung drehte und noch immer nicht schlau geworden war, drückte ich ab. Die Kugel streifte seinen rechten Oberarm und prellte ihm die Waffe aus der Hand.

Der Blonde und sein dunkelhaariger Partner verhielten sich still. Sie reagierten zwar langsam, aber inzwischen hatten sie begriffen, dass das hier kein Höflichkeitsbesuch war.

Der Untersetzte war in die Knie gegangen. Ich schloss eine Handschelle um seine rechte Hand und die andere um die Warmwasserleitung.

»Geh nicht zu dicht dran«, warnte ich. »Die Leitung ist heiß!«

Er hörte nicht auf mich, verbrannte sich den schon geschundenen Arm und stieß einen lauten Schrei aus.

In diesem Moment kam er heraus. Ich sah nur seinen Schatten, weil ich noch mit anderen Dingen beschäftigt war, aber ich spürte, dass er mir nicht gefährlich werden würde.

Stavros Papadretow, der Grieche. Breit, groß, wuchtig. Ein Kerl wie aus der Antike. Seine Glatze schimmerte feucht und der gewaltige Schnauzbart beherrschte die stumpfe Landschaft seines Gesichts.

Ich hob die Waffe des Untersetzten auf, steckte sie ein und drehte mich zu Papadretow herum.

»Von nun an werde ich mich durch dich bedroht fühlen, wenn einer deiner gehirnlosen, dressierten Affen noch einmal etwas versucht!«, sagte ich scharf.

Kein Muskel regte sich in seinem Gesicht. »Duzt du mich, weil du ein Rassist bist und Griechen nicht magst?«, fragte er.

»Angewohnheit«, sagte ich. »Hat mit Griechen nichts zu tun, Stavros. Ich mag keine Gangster und du bist doch einer, oder?«

Jetzt grinste er. »Sag mir, wer so etwas über mich sagt, damit ich ihn verklagen kann!«

»Ich«, sagte ich. »Special Agent Jerry Cotton!«

Seine Augen wurden schmal. Er trug eine weiße Leinenhose und darüber ein weit geschnittenes, halb offenes und blau gestreiftes Inselhemd. Ich sah die Muskeln darunter, die sich plötzlich anspannten.

Ich hoffte, dass er sich zu keiner Dummheit hinreißen ließ, denn auf diese Art und Weise wollten wir ihn nicht aus dem Verkehr ziehen.

Es dauerte einige Sekunden. Er belauerte mich wie ein Raubtier seine Beute, dann befand er mich als zu groß für einen leichten Beutefang und er grinste wieder.

»Willst du reinkommen?«

»Ich muss telefonieren!«

»In der Halle links.«

Das Telefon war ebenfalls aus Glas. Die Eingeweide, bunte Kabel und Elektronikbauteile, waren zu sehen. Ich rief die Zentrale der City Police an.

»Einen Wagen zur Festnahme«, forderte ich an und gab die Adresse durch.

Stavros Papadretows Atem ging etwas schneller. »Bist du sicher, dass du dich nicht übernimmst, Cotton?«, fragte er. »Es sind drei Zeugen, die deutlich gesehen haben, wie du zuerst zur Waffe gegriffen hast!«

»Wir sind hier nicht im Wilden Westen, Stavros«, sagte ich. »Ich will damit sagen, dass derjenige, der zuletzt zur Waffe greift, nicht auch automatisch frei ausgeht. Verstehst du mich? Ich sehe hier drei dumme

Jungs und einen Schwerverbrecher. Deren Aussagen gegen die eines G-man, Stavros. Das ist Neuzeit!«

»Ich beschäftige ein ganzes Anwaltsbüro, das ist Neuzeit!«

»Prima«, sagte ich. »Dann lass die Jungs mal was für ihr Geld tun. Sag ihnen gleichzeitig, dass es dir an den Kragen geht. Lefty ist uns zwar unter den Händen weggestorben, aber da gibt es noch andere, die dich nicht mögen.«

»Dich, zum Beispiel!«

Es schien ihn wirklich zu belustigen. Ich brauchte mir also keine Gedanken zu machen. Er war davon überzeugt, dass Lefty in eine andere Welt gewechselt war, ohne uns etwas gesagt zu haben.

»Ja«, ich nickte, »aber das hat nichts damit zu tun, dass du ein Grieche bist.«

»Womit dann, G-man Jerry Cotton?«

Er wollte mich wirklich auf den Arm nehmen. Und wegen des angeschossenen Untersetzten brauchte er sich keine Sorgen zu machen. Er beschäftigte wirklich ein ganzes Anwaltsbüro und die Kerle verstanden ihr Handwerk. Es war für die nicht schwierig, den Untersetzten wieder freizubekommen. Notfalls fand sich ein Arzt, der dem Knaben eine Stresssituation bescheinigte, der er einfach nicht gewachsen gewesen war.

»Zwei Mädchen und ein Junge, Stavros«, sagte ich. »Siebzehn und neunzehn Jahre alt. Die hätten gerne weitergelebt!«

»Und warum haben sie nicht?«

Hinter ihm in der Tür tauchte ein mandeläugiger Schmetterling auf. Einer von der schönsten Sorte. Die Kleine hatte einen knabenhaften, geschmeidigen Körper. Das einzige Bekleidungsstück war ein knallrotes Dreieck, das gerade ihre Scham bedeckte.

»Ich wusste nicht …«, stammelte die Schöne.

Stavros winkte sie heran, nahm sie in die Arme und deutete auf mich. »Das ist ein leibhaftiger G-man,

Sue«, sagte er. »Mit Ausweis, Waffe und großer Schnauze! Einfach mit allem, was dazu gehört. Schau ihn dir gut an. Wenn dir so was im Dunkeln oder allein begegnet, dann tu alles, was die sagen. Sonst schießen sie dich tot, wie sie Lefty totgeschossen haben.«

Die Augen der Kleinen wurden rund. Eine Gänsehaut überzog ihren nackten Körper.

»Okay, Sue«, sagte Stavros beinahe zärtlich, »geh ins Bad und vergiss das Parfüm nicht. Du weißt, ich bin scharf auf den Geruch fernöstlicher Freudenhäuser!«

Lachend trollte sie sich und war wenig später verschwunden.

»Also?«, fragte Stavros Papadretow. »Warum haben sie nicht weitergelebt, Mann?«

»Weil Lefty ihnen schlechten Stoff verkaufte!«

Die buschigen Brauen huschten in die Höhe. »Das kann ich nicht glauben«, sagte er dann. »Lefty war immer so ein anständiger, bescheidener Mensch. Ich glaube, er ging sonntags sogar ...«

»Schlechten Stoff, von dem wir annehmen, dass er den von dir bekommen hat.«

Stavros nickte. »Solange ihr das nur annehmt, kann ich ruhig schlafen.«

»Wir werden das Zeug finden, Stavros! Dazu ein paar Leute, die es mit sich herumschleppen und mit dem Finger auf dich zeigen. Und vielleicht finden wir sogar das Labor, in dem der Schnee giftig gemacht worden ist. Dann kannst du dich einsargen lassen!«

»So wie ich hörte, habt ihr verdammt viel zu tun«, erwiderte er und blieb noch immer ruhig. »Viel Erfolg. Wenn ich etwas hasse, dann Menschen, die mit schlechtem Schnee handeln und den Markt durcheinander bringen. Das kostet anständigen Geschäftsleuten wie mich viel Geld, G-man. Aber das weißt du ja. Hilft es, wenn ich eine hohe Belohnung aussetze?«

Ich trat einen Schritt auf ihn zu. »Du nimmst das auf die leichte Schulter, Mann«, sagte ich. »Das würde ich an deiner Stelle nicht tun. Mit Lefty hatten wir Pech, aber wir finden einen anderen!«

Stavros Papadretow strich sich über die spiegelnde Glatze. In seinen großen braunen Auge lag ein kalter Glanz. Irgendwie sah es auch aus, als würde sein gewaltiger Schnauzbart zucken.

»Ich will dir was sagen, G-man. Alles, was ihr nur glaubt und nicht beweisen könnt, interessiert mich nicht. Wenn ich schon Besuch von euch bekomme, dann schickt jemanden mit einem Haftbefehl. Ihr könnt suchen, so viel ihr wollt. Jeder, der mich kennt, legt seine Hand dafür ins Feuer, dass aus dieser Richtung noch nie schlechter Schnee gekommen ist. Und du kannst auch wissen, dass die Kerle, die den schlechten Schnee in Umlauf gebracht haben, sehr schnell eiskalt im Gerichtsmedizinischen liegen. Ich mag den Tod nicht, G-man, erst recht nicht, wenn er sich an jungen Mädchen und Knaben vergreift, die vom Leben noch nichts geschmeckt haben.«

»Amen!«, sagte ich.

»Was?«

»Das war eine Predigt, du hast ›Amen‹ vergessen!«

»Amen!«, sagte Stavros. »Sonst noch etwas?«

Das Telefon läutete. Der Livrierte kündigte den Besuch der Cops an, die ich wegen des Untersetzten bestellt hatte. Einen Moment lang reagierte Stavros irritiert.

»Lasst die Cops hoch!«, rief er dann dem Schwarzhaarigen und dem Blonden zu. »Freundlich, wie es sich gehört.«

Sie stiegen in den Lift und fuhren runter.

»He, Paul, du brauchst dir keine Gedanken zu machen«, sagte Stavros dann zu dem Untersetzten. »Falls sie dich auf dem Stuhl braten, sorgen wir für deine Frau und die lieben Kleinen.«

Der Untersetzte lachte rau. Natürlich machte er sich keine Sorgen.

Es war nicht mehr so gefährlich, auf einen Cop oder einen G-man zu schießen. Die guten alten Zeiten waren eingemottet.

Die Cops kamen. Ich gab dem Sergeant einen kurzen Bericht und sie nahmen den Untersetzten mit.

»Hast du mir sonst noch etwas zu sagen?«, fragte der Grieche. »Der Schmetterling wartet. Kannst du das nicht riechen?«

Jetzt, wo Stavros es sagte, roch ich es auch. Es war ein beinahe ekelhaft süßer Parfümgestank, der durch das Penthouse waberte.

»Mal angenommen, dass wir falsch liegen und der schlechte Schnee doch nicht von dir gekommen ist, Stavros. Von wem dann?«

»Hast du schon mal an die Chinesen gedacht?«, stellte er genau die Frage, die ich erwartet hatte. Die Chinesen waren mal wieder an allem schuld.

»Ja«, sagte ich nachdenklich. »Das wäre natürlich auch eine Möglichkeit. Hast du einen Namen?«

»Mann, sehe ich aus wie ein Bulle?«, fragte er.

»Nein!« Ich schüttelte den Kopf. »Ich werde mich bei den Cops entschuldigen, ich wollte sie nicht beleidigen!«

Der blonde und der schwarzhaarige Muskelmann waren mit dem Lift inzwischen wieder nach oben gekommen.

»Schick sie nicht mit runter«, sagte ich zu Stavros. »Ich kann für mich selbst nicht garantieren.«

»Niemand hat was dagegen, wenn du allein fährst, Mann. Obgleich das mit den Kosten zusammenhängt.«

Ich schaute ihn fragend an.

»Schädlingsbekämpfung«, sagte der Grieche. »Wenn ein Bulle allein irgendwo war, vor allem ein FBI-Bulle, muss man nach Wanzen suchen lassen.«

»Du liest zu viel schlechte Geschichten, Stavros!«

Ich ging allein zum Lift und fuhr wieder hinunter. Ich wusste, was ich hatte wissen wollen.

Stavros fühlte sich sicher. Er hatte Carnington und dessen zwei Mitarbeiter samt Labor in nichts aufgelöst. Er war überzeugt davon, dass es Lefty erwischt hatte, bevor der mit jemandem hatte reden können. Davor, dass jemand redete, fürchteten sich solche Typen wie der Grieche mehr als vor dem FBI. Ich dachte, dass er Vorsichtsmaßregeln getroffen hatte. Maßregeln, was den Rest des schlechten Stoffes anging, von dem Lefty glaubte, dass es davon noch jede Menge gab.

Und irgendwie traute ich Stavros nicht zu, dass er den Schnee einfach verbrannte.

Parker und Palotti kamen aus einem Nebenzimmer. Parker wie immer korrekt gekleidet, aber gegen Palotti, den Mann vom Kartell, kam er nicht an. Palotti war klein, sah aus wie ein schlankes Reh in der Morgendämmerung und hatte sich in teures, glänzendes Tuch gekleidet. Er schwitzte. Im Gegensatz zu Parker, der wie immer ruhig und gelassen wirkte.

»Und?«, fragte Stavros Papadretow.

»Die fischen blind herum«, sagte Alfonso Palotti, »ich denke, wir machen uns umsonst Sorgen, Stavros. Die fischen herum. Das tun sie schon seit Jahren, ohne etwas gefangen zu haben. Ich werde das nach oben weitergeben. Die nächste Lieferung kommt wie abgesprochen!«

Stavros grinste zufrieden. Parkers Gesicht blieb ausdruckslos.

»Du siehst aus, als müsstest du bald zu deiner eigenen Beerdigung, Hank«, sagte Stavros und lachte schallend. »Die schicken hier jemanden her, der Tarzan spielt und mir Angst einjagen soll. Wie hieß der Mistkerl doch gleich noch?«

»Cotton«, sagte Parker. »Special Agent Jerry Cotton!«

»Ja.« Stavros massierte sich die Glatze. »Gib mal an die Druckerei durch, dass sie einige hundert Todesanzeigen mit seinem Namen drucken und an verschiedene Adressen verschicken. Natürlich auch zur Federal Plaza. Ein paar Anzeigen in den Boulevardblättern könnten auch nicht schaden.«

»Wozu das alles?«

»Griechischer Humor«, sagte Stavros.

Parker konnte darüber nicht lachen.

»Ich mag keine Bullen, den besonders nicht«, knurrte Stavros. »Er soll wissen, dass wir ihn flachlegen, wenn er unsere Arbeit behindert. Hast du verstanden?«

»Okay«, sagte Parker, wie er meistens zu allem okay sagte, was Stavros Papadretow sagte. »Ich kümmere mich sofort darum.«

Alfonso Palotti grinste schief. »Das wird dem G-man nicht gefallen«, sagte er.

»Vielleicht doch«, sagte Stavros. »Wer liest seinen Namen nicht mal gern in der Zeitung?«

»Aber doch nicht unter den Todesanzeigen, Stavros!«

Stavros lachte brüllend, zündete sich eine Zigarette an, verschluckte sich am Rauch und hustete sich beinahe die schwarze Seele aus dem Leib.

»Doch nicht in den Todesanzeigen!«, ahmte er Palotti nach und begann wieder brüllend zu lachen. »Du hast wenigstens Humor, Italiener. Säufst du auch?«

»Sicher!«

»Und wie steht es mit kleinen Schmetterlingen?«

»Da läuft mir doch das Wasser im Mund zusammen, Grieche!«

»Auf was wartest du dann noch, Palotti? Der Schmetterling schwimmt wie ein Fisch und wartet auf dich. Viel Spaß!«

»Was steckt dahinter?«

»Nichts«, versicherte Stavros. »Manchmal ist mir

einfach danach, Menschen Freude zu bereiten. Außerdem bin ich froh darüber, dass du den Auftritt des FBI miterlebt hast und den anderen davon berichten kannst, die schon alleine bei dem Namen FBI die Hosen gestrichen voll haben. Wirklich, es steckt nichts dahinter.«

Sue Wontan plätscherte nicht in der Wanne, wie Stavros es annahm. Ihr schlanker straffer Körper schmiegte sich dicht an die Badezimmertür. Mit äußerster Konzentration hörte sie auf die Stimmen aus dem Salon. So konnte sie deutlich verstehen, dass der Grieche sie dem Italiener verkuppeln wollte.

Sie erschauderte. Das war mehr, als sie sich erhofft hatte. Die chinesische Triade, die sie auf den Griechen angesetzt hatte, würde begeistert sein, wenn sie nun die Gespielin eines Mannes vom Kartell wurde und den aushorchen konnte. Stavros' Tage waren gezählt. Sein Tod war beschlossene Sache, nur das Datum musste noch festgelegt werden.

Der Grieche war nichts ohne das Kartell, das ihn mit Schnee belieferte, wann immer er welchen brauchte. Und auf der anderen Seite war es ein verdammt harter Schlag für das Kartell, wenn es einen Großabnehmer wie den Griechen verlor.

Sue verstand nichts vom Geschäft. Sie verstand nur, dass sich die Chinesen nicht länger vom Markt drängen lassen wollten. Es würde Tote geben und einer davon war Stavros Papadretow, der Grieche.

Bis gestern, nach meinem Besuch bei Stavros Papadretow, war ich mir unserer Sache noch absolut sicher gewesen.

Gestern Abend und heute Vormittag waren wir mit Joe Gonzales und seiner Narcotic Squad noch einmal alles durchgegangen. Wie die Generäle ihre Truppen in Sandkästen bewegten, so hatten wir auf dem Papier alle Möglichkeiten durchgespielt. Bis heute Morgen war es für mich ein Spiel gewesen, das wir einfach nicht verlieren konnten, denn wir führten die Regie, ohne dass die Akteure es wussten.

Das Bankpersonal befand sich hinter schusssicherem Glas. Alle Anwesenden wussten von dem geplanten Überfall und hatten strikte Anweisung, jeden Befehl der Gangster augenblicklich auszuführen. Sie hatten alles zu unterlassen, was die Gangster nervös machen konnte.

Seit gestern konnten Morgan, Daniels und Jones keinen unbeobachteten Schritt mehr unternehmen. Der Kerl im schwarzen Trenchcoat, der zuerst Jack Jones und anschließend mit Jones zusammen auch Daniels und Morgan einen Besuch abgestattet hatte, war von uns inzwischen identifiziert worden. Er hieß Burt Spencer und stand auf der Lohnliste des Griechen.

Papadretows Penthouse wurde überwacht. Die Kollegen hatten Palotti beim Verlassen des Penthouses fotografiert. Zusammen mit dem Schmetterling Sue Wontan war er ins Statler Hilton eingezogen.

Burt Spencer war uns durchgegangen. Wir hatten ihn aus den Augen verloren. Aber das erschien uns nicht als so dramatisch, dass wir deswegen etwas abblasen oder Pläne ändern mussten. In erster Linie hing alles an Morgan, Jones und Daniels. Und mit denen war alles in Ordnung. Nichts deutete darauf hin, dass sie falsch spielten, nichts darauf, dass einer von ihnen im letzten Moment noch die Nerven verlieren würde.

Das Geld, das sie als Beute machten, war von uns geliefert worden. Hundertfünfzigtausend Dollar. Markierte und registrierte Scheine, große und kleine. Der Weg, den das Geld später nehmen würde, ließ sich also auf jeden Fall leicht nachvollziehen.

In der Bank hielten sich Phil Decker und Steve Dillaggio auf. Mehr G-men, zu diesem Entschluss waren wir schnell gekommen, waren auch in einer Krisensituation nicht notwendig. Was das anging, waren wir sicher und beruhigt. Zwei erfahrene G-men gegen drei grüne Jungs, die hier den ersten wirklichen Coup ihres Lebens landen wollten.

Selbst District Attorney Samuel Toney meinte, es müsse schon mit dem Teufel zugehen, wenn noch etwas schief ging.

Aber als der Dodge ankam, es war Jones' verbeulter Schlitten, der mit einem gestohlenen Nummernschild ausgestattet war, hatte ich das komische Gefühl im Magen, dass alles doch nicht absolut wasserdicht war, obgleich wir jeden erdenklichen Zwischenfall in unsere Überlegungen einbezogen hatten.

Wenn niemand die Nerven verlor, wenn wir die Burschen arbeiten und wieder verschwinden ließen, war alles in Ordnung. Dann bewegten sie sich zwar frei, aber wir hielten sie doch an der langen Leine.

Vier verschiedene Fahrzeuge standen postiert, damit sie sich bei der anschließenden Verfolgung abwechseln konnten.

Wir hatten alles getan, aber das schlimme Gefühl blieb. Es war wie ein Krebsgeschwür in mir. Ich roch das Unheil, bevor es eintrat.

Inzwischen aber war es zu spät, die Aktion zu stoppen.

»Achtung, Phil«, gab ich Meldung in die Schalterhalle der North-Western-Bank durch. »Sie kommen!«

Jones, Daniels und Morgan stiegen aus. Sie hatten ihren Dodge freundlicherweise in genau die Parktasche vor dem Eingang gelenkt, die wir für sie freigehalten hatten. Der Motor des Wagens lief durch. Auf dem vibrierenden, losen Auspuffrohr verzischten die schweren Regentropfen zu hellem Wasserdampf. Geduckt standen sie neben dem Wagen.

Es sah aus wie eine letzte Lagebesprechung. Als wenn sie dazu nicht Zeit genug gehabt hätten.

Jones redete. Der kleine, dickliche Morgan nickte artig. Daniels stand unbeteiligt da. Er tat gerade so, als ginge ihm das ganze Gerede schrecklich auf den Wecker. Aber Jones redete weiter, gab Zeichen und wies Stellungen zu. Morgan blieb beim Nicken. Daniels wirkte noch immer unbeteiligt. Für ihn war der Kuchen schon gegessen, bevor er überhaupt gebacken war.

Auf solche Leute, das lehrte die Erfahrung, musste man ein besonders wachsames Auge haben. Selbstgefällige Gangster waren unberechenbar.

»Daniels gefällt mir nicht, Phil«, gab ich an meinen Freund in die Schalterhalle durch. »Pass gut auf ihn auf, wenn es geht. Kein Risiko. Lieber eine Pleite auf der ganzen Linie als einen fragwürdigen Erfolg. Viel Glück, ihr beiden!«

»Okay, danke, Jerry.«

Phils Stimme klang zwar ruhig, aber er war genauso gespannt wie wir alle.

Sie gingen nun langsam auf den Eingang zu. Die Wagentür war nur angelehnt und der Motor lief. Etwas stotternd zwar, aber er lief.

Ich saß zwanzig Yards entfernt hinter dem Steuer eines Buick. Lieutenant Joe Gonzales saß neben mir. Oberhalb des Bankeingangs stand Zeerookah mit einem Oldsmobile. Auf der gegenüberliegenden Straßenseite hatte Joe Brandenburg seinen Chevy geparkt.

Jones schaute sich noch einmal in alle Richtungen um. Drei Frauen und zwei Männer betraten die Bank, ohne den jungen Burschen Beachtung zu schenken. Dann kam der Griff zu den Kapuzen der olivgrünen Parkas, die sie trugen. Armeebestand. Gekauft in einem Secondhand Shop in der West 34th Street. Selbst das hatten wir beobachtet und registriert. Mit einem Ruck streiften sie sich die Kapuzen über.

Daniels und Morgan tauchten in die Bank. Jones zögerte noch einen Moment. Wie jemand, der vor der Reise nicht sicher war, das Gas abgedreht zu haben. Dann folgte er den beiden und verschwand aus meinem Blickfeld.

Draußen war alles ruhig. Der Eingang lag in einer stillen Nebenstraße, die kaum befahren war. Eine Einbahnstraße, die in der Regel als Parkplatz benutzt wurde.

Der Dodge der Banditen drehte stotternd im Leerlauf. In diesem Moment war meine größte Sorge die, dass die alte Karre ausging und das Trio plötzlich ohne Fluchtfahrzeug dastand.

Das war nämlich eine Möglichkeit, an die keiner von uns gedacht hatte.

Jones betrat zwar als Letzter die Bank, aber er marschierte stracks bis zur Hauptkasse durch.

»Überfall!«, schrie Daniels hektisch. Seine Stimme klang schrill und überschlug sich.

Phil Decker stand rechts der Halle, am Informationsschalter. Er blätterte gelangweilt in Prospekten und stoppte nun die Beschäftigung. Er schaute erstaunt auf die UZI, die Jones unter seinem Parka hervorzog.

Die Bewaffnung der drei war die letzte offene Frage in diesem Unternehmen gewesen. Jones beantwortete sie.

Der lang aufgeschossene, magere Kerl drehte sich einmal im Kreis. Er ließ die UZI mitschwingen. Absolut bühnenreif. Es sah aus wie eine gestellte Szene, aber das hier war die Realität.

Zwei Bankkunden ließen sich zu Boden fallen. Ein Mann fluchte verhalten, eine Frau stieß einen erschreckten Schrei aus und wurde ohnmächtig.

»Keiner rührt sich von der Stelle, dann passiert auch

nichts!«, keuchte Alan Morgan, der rechts neben dem Eingang Stellung bezogen hatte. Er ließ nun sehen, dass er ebenfalls mit einer UZI bewaffnet war. Sekundenbruchteile später zog auch Daniels die kurze automatische Schnellfeuerwaffe unter dem olivfarbenen Parka hervor.

Hinter dem kugelsicheren Glaskasten der Hauptkasse stand eine junge Blondine. Ruhig und gefasst. Schließlich hatte sie gewusst, was passierte.

»Mach den Kasten auf, Baby!«, verlangte Jones heiser. »Nur keine falsche Bewegung. Ein Griff zum falschen Knopf und das hier wird ein Blutbad, das in die Kriminalgeschichte eingeht!«

Phil schickte einen schnellen Blick zu Steve Dillaggio. Er stand auf der anderen Seite der Schalterhalle und streckte nun ebenfalls die Hände gegen die Decke. Sie befanden sich in der denkbar günstigsten Position und hatten die Gangster zwischen sich. Normalerweise hatten Morgan, Daniels und Jones nicht den Hauch einer Chance.

Die schlanke Blondine in Rock und Bluse öffnete den Glaskasten.

Das war nicht abgesprochen, aber sie hatte Anweisung, alles zu tun, was die Gangster verlangten. Also tat sie es.

Jones hielt die Tür mit der Hüfte auf. Er zog eine gefaltete Reisetasche unter dem Parka hervor und warf sie der Blondine zu.

»Vergiss keinen Schein, Süße! Wir sind Not leidend und auf jeden Penny angewiesen!«

»Yes, Sir!«

Jones streckte seine Laternenpfahlgestalt. Sein Gesicht wirkte entspannt. Er hatte die Sache voll im Griff. Hinter ihm rührte sich nichts. Daniels und Morgan hatten die genau richtigen Positionen eingenommen. Sie beherrschten mit ihren Schnellfeuerwaffen den gesamten Schalterraum.

»Verstanden, Süße?«

Die Blondine nickte gehorsam.

Jones Blick strich über die Angestellten. Er kannte die Bank. Normalerweise, das fiel ihm auf, gab es um diese Zeit viel mehr Personal. Er konnte sich täuschen, aber sein Misstrauen war doch geweckt.

»Wie viel ist es ungefähr, Süße?«

»Mehr als hundertfünfzigtausend Dollar, Sir!«

Jones schluckte trocken. Das war dreimal mehr, als sie erwartet hatten. Es hätte ihn fröhlich stimmen müssen, aber es war der zweite Punkt, der ihn misstrauisch machte.

Nach seinem Geschmack lief das alles zu glatt ab. Da war wirklich der Spaziergang, von dem Lefty Singel gesprochen hatte. Reingehen, kassieren und wieder verschwinden!

»Beeilung!«

Die Blondine beeilte sich.

»Alles in Ordnung, Nummer zwei?«, fragte Jones.

Nummer zwei war Alan Morgan, Nummer drei war Daniels. Gestern hatte es noch Streit wegen der Nummerierung gegeben. Keiner hatte die Nummer drei und damit letzter Mann sein wollen. Morgan und Daniels hatten Lose gezogen. So war Daniels die Nummer drei geworden.

»Alles in Ordnung, Nummer eins«, sagte Morgan.

»Bei dir auch, Nummer drei?«

»Ich weiß nicht«, antwortete Daniels. Er drehte sich nach rechts und seine UZI zielte plötzlich genau auf Steve Dillaggio. »Einer der Kunden gefällt mir nicht, Nummer eins. Er hat ein typisches Bullengesicht!«

Das dachte Daniels nicht wirklich. Nachdem er durch Los die Nummer drei, also letzter Mann des Teams, geworden war, wollte er sich etwas wichtiger machen, als er war.

»… hat 'ne typische Bullenfresse, Nummer eins!«, fügte er hinzu.

Phil hielt die Luft an. Steve Dillaggio und Daniels waren sich noch nie begegnet.

Steve Dillaggio setzte ein etwas verkniffenes Grinsen auf.

»Ausziehen!«, verlangte Daniels. »Etwas dagegen, Nummer eins?«

Jones schüttelte den Kopf. Er drehte sich nicht um. Er beobachtete die Blondine, die die Reisetasche füllte. Sie beeilte sich wirklich, aber hundertfünfzigtausend Dollar sind eine Menge Papier.

»Ausziehen!«, wiederholte Daniels.

Morgan sicherte mit seiner UZI den Teil der Halle, in dem sich Phil aufhielt. Er tat es, wie er sich vorstellte, dass Bogart es getan hätte. Ein Lächeln auf dem sonst starren Gesicht und die Oberlippe etwas nach oben gezogen. Casablanca. ›Ich schau dir in die Augen, Kleines!‹ Er kümmerte sich nicht um Jones und nicht um Daniels. Er tat den ihm übertragenen Job und er hatte sich vorgenommen, ihn gut zu tun. ›Ich schau dir in die Augen …‹

»Etwas schneller, Süße«, sagte Jones.

Es gab nicht den geringsten Anhaltspunkt, aber für ihn roch das Ding angebrannt. Irgendwie war er sich schon jetzt sicher, dass es seine erste Feuertaufe würde und er sich bewähren musste.

»Ausziehen!«, verlangte Daniels zum dritten Mal von Steve Dillaggio, dem G-man mit den schütteren blonden Haaren, zu dem der italienisch klingende Name ganz und gar nicht passte.

Mit dem kurzen Lauf der UZI winkte Jones eine vollbusige, schwarzhaarige Schönheit heran.

»Du hilfst der Süßen, das Zeug rausschleppen!«, ordnete Jones an. Damit wich er total vom Schema ab, aber er war der Boss. Schließlich hatte der Kerl im schwarzen Trenchcoat mehr als deutlich gemacht, wer die Befehle gab und wer sich danach zu richten hatte.

Die Dunkelhaarige kam zögernd.

»Na, beeil dich, Puppe!«

Morgan schaute Phil an und grinste stupide. Phil kannte diesen Blick. Nun waren das keine Krümeldiebe mehr, sondern Gangster. Wenn etwas schief lief, davon war Phil überzeugt, ließ Morgan die UZI tanzen. Ob der Junge nun mit der Maschinenpistole umgehen konnte oder nicht, Opfer würde es auf jeden Fall geben.

Die Schwarzhaarige kam zur Hauptkasse. Sie wechselte einen schnellen Blick mit der schlanken Blondine.

»Ihr bringt das Zeug jetzt raus!«, verlangte Jones. »Vor dem Eingang steht ein Dodge mit laufendem Motor. Da kommt das Geld rein. Ihr beide setzt euch auf die Rückbank!«

Phil rann der Schweiß in Strömen über das Gesicht. Spätestens jetzt hätte er eingreifen müssen. Er tat es nicht. Selbst wenn er, Phil, und Steve Dillaggio traumhaft schnell reagierten, konnten sie nur zwei erwischen. Der Dritte würde dann unweigerlich das Feuer auf die Bankkunden und Angestellten eröffnen.

Das Drama zeichnete sich ab. Von nun an lief alles nur noch gut ab, wenn jeder die Nerven behielt und sich niemand den Gangstern in den Weg stellte. Sie nahmen die beiden Mädchen zwar mit, aber Phil war sicher, dass man die an der nächsten Ecke wieder aus dem Wagen aussteigen ließ. Das war nur unnötiger Ballast.

»Ausziehen!«, sagte Daniels zum vierten Mal zu Steve Dillaggio. Seine Stimme zitterte. Es machte ihn wütend, dass der Kerl seinem Befehl noch immer nicht nachgekommen war. Erst war er die Nummer drei geworden, obgleich er sich für besser als Morgan hielt, und nun musste er erleben, dass einer der Kunden ihn nicht ernst nahm.

»Dann muss ich die Hände herunternehmen, Nummer drei«, sagte Steve. »Geht das in Ordnung?«

Daniels spuckte aus.

Die Mädchen nahmen die Tasche mit der Beute gemeinsam auf. Jede griff sich einen Bügel. Zwischen ihnen tanzte die Tasche wie ein kleines Schiff auf viel zu hohen Wellen.

»Beeilung!«, verlangte Jones heiser. »Alle anderen werfen sich zu Boden und falten die Hände im Nacken. Ich lasse eine Sprengladung auf der Eingangsstufe zurück. Falls uns einer folgt, hat er Pech gehabt!«

In der Schalterhalle der North-Western-Bank gab es keinen, der über die neue Entwicklung der Dinge glücklicher war als Steve Dillaggio. Hätte er auch nur Mantel und Jackett ausgezogen, hätte Daniels gesehen, dass er mit seiner Vermutung, bei Steve handele es sich um einen Bullen, vollkommen richtig gelegen hatte.

Also tauchte Steve artig als Erster zu Boden und verschränkte die Arme hinter dem Kopf.

Er sah die beiden Mädchen gerade noch nach draußen verschwinden.

Dave Bassard warf einen ärgerlichen Blick zur Uhr. Zuerst war er im Revier aufgehalten worden, dann war er in einen Unfallstau geraten. Nur weil er die Uniform der New York City Cops trug, hatte er sich mit seinem Wagen über den Gehweg aus dem Stau lösen und seinen Weg fortsetzen können.

Auf jeden Fall kam er um mindestens zwanzig Minuten zu spät zur North-Western-Bank. Cindy arbeitete dort. Seit einem Monat hatte sie in East Village ihr eigenes Apartment. Es gab irgendwelche Probleme mit einem Jungen, die sie mit ihm, ihrem Vater, durchsprechen wollte.

Um zwei wollte er sie zum Lunch abholen, hatte Bassard versprochen. Jetzt war es zwanzig Minuten über die Zeit. Cindy würde nicht auf ihn gewartet haben. Sie hatte seinen irischen Dickschädel. Absprache war Absprache, wer nicht pünktlich erschien, wurde auch nicht mehr erwartet.

Bassard bog um die letzte Kreuzung. Der Eingang der North-Western-Bank befand sich fünfzig Schritte von ihm entfernt, auf der rechten Seite. Und Bassard erkannte auf den ersten Blick, dass etwas nicht in Ordnung war. Nach mehr als dreißig Jahren in Uniform hatte er einen Blick dafür.

Bassard gab noch einmal Gas.

Mein Herzschlag übertönte das Trommeln der Regentropfen, die auf das Dach des Buick prasselten. Joe Gonzales saß geduckt wie ein Tiger zum Sprung neben mir. Er war leichenblass. Seine Rechte umklammerte den Knauf des 38ers.

»Mach keinen Unsinn, Lieutenant!«

Sein Blick ruckte zu mir herum. »Wie kann man in einem solchen Augenblick so ruhig bleiben?«

»Das sieht nur so aus, Joe«, sagte ich leise.

»Die Mädchen sitzen in dem verdammten Dodge und Daniels hält die UZI drauf!«

Genau das war die Situation. Die Mädchen hatten die Tasche mit der Beute zum Wagen gebracht und waren auf die hintere Sitzbank geklettert. Das war ihnen befohlen worden. Phil und ich hatten heute Morgen noch mit den Bankangestellten gesprochen und ihnen eingeschärft, dass sie alles tun sollten, was die Gangster von ihnen verlangten. Die Mädchen hatten sich also nur an unsere Anweisungen gehalten. Alles Weitere war unsere Sache.

Daniels war ihnen als Erster gefolgt. Er stand zwei Schritte vom Eingang entfernt. Wie ein modernes Kunstwerk: etwas krumm und total deplatziert! Der Lauf seiner UZI zielte auf den hinteren Teil des rostigen Dodge, dessen Motor noch immer stotterte, aber nicht abstarb.

Hinter dem Rothaarigen tauchten nun der lange Jones und der untersetzte Morgan auf. Für Krümeldiebe, wie ich sie genannt hatte, gingen sie verdammt kaltblütig und professionell vor. Sie ließen uns nicht den Hauch einer Chance, vom Schema abzuweichen.

»Jerry ...«

Ich schüttelte den Kopf. »Noch ist nichts passiert, Joe«, sagte ich zu dem Lieutenant von der Narcotic Squad. »Es läuft alles etwas anders, aber es läuft glatt!«

»Und die Mädchen?«

»Zwei Straßen weiter, sobald sie sicher sind, dass ihnen die Flucht gelungen ist, fliegen die raus. Die Kerle haben andere Sorgen, als auf zwei Geiseln aufzupassen, Joe. Verlass dich darauf!«

Es klang nicht nur überzeugend, ich war mir meiner Sache auch absolut sicher. Morgan Jones und Daniels hatten nicht den geringsten Grund, Geiseln zu nehmen, wenn sie sich in Sicherheit wähnten. Was sie wollten, war Geld. Und das hatten sie reichlich bekommen. Daniels blieb stehen. Er sicherte die schmale menschenleere Straße, während Jones und Morgan zum Wagen rannten.

Jones umrundete das Fahrzeug. Er schwang sich hinter das Steuer. Morgan stieg hinten zu den Mädchen ein. Der Motor heulte auf. Jones öffnete die Beifahrertür von innen. Dann erst setzte sich Daniels in Bewegung.

»Okay«, gab ich Meldung an die Kollegen. »Alles bleibt wie abgesprochen. Allein der Sicherheitsabstand zum Fluchtfahrzeug wird etwas vergrößert, solange die Mädchen noch im Wagen sind.«

»Verstanden!«

»Denkt daran, wir wollen sie nicht schnappen. Wir dürfen sie nur nicht aus den Augen verlieren!«

»Verstanden!«

Jeder kannte seinen Auftrag. Es war eigentlich überflüssig, etwas zu wiederholen.

In genau dieser Sekunde tauchte der Caddy mit den tausend Rostflecken auf, die wie Narben auf dem silbrigen Metalliclack wirkten.

Der Fahrer trat auf die Bremse. Das Heck wedelte auf dem nassen Asphalt nach rechts, weil die Bremsen nicht richtig abgestellt waren, demolierte einen Olds, und dann stand der Caddy. Die Fahrertür flog auf. Jemand ließ sich in die Pfützen fallen. Das Wasser spritzte auf. Ich sah nur einen Schatten.

»Stehen bleiben! Polizei!«

Das war bis in unseren Buick hinein deutlich zu verstehen.

Dann tauchte der Cop in voller Montur neben dem Caddy auf. Er war grauhaarig und hatte ein zerknittertes Gesicht.

Das fiel mir auf den ersten Blick auf. Auf den zweiten Blick sah ich die verbissene Wut und Entschlossenheit auf dem bleichen, mit Sommersprossen übersäten Gesicht des Cops.

Daniels stoppte aus dem vollen Lauf heraus. Zwei Yards trennten ihn noch vom Dodge, dessen Seitentür offen stand.

»Stehen bleiben! Polizei!«

Daniels wirbelte herum. Die UZI tanzte in seinen Fäusten. Zu den Rostflecken bekam der silbergraue Caddy nun auch Einschussnarben. Aber das fiel bei der Hässlichkeit des Fahrzeuges kaum noch ins Gewicht.

Daniels schrie Jones etwas zu, das ich nicht verstand. Er rannte die letzten zwei Yards und schickte sich an, in den schon anfahrenden Dodge zu springen, als hinter dem verdammten Caddy der Revolver des Cops aufbellte. Heiser und böse.

Der Parka von Daniels staubte genau in der Brustmitte auf. Dort erwischte ihn die Kugel, die ihn gegen die offene Tür des Dodge schleuderte.

»Polizei!«

Genau das war es, vor dem ich Angst gehabt hatte: der unberechenbare Zufall! Alle Streifenwagen in der Gegend hatten den strikten Befehl, sich nicht um den rostigen Dodge der Gangster zu kümmern. Selbst dann nicht, wenn Jones Jagd auf rote Ampeln machte. Und jetzt tauchte ein verdammter Cop privat hier auf und machte uns einen Strich durch die Rechnung.

Der verdammte Zufall!

Daniels stürzte brüllend auf den Asphalt. Er streckte die Hände zum Himmel und schrie Jones etwas zu.

Im selben Sekundenbruchteil wurde Jack Jones zum Mörder!

Aus dem Wagen heraus feuerte er eine ganze Salve aus der UZI auf den am Boden liegenden Daniels ab.

Dann jagte der Dodge nach vorn. Jones gab Gas. Die Reifen drehten auf dem feuchten Pflaster, der Wagen schlingerte, aber Jones fing ihn.

Hinter dem Caddy stieg der Cop hoch. Er hielt die Dienstwaffe in beiden Händen, als er dem Dodge Kugel um Kugel nachschickte.

Dann erst konnte ich den Buick verlassen und hatte eine Chance, den Wahnsinn zu stoppen.

»Aufhören! FBI!«

Der Cop wirbelte herum. Der Lauf seiner Waffe zielte auf mich.

»FBI!«, schrie ich.

»Hier auch!« Joe Gonzales war auf der anderen Seite aus dem Buick gesprungen.

Der Cop ließ die Waffe sinken.

Keine hundert Yards entfernt stoppte Jones den Dodge. Die hintere Seitentür wurde geöffnet. Eine Person rollte auf die Straße. Dann setzten die Gangster ihre Flucht fort.

»Mann Gottes!«, hörte ich Gonzales schreien, als ich losrannte. Auf die Stelle zu, wo das blonde Mädchen auf dem Asphalt lag. Ihr Gesicht war übernatürlich bleich, deshalb fielen die Sommersprossen darin besonders auf. Die gleichen Sommersprossen und das gleiche bleiche Gesicht hatte auch der Cop.

Ich kniete neben dem Girl.

Zwei Kugeln hatten ihren Rücken getroffen. Abgefeuert aus einem 38er Special. Aus der Waffe des Officers, den der Teufel gerade zum schlechtesten Zeitpunkt hatte auftreten lassen.

Das Mädchen lebte noch.

Lebte noch etwas, wäre zutreffender gewesen.

Ich schaute mich gehetzt um. Joe Gonzales hob die Hand und gab mir ein Zeichen. Das konnte wohl nur bedeuten, dass er den Rettungswagen inzwischen alarmiert hatte.

Ich blieb neben dem Mädchen knien, nahm die schmale Hand des Mädchens und drückte sie fest.

»Von nun an musst du nur noch eins tun, Kleines«, sagte ich heiser. »Du musst am Leben bleiben. Hörst du? Nicht sterben, Kleines! Du wirst es schaffen!«

Sie hörte mich nicht, aber ich hatte das Gefühl, dass sie mich dennoch verstand. Ihre schlanken Finger erwiderten den Druck der meinen.

Vielleicht täuschte ich mich, vielleicht wollte ich nur, dass sich ihre schlanken Finger fest um meine Hand schlossen, und ich bildete mir ein, dass es geschah.

Die Klimaanlage lief auf vollen Touren. Dennoch war es heiß und stickig im Gang vor dem OP. Es roch nach Reinigungsmitteln, Krankheit, Schmerz und Tod.

Ich stand neben dem Aschenbecher, der an die Seitenwand des schmalen Ganges geschraubt war.

Dave Bassard, der Cop, saß auf der Bank gegenüber.

Es ist ein verdammt schlimmer Anblick, einen Mann in Uniform weinen zu sehen. Das tut einem weh und drückt das Herz zusammen!

Seit mehr als einer Stunde wusste Bassard, was er angerichtet hatte. Seit knapp einer Stunde kämpften die Ärzte um das Leben seiner Tochter und seit einer Stunde hatte Bassard kein Wort mehr gesprochen.

Ich konnte mir vorstellen, was in ihm vor sich ging. Für nichts auf der Welt wollte ich in seinen Schuhen stehen.

Er habe seine Pflicht getan, würden die einen sagen. Er habe zu schnell geschossen, würden die anderen sagen. Auf jeden Fall war er direkt in ein Schwerverbrechen hineingefahren und hatte versucht, es zu vereiteln. Die Schüsse auf Brian Daniels gingen in Ordnung, denn der Junge hatte die UZI sichtbar in den Fäusten gehalten. Aber dann waren, auch das war verständlich, die Nerven mit Bassard durchgegangen. Er hatte dem Gangsterwagen blindwütig nachgeschossen, ohne mit der Situation vertraut gewesen zu sein.

An diesen letzten Schüssen würden sie den alten grauhaarigen Sergeant der New York City Police aufhängen. Vielleicht keine direkte Schuldzuweisung, sondern eine indirekte. Aber das kam auf eins raus.

Ich drückte die Zigarette aus.

»Ich geh mal telefonieren, Sergeant«, sagte ich.

Bassard nickte, ohne aufzuschauen.

Ich ließ ihn allein in dem langen schmalen Gang.

Die Telefonkabine befand sich in der Halle, vor dem verbotenen Zugang zum OP.

Phil meldete sich.

»Ich weiß noch nichts«, sagte ich. »Was Neues von der Front?«

»Nichts«, antwortete Phil. »Der ganze verdammte Dodge ist mit Mann und Maus verschwunden!«

Ich nickte. Nach den Schüssen und nachdem Jones das schwer verletzte Mädchen aus dem Wagen hatte werfen lassen, war die Aktion gestoppt worden. Keine Verfolgung, keine Bewegung. Absolute Funkstille. Nichts, was Jones und Morgan Veranlassung dazu geben konnte, Nancy Loreen, so hieß das schwarzhaarige Mädchen, zu töten.

»Ich komme ins Office, sobald ich mit dem Arzt gesprochen habe, Phil!«

»Und Bassard?«

»Der ist am Ende.«

Ich beendete das Gespräch und ging in den OP-Trakt zurück.

Bassard stand neben einem jungen Doc. Im Vergleich mit dem alten, grauhaarigen Sergeant ein wahrer Milchbart, aber er hatte ein strenges, dynamisches Kämpfergesicht.

Er hatte gekämpft und verloren. Cindy Bassard war tot. Der Doc brauchte es nicht zu sagen. Seine Augen sprachen Bände.

Der Doc entfernte sich langsam. Ich blieb neben Bassard stehen. Ich wollte dem alten Sergeant die Hand auf die Schulter legen, aber ich tat es nicht.

»Mein Beileid, Officer.«

Ich wollte noch mehr sagen, aber da gab es einen Kloß in meiner Kehle, der jedes weitere Wort blockierte. Und was, verdammt, sollte ich dem Polizisten sagen, der in der letzten Stunde um hundert Jahre gealtert war?

»Ich habe sie getötet!«

Bassards dumpfe Stimme riss mich aus meinen Gedanken.

»Ich habe sie getötet!«

Der junge Doc blieb stehen. Er kannte die Geschichte nicht. Für ihn war Cindy Bassard eine Patientin von vielen gewesen. Er schaute mich an. Ich nickte kaum merklich und veranlasste ihn so zum Bleiben. Vielleicht hatte Bassard ihn nötig.

»Es war ein unglückseliger Unfall, Officer!«

Bassard nickte. »Ich habe sie getötet!«

Der Doc kam heran.

Was soll der Unsinn?, fragte mich sein Blick. Und mein Blick antwortete ihm, dass es verdammt kein Unsinn war.

Der junge Arzt zuckte zusammen.

Bassard wich bis zur Wand zurück. Er zog sich die Uniformjacke aus und legte sie auf die Bank. Auf die Jacke legte er seinen Ausweis und sein Abzeichen. Dazu eine Ehrenmedaille, die man ihm für besondere Verdienste verliehen hatte. Dann schnallte er sich das Schulterholster ab und legte es neben die Jacke mit dem Abzeichen, Ausweis und Medaille. Sekundenlang stand er bewegungslos da. Mit leerem Blick starrte er auf die Utensilien, die ihn für mehr als dreißig Jahre Cop hatten sein lassen. Dann bückte er sich, zog den 38er aus dem Holster und steckte die Waffe in den Hosenbund.

»Das ist meine Privatwaffe, G-man«, sagte er. »Ich rufe den Captain an und sage ihm, dass er die anderen Sachen abholen lassen soll.«

Seine Stimme klang klar und entschlossen.

»Kann ich zu ihr?«, fragte er dann den Arzt.

»Später«, antwortete er. »Sie muss erst noch ...«

Er unterbrach sich selbst mitten im Satz. So blieb uns erspart zu erfahren, was mit dem toten Mädchen noch gemacht werden musste, bevor man sie sehen konnte.

»Dann komme ich später wieder«, sagte Bassard stumpf und ging in der Haltung eines alten Mannes davon, der mit dem Leben fertig war.

»Officer!«

Bassard blieb stehen und drehte sich um. »Ich weiß«, sagte er. »Ich bin nun kein Cop mehr.«

Er ging weiter.

Die Tür pendelte hinter ihm aus. Ich wollte ihm nach. Der Doc hielt mich zurück.

»Ich will mich nicht in Ihre Angelegenheiten mischen«, sagte er, obgleich er es schon tat. »Lassen Sie ihn einfach in Ruhe, G-man. Er muss allein damit fertig werden, wenn er sie wirklich erschossen hat.«

»Das hat er«, sagte ich. »Seine eigene Tochter. Ist er eine Gefahr?«

»Er wird nicht weniger zur Gefahr, wenn Sie ihm jetzt nachgehen.«

Ich nickte. Er war schließlich der Doc. Aber was den Sergeant anging, so wusste er nichts. Er wusste auch nicht, dass Menschen und Polizisten aus verschiedenem Holz geschnitzt waren. Ihnen schlug zwar das Herz auf der gleichen Stelle, aber in bestimmten Situationen reagierten sie doch absolut unterschiedlich. Und davon, da war ich mir sicher, hatte der Doc keine Ahnung.

»Wirklich, G-man«, sagte er dennoch. »Außerdem könnten sie ihn gar nicht aufhalten. Nicht in diesem Zustand. Nicht einmal mit der Waffe in der Hand. Er würde Sie nicht sehen, sich nicht bedroht fühlen. Verstehen Sie?«

Ich nickte, denn diesmal hatte der Doc Recht.

Alan Morgan zitterte, als er sich neben den alten rostigen Dodge mit dem Rücken an den linken Vorderreifen setzte. Er starrte auf die graue Betonwand des alten Schuppens.

Jones zündete sich eine Zigarette an.

Nancy Loreen saß noch immer auf der Rückbank des Dodge. Sie hielt sich an der Reisetasche fest, in der sich die Beute befand. Sonst hatte sie nichts, an dem sie sich festhalten konnte. Nur Angst, panische, beinahe schmerzhafte Angst. Cindy war tot!

»Du hast ihn umgemäht«, sagte Alan Morgan. »Verdammt, du hast Daniels erschossen!«

Jones fluchte. »Daniels war schon tot!«

»Und warum, verdammt, hast du dennoch auf ihn gefeuert, Nummer eins?«

»Um ganz sicher zu sein, Nummer zwei«, antwortete Jack Jones. »Du hast Daniels genauso gut gekannt wie ich. Hätte er vielleicht die Schnauze gehalten, wäre er den Bullen lebend in die Hände gefallen?«

Diese Frage hatte sich Morgan schon hundert Mal selbst gestellt. Immer wieder war die Antwort negativ gewesen.

»Nein«, sagte er nun. »Das hätte Daniels sicher nicht!«

»Dann heul ihm auch nicht nach!«

»Tue ich doch gar nicht, Mann! Ich denke nur gerade daran, dass wir nun auf dem Stuhl braten, wenn sie uns schnappen. Geiselnahme, Banküberfall und Mord. Das mögen die nicht besonders gern.«

Morgan hatte sich wieder gefangen. Auch Bogart hatte, wenigstens in seinen Filmen, Rückschläge mit Fassung getragen und weitergekämpft.

»Das mögen die wirklich nicht besonders gern«, stimmte Jones zu. »Und die sind mit Sicherheit hinter uns her. Darauf kannst du dich verlassen.«

»Aber die kriegen uns nicht, Nummer eins!«

»Mit Sicherheit nicht.«

So redeten die beiden sich gegenseitig Mut zu. Und während Nancy Loreen auf dem Rücksitz leise schluchzte und gegen ihre Angst ankämpfte, kamen Jones und Morgan zu der Einsicht, dass aus ihnen einmal Gangster der Sonderklasse werden würden.

»Spitzenklasse, Nummer zwei!«, steigerte Jones die gegenseitigen Beförderungen noch.

»Was machen wir mit dem Girl?«

Darüber hatte Jones sich noch keine Gedanken gemacht. Er zuckte mit den Schultern. »Was meinst du?«

»Du bist die Nummer eins!«

»Sicher«, sagte Jones. »Ich höre mir deinen Vorschlag an und treffe dann meine Entscheidung.«

»Okay, Nummer eins. Wenn sie willig ist, lassen wir sie morgen wieder springen. Verraten kann sie den Bullen doch nichts mehr. Die kennen unsere Namen, unsere Ahnentafel und alle unsere Kinderkrankheiten, sobald sie Daniels identifiziert haben. Die Kleine kann uns wirklich nicht mehr in die Pfanne hauen. Was meinst du?«

»Okay«, sagte Jones nach kurzer Bedenkzeit. »Ich finde, du hast vollkommen Recht. Genauso machen wir es. Nur, ich stehe nicht auf Titten, Nummer zwei.«

»Das trifft sich gut«, sagte Morgan. »Denn ich stehe nicht darauf, ein Mädchen mit jemand anderem zu teilen. Das ist Sauerei!«

Er nahm sich ebenfalls eine Zigarette und schielte in den Wagen.

Nancy Loreen weinte und hielt sich noch immer an der Tasche fest.

»Typisch Weib«, sagte Morgan. »Die krallt sich regelrecht an die Scheine, Nummer eins! Wenn sie könnte, würde sie den Zaster auch noch ausgeben, ohne dafür auch nur einen Finger krumm gemacht zu haben.«

Parker fluchte. Er legte den Hörer auf die Gabel, nahm sich einen Drink und zündete sich eine Zigarette an. Im Salon traf Stavros Papadretow gerade die Aus-wahl aus fünf Mädchen, die jemand von der Agentur geschickt hatte, nachdem er Sue Wontan an Palotti verschenkt hatte. So wie jemand einen alten Pullover verschenkt, weil er sich einen neuen kaufen will.

Der Grieche war verrückt! Und wenn er, Hank Parker, die Geschäfte hier nicht mit harter Hand managen würde, dann wäre alles längst zusammengebrochen.

Er hatte gerade die Nachricht erhalten, dass es bei dem Überfall auf die North-Western-Filiale zu einem Zwischenfall gekommen war. Ein zufällig vorbeikommender Cop hatte Feuerwerk gemacht und Daniels in eine bessere Welt geschossen.

Davon einmal abgesehen, auch davon, dass sich die Idioten Geiseln genommen hatten, war alles in Ordnung

Nebenan lachten Stavros und die Mädchen. Die

Wahl fiel dem Griechen sicher nicht leicht und würde noch einige Zeit in Anspruch nehmen. Und dann musste die Auserwählte auch noch auf die Teststrecke. Mit anderen Worten, von Stavros hatte Parker heute nichts mehr zu erwarten. Bestenfalls zwischendurch erkundigte der sich mal nach dem Stand der Dinge.

Das Telefon läutete erneut.

»Ja«, meldete sich Parker.

»Eines der Mädchen ist tot. Der Bulle, der hinter dem Dodge hergeschossen hat, hat es erwischt. Die haben die Tote einfach aus dem Wagen geschmissen!«

Schweiß perlte von Parkers Stirn.

»Wo sind die jetzt?«

»Keine Ahnung. Aber wenn sie sich an die Spielregeln halten, wird sich Jones im Laufe des Abends melden.«

»Okay, dann höre ich wieder von dir, Spencer!«

»Sicher.«

Parker legte auf, zündete sich die nächste Zigarette an und verfluchte den eigenen Plan, den er in Bezug auf den verdammten schlechten Schnee entwickelt hatte. Hatte entwickeln müssen, weil der griechische Ziegenhirte gierig war und nicht auf lausige hundert Riesen verzichten wollte, was ihm leicht gefallen wäre.

Nichts als Komplikationen. Das tote Mädchen schreckte die Bullen, vielleicht auch die G-men, wieder auf. Stavros versuchte zwar, es immer abzustreiten, aber Parker wusste genau, dass die G-men auch den Griechen treffen konnten, wenn sie sich nur lange genug auf ihn einschossen.

Die Sache mit dem Schnee musste schnellstens abgehandelt werden. Und Parker beschloss, dem Griechen nichts von den Schwierigkeiten zu sagen, die es bei dem Überfall gegeben hatte.

Sergeant Dave Bassard fühlte absolut nichts mehr. Auch nicht den Regen, durch den er lief. Nur mit Hemd und Hose bekleidet.

Brian Daniels, das war der Name seines Toten.

Bassard hatte im für Daniels zuständigen Revier angerufen und die Kollegen angezapft. So hatte er erfahren, dass Daniels ein Teil eines Trios war. Morgan, Jones und Daniels. Bassard hatte sich Hintergrundinformationen über das Trio geben lassen und aufgelegt, als der angezapfte Kollege plötzlich misstrauisch geworden war.

Nun ging Bassard über den East Broadway. Nur mit einem Hemd bekleidet, patschnass, und der Knauf des 38ers ragte hoch aus seinem Hosenbund heraus.

Ein Verrückter unter Verrückten. Die verwegensten Gestalten bewegten sich rund um ihn herum und machten hier in dunklen Hauseingängen irgendwelche Geschäfte.

Er fiel nicht auf, das wusste Bassard. Die Kanone, die aus seinem Hosenbund ragte, nahm niemand ernst. Die hielt man für eine Attrappe. Täuschend ähnliche 38er Specials konnte man für zwei Dollar in jedem Spielzeuggeschäft kaufen. Für die lieben Kleinen. Zum Üben. Damit sie mal große Gangster wurden.

Oder schießwütige Bullen!, dachte Bassard.

Dann legte er einfach den Schalter um und dachte an nichts anderes mehr, als dass er sich auf dem Weg befand, um seinen Job zu tun. Unbezahlt, denn die verdammte Uniform hatte er abgelegt.

Ein Dienst an Staat und Gesellschaft, so sah Bassard das. Mal schnell ein paar Gangster packen. Noch zwei! Den Rest eines Trios, das die Kollegen vom zuständigen Revier als relativ harmlos bezeichnet hatten.

Relativ!

Der alte Einstein würde sich im Grabe umdrehen, wenn er auch nur ahnte, wie seine Lehre missbraucht wurde und wie leichtfertig man damit umging.

Relativ harmlos! Banküberfall mit Geiselnahme. Relativ harmlos!

Bassard schüttelte den Kopf. Sollten die anderen es nennen, wie sie wollten. Für ihn waren Jones und Morgan Schwerverbrecher und gleichzeitig auch der auslösende Faktor, der ihn seine eigene Tochter hatte erschießen lassen.

Er würde sie relativ harmlos kassieren und sie dann etwas weniger relativ unter den Boden schaufeln. Jeden Einzelnen mit dem Übergewicht von zwei Stahlmantelgeschossen!

District Attorney Samuel Toney hatte noch kein krummes Wort von sich gegeben. Das erwartete ich auch nicht von einem Mann mit seinem Verstand.

Wir waren in die Pleite gesegelt, weil zufällig ein Cop aufgetaucht war, der zufällig einen schnellen Revolver und einen nervösen Finger hatte. Den Helden hatte er spielen wollen.

Das war die Wirklichkeit! Aber außer uns vom FBI interessierte die niemand. Das Volk wollte Sensationen.

Ich gab einen Bericht zur augenblicklichen Lage. Mr. High und DA Samuel Toney hörten schweigend zu.

»Der Grieche wird überwacht, Parker, sein Stellvertreter, hat ebenfalls einen Schatten. Wir haben auch Palotti, der mit Stavros' Schmetterling ins Statler Hilton eingezogen ist, einen Mann vor die Tür gestellt. Von Morgan und Jones, aber auch von Nancy Loreen fehlt uns jede Spur.«

»Wie stehen die Chancen für das Mädchen?«

»Ich weiß es nicht«, sagte ich.

»Verdammt, Cotton, ich will wissen, wie Sie die Chancen für das Mädchen einschätzen!«

»Okay«, sagte ich. »Auf der einen Seite gut, weil die Kleine uns nicht mehr verraten kann, als wir schon wissen. Auf der anderen Seite schlecht, weil Morgan und Jones nun Blut gerochen haben. Zum anderen könnte der Befehl, die Kleine zu töten, aus einer anderen Richtung kommen. Vielleicht vom Griechen.«

»Na also«, sagte Toney. »Damit kann man doch was anfangen, wenn man für die Kleine betet.«

»Wir müssen abwarten, bis sich irgendwo etwas bewegt«, sagte ich.

»Ich habe einen Bericht über den Schmetterling, mit dem wir Palotti fotografiert haben«, sagte Mr. High. »Sie heißt Sue Wontan. Einiges deutet darauf hin, dass Wang Fungh, der erste Mann der Triade ›Der weiße Drache‹, die Kleine auf den Griechen losgelassen hat.«

Mr. High brauchte nicht näher zu erklären, was das unter Umständen zu bedeuten hatte.

Die Chinesen waren scharf darauf, den Griechen zu fressen, und danach, wenn eben möglich, auch das Kartell, um dann selbst ins Geschäft zu kommen. Aber in diesem Fall konnten die Chinesen nur halbe Arbeit verrichten: den Griechen erledigen und ein Abkommen mit dem Kartell schließen. Vielleicht mit Palotti, der den Schmetterling nun im Bett hatte.

Damit änderte sich in der Stadt nichts, und es rollte nur Stavros' Kopf. Und der so schnell, dass er uns nichts mehr sagen konnte, was auch anderen den Kopf kosten könnte.

»Ich kümmere mich darum«, sagte ich in einem Tonfall, der den District Attorney erstaunt aufsehen ließ.

»Sie sind so scharf auf den Griechen, dass Sie sich gegen ihn auch mit dem Teufel verbrüdern würden, oder?« Es klang nach Frage, aber für Toney war es eine Feststellung.

»Wir haben das alles gemacht, um den schlechten Schnee aus der Stadt zu schaufeln und den Kerl zu schnappen, der indirekt für den Tod der drei Jugendlichen verantwortlich ist«, sagte ich.

»Das ist richtig«, sagte Toney.

»An der Zielsetzung hat sich nichts geändert. Wir haben eine Falle mit Köder ausgesetzt, aber die Falle unglücklicherweise aus den Augen verloren. Wir werden Morgan und Jones wiederfinden. Und dann, so hoffe ich, packen wir den Griechen mit seinem ganzen Clan. Und das, Sir, hat Sogwirkung. Stavros Papadretow gehört nicht zu der Sorte, die gern allein und in aller Stille sterben. Wenn wir den Strick um seinen Hals dichter zuziehen und er den ekelhaften Knoten im Genick spürt, dann wird er singen. Damit wird er, was Palotti und das Kartell angeht, einen Erdrutsch auslösen.«

»Hört sich sehr gut an«, sagte DA Samuel Toney.

»Ist es auch«, sagte ich. »Und da lasse ich mir von den Chinesen nicht hineinpfuschen!«

»Das würde ich an Ihrer Stelle auch nicht tun«, stimmte Toney mir zu. »Aber wie wollen Sie es verhindern, Cotton?«

Ich zuckte mit den Schultern. »Auf dem Weg in mein Office wird mir was einfallen.«

Toney grinste, ohne dass es lustig wirkte. »Wenn es knallt, ziehen Sie den Kopf ein, Cotton. Sie haben nur einen und ich hasse Protokollpflichten auf dem Friedhof.«

»Ich auch.«

Toney behielt sein Grinsen bei. Er hatte mich wirklich in sein Herz geschlossen. Kunststück, von unserem Erfolg hing seine weitere politische Karriere ab. Und was mich anging, von mir aus konnte er Präsident werden.

»Meinst du das ernst?«, fragte Nancy Loreen mit zitternder Stimme. Nicht allein ihre Stimme zitterte, nein, ihr ganzer Körper bebte. Morgan starrte deshalb auf den Busen, der unter der Bluse bebte.

»Ja«, sagte Morgan. Er streckte die Hand aus und streichelte ihr langes schwarzes Haar. »Ich bin doch kein Killer!«

Nancy schaute ihn an. Sie war fünfundzwanzig, eine Frau mit Erfahrung. Sie hatte eine Menge Freunde hinter sich gelassen und war alles andere als ein Kind von Traurigkeit. Wenn sie gewollt hatte, hatten die Jungs es bei ihr niemals schwer gehabt, und meistens hatte sie gewollt. Freundinnen zogen sie damit auf und behaupteten, sie habe einen Sprachfehler. Angeblich konnte sie das Wort nein nicht aussprechen.

Nancy spürte Morgans Hand. Seine Finger glitten durch ihr Haar zu ihren runden Schultern hinab. Nummer eins, wie sich Jack Jones nannte, war vor zehn Minuten gegangen. Um etwas Luft zu schnappen, hatte er gesagt. Nancy aber wusste, dass er gegangen war, um Morgan die Gelegenheit zu geben, mit ihr allein zu sein.

Cindy Bassard war tot. Jedenfalls nahm Nancy das an. Und Nummer eins, Jones, hatte mit der Maschinenpistole auf seinen verwundeten Freund geschossen. Morgan hatte nichts dagegen unternommen, aber er behauptete von sich, kein Killer zu sein. Vielleicht war er das wirklich nicht. Vielleicht hatte er gar keine Chance gehabt, es zu verhindern.

Sie schaute ihn an. Sie hatte noch immer Angst. Aber nicht so sehr vor Morgan, sondern vor Jones. Nachdem der einen Menschen erschossen hatte und er sich als großer Boss fühlte, war er gefährlich geworden.

»Du wirst dafür sorgen, dass ich morgen wieder verschwinden kann, Nummer zwei?«

»Sicher!«

Morgans Hände tasteten über ihre Schultern und versenkten sich im Blusenausschnitt.

»Das heißt, wenn du uns keine Schwierigkeiten machst!«

Nancy Loreen lehnte sich im Sitz des Dodge zurück.

Sie schloss die Augen. »Du meinst, wenn ich dich tun lasse, was du willst?«

»Ja.«

»Und wenn Nummer eins noch etwas anderes einfällt?«

Morgan schwieg, auch seine Finger waren nicht mehr in Bewegung.

»Schließlich ist er die Nummer eins«, sagte Nancy. Sie wusste, dass es gefährlich war, Morgan darauf zu stoßen, aber sie musste es wissen. Um aus dieser Lage herauszukommen – in die Polizei setzte sie keine besonders große Hoffnungen -, brauchte sie einen Verbündeten. Morgan war ihr recht, auch wenn er zu den Gangstern gehörte.

»Du kannst morgen wieder verschwinden«, sagte Alan Morgan mit heiserer Stimme. Bogart hatte in keinem seiner Filme zugelassen, dass eine Frau getötet wurde. Er würde es auch nicht zulassen! Noch war er kein Killer. Wenn man sie schnappte, er rechnete zwar nicht damit, aber wenn man sie dennoch schnappte, würde er auch nicht auf dem elektrischen Stuhl enden.

»Du kannst dich auf mich verlassen, Baby!«, sagte er.

Seine Finger bewegten sich wieder unter dem BH, wohin er sie geschoben hatte.

»Wie alt bist du, Nummer zwei?«

»Zwanzig. Warum?«

Sie streichelte sein dunkles Haar, schaute in seine glänzenden, gelblichen Augen und ihre Finger strichen auch über die zusammengewachsenen Brauen.

»Du bist sehr erfahren«, sagte Nancy. »Viel erfahrener als andere in deinem Alter. Und du weißt genau, was du willst. Ich denke, eine Frau ist mit dir gut bedient, sie kann sich auf dich verlassen.«

Er nickte.

»Weißt du was?«

»Was?«

»Irgendwie erinnerst du mich an Bogart«, sagte Nancy. In manchen Augenblicken hatte er sich wirklich so benommen und auch so geredet wie sein Idol. Nancy wusste, dass sie ihn damit schnappen konnte. Das war seine schwache Stelle. Er sah nicht aus wie Bogart, nicht einmal wie ein Bogart-Verschnitt, aber er fühlte sich so.

Morgan lachte. Seine Oberlippe ruckte nach oben und legte die Schneidezähne frei. Philip Marlowe – THE BIG SLEEP.

»Okay«, sagte Morgan. »Okay.«

»Wirklich«, versicherte Nancy und lehnte sich noch weiter in den Sitz zurück. »Mach doch die Bluse einfach auf!«

Morgan nahm die Hand aus dem Büstenhalter. Er setzte sich auf und zündete sich eine Zigarette an.

»Was, verdammt, willst du?«

Nancy Loreen setzte sich auf. »Dich«, sagte sie.

Morgan lachte irr.

»Dich«, wiederholte Nancy Loreen. Etwas ging in ihr vor, was sie nicht für möglich gehalten hatte: Sie bekam Mitleid mit dem Jungen, der sie entführt hatte. »Gib mir auch eine Zigarette, Darling. Oder soll ich dich lieber Nummer zwei nennen?«

Morgan schaute sie an. Er hatte nicht viel Erfahrung mit Mädchen. Mit Frauen gar keine. Und Nancy Loreen, die er eben noch geringschätzig eine ›Tittenmamsell‹ genannt hatte, war eine Frau.

»Alan«, sagte Morgan und zündete eine Zigarette für sie an. »Du kannst mich Alan nennen.«

Er rauchte einen Zug und reichte ihr die Zigarette dann mit einer beinahe freundlichen, zuvorkommenden Geste.

»Okay, Alan. Danke.«

Nancy Loreen rauchte. Tausend Gedanken zuckten durch ihren Kopf. Sie sah die UZI, die rechts an der grauen Betonwand des Schuppens lehnte. Die Waffe zog sie auf eine Art wie magisch an, auf der anderen Seite jedoch wurde sie davon abgestoßen. Sie wusste nicht, ob es Morgans Waffe war oder die, mit der Jones auf Nummer drei geschossen hatte. Auf einen Freund. Jones hatte ihn kaltblütig erschossen, nur damit er nicht lebend in die Hände der Polizei fiel und etwas verraten konnte.

Nancy Loreen zitterte. Die Kälte kam von innen. Sie konnte sich nicht dagegen wehren.

Die Maschinenpistole! Nancy verstand nichts von Waffen und hatte nie mit einer geschossen. Dennoch traute sie sich zu, mit dem Mordinstrument schießen zu können.

Wenn sie jetzt aus dem Wagen sprang, wenn sie die Waffe schnell genug in die Hand bekam und auch schoss, dann war sie frei. Dann brauchte sie nicht bis zum nächsten Morgen zu warten und darauf, ob Morgan sein Versprechen auch einlöste, wenn Nummer eins oder sonst jemand andere Pläne mit ihr hatte.

Aus dem Wagen springen, die Waffe greifen und schießen!

Der Gedanke hämmerte wild hinter ihren Schläfen und ließ ihren Kopf beinahe zerspringen.

Die Maschinenpistole …

Ihre Muskeln spannten sich. Aus den Augenwinkeln beobachtete sie Alan Morgan. Mit träumerischem Gesichtsausdruck starrte der Löcher in die Luft. Wenn sie es geschickt anstellte, kam sie leicht an Morgan vorbei.

Also keine Hektik! Ganz langsam, wie selbstverständlich aus dem Wagen steigen!

»Willst du mich wirklich?«, fragte Morgan.

Aus! Ende! Der Traum von der schnellen Freiheit war nur kurz gewesen. Sie hatte zu lange gezögert. Seine Frage riss sie aus ihren Gedanken von Mord und Blut. Obgleich, wenn sie Morgan oder Jones erschoss, würde niemand sie anklagen. Eher im Gegenteil.

»Ja«, hörte sich Nancy Loreen selbst sagen und erschrak über den heiseren Klang ihrer Stimme.

»Ich hab's gewusst, Baby!«

»Ja.« Nancy Loreen nickte müde. Dann entdeckte sie den Schatten hinter dem kleinen Fenster des Schuppens.

Jones war natürlich nicht weggegangen. Er hatte den Schuppen zwar verlassen, aber er hielt sich in der Nähe auf, um Morgan und sie zu beobachten. Jones mochte sie nicht. Er wollte sie bei einem Ausbruchsversuch erwischen, um Morgan zu beweisen, dass sie noch eine Gefahr war. Obgleich sie ihnen im Grunde nicht mehr gefährlich werden konnte. Er mochte sie nicht. Morgan sollte dahinter kommen, dass man Frauen wie ihr nicht trauen konnte.

Die Flucht aus dem Wagen, der Griff zur Maschinenpistole, das wäre ihr sicherer Tod gewesen. Sie war noch einmal davongekommen.

Nancy Loreen atmete tief ein und aus. Die Unruhe in ihr legte sich. Noch war nichts geschehen und noch gab es Alan Morgan. An den musste sie sich halten, wie sie sich eben noch an die Reisetasche mit dem Geld geklammert hatte.

»Ich hab's wirklich gewusst«, sagte Morgan ernst. »Frauen wie du fliegen auf Männer wie mich!«

Zum ersten Mal stellte sie fest, dass Morgan nicht ganz richtig im Kopf war. Ohne Zweifel hielt er sich in diesem Moment wirklich für Bogart. Es war gefährlich, ihn aus dieser Scheinwelt herauszureißen. Er musste von sich aus in die Realität zurückkommen.

Nancy beugte sich nach vorn. Morgan kniete zwischen den Sitzen. Sie packte seinen Kopf und zog ihn an sich heran.

»Ich habe Glück gehabt«, sagte sie leise und drückte sein heißes Gesicht an ihren Busen. Mit der freien Hand öffnete sie ihre Bluse und dann den Verschluss des Büstenhalters. Er rutschte von ihren Schultern.

Nancy schaute an Morgan vorbei. Der Schatten am Fenster war verschwunden. Jones konnte nicht wissen, dass sie ihn bemerkt hatte. Von nun an musste sie eine Rolle spielen. Sehr gut spielen, denn es ging um ihr Leben. Plötzlich war sie sich absolut sicher, dass Jones sie, aus welchem Grund auch immer, töten würde. Morgan war noch zu schwach, um sie zu beschützen. Es lag einzig und allein an ihr, ihn stark zu machen.

»Komm«, sagte sie leise. Sie schob seinen Kopf etwas zurück und der geöffnete Büstenhalter rutschte von ihrem Busen. »Komm, Alan, lass uns zusammen träumen!«

Morgan lachte leise. »Du riechst gut.«

»Nina Ricci. L'Air du Temps«, sagte sie. Und dann, als er ihre Brustspitzen geküsst hatte, wich sie zurück.

»Was ist?«, fragte Morgan verstört.

Nancy druckste herum.

»Sag es, verdammt!«, verlangte Morgan ungehalten.

»Ich kenne dich nicht und ich weiß nicht, wie du lebst. Ich will mich auf keinen Fall zwischen dich und ein anderes Mädchen schieben.«

Sekundenlang starrte Morgan sie entgeistert an. »Das meinst du wirklich, he?«

»Ja, natürlich!«

»Du meinst, es wäre anders zwischen uns, wenn es ein anderes Mädchen geben würde?«

»Mit Sicherheit!«

Morgan schüttelte den Kopf. »Bist du 'ne Betschwester oder gehörst du einer besonderen Gemeinde an?«

»Nein«, antwortete Nancy leise und überlegt. »Ich will nur nichts kaputtmachen.«

Sie lauschte dem Klang der eigenen Stimme. Für jemanden, der sie nicht kannte, hörte es sich überzeugend an. Und Alan Morgan kannte sie nicht.

»Ach du meine Fresse«, stöhnte Morgan.

»Ich meine es ernst, Alan.«

»Okay, wenn es dich beruhigt, es gibt kein anderes Mädchen.«

»Das ist gut!«

Sie nahm seine Hand und legte sie auf ihren bebenden Busen. Sie konnte es sich leisten, Morgan anzuturnen. Er würde ihr doch nichts tun. Nicht etwa, weil sie sich ihm widersetzte, sondern Jack Jones würde es verhindern.

Jones hätte nichts dagegen gehabt, wenn Morgan über sie hergefallen wäre, aber er würde es nicht ertragen, wenn sie sich Morgan freiwillig hingab.

Nancy zitterte wieder. Was Morgan für unterdrückte Leidenschaft hielt, war nackte Angst. Sie hatte es noch lange nicht geschafft.

Die Tür des Schuppens flog auf. Jack Jones kam herein.

»Es regnet«, sagte er. »Außerdem dachte ich, du und die Tussi wärt schon längst fertig!«

Morgan fluchte leise. Jones schaute an ihm vorbei in ihr Gesicht. Nancy Loreen sah den Hass in den dunklen Augen des lang aufgeschossenen Mannes. Sie hatte sich nicht getäuscht. Jones dachte nicht im Traum daran, sie wieder auf freien Fuß zu setzen. Jones wollte ihren Tod.

Der Mann hinter dem Bartresen war riesig. Er hatte ein breitflächiges, brutales Gesicht, wulstige Lippen und eine platt geschlagene Nase. Ober den buschigen Brauen befand sich eine fliehende Stirn. Der Haarwuchs, grau meliert, begann erst auf der Kopfmitte. Er stand neben dem Flaschenregal und schaute gelangweilt um sich herum.

Es war nicht viel los in der Chieree Bar. Einige Verrückte saßen herum, nuckelten an einer Coke und warteten vielleicht auf ihren Lieferanten.

Dave Bassard blickte in die Runde. Er sah unterschiedliche Personen, aber jede hatte das gleiche leidende Gesicht mit stumpfen, tief liegenden Augen. Zehn, zwölf Gäste zählte Dave Bassard. Es war nicht einer darunter, vor dem er sich fürchten musste.

Auch Leo Karintschy, der hinter der Bar stand, imponierte Bassard nicht sonderlich. Er hatte den Namen und die Adresse von den Kollegen, die er wegen des relativ harmlosen Trios angezapft hatte.

Leo Karintschy war naturalisierter Pole, hatte eine bewegte Vergangenheit und war zurzeit mal wieder clean. Karintschy kannte Morgan, Daniels und Jones. Hin und wieder erledigten die Jungs einige Dinge für ihn, klauten Radios auf Bestellung, demolierten Fahrzeuge, legten einen kleinen Brand. Karintschy war in der Gegend bekannt. Wenn man etwas brauchte, konnte man sich an ihn wenden. Meistens konnte der Pole aushelfen, wenn nicht, regelte er etwas.

Bassard ging langsam bis zur Theke. Solides Eichenholz mit einem abgegriffenen Messingumlauf, der Patina angesetzt hatte. Es roch irgendwie muffig. Der Boden war seit zwei Tagen nicht mehr gefegt worden. Die Gläser, die offen im Regal standen, hatten einen Fett- und Schmutzschleier.

Karintschy schaute ihn erst interessiert an, als er die Theke schon erreicht hatte. Er sah einen grauhaarigen, alten Mann, der eine graue Hose trug, schwere Schuhe und ein weißes, offen stehendes Oberhemd, das klitschnass an seinem mageren Körper anlag. Er sah ein bleiches, von Sommersprossen überzogenes Gesicht mit tief liegenden, müden Augen. Ein Mann, der kaputt war. Also wenig interessant, wenn nicht die Kanone gewesen wäre, die aus seinem Hosenbund ragte. Leo Karintschy war erfahren genug, eine echte Waffe von einer Attrappe zu unterscheiden.

Bassard setzte sich halb auf den Hocker. Schweigend deutete er auf eine Flasche mit irischem Whisky.

»Kein Glas!«

Karintschy schaute ihn zweifelnd an, dann zuckte er mit den Schultern. »Bist du damit einverstanden, dass ich eine halbe Flasche berechne?«

Bassard nickte.

»Es wäre mir lieber, du würdest draußen saufen und kotzen!«

Bassard entkorkte die Flasche, trank einen Schluck und stellte sie wieder auf die Theke zurück.

»Wenigstens draußen kotzen«, sagte Karintschy. Da gab es etwas im Gesicht dieses Mannes, das ihn vorsichtig werden ließ.

»Okay«, sagte Bassard. »Kennst du mich?«

Leo Karintschy schüttelte den gewaltigen Schädel. »Nicht, dass ich wüsste.«

»Okay. Ich kenne dich auch nicht.« Bassard trank noch einen Schluck.

»Wie schön«, sagte Leo Karintschy und grinste.

»Und es wäre gut für dich, wenn du mich erst gar nicht kennen lernen würdest, Leo!«

Die buschigen Brauen huschten erstaunt in die Höhe. Seine fliehende Stirn bekam Falten und sein Teint einen leichten Rotstich.

»Wie soll ich das verstehen?«, fragte er lauernd und schaute sich vorsichtshalber um. Irgendwie hatte er das Gefühl, dass der bleichgesichtige Graukopf nicht allein gekommen war. Leo entdeckte keinen, der zu dem Kerl gehören konnte. Draußen auf der Straße parkte auch nicht auffällig ein Wagen vor dem Eingang.

»Ich komme wegen Jones, Daniels und Morgan!«

»Ja?«

»Daniels ist tot«, sagte Bassard. Er tippte sich mit dem Zeigefinger gegen das klatschnasse Hemd und zielte auf seine Brust. »Ungefähr hier habe ich ihn getroffen. Zweimal! Er hat es nicht vertragen, Karintschy. Vielleicht hat er geglaubt, dass er kugelfest ist, aber er war es nicht.«

Karintschys Augen wurden schmal. »Und?«, fragte er.

Bassard schaute ihn an. »Du bist ein großer Mann, Pole«, sagte er dann. »Viel zu groß, als dass ich vorbeischießen könnte. Richtig?«

Für Karintschys Begriffe war der Kerl verrückt. »Richtig«, sagte er dennoch. »Und du bist eher ein kleiner Mann, Alter. Das heißt, wenn ich dich zwischen die Finger bekomme, stellst du schnell fest, wie das Alter die Knochen morsch macht. Richtig?«

»Ja«, sagte Bassard mit müder Stimme. »Nachdem wir das abgeklärt haben, sollten wir eigentlich miteinander auskommen, Leo. Ich will wissen, wo ich nach dem Rest des ehemaligen Trios suchen muss.«

»Keine Ahnung«, sagte Karintschy.

»Das ist die Sorte Antwort, die mich wütend macht!«

Karintschy lachte. »Soll ich dich vielleicht anlügen?«

»Eben nicht!«

»Okay.« Karintschy zündete sich eine Zigarette an, holte mit dem Fingernagel eine Schuppe aus seinen buschigen Brauen und schaute Bassard dann wieder an. »Ich kenne die beiden nicht einmal.«

»Ich habe aus guter Quelle etwas anderes gehört.«

»Dann war es doch keine gute Quelle.«

»24. Revier East«, sagte Bassard.

Karintschy wich einen halben Schritt zurück. »Bist du Bulle?«

Bassard lachte dumpf. »Hast du schon mal einen Bullen gesehen, der so durch die Gegend läuft?«

»Nee, eigentlich nicht«, gab Karintschy zu. Seine Hand tastete langsam nach hinten, zum Flaschenregal. Hinter den beiden Flaschen auf der linken Seite hatte er eine kleine Pistole versteckt. Für alle Fälle. Gebraucht hatte er sie noch nie, aber jetzt hatte er doch das komische Gefühl, dass er die Waffe brauchte. Auf jeden Fall würde er sich sicherer fühlen, wenn er sie in der Hand hielt.

»Lass die Kanone dort, wo sie liegt, Leo!«

Karintschy drehte den Blick wieder zu Bassard. Der hatte seinen 38er auf die Theke gelegt. Dicht neben die Flasche, nach der er nun griff und noch einen Schluck trank. Der Alkohol half Bassard nicht. Er machte ihn nicht betrunken und er brachte ihn auch nicht auf andere Gedanken.

Bassard dachte an Cindy. Er dachte an Evelyn, seine Frau, die wahrscheinlich noch von nichts wusste und der er es nicht sagen konnte.

»Also?«, fragte Bassard.

»Ich habe wirklich keine Ahnung. Mann, das sind doch kleine Diebe. Die passen doch gar nicht in unsere Kreise, Alter!«

Bassard schaute auf die Flasche, versetzte ihr einen Stoß und beförderte sie so hinter den Tresen. Sie zerschellte am Boden. Der Whisky lief aus und verbreitete einen penetranten Gestank.

»Gib mir eine andere Flasche, Leo. Etwas mehr Prozente. Okay?«

»Sicher!« Der bleiche, grauhaarige Mann wurde Karintschy unheimlich. Er sah aus wie ein Häufchen Elend. Dennoch wusste Karintschy, dass er ihm nicht gewachsen war. Karintschy hasste es, Niederlagen schon vor einem Kampf eingestehen zu müssen.

Er holte eine andere Flasche aus dem Regal. Für den Bruchteil einer Sekunde war er versucht, nach der Pistole zu greifen, dann ließ er es sein.

»Scotch«, sagte Karintschy, machte die Flasche auf und stellte sie vorsichtig neben den 38er, der auf der schmierigen Platte lag wie ein Fremdkörper. Dann wich er wieder zurück.

Bassard nahm die Flasche auf, schaute sich das Etikett an und nickte zufrieden. »Nach irischem Whisky ist Scotch das Beste, he?«

»Das sehe ich auch so.«

Noch während Karintschy redete, ließ Bassard auch

diese Flasche hinter dem Tresen, direkt vor Leos Füßen, am Boden zerschellen.

»Ich bin etwas ungeschickt heute.«

»Das scheint mir auch so!« Karintschys Stimme klang wie das Krächzen eines heiseren Raben.

»Was ist jetzt mit Jones und Morgan?«, fragte Bassard. »Daniels ist schon tot, der spielt also keine Rolle mehr.«

»Wenn ich dir sage …«

»Eine Adresse, ein Anlaufpunkt, einen Lieblingsort, wo die sich aufhalten!«, unterbrach Bassard den großen, wuchtigen Mann, der die Hände zu Fäusten geballt hatte.

»Ich sagte …«

Leo Karintschy starrte in den Lauf des 38er, den Bassard plötzlich in der Hand hielt, dann auf das Streichholzbriefchen.

»Okay, Leo«, sagte Bassard. »Ich bin sicher, dir fällt noch etwas ein. Ganz sicher sogar. Und du glaubst doch, was ich dir sage, ja?«

Leo Karintschy nickte.

»Wenn du dich auch nur eine Handbreit von der Stelle bewegst, Leo, dann schieße ich dir eine Kugel in den Bauch. Das ist kein Witz und das tut verdammt weh!« Bassard griff in die Tasche. Er holte eine Patrone heraus und stellte sie auf die schmierige Theke. »So ein kleines Stück Metall kann in deinem riesigen Körper eine Menge Unheil anrichten, Pole. Ich habe erlebt, dass Menschen mit einem Stück Blei im Bauch über Stunden gestorben sind.«

»Du bist doch verrückt!«, keuchte Karintschy. Er sagte damit genau das, was Bassard nicht hören wollte. Verrückt! Das war ihm zu einfach. Dahinter wollte er sich nicht verstecken. Er war nicht verrückt gewesen, als er hinter dem Dodge hergefeuert hatte, und er war es auch jetzt nicht.

Bassard riss ein Streichholz an und hielt es gegen die

roten Schwefelköpfe der anderen. Es war ein volles Briefchen. Zischend entzündeten sich die anderen Streichhölzer. Eine Sekunde lang hielt Bassard das brennende Streichholzbriefchen in der Hand, dann warf er es hinter den Tresen.

»Scotch und irischer Whisky brennen, Leo«, sagte er ruhig. »Aber das merkst du schon früh genug!«

Karintschys Blick senkte sich zu Boden. Das Zeug brannte wirklich. Kleine bläuliche Flammen tanzten über der Flüssigkeit und breiteten sich immer mehr aus. Und er, Karintschy stand mittendrin.

»Vergiss es nicht, Leo«, zischte Bassard. »Wenn du dich auch nur bewegst, ist es um dich geschehen. Ich brauche eine Adresse, an der ich mehr erfahren kann, eine Anlaufstelle oder etwas ähnliches. Sobald du geredet hast, kannst du mit dem Löschen beginnen!«

»Bastard!«

Bassard schoss. Seine Kugel traf den rechten Oberschenkel des Polen. Leo wurde bis ans Flaschenregal zurückgeworfen und hielt sich an den Eisenstreben fest. Wenn er stürzte, benetzte er seine Kleidung mit dem Whisky, dann brannte er binnen einer einzigen Minute wie eine Fackel.

»Ich habe wohl etwas zu tief gehalten«, sagte Bassard.

Hinter ihm entstand Aufregung.

»Keine Panik«, sagte Bassard, ohne sich umzuschauen. »Polizei! Wenn ihr wollt, könnt ihr verschwinden. Wenn ihr bleibt, verhaltet euch ruhig. Leo und ich haben wichtige Sachen zu besprechen!«

»Penelope Hangston«, kreischte Karintschy. Mit beiden Händen umklammerte er seinen getroffenen Schenkel. Gleichzeitig starrte er auf den brennenden Whisky, in dem er stand. Seine Füße wurden schon heiß. »Penelope Hangston. Die Kneipe heißt Party Crown. Ericsson Place, Ecke Beach Street. Lower Broadway.«

Bassard nickte. »Ich kenne mich da aus.«
»Jones ist mal mit der Kleinen gegangen.«
»Weiter!«
Schweiß rann Karintschy über das Gesicht. »Lefty Singel wohnt ebenfalls in der Gegend. Ich kenne die Adresse nicht, aber Penelope kennt sie sicher. Lefty und die Jungs machten Geschäfte.«
»Weiter!«
Die Augen traten Karintschy aus den Höhlen. Er schüttelte den Kopf. »Mehr weiß ich nicht, verdammt! Mann, ich ...«
Bassard ließ den 38er sinken. So wie jemand eine schwere Last abwirft, die er auch keine Sekunde länger hätte tragen können.
»Das hättest du auch leichter haben können«, sagte Bassard dann. Er stand vom Hocker auf, legte zwanzig Dollar auf die Theke und drehte sich um.
Das Brüllen des großen, schweren Mannes verfolgte den Ex-Cop bis in den Regen hinaus.
Da drinnen war zwar geschossen worden, aber keiner kümmerte sich darum. Das normale Leben nahm seinen Lauf. Für alle anderen, nur nicht für Dave Bassard.
Penelope Hangston, Party Crown.
Bassard trat auf die Fahrbahn, sah das Yellow Cab und hob die Hand. Zuerst wollte der Fahrer durchfahren, dann hielt er doch. Bassard ließ sich auf die Sitzbank gleiten. Mit zitternden Händen zündete er sich eine Zigarette an. Der Wagen zog an. »Wohin?«
»Beach Street. Lower Broadway!«
Der Fahrer, ein junger Bursche in dunkler Lederjacke, schaute sich um.
»Ich weiß«, sagte Bassard. »Ich bin kein Cop mehr.«
»Was?«, fragte der Junge.
»Hast du Angst um dein Geld?«
»Besonders kreditwürdig siehst du nicht aus!«
Bassard lachte leise. Er ließ zwanzig Dollar auf den

vorderen Sitz fallen. »Du brauchst dich nicht zu beeilen«, sagte er. »Ist mir auch recht, wenn du zwischendurch einen Hamburger essen willst. Der Rest ist für dich!«

Der Orient Palace sah nicht nur aus wie ein Tempel, es war auch einer. Ein Tempel der Gaumenfreude und der Sinneslüste. Wang Fungh hatte den Orient Palace so aufgezogen, dass hier jeder Geschmack sehr individuell bedient werden konnte.

Das Pagodendach bestand aus milchigem Plastik. Auf den ersten Blick sah es aus wie Perlmutt oder dickes Pergament. Normalerweise konnte man von jedem Platz aus die Sterne sehen. Jetzt aber hingen dicke Wolken über Manhattan. So dick, dass nicht einmal das Mondlicht durchschimmerte.

»Bier«, sagte ich zu dem Kellner und zeigte ihm meinen Ausweis. »Dazu Mr. Fungh. An den Tisch oder in seinem Büro, das ist mir egal.«

Der kleine Chinese nickte und entfernte sich mit dem schleichenden Gang einer Raubkatze. FBI im Haus brachte ihn nicht aus der Ruhe. Jeder, der hier herumlief, gehörte zur Triade des weißen Drachen. Jeder war so geschult, dass er jeden Job übernehmen konnte. Kellner, Empfangschef, Koch, Bodyguard oder Killer. Sie standen überall ihren Mann und man sah ihnen ihre Gefährlichkeit nicht an.

Ich zündete mir eine Zigarette an, rauchte einen Zug und dachte an den Griechen. In diesem Zusammenhang sah ich die Bilder der drei toten Jugendlichen vor meinem geistigen Auge. Ich sah auch das bleiche Mädchen auf der Straße, das von zwei Kugeln aus einem Polizeirevolver in den Rücken getroffen worden war, und ich sah Dave Bassard, der kein Cop mehr war.

Ein Mädchen brachte das Bier. Sie trug ein eng anliegendes, rotes Kleid, das auf der rechten Seite bis zur Hüfte hinauf geschlitzt war. Für eine Chinesin hatte sie eine sehr frauliche Figur.

»Sir«, sagte die Chinesin und lächelte mich an. Ein Lächeln, das sie nicht abstellen konnte. Wahrscheinlich war sie damit schon auf die Welt gekommen.

»Ja?«

»Ich soll zusammen mit Ihnen warten, Sir. Mr. Wang Fungh will nicht, dass Sie sich langweilen.«

Ich nickte.

Die Chinesin setzte sich mir gegenüber. Sie sagte nichts, sie schaute mich nur an und lächelte auf eine Art und Weise, die mir langsam, aber sicher unheimlich wurde.

»Schlechtes Wetter«, sagte ich.

»Ja, sehr schlecht.«

»Gute Geschäfte?«

»Ja, sehr gute Geschäfte.«

»Gutes Mädchen«, sagte ich.

»Ja«, sagte eine Stimme hinter mir. »Ein sehr gutes Mädchen.«

Ich drehte mich nicht um. Die Chinesin stand auf. Wang Fungh setzte sich auf den vorgewärmten Platz.

Abwartend blieb das Mädchen im roten Kleid neben dem Tisch stehen.

Wang Fungh schaute mich fragend an. Als ich den Kopf schüttelte, schickte er die Chinesin weg.

Er war klein und fürchterlich fett. Sein Gesicht wirkte wie ein Ballon mit aufgezeichneter Nase, Mund und Ohren. Diamantringe schnitten in das weiche Fleisch seiner Finger, die nervös auf der Tischplatte trommelten.

»Um was geht es?«

Ich zeigte ihm meinen Ausweis. Hätte ich es nicht getan, hätte er von sich aus danach gefragt.

»Ich bin nicht allein, auch wenn das so aussieht.«

Die fette, teigige Gesichtsmasse verformte sich, als

er grinste. »Komisch«, sagte er. »Jeder denkt Schlechtes über die Chinesen. Selbst die Cops kommen nicht mehr allein.«

Ich erwiderte sein Grinsen und war davon überzeugt, dass es bei mir besser aussah.

Ich stellte das Walkie-Talkie auf den Tisch. Interessiert schaute er mir zu, als ich es einschaltete.

»Joe?«

»Draußen«, meldete sich Joe Gonzales. »Der Laden ist umstellt. Es gibt wirklich kein Mauseloch mehr, durch das jemand schlüpfen kann. Ist das okay?«

»Wunderbar!«

Das Teiggesicht blieb in der alten Form. Kein Muskel, kein Nerv regte sich darin.

»Wer ist das?«, fragte Wang Fungh.

»Lieutenant Joe Gonzales von der Narcotic Squad.«

Den kannte der fette Chinese. Und das war auch der Letzte, den er sich als Stammkunden wünschte.

»Was habe ich mit dem FBI zu tun?«, fragte Wang Fungh.

»Wir haben einen gemeinsamen Freund«, antwortete ich. »Stavros Papadretow.«

Noch immer regte sich kein Muskel in dem teigigen Gesicht.

»Uns ist er so sehr ans Herz gewachsen, dass wir nicht möchten, dass ihm etwas passiert.«

Wang Fungh nickte besonnen. »Die Welt ist voller Gefahren«, sagte er.

»Richtig, aber ich dachte doch mehr an eine bestimmte. An die gelbe Gefahr, Mr. Wang Fungh.«

»Wie kommen Sie darauf, dass wir etwas gegen den Griechen hätten?«

»Ein wirklich dummer Gedanke«, sagte ich. »Bei meinem letzten Besuch habe ich Sue Wontan beim Griechen gesehen. Dann musste ich doch gleich daran denken, dass es ein schlauer Schachzug ist, ihm die Schlange ins Bett zu legen.«

Wang Fungh stand auf und streckte sich. Größer und imposanter wurde er nicht. »Es ist nicht meine Sache, wenn dem Griechen etwas zustößt!«

Das war Ablehnung. Normalerweise galt er als schlauer Mann. Diesmal jedoch stellte er sich sehr dumm an oder er traute mir nicht zu, dass ich ihm Schwierigkeiten bereiten konnte.

Abwartend blieb er neben dem Tisch stehen. Sein Blick drückte unmissverständlich aus, dass er mich am liebsten tot gesehen hätte.

»Okay, Joe«, sagte ich ins Walkie-Talkie. »Fangt an!«

Wang Fungh zuckte zusammen. »Nennt man so was nicht Nötigung?«

»Präventivmaßnahme«, sagte ich. »Das ist ein hübscheres Wort. Es wird etwas unruhig. Morgen oder übermorgen, vielleicht auch heute noch, wird es auch unruhig in anderen Betrieben. Und falls dem Griechen etwas passiert, wende ich mich persönlich an Sie. Das wird sehr unangenehm, Mister.«

Ich trank das Bier. Irgendwo im Haus wurden Türen aufgebrochen. Gäste schauten sich verschreckt an. Die Schritte der Kellner wurden noch schleichender und die ersten Tische wurden geräumt.

»Die Narcotic Squad im Haus?«, fragte ich.

»Ich werde mit meinen Anwälten reden.«

»Sicher«, sagte ich. »Mein Name ist Jerry Cotton. Den Namen des Lieutenants, der den Einsatz leitet, kennen Sie. Reden Sie mit den Anwälten, Mister ...«

Er schwitzte. Mit dem Handrücken strich er sich durch das teigige Gesicht. Die großen Diamanten an seinen Fingern hinterließen Rillen in der aufgeschwemmten Haut.

»Was mich persönlich angeht, ich habe nichts gegen den Griechen.«

»Prima.« Ich trank das Bier aus, legte einen Fünfer auf den Tisch und stand auf. »Das ist sicher nicht der Beginn einer herzlichen Freundschaft, aber ich bin sicher, dass wir uns in einem Punkt verstehen: Der Grieche gehört uns!«

Er schimpfte hinter mir her. Er tat es so leise, dass ich nichts verstehen konnte. Wang Fungh wusste genau, dass wir ihn nicht stoppen, aber doch das Leben sehr schwer machen konnten. Er stand nicht allein. Schwierigkeiten hatte er seiner Triade gegenüber zu verantworten. Als ich auf die Mott Street zurücktrat, hatte es zu regnen aufgehört. Hinter den Wolkengebirgen, die durch einen starken Wind über den Himmel getrieben wurden, stach das helle Mondlicht.

Vielleicht war es ein gutes Zeichen. Ich hoffte es.

Ich dachte an Bassard, als das Funksprechgerät wie ein heiserer Frosch quäkte.

Es war Phil.

»Komm zum Beekman Downtown Hospital«, sagte er. »Ich erwarte dich in der Halle. Bassard hat zugeschlagen!«

Ich stellte keine Fragen, gab Gas und platzierte das Rotlicht aufs Dach.

Wahrscheinlich war es doch ein Fehler gewesen, Bassard nicht festgehalten zu haben.

Burt Spencer, der Mann im schwarzen Trenchcoat, wartete seit zwei Stunden in der Waikiki Bar am Wanamaker Place in East Village. Obgleich es genug sehenswerte Weiblichkeit gab, blieb sein Blick auf den tristen schwarzen Kasten des Telefons gerichtet.

Jones sollte anrufen, wenn alles geklappt hatte. Er hatte sich noch nicht gemeldet. Jones war auch nicht dort erschienen, wo Spencer ihn gerne hingelockt hätte. Wie beiläufig hatte er bei der letzten Unterredung eine stillgelegte Garage genannt, in der man weitere Geschäfte reibungslos abwickeln konnte. Spencer hatte einen Mann dorthin geschickt. Der letzte

Bericht war negativ. Jones und Morgan hatten ihren eigenen Unterschlupf.

Spencer verfluchte die Amateure, die unberechenbarer als das Wetter waren.

»Noch einen Kaffee«, bestellte Spencer, als das Mädchen hinter der Bar einen fragenden Blick in seine Richtung schickte. Er durfte nicht auffallen. In dem Dodge, der dicht neben dem Eingang parkte, befand sich Heroin. All das Zeug, das sie gestern Nacht aus dem Labor in der East 11th Street geholt hatten. Wenn er mit dem Kofferrauminhalt aufflog, war er erledigt.

»Sicher.« Das Mädchen machte sich an der Kaffeemaschine zu schaffen und kam wenig später zu Burt Spencer. Sie stellte die Tasse vor ihn auf den Tisch und setzte sich unaufgefordert. »Extra stark!«

Spencer schaute sie an.

»Ich meine, es scheint auch für Sie eine lange Nacht zu werden.«

»Ja?«, fragte Spencer. Zum ersten Mal schaute er die Frau richtig an. Sie mochte dreißig sein, war schlank und hatte eine gute Figur. Die Kurven schienen fest, aber das konnte täuschen. Bevor er sich da festlegte, wollte sich Spencer persönlich überzeugt haben.

»Sie warten doch schon seit mehr als zwei Stunden.«

Das lange blonde Haar flog, als sie den Kopf in den Nacken warf.

»Ist doch so, oder?«

Spencer konnte es nicht abstreiten. Er wollte es auch nicht, denn es hätte das erste Misstrauen gesät. Das konnte er sich nicht leisten. Diesen Laden hier musste er sich warm halten. Jones hatte die Telefonnummer. Hier oder nirgendwo würde das Telefon für ihn läuten.

»Ja«, sagte Spencer. »Ich soll angerufen werden.«

»Wann?«

»Keine Ahnung.«

»Von einem Freund?«

Spencer lachte. »Sie fragen wie ein Bulle«, sagte er.

»Aber Sie haben Recht: von einem Freund. Der Anruf kann sofort kommen oder erst in Stunden.«

Wenn Letzteres geschah, wenn die kleinen Bastarde ihn hier weitere Stunden schmoren ließen, wollte er ihnen persönlich den Hals umdrehen.

»Macht ja nichts«, sagte die hübsche Blondine. »Wir arbeiten hier vierundzwanzig Stunden am Tag.« Mit einem gekonnten Augenaufschlag wies sie zur Decke. »Und oben haben wir auch Zimmer.«

»Aber eine andere Telefonnummer.«

Sie rückte etwas dichter an ihn heran. Er spürte den Druck ihres Schenkels, der sich unter dem straff sitzenden Rock abzeichnete.

»Haustelefon«, sagte sie. »Du nennst mir deinen Namen. Falls ein Anruf für dich kommt, stellt eine meiner Kolleginnen an dich durch. So einfach ist das.«

Der Druck ihres Schenkels verstärkte sich. Und als sie sich etwas weiter nach vorn beugte, konnte Spencer ihr auch in den Ausschnitt der roten Bluse sehen. Erfreulichere Aussichten als ein Blick durch das Fenster. Vorhin hatte es einmal kurz zu regnen aufgehört, aber nun schüttete es schon wieder wie aus Kübeln.

»Was sagt der Boss dazu, wenn wir einfach nach oben verschwinden?«

Die Blondine lächelte. »Er wird mich loben«, antwortete sie. »Schließlich kassiert er den Löwenanteil.«

»Wie viel?«

»Für wie lange?«

»Das ist der schwache Punkt.«

»Zweihundert Dollar, keine Extrakosten für Getränke oder sonst was. Du hast die ganze Nacht, sagen wir bis morgen Mittag, freie Auswahl. Was sagst du dazu?«

Spencer zögerte zwei Sekunden. Zweihundert Dollar konnte er als Spesen geltend machen. Wenn dieser Job gelaufen war, sauber gelaufen, zahlte Parker eine ganze Menge. Da kam es auf lausige zweihundert nicht an.

»Okay«, sagte er. »Aber ich trinke meinen Kaffee noch in aller Ruhe aus.«

Die Blondine kam noch näher und legte seine Hand auf ihren Schenkel. »Du hast alle Zeit der Welt«, sagte sie. »Vorfreude ist die schönste Freude. Hast du einen Namen?«

»Burt.«

»Ich bin Margret.«

»The Iron Lady?«

»Im Gegenteil. Ich bin wie Wachs unter den Fingern eines richtigen Mannes. Es ist nicht mein Job, irgendjemanden nach oben abzuschleppen. Wenn ich es tue, muss ich Lust dazu haben und der Mann muss mir zudem auch noch gefallen.«

»Kein Süßholz!«

»Wozu?«, fragte Margret, die Blondine. »Wir sind uns doch einig, Burt.«

»Das ist richtig.«

Burt Spencer warf noch einen Blick nach draußen. Sein gelber Dodge stand im Schein einer Laterne. Gut sichtbar, sodass es wahrscheinlich keinem in den Sinn kam, sich gerade an diesem Wagen zu vergreifen. Zum anderen war die Waikiki Bar vierundzwanzig Stunden geöffnet. Das hieß, es waren immer Gäste da, denen auffiel, wenn sich draußen Automarder an die Arbeit machten.

»Was soll ich an der Theke sagen?«

»Was?«

»Ich meine, nach welcher Person wird sich dein Freund am Telefon erkundigen?«

»Er wird nach dem Mann im schwarzen Trenchcoat fragen.«

Kichernd stand Margret auf. »Das ist ja wie im Krimi«, sagte sie, als sie mit schaukelnden Hüften zur Theke marschierte.

Spencer sah ihr nach. Auf jeden Fall, das konnte er schon jetzt sehen, hatte er keinen schlechten Fang gemacht. Zum anderen war es auch bedeutend angenehmer, im Bett einer Frau auf den verdammten Anruf der Amateure zu warten, die schon mehr Unsinn angestellt hatten, als die Polizei erlaubte.

Er trank seinen Kaffee und stand auf.

Ich versuchte, sie mir nebeneinander vorzustellen: Leo Karintschy, den Polen mit den angesengten Füßen und der Kugel im Oberschenkel, und Dave Bassard, den Mann, der die Uniform ausgezogen hatte.

Eigentlich war es unvorstellbar, dass der alte, grauhaarige Sergeant einen Mann wie Karintschy ins Krankenhaus schickte. Andersherum wäre es viel realistischer gewesen.

»Der Spinner legt heute Nacht noch einen um!«, schnaufte Karintschy. »Der hält einfach die Kanone auf jemanden und drückt ab. Ohne Seele, verstehst du?«

Ohne Seele. Das verstand ich nicht. Aber das spielte auch keine Rolle.

»Der Idiot hätte mich verbrennen lassen. Ganz sicher. Leo Karintschy auf dem Scheiterhaufen. Bei meinem Begräbnis hätten sich meine Kumpels noch tot gelacht. Verdammt …«

»Wohin, hast du ihn geschickt?«, unterbrach ich Karintschys Redefluss. Er lag im Bett, hatte sich von einem alten Mann besiegen lassen, tat sich selbst am meisten Leid und musste einfach reden, um nicht an die Schmach zu denken, die ihm da widerfahren war.

»Zu Penelope!«

»Kannst du das auch etwas deutlicher sagen?«, fragte Phil.

Karintschy rollte mit den großen Augen. »Du kannst auch verschwinden«, sagte er zu Phil. »Was mir zu meinem Glück noch gefehlt hat, ist ein überheblicher

Bulle, Mann! Nimm die Hacken unter den Arsch und mach die Fliege!«

Ich legte Phil die Hand auf die Schulter. Dann trat ich dichter an Karintschys Bett heran. Ich setzte mich schließlich auf den Rand und schaute interessiert auf seinen bandagierten Oberschenkel. Die Kugel steckte noch drin. Es war nicht gefährlich. Es reichte vollkommen aus, wenn man sie morgen entfernte.

»Hat er dich da getroffen?«, fragte ich und tippte mit dem Finger auf seinen Oberschenkel.

Nun erhob sich Leo Karintschy, der Pole, von der Matratze, nur für Ellenlänge. Leichenblass sackte er wieder in die Kissen zurück. Aus weit aufgerissenen Augen starrte er mich an. Zu seinem Glück sagte er nicht, was er dachte. Hinter der fliehenden Stirn gab es also doch etwas Gehirn mit etwas Verstand.

»Ich kann es nicht haben, wenn jemand uns unnötig aufhält, Leo«, sagte ich leise. »Dann hakt bei mir etwas aus, dann kenne ich mich selbst nicht mehr.«

»Ich habe noch nie einen Bullen erlebt, der noch alle Tassen im Schrank hat«, keuchte Karintschy. Vorsichtshalber zog er beide Hände schützend über den bandagierten Schenkel. »Penelope ist ein Mädchen, das hin und wieder in der Party Crown Bar arbeitet. Sie kennt Jones. Der Irre denkt, dass sie ihm sagt, wo er sein nächstes Opfer suchen muss.«

»Der Irre denkt richtig«, sagte Phil, der nun auch dicht ans Bett herangetreten war.

»Ericsson Place, Ecke Beach Street in Lower Broadway«, sprudelte es aus dem Polen heraus, bevor sich Phil nach seiner Verletzung erkundigen konnte.

Ich stand auf und nickte Karintschy zu. »Wenn wir ihn finden, schicken wir ihn auf Besuch vorbei«, sagte ich.

Phil hielt die Tür auf. Wir verließen das Zimmer, schauten uns an und wussten beide, dass eine wandelnde Zeitbombe durch die Stadt lief.

Dave Bassard war nicht irr und nicht verrückt. Er suchte die beiden Männer, die er mit dafür verantwortlich machte, dass er die Schüsse abgegeben hatte. Er suchte sie wie ein Bulle mit viel Erfahrung, aber er hatte die Uniform ausgezogen. Das hieß, er würde nicht mehr wie ein Cop handeln. Nicht nach den Buchstaben des Gesetzes. Dave Bassard hatte sein eigenes Recht geschrieben.

Er war uns einen winzigen Schritt voraus, aber der konnte Jones und Morgan, vielleicht auch Nancy Loreen, das Leben kosten.

Und, was in diesem Fall aber absolut zweitrangig war, er machte uns erneut einen Strich durch die Rechnung, nachdem er am Mittag schon alles durcheinander gewirbelt hatte.

»Willst du die Nummer nicht anrufen?«, fragte Alan Morgan. Seit sich Jones wieder im Schuppen befand, fühlte er sich in die Ecke gedrängt, kam sich genauso klein und hässlich vor, wie er war. Seitdem war er auch zum Kettenraucher geworden. Der Inhalt seines Päckchens bestand nur noch aus drei Sargnägeln. Mit denen konnte er nicht über die Nacht kommen.

Jones grinste. Mit der Schulter lehnte er an der Betonwand, an der auch die UZI stand. Sein Zeigefinger deutete auf die Waffe.

»Du warst leichtsinnig, Nummer zwei«, sagte er. »Wenn sie dir noch etwas mehr Honig ums Maul geschmiert hätte, wärst du glatt auf sie reingefallen. Dann hätte sie sich die UZI geschnappt und dich umgelegt, Mann.«

Morgan schaute zu Nancy Loreen. Sie saß auf dem Rücksitz und bemühte sich nicht, ihre Blößen zu bedecken. Die Bluse klaffte weit auseinander und legte ihre schweren Brüste frei.

»Das ist nicht wahr«, sagte sie leise.

Jones lachte schallend.

»Ja, warum sollte sie das tun?«, hieb Morgan in die gleiche Kerbe und tickte mit dem Zeigefinger gegen seine Stirn, um Jones so anzuzeigen, was er von ihm hielt.

Mit einer wahnsinnig schnellen Bewegung pflückte Jones die UZI von der Wand und riss sie hoch. Es klickte, als er den Sicherungsverschluss herumlegte. Sein schmales Gesicht wirkte im Licht der schwachen Beleuchtung noch eingefallener. Seine Augen glänzten, als habe er sich gerade einen Schuss gesetzt.

»Hast du vielleicht schon wieder vergessen, wer ich bin?«, fragte Jones. »Ich bin der Boss! Die Nummer eins, Mann! Du tanzt nach meiner Pfeife oder ich lasse die UZI tanzen. Begriffen, Bogart?«

Nancy hockte auf dem Rücksitz des Wagens. Jones nannte ihn Bogart. Das war wie Öl fürs Feuer. Es war für Morgan schon schwer genug, die Nummer zwei zu sein. Dass sich Jones zum Boss aufspielte, okay, aber dass er ihn Bogart nannte und ihn vor ihren Augen lächerlich machte, konnte er nicht vertragen.

Morgan streckte sich, nachdem er zuerst zusammengezuckt war. Er löste sich vom Kotflügel des Wagens und trat einen Schritt auf Jones zu.

»Was ist?«, fragte er schneidend. »Willst du mich auch erschießen? Sie vielleicht auch? Dann sind es erst drei, Jones. Um 'ne wirklich große Nummer zu werden, musst du in den Regen hinaus und noch zehn andere erschießen. Bunt sortiert, mit einigen Cops darunter. Das macht Eindruck!«

Jones starrte Morgan entgeistert an. Er knirschte mit den Zähnen. Sein Zeigefinger bog sich schon gefährlich um den Abzug. Er hatte damit gerechnet, dass sich Morgan duckte, wie er es immer getan hatte. Stattdessen jedoch schaute der Möchtegern-Bogart in den Lauf der UZI und schwitzte nicht einmal. Jones sah ein, dass es der falsche Weg war.

»Schon gut«, sagte er schnell. »Das war nur ein Test, Nummer zwei. Du hast ihn bestanden.«

Er ließ den Lauf der UZI sinken und stellte die automatische Schnellfeuerwaffe wieder an die graue Betonmauer.

Er lachte leise.

»Ich habe mich in dir getäuscht Nummer zwei. Ich dachte, du würdest dir vor Angst in die Hosen scheißen, Mann. Du bist ja richtig hart!«

»Worauf du dich verlassen kannst!« Morgans Selbstvertrauen war wiederhergestellt. Er hatte Jones die Stirn gezeigt. Diesmal hatte der Lange, der schon immer den Boss gespielt hatte, den Schwanz eingezogen. Aus den Augenwinkeln heraus sah er zu Nancy Loreen. Ein Lächeln huschte über ihr eben noch angespanntes Gesicht. Das Lächeln einer Frau für einen Helden.

Morgan zündete sich die nächste Zigarette an. Jetzt waren noch zwei in der Schachtel und die Nacht hatte gerade erst begonnen.

»Wenn du telefonieren gehst, bring Zigaretten für mich mit!«

Jones duckte sich. »Vielleicht sollten wir das alles vergessen«, sagte er. »In der Tasche sind hundertfünfzigtausend Dollar. Wir teilen sie und verschwinden.«

»Wenn du anrufst und wir den Stoff bekommen, sind es für jeden hundertfünfzigtausend Dollar«, sagte Morgan. »Das gefällt mir viel besser.«

Jones knurrte etwas Unverständliches.

»Und was glaubst du, wie weit du kommst?«, fragte der Ersatz-Bogart Alan Morgan. »Die rechnen mit uns! Die haben dich schon wieder eingefangen, bevor du die Stadt verlassen hast. Schon mal darüber nachgedacht?«

Nancy hielt den Atem an. Vorsichtig rückte sie dichter an die Tür und schob die langen Beine ins Freie. Sie hatte sich die Schuhe ausgezogen und stellte die Füße auf den kühlen Beton. Ihr Rock rutschte bis an den Rand der Nylons hinauf.

Morgan schaute sie ganz kurz an, dann konzentrierte er sich wieder auf Jones.

»Und mit hundertfünfzigtausend Dollar wird meine geplante Reise auch viel länger. Rate mal, wer mich begleitet?«

Jones traute seinen eigenen Ohren nicht. War es schon so weit? Hatte sie ihn schon um den kleinen Finger gewickelt und ihm den Rest seines wenigen Verstandes geklaut?

»Die Tussi«, sagte er.

Morgan schluckte, dann nickte er. »Ich finde es nicht gut, wenn du sie Tussi nennst«, sagte er. »Sie heißt Nancy.«

»Nancy Reagan?«

In Morgans gelbstichigen Augen glühte es einmal ganz kurz auf, dann sprang er mit einem Satz nach vorn. Viel zu schnell, als dass Jones, der damit überhaupt nicht gerechnet hatte, ihm ausweichen konnte.

Morgans Faust bohrte sich in seinen Magen. Er hatte das Gefühl, in der Mitte durchgebrochen zu werden, und krümmte sich zusammen.

Bewusstlos sackte Jones zu Boden.

Morgan blieb keuchend stehen. »Idiot«, sagte er zu dem Bewusstlosen. »Bogarts Freundin hättest du auch nicht beleidigen dürfen!«

Nancy Loreen schwitzte. Sie strich sich die langen schwarzen Haare zurück. Morgan war wirklich verrückt! Es kostete sie Mühe, es ihn nicht merken zu lassen, als sie ihn anhimmelnd anschaute.

»Danke«, sagte sie leise. »Ich habe gewusst, dass ich mich auf dich verlassen kann!«

Erst in diesem Moment wurde Morgan wirklich bewusst, was er getan hatte.

Er hatte sich gegen die Nummer eins gestellt, gegen den Boss.

Er war da gewesen. Es war zwar nur ein Bild, das Bassard in Uniform zeigte, aber der kleine Mann hinter der Theke erkannte ihn auf den ersten Blick. Seine Augen leuchteten einmal kurz auf, dann hob er den Blick von der Fotografie, schaute mich an und schüttelte den Kopf.

Alles andere hätte mich auch verwundert. Ich hatte langsam, aber sicher den Glauben an die Menschheit verloren. Wahrscheinlich versank ich in verzweifelte Agonie, wenn mir in den nächsten Stunden nicht noch jemand begegnete, der sich über meinen Besuch freute und mich nicht anlog.

»Wo ist Penelope?«

Der Kleine schaute mir noch immer in die Augen, als er unschuldig mit den Schultern zuckte. »Woher soll ich das wissen?«

»Woher sollst du überhaupt etwas wissen?«, fragte Phil.

»Sie ist schließlich nicht meine Tochter und bei mir angestellt ist sie auch nicht.«

»Aber wenn sie arbeitet, ist sie eine gute Kraft, oder?«

»Sicher.«

»Eine, wie man sie nicht alle Tage findet.«

»Das stimmt genau«, sagte der Kleine, dessen Name ich mir nicht einmal gemerkt hatte, so uninteressant war er eigentlich.

»An deiner Stelle würde ich mich dann heute schon nach einer neuen Kraft umsehen.«

»Was heißt das?«

»Hast du nicht die Kanone gesehen, die der Cop im Hosenbund getragen hat?«

Jetzt flackerte sein Blick. »Mann, ich habe nicht einmal eine Ahnung davon, dass er 'n Cop ist.« Er tickte mit dem Zeigefinger gegen seine Stirn. »Ein Verrückter!«

»Vielleicht«, sagte ich dumpf. »Auf jeden Fall hast

du ihn zu Penelope geschickt, obgleich du ihn für verrückt hältst. Falls ihr jetzt etwas passiert, drehen wir dir daraus einen Strick.«

»He, mal langsam mit den jungen Pferden. Ihr …«

Ich war es satt, immer nur auf Ablehnung und Widerstand zu stoßen. Mit einer schnellen Bewegung packte ich sein Hemd und zog ihn mit einem harten Ruck an den Tresen. Er bekam die Hände nicht schnell genug vor die Brust. Die Kante des Tresens prellte seinen Brustkorb. Mit einem pfeifenden Geräusch entwich die Luft aus seinen nikotinzerfressenen Lungen.

Ich ließ ihn los. Mit Mühe hielt er sich auf den Beinen. Er wurde etwas violett im Gesicht, aber nachdem er wieder Luft geholt hatte, wich die Ansammlung von rotem Farbpigment.

»Was sagtest du?«, fragte Phil. »Wo können wir sie finden?«

»Johns Lane«, keuchte der Kleine.

»Komisch, dass manche Leute sich erst wehtun müssen, um zur Vernunft zu kommen, Mann. Du solltest die Kante des Tresens polstern lassen. Das ist lebensgefährlich.«

Er schluckte den Fluch, der ihm schon auf den Lippen lag.

»Haben Sie 'ne Dienstnummer?«, fragte er. »Ich will mich über Sie beschweren.«

»Welche Nummer Johns Lane wohnt Penelope?«

»Zwölf«, antwortete er sofort. »Ich will eure Dienstnummer …«

»007«, sagte Phil im Hinausgehen.

Ich stand schon auf der Straße und erwartete ihn.

Die Johns Lane begann drei Blocks weiter in südlicher Richtung. Ich hatte vergessen zu fragen, wann Bassard hier gewesen war.

Dave Bassard saß auf der frisch bezogenen Matratze eines alten Stahlrohrbettes. Es stand unter dem Fenster des kleinen Apartments, aus dem Penelope das Beste gemacht hatte.

Es war sauber. Poster aus Griechenland zierten und verdeckten die fleckigen Wände. Etwas Sommer ging davon aus, etwas Wärme, die jeder in dieser kalten Betonstadt brauchte.

Vor zehn Minuten, als er gekommen war, war er zusammengebrochen. Einfach so. Ein wahnsinniger Schmerz in der Brust und die Lichter waren ausgegangen. Sie waren zu zweit gewesen. Penelope und ein Mann, der auf den ersten Blick ausgesehen hatte wie ihr Bruder. Sie hatten ihn auf das Bett gelegt, denn darauf war er wieder aufgewacht. Mit einem schnellen Blick zur Uhr hatte er festgestellt, dass er nicht lange bewusstlos gewesen war.

Nun saß er, brauchte einige Sekunden, um sich wieder zurechtzufinden, und schaute auf die schlanke, junge Frau, die am Herd stand und Kaffee aufbrühte. Der aromatische Geruch allein peitschte Bassard schon wieder auf.

»Hören Sie …«

Penelope drehte sich zu ihm um. Sie hatte ein klassisches Gesicht mit gerader, strenger Nase, halb vollen Lippen und dunklen Augen. Die Backenknochen sprangen hervor und ließen ihre Wangen eingefallen erscheinen. Aber das waren sie nicht.

»Sie bleiben sitzen, sagen nichts und trinken einen Kaffee«, sagte Penelope mit der gleichen Bestimmtheit, die ihm immer bei Cindy aufgefallen war.

Bassard strich sich über die Haare. Es war zwei vorbei. Eigentlich eine unchristliche Zeit, jemandem einen Besuch abzustatten, der zudem nicht einmal freundlich gemeint gewesen war. Er spürte die Kälte, die durch seine Glieder kroch, und zog fröstelnd die Schultern zusammen.

Jemand hatte ihm die Waffe abgenommen und auf den Nachttisch gelegt. Ein hohes Ungetüm mit Marmorplatte.

Sie schenkte Kaffee ein, brachte eine Tasse ans Bett und stellte sie neben dem 38er auf den Nachttisch.

»Wollen Sie eine Zigarette?«

»Ja«, sagte Bassard.

Sie gab ihm eine Camel und Feuer dazu. Dann setzte sie sich an den alten Tisch, dessen rissige Platte eine karierte Tischdecke zierte und auf dem sogar Blumen standen.

»Es ging Ihnen nicht gut«, sagte Penelope.

»Nein«, sagte Bassard einsilbig.

»Jetzt sehen Sie schon wieder besser aus.«

»Ja.«

Er rauchte einen Zug, schlürfte vorsichtig den heißen Kaffee und fragte sich, was er hier überhaupt suchte. Mitten in der Nacht mit einer entsicherten Waffe im Hosenbund und Hass im Herzen! Hier in einem fremden Apartment, bei einer freundlichen jungen Frau, die er nicht kannte.

Er schaute sie an, beobachtete die grazilen Bewegungen ihres Armes, als sie die Zigarette an ihre Lippen führte.

»Wo ist der Mann?«, fragte Bassard.

»Sie erinnern sich also noch?«

»Ja.«

»Es war mein Bruder. Ich habe ihn nach oben geschickt. Er wohnt direkt über mir. Ich habe ihm gesagt, dass ich ihn rufe, wenn ich ihn brauche.« Sie deutete auf die Waffe. »Er hielt Sie für sehr gefährlich, Mister ...«

»Bassard. Ex-Sergeant Dave Bassard. Ich weiß, ich bin kein Cop mehr.«

Penelope stand auf. Ihre Bewegungen waren geschmeidig fließend. Sie setzte sich neben Bassard auf das Bett.

»Wir kennen uns nicht und sehen uns wahrscheinlich auch nie wieder«, sagte sie leise. »Das sind gute Voraussetzungen.«

»Wozu?«

»Zum Reden.«

Reden, dachte Bassard.

»Vielleicht kann ich Ihnen helfen.«

Helfen.

»Wie alt sind Sie?«

»Fünfundzwanzig.«

»So alt ist Cindy nicht geworden.«

Penelope schwieg, obgleich seine Äußerung regelrecht um eine Frage heischte.

»Cindy war meine Tochter«, sagte Bassard. »Ich habe sie getötet.«

Er hatte plötzlich das Bedürfnis, es herausschreien zu müssen, wenn er nicht daran ersticken wollte. Aber in Wirklichkeit schrie er nicht. Er redete leise. Beherrscht sogar. Und bevor er sich dessen bewusst wurde, dass er weinte, hatte er alles erzählt.

Penelope, die junge Griechin, saß bewegungslos neben Bassard. Sie hatte die schmalen Schultern straff zurückgenommen und wirkte dennoch entspannt. Ihr Blick war auf den 38er gerichtet.

»Jones«, sagte sie mehr zu sich selbst als zu Bassard. »Er hat noch niemals etwas getaugt, das weiß ich. Aber er war auch niemals wirklich schlecht.«

Relativ harmlos, dachte Bassard. Er spürte wieder den ekelhaften Schmerz in der Brust und lehnte sich an Penelope, wie er sich in einem solchen Zustand wahrscheinlich auch an Cindy gelehnt hätte. Sekundenlang tanzten Lichtreflexe vor seinen Augen, mal grell, mal weniger grell, die allesamt zu einem hellen Sternregen zerplatzten.

»Sie wollen ihn töten, Sergeant?«

Die Frage riss ihn aus seinem Vakuum.

»Ja.«

»Und danach ist alles wieder gut?«

»Vielleicht«, sagte Bassard. Noch bevor die letzte Silbe verklungen war, wusste er, dass er log. Danach war nichts gut. Nichts war besser geworden. Außer, es herrschte vielleicht wieder etwas mehr Gerechtigkeit auf dieser verdammten Erde.

Jones war zweiundzwanzig Jahre, Morgan zwanzig Jahre alt. Zweiundvierzig Jahre unnützes Leben gegen die Gesellschaft. Kleine Straftaten in Serie, drei Verwarnungen vom Richter, eine Strafe mit Bewährung. Bewährt hatten sie sich nicht eine Sekunde lang. Die Gesellschaft war zu gnädig. Sie züchtete sich Pestbeulen, die eines Tages platzten und mehr Gestank und Elend verbreiteten, als jemand sich vorstellen kann.

»Ich will dabei sein!«

»Was?«

»Ich will dabei sein, Sergeant!«

»Ich bin kein Cop mehr«, sagte Bassard schroff. »Ich war es, viel zu lange. Hätte ich vor zwei Jahren diese verdammte Uniform ausgezogen, die Möglichkeit war da, und wäre ich zusammen mit Evelyn nach Wisconsin gegangen, würde Cindy noch leben. Ich bin kein Cop mehr.«

»Was dann? Der Henker?«

Er wollte ihre Hand beiseite schieben, die sich behutsam auf seinen Unterarm legte, aber er tat es nicht. Er glaubte, dass es ihn zu viel Energie kostete. Er durfte sich nicht verausgaben oder das gesteckte Ziel rückte in unerreichbare Ferne.

»Wissen Sie, wo Jones und Morgan sind?«

Penelope zuckte mit den Schultern. »Nein«, antwortete sie dann. »Ich habe Jones seit einem halben Jahr nicht mehr gesehen. Aber ich kenne einige Orte, an denen sie sich aufhalten könnten. Vielleicht.«

»Was ist mit Lefty Singel?«

»Der ist tot«, sagte Penelope. »Jedenfalls stand das

in den Zeitungen. Von FBI-Agenten erschossen, als er sich der Festnahme widersetzte. So heißt das doch in den amtlichen Berichten, oder?«

»Ja, so heißt das.«

Bassard stand auf. Seine Beine schienen aus Gummi zu sein. Er musste sich am Gestell des Bettes festhalten. Bassard verfluchte die ihm unerklärliche Schwäche. Flüche, mehr hatte er nicht entgegenzusetzen. Er musste warten. Penelope kannte einige Orte, an denen sich die beiden aufhalten konnten.

Zusammen mit ...

Komisch, er erinnerte sich sehr gut an Cindys schwarzhaarige Kollegin. Einmal waren Cindy und er zusammen mit ihr essen gegangen. Cindy und – der Name war ihm entfallen.

Bassard setzte sich wieder. Er hatte Zeit. Irgendwie glaubte er nicht daran, dass Jones und Morgan ein Risiko eingingen und so bald wieder aus ihrem Versteck hervorkamen.

Aber wie hieß das schöne schwarzhaarige Mädchen doch gleich wieder?

Penelope gab ihm eine Zigarette, die sie auch für ihn angezündet hatte. Seine Hand zitterte, als er sie an die Lippen führte. Verdammt, so würde er niemals die Waffe heben und den Abzug ziehen können.

Bassard schloss die Augen. Das Klopfen an der Tür schreckte ihn auf. »FBI! Bitte öffnen Sie!«

Bassard erkannte die Stimme des G-man, der zusammen mit ihm im Krankenhaus auf die Nachricht von Cindys Tod gewartet hatte.

»FBI!«

Morgan schwitzte. Jones lag ausgestreckt auf dem Betonboden des Schuppens. Etwas Blut hatte sich unter seinem Kopf ausgebreitet. Nicht Besorgnis erregend. Jones war nur bewusstlos.

»Wenn er aufwacht, tötet er uns beide!«

Nancys Stimme riss Morgan aus seinen Überlegungen. Er drehte sich zu ihr um. Sie war aus dem Wagen gestiegen und lehnte mit der Hüfte an der Karosserie. Morgan klimperte mit den Augen. Sie war verteufelt schön. Eigentlich war ihm das bislang noch gar nicht richtig aufgefallen.

Nancy Loreen hatte lange, schlanke Beine, feste Schenkel und fraulich runde Hüften. Dazu einen straffen, vollen Busen, der sich im Takt ihres Atems rhythmisch hob und senkte.

Eine kleine Schönheit. Aber warum, verdammt, wunderte er sich darüber? Hatte Bogart vielleicht jemals eine hässliche Frau um sich gehabt?

Natürlich nicht. Schönheit und Heldentum gingen miteinander gepaart. Das war immer so gewesen.

»Hast du gehört, was ich gesagt habe, Alan? Wenn er aufwacht, wird er uns beide umbringen!«

Sie wollte auf ihn zugehen, aber sie tat es nicht. Atemlos blieb sie an die Karosserie des Dodge gelehnt stehen.

Morgan befand sich im Prozess der Metamorphose. Er wurde Bogart und besann sich darauf, dass er Jones eigentlich gar nicht brauchte.

Sein Lächeln war überheblich. Genauso übertrieben war der Tritt, mit dem er Jones Rippen bearbeitete. Jones' magere Gestalt machte eine halbe Drehung. Nun lag er mit dem Gesicht zur Wand.

»Zieh die Nylons aus, Kleines.«

Nancy zuckte zusammen.

»Die Nylons, Kleines.«

Sie schob den Rock an ihren schönen Beinen hinauf und hakte die Nylons vom Strumpfgürtel. Dann zog sie sich die Strümpfe aus.

»Wirf sie her, Kleines!«

Sie warf sie in seine Richtung und lehnte sich wieder an den Dodge.

Jones war ein Killer und Alan Morgan war verrückt. In diesem Moment fragte sich Nancy, ob sie mit Jones, der Nummer eins, nicht besser dran gewesen wäre. Der war berechenbar. Aber wenn Morgan ausrastete, sah er in ihr eine Hexe, überschüttete sie mit dem Benzin aus dem Reservekanister und ließ sie brennen.

Nancy schloss die Augen.

Lieber Gott, dachte sie.

Das meckernde Lachen von Morgan traf sie wie eine Ohrfeige und ließ sie die Worte vergessen, die sie eigentlich an den lieben Gott im Himmel richten wollte.

Morgan stand ächzend auf. Er warf einen prüfenden Blick auf den langen Jones, den er mit Nancys Nylons gefesselt und geknebelt hatte. Dann sah er sie an und lachte erneut. In der Hand hielt er den Zettel mit der Telefonnummer, den er aus Jones Tasche gefischt hatte.

»Kannst du auf ihn aufpassen, Kleines?«

Nancy nickte schnell und heftig. Zu schnell und zu heftig für Morgans Begriff. Bevor er etwas sagte, wusste sie, dass sie einen Fehler begangen hatte. Sie hätte zögernd und ängstlich reagieren müssen. Ihre Sicherheit gefiel ihm nicht. Er war derjenige, der sicher sein durfte, nicht die Frau an seiner Seite. Die musste sich von ihm erst davon überzeugen lassen, dass ihr keine Gefahr drohte.

Tränen stiegen Nancy in die Augen. Wie sollte sie sich auf ihn einstellen und richtig reagieren, wenn sie nicht wusste, wer er im Moment war? Alan Morgan oder Humphrey Bogart oder irgendein Held, den Bogart mal gespielt hatte.

Sie sah an Morgan vorbei auf die Maschinnpistole, die noch immer einsam und verlassen an der grauen Betonwand stand. Vielleicht hätte sie doch eine Chance gehabt, aber ihr fehlte der Mut. Sie war Bankangestellte und Frau. Sie konnte mit Zahlen jonglieren und sie konnte mit Männern umgehen, wenn es sein musste aber nicht mit einem Psychopathen.

»Zieh dich aus, Kleines!« Morgans gelbstichige Wolfsaugen hatten einen beinahe unheimlichen Glanz angenommen.

»Ja.« Sie streifte die Bluse ab.

»Du sollst dich ausziehen, Kleines!« Seine Stimme klang böse und kläffend. »Ganz ausziehen. Nackt!«

Mit zitternden Fingern öffnete sie den Rock und ließ ihn fallen.

Morgan starrte auf den schwarzen Strumpfgürtel und den knappen Slip, der gerade ihre Scham bedeckte.

»Für wen hast du dich so geil angezogen, Schlampe?«, kläffte Morgan. Das Glänzen seiner Augen waren die Bewusstseinsblitze seines Gehirns. Er war noch auf der Suche nach der wahren Identität.

»Für dich!«

Es konnte falsch sein, aber es konnte auch richtig sein. Kam darauf an, ob er Bogart war oder Morgan.

»Yeah!« Die Oberlippe ruckte nach oben und legte die Schneidezähne frei. »Du hast mich erwartet, Baby!«

»Ja«, sagte sie leise. »Soll ich mich weiter ausziehen?«

Ein Ruck ging durch seine eher kleine, etwas untersetzte Gestalt. Das Glänzen seiner Augen gab es nicht mehr. Stattdessen wirkten die Pupillen etwas stumpf, als er sie anstarrte.

»He, verdammt, was soll das?«, fragte er, als sie sich den Slip herunterstreifte und nur noch den Strumpfgürtel trug. »Was, verdammt, hast du vor?«

Das war Alan Morgan. Bogart hatte Drehpause und war auf einen Sprung in die Kantine gegangen.

Er schielte zu Jones, der sich noch immer nicht rührte, dann schaute er sie wieder an.

»Manchen Frauen sollte man besser nicht trauen!«

»Das hat Nummer eins gesagt!«

»Vielleicht hat er Recht, Baby. Er ist ein Frauenkenner. Natürlich hat er Recht. Du willst mich rumkriegen und dann hereinlegen. Du willst wirklich die verdammte MPi, Schätzchen!«

Nancy blieb zitternd stehen. Sie war mit den Nerven am Ende und hatte den Punkt erreicht, wo es ihr egal war, was mit ihr passierte. Wenn er von ihr verlangt hätte, ihm die Schuhe zu lecken, hätte sie es auch getan.

»Dreh dich um! Leg dich mit dem Bauch auf die hintere Sitzbank!«

Sie drehte sich um und legte sich mit dem Bauch auf die hintere Sitzbank. Stoff wurde zerrissen. Dazwischen Morgans keuchender Atem. Dann war er heran. Nancy schloss die Augen. Sie spürte seine Hand, die über ihren Rücken strich, bis hinunter zu ihrem runden Hintern und dann die Schenkel hinab.

»Die Hände auf den Rücken!«

Sie tat auch das.

Zwei Minuten später hatte er ihre Handgelenke verschnürt und sie mit den scharf angewinkelten Füßen verknotet. Sie lag da wie ein verbogenes Fragezeichen, das Gesicht ins Polster des Dodge gepresst, und konnte sich kaum bewegen.

Morgan zog sie aus dem Wagen heraus. Unsanft stürzte sie auf den kalten Beton und drehte sich auf die Seite.

»Was hast du vor?«, fragte sie mit tränenerstickter Stimme.

»Weiß ich noch nicht, was Jones und dich angeht«, antwortete er. »Ansonsten werde ich jetzt anrufen, Kleines. Sie werden begreifen, dass sie einen Fehler gemacht haben, als sie Jones zur Nummer eins gemacht haben. Die Nummer eins, das bin ich!«

Dann, ohne Übergang, ohne ersichtlichen Grund, schlug er mit der Faust schwer gegen ihren Kopf.

Nancy Loreen verlor das Bewusstsein …

Phil schaute mich an. Es war eine ähnliche Situation wie damals, als wir Lefty Singel in die Mulberry getrieben hatten. Auch hier gab es eine Feuerleiter und vielleicht führte sie sogar an dem Zimmer vorbei, in dem sich Penelope befand – mit Bassard. Ich war mir beinahe sicher.

Aber es war doch anders. Bassard war ein Cop, man konnte ihn nicht überraschen. Bassard hatte nichts mehr zu verlieren, glaubte er, seine Gedanken waren auf Rache programmiert und arbeiteten geradlinig. Nicht so verworren wie die eines Mannes, der sich mit Heroin voll gepumpt hatte, wie es bei Lefty Singel der Fall gewesen war.

Es schien nur die gleiche Situation.

»Penelope?«

»Ja«, antwortete eine helle Frauenstimme.

»Sergeant!«

Schweigen.

Phil zuckte nervös mit den Lidern. Er hielt den 38er in der Rechten.

»Sergeant!«

»Ich bin kein Cop mehr, G-man!«

In dieser Sekunde nahm mir jemand eine Last von der Schulter, unter der ich beinahe zusammengebrochen wäre. Er war da und Penelope lebte. Vielleicht ein Indiz dafür, dass er sich wieder gefangen hatte, so weit das in seiner Situation überhaupt möglich war. Bei Leo Karintschy hatte er den harten Bullen nach außen gekehrt, den Jäger, der die Spur des Wildes auf keinen Fall verlieren wollte.

Er war weit gegangen. Zu weit, würden einige sagen. Einige, die nicht verstanden, was in dem alten, grauhaarigen Mann vor sich ging

»Du willst doch nicht, dass wir die Tür eintreten, Sergeant?«, fragte ich.

Einige Sekunden verstrichen. Ich hätte ein halbes Monatsgehalt dafür gegeben, wenn ich gewusst hätte, was drinnen passierte. Vielleicht dachte er an Flucht und vielleicht führte die Feuerleiter wirklich gerade an diesem Fenster des Apartments vorbei.

»Flüchten geht nicht mehr, Sergeant«, sagte ich. »Auf der Straße stehen ein paar von unseren Männern!«

Er lachte leise und grollend. »Das sagen Cops nur dann, wenn sie vergessen haben, den Fluchtweg abzusichern, G-man. Wenn er abgesichert ist, sagen sie es nicht. Dann hoffen sie darauf, dass die Beute in die Falle läuft!«

Der Schweiß rann über mein Gesicht. Mit dem Handrücken wischte ich über meine heiße Stirn.

Schritte näherten sich der Tür und verstummten. Es waren die leichtfüßigen Schritte eines Mädchens.

Phil wich einen halben Yard zurück. Er hob den 38er und kniff die Augen zusammen.

Irgendwie kam ich mir schäbig vor in diesem Moment. Aber wir mussten ihn von der Straße holen, bevor er wirklich tötete.

Der Riegel wurde zurückgeschoben. Knarrend schwang die Tür auf.

»Ihr könnt reinkommen«, sagte Bassard. »Aber nicht mit der Kanone in der Hand!«

Penelope schaute zu Phil, der die Waffe schussbereit in der Hand hielt.

»Und sie kann beruhigt nach draußen gehen«, sagte Bassard. »Es wird ihr nichts passieren.«

Bevor ich etwas sagen konnte, schüttelte die schlanke Frau mit dem klassisch strengen Gesicht den Kopf und wich wieder ins Apartment zurück.

»Ich bleibe!«

Phil steckte die Waffe ein. Hinter mir betrat er das kleine Apartment. Es roch noch immer nach frischem Kaffee.

Phil schloss die Tür. Er legte den Riegel wieder vor. Vielleicht wollte er Bassard damit anzeigen, dass wir alle zusammen dieses Apartment verließen oder keiner von uns.

Bassard saß auf dem Bett. Ganz dicht am Nachttisch, auf dem der 38er lag. Sein Gesicht war noch bleicher, noch eingefallener. Die tief liegenden Augen blickten stumpf in die Welt und seine schmale Brust blähte sich im Rhythmus seines Atems.

Die schlanke Griechin stand neben dem Tisch. Sie beachtete Phil und mich nicht. Sie schaute Bassard an. Ihre dunklen Augen flehten den alten Sergeant an, keine Dummheit zu machen.

Ich ging zum Tisch und setzte mich auf den Stuhl. Bassard hatte den Kopf nicht bewegt, aber seine Pupillen hatten meinen Weg aufmerksam verfolgt.

»Es ist zwar nicht die richtige Zeit«, sagte ich zu Penelope. »Aber ich hätte gern einen Kaffee.«

Sie nickte und schaute Phil an.

»Ja«, sagte er. »Kaffee könnte nicht schaden in einer solchen Nacht.«

Bassard lachte leise. »Ihr macht das geschickt«, sagte er.

»Sieht nur so aus, Sergeant«, sagte ich. »In Wirklichkeit sind wir müde. Und was mich angeht, ich habe die Schnauze voll. Ich frage mich, warum ich nicht einfach nach Hause fahre und mich ins Bett lege.«

»Weil du Bulle bist«, sagte Bassard. »Ein jagender Tiger in der Nacht. Der schläft auch nicht.«

»Wahrscheinlich.«

Phil setzte sich neben mich. Penelope schenkte zwei Tassen Kaffee ein.

»Ich kann Ihnen ein Sandwich machen.«

»Dafür schließe ich Sie eine Woche lang in mein Nachtgebet ein«, sagte Phil.

»Ihr habt keine Eile?«

Ich schaute Bassard an und schüttelte den Kopf. »Auch andere werden müde und schlafen, Sergeant.«

Bassard zitterte. Seine Augen glänzten fiebrig. Kein

Wunder. Nur mit einem Hemd bekleidet war er stundenlang durch den kalten Regen gelaufen. Auf der Jagd, wie ein Tiger der Nacht. Er zündete sich eine Zigarette an. Seine Hand zitterte so sehr, dass er drei Anläufe benötigte, bis die Zigarette endlich brannte. Ich registrierte es, sah die Waffe auf dem Nachttisch und wusste, dass sie in diesem Moment nur Attrappe war. Er war gar nicht dazu fähig, danach zu schnappen und sie auf uns zu richten.

Oder doch! Ich beschloss, es nicht darauf ankommen zu lassen.

»Leberwurst«, sagte Penelope, die den Kühlschrank öffnete und einen skeptischen Blick auf den kärglichen Inhalt warf. »Vielleicht mit etwas Gurke drauf.«

»Ich kann mir nichts Köstlicheres vorstellen«, sagte ich.

»Ehrlich«, sagte Phil. »Ich auch nicht.«

»Warum seid ihr so sicher, dass ihr Zeit habt?«

»Weil wir alles unter Kontrolle haben«, antwortete ich. Damit sagte ich ihm nicht die ganze Wahrheit. Burt Spencer fehlte uns und irgendwie war ich sicher, dass der in diesem grausamen Drama eine tragende Rolle spielte. Spencer hatte mit den Jungs geredet, Spencer hatte sie überredet, die Sache trotz Leftys Tod durchzuziehen. Er war der Kontaktmann. An ihn würden sie sich wenden. So betrachtet hatten wir eigentlich gar nichts unter Kontrolle.

»Wisst ihr, wo die Burschen sind?«

»Nein«, sagte ich.

Er lachte. Es klang hohl.

»Weißt du es, Sergeant?«

Er schüttelte den Kopf.

Penelope brachte die Sandwiches auf einem Teller, der die Narben der Zeit mit Würde trug.

»Tut mir Leid, dass nichts anderes da ist …«

»Das ist wirklich ausgezeichnet«, sagte Phil. »Wenn es nicht so wäre, würde ich es auch sagen.«

Und wenn ich nicht selbst dabei gewesen wäre, hätte ich niemals geglaubt, dass in einer solchen Nacht vier Menschen beieinander saßen und über Leberwurst-Sandwiches sprachen, als würde es nichts Wichtigeres geben.

Ich nahm einen Bissen. Ich war ausgehungert wie ein Wolf. Seit heute Mittag war es die erste feste Nahrung, die ich zu mir nahm.

»Du nicht, Sergeant?«

»Nein.«

»Hättest du ihn wirklich brennen lassen?«, fragte Phil kauend. »Den Polen, Leo Karintschy, meine ich.«

Bassard schaute auf. Es blitzte ganz kurz in seinen Augen auf, dann nickte er. »Ich glaube, ja«, antwortete er.

»Gut für ihn, dass er so schnell geredet hat. So hat er nur eine Kugel im Oberschenkel und angesengte Füße.«

Bassard grinste. Nur für den Bruchteil einer Sekunde, dann wurde der Sergeant, der deutlich irischer Abstammung war, wieder ernst.

»Gut für Karintschy«, sagte er. Dann stand er auf. Er taumelte etwas. Penelope wollte auf ihn zuspringen und ihn stützen. Zum Glück überlegte sie es sich im letzten Moment anders. Hilfe war das Letzte, was Bassard haben wollte und was er brauchte. Er hielt sich mit der rechten Hand am Eisengestell des weiß lackierten Bettes fest und rieb sich mit dem Handrücken den Schweiß aus dem Gesicht. Dann ließ er das Eisengestell los und stand sicher auf den Beinen. Vorsichtig ging er bis zum Fenster. Er presste sein heißes Gesicht an die beschlagene Scheibe, um besser nach draußen, in die absolute Dunkelheit, schauen zu können.

Es wäre für uns der richtige Moment gewesen, ihm die Waffe abzunehmen. Ich brachte es nicht fertig, ihm diese letzte Erniedrigung zuzufügen. Phil blieb ebenfalls wie angenagelt auf dem billigen Bretterstuhl sitzen. Und Penelope schaute uns beinahe dankbar an. Ich wusste nicht, was es zwischen den beiden gegeben hatte. Aber irgendetwas gab es. Ein Abkommen oder etwas Ähnliches, was sie auf irgendeine Art und Weise miteinander verband.

Vielleicht eine Minute verstrich. Ich hatte das Sandwich aufgegessen und Penelope schenkte mir die zweite Tasse Kaffee ein. Dann drehte sich Bassard wieder um. »Warum, verdammt, stellst du keine Fragen, warum, G-man?«

Ich stand auf, ging zwei Schritte auf ihn zu und blieb dann vor ihm stehen.

»Was ist?«, fragte er.

Ich griff in die Tasche. Mit einem Ruck warf ich sein Abzeichen und seine Ehrenmedaille auf das Bett. »Der Captain hat das Zeug nicht abholen lassen, Sergeant«, sagte ich. »Du bist noch im Dienst!«

Die Tränen schossen ihm sturzflutartig in die Augen, liefen über und rannen wie kleine Perlen an seinem zerknitterten weißen Gesicht hinab. Im Zickzack, als liefen sie Slalom zwischen den vielen Sommersprossen.

»Verdammt!«

»Die Uniform habe ich nicht mitgebracht«, sagte ich. »Das Abzeichen reicht. Du weißt, um was es geht, Serge. Wir brauchen deine Hilfe.«

Mit zitternden Fingern nahm er das Abzeichen und heftete es sich an den Gürtel der Hose. Die Ehrenmedaille steckte er in die Tasche. Dann nahm er die Waffe und schob sie sich in den Hosenbund.

»Das ist fair«, sagte er.

»Das sind wir, weil du es auch bist, Serge.«

Er drehte sich zu Penelope herum. »Du sagst, du kennst einige Orte, an denen sie sich vielleicht aufhalten können, Penelope«, sagte er. »Bringst du uns hin?«

Er hatte wirklich keinen Fehlgriff gemacht und die zweihundert Dollar bestens investiert. Margret, die Blondine, hatte ihn nicht angelogen. Freie Auswahl! Es machte ihr mindestens so viel Spaß wie ihm selbst.

Sie lag neben ihm, hatte eine Zigarette im Mundwinkel und starrte gegen die rissige Zimmerdecke.

»Wenn wir uns früher und unter anderen Umständen kennen gelernt hätten, wäre aus uns vielleicht was geworden«, sagte sie mit einem offenen Lächeln.

Burt Spencer lachte leise. »Wenn wir uns öfter sehen und dann besser kennen, kann noch immer etwas aus uns werden«, sagte er.

Sie drehte sich herum. Ihre rechte Brust drückte sich gegen seinen Oberarm.

»Wer weiß, Mann im schwarzen Trenchcoat. Vielleicht …«

Das Schrillen des Telefons unterbrach sie mitten im Satz. Sie schob sich über ihn hinweg und nahm den Hörer ab. »Okay«, sagte sie, rutschte wieder zurück und gab ihm den Hörer. »Für den Mann im schwarzen Trenchcoat!«

Burt Spencer schnappte danach wie ein Raubtier nach der Beute. Für etwas mehr als zwei Stunden hatte er vergessen, dass er nicht zum Vergnügen in dieser Bar wartete.

»Ja?«

Zuerst war nur ein heiseres Lachen zu hören. Es ging über in ein meckerndes Lachen. Dann kam ein Fluch.

»Der Hund ist verrückt«, sagte Morgan dann. »Ich habe ihn kaltgestellt!«

»Was? Mann, ich verstehe kein Wort.«

»Ich bin jetzt die Nummer eins!«

»Okay«, sagte er. »Wo bist du? Wo kann ich dich treffen?«

»Hast du nicht verstanden. Ich bin jetzt die Nummer eins!«

»Sicher«, sagte Spencer. »Ich habe dich gleich von Anfang an für den besseren Partner gehalten, Mann.«

»Ehrlich?«

Die Blondine gurrte zufrieden.

»Ehrlich«, versicherte er.

»Überleg dir noch einmal, ob du mit mir zusammenarbeiten willst«, sagte Morgan. »Ich rufe in einigen Minuten noch einmal an. Ich muss mir Zigaretten holen!«

Es klickte. Morgan hatte einfach eingehängt.

Spencer schmetterte den Hörer auf die Gabel zurück. Er streckte sich im Bett und sog zischend die Luft ein.

»Wir sollten uns wirklich etwas besser kennen lernen«, sagte er. Er versuchte, sich auf das zu konzentrieren, was Margret mit ihm tat, aber es gelang ihm nicht. Morgan, der Idiot, der sich für Bogart hielt, hatte wieder irgendwelchen Scheiß gebaut. Er hatte Jones ausgeschaltet. Und das Mädchen? Spencer schwitzte.

Er wollte etwas zu Margret sagen, als das Telefon wieder läutete.

Diesmal nahm er selbst ab.

»Für den Mann im schwarzen Trenchcoat«, sagte das Mädchen von der Bar.

Spencer wartete, bis durchgestellt worden war.

»Schon Zigaretten geholt?«, fragte er und hielt Margrets Kopf fest.

»Mache ich auf dem Rückweg. Was ist? Wollt ihr mit mir zusammenarbeiten?«

»Das habe ich vorhin schon gesagt!«

Margret schaute ihn grinsend an. Es machte ihr Spaß, ihn abzulenken.

»Was ist sonst vorgefallen?«

»Nichts!« Morgan lachte. »Alles im Griff. Wir haben hundertfünfzigtausend Dollar.«

»Mehr nicht?«

»Vielleicht mehr. Bislang hat keiner nachgezählt.«

»Okay. Wo seid ihr nun?«

»Baltimore Steamship Company. Bei den alten Lagerhäusern, aus denen sich selbst die Ratten verzogen haben.«

»Wo genau?«

»Komm einfach her. Ich werde dich schon sehen. Was für einen Wagen fährst du?«

»Einen gelben Dodge.«

»Dann werde ich dich ganz sicher sehen, Mann. Und nicht vergessen, dass ich nun die Geschäfte mache.«

»Okay.« Spencer wollte eigentlich noch nach dem entführten Mädchen fragen, aber unterließ es im Hinblick auf Margret. »Sagen wir in zwei Stunden.«

Morgan kicherte. »Ich habe Zeit und es wird mir auch nicht langweilig.«

Diesmal legte Spencer auf.

»Nichts mehr mit uns beiden, Mann im schwarzen Trenchcoat?«, fragte die Blondine.

»Heute nicht mehr.« Spencer schüttelte den Kopf. »Ich habe ein Rendezvous.«

»Mit wem?«

»Mit Humphrey Bogart!«

Parker hatte mit dem Kopf auf dem Telefon geschlafen. Beim ersten Ton schreckte er auf und griff nach dem Hörer.

»Okay, Parker!« Es war Spencer. »Einer von den Idioten hat sich gemeldet.«

Parker atmete einmal tief aus und ein. »Schwierigkeiten?«

»Nicht, was uns angeht. Aber die sind sich untereinander nicht einig. Die Führung wechselt laufend. Jetzt ist die Bogart-Imitation die Nummer eins.«

Parker fluchte verhalten. »Und das Mädchen?«

»Soll ich mich darum kümmern?«

»Nein«, sagte Parker schnell. »Du lieferst ab und kassierst. Mach Bogart deutlich, dass sie das Versteck erst nach Beginn der Frühschicht verlassen dürfen. Falls er keine Uhr hat, soll er sich an den Sirenen orientieren. Ich treffe dich um acht, zum Frühstück im Hilton, Spencer. Vergiss das Geld nicht.«

»Hundertfünfzig Riesen«, sagte Spencer. »Da kann man schon in Versuchung kommen.«

Er lachte und beendete das Gespräch.

Parker drehte sich auf dem Bett, schaltete das Licht ein und zündete eine Zigarette an.

»He, Parker!«, brüllte Stavros Papadretow so laut, dass man es einige Stockwerke tiefer hören konnte.

Parker verfluchte es, mit Stavros Papadretow zusammen das Penthouse zu bewohnen. Zur Bequemlichkeit des Griechen, damit der immer auf ihn zurückgreifen konnte, wenn er ihn brauchte.

»Parker!«

»Okay!«

Parker stand auf. Es war drei vorbei. Den Rest der Nacht konnte er anscheinend auch vergessen. Parker zog sich einen Morgenmantel an und ging in den Salon.

Stavros Papadretow saß auf der breiten Couch. Rechts und links von ihm saßen die neuen Schmetterlinge. Parker sah die beiden Eurasierinnen an. Wusste der Teufel, warum Stavros die eine gegen die andere eingetauscht hatte. Für Parker sahen alle gleich aus.

»Und?« Stavros Papadretow hatte getrunken. Seine Augen waren rot gerändert und die Pupillen schwammen.

»Alles in Ordnung.«

Stavros nickte und stemmte sich in die Senkrechte. »Bist du sicher?«

»Absolut.«

Parker ging an den Eisschrank der Bar und nahm sich eine Dose Cola.

»Wann wirst du endlich wie ein Mann trinken, Parker! Ich mache mir Sorgen um dich. Von dem Zeug kann man krepieren. Das würde mir nicht gefallen, denn was wäre ich ohne dich?«

Nichts, dachte Parker, während er Stavros angrinste. Absolut nichts, Grieche. Eine doppelte Null! Die Bullen hätten dich binnen einer einzigen Woche in jeder beliebigen Ecke.

»Verschwindet!« Die beiden Eurasierinnen gingen kichernd. Parker schaute ihnen nicht nach, so wenig aufregend fand er die Nacktheit der beiden.

»Bist du sicher, dass nichts schief gegangen ist?«

»Wenn ich es dir sage, Stavros!« Parker grinste. »Die Kerle haben die Bank geknackt und Spencer ist unterwegs, um ihnen den schmutzigen Schnee anzudrehen. Kurz vor Beginn der Frühschicht bekommen die Bullen einen Tipp auf den Schnee und die momentanen Besitzer. Die Kerle wissen nichts von uns. Vielleicht etwas von Lefty, aber die Arbeit, ihn stumm zu machen, haben die G-men uns freundlicherweise schon abgenommen.«

Stavros knurrte, trank einen Schluck Metaxa aus der Flasche und ließ sich schwer auf die Bank zurückfallen. »Gute Arbeit!«

»Danke«, sagte Parker. »Aber es sind keine zweihundert Riesen, Stavros!«

Das gefiel dem Griechen weniger.

»Hundertfünfzigtausend«, sagte Spencer. »Vielleicht etwas mehr. Das Geld ist noch nicht gezählt.«

»Schlecht für dich, Parker!«

»Das meinst du doch nicht ernst, Stavros?«

Stavros Papadretow zuckte zusammen. Parker erschrak selbst über den drohenden Unterton seiner Stimme.

»Du meinst, ich habe dir hundert Riesen versprochen?«

»Ja. Und einige freie Tage für eine Reise zu den

Mädchen in den Baströcken. Kannst du dich noch erinnern, Stavros?«

»Nicht mehr gut. Aber wenn du es sagst.«

»Was ich sage, ist richtig!«

»Du vergisst niemals was, he?«

»Selten«, antwortete Parker. »Ich lüge einfach nicht, Stavros. Also brauche ich auch nicht darüber nachdenken, was ich mal gesagt habe und jetzt sagen muss.«

»Alles ganz einfach.«

Parker nickte. »Richtig anpacken und hart durchgreifen. Und nie das Ziel aus den Augen verlieren.«

»Welches Ziel ist es diesmal?«

»Den schmutzigen Schnee auf der einen Seite gut verkaufen ...«

»... und auf der anderen Seite von den Bullen aus dem Verkehr nehmen lassen, sodass nichts mehr damit passiert. Du bist ein Genie!«

»Das weiß ich!«

»Und so von dir selbst überzeugt, dass mir manchmal kotzübel davon wird. Hast du eigentlich kein Gefühl?«

»Meistens nicht, Stavros!«

»Hast du es nicht in dir oder versteckst du es, weil du es dir nicht leisten kannst?«

»Darüber habe ich noch nie nachgedacht.«

Stavros Papadretow nahm noch einen Schluck aus der Flasche. »Du hast es nicht, Parker«, sagte er dann. »Bei dem Überfall wurde ein Mädchen erschossen und eine andere als Geisel genommen. Das war nicht abgesprochen und du hast es mir auch nicht berichtet.«

»Du warst mit den Schmetterlingen beschäftigt und ich wollte dich nicht stören. Zum anderen spielt es für uns auch gar keine Rolle. Wir bekommen, was wir wollen. Die Bullen haben es später in der Hand, die Geisel zu befreien.«

»Wenn sie noch lebt.«

»Wenn nicht, ist es nicht unsere Schuld. Wir hätten

doch nichts für sie tun können. Verdammt, was ist los, Stavros? Du wolltest den Schnee nicht einfach verbrennen. Du willst kassieren und nun kassierst du.«

»Fünfzigtausend«, sagte der Grieche und nickte. »Hunderttausend sind für dich und deinen Urlaub. Wenn du mir einen Gefallen erweisen willst, Parker, dann komm nicht so schnell zurück.«

»Wie du willst.«

»Wann kommt das Geld?«

»Beim Frühstück liefert Spencer es ab. Er bekommt zwanzigtausend und geht damit für einige Zeit auf Tauchstation. Die Jungs können ihn beschreiben und die Bullen werden nach ihm suchen.«

Stavros nickte. »Du gehst großzügig mit meinem Geld um!«

»Du kannst es auch billiger haben.«

»Spencer ganz einfach eine Kugel verpassen lassen. Ich weiß.«

»Ja.«

»Warum bist du noch nicht darauf gekommen?«

»Spencer ist ein guter Mann und sein Geld wert.«

»Also doch Gefühl?«

»Möglich, Stavros. Ich werde darüber nachdenken.«

»Sobald Spencer es dir gegeben hat, soll er verschwinden. Nimm dir für ihn dreißigtausend aus dem Tresor. Er hat in der East 11th Street wirklich ausgezeichnete Arbeit geleistet. Das andere Geld bringst du komplett her, Parker.«

»Wie du willst!«

»Wenn ich noch schlafen sollte, dann weck mich, Parker. Gute Nacht.«

Stavros Papadretow verließ den Salon, ohne sich noch einmal umzuschauen.

Parker trank noch einen Schluck Cola. Der große Grieche mit dem weichen Herzen?, dachte er. Der Grieche und sein Scheißgefühl! Der Glatzkopf mit dem riesigen Schnauzbart hatte genau gewusst, dass er durch Lefty eine tödliche Mixtur auf den Markt brachte. Und so ein Kerl warf ihm vor, kein Gefühl zu haben.

Es wurde Zeit, dass er sich von ihm trennte. Verdammt Zeit!

Parker spuckte aus und verließ den Salon.

Baltimore Steamship Company! Die Buchstaben auf den transparentartigen Firmenschildern waren verblasst. Die Gesellschaft gab es schon seit vielen Jahren nicht mehr. Der Konkurrenzkampf auf den sieben Weltmeeren war mörderisch geworden und der eine oder andere musste ihm mit einer Pleite Tribut zollen.

Es war die letzte Anlaufstelle, die Penelope kannte.

Von Anfang an hatte ich unsere Chancen nicht besonders hoch eingeschätzt. Die ehemaligen Krümeldiebe konnten sich überall verkrochen haben. Vielleicht hatte der Grieche ihnen ein Versteck zugewiesen.

Sergeant Dave Bassard saß neben Penelope auf der Rückbank des Buick. Er rauchte. Auf der Fahrt nach Chelsea war er wieder in nachdenkliches Schweigen versunken.

Ich hatte das Fenster heruntergedreht und die Scheinwerfer des Wagens ausgeschaltet. Vom Hudson her zogen Nebelschwaden stadteinwärts. Falls die Temperatur noch etwas anstieg, würde daraus richtig fetter Nebel werden.

Der Regen trommelte noch immer gegen die Windschutzscheibe. So viel wie in dieser Nacht hatten die Scheibenwischer noch nie gearbeitet. Die Sichtverhältnisse waren äußerst schlecht.

»Das ist da hinten«, sagte Phil. Er deutete mit der ausgestreckten Hand auf einige flache Schuppen, die sich schemenhaft aus den Nebeln heraushoben.

Ich kniff die Augen zusammen.

»Hier gibt es nicht einmal mehr Ratten«, sagte Phil.

»Also ein guter Ort für zweibeinige Ratten«, brach Sergeant Dave Bassard sein Schweigen.

»Soviel ich weiß, haben die da immer mal wieder Diebesgut versteckt, bis sie einen Käufer hatten«, sagte Penelope.

»Wo genau?«

Die junge Griechin beugte sich nach vorn. Sie streckte ihren Kopf zwischen Phils und meiner Schulter hindurch und schaute angespannt auf die Schatten der flachen Gebäude.

»Links«, sagte sie. »Ich bin nur einmal hier gewesen, aber ich kann mich gut erinnern. Links. Das ist eine Art Garage. Das einzige Gebäude aus Beton. Vorn und hinten gibt es eine Einfahrt. Man kann einen Truck darin verstecken, so groß ist es.«

Ich schätzte die Entfernung auf ungefähr dreihundert Yards. Vor uns auf dem Fluss tanzten die Positionslichter einiger Boote. Hinter uns, auf dem West Side Express Highway, dröhnte der Verkehr. Aufgeblendete Scheinwerfer zerrissen die Dunkelheit und warfen ein diffuses Licht in die aufgewirbelte Gischt des vorfahrenden Fahrzeugs.

Ich gab Gas und lenkte den Buick in den Schatten eines rostigen Krangerippes. Dann schaltete ich den Motor aus.

»Glauben Sie …?«, fragte Penelope.

Ich zuckte mit den Schultern. »Ich schaue nach«, sagte ich.

»Allein?«, fragte der Sergeant.

»Ja!«

Phil nickte. Bassard reagierte nicht.

»Zehn Minuten«, sagte ich zu Phil. »Wenn ich dann nicht zurück bin, kommst du mir nach.«

»Okay.«

»Und falls Phil nicht zurückkommt, ist es deine Sache, uns rauszuhauen, Sergeant«, wandte ich mich an Bassard.

»Und wenn ich jetzt …«

Ich schüttelte den Kopf. »Schönheit geht vor Alter, Sergeant«, sagte ich. »Falls du uns folgen musst, sorgst du dafür, dass sich Penelope in Sicherheit befindet. Am besten schließt du sie im Kofferraum ein. Darin ist es zwar dunkel und ungemütlich, aber wer schaut schon in den Kofferraum eines Wagens?«

Die Griechin nickte sofort. Bassard knurrte etwas Unverständliches. Ich nickte Phil zu und verließ den Buick.

Kalt und unangenehm peitschte mir der Regen ins Gesicht. Ich duckte mich, bis ich den Maschendrahtzaun erreichte, der das Gelände der Baltimore Steamship Company umspannte. Er hatte nur noch symbolischen Wert. An vielen Stellen war er einfach niedergerissen, sodass man mit einem Truck darüber hinwegfahren konnte. An anderen Stellen hatte er so große Löcher, dass eine ganze Kompanie hindurchmarschieren konnte.

Ich wartete einen Moment, schlug dann einen Bogen nach links und huschte durch eines der Löcher im Zaun. Wenn es wirklich der Betonschuppen am Wasser war, musste ich mich von der Seite aus nähern. Ich hatte diesen Betonschuppen noch nie gesehen, aber die Dinger waren genormt. Kahle Wände, vorn und hinten eine Ausfahrt und nur ein Fenster, meistens in Kopfhöhe.

Ich hörte das leise Summen eines Fahrzeugs und glitt zu Boden. Direkt in eine übel riechende Wasserlache. Es blieb mir keine Zeit, mich nach einer anderen Deckung umzuschauen. Das leise Summen wurde lauter. Scheinwerfer schnitten Lichtbahnen in die Dunkelheit. Das Herz schlug mir bis zum Hals hinauf. Ich nahm den Kopf tief hinab und legte die Arme dicht an den Körper an. Wenn mich die Scheinwerfer erwischten, hatte ich Pech, dann nutzte die ganze Tarnung nichts. Aber wenn ich nicht direkt in den Lichtschein des herankommenden Wagens geriet, konnte der Fahrer bestenfalls einen länglichen Schatten auf dem Boden ausmachen. Und das konnte alles sein: irgendeine Kiste, eine Bodenwelle oder ein Mensch.

Der Wagen kam heran. Phil und der Sergeant mussten ihn ebenfalls gesehen haben. Wenigstens das Licht. In diesem Moment war ich froh, nicht allein mit dem Sergeant zu sein. Egal, was auch geschah, Phil würde sich auf jeden Fall an die Zehnminutenfrist halten. Das war ein beruhigendes Gefühl.

Der Wagen zog mehr als zwanzig Yards links an mir vorbei. Bevor er mich passierte, hatte der Fahrer die Scheinwerfer ausgeschaltet. Dennoch konnte ich sehen, dass es sich um einen kanariengelben Dodge handelte. Hinter den Fenstern zeichnete sich der Schatten eines Mannes ab.

Ich verließ mich nicht darauf. Möglicherweise gab es einen zweiten Mann, der sich auf dem Beifahrersitz klein gemacht hatte und den ich deshalb nicht sehen konnte.

Der Dodge von Spencer!

Sicher fuhren mehrere gelbe Dodge in der Stadt herum, aber es wäre schon ein verdammter Zufall gewesen, wenn sich von denen einer ausgerechnet dorthin verirrte, wo Jones und Morgan mit ihrer Geisel steckten. Ich richtete mich aus der stinkenden Brühe des Wassers auf.

Der Dodge war langsam geworden. Er hatte kein bestimmtes Ziel.

Er kroch einfach über das holprige Kopfsteinpflaster und hielt auf die Schuppen zu.

Dann blieb er stehen.

Ich robbte nach vorn. Nach fünfzig Yards fand ich hinter dem Gerippe eines alten Güterwaggons Deckung und konnte mich wieder in die Hocke erheben.

Fünfzig Yards, das war auch ungefähr die Distanz

zum Dodge, in dem ganz kurz die Innenbeleuchtung aufflammte. Ich kannte Spencer nicht gut genug, um anhand des Schattens mit Sicherheit sagen zu können, dass er es war, der aus dem Wagen stieg.

Zur Vorsicht zog ich den 38er und lugte um die Hinterachse des Waggons herum.

Spencer – ich ging davon aus, dass er es war – stand seitlich neben dem Dodge. Ein Feuerzeug flammte auf. Zweimal, dreimal. Es konnte ein Zeichen sein oder er hatte bei dem Regen Schwierigkeiten, sich eine Zigarette anzuzünden.

Er wartete. Man hatte ihn herbestellt. Er wusste genauso wenig wie ich, wo Jones und Morgan steckten.

Zwei Minuten verstrichen. Er hatte sich doch eine Zigarette angezündet. Hin und wieder glimmte die Glut in der gewölbten Hand, mit der er sie gegen den Regen abschirmte. Spencer war unruhig. Er warf einen Blick zur Uhr, dann einen zum Himmel und schließlich bewegte er sich nach vorn, zur Kühlerhaube des kanariengelben Wagens.

Genau dort tauchte der Schatten eines anderen Mannes auf.

Alan Morgan! Ich hatte sein Bild so oft gesehen, dass ich ihn auf den ersten Blick an seiner kleinen, untersetzten Figur erkannte. Spencer zuckte erschrocken zusammen. Sicher hatte er Morgan erwartete, aber nicht, dass der sich wie ein blutrünstiger Apache an ihn heranschleichen würde. Und mit Sicherheit hatte er auch nicht erwartet, dass Morgan seine UZI im Anschlag hielt.

Ich löste mich aus der Deckung des alten Waggons und robbte weiter auf den gelben Dodge zu. Ich konnte es gefahrlos tun. Die beiden schauten in eine ganz andere Richtung und rechneten nicht mit einem Zwischenfall.

Der Wind, der die ersten Nebelschwaden vom

Hudson gegen die Stadt trieb, trug auch Morgans Lachen zu mir. Es klang abgehackt, meckernd. Was die beiden redeten, konnte ich nicht verstehen. Ich befand mich noch zu weit von ihnen entfernt.

Spencer ging zum Kofferraum. Er öffnete die Klappe. Morgan folgte ihm zögernd und lauernd. Irgendwie drängte sich mir das Gefühl auf, dass Morgan dem Mann vom Griechen nicht vertraute.

Ich kroch weiter nach vorn. Keine zehn Yards von dem Dodge entfernt lag eine große Kiste herum. Ich erreichte sie, ohne dass einer der beiden auf mich aufmerksam geworden wäre.

Dann sah ich die Tasche, die Morgan in der Hand hielt. Es war die Gleiche, die die beiden Mädchen am Mittag aus der Bank getragen hatten. Jeder Zweifel war ausgeschlossen.

Meine Gedanken jagten sich. Ich hätte eine Chance gehabt, die beiden kaltzustellen, aber es gab noch Jones und das Mädchen.

Bislang hatte ich die lange Fahnenstangengestalt von Jones nirgends entdeckt. Wahrscheinlich lauerte er im Schatten eines Schuppens und überwachte die ganze Transaktion.

Ich konnte und durfte nichts unternehmen. Noch nicht!

»Warum warten?«, hörte ich Morgan fragen.

»Weil ich es sage, Nummer eins!«

Morgan nickte. Seinen Gesichtsausdruck konnte ich nicht sehen. Er war sicherlich ärgerlich. Seine Gestalt spannte sich, als Spencer ihm eine andere Tasche reichte.

»Ist das alles?«

»Was hast du erwartet? Einen Lieferwagen voll?«

»Ich dachte, für hundertfünfzigtausend Dollar …«

»Was du da in der Hand hältst, ist auf dem Markt das Vierfache wert, Mann.«

»Ja, natürlich!«

Er hatte wirklich keine Ahnung. Es blieb ihm gar nichts anderes übrig, als Spencer zu glauben.

»Dann verschwinde ich jetzt wieder!«

Das Geld hatte den Besitzer gewechselt. Der schlechte Schnee, der in dem Labor in der East 11th Street verschnitten worden war, ebenfalls.

Wir hatten unser gestecktes Ziel erreicht. Hätte es Nancy Loreen, das schwarzhaarige Mädchen, nicht gegeben, hätte ich mich zurückziehen können.

Spencer streckte Morgan die Hand entgegen. Der Junge griff nicht danach. Wie auch? In einer Hand hielt er die Tasche mit dem schlechten Schnee, in der anderen die UZI.

»Sobald ihr das Geschäft abgewickelt habt und aus dem Urlaub zurück seid, melden wir uns wieder bei euch«, sagte Spencer, als er einstieg. »Keine Extratouren! Ihr haltet euch an das, was wir abgesprochen haben. Ihr wartet, bevor ihr hier verschwindet.«

Morgan nickte unwillig, aber er würde tun, was ihm aufgetragen worden war.

Die Tür fiel hinter Spencer ins Schloss. Er startete den Dodge, drehte um Morgan herum und die Scheinwerfer flammten auf.

Das Licht fing die Kiste ein, hinter der ich mich flach zu Boden geworfen hatte. Eine Sekunde später waren die Lichtkegel an mir vorbeigezogen und leuchteten das Kopfsteinpflaster der Straße aus, die zur Twelfth Avenue zurückführte.

Ich sah Morgan. Er hatte die Tasche auf den Boden gestellt und hielt die UZI in beiden Händen. Alles deutete darauf hin, dass er Spencer eine Garbe nachschicken wollte. Wenn das geschah, erwischte es Spencer. Auf diese Distanz streute eine MPi auch dann tödlich, wenn ihr Besitzer nicht richtig mit ihr umgehen konnte.

Der Kerl durfte nicht schießen. Spencer war der Joker im Spiel. Wenn wir ihn verloren, war auch das

Spiel verloren. Das Geld würde nicht zirkulieren, nicht einmal beim ersten Empfänger ankommen, der niemand anderer als Parker sein konnte.

»Ist hier immer so ein Krach?«

Ich rollte mich hinter der Kiste hervor. Das Wasser spritzte unter meinen Körper, dann, als ich mich erhob, gurgelte es in meinen Schuhen.

Morgan wirbelte herum. Ich war dichter an ihn herangekommen und konnte das Weiße in seinen weit aufgerissenen Augen sehen. In diesem Moment hatte er Spencer vergessen. Der gelbe Dodge setzte seine Fahrt fort, das Motorengeräusch wurde immer leiser. Als ich mich umdrehte, war nicht einmal mehr der Schatten in den immer dichter werdenden Nebelschwaden zu sehen.

»Jetzt ist er weg«, sagte ich ruhig. Bewegungslos stand ich vor dem Lauf der UZI, die Morgan nun auf mich richtete. »Hoffentlich habe ich dir kein Geschäft versaut, Freund. Das wollte ich …«

Morgan knurrte und forderte mich mit der UZI auf, näher zu kommen. Ich tat ihm den Gefallen, taumelte einen Schritt in seine Richtung und blieb dann stehen.

Ich sah aus wie eine gerade auferstandene Moorleiche. Für alles konnte Morgan mich halten, nur nicht für einen Bullen. Den 38er hatte ich samt Holster hinter der Kiste gelassen. Meine Ausweispapiere steckten auch darin.

»Wer bist du, Mann?«, fragte Morgan heiser.

»Cotton«, sage ich, denn mit dem Namen wusste er doch nichts anzufangen. »Jerry Cotton, Brooklyn!«

Ich lachte abgehackt und meiner Stimme hatte ich den lallenden Tonfall eines Betrunkenen gegeben. Ich dachte daran, dass ich zehn Minuten lang durchhalten und überleben musste. Dann kam Phil.

»Was tust du hier?«

Ich beobachtete allein seinen Zeigefinger, der sich bedrohlich um den Abzug der Waffe schmiegte.

»Ich wohne hier«, sagte ich und deutete auf die Kiste. »Normalerweise da«, ich deutete mit dem Finger auf einen Holzschuppen, »aber heute habe ich es nicht mehr so weit geschafft. Wir haben uns einen Schnapsladen vorgenommen. Ein paar Flaschen wären zurückgeblieben, wenn wir sie nicht leer getrunken hätten.«

Eine schlechtere Ausrede fiel mir so schnell nicht ein. Aber wahrscheinlich war sie gut genug für ihn. Sein Blick streifte an mir vorbei durch den Nebel, dann kehrte er wieder zurück, beruhigt. Denn er hatte keinen anderen Schatten ausmachen können.

»Bist du allein?«

»Schon seit meiner Kindheit«, lallte ich. »Meine Mutter hatte schon drei Mäuler zu stopfen und mein Vater hat meine Geburt gar nicht abgewartet. Wahrscheinlich war er von Anfang an davon überzeugt, dass er doch nichts Vernünftiges gesät hatte und – sag mal, willst du das wirklich alles so genau wissen?«

Morgan schüttelte den Kopf.

Ich strich mir über die strähnig in die Stirn hängenden Haare und drehte den Kopf. Ich suchte die lange Gestalt von Jones. Der lauerte irgendwo in der Dunkelheit und vielleicht schluckte der meine Geschichte nicht. »Ich will dich nicht stören, Kumpel, aber nachdem du mich aufgeweckt hast, solltest du mir auch etwas zu trinken geben. Ich habe einen fürchterlichen Brand. Verstehst du?«

Morgan zögerte.

»Das Ding kannst du auch runternehmen, Mann. Ich bin nicht gefährlich und ich habe auch keine Angst davor. Ich kann dir die Tasche tragen, wenn du willst.«

»Trag sie!«

Der Befehl kam knapp und scharf. Im Gegensatz zu eben hatte er jetzt die Stimme eines Mannes, der überlegen und sich dessen bewusst war und der zugleich auch zu kommandieren gewohnt war.

Das passte nicht zu ihm. Ganz und gar nicht.

»Okay, okay!«

Ich hob die Tasche auf. Sie war wirklich nicht schwer. Kein Wunder, dass jemand wie Morgan, der nichts von Schnee verstand, für hundertfünfzigtausend Dollar mehr erwartet hatte.

»Sind da Flaschen drin?«, fragte ich.

Bis jetzt waren kaum fünf Minuten von der Zeit verstrichen, die ich überbrücken musste.

»Schnauze halten, Mann. Geh da zu dem Schuppen am Wasser!«

Es war genau der Betonbunker, den Penelope uns angewiesen hatte. Sie waren also auf die alten Verstecke zurückverfallen. Kein Wunder. Sie hatten nicht viel Fantasie und wenn sie sich an einem Ort sicher fühlten, dann kehrten sie im Falle der Gefahr auch wieder an ihn zurück. Das Fluchtverhalten von Ratten!

Ich bewegte mich vor dem Lauf seiner UZI. Ein komisches Gefühl breitete sich in meinem Magen aus. Das hatte wirklich nichts mit den ausgezeichneten Leberwurst-Sandwiches zu tun, die Penelope uns gemacht hatte.

Jones. Ich erwartete seinen Schatten in jeder Sekunde. Und ich erwartete, dass er total anders reagierte als Morgan. Jones hatte die Bande auch in der Bank geführt. Er war der Boss gewesen.

Erst in dieser Sekunde fiel mir wieder ein, dass sich Morgan eben die Nummer eins hatte nennen lassen. Er konnte die Nummer eins nur dann sein, wenn etwas vorgefallen war.

»Die Tür ist nur angelehnt«, sagte Morgan hinter mir. Seine Stimme war tiefer geworden. Sie klang beherrscht und selbstsicher.

Ich erreichte die Tür und stieß sie mit dem Fuß auf. Es war stockdunkel, aber ich hörte Geräusche. Jemand atmete schwer, jemand anderer stöhnte leise.

»Der Schalter ist links neben der Tür!«

Ich legte ihn um. An der Decke gab es eine sehr schwache, durch Drahtgitter geschützte Lampe.

Mein erster Blick erfasste die nackte Frau, die sich über den kahlen, kalten Betonboden drehte, bis sie in meine Richtung schaute. Entsetzen spiegelte sich in ihren weit aufgerissenen, dunklen Augen. Sie starrte mich kurz an, dann erstarb der letzte Hoffnungsfunke in diesem Blick, dann senkte ihr Gesicht sich langsam wieder dem Betonboden entgegen. Sie presste ihre rechte Wange darauf und ihre runden Schultern begannen zu zucken.

Auch Jack Jones, der an der Seitenwand des Schuppens lag, hatte sich herumgedreht. Aber er schaute nicht auf mich, sondern auf Alan Morgan, der hinter mir stehen geblieben war.

»Ist noch alles da«, sagte Morgan. »Ein nacktes Weib, ein interessierter Zuschauer und im Kofferraum befindet sich Whisky. Die Party kann steigen, Mann. Wie heißt du doch noch?«

»Cotton«, nannte ich ihm meinen Namen noch einmal. »Jerry Cotton, Brooklyn!«

»Okay, Cotton. Stell die Tasche auf die Rückbank, dann kannst du dir den Schnaps holen.«

Nancy Loreen bäumte sich auf. Es half ihr nichts. Sie verrenkte sich die gemein gefesselten Glieder nur noch mehr und ihr Gesicht schrammte über den rissigen, rauen Betonboden.

»Mache ich schon selbst«, sagte ich. »Aber eigentlich wollte ich mir keine Schwierigkeiten einhandeln, Mann. Das hier sieht nicht gut aus. Ich will nicht, dass …«

»Mann«, sagte Morgan kichernd. »Hier gibt es nicht die geringsten Schwierigkeiten. Wenigstens nicht für dich. Es ist dein Fest. Dein letztes Fest. Wenn ich zum Beginn der Frühschicht von hier verschwinde, dann seid ihr alle tot!«

So was Ähnliches hatte ich mir schon gedacht.

Jones brüllte etwas, das wegen der Knebelung nicht zu verstehen war. Er drehte sich über den Boden und stieß mit der Schulter die zweite UZI um, die neben ihm an der Betonmauer gestanden hatte. Klirrend fiel die Waffe zu Boden.

»Auf was wartest du noch, Cotton?«, fragte Morgan hektisch. Seine Augen leuchteten irr. Er nickte zum Kofferraum und dann auf die nackte Schwarzhaarige. »Ran, Mann!«

Er lachte wieder. Der Verdacht in mir, es mit einem Verrückten zu tun zu haben, wurde immer stärker.

Ich warf die Tasche mit dem Schnee in den Dodge, ging um den Wagen herum und öffnete den Kofferraum. Zwischen Gerümpel lagen zwei Flaschen Whisky.

Jones wälzte sich wieder herum. Morgan trat ihm in die Rippen.

»Hast du einen Korkenzieher?«

Er wirbelte zu mir herum und streckte die UZI nach vorn. »Ich kann den Korken rausschießen!«

Verrückt genug war er sicher.

Ich schüttelte den Kopf, schlug den Flaschenhals gegen den Rand des Kofferraumes und brach ihn so ab. »Das ist einfacher«, sagte ich. »Es macht auch nicht so viel Krach!«

Der abgebrochene Flaschenhals landete dicht neben der nackten Nancy Loreen auf dem Boden. Eine Sekunde lang starrte ich ihn an, dann blickte ich wieder zu Morgan, der Jones gerade einen weiteren Tritt versetzte.

»Okay«, sagte ich. Ich musste ihn ruhig halten und in Sicherheit wiegen. Allein hatte ich keine Chance gegen die UZI. Ich musste auf Phil warten oder auf ein Wunder.

»Warum säufst du nicht, Cotton?«

Ich hielt die Flasche hoch, ließ mir Whisky in den

Mund laufen und schluckte. Vielleicht befanden sich einige Glassplitter darunter, aber das musste der Magen eines G-man aushalten.

»Auch einen Schluck, Freund?«

Morgan schüttelte sich angeekelt. Er war Kidnapper, Bankräuber und wollte Killer werden. Vielleicht glaubte er, dass man für eine solche Karriere einen klaren Kopf braucht, und trank deshalb nicht.

Ich setzte mich neben Nancy Loreen auf den Boden.

»Ich habe dich doch richtig verstanden?«, fragte ich zögernd. »Es ist ein Fest, oder?«

»Dein letztes Fest«, sagte Morgan und lachte glucksend. »Sie wollte mich betrügen, Cotton. Sie hat sich ausgezogen wie eine Straßenhure, wollte, dass ich auf sie hereinfalle, damit sie sich die Waffe schnappen und mich erschießen konnte. Pass auf, sie ist gefährlich!«

»Ich bin schon vorsichtig«, versicherte ich und rutschte dichter an Nancy Loreen heran.

Morgan verfolgte jede meiner Bewegungen mit Argusaugen.

Jones versuchte wieder zu brüllen. Er krümmte sich wie ein Wurm. Seine langen Beine zuckten nach vorn. Er versuchte, Morgan zu treffen. Brotlose Kunst. Selbst wenn er ihn erwischt hätte, hätte er nichts damit verändert. Er war gefesselt. Er konnte gegen den kleinen, dicklichen Mann mit der UZI doch nichts ausrichten.

Morgan wich aus. Er tat es geschickt. Genauso schnell, wie er zurückgewichen war, startete er den Gegenangriff.

Jones hatte nichts zu lachen.

Ich rückte dichter an Nancy Loreen heran. Mit dem Schenkel schob ich den abgebrochenen Flaschenhals mit. Dann beugte ich mich über sie. Meine Hand streichelte ihren nackten Körper. Für Morgan musste es echt aussehen. Entschuldigen konnte ich mich später immer noch bei Nancy Loreen.

»Gut, Cotton!«, keuchte Morgan. »Lass sie spüren,

dass sie einen Fehler begangen hat. Niemand legt Bogart herein!«

Ich streichelte ihre Hüfte und brachte mein Gesicht nahe an ihren Kopf heran. »Keine Angst«, wisperte ich an ihrem Ohr.

Nancy Loreen drehte den Kopf beiseite. Vielleicht hatte sie mich nicht verstanden. Vielleicht hatte sie mich verstanden und tat es, um Morgan abzulenken und ihn noch sicherer zu machen.

Ich setzte zu einem neuen Versuch an. Diesmal hielt sie den Kopf wieder still.

»Keine Angst!«, flüsterte ich erneut. »FBI!«

Sie reagierte wie zu Beginn. Wieder drehte sie den Kopf weg. Aber diesmal, da war ich sicher, hatte sie mich verstanden.

»Sie mag dich nicht, Cotton!«, kreischte Morgan. »Sie mag Helden. Du bist kein Held, he?«

»Doch«, sagte ich. »Ich bin Philip Marlowe, Mann!«

Morgan zuckte zusammen. Irritiert schaute er mich an. Nancy Loreen zitterte und Jones stöhnte. Ich lachte.

»Philip Marlowe«, wiederholte ich. »Und du bist ein Arschloch, Bogart. Du hast mich nie richtig gespielt!«

Meine Rechte tastete nach dem Flaschenhals. Ich führte die Scherben an Nancys Fesseln. Ein einziger Ruck reichte, dann war sie so weit frei, dass sie sich in eine normale Position legen konnte.

»Was soll das?«

»Sie soll es bequem haben.« Ich deutete auf Jones. »Der will dir was sagen.«

Morgan drehte sich nur halb herum. Er gab mir nicht die Chance, die ich mir erhofft hatte. Neben Jones ging er in die Knie nieder. Blitzschnell nahm er ihm den Knebel aus dem Mund.

»Was willst du mir sagen, Mann?«

Jones keuchte. Er war so aufgeregt, dass er falsch Luft holte, sich verschluckte und hustete.

Nancy hatte sich aufgerichtet. Ihre Hände waren noch auf dem Rücken gefesselt, aber sie konnte sich bewegen. Ganz dicht rückte sie an mich heran. Ich spürte ihren heißen, zitternden Körper und ihre Angst.

Jones hustete noch immer. Morgans Aufmerksamkeit war deutlich auf den mageren Jungen gerichtet, der heute Mittag noch das Kommando geführt hatte. Am Fenster sah ich einen Schatten.

Phil!

Ich hatte die Uhr nicht im Auge behalten. Die zehn Minuten waren lange verstrichen.

So plötzlich und kurz, wie der Schatten am Fenster aufgetaucht war, verschwand er auch wieder. Phil hatte sich mit einem einzigen Blick einen ersten Eindruck verschafft. Besonders günstig konnte auch er unsere Chancen nicht eingestuft haben.

»Wenn irgendetwas passiert, verschwindest du hinter dem Dodge«, wisperte ich Nancy Loreen ins Ohr.

»He, Cotton!«

Es war Phil, der meinen Namen von draußen brüllte.

Morgans Blick ruckte wieder in meine Richtung

»Ein Kumpel«, sagte ich schulterzuckend. »Der weiß, dass ich hier bin. Es wird uns nichts anderes übrig bleiben, als ihn an der Party teilhaben zu lassen.«

Morgan fluchte. Seine Lider bewegten sich mit der Geschwindigkeit von Kolibriflügeln.

»He, Cotton!«

»Der schreit die ganze Gegend zusammen«, warnte ich Morgan, während ich die UZI anvisierte, die Jones eben umgestoßen hatte. Es waren vier Schritte bis dorthin. Zu viel. Bevor ich die UZI erreichte, hatte Morgan mir das erste Dutzend Kugeln in den Leib gepumpt.

»Er soll reinkommen!«

»Du sollst reinkommen, Phil!«

Ich hielt die Luft an. Meine Muskeln spannten sich, aber ich unternahm nichts. Phil hatte sich gemeldet, anstatt einen Überraschungsangriff zu starten. Das hieß nichts anderes, als dass er einen Plan hatte. Ich durfte ihn nicht durchkreuzen.

Jones hörte in dem Moment zu husten auf, als Phil die Tür mit dem Fuß aufschob. Er sah aus wie eine nasse Katze. Das Haar hing in Strähnen an seinem Kopf, das Jackett war durchweicht und der Regen perlte noch über sein Gesicht. Er trug keine Waffe. Wenigstens nicht sichtbar.

»Scheißwetter!«

Er kam einen Schritt herein und blieb gespannt stehen. »Was ist denn hier los?«, fragte er.

»Eine Party«, antwortete ich und nickte in Morgans Richtung. »Er ist der Zeremonienmeister von eigenen Gnaden.«

Phil schaute an Morgan vorbei zum zweiten Eingang. Die Tür war verschlossen und sah sehr stabil aus. Ich wusste verdammt nicht, was Phils Pläne waren.

»Okay.« Phil kam in meine Richtung. »Und die Kleine?«

»Gehört zum kalten Büfett«, antwortete ich. »Ist doch so, Bogart?«

Morgan zuckte zusammen.

»Das sind Bullen, Mann!«, keuchte Jones, der in diesem Moment wieder Luft bekam. »Alan, das sind Bullen. Ich rieche die Kerle!«

»Noch ein Verrückter«, sagte ich. »Kümmere dich nicht darum, Phil. Bedien dich lieber!«

»Moment!« Morgans Waffe schwang herum und war auf Phil gerichtet, der stehen blieb. »Bist du 'n Bulle?«

»Der Oberbulle von New York«, antwortete Phil und tippte sich mit dem Zeigefinger gegen die Stirn. »Der spinnt doch, Mann. Kannst du ihn einfach abstellen?«

Morgan war unsicher geworden. Blitzschnell bückte er sich. Ich hatte nicht gesehen, aus welcher Tasche er das Messer gezogen hatte, mit dem er Jones' Fesseln durchschnitt.

Draußen heulte der Motor eines Wagens auf.

In dieser Sekunde wusste ich, was geschehen würde.

»Was ist das?«, fragte Morgan.

»Ein landender Jumbo«, sagte ich. »Die Dinger verirren sich manchmal in diese Gegend!«

Ich stand auf und zog Nancy Loreen mit mir in die Höhe. Sie wollte sich an mir festhalten. Ich packte ihren Arm und schleuderte sie um den Dodge herum.

In derselben Sekunde warf sich Phil zu Boden. Ich folgte ihm mit einem tiefen Hechtsprung.

Jones hatte die UZI gepackt und er feuerte, ohne auch nur einen Sekundenbruchteil lang zu überlegen.

Die Kugeln pfiffen über uns hinweg und knallten in den verrosteten Dodge, wo sie keinen Schaden mehr anrichten konnten.

»Bullen ...!«

Was er sonst noch sagen wollte, ging unter in dem fürchterlich krachenden Geräusch, mit dem Sergeant Bassard unseren Dienstbuick durch die geschlossene Tür in den Betonschuppen fuhr.

Morgan stand ihm im Weg. Er wurde von der Stoßstange erwischt, hoch durch die Luft geschleudert, knallte gegen die Wand und fiel zu Boden.

Aus dem Handgelenk heraus warf Phil mir eine Kanone zu. Sie schlitterte über den Betonboden. Ich hielt sie fest und wollte aufspringen.

In diesem Moment hätte Sergeant Bassard den Buick stoppen und in Deckung gehen müssen. Phil und ich waren bereit, den Letzten der Gangster, Jack Jones, auszuschalten.

Aber zwischen Jones und uns schlingerte der Buick.

Das heisere Belfern der Maschinenpistole übertönte alle anderen Geräusche auf grausame Art und Weise.

Ich stand schon wieder auf den Beinen.

Durch die beschlagenen Seitenscheiben des Buick sah ich Bassard. Der alte, grauhaarige Sergeant bäumte sich im Sitz auf. Ihn trafen die Kugeln, die Jones uns zugedacht hatte.

Mit einem Satz sprang ich hinter den Buick.

Ich sah Jones. Er lehnte an der Wand, hielt die Maschinenpistole in Hüfthöhe und jagte den nächsten Feuerstoß heraus.

Phil kam von der anderen Seite. Wir waren lange genug ein Team. Solche Einsätze brauchten wir nicht im Voraus abzusprechen. Wenn es darauf ankam wie jetzt, tat jeder von uns das Richtige.

»Jones!«

Bassard brüllte den Namen. Aus seinem Mund klang das wie ein Fluch, den er über die ganze Menschheit verhängte.

»Jones!«

Der Lange zuckte zusammen. Er drehte sich um und versuchte, den Lauf der UZI höher zu heben, um Bassard den Rest zu geben. An Phil und mich dachte er nicht mehr.

Ich feuerte. Die Kugel traf seine rechte Schulter. Der Einschlag wirbelte den schmächtigen, langen Körper herum. Er kippte gegen die Wand. Es gelang Jones, auf den Beinen zu bleiben. Sein Finger zog den Abzug, aber der Lauf der UZI zielte in dieser Sekunde gegen die Decke des Betonschuppens.

Der Rückschlag der ersten Salve reichte aus, Jones die Waffe aus der Hand zu schleudern. Phil, der neben dem vorderen Kotflügel lehnte, brauchte nicht mehr einzugreifen.

Jones stürzte.

Ich sprang auf ihn zu. Mit dem rechten Fuß prellte ich die UZI weg, nach der er wieder greifen wollte. Dann traf ihn mein Schuh an der verletzten Schulter. Brüllend krachte er wieder an die Wand und sackte endlich zu Boden.

Auf der Fahrerseite stieß Bassard die Tür des Buick auf und ließ sich aus dem Wagen fallen.

Ich rannte um den Wagen herum.

Bassard richtete sich in den Knien auf. Langsam wandte er den Kopf und schaute in meine Richtung. Seine Augen glänzten. Aber diesmal war es nicht das Fieber.

»Habt ihr sie?«, fragte er.

Ich nickte. Am meisten verwunderte mich, dass er noch nicht tot war. Blut rann aus seinem Mundwinkel.

»Nancy«, sagte er mit schwacher Stimme.

Hinter dem Buick klickten Handschellen. Phil schmückte sowohl Jones als auch Morgan damit.

»Nancy!«

Die schwarzhaarige junge Frau kroch hinter dem Dodge hervor. Ich befreite sie von den Handfesseln. Dann richtete sie sich in die Hocke auf. Ihr Blick war auf den Sergeant gerichtet. Wildes Schluchzen schüttelte ihre Schultern, als sie sich auf Bassard zubewegte, die Hand nach ihm ausstreckte und sein eingefallenes, blutüberströmtes Gesicht streichelte.

Sie kannten sich. Bis zu diesem Moment hatte ich es nicht gewusst.

»Cindy ...«, sagte sie leise.

Bassard fiel. Nancy versuchte, ihn aufzufangen, aber sie griff ins Leere. Auf dem Boden liegend drehte sich Bassard noch einmal herum.

»Sie ist tot«, sagte er leise. »Ich habe sie umgebracht.«

»Es war ein Unfall, Mr. Bassard.«

»Ja.« Bassard nickte. »Ein Unfall, den die hier ausgelöst haben. Aber wir haben sie geschnappt. Dir ist nichts passiert, Nancy?«

»Nichts, Mr. Bassard. Gar nichts!«

Wie ein Tiger in der Nacht hatte er bei Penelope gesagt. Genauso hatte er gejagt, genauso starb er, weil es für ihn der einzige Weg war.

Vielleicht hatte der Sergeant Phil oder mir das Leben gerettet.

Ich wusste es nicht. Auf jeden Fall hatte er uns die Hilfe gegeben, die wir von einem Sergeant erwartet hatten.

Phil tauchte hinter dem Buick auf und strich sich über die nassen Haare. »Er wollte es so«, sagte er leise. »Es war sein Plan, Jerry. Ich fand ihn gut – und er war gut.«

Nancy klammerte sich an mir fest. Irgendwo aus der Ecke des Betonschuppens heraus brüllte Jones.

Phil setzte sich in den Buick, nahm das Funksprechgerät und forderte unauffällig Hilfe an.

Ich holte eine Decke aus dem Dodge und breitete sie über Bassard. Die zweite legte ich Nancy um die Schultern.

»Wo ist Penelope?«, fragte ich Phil.

»Hier!«

Vielleicht hatte sie schon länger in der Tür gestanden, die Bassard mit dem Buick eingefahren hatte. Ich wusste es nicht. Sie weinte lautlos, schaute auf die Schuhe, die unter der Decke hervorschauten, und wusste, dass Bassard darunter lag.

»Er wollte sterben«, sagte sie leise. »Nachdem er wieder Polizist geworden war und kein Henker mehr sein konnte, wollte er sterben.«

Das war sicher richtig, aber es war nicht die richtige Zeit, darüber Spekulationen anzustellen.

»Ich will nach Hause«, sagte Nancy. »Nichts anderes als nach Hause.«

Penelope ging zu ihr, legte ihr den Arm um die Schultern und zog sie an sich, wie eine vertraute Freundin es tut.

Ich zündete mir eine Zigarette an.

Im Dodge befand sich die Tasche mit dem schmutzigen Schnee, der drei Jugendliche das Leben gekostet hatte. Irgendwo draußen zirkulierte nun das Geld.

In diesem Moment fragte ich mich, ob es das alles wert gewesen war.

Aber es war auch nicht die richtige Zeit, um darüber Spekulationen anzustellen.

Der Helikopter war turbinenangetrieben. Neben dem üblichen Knattern der Rotorblätter gab es das pfeifende, Angst einjagende Geräusch der Turbinen.

Die beiden Schmetterlinge hängten sich an Stavros Papadretow, der aus dem Schlaf aufschreckte und sich steil aufsetzte. Eine Sekunde brauchte er, bis er wusste, dass er sich in seinem eigenen Penthouse befand und dass das Geräusch da draußen ihm galt. Dann sprang er aus dem Bett, warf sich einen seidenen Morgenmantel über den wuchtigen Körper und steckte die 45er Automatic in die Tasche.

»Parker!«

Seine Stimme übertönte das Geräusch des Helikopters, der dicht über dem Dach seines Penthous schwebte. So dicht, dass die G-men und Beamte der Narcotic Squad auf das Dach hinabspringen konnten.

»Parker!«

Papadretow stürmte in den Salon.

Parker saß auf der riesigen Ledercouch. Rechts und links davon standen Phil und ich. Fünf Minuten vor Ankunft des Hubschraubers waren wir ganz normal mit dem Fahrstuhl nach oben gekommen. Unsere Techniker hatten das Ding schnell so weit präpariert gehabt, dass es sich auch von der Halle aus bedienen ließ. Irgendwelche technischen Tricks, von denen ich nichts verstand.

Ich verstand mehr von Männern als Papadretow, der wie versteinert stehen blieb und seinen Stellvertreter Parker aus weit aufgerissenen Augen anstarrte.

»Na«, sagte ich aufmunternd zu Parker. »Sag dem großen Meister brav guten Morgen, Parker!«

Parker sagte nichts. Papadretow knurrte. Ein Geräusch, das tief aus seiner Kehle kam.

Dann drehte er nach rechts zur Panoramascheibe. G-men und Männer von der Narcotic Squad sprangen auf die Terrasse.

»Habe ich Geburtstag?«, fragte der Grieche. »Was, verdammt ...?«

»Schönen Gruß von Spencer«, sagte ich. »Die dreißigtausend Dollar, mit denen er eigentlich auf Reisen hatte gehen wollen, wird er nun für einen anständigen Verteidiger ausgeben.«

Papadretow erbleichte. Sein riesiger Schnauzer zuckte. Es schien, als hingen die Enden dieses Monstrums aus Barthaaren etwas trist nach unten.

Parker zuckte mit den Schultern.

Joe Gonzales kam herein.

Zwei Schritte vor Papadretow blieb er stehen und warf ihm die Tasche vor die Füße, die Spencer an Morgan übergeben hatte.

»Die Jungs wussten nicht, wie sie das Zeug an den Mann bringen sollten«, sagte Gonzales.

»Welche Jungs?«, fragte Papadretow.

»Jones und Morgan.«

»Hast du von den beiden jemals gehört, Parker?«

Parker schüttelte den Kopf.

»Na also«, sagte er Grieche. »Scheint sich um ein Missverständnis zu handeln«

»Warum hast du dann die Hand in der Tasche, Grieche?«, fragte Phil. »Die Kanone könnte losgehen. Ich hab schon mal gesehen, wie jemand auf diese Art und Weise einige Zehen verloren hat.«

»Ich habe schon was viel Schlimmeres geschehen sehen«, sagte ich.

Papadretow hob die Hand zusammen mit der 45er Colt Automatic aus der Tasche.

Parker stand von der Couch auf. Er sah bleich aus. Seine Nase wirkte unnatürlich spitz. Er wechselte einen schnellen Blick mit dem Griechen und zuckte erneut mit den Schultern.

»Du kannst sie auf den Tisch legen«, sagte ich. »Du kannst es aber auch sein lassen, Grieche. Grob geschätzt sind jetzt an die zwanzig Dienstwaffen auf dich gerichtet.«

»Und du meinst, dass die losgehen?«

»So wahr mein Opa Indianer war«, versicherte Zeerookah, der in der Tür stand. »Um das herauszufinden, brauchst du die Kanone nur etwas zu heben, Papadretow!«

Er hob sie nicht. Er war ein großer verständiger Mann und er wusste nicht, dass wir die Pest in sein Haus hatten tragen lassen. Durch Parker, seinen Stellvertreter.

Die 45er polterte zu Boden. Parker setzte sich wieder. Er schwitzte.

»Was ist mit Spencer?«, fragte Papadretow.

»Nichts Besonderes. Wir haben ihn zusammen mit Parker frühstücken lassen und ihn erst festgenommen, nachdem er von den dreißigtausend auch die Rechnung bezahlt hat«, sagte ich. »Wir wollten nicht, dass Mr. Hilton in die roten Zahlen kommt.«

»Wo ist das Geld?«, fragte Gonzales.

Stavros schwitzte wie mitten im Sommer in Athen.

»Ich verstehe kein Wort«, sagte er.

»Die Tasche«, keuchte Parker.

»Verdammt, ich verstehe noch immer kein Wort.«

»Mister, Sir!«

Stavros wirbelte herum. In der Schlafzimmertür standen die beiden Schmetterlinge. Sie trugen die Tasche zwischen sich, die Cindy Bassard und Nancy Loreen aus der Bank getragen hatten.

Ich spürte die Müdigkeit nach einem langen Tag.

»Das ist wie die Schlange, die sich in den eigenen Schwanz beißt«, sagte Joe Gonzales. »Erst verkaufst du das schlechte Zeug an Lefty, dann nehmen wir ihn fest und dann suchst du einen anderen Abnehmer. Hast du ja auch gefunden, Grieche. Kleine grüne Jungen, die zu Killern werden wollten.«

»Parker!«

Zeerookah fing den wuchtigen Griechen mit einem einzigen Faustschlag ab, als dieser auf Parker zustürmen wollte. Stavros stürzte. Mit blutunterlaufenen Augen schaute er auf Parker, den Phil und ich in die Mitte nahmen.

»Wir unterhalten uns zuerst mit ihm, Stavros. Was wir nicht erfahren, kannst du ausfüllen. Später, wenn die Narcotic Squad mit dir fertig ist.«

Sein Fluch verfolgte mich bis auf die Dachterrasse. Dort blieb ich stehen, öffnete die Tür und streckte den Kopf in den Regen.

Phil legte mir die Hand auf die Schulter. »Wie nach einer Schlacht«, sagte er leise. »Die Generäle sind müde, zählen die Toten und gehen zu Bett.«

Ich lachte bitter, drehte mich um und ging zusammen mit Phil zum Fahrstuhl.

Als wir nach unten fuhren, dachte ich an Bassard. Das würde wohl noch eine ganze Welle so bleiben.

ENDE

Blond, nackt und verloren

Key West
Pirates Cove

Der warme Wind, der das Wasser der Lagune kräuselte und die hohen Palmwipfel rauschen ließ, wirkte auf Mark Thompson beinahe genauso erotisch wie Conchitas schlanke Finger, die manchmal über ihn strichen und dann wieder mit den langen, rot gelackten Nägeln seine Haut bearbeiteten.

Mark Thompson umschlang ihren schlanken Körper, hielt ihn fest an sich gedrückt und drehte sich mit einer schnellen, geschmeidigen Bewegung herum. Conchita war geübt – Thompson hatte auch keinen Moment daran geglaubt, mit einer Frau zusammen zu sein, für die die Liebe im warmen Sand zu den Seltenheiten ihres Lebens gehörte.

Conchita hockte nun auf ihm. Das Mondlicht, das durch das Palmendach fiel, zeigte ihr wunderschönes Gesicht, die träumenden Augen, die vollen roten Lippen, die weißen Zähne. Sie war die perfekte Frau, eine, die den Rhythmus im Blut hatte.

Und dennoch gab es ganz tief in Thompson ein ungutes Gefühl. Vielleicht ausgelöst durch Conchitas schnelle Bereitschaft für ein Abenteuer oder durch ihre Wildheit gleich in den ersten Augenblicken, die er noch bei keiner Frau so schnell und überfallartig erlebt hatte. Vielleicht waren es auch die Mandelaugen, die von den Lidern mit den seidigen Wimpern immer halb bedeckt wurden, sodass er sie niemals ganz sehen konnte. Es war ein komisches Gefühl, das er sich selbst nicht erklären, aber auf das er sich meistens doch hatte verlassen können.

Etwas war nicht in Ordnung.

Conchita beugte sich so tief über ihn, dass ihre Brüste sein Gesicht berührten. Diese Brüste und ihr Körper nahmen ihm auch die Sicht nach vorn. Wenn er den Blick hob, konnte er lediglich den sternenüberfluteten Himmel der Karibik sehen.

Erneut bohrten sich ihre spitzen, rot gelackten Nägel in seine Brust, fügten ihm einen leichten Schmerz zu und ließen ihn alle unterschwelligen Befürchtungen vergessen.

»Cariño«, stammelte die Südamerikanerin. »Cariño!«

Ihre Lippen pressten sich auf seinen Mund. Sie versuchte, sich locker zu geben, aber Thompson spürte doch die Angespanntheit ihrer Rückenmuskulatur, was automatisch Alarm in ihm auslöste.

Genau in dem Sekundenbruchteil, als Thompson den Kopf drehen wollte, spritzte dicht neben seinem Gesicht eine weiße Sandfontäne auf. Mark Thompson brauchte nicht eine Sekunde lang nachzudenken. Jemand hatte geschossen. Mit einem Gewehr, das mit einem exzellenten Schalldämpfer ausgerüstet war.

Und dann gab es den roten Punkt, der über Conchitas Körper wanderte und sich schließlich auf seiner Brust festsetzte. Die Laserzielvorrichtung eines Spezialgewehres.

Nun bestand für Thompson kein Zweifel mehr daran, dass er in die Falle gelaufen war wie ein dummer Junge. Schönheit, Bereitwilligkeit und gespielte Leidenschaft hatten den CIA-Agenten Mark Thompson in eine schier hoffnungslose Situation gebracht.

Thompson wollte Conchita von sich stoßen und sich aufrichten, als der rote Punkt, der die Trefferfläche des Gewehres exakt markierte, über seine Brust wanderte und sich zwischen seine Augen festsetzte. Und dann hörte der CIA-Agent die schlurfenden Schritte im Sand, die von dort kamen, wo der Palmenhain begann und Agaven eine dichte grüne Hecke bildeten.

»Bei allem, was du von nun an tust, Thompson, solltest du daran denken, dass auch ein CIA-Agent nur ein Leben hat!«

Die Stimme klang scharf und schnarrend. Thompson befand sich lange genug im Geschäft, um auf den ersten Ton herauszuhören, ob ein Mann nur so daherredete oder es ernst meinte. Dieser meinte es ernst.

Genauso sah er auch aus, als er in den schwachen Mondschein trat, der die Palmengipfel durchbrach. Zum letzten Mal hatte Thompson einen Mann in dieser übertriebenen paramilitärischen Aufmachung in Vietnam gesehen. Der Kerl trug ein rotes Stirnband und ein verwaschenes, an manchen Stellen zerlöchertes T-Shirt. Die gefüllten Patronengurte darüber wirkten wie Hosenträger. In der linken Hand hielt er eine MPi, in der rechten Hand eine 45er Colt Automatic. Das Weiße in seinen Augen leuchtete besonders hell und gefährlich. Mit der gleichen Gefährlichkeit bewegte er sich auch. Lauernd, in jedem Sekundenbruchteil bereit, die tödlichen Schüsse abzufeuern.

Als sich Conchita von Thompson schwingen wollte, schüttelte der schwer bewaffnete Mann, den Thompson auf Anfang dreißig schätzte, den Kopf.

Hinter dem Schwerbewaffneten tauchte der zweite Mann auf. Es war der mit dem Laserzielgerät auf dem Gewehr. Er war klein, etwas untersetzt, trug einen Smoking mit roter Fliege und durch den Sand staubig gewordene Lackschuhe. Sein Gesicht bestand aus scharfen Ecken. Das Kinn war kampflustig und entschlossen nach vorn geschoben. Die Augen lagen dicht beieinander.

Don Alfredo de Parilla.

Mark Thompson erkannte ihn auf den ersten Blick. Der CIA-Agent schwitzte. Sie wussten, wer er war, und sie kannten seinen Auftrag. Es war also sinnlos, sich Ausreden oder Lügen einfallen zu lassen.

»Zwei Möglichkeiten«, sagte der elegante Don

Alfredo de Parilla. »Wir arbeiten zusammen, ohne Tricks, ohne Hinterlist, und du wirst ein reicher Mann, der nicht wieder in die Staaten zurückkehren kann. Oder du stirbst auf der Stelle und wir finden für den Job einen anderen Mann! Und was Conchita angeht, Thompson, sie gehört dir. Sie wird dir jeden Wunsch erfüllen, weil sie zu uns gehört und genau weiß, wie sie endet, wenn sie etwas nicht tut. Ich warte auf deine verdammte Antwort, Thompson!«

»Welchen Job habe ich zu erledigen?«, fragte Thompson heiser.

»Du bist der Informant und der Verräter!«

»Baptista?«

Alfonso de Parilla nickte. »Seine Generäle lieben ihn nicht mehr. Die Armee wird putschen und die USA haben den neuen Präsidenten schon bestimmt. Baptista wird die Insel verlassen. Mit seinem Familienclan, seinem Reichtum und unter dem Schutz zweier nicht als amerikanisch zu identifizierender Boote. Die USA haben Baptista für unbestimmte Zeit Asyl angeboten. Das Geld, das er aus dem Land herausgepresst hat, wird er in den USA verprassen und von dort aus auf sichere europäische Konten transferieren. Wir wollen Baptista und das Geld!«

»Um selbst die Macht zu übernehmen?«

»Ja, um Waffen zu kaufen, Söldner anzuheuern, Generäle mit Bestechungsgeldern auf unsere Seite zu ziehen.«

Mark Thompson biss sich in die Unterlippe, bis er Blut schmeckte. Wenn das geschah, dann wurde aus der Insel ein Stützpunkt Moskaus.

Alfredo de Parilla hob das Gewehr wieder. Nun befand sich der rote Zielpunkt auf Thompsons Kehlkopf.

»Was verdiene ich?«, fragte er.

»Conchita. Dazu drei Millionen in jeder gewünschten Währung auf jede beliebige Bank dieser Welt. Dazu meine Sympathie und meinen Schutz, falls du irgendwann einmal in Schwierigkeiten bist.«

»Ich habe keine Wahl«, sagte Thompson.

Alfonso de Parilla lachte leise. »Du kannst als Patriot sterben!«

Thompson fluchte verhalten. Er war vierundfünfzig Jahre alt, hatte sich für eine denkbar schlechte Bezahlung beinahe zu Tode gearbeitet, hatte hundert Mal den Kopf hingehalten. Die zu erwartende Pension sicherte ihm bestenfalls ein bescheidenes Leben mit den dazugehörenden finanziellen Sorgen.

»Okay«, sagte er. Unwillkürlich, es war wie ein Zwang, streichelte er Conchitas Brüste. »Okay, ich vertraue dir!«

»Das tue ich auch«, sagte Parilla. »Wann ist es so weit?«

»In vier Wochen. An einem Freitag. Der Zeitplan steht fest und wird nicht geändert. Wegen der Fiesta wird Baptistas Verschwinden so schnell nicht auffallen. Er benutzt die Yacht Santa Isabella, auf der sich ein unglaubliches Vermögen an Geld, Gold und Diamanten befindet. Zwei kleine Fregatten geben ihm Geleitschutz. Die sind nicht besonders gut ausgerüstet, aber die Männer an Bord verstehen ihr Handwerk. Vielleicht hast du gute Leute, die die Insel später besetzen, aber nicht die Spezialisten, die die Fregatten ausschalten können und dir damit den Weg frei machen.«

Parilla kam näher. Zwei Schritte vor Thompson blieb er stehen. Sekundenlang starrte er ihn feindselig an, dann grinste er. »Ich bin sicher, dass du Spezialisten kennst, die diesen Job übernehmen können.«

Thompson nickte. »Die haben schon ähnliche Aufträge im Dienst der USA erledigt, sind aber über die halbe Welt verstreut.«

»Unter welchem Kommando haben die damals gearbeitet?«

»Jeff Jenkins.«

»Was tut Jenkins jetzt?«

»Er hat in den letzten Jahren zu viele Fehler gemacht, zu viele Vorgesetzte beleidigt und gehört nun als Colonel einer polizeilichen Special Force an.«

»Er kennt die Leute von damals?«

»Sicher.«

»Und sie vertrauen und folgen ihm auch noch heute?«

»Die meisten«, antwortete Thompson. »Es ist eine Frage des Preises.«

Parilla nickte. »Geld spielt keine Rolle, Thompson. Von nun an hast du noch genau eine Woche. Du wirst in die Staaten zurückkehren, Kontakt mit Jenkins aufnehmen und ihn davon überzeugen, dass es seine letzte Chance ist, noch einmal an viel Geld heranzukommen. Vergiss nicht, dass du nicht allein bist. Jeder deiner Schritte wird überwacht. Libyer sind mit von der Partie, sie finanzieren die Sache vor. Sie stehen unter deinem Kommando, Thompson, aber sie machen dich unerbittlich kalt, wenn dir ein Fehler unterläuft, der unseren Coup gefährdet. Für die CIA bist du ein sehr wichtiger Mann. Es wird dir schon etwas einfallen, warum du plötzlich für einige Tage in die Staaten zurückmusst. Conchita wird dich begleiten. Möglicherweise ist sie dir eine Hilfe. Deine Antwort?«

Thompson schielte an Conchita vorbei auf den Schwerbewaffneten. Der würde nicht einmal mit der Wimper zucken, ihn zu erschießen. Töten war sein Beruf und sein Broterwerb.

»Drei Millionen, deine Protektion und deinen Schutz?«

»Ich wiederhole mich nicht gerne, Thompson!«

»Okay!«

»Deine Maschine geht morgen früh um zehn. Der Rückflug ist sieben Tage später gebucht. Nur im Notfall kann er um zwei Tage hinausgeschoben werden.

Die erforderlichen Spezialisten reisen an drei verschiedenen Tagen, mit drei verschiedenen Maschinen unterschiedlicher Fluggesellschaften an. Jeff Jenkins wird mit dir in einer Maschine zurückfliegen. Danach ist der Treffpunkt das Ambassador Hotel. Zimmer sind reserviert. Und noch etwas, Thompson: Du kannst und du hast schon viele aufs Kreuz gelegt, aber wenn du es diesmal versuchst, hast du nicht nur mich, sondern auch den KGB auf den Fersen. Von diesem Moment an wird es nirgends auf der Welt mehr einen sicheren Platz für dich geben. Verstanden?«

»Ich bin nicht schwerhörig«, sagte Thompson ärgerlich.

Parilla grinste. »Lache, Thompson«, sagte er. »Wer Erfolg haben will, muss nicht nur skrupellos, sondern auch guter Stimmung sein.«

Bevor Thompson noch etwas sagen konnte, drehten sich die beiden Männer herum und verschwanden, wie sie gekommen waren. Thompson starrte auf die grüne Wand von Palmen, Hibiskussträuchern und Agaven.

Das alles erschien ihm wie ein böser Traum. Aber es war die verdammte Wirklichkeit.

Für drei Millionen hatte er beschlossen, zum Verräter zu werden. Und in diesem Moment wusste er auch sehr genau, dass dieser Verrat viele Menschen das Leben kostete.

»Eine weise Entscheidung«, flüsterte Conchita an seinem Ohr.

Sie hatte sich so dicht über ihn gebeugt, dass ihre Brustspitzen über sein Gesicht strichen.

Thompson genoss es, denn er befürchtete, dass es das letzte Mal sein konnte.

Der Auftrag erschien mir auf den ersten Blick so lächerlich einfach, dass ich mich fragte, warum sie dafür nicht einen Kollegen einsetzten, der gerade von der Academy kam und sich die ersten Sporen verdienen musste.

Aber Mr. John D. Highs Gesicht hatte einen so ernsten Ausdruck, dass ich mich wahrscheinlich täuschte. Dazu kam das sorgenbeladene Gesicht eines hohen CIA-Mannes, den man Phil nannte und mir als Mr. Brown vorgestellt hatte. Mit Sicherheit war das nicht sein richtiger Name. Aber was spielte das schon für eine Rolle? Er sah genauso unscheinbar aus, wie man sich einen Mann namens Brown vorstellte. Klein, mager, untrainiert und den wässrig-weinerlichen Blick in den Augen, den ein Vertreter hatte, nachdem er sich eine Woche die Absätze schief gelaufen hatte, ohne dass auch nur ein Auftrag in seinem Block stand. Vor Phil und mir auf dem Schreibtisch lagen drei Fotografien. Die von Colonel Jeff Jenkins, die von CIA-Agent Mark Thompson und die Fotografie einer Eurasierin. Auf der Titelseite eines Männermagazins abgebildet, hätte sie die Auflage in die Höhe schnellen lassen.

»Würden Sie die Männer wiedererkennen, wenn sie Ihnen auf der Straße begegneten?«, fragte der mickrige Brown von der CIA.

Phil nickte.

Browns Blick huschte zu mir. Ich grinste ihn an. »Phil Decker die Männer, ich die Frau«, sagte ich. »Wir sind ein Team und teilen uns die Arbeit.«

Brown bekam einen noch ungesunderen Teint. Mr. High verbarg sein Lächeln hinter der vorgehaltenen Hand.

»Was ist mit denen?«, fragte ich dann.

Der mickrige Brown zuckte mit den schmalen

Schultern. »Thompson arbeitet in geheimer Kommandosache in Key West. Das will sagen, er hat dort sein Quartier, ist aber nicht ständig dort. Die Frau haben wir als eine gewisse Conchita Barrato identifiziert. Eine Barsängerin, wenn Sie wollen auch eine Nutte. Jeff Jenkins war hochdekorierter Terrorspezialist bei den Marines, bis er zu saufen und zu spielen begann und für den Dienst in der Army einfach nicht mehr tragbar war. Seit Jahren hat er nun einen Posten bei einer so genannten Police Special Force, steht im Rang eines Lieutenant und wegen verschiedener Delikte auf der Abschussliste.«

Ich nickte und zündete mir eine Zigarette an. »Okay«, sagte ich. »Das wissen wir nun. Aber was, verdammt, hat der FBI damit zu tun?«

»Im Grunde nichts.«

»Dann vielen Dank für den Kaffee und die Unterhaltung«, sagte Phil.

Mr. High erhob sich hinter dem Schreibtisch und schaute einige Sekunden lang nachdenklich in einen grauen Novembertag, den der dicht fallende Regen noch trüber machte. Dann drehte er sich langsam wieder zu Phil und mir um.

»Thompson ist aus einem sehr fadenscheinigen Grund für eine Woche nach New York gekommen«, sagte er. »Zusammen mit der dunkelhäutigen Schönheit.«

Brown nickte. »Und wir nehmen nicht an, dass er ihr die Schönheiten der Stadt zeigen will. Ich sagte schon, er arbeitet an einer geheimen Kommandosache. Wahrscheinlich ist es nicht einmal übertrieben, wenn ich behaupte, dass die Sicherheit der Vereinigten Staaten von Amerika davon abhängt. Für uns ist er also ein überaus wichtiger Mann. Das heißt, wir können ihm nicht einfach auf die Zehen steigen, Gentlemen.«

Das ›Gentlemen‹ ging Brown schwer über die

Lippen. Dabei brach ihm sogar der Schweiß aus, den er sich mit dem Handrücken von der Stirn wischte. CIA und FBI waren wichtige Institutionen, aber wirkliche Freunde waren sie nie geworden. Da gab es eine unterschwellige, von wem auch immer gezüchtete Rivalität, die sich nicht ausmerzen ließ.

»Was ist mit der Schokoladenpuppe?«, fragte Phil.

»Wenn wir an sie heranträten, würde Thompson es sofort erfahren.«

»Also sollen wir uns mit ihm auseinander setzen, weil er uns als FBI-Agenten nicht kennt?«

Brown schüttelte den Kopf. Der Kleine wurde mir immer mehr zum Rätsel. »Jeff Jenkins«, sagte er dann.

»Der ehemalige Terrorspezialist der Marines«, sagte ich leise und mir begann einiges zu dämmern, obgleich ich von Thompsons geheimem Auftrag keinen blassen Schimmer hatte. »Sie wollen wissen, ob es eine Verbindung zwischen Jenkins und Thompson gibt.«

»Ja.«

Mr. High setzte sich wieder. Unruhig schob er einige Akten auf seinem Schreibtisch hin und her. »Nur ihr beide, Phil und Jerry. Davon wird nichts durchsickern. Behaltet ihn im Auge wie die Kronjuwelen. Wahrscheinlich ist das Ganze ein Windei und einige Leute in Washington haben plötzlich kalte Füße bekommen.«

Brown hüstelte. Vielleicht war er einer von denen, die kalte Füße bekommen hatten.

»Und wenn nicht, Sir?«, fragte ich, während Phil nach der Zigarettenschachtel griff, sich ein Stäbchen anzündete und sich skeptisch am Kinn kratzte.

»Wenn nicht, Jerry, dann steht ihr beide schon mit einem Fuß in der Hölle. Dann ist es an euch herauszufinden, was man plant. Dann ist es an euch, die Sache zu vereiteln.«

Das hörte sich verdammt nicht gut an. Irgendwie verspürte ich ein ziehendes Gefühl in der Magengegend.

»Jerry und ich«, hakte Phil noch einmal nach. »Und wir haben keinen Plattfuß von der CIA auf den Hacken, Sir?«

»Ihr habt Telefonnummern und Namen, an die ihr euch wenden könnt«, sagte Mr. High. »Aber ihr habt keine Konkurrenz und keine Hilfe, solange ihr nicht persönlich danach verlangt.«

»Was ist mit Rückendeckung?«

Brown reckte sich, um nicht mehr ganz so mickrig auszusehen. »Es ist ein direkter Auftrag aus Washington«, sagte er pathetisch. »Jede Hand, die sich dort bewegen kann, wird sich schützend über Sie legen, Gentlemen.« Dieses Mal ging ihm das ›Gentlemen‹ etwas leichter über die Zunge.

»Ihr gebt eure Ausweise ab, ihr bekommt neue Waffen und so viel Bares, dass ihr euch damit auf der ganzen Welt bewegen könnt. Sind größere Beträge erforderlich, reicht ein Codewort, das jede Bank an American Express durchgeben kann. Habt ihr das verstanden?«

»Yes, Sir«, sagten Phil und ich wie aus einem Mund.

»Keinen Kontakt zum FBI, keinen Kontakt zur CIA, es sei denn, es ist unumgänglich«, sagte Brown.

Ich nickte. »Ich habe nur noch eine Frage, Sir«, wandte ich mich an Mr. High.

»Ja?«

»Falls es uns erwischt, Sir, werden wir dann wenigstens als G-men begraben?«

Mit weit aufgerissenen Augen starrte Pamela Burton die beiden Männer an, die vor ihrer Tür standen. Pamela hatte Jeff Jenkins erwartet und das Klingeln an der Etagentür hatte sie unter der Dusche hervorgeholt. Sie hatte sich nur einen leichten Morgenmantel übergeworfen und sich nicht einmal die Mühe gemacht, ihn zu schließen.

Jetzt griff sie mit beiden Händen nach dem Stoff. Sie wollte etwas sagen, doch sie bekam einen harten Stoß gegen die Brust, der sie ins Apartment zurücktrieb. Mit dem Rücken prallte die junge Blondine gegen den Schirmständer und warf ihn um. Sie taumelte, konnte sich aber gerade noch auf den Beinen halten.

Der Mann, der ihr den Stoß versetzt hatte, war groß, hatte einen wuscheligen Lockenkopf und ein scharf geschnittenes Gesicht mit besonders markanter Adlernase. Seine eiskalten, dunklen Augen jagten Pamela einen Schauer über den Rücken.

Grinsend folgte der Große ihr, während der kleinere, etwas untersetzte Bursche die Tür hinter sich schloss und den Riegel vorschob.

Pamela Burton kannte die beiden nicht, die korrekte graue Straßenanzüge trugen, weiße Hemden mit dezenten Bindern und sauber geputzte Schuhe. Wären die Ausbuchtungen unter den linken Achseln der Jacketts nicht gewesen, hätte man sie für Vertreter halten können. Dass sie nicht wegen ihr kamen, wusste die junge Frau aus dem Mittelwesten sofort. Sie wollte einen Schrei ausstoßen. Ein einziger Blick aus den kalten dunklen Augen des Großen trieb den Schrei wieder in sie zurück. Pamela verfügte über keine besondere Menschenkenntnis, aber diese Männer waren gefährlich. Die redeten nicht lange, die handelten.

Mit der rechten Hand stützte sie sich an die Wand neben der Garderobe. Dabei musste sie den Morgenmantel loslassen. Sofort schwang der dünne Stoff auseinander und legte ihren Busen frei.

»Hängt er eigentlich sehr an dir?«, fragte der Lockenkopf, während der Kleinere unter das Jackett griff und einen 38er mit aufgesetztem Schalldämpfer zog.

Sie meinten Jeff Jenkins, daran konnte es keinen Zweifel geben. Pamela wusste, dass er sich in Schwierigkeiten befand. Aber sie hatte keine Ahnung davon gehabt, dass die derart groß waren, dass hier plötzlich zwei arabisch aussehende Kerle mit Waffen auftauchten.

Verschüchtert schaute sie in den dunklen Mündungskrater des 38ers und nickte. Es entsprach der Wahrheit. Jeff hing nicht nur an ihr. Er liebte sie, genau wie sie ihn liebte. Es gab wohl nichts, was er nicht für sie tun würde.

»Das ist gut«, sagte der mit dem Lockenkopf zufrieden. »Erwartest du ihn?«

Pamela hasste Lügen. Schon als Kind hatte man ihr eingetrichtert, dass Lügen eine Todsünde war. Die größte Sünde jedoch war es, mit einem Mann zusammenzuleben, mit dem man nicht verheiratet war.

Jetzt jedoch schüttelte sie den Kopf. Irgendwie hegte sie die Hoffnung, dass die beiden Männer wieder verschwanden, wenn sie sie davon überzeugte, dass Jeff nicht kam.

Sie wusste, dass er sich in einer Bar in Greenwich Village aufhielt. Sobald die Männer, die wie Araber aussahen, verschwunden waren, konnte sie Jeff eine Warnung zukommen lassen.

»Aber er wird doch später kommen?«

»Ja.« Pamela Burton nickte. »Wahrscheinlich morgen. Er ruft mich vorher an.«

Der Kleine, der mit dem Lauf der Waffe zwischen ihre steilen Brüste zielte, lachte meckernd. Auf Arabisch sagte er etwas zu dem Lockenkopf, was Pamela nicht verstand. Aber irgendwie war sie doch erleichtert darüber, dass der Große mit dem Lockenkopf den Kopf schüttelte und einen ebenfalls unverständlichen Fluch ausstieß.

»Zieh dich an, pack die wichtigsten Sachen zusammen und dann verschwinden wir von hier!«

Pamela Burton schüttelte den Kopf.

Erneut lachte der Kleine meckernd, sagte wieder etwas auf Arabisch.

»Mein Freund sagt, es wäre dumm von dir, in der Kälte zu sterben, wo du in der Sonne leben kannst«, übersetzte der Lockenkopf sinngemäß.

»Was wollen Sie von mir?«, fragte Pamela Burton. Bislang hatte sie sich darüber noch nicht den Kopf zerbrochen. Weder sie noch Jenkins hatten wirkliche Feinde in der Stadt. Vielleicht Jenkins Ex-Frau, aber die meldete sich immer nur dann wütend, wenn sie den fälligen Unterhaltsscheck einmal zu spät bekam.

Als sie etwas sagen wollte, schellte es erneut. Pamela zuckte zusammen. Ihr erster Gedanke galt Jeff Jenkins. Vielleicht hatte er die Bar früher als abgesprochen verlassen.

»Wer ist das?«

»Ich weiß es nicht.«

Der Große kratzte sich am Kopf. »Mach auf!«, verlangte er dann mit schneidender Stimme.

Pamela zögerte. Wenn es wirklich Jenkins war, wie sie annahm, wie konnte sie ihn dann vor der drohenden Gefahr warnen?

»Mach endlich auf!«

Pamela schloss den Morgenmantel. Es blieb ihr im Moment gar nichts anderes übrig, als dem Befehl Folge zu leisten. Sie ging und schaute sich nicht um. Einer der beiden Männer folgte ihr. Irgendwo hinter ihr wurde die Schlafzimmertür geöffnet, in das sich ihr Hintermann zurückzog. Der Zweite hatte sich offenbar hinter der halb offenen Tür des Wohnzimmers versteckt. Jeder Widerstand war sinn- und hoffnungslos. Eine Sekunde blieb Pamela noch unentschlossen vor der Tür stehen, dann schob sie den Riegel zurück und öffnete.

Entgeistert starrte sie auf die beiden breitschultrigen Militärpolizisten. Ein Weißer und ein Farbiger. Ganz kurz nahmen sie Haltung an. Dann huschten ihre Blicke zum Ausschnitt des Morgenmantels, über dem sich ihr runder Busen wölbte.

»Ist der Lieutenant hier?«, fragte der hünenhafte Schwarze.

Pamela schüttelte den Kopf. »Ich weiß nicht, wo er ist, ich weiß auch nicht, wann er kommt. Er wollte mich anrufen. Bislang habe ich nichts von ihm gehört.«

Der Weiße, dessen Haare so kurz geschnitten waren, dass die Kopfhaut rosig durchschimmerte, grinste ungläubig. »So wie Sie aussehen, Miss, muss Jenkins einfach hier sein. Haben Sie etwas dagegen, wenn wir uns umschauen?«

»Ja«, antwortete Pamela schnell, denn sie dachte an die zwei Araber.

»Tut uns Leid«, sagte der Schwarze, packte Pamela wie eine Puppe bei den Schultern und stellte sie einfach beiseite. »Wir haben unseren Job zu erledigen und Sie wollen doch keine Schwierigkeiten, Miss?«

Klatschend fiel die Tür ins Schloss. Im Gleichschritt gingen die beiden Militärpolizisten an Pamela vorbei. Die junge blonde Frau aus dem Mittelwesten duckte sich. Voller panischer Angst wollte sie einen Schrei ausstoßen. Dann schlug sie sich die Hände vor das Gesicht, weil wiederum kein Ton über ihre Lippen kam.

Zweimal gab es ein Geräusch, als würde irgendwo eine Champagnerflasche entkorkt. Dann verstrich eine Sekunde. Dann hörte Pamela, wie die beiden Militärpolizisten zu Boden fielen. Es gab nur das dumpfe Geräusch. Keinen Schrei, keinen überraschten Ausruf.

Pamela nahm die Hände vom Gesicht.

Der kleine, untersetzte Araber stand in der Wohnzimmertür. Er hielt den mit dem Schalldämpfer versehenen 38er noch in der Faust. Auf dem Teppich des Ganges lagen die beiden Militärpolizisten dicht beieinander. Der Schwarze hatte den Kopf etwas zur Seite gedreht. Deutlich konnte Pamela das Einschussloch in der Stirn sehen, aus dem ein dünner Blutfaden quer über das dunkle Gesicht lief.

Pamela spürte, wie ihr die Beine nachgaben. Sie übergab sich, während sie bewusstlos zusammenbrach.

Aus der Schlafzimmertür kam der Lockenkopf, warf einen kurzen Blick auf die toten Militärpolizisten und grinste schief. Dann deutete er auf Pamela.

»Gib ihr was, das sie die nächsten Stunden ruhig stellt. Wir schaffen sie so hier heraus!«

»Es ist dein Glückstag, Colonel«, hatte der Mann am Telefon gesagt und aufgelegt, bevor Jenkins ihn einen Idioten nennen oder ihm Fragen stellen konnte. Der letzte Glückstag – von den Stunden mit Pamela einmal abgesehen – lag schon so lange zurück, dass sich Jenkins gar nicht mehr daran erinnern konnte.

Im Moment war es auf keinen Fall seine Zeit.

Seine Personalakte bei den Police Special Forces, zu denen man ihn von der Army aus strafversetzt hatte, war inzwischen durch Beschwerden und schlechte Beurteilungen schwerer und dicker als die Bibel. Jetzt erwartete ihn keine Strafversetzung mehr, sondern der Rausschmiss. Ben, sein Sohn, befand sich auf dem Trip. Er hatte New York vor einem Jahr in Richtung Westküste verlassen und sich seitdem nicht mehr gemeldet. Joana, seine Tochter, war vierundzwanzig Jahre alt. Sie studierte in Washington Rechtswissenschaften, was ihn einen Haufen Geld kostete. Dazu kam Gwen, seine Ex-Ehefrau. Sie hatte sich für eine eingebildete Krankheit ein ärztliches Attest besorgt, auf Grund dessen man ihn dazu verdonnert hatte, ihr einen monatlichen Unterhaltsscheck zuzuschicken, der ihn an den Rand des Bettelstabes brachte. Dazu kam, dass er in letzter Zeit mehr trank, als ihm gut tat, dass er am Kartentisch nur schlechte Blätter in die Hand bekam und die Pferde, auf die er wettete, nicht auf die Rennbahn, sondern in die Abdeckerei gehörten.

Ohne Pamela Burton, die ihn wieder auf die Beine gestellt und die als Fotomodell ein beträchtliches Einkommen hatte, hätte er sich einen Mühlstein um den Hals gebunden und wäre in den Hudson gesprungen.

Und nun rief ihn ein Idiot an, der behauptete, dass heute sein Glückstag sei!

Es war neun vorbei, als Jenkins die Blue Bell Bar in Greenwich Village verließ und am liebsten auf dem Absatz kehrtgemacht hätte, weil der kalte Regen ihm ins Gesicht peitschte. Dann entdeckte er die beiden grobschlächtigen Typen, die neben seinem verbeulten Dodge standen und wegen des saumäßigen Wetters noch griesgrämiger in die Welt schauten. Jeff Jenkins hatte sie noch nie gesehen. Aber eine innere Stimme sagte ihm unmissverständlich, dass die beiden alles andere als seine Glücksbringer waren.

Das waren Harry Maloys Abgesandte. Abgedankte Schwergewichtler, denen man im Ring den letzten Verstand aus dem verdammten Schädel geprügelt hatte und die inzwischen so beschränkt waren, dass sie selbst ihre eigene Mutter ermordeten, wenn Harry Maloy, der Geldverleiher, es von ihnen verlangte.

Erst in diesem Moment fielen Jenkins die siebentausend Dollar ein, die er Maloy schuldete, und dass der letzte Rückzahlungstermin heute war.

Jenkins blieb stehen. Er rieb sich den Regen aus dem Gesicht und kniff die Augen zusammen. Zwei Kerle dieses Kalibers waren normalerweise eine Katastrophe, eine Beerdigung oder aber doch zumindest wochenlanger Krankenhausaufenthalt bei flüssiger Ernährung. Bulle oder nicht Bulle, das machte in diesem Geschäft keinen Unterschied. Geld war Geld. Schulden bei Harry Maloy zahlte selbst der Präsident pünktlich zurück, wenn er welche bei ihm gemacht hatte.

Durch den dichten Regenvorhang hindurch sah Jenkins die beiden grinsen, die sich, was ihr Äußeres anging, glichen wie Zwillinge. Gemeinsam lösten sie sich von Jenkins' Dodge, der nur noch auf drei Zylindern stotterte und sich in einem solch desolaten Zustand befand, dass er eigentlich in die Schrottpresse gehörte.

Das alles stieß, zusammen mit dem billigen Whisky aus der Blue Bell Bar, Jenkins sauer auf und machte ihn wütend. Er sah den Riesenbabys entgegen, die sich mit betont wiegenden Schritten auf ihn zubewegten. Jeder von ihnen hatte die rechte Hand in die Tasche seines Trenchcoats gesteckt.

Nicht einfach so, weil sie an den Fingern froren. Maloys Männer bevorzugten 7.65er Berettas, die die Kleidung nicht so auffällig ausbeulten wie andere Waffen.

Wo Jenkins eigentlich um sein Leben oder seine Gesundheit hätte bangen müssen, kam satanische Freude ihn ihm auf. Zwanzig Jahre Spezialausbildung bei den Marines legte man nicht einfach mit dem Hemd ab. Und eine 7.65er hatte ihn noch nie in Angst und Schrecken versetzt. Mit diesem Kaliber erledigte man einen Mann nur bei einem glatten Kopf- oder Herzschuss. Eine solche Waffe hatte keine Stoppwirkung. Und wenn Maloy wirklich Geld von ihm wollte, hatte er seinen Eintreibern auch eingebläut, ihn auf keinen Fall umzulegen.

So gesehen kamen die beiden Riesenbabys ihm gerade recht.

An ihnen konnte er seine Wut austoben.

Jenkins löste sich aus dem Eingang der Blue Bell Bar und trat in den peitschenden Regen hinaus. Mitten auf dem Gehweg, an dessen Kante die Mülleimer wie eine Blechbarriere aufgebaut waren, blieb er stehen.

Zwei Yards vor den Müllkübeln blieben auch die beiden Geldeintreiber stehen.

»Hallo, Jeff!«

»Hallo, Motherfucker!«, sagte Jenkins. »Ihr seht

nicht gerade sehr widerstandsfähig aus. Typen wie ihr holen sich bei diesem Sauwetter schnell den Tod.«

Ihre Gesichtszüge wirkten noch dümmlicher. Der rechts stand, wackelte mit den Ohren. Der andere bewegte die Lider wie ein Kolibri.

»Du weißt, warum wir gekommen sind?«

»Weil ihr kein Zuhause habt und keinen, der euch bei sich aufnimmt«, antwortete Jenkins ruhig. Er zog die Hände aus der Manteltasche und rieb sie gegeneinander. »Vielleicht könnt ihr bei der Heilsarmee unterkriechen. Die mögen Underdogs wie euch!«

»Siebentausend Dollar«, sagte der Kerl mit den ausgefransten Blumenkohlohren und der fliehenden Stirn. »Maloy ist ungeduldig!«

Jeff Jenkins grinste. »Habt ihr das Geld mitgebracht oder glaubt Maloy vielleicht, dass ich es persönlich bei ihm abhole?«

Der Ärger stand nun zum Schneiden dick in der Luft. Jenkins wusste genau, dass dieser Auftritt für ihn ein sehr böses Nachspiel haben konnte. Aber er brauchte etwas, um sich abzureagieren. Die beiden waren gerade zum richtigen Zeitpunkt aufgetaucht.

Sie kamen noch einen Schritt näher und blieben wieder stehen. Jenkins passierte die Barriere der Müllkübel und blieb ebenfalls stehen.

Der mit den Blumenkohlohren zog die Rechte aus der Tasche des Trenchcoats. Es war in der Tat eine 7.65er Beretta. Der Lauf schwang hoch und Jenkins zuckte mit keiner Wimper.

»Du musst mich schon mitten in die Stirn treffen, Motherfucker«, sagte Jenkins ruhig. »Maloy wird dich anschließend loben, weil er die siebentausend in den Wind schreiben kann!«

»Steck die verdammte Waffe ein, Dan«, verlangte der andere. »Es geht auch anders!«

Phil und ich saßen in einem unauffälligen Ford, der auf der anderen Straßenseite vor der Blue Bell Bar parkte. Es war unsere erste Begegnung mit dem Mann, den wir fortan, koste es, was es wolle, nicht mehr aus den Augen verlieren durften.

Automatisch richtete sich Phil auf. Er kniff die Augen zusammen, um besser durch den dichten Regenvorhang blicken zu können.

»Das sind Geldeintreiber von Harry Maloy«, sagte mein Freund. »Wenn die Jenkins jetzt umlegen, sind wir unseren Job los!«

Ob ich darüber besonders traurig gewesen wäre, wusste ich in diesem Moment nicht. Aber irgendwie glaubte ich auch nicht daran, dass Maloy dumm genug war, einen Police Officer erschießen zu lassen. Und Police Officer war Jenkins bis jetzt noch.

Phil drehte das Fenster herunter und wieder hinauf. Für einen kurzen Moment wurde die Sicht auf Jenkins und Maloys Männer klarer. Deutlich konnte ich sehen, dass sich Jenkins anspannte und die Schuhe gegen den Asphalt stemmte. Eines musste ich dem mir unbekannten Mann schon jetzt bescheinigen: Er hatte den Mut eines Tigers. Jeder andere hätte beim Anblick von Maloys Schlägern, von denen einer eine Beretta in der Faust hielt, kalte Füße bekommen.

»Verdammt, Jerry!«, keuchte Phil. »Wir müssen etwas unternehmen!«

Ich schüttelte den Kopf. »Noch ist nicht aller Tage Abend, Phil!«

Kaum dass ich es ausgesprochen hatte, schob der Kerl die Beretta wieder in die Tasche des Trenchcoats zurück. Im nächsten Sekundenbruchteil schnellte Jenkins wie von einer Rakete getrieben nach vorn.

Die beiden Kerle standen dicht beieinander. Außerdem hatten sie auch gar nicht mit dem überfallartigen Angriff von Jenkins gerechnet. Sie konnten nicht schnell genug auseinander spritzen.

Jenkins' nach vorn schnellende Fäuste erwischten jeden von ihnen mitten im Gesicht. Er trieb sie zurück, während er selbst in eine Pfütze stürzte. Unter ihm spritzte das Wasser auf. Anstatt aufzuspringen, wie es normal gewesen wäre, drehte er sich blitzschnell. Sein rechter Fuß schnellte hoch. Er traf einen von Maloys Geldeintreibern an der empfindlichsten Stelle. Der gellende Schrei, den der Bursche ausstieß, war bis in unseren Ford zu hören.

Der zweite Mann sprang zurück und tat etwas Dummes. Seine Rechte tauchte in die Tasche des Trenchcoats, um die Beretta zu ziehen.

Irgendwie war er nicht schnell genug, vielleicht hatte sich der Lauf auch im Taschenfutter verheddert. Auf jeden Fall stand Jenkins inzwischen wieder auf den Beinen und befand sich auf dem Sprung, als die Schüsse fielen.

Zuerst war es nur das Belfern einer MPi, das durch den Regen hackte und Maloys Geldeintreiber durch die Wasserlachen wirbelten. Dann wurden die Scheinwerfer zweier Wagen voll aufgeblendet. Jenkins riss schützend die Hände vors Gesicht.

Phil stieß die Tür auf. Bevor er nach draußen springen konnte, erwischte ich seine Schulter und riss ihn in den Wagen zurück.

»Hierher, Jenkins!«, schrie jemand. »Hierher!«

Jenkins setzte sich in Bewegung. Irgendwie gewann ich den Eindruck, als wisse Jenkins selbst nicht, mit wem er es zu tun hatte. Sein Handeln entsprang dem in vielen Jahren antrainierten Überlebenstrieb. Er tauchte im grellen Scheinwerferlicht einer dunklen Limousine auf. Die Seitentür wurde aufgestoßen. Hände griffen nach Jenkins und zogen ihn in den Wagen.

Nicht einmal eine Sekunde später schoss der zweite Wagen, ein dunkelgrauer Mercury, um die Straßenecke. Er hielt auf Jenkins alten Dodge zu. Das

Seitenfenster war geöffnet. Für den Bruchteil sah ich den großen, arabisch aussehenden Mann, der dunkles, gelocktes Haar hatte.

Dann rollten zwei Handgranaten gleichzeitig unter Jenkins' Dodge, der nicht weiter als fünfzehn Yards von unserem Ford entfernt stand. Reflexartig warfen Phil und ich uns über die Vorderbank.

Die Scheinwerfer des Mercury zogen an uns vorbei und verschwanden in südlicher Richtung, als die beiden Explosionen die plötzliche Stille zerrissen.

Haushoch stieg eine Feuersäule auf und fiel schnell wieder in sich zusammen. Harte Stöße trafen unseren Ford. Die Windschutzscheibe wurde zerschmettert und der Wagen machte einen Bocksprung. Ausgelaufenes Benzin hatte sich entzündet. Die Straße vor der Blue Bell Bar war ein Feuerfluss geworden, der auf unseren Ford zurollte.

Ich richtete mich auf, drehte den Zündschlüssel und der Wagen sprang sofort an. Ich wendete ihn quer durch die Flammen. Wohin der verdammte Wagen mit Jenkins verschwunden war, wusste ich nicht. Dafür aber kannte ich den Fluchtweg des grauen Mercury, aus dem heraus die Granaten geworfen worden waren.

Der Vorsprung betrug kaum mehr als eine Minute. Es war eine Chance, wenn auch nur eine winzige.

Phil wurde gegen mich geschleudert. Ich sah das blutüberströmte Gesicht meines Freundes.

»Verdammt, gib Gas!«, schrie er mich durch den brüllenden, hochdrehenden Motor an. »Das sind nur Schnittverletzungen!«

Ich trat das Gaspedal bis zum Bodenblech durch. Unser Ford war äußerlich kein Prachtstück, aber was die Mechaniker des FBI unter die Motorhaube gezaubert hatten, war reine Spitzenklasse. Der Schub drückte uns in die Sitze zurück.

Die Gerade war an die dreihundert Yards lang. Sie

mündete in eine scharfe Linkskurve. Im letzten Moment löste sich mein Fuß vom Gas und rammte die Bremse. Auf zwei Rädern brachte ich den Ford um die Ecke. Dann schloss sich erneut eine lange Gerade an. Vor uns glühten die Rückleuchten, die ich auf den ersten Blick als die eines Mercury erkannte.

Mit dem Handrücken rieb sich Phil über das blutverschmierte Gesicht und stieß einen Fluch aus, der darauf hinauslief, dass er jeden der Mercury-Insassen persönlich mit einem stumpfen Messer kastrieren würde.

Aber was gab man nicht alles von sich, wenn man voller Zorn und Schmerz steckte?

Die Bremsleuchten des Mercury leuchteten auf, obgleich es kein erkennbares Hindernis auf der Straße gab. Also ab es nur eine Erklärung: Sie hatten uns als Verfolger entdeckt und das passte ihnen natürlich nicht in den Kram.

Ich verlangsamte die Fahrt. Vor uns zog der Mercury nach links in die Einfahrt einer verlassenen Fabrik.

Ich warf Phil einen schnellen Blick zu. Er nickte entschlossen. Vor der Einfahrt in den Fabrikhof stoppte ich den Ford. Wir sprangen in den Fabrikhof, aber entdeckten nichts. Keinen Mercury, keinen der beiden Insassen.

Der 38er lag schwer in meiner Hand. Und die Feuchtigkeit auf meinem Gesicht war ein Gemisch von Regen und Schweiß. Situationen wie diese waren nicht neu für Phil und mich. Man verfolgte jemanden, verlor ihn aus den Augen und wusste genau, dass er aus jeder Richtung heraus das Feuer unvermittelt eröffnen konnte.

Aber dieses hier war keine Normalsituation. Handgranaten und Maschinenpistolen waren im Spiel gewesen. Das war keine normale Verbrecherjagd mehr, das war Krieg.

Ich duckte mich neben den Torpfeiler. Die Lichtverhältnisse waren so schlecht, dass der Blick gerade bis zum vielleicht hundert Yards entfernt liegenden langen Verwaltungsgebäude reichte, das inzwischen eine Ruine geworden war. Herausgebrochene Türen und Fensterscheiben wirkten wie dunkle Löcher. Und hinter jedem einzelnen Loch konnte der Tod lauern.

Phil kniete vier Yards von mir entfernt im aufgeweichten Morast des unasphaltierten Hofplatzes. »Die sind mit dem verdammten Wagen hinter dem Gebäude«, sagte mein Freund überzeugt. »Ich kenne mich in dieser Mistgegend nicht aus. Vielleicht gibt es hinten noch eine Ausfahrt. Dann sind wir sie los.«

Das konnte stimmen. Es war nicht besonders schwer, sich Gewissheit zu verschaffen. Ich hob den 38er, visierte die Tür, dann die beiden Fenster an und feuerte blind in die dunklen Löcher hinein.

Menschen, die verfolgt werden, reagieren besonders sensibel und nervös. Ich hoffte, dass unsere unbekannten Freunde nicht die Ausnahme waren, die die Regel bestätigten.

Meine Hoffnung war nicht vergebens.

Aus einem der Fenster und aus der Tür flammten die Mündungsblitze von automatischen Schnellfeuerwaffen. Sie bestrichen geschickt das Eingangstor, aber zu diesem Zeitpunkt hatten Phil und ich uns schon lange in eine andere Position gerollt. Die Geschosse lagen nicht einmal so nahe, dass ihr pfeifendes Geräusch zu hören war.

»Du links, ich rechts!«, raunte ich Phil zu.

Der Regen fiel immer dichter. Das hieß, sie konnten uns vom Verwaltungsgebäude unmöglich sehen, wenn sie nicht mit besonderen Nachtsichtgeräten ausgerüstet waren.

Phil nickte.

»Um etwas schlauer zu werden, brauchen wir wenigstens einen lebend!«

»Darauf wäre ich gar nicht gekommen«, frotzelte Phil. »Was bin ich doch froh darüber, einen solchen intelligenten Partner zu haben.«

»Weißt du, was du mich kannst, G-man?«

»Kann ich mir vorstellen. Aber erstens ist das Wetter zu schlecht, und zum anderen ist dazu jetzt keine Zeit!«

Es gab nur leise, schmatzende Geräusche im Schlamm, als sich Phil entfernte. Sekunden später hatte ich selbst seinen Schatten aus den Augen verloren.

Ich kroch hinter ihm her.

Irgendwie dachte ich an unseren neuen Status. Kein Mensch wusste, was sich wirklich abspielte. Washington hatte zwei Männer, Phil und mich, abgestellt, uns den Status als G-men abgesprochen und uns Vollmachten gegeben, die auf höchster Ebene abgesprochen und abgesegnet worden waren. Wir hatten einen Job, von dem wir keinen blassen Schimmer besaßen, aber den wir, wie auch immer, erledigen mussten.

Zehn Yards trennten mich noch vom dunklen Loch der Eingangstür. Ich war bis auf die Haut durchnässt. Kälte kroch in mir hoch und machte meine Glieder steif. Es gab nur das dunkle Rechteck vor mir. Keinen Schatten, keine verräterische Bewegung. Wir hatten es mit Leuten zu tun, deren Ausbildung der unseren offensichtlich in nichts nachstand.

Phil musste das flache, halb verfallene Gebäude inzwischen umrundet haben und sich von der Rückseite nähern. Es war zwischen uns nicht abgesprochen, aber da wir schon so viele Jahre ein Team bildeten, konnte ich mir vorstellen, dass mein Freund die Gangster mit einigen blinden Schüssen in meine Richtung trieb. Dann lag es an mir, sie kampfunfähig zu schießen, damit wir sie später noch befragen konnten.

Befragen über Jeff Jenkins und die Männer, zu denen er in den Wagen gestiegen war.

Vier Sekunden verstrichen, dann bellten an der Rückfront die ersten Schüsse auf. Unzweifelhaft abgefeuert aus Phils 38er Special. Sie hatten uns zwar mit neuen Waffen versorgt, aber wir hatten erneut die vertrauten 38er Specials gewählt. Diesmal ohne Insignien, die sie als FBI-Kanonen hätten erkennbar machen können. Noch einmal ein Schuss, dann die Explosion einer Handgranate.

Nachdem sich das Toben der Explosion gelegt hatte, stockte mein Herzschlag und Schweiß mischte sich mit dem Regen auf meinem Gesicht.

Ich hielt den Atem an.

Einige Sekunden verstrichen. Die Zeit nutzte ich, um dichter an das dunkle Rechteck der Tür heranzukommen.

Dann hörte ich Stimmen von drinnen. Arabisch. Ich verstand kein Wort, aber die Stimmen klangen aufgeregt und panisch. Über irgendetwas schienen sich die beiden nicht einig zu sein.

Dann endlich wieder ein erlösender Schuss aus Phils 38er. Sie hatten ihn also doch nicht erwischt. Dafür war ich bereit, in den nächsten zehn Jahren auf alle Weihnachtsgeschenke zu verzichten.

Die Stimmen drinnen wurden lauter und hektischer. Ich hob die Waffe, zielte in das dunkle Loch der Tür und rechnete mit einem Ausfall der beiden in dieser Richtung.

Zwei Atemzüge später fiel ein einzelner Schuss. Jemand stürzte schwer zu Boden. Wortfetzen auf Arabisch. Das Schreien eines Verwundeten. Dann ein weiterer Schuss und das Schreien verstummte.

Das Blut gefror mir in den Adern. Wir hatten es nicht mit Gangstern oder Verrückten, sondern mit Fanatikern zu tun, die uns auf keinen Fall lebend in die Hände fallen wollten. Und wenn ich das Geschehen richtig interpretierte, dann hatte der eine den anderen gerade umgelegt.

Schritte schlurften. Der zweite Mann gab sich keine Mühe, leise zu sein. Die Schritte kamen näher, genau auf das dunkle Rechteck der Tür zu.

Ich kniff die Augen zusammen. Ich musste blitzschnell umdenken. Musste alle Skrupel vergessen, die ein G-man hatte, auf einen Menschen zu schießen, auch wenn es ein Mörder war.

Schwach hob sich der Schatten des großen Mannes mit dem Lockenkopf in der Dunkelheit des Einganges ab. Er hielt beide Hände vor die Brust gedrückt, hob sie, riss mit den Zähnen den Sicherungsstift der Handgranate heraus und spuckte ihn aus.

Er wollte auf mich zukommen, um mich mit in die ewigen Jagdgründe zu nehmen. Aus seiner Sicht verdammt verständlich, aber ich hatte doch einiges dagegen einzuwenden.

Ich hob den 38er mit beiden Händen und feuerte. Mitten in den Schatten hinein. Eine andere Chance blieb mir nicht. Dann hechtete ich zurück, warf mich nach rechts, von der Tür weg, dicht an die Außenmauer des flachen Gebäudes heran, und krümmte mich automatisch zusammen.

Die Explosion erfolgte, als ich die Arme über meinem Kopf gekreuzt hatte. Die Explosionswelle ließ die verdammte Seitenwand des Gebäudes einstürzen. Schutt, Steine, Balken fielen auf mich herab und bedeckten mich. Teuflischer Schmerz schoss durch meinen Körper. Überall gleichzeitig. Er ließ sich nicht lokalisieren.

Dazu wäre auch keine Zeit geblieben, denn ich verlor das Bewusstsein.

»Es ist wirklich dein Glückstag, Colonel!«

Jeff Jenkins schaute wütend den groß gewachsenen, für sein Alter durchtrainierten Mann an.

»Zwei verdammte Tote, Krieg in Greenwich Village, mein Wagen ist in die Luft geflogen und Harry Maloy wird mich bis in alle Ewigkeit verfolgen. Ganz zu schweigen davon, dass ich in Zukunft beim Sozialamt Schlange stehen und mich aus einer Garküche in der Bronx ernähren muss, wenn sie mich überhaupt jemals wieder aus dem Knast freilassen. Mehr Pech, verdammt, kann ein Mensch an einem einzigen Tag gar nicht haben.«

Mark Thompson grinste. »Hast du dir bislang wirklich noch nicht vor Augen geführt, dass du ohnehin erledigt bist, Jenkins?«

»Und was, verdammt, geht dich das an?«

Mark Thompson blieb freundlich. Sein Job brachte es mit sich, dass er sich mit Menschen auskannte und sie leicht einschätzen konnte. Wenn er mit seinen Worten vorsichtig war und seine Taktik gut abstimmte, würde es seiner Meinung nach mit Jeff Jenkins wenig Schwierigkeiten geben.

»Was, verdammt, hast du, realistisch betrachtet, denn noch zu erwarten, Jenkins?«

»Keine Ahnung.« Jenkins zuckte mit den Schultern. »Vielleicht sollte ich mal in aller Ruhe darüber nachdenken.«

Die Limousine stoppte vor dem Lancaster Hotel. Ein Livrierter riss die Wagentür auf und öffnete zuvorkommend die Eingangstür. Jenkins kannte das Lancaster von außen. Irgendwann, so hatte er sich vorgenommen, wollte er Pamela dorthin zu einem Kerzendinner einladen. Irgendwann, wenn es ihm besser ging. Wenn er endlich auf einen gewinnenden Außenseiter setzte oder am Kartentisch einen Royal Flash in die Hand bekam, gegen den jemand mit vier Assen bot.

Schweigsam fuhr er mit Thompson in die Penthousesuite hinauf. Der Mann, der den Wagen gefahren hatte, war in der Bar geblieben. Er hatte also keine tragende Funktion. Dafür standen rechts und links neben dem Eingang zur Suite zwei Kerle.

Sie musterten Jenkins prüfend, knurrten und ließen ihn mit Thompson passieren, als der leicht mit dem Kopf nickte.

Die gediegene Eleganz der Räumlichkeiten erschlug Jenkins beinahe, aber er ließ es sicht nicht anmerken. Vielleicht hatten sie ihm beim Streit mit Maloys Männern wirklich geholfen, vielleicht aber wäre er auch alleine mit dem abgedankten Schwergewichtler fertiggeworden, der die 7.65er schon in der Hand gehabt hatte. Wenn Ersteres der Fall war, hatten sie nicht aus reiner Menschenliebe gehandelt. Dann brauchten sie ihn. Und nach dem Feuerzauber, den sie veranstaltet hatten, brauchten sie ihn sogar sehr dringend.

Jenkins setzte sich in einen der schweren schwarzen Ledersessel. Er ließ sich, als Mark Thompson ihn danach fragte, einen Johnnie Walker Black Label bringen. Ohne Eis und Wasser. Nur so konnte er den schalen Geschmack des Fusels wegspülen, den er in der Blue Bell Bar auf Kredit getrunken hatte. Dann zündete er sich eine Zigarette an und beobachtete den großen, etwas eckig wirkenden Thompson, dessen Namen er nicht einmal kannte.

»Okay«, sagte Jenkins. »Ich bin kein guter Quizkandidat. Sag mir, um was es geht, und wir werden uns schnell einig, denke ich. Und ich weiß auch gerne, mit wem ich es zu tun habe. Du scheinst meine Vergangenheit zu kennen, ich kenne nicht einmal deine Gegenwart und deinen Namen.« Thompson setzte sich. Er hatte Jenkins vollkommen richtig eingeschätzt. Keine Scheingefechte also, sondern gleich von Anfang an Nägel mit Köpfen. Das war ihm auch lieber so.

»Wir brauchen deine Fähigkeiten als Terrorspezialist bei den Marines, Jenkins. Und wir brauchen eine Hand voll der Jungs, die damals mit dir zusammengearbeitet haben. Männer, die du für die Fähigsten hältst. Die einen Job erledigen, kassieren, keine Fragen stellen und wieder untertauchen. Wirkliche Spezialisten.«

Diesmal stand Jeff Jenkins auf und schenkte sich den zweiten Whisky selbst ein. Thompson erhob sich ebenfalls, ging an den Schreibtisch, auf dem ein weinroter Diplomatenkoffer stand, brachte ihn und stellte ihn vor Jenkins auf den kleinen, runden Tisch und ließ die Schlösser aufschnappen.

Jenkins starrte auf den Inhalt. Das waren Dollars, mindestens hunderttausend.

»Das ist ein Vorschuss auf die Kosten, die du machen musst, um die richtigen Männer binnen vier Tagen aufzutreiben«, sagte Thompson kühl.

»Um was geht es?«

»Um einen Terroranschlag, bei dem es Tote geben wird.«

»Amerikaner?«

Thompson nickte.

Jenkins schaute den eckig wirkenden, dunkelhaarigen Mann durchdringend an. »Du bist doch auch Amerikaner!«

»Mein Name ist Mark Thompson, Jenkins. Ich habe einen hohen Dienstgrad bei der CIA und mich dazu entschlossen, zum Verräter zu werden. So einfach ist das, Jenkins. Ich will dir nichts vormachen.«

Jeff Jenkins schluckte trocken.

»Es ist eine politische Sache, Jenkins. Jeder, der damit zu tun hat, weiß, dass es ihn das Leben kosten kann. Es trifft nicht einen unbeteiligten, unschuldigen Bürger. Aber es bleibt Mord und Vaterlandsverrat. Wahrscheinlich kommen sie dahinter, dass du deine Hände im Spiel hattest. Das heißt, dann kannst du, genauso wenig wie ich, nie wieder in die USA zurückkehren. Dann wirst du in Mittelamerika leben, und es wird dir dort gut gehen. Der Präsident ist dein Freund und niemand kommt jemals an dich heran. Ist das deutlich und ehrlich genug?«

Jenkins nickte. Er starrte auf den Diplomatenkoffer mit den Dollars, dachte an all die Pleiten, die er in den letzten Jahren erlebt hatte, und gleichzeitig auch an Pamela Burton. Sie liebte ihn. Vielleicht würde sie ihn verstehen. Aber wie sollte er es ihr begreiflich machen?

»Was springt für mich dabei heraus?«, fragte er mit heiserer Stimme.

»Eine Million in bar, wohin du sie auch immer haben willst, eine Leibrente von zehntausend im Monat, Villa, Auto, Angestellte, die richtigen Klubkarten und die Freundschaft eines Staatspräsidenten.«

»Und wer garantiert mir das?«

»Niemand.« Thompson schüttelte den Kopf. »Glauben und Vertrauen sind menschliche Schwächen, die man nicht über Bord werfen sollte. Kein Mensch kann ohne Hoffnung leben.«

Jenkins schaute sein elegantes Gegenüber an. Er entdeckte etwas in Thompsons Augen, was ihm nicht gefiel. Trotz aller Offenheit hatte der Mann ihm doch noch etwas verschwiegen.

»Ihr habt euch abgesichert«, sagte Jenkins.

»Das gehört zu einem solchen Geschäft«, antwortete Thompson. »Schließlich kennen wir dich nicht gut genug. Zwei meiner Männer waren bei Pamela Burton, um dort auf dich zu warten. Es erschienen zwei Militärpolizisten. Weiß der Teufel, was sie wollten. Meine Männer haben die beiden umgelegt und Pamela mitgenommen. Aus Sicherheits- und Vorsichtsmaßregeln. Im Moment befindet sie sich mit einem Privatjet auf dem Flug nach Key West. Es geht ihr wirklich gut und sie erwartet dich.«

Thompson legte zwei Fotografien auf den Tisch. Die Bilder zeigten Pamela zwischen zwei gut gekleideten

Puertoricanern auf der Gangway eines Privatjets. Pamelas Blick wirkte trüb, aber wie immer sah sie ausgezeichnet und strahlend schön aus.

»Sie ist also die Geisel!«

»Das ist ein verdammt schlimmes Wort, Jenkins. Sie ist der Garant dafür, dass du über unser Gespräch kein Wort verlierst und dir die Entscheidung, ein reicher Mann zu werden, etwas leichter fällt.«

Jenkins lachte böse. »Weißt du, dass ich CIA-Männer schon immer für überhebliche Arschlöcher gehalten habe?«

Thompson behielt sein offenes Lächeln. »Und ich habe Marines immer für Männer gehalten, auf die man sich blind verlassen kann, wenn sie einmal eine Entscheidung getroffen haben.«

»Wie viel Zeit bleibt uns für dieses Unternehmen?«

»Knapp vier Wochen. In sieben Tagen erwartet man uns beide und die von dir ausgesuchten Männer in Key West. Danach werdet ihr mit den Einzelheiten vertraut gemacht. Ich will, dass du dich nun entscheidest.«

»Und wenn ich ablehne?«

»Dann bist du ein toter Dummkopf und eine schöne Frau wird sterben.«

Jenkins sprang auf. Thompsons Faust schlug mitten in seinem Gesicht ein und schleuderte ihn in den schwarzen Ledersessel zurück.

»Wir sind beide gut, Jenkins«, sagte er. »Ich denke, wir stehen uns in nichts nach. Es ist sinnlos, sich zu bekämpfen. Du bleibst in dieser Suite wohnen und regelst von hier aus alles Notwendige.«

Jenkins rieb sich das schmerzende Gesicht.

»Ich nehme in zwei Tagen Kontakt mit dir auf, Jenkins. Hier sind Papiere auf den Namen Jefferson. Die sind echt. Es kommt ein Maskenbildner. Der macht dich so zurecht, dass deine eigene Mutter dich nicht mehr wiedererkennen würde. Morgen Mittag kannst du telefonisch Kontakt mit Pamela aufnehmen. Ambassador Hotel in Key West. Das ist die Nummer. Morgen Mittag, Jenkins. Wir können uns nicht den kleinsten Fehler leisten.«

Jenkins strich sich über die Haare. Die Papiere schienen echt, die Nummer war die des Ambassador Hotel in Key West. Er hatte nicht schnell Vertrauen zu Fremden, aber er war sicher, dass Thompson ihn nicht hinterging. Bestimmt ging es auch um seinen Hals.

»Wie viele Leute brauche ich?«

»Genug, um zwei alte Fregatten im internationalen Seegebiet in die Luft zu jagen, ohne jedoch die Luxusyacht, die sie beschirmen, zu beschädigen.«

»Und die notwendigen Ausrüstungsgegenstände?«

»Mach eine Liste von allem, was du brauchst. Es wird nichts fehlen.«

»Was geschieht mit den Männern, wenn sie ihren Job erledigt haben?«

»Das liegt an ihnen selbst. Es ist ein Hunderttausend-Dollar-Job und wir erwarten dafür ausgezeichnete Arbeit. Wenn einer draufgeht, wird sein Anteil auf die anderen Männer verteilt. Und wenn es eine wirkliche Pleite wird, dann überlebt es keiner von uns.«

Thompson näherte sich der Tür. »Es ist kein Misstrauen, Jenkins«, sagte er leise, »aber du wirst überwacht.«

»Natürlich«, sagte Jenkins sauer. »Und wenn die Cops mich durch einen unglücklichen Umstand erwischen?«

»Dann bist du tot, bevor du auch nur ein Wort sagen kannst. Es ist ein verdammt hartes Geschäft. Aber das brauche ich dir ja nicht zu sagen. Conchita!«

Die Tür zum Badezimmer wurde geöffnet. Mit weit aufgerissenen Augen starrte Jenkins auf die schokoladenbraune Schönheit, die als einziges Bekleidungsstück ein weißes Badelaken um die Hüften trug.

»Sie steht dir auf jede Art und Weise zur Verfügung. In manchen Dingen kann sie dir sicherlich auch behilflich sein, Mr. Dan Jefferson. Vergiss deinen alten Namen – und viel Glück!«

Thompson öffnete die Tür und ließ sie klatschend hinter sich ins Schloss fallen.

Jenkins nahm sich noch einen Whisky. Er schaute die wunderschöne Eurasierin an, die mit langsamen, wiegenden Schritten auf seinen Sessel zukam und vor ihm stehen blieb. Die schwere Süße des Parfüms, in dem sie gebadet zu haben schien, nebelte Jenkins' Gedanken ein.

»In welcher Beziehung stehst du zu ihm?«, fragte er heiser.

»In der Gleichen wie zu dir, Jefferson«, antwortete Conchita. »Wir sind Partner.«

Peninsula
Karibik-Insel

Jean Louis Baptista trug noch Paradeuniform, nachdem er den offiziellen Besuch einiger Diplomaten verabschiedet hatte. Isabella, seine Frau – wenigstens die, mit der er in den heiligen Stand der Ehe getreten war – war in ein langes schwarzes Kleid gepresst. Die Strapazen der letzten Monate standen ihr noch auf dem mehrmals gelifteten, dadurch aber keineswegs schöner gewordenen Gesich geschrieben.

Der kleine, mickrig aussehende Mann, den Jerry Cotton und Phil Decker als einen gewissen Mr. Brown kennen gelernt hatten, stand vor dem Präsidenten von Peninsula und hielt einen Sektkelch in der schmalen Hand. Die Ehrfurcht vor dem schwergewichtigen Inselpräsidenten stand ihm ins Gesicht geschrieben.

»Alles, was ich wissen will, Brown«, sagte Baptista und reckte seine kurze, stämmige Gestalt, »ist, ob alles nach Plan läuft und ich mich auf die Amerikaner verlassen kann.«

Brown nippte wie ein Kanarienvogel an seinem Glas, stellte es schließlich auf einem kleinen Tisch ab und nickte. »Sie verlassen die Insel zu den angesprochenen Konditionen, Mr. President. Ihr erstes Asyl ist Florida. General Raphael Malestone wird Ihr Nachfolger.«

Baptista lachte. »Ein General, der sein Handwerk in West Point gelernt hat.«

Brown nickte. »Gleichzeitig ein Garant dafür, dass es nicht zu einer Revolution kommt und die Kommunisten noch mehr Einfluss auf dieser Insel gewinnen.«

Baptista fluchte. Isabella errötete und drehte etwas verschämt das Gesicht beiseite.

»Ruf Malestone herein!«, verlangte Baptista von seiner Frau.

Brown beobachtete ihn von der Seite her. Er mochte den Fetten nicht. Wäre es allein nach ihm gegangen, hätte die Revolution stattfinden und man den Präsidenten an den nächsten Baum knüpfen können. Aber politische und sicherheitstechnische Aspekte standen im Vordergrund. Nur durch schnelles Handeln, einen baldigen Machtwechsel und viel Geld war es möglich, diese Insel für Amerika nicht zu verlieren und dafür zu sorgen, dass sie kein russisches Bollwerk vor der amerikanischen Haustür wurde. Lange genug hatte man in Washington die Entscheidung hinausgezögert und auf ein Wunder gehofft. Es war nicht eingetreten. Das Volk widersetzte sich mit Recht Baptistas Herrschaft, die man auch Willkür nennen konnte. Die Opposition unter Don Alfredo de Parilla wartete nur auf einen günstigen Zeitpunkt, um den Präsidenten zu stürzen und die Macht zu übernehmen. Das bedeutete nicht nur einen Regierungs-, sondern auch einen Regimewechsel. Parillas antiamerikanische Haltung war hinlänglich bekannt und wurde von den Russen nach Maßen unterstützt.

General Raphael Malestone kam herein. Ebenfalls in der Paradeuniform eines Generals. Er salutierte knapp und wandte sich dann an Brown.

»Gibt es Schwierigkeiten?«

»Keine«, antwortete Brown, der sich seiner Sache aber gar nicht mehr so sicher war. »Während der Fiesta wird Baptista die Insel unter unserem Schutz verlassen. Einige Tage vorher wird er angeblich krank, kann die Regierungsgeschäfte nicht mehr führen und wird sie Ihnen übergeben, General. Die Armee steht doch hinter Ihnen?«

Malestone zuckte mit den Schultern. »Ich werde einige Beförderungen vornehmen, das verbindet. Ich werde den Sold erhöhen, was Sympathien einbringt. Und ich werde den Generälen wieder die Macht geben, die sie sich wünschen. Demokratisch natürlich. Aber es darf mit Parilla zu keinem Zwischenfall kommen. Er schwingt die rote Fahne und die Bevölkerung glaubt daran, dass in dem Moment, wo man sie am Fahnenmast gehisst hat, Milch und Honig fließen. Kommt es zu einem Einfall von außen, werden sich das Volk und große Teile der regulären Armee anschließen. Um es ganz deutlich zu sagen: Sofort mit dem Verschwinden von Baptista müssen augenblicklich grundlegende Veränderungen eintreten. Kredite, eine bessere Infrastruktur, ein besseres Gesundheitswesen, gerechtere Behandlung und Kampfansage an die Korruption. Die nötigen Mittel müssen bereitstehen.«

Präsident Baptista zuckte unter jedem Wort des relativ jungen Generals zusammen. Seine Augen wurden schmal. »Ihren Worten entnehme ich nun deutlich, dass Sie kein loyaler General sind, Malestone.«

»Ich habe einen Dienst und Treueeid geleistet, an den ich mich zu jeder Zeit, auch gegen meine innere

Überzeugung, gehalten habe. Die Amerikaner haben mich als neuen Präsidenten vorgeschlagen. Die Armee und das Volk werden mich akzeptieren. Schon darum, weil ich aus einfachen Verhältnissen stamme und kein wohlhabender Mann geworden bin.«

Wütend schleuderte Baptista das Champagnerglas gegen die Wand, wo es klirrend zerbrach. »Wäre es nicht leichter, mich einfach umzulegen?«, fragte er bissig.

Brown schüttelte den Kopf. »Das würden sich Don Alfredo de Parilla und seine Genossen auf ihre Fahne schreiben und damit noch mehr Sympathie erlangen. Unser Weg, Sie mit allem Hab und Gut von der Insel zu schaffen und von uns aus einen neuen Mann einzusetzen, ist der bessere.«

Baptista knurrte etwas Unverständliches. Dann wandte er sich wieder an Brown. »Die Papiere, die Malestone zu meinem Nachfolger bestimmen, sind vorbereitet und unterzeichnet. Aber ich bestehe auf den Garantien, die die USA mir gegeben haben.«

Brown nickte.

Für ihn war das kein Punkt mehr.

»Was kann schief laufen?«, wollte General Malestone wissen.

Brown hob die schmalen Schultern. »Nichts«, antwortete er. »Es wird ein für dieses Gebiet beinahe typischer Regierungswechsel. Die Ruhe und Ordnung werden wieder einkehren, die wir gerade jetzt, im Zeichen der Ost-West-Entspannung dringend benötigen. Mark Thompson, unser fähigster Mann, hat alles vorbereitet. Zur Sicherheit haben wir noch andere Männer eingesetzt.«

»Die wir nicht kennen«, sagte General Malestone.

»Die sich zu erkennen geben, sobald etwas Unvorhersehbares geschieht oder Sie Hilfe nötig haben.«

»Und Alfredo de Parilla?«

»Lebt unter ständiger Bewachung als Biedermann in

Key West. Von seiner Seite aus gehen nicht die geringsten Aktivitäten aus. Er scheint die Hoffnung begraben zu haben, Präsident von Peninsula zu werden. Kann er eigene Leute innerhalb der Armee infiltriert haben?«

Malestone lachte leise. »Dazu fehlen ihm die finanziellen Mittel. Verräter und Söldner sind zu teuer.«

»Halten Sie dennoch Augen und Ohren offen. Uns bleibt nicht mehr viel Zeit und wir haben nur einen einzigen Versuch. Ich melde mich wieder bei Ihnen.«

Brown verließ die Prachtsuite des Palastes. Richtig wohl fühlte er sich nicht in seiner Haut. Und irgendwie glaubte er auch nicht daran, dass alles so glatt verlief, wie sie es sich vorstellten. Er dachte an Thompson und dessen plötzlichen Besuch in New York. Warum, verdammt, war der Kerl von der CIA in New York aufgetaucht, wenn es hier für ihn viel wichtigere Dinge zu erledigen gab? Und er dachte an die beiden G-men Jerry Cotton und Phil Decker. Er stellte sich die Frage, ob es die geeigneten Männer waren, ein Komplott früh genug zu erkennen.

Thompson, Cotton, Decker. Sie hatten nicht mehr Trümpfe. Und was Thompson anging, so schien es ihm unvorstellbar, dass ein Mann von mittlerweile vierundfünfzig Jahren, der seinem Vaterland treu gedient hatte, plötzlich ausrastete und die Richtung änderte.

Sicher nicht für Geld. Aber vielleicht für die Liebe einer schönen Frau wie Conchita Barrato?

New York City

Der Dicke hatte keine Ahnung, wer wir waren. Die beiden Typen, die ähnlich aussahen wie die, die in Greenwich Village getötet worden waren, kannten uns auch nicht. Den Türsteher hatten wir am Kragen gepackt und in Harry Maloys Büro geschoben. Irgendwie war er über den Teppichrand gestolpert und lag nun lang ausgestreckt vor dem pompösen Schreibtisch seines Chefs.

Alles in diesem vornehmen Büro stank regelrecht nach schmutzigem Geld. Alleine die Klunker, die Maloy an seinen schwammigen Fingern trug, waren mehr Geld wert, als zehn brave Familienväter in ihrem Leben verdienten.

»Hast du nicht Angst davor, dass sie dir die Griffel mal abhacken?«, fragte Phil, während ich dem Kerl, der vor dem Schreibtisch lag, den Fuß auf die Brust setzte, als er versuchte, sich aufzurichten.

»Wenn du unruhig wirst, Bruder«, zischte ich, »dann machen wir dich für immer still!«

Es klang so überzeugend, dass er weiterhin den toten Mann spielte.

Harry Maloy lief rot an. Schweißperlen reihten sich auf seiner Stirn.

»Wir waren im Village, als sich deine Männer Jenkins schnappen wollten«, sagte Phil. »Sehr dumm von ihnen, denn den beiden Affen wurde ausdrücklich gesagt, dass sie die Finger von Jenkins lassen sollten. Wir hatten die älteren Rechte an ihm.«

Maloy schnaufte. Er stemmte sich in die Höhe. Die beiden Schwergewichtler, die rechts und links neben dem Schreibtisch standen, warteten nur darauf, dass Maloy ihnen das Zeichen gab, Kleinholz aus Phil und mir zu machen. Aber der Dicke war ein sehr vorsichtiger Mann. Er kannte seine Position, wusste, dass er tausend Freunde, aber doppelt so viele Feinde hatte. Dazu kam, dass Verhandlungen mit dem Mob liefen und man sich noch nicht einig war über die Prozente, die die Mafia in Zukunft von Maloys Gewinn kassieren wollte. Angesichts dieser Verhandlungen hielt der Dicke Phil und mich wahrscheinlich für Abgesandte des Mob.

»Setz dich wieder hin und hör mir genau zu, Dicker«, sagte ich scharf. Dann deutete ich auf seine

Leibgarde. »Schick sie zur Toilette. Sie sehen aus, als würden sie sich jeden Moment in die Hosen pinkeln!«

Maloy setzte sich.

Mit einem einzigen Blick verscheuchte er die Leibwache aus seinem Zimmer.

»Und?«, fragte er dann. Er war etwas ruhiger geworden. Vielleicht lag es daran, dass er sich inzwischen kunstvoll eine Havanna in Brand gesteckt hatte.

»Deine Leute haben alles versaut und sich nicht an unsere Anweisungen gehalten!«, sagte Phil.

»Zum Teufel!«, fluchte er. »Jenkins, der Scheißkerl, schuldet mir glatte siebentausend Dollar!«

»Das kostet auch der Sarg, in den sie dich packen, Maloy«, sagte ich.

Er zuckte zusammen, verschluckte sich am Rauch der Havanna und hustete sich die halbe Lunge aus dem Hals. »Verdammt!«, keuchte er, als er wieder zu Atem gekommen war. »Wir stehen in Verhandlungen. Über Geld lässt sich reden.«

Ich nickte bedächtig und zündete mir eine Zigarette an. »Über Geld sicherlich, Maloy, aber nicht über Jenkins. Deine Idioten haben ihn vertrieben. Du sorgst dafür, dass wir ihn wiederfinden!«

»Soll ich vielleicht eine Vermisstenanzeige oder einen freundlichen Aufruf, sich zu melden, in die Boulevardblätter setzen?«

Ich trat näher an seinen Schreibtisch heran. Die Schweißperlen lösten sich von seiner Stirn und rollten über seine Hamsterbacken.

»Du wirst ihn wiederfinden, Maloy. Binnen vierundzwanzig Stunden. Anderenfalls mach eine Absprache mit einem Begräbnisunternehmer und such dir einen netten Ruheplatz auf dem Friedhof aus.«

Der Dicke nickte überzeugend, obgleich er in diesem Moment noch sicher keinen Schimmer hatte, wie er Maloy finden sollte. »Okay«, sagte er. »Okay. Ich kenne eine Million Leute in der Stadt.«

Phil grinste ihn an. »Ich habe gewusst, dass du ein braver Junge bist«, sagte er. »Und noch etwas: Unser Besuch und dieses Gespräch haben nie stattgefunden!«

»Ich dachte …«

»Mann, du sollst nicht denken, sondern nur das tun, was wir dir sagen. Keine Fragen! Nur Resultate, wie im wirklichen Leben. Morgen Abend rufen wir dich an. Kennwort: Siebentausend Dollar. Alles verstanden?«

»Sicher, Gentlemen!«

»Dann kannst du jetzt weiter dein Geld zählen!«

Kein Kontakt mit dem FBI oder der CIA. Das war abgesprochen. Dennoch trafen wir uns mit John D. High in einem Künstlercafé in Greenwich Village, in dem sich Freaks herumtrieben, die uns eher für Kunstagenten als für G-men hielten.

»Jenkins' Freundin, Pamela Burton, ist verschwunden. In ihrer Wohnung lagen zwei tote Militärpolizisten, die Jenkins einige Fragen stellen wollten. Hausbewohner haben arabisch aussehende Männer beobachtet. Ein großer Mann mit auffallendem Lockenkopf und ein kleinerer, untersetzter Kerl.«

Der Kaffee schmeckte plötzlich bitter. »Das waren garantiert die Kerle aus dem grauen Mercury«, sagte ich.

Mr. High nickte. »Eine Identifizierung war bislang nicht möglich. Angenommen wird, dass sie fanatischen Terroreinheiten zugeschrieben werden.«

»Gibt es irgendwelche Anzeichen, dass in New York etwas laufen soll?«

Mr. High schaute Phil an und schüttelte den Kopf. »CIA und Militärischer Abschirmdienst behaupten das, aber es muss natürlich nicht stimmen.«

Phil und ich berichteten, dass wir Maloy auf die Zehen gestiegen waren.

»Die Chance ist winzig«, sprach der Chef aus, was Phil und ich dachten. »Mark Thompson ist wie immer im Liberty Hotel abgestiegen. Ohne seine schwarze Perle. Brown ist Richtung Karibik verschwunden und hakt wahrscheinlich in Key West nach. Dort liegt der Hund begraben.«

»Eine politische Sache also!«, stellte ich fest.

Mr. High nickte augenblicklich. »Washington schweigt sich noch aus, aber es scheint, als befürchte man einen großen Knall.«

»Die Gegend ist unruhig«, sagte Phil. »Zum Beispiel Peninsula.«

Mr. High reagierte nicht. Das sagte eine ganze Menge.

»Und Thompson ist Spezialist darin, die Ruhe wiederherzustellen«, fuhr ich fort. »Vielleicht zusammen mit einem Mann wie Jeff Jenkins.«

Mr. High trank seinen Kaffee und schüttelte den Kopf. »Dann würde man sich in Washington keine Gedanken machen.«

»Das heißt, die nehmen eher das Gegenteil an.«

»Etwas deutlicher, Jerry!«

»Das Thompson ein faules Ei gelegt hat und es zusammen mit Jenkins ausbrüten will!«

»Möglich.«

»Thompsons Quartier in Key West ist das Ambassador«, sagte Phil. »Solange die uns im Unklaren lassen und wir, wenn es dazu kommt, nicht einmal wissen, wofür wir gestorben sind, müssen wir es auf eigene Faust herausfinden, Sir. Jerry sieht verdammt bleich aus!«

Als ich abwehren wollte, nickte Mr. High schon. Er schob mir einen Umschlag mit Papieren über den Tisch.

»Sie sind Spieler, Abenteurer, Gangster«, sagte er. »Keine besonders gute Tarnung, aber wenn Sie alle guten Sitten und Ihre Erziehung über Bord werfen, haben Sie vielleicht Erfolg, Jerry.«

Ich grinste schwach. Gute Sitten und Erziehung hatte ich schon bei Maloy über Bord gehen lassen.

Mr. High schaute zur Uhr. »Die Maschine geht in vier Stunden nach Miami. Reisen Sie mit kleinem Gepäck und schaffen Sie sich alles andere am Zielort an. Wenn Sie auf Brown stoßen, ignorieren Sie ihn, falls es nicht wirklich etwas Wichtiges gibt. Anderenfalls wird er sich dort mit Ihnen in Verbindung setzen. Phil erledigt die Sache in New York. Ich bin sicher, dass er bald nachkommt.«

Er hätte nervös sein müssen, aber komischerweise war er es nicht. Allem Anschein nach war es nicht besonders schwierig, ein Verräter zu werden, oder es hatte von Anfang an in ihm gesteckt.

Conchita hatte sich gemeldet. Jenkins, der nun Jefferson hieß, schien aus dem gleichen Holz geschnitzt. Er benahm sich wie jemand, der im Lancaster aufgewachsen war, hatte sich neu eingekleidet, benutzte einen Chevy mit Chauffeur, verteilte Geld wie Dreck und telefonierte sich die Kehle heiser. Aus Angst um Pamela oder um endlich an der Oberfläche schwimmen zu können. Thompson war sich in dieser Sache nicht sicher, auch wenn Conchita behauptete, dass Jenkins ein ausgezeichneter Liebhaber sei.

Thompson dachte daran während einer Unterredung mit seinem Chef David Loorne.

»Dieses wird unsere letzte Unterredung, Mr. Thompson«, sagte Loorne und riss Thompson aus seinen Gedanken.

»Deshalb bin ich auch nach New York gekommen, um mit Ihnen persönlich zu sprechen, Sir«, sagte Thompson überzeugend. »Brown ist augenblicklich bei Baptista auf Peninsula und bereitet dort alles für die Machtübernahme vor. Meine Männer und ich behalten die Opposition im Auge.«

Loornes Brauen huschten in die Höhe. »Sie haben wirklich Kontakt mit Don Alfredo de Parilla?«

»Durch Conchita Barrato«, nickte Thompson. »Er hat sie mir untergeschoben, damit sie mir etwas entlockt. Wahrscheinlich wäre er sogar bereit, ein Vermögen zu bezahlen, wenn er unsere Pläne kennen würde.«

»Außer einigen Männern in Washington, Ihnen, Brown und mir, weiß niemand, wie alles ablaufen soll.«

»Natürlich auch Baptista und General Malestone«, sagte Thompson.

David Loorne, ein magerer, großer Mann mit scharf geschnittenem Profil, hellen, intelligenten Augen und schmalen Lippen, lachte. »Baptista dankt ab. Malestone wird der neue Präsident, weil wir es so wollen. An ihm haben wir einen beständigen Verbündeten, an dem sich die Sowjets die Zähne ausbeißen. West Point hat schon immer eine bestimmte, verlässliche Spezies von Führern hervorgebracht. Nach abgeschlossener Mission sehen wir uns wieder, Thompson. Ich will Ihnen noch sagen, dass ich keinen Mann kenne, auf den ich mich so sehr verlassen kann wie auf Sie. Brown vielleicht ausgenommen, aber der will noch Karriere machen.«

»Danke, Sir«, sagte Thompson steif. Loorne versuchte artig und freundlich zu sein, aber da schwebte etwas in der Luft, was der Kerl ihm verschwieg. »Gestatten Sie mir noch eine Frage, Sir?«

»Jede!«

»Warum lügen Sie mich an?«

Loorne hatte an sich schon keine sehr gesunde Gesichtsfarbe. Nun jedoch bekam er einen beinahe Besorgnis erregenden grauen Teint.

Er setzte sich hinter seinen Schreibtisch und zündete sich, was er nur in Momenten höchster Unruhe tat, eine Zigarette an.

»Ich bin Geheimnisträger, und es gibt ...«

Mit einer unwirschen Handbewegung winkte Thompson ab. Um etwas aus Loorne herauszuholen, musste er sehr selbstsicher und entschlossen auftreten.

»Ich bin ebenfalls Geheimnisträger, Sir, und im Gegensatz zu Ihnen halte ich da draußen auch noch meinen Arsch hin, wenn ich diese Sprache einmal gebrauchen darf. Falls mir jemand ein zweites Loch hineinschießt, würde ich doch gerne wissen, wer außer Brown und mir einen Fehler gemacht hat.«

Loorne rauchte zwei schnelle Züge hintereinander, dann drückte er die Zigarette aus, stand auf, ging an den Getränkeschrank und schenkte zwei Gläser seines kostbarsten Cognacs ein.

»Von wem haben Sie es erfahren, Thompson?«

»Intuition«, antwortete Thompson. »Ich rieche Schwierigkeiten, bevor sie über mich hereinbrechen.«

Loorne setzte sich wieder und nippte an seinem Cognac. Seinem Gesicht nach zu urteilen, schien der ihm heute nicht besonders zu schmecken.

»Sie bringen mich in eine verdammte Situation ...«

»Meine Leute und ich sind dort draußen«, unterbrach Thompson seinen direkten Vorgesetzten. »Ich trage die Verantwortung für das Unternehmen und für das Leben meiner Männer. Ich habe ein verdammtes Recht darauf, alles zu wissen, was sich einige Hohlköpfe aus Washington einfallen lassen. Wenn Sie mir das abstreiten, Sir, nehme ich persönlich Kontakt mit dem State Department auf. Dann schmeiße ich Ihnen den Job vor die Füße. Ob sie mich deswegen hängen oder nicht. Das ist mein verdammter Ernst, Sir. Ich weiß, dass das nicht von Ihnen kommt, also wird sich an unserer Beziehung, so hoffe ich, auch nichts ändern.«

Thompson spürte, wie ihm der Schweiß ausbrach. Auf dem Körper, nicht im Gesicht, nicht in den Handflächen. Er pokerte hoch. Genau genommen um sein Leben. Er konnte es sich gar nicht leisten, den Job hinzuschmeißen. Die amerikanische Justiz würde ihn durch die Mangel drehen und Don Alfredo de Parillas Männer würden ihn erwischen. Aber er konnte sich auch keinen Fehler leisten, der sein Abkommen mit Parilla und dem KGB in Frage stellte. Wenn da etwas schief lief, war er genauso erledigt.

»Washington hat zwei G-men eingeschaltet, Thompson«, sagte Loorne nach einer ganzen Weile des Nachdenkens. »Jerry Cotton und Phil Decker. Sie arbeiten auf eigene Faust und haben keinen bestimmten Auftrag …«

»… aber eine Kontrollfunktion, oder?«

»So ähnlich. Darüber bin ich nicht unterrichtet. Ich weiß nicht einmal, wo sie operieren. In New York, auf Peninsula, in Key West oder sonst wo.«

Thompson atmete erleichtert auf, ohne es sich anmerken zu lassen. »Danke, Sir«, sagte er.

»Es bleibt unter uns beiden, Thompson!«

»Ohne Frage, Sir. Ich brauche Bilder der beiden, damit wir sie, falls es zu Unregelmäßigkeiten kommt, mit denen ich aber nicht rechne, nicht für Leute von der anderen Seite halten. Bitte lassen Sie mir einige Fotografien durch Kurier ins Liberty House schicken.«

Loorne nickte. Nachdem er schon einmal so weit gegangen war, konnte er nun auch keinen Rückzieher mehr machen.

»Wo ist das Mädchen, Conchita Barrato, mit dem Sie gekommen sind?«

»Sie springt mit einem Haufen Geld in New York herum, besucht Freunde, macht vielleicht Einkäufe oder testet die Liebesfähigkeit der Yankees. In fünf Tagen treffe ich sie auf dem Kennedy International zum Rückflug.«

»Wird Parilla nicht misstrauisch, wenn Sie Conchita hier ihrem Schicksal überlassen?«

»Er denkt, ich sei in die Staaten zurückgekehrt, um

mich zu erholen. Und das ist mit einem Girl wie Conchita schlecht möglich.«

Thompson sprach salopp, flüssig und ohne auch nur einen Sekundenbruchteil überlegen zu müssen.

Loorne grinste belustigt verständnisvoll. Thompson stand auf und hatte die Tür schon erreicht, als Loorne ihn noch einmal zurückrief.

»Yes, Sir?«

»Sagt Ihnen der Name Jeff Jenkins etwas?«

Thompson hatte es gelernt, sich zu beherrschen. Er zuckte mit keiner Wimper. »Tut mir Leid», sagte er dann ruhig. »Ich kenne nicht alle unsere Leute beim Namen. Haben wir vielleicht Schwierigkeiten mit ihm?«

»Das hoffe ich doch nicht, Thompson. Jeff Jenkins wird der neue stellvertretende CIA-Chef. Ihr Name war ihm geläufig. Ich dachte, Sie hätten ihn vielleicht mal auf einem Kongress kennen gelernt.«

»Leicht möglich«, räumte Thompson ein. »Sagen Sie ihm auf keinen Fall, dass ich mich nicht mehr an ihn erinnert habe, Sir.«

Thompson verließ das Chefbüro. Das Herz schlug ihm bis zum Hals hinauf. Wenn Jeff Jenkins neuer stellvertretender CIA-Chef wurde, wurde er der nächste Papst. Etwas war im Busch. Man hatte Lunte gerochen oder man fischte einfach im Trüben, um auf etwas zu stoßen. Über die beiden G-men musste er sich Gedanken machen und ihre Konterfeis an Alfredo de Parilla weiterleiten. Sie mussten verschwinden, bevor sie Unheil anrichten konnten.

Er fuhr kreuz und quer durch die Stadt und hielt schließlich vor einer Telefonzelle. Vielleicht musste der Plan umgestellt werden. Und bevor er Jeff Jenkins im Lancaster Hotel anrief, hatte er sich alles sehr gründlich durch den Kopf gehen lassen.

Jenkins' Aussehen war inzwischen so verändert, dass kein Mensch in ihm noch den Police Officer erkannte. Ein Treffen mit Jenkins erschien Thompson also selbst dann ungefährlich, wenn man ihn beschattete.

Es gibt Menschen, die zeigen bewusst so viel Desinteresse, dass sie alleine schon dadurch interessant werden. Vor allem für einen G-man wie mich, der sich in höchst unsicherer Mission unterwegs befindet. Am Zeitungsstand, auf dem D-Pier des Kennedy International, fiel er mir zum ersten Mal auf. Er trug den Trenchcoat über dem Arm, einen leichten, hellen Sommeranzug und einen dezenten Binder, der auf Halbmast hing. Die hellbraunen Schuhe waren neu oder zu klein oder er war es nicht gewohnt, auf diesen spitzen italienischen Tretern zu laufen. Er kaufte die ›Miami Times‹. Danach versuchte er ein Ticket in der Economy Class zu bekommen. Als das nicht mehr möglich war, buchte er die First Class und zahlte in bar. Das geschah, nachdem ich am Counter der TWA für den Flug nach Miami eingecheckt hatte.

Danach saß er drei Hocker neben mir in der Lounge Bar, trank Kaffee, las in der ›Miami Times‹ und war krampfhaft darum bemüht, nicht in meine Richtung zu schauen.

Gefühle konnten täuschen, sicherlich, aber ich war davon überzeugt, einen Schatten zu haben, bevor ich mich überhaupt auf den Weg gemacht hatte. Irgendwo gab es eine undichte Stelle. Phil und meine Mission war doch nicht so geheim, wie manche es glaubten. Möglicherweise, das hoffte ich, kannten sie unseren Job nicht, aber in unserem Beruf reichte schon der Hauch von unterschätztem Misstrauen, um in einer anderen Welt aufzuwachen. Auf jeden Fall war ich gewarnt.

Den Gedanken, Phil und Mr. High zu informieren, schob ich schnell wieder beiseite. Eine Nachricht lief über Zwischenstationen. Wenn ich mich nicht getäuscht hatte, wurde die Gefahr durch einen Anruf nur noch größer.

George XIII. hieß das Gourmetrestaurant auf der Fifth Avenue. Phil stand mit dem Wagen dicht neben dem Eingang. Durch die blanken Scheiben sah er die silbernen Schalen, unter denen alle Köstlichkeiten dieser Welt serviert wurden, und sein Magen knurrte.

Mark Thompson gab sich keine Mühe, sich zu verstecken. Er hatte einen Fensterplatz gewählt, saß dicht am Rahmen, war wohl etwas früh und trank Dom Perignon als Aperitif. Wirklich nicht schlecht für einen CIA-Agenten, der Thompson ja war. Auf jeden Fall schien der Verein nicht so knauserig mit der Spesenabrechnung zu sein wie der FBI.

Schräg gegenüber flackerte die Reklame von McDonalds. Phil zögerte einen Moment, dann konnte ihn auch der strömende Regen nicht mehr davon abhalten, den Wagen zu verlassen. So bald, davon war er überzeugt, würde Thompson das Restaurant nicht verlassen.

Mit einem Big Mac und einer Coke ging Phil zu seinem Ford zurück.

Wenig später stoppte ein Chevy mit Chauffeur hinter ihm. Der livrierte Türsteher vom George XIII. tat seine Pflicht. Er hielt einen riesigen Schirm über den neuen Gast und geleitete ihn zum Eingang.

Phil konnte das scharf geschnittene Gesicht des groß gewachsenen Mannes mittleren Alters sehen, der einen sportlichen, durchtrainierten Eindruck machte und sich auf jene katzenhafte, geschmeidige Art und Weise bewegte, wie Jenkins es getan hatte, als er Maloys Geldeintreiber angesprungen hatte. Auch die Größe und die Statur konnten ungefähr stimmen. Aber das war auch schon alles. Es war nicht Jenkins' Gesicht. Es war auch nicht die Art eines auf der Abschussliste stehenden Police Officers, sich mit Chevy und Chauffeur zu einem der teuersten Lokale der Stadt fahren zu lassen.

Ein, zwei Minuten verstrichen. Dann tauchte der Mann im eleganten weißen Smoking an Thompsons Tisch auf. Auf den ersten Blick wirkte die Begrüßung sehr unterkühlt. Einige Worte wurden gewechselt und der Fremde bekam einen Champagner.

»Scheißjob!«, knurrte Phil. Er biss in den Big Mac.

Ketschup bekleckerte sein Hemd und die Hose. Er bückte sich, um den Schaden mit einem Taschentuch zu beheben, als die Windschutzscheibe des Ford in genau der Höhe splitterte, wo sich eben noch sein Kopf befunden hatte.

Es war ein klatschendes Geräusch, das vom prasselnden Regen überdeckt wurde. Ein Explosionsgeräusch war nicht zu hören.

Unzweifelhaft war der Schuss vor ihm abgefeuert worden. Vielleicht aus einem der vielen vor ihm parkenden Fahrzeuge heraus, auf die bei diesem Sauwetter natürlich niemand achtete.

Phils erster Gedanke war es, aufzuspringen und den Wagen zu verlassen. Aber diese Kamikazereaktion verkniff er sich im letzten Moment. Stattdessen nahm er seinen Hut und legte ihn auf das Armaturenbrett. Einen Sekundenbruchteil später fegte eine zweite Kugel den Hut in den Wagen zurück.

Phils Gedanken jagten sich. Von diesem Moment an gab es keinen Zweifel mehr daran, dass jemand ihn daran hindern wollte, sich weiter um Mark Thompson, den CIA-Agenten, und dessen eleganten Gast zu kümmern, der dem Aussehen nach aus der gehobenen Finanzwelt kam.

Mit einem Griff zur Seite ließ Phil den Liegesitz zurückklappen. Das war die einzige Möglichkeit, sich von außen unsichtbar auf die Rückbank zu rollen.

Irgendwo vor ihm wurden zwei Wagen gestartet. Phil durfte es nicht wagen, sich aufzurichten, um sich die Fahrzeuge anzuschauen. Scheinwerfer zogen an ihm vorbei, durchschnitten das Wageninnere und verschwanden. Ein Grund, sich in Sicherheit zu wiegen, aber es konnte auch genauso gut ein verdammter Trick sein, ihn, falls er noch lebte, aus dem Wagen zu locken.

Phil widerstand der Versuchung, auch wenn es ihn viel Mühe kostete. Er ließ einige Minuten verstreichen. Als bis dahin alles ruhig geblieben war, schob er die Seitentür zur Bordsteinkante auf, rollte sich auf den Gehsteig und drückte sich dicht an die Karosserie des Ford.

Alles blieb still. Nur eine Fußgängerin schaute ihn verständnislos an. Hundert Yards vor ihm gab es zwei leere Parkplätze, die eben noch besetzt gewesen waren.

Phil richtete sich auf, rieb sich den Regen aus dem Gesicht und schüttelte sich die Nässe aus der Kleidung. Durch das Fenster konnte er ins George XIII. hineinschauen. Thompson und der Elegante tranken Champagner, ohne auch nur einen müden Blick nach draußen zu werfen. Und nun wurde auch der Chauffeur des Chevy auf Phil aufmerksam.

Er kurbelte das Fenster herunter. »Ist was?«

»Ich habe mein Feuerzeug verloren.«

»Komm her!«

Phil klaubte sich eine Zigarette aus der Schachtel, ging zum Chevy und ließ sich Feuer geben. »Noble Karosse, nobler Job!«, lobte er. »Und dazu auch noch pikfeine Kleidung.«

Der Fahrer war untersetzt und klein. Er hatte ein gutmütiges Gesicht mit einer auffallend roten Nase, die darauf hindeutete, dass er in kein Glas Alkohol spuckte.

»Waldorf-Astoria?«, fragte Phil.

»Lancaster Hotel«, antwortete der Chauffeur. »Das

Waldorf hat durch den Touristenstrom aus Europa an Glanz verloren. Der Dollar ist billiger geworden. Eine Nacht im Waldorf halten die Leute für besonders schick. Aber damit hat es sich dann auch schon. Die Europäer verstehen nicht zu leben, sondern ergötzen sich nur noch am Glamour vergangener Zeiten. Das Lancaster Hotel und das Liberty House sind die wirklichen Geheimtipps.«

»Für Yuppies und Finanzmenschen«, knurrte Phil.

»Für wen auch immer. Wir verdienen daran.«

Phil deutete mit einem knappen Kopfnicken zu Thompson und dem Eleganten. »Den im weißen Smoking kenne ich vom Film und Fernsehen«, behauptete er. »Es ist David Bonner!«

Der livrierte Fahrer grinste. »Habe noch nie was von einem Bonner gehört, Mann. Falls das wirklich eine Größe ist, ist es bestimmt nicht Bonner. Der heißt Dan Jefferson. Er kommt aus dem Lancaster.«

»Na ja, man kann sich täuschen«, murmelte Phil, nickte dem Fahrer freundlich zu und entfernte sich wieder zu seinem Ford.

Jefferson aus dem Lancaster Hotel und Thompson, das hatte er schon vorher gewusst, logierte im Liberty Hotel, wenn er sich mal in New York aufhielt.

Damit hatte er eigentlich mehr erfahren, als er erwartet hatte. Wenn Jeff Jenkins auf dem normalen Weg nicht ausfindig zu machen war, dann musste man eben Umwege gehen.

Drei Stunden später fuhr er einen Caddy, trug einen Smoking und der Portier des Lancaster Hotel verbeugte sich so tief vor ihm, dass er beinahe mit der Stirn auf seine Schuhspitzen knallte. Für die artistische Leistung reichte Phil ihm einen Fünfer.

Der Smoking war so gearbeitet, dass die Ausbuchtung des 38er Special auf keinen Fall zu sehen war. Die Limousine mit Jefferson war noch nicht wieder eingetroffen. Wer im George XIII. dinierte, hatte keine Eile.

Der Mann an der Rezeption war zuvorkommend. Jefferson sei nicht im Hause. Vorsichtshalber telefonierte er mit der Suite, was Phil genau beobachtete.

»Aber seine Frau sitzt in der Bar, Sir.«

Der Blick des Portiers huschte zum offenen Bareingang. Phil stockte der Atem.

Die Frau, auf die sich der Blick des Rezeptionisten richtete, war Conchita Barrato, die dunkelhäutige Schönheit, die zusammen mit Thompson nach New York gekommen war. Sie nuckelte an einem Highball, schaute sich hin und wieder um und machte einen durchaus gelangweilten Eindruck.

Wusste der Teufel, warum Mark Thompson sie mit nach New York genommen hatte, wenn er für ein Dinner bei George XIII. einen männlichen Partner vorzog! Hier wurde etwas vorbereitet, das woanders fatale Folgen haben sollte. Daran bestand wohl kein Zweifel mehr.

Key Largo
Pirates Cove

»Einer ist im Anmarsch«, sagte Don Alfredo de Parilla ohne Aufregung. »Thompson hat sehr schnell herausgefunden, dass man ihm nicht traut, er hat die Funkbilder zweier Sonderagenten geschickt und dem einen Knaben Begleitschutz mitgegeben.«

Parilla lehnte an einer Hütte des sehr großen, nur schwer zugänglichen und abgesicherten Seegrundstückes, das über einen kleinen Naturhafen verfügte. Sein Blick glitt über die paramilitärische Truppe.

Die Leute sahen in der Tat gefährlich aus. Idealisten, Männer, die sich Karriere versprachen, sobald er, Parilla, der neue Präsident von Peninsula geworden war, und andere, die ihre Haut nur wegen der harten Dollars zum Markte trugen und die nichts anderes gelernt hatten, als zu töten. Für jeden, der ausreichend bezahlte. Wenn es zu einer Eskalation kam, und das war sicher wie das Amen in der Kirche, dann stand diese paramilitärische Einheit ihren Mann. Es waren Kämpfer, die ohne Skrupel auf alles schossen, was sich bewegte und nicht zu ihnen gehörte.

Männer also, die man brauchte, wenn man Macht übernehmen wollte. Aber es waren nicht die Spezialisten, die notwendig waren, zwei amerikanische Schiffe, wahrscheinlich mit CIA-Personal, auszuschalten, ohne dabei Baptistas Yacht, die Santa Maria, zum Sinken zu bringen.

Und eben auf dieser Santa Maria befand sich der Reichtum, den er benötigte, um augenblicklich die richtigen Leute zu schmieren, die ihn stützten.

»Was ist mit dem Kerl?«, fragte Juan Allegro, der Mann, der vor einigen Tagen dabei gewesen war, als man Thompson zum Verräter gemacht hatte. »Ausschalten?«

Parilla nickte. »Aber nicht sofort«, sagte er überlegend. »Es gibt da noch einen Zweiten. Unsere Männer, die sich zusammen mit Thompson in New York aufhalten, werden versuchen, ihn zu erledigen, aber möglicherweise gelingt das nicht. In diesem Fall will ich sie beide. Auch Pamela Burton, Jenkins Freundin. Thompson behauptet zwar, Jenkins in der Hand zu haben, aber ich gehe gern auf Nummer sicher.«

Juan Allegro schob die breiten Schultern etwas zurück. Seine Muskeln spannten das ausgefranste T-Shirt, von dem er sich um nichts in der Welt trennen wollte. Ein schwaches Grinsen huschte über sein Gesicht. Er sah noch immer genauso aus wie jemand, der gerade von einem gefährlichen Kommandounternehmen zurückgekommen war. Schwer bewaffnet und das Gesicht mit Tarnfarbe beschmiert.

Don Alfredo de Parilla lagen Männer nicht besonders, die Kraft dadurch demonstrierten, dass sie sich mit Waffen behingen. Aber in seinen Händen war Juan Allegro ein perfektes Werkzeug. Zum anderen war er der Comandante für die anderen. Wahrscheinlich, das befürchtete Parilla insgeheim, hörten sie eher auf Juan Allegro als auf ihn.

»Wann erfahre ich mehr?«, fragte Juan Allegro.

»Sobald sich Thompson gemeldet hat.«

»Und Jenkins Freundin Pamela?«

»Die bleibt unter Bewachung im Ambassador Hotel, bis Jenkins mit den Spezialisten angekommen ist. Sorg du mit deinen Männern dafür, dass wir hier nicht auffallen und gestört werden, Juan. Du bekommst früh genug Anweisungen.«

Allegro nickte. »Ich bin noch immer davon überzeugt, dass wir es auch ohne Jenkins' angebliche Spezialisten schaffen würden«, sagte er dumpf. »Wir bringen unsere eigenen Leute auf die verdammte Insel, schnappen uns Baptista, sobald er an Bord gegangen ist, und verschwinden mit ihm. Von einigen anderen Booten aus nehmen wir die alten Fregatten, die als Baptistas Begleitschutz eingesetzt sind, unter Beschuss und …«

Parilla schüttelte den Kopf.

Augenblicklich schwieg Juan Allegro. Er hatte für einen ganz kurzen Moment vergessen gehabt, dass Parillas Entscheidungen unumstößlich waren und der nicht alleine zu bestimmen hatte. Da gab es Männer des KGB, die ihn unterstützten und ein Mitspracherecht hatten.

»Kein Mensch verirrt sich in diese verdammte Gegend«, sagte Allegro. »Von See aus ist unser Lager nicht zu entdecken. Aus der Luft ist das nur eine armselige Hüttenansammlung und rundherum sind die Leute so postiert, dass nicht einmal eine Kakerlake eine Chance hat, die Absperrungen zu durchbrechen oder zu unterlaufen.«

Parilla legte dem schwer bewaffneten Mann die

Hand auf die Schulter. »Du verstehst dein Handwerk«, sagte er anerkennend. »Aus diesem Grund wirst du auch mein neuer Verteidigungsminister!«

New York City

Mark Thompson hatte telefoniert und kam an den Tisch zurück. Er setzte sich und lehnte sich auf dem gemütlichen Sessel zurück. Einige Sekunden lang schaute er Jenkins an, der wirklich nicht wiederzuerkennen war. »Dir scheint dein neues Leben zu gefallen, Jenkins«, sagte er.

Jenkins lachte leise. »Ich beschwere mich nicht darüber, dass es mir besser geht. Und Schuldgefühle gegenüber meinem Land habe ich keine. Die haben wenig genug für mich getan.«

»Aber sie tun eine ganze Menge gegen dich«, sagte Thompson. »Die haben zwei verdammte G-men auf dich und wahrscheinlich auch auf mich angesetzt. Einer ist schon unterwegs nach Key West. Den anderen haben meine Leute verfehlt. Er parkte mit einem Ford vor dem Restaurant und beschattete uns.«

Der Champagner schmeckte sauer, obgleich er von der besten Sorte war.

»Und?«, fragte Jenkins dann trotzig. »Soll ich mir deswegen in die Hosen machen, oder habt ihr kalte Füße bekommen?«

Unwillen spiegelte sich auf Thompsons Gesicht. Dann zündete er sich eine Zigarette an und grinste. »Wir haben die gleichen Schwierigkeiten, Jenkins«, sagte er. »Wir können aus diesem Geschäft nur noch als Leichen aussteigen. Und, verdammt, irgendwie gefällt es mir nicht, irgendwo kalt und starr herumzuliegen.«

Jenkins erwiderte das Grinsen eine Sekunde lang. Dann dachte er an Pamela Burton. Die hatte

Thompson natürlich vergessen. Pamela würde die dritte Leiche sein. Er lehnte sich auf dem Stuhl zurück und zündete sich ebenfalls eine Zigarette an.

»Okay«, sagte er dann. »Okay, Mr. CIA. Du bist der große Macher.«

»Alfredo de Parilla steckt noch dazwischen«, gab Thompson zu bedenken. »Und der KGB.«

Jenkins zuckte mit den Schultern. »Die sind auf uns angewiesen. Auf deine Informationen und meine Spezialisten.«

»Das ist richtig«, sagte Thompson.

»Dann bestimmen wir auch den Ablauf. Falls du das nicht kannst, mache ich das dem Don deutlich!«

Thompson grinste nur so lange, bis er Jenkins ansah. Der schien zu allem entschlossen zu sein.

»Wie viele Männer hat Parilla?«

»Vielleicht zwanzig. Im Moment noch. Aber sobald die Operation erfolgreich abgeschlossen ist, stehen das halbe Volk und die Armee hinter ihm.«

Jenkins kratzte sich am Kopf. »Das ist der beschissenste Staatsstreich, von dem ich jemals gehört habe«, knurrte er dann. »Man nimmt zweihundert entschlossene Männer, stürmt eine Insel, hängt den verdammten Präsidenten an den Fahnenmast und dann ...«

»... du lebst noch in einer anderen Welt, Jenkins«, unterbrach Thompson ihn. »Heute schnappt man sich den alten Präsidenten, setzt einen neuen ein, verstreut eine Menge Geld unter das Volk und stattet die Generäle mit mehr Macht aus. Sobald die Armee hinter einem steht, gibt es auch von anderen Staaten keine Intervention mehr. Das ist Don Alfredo de Parillas Weg, und damit wird er Erfolg haben – wenn alles schnell genug geht. In diesem Fall reichen Parillas Männer und deine Spezialisten.«

Jenkins knurrte etwas Unverständliches. Im Grunde war das alles nicht sein Bier. Pamela und ein reiches, beschirmtes Leben, darauf kam es ihm an.

»Wie viele Männer kannst du auf den Weg schicken?«, fragte Thompson.

»In diesem Moment?«

»Ja.«

»Fünfundzwanzig«

Thompsons Brauen huschten in die Höhe. Damit hatte er nicht gerechnet. Thompson schenkte noch einmal ein. Er musste die Pläne ändern. Augenblicklich und in eigener Verantwortung. Vielleicht gefiel das Parilla nicht, aber der saß weit vom Schuss, und die ursprünglichen Pläne waren plötzlich viel zu gefährlich geworden, nachdem zu vermuten war, dass man ihm nicht mehr vertraute.

»Ruf sie jetzt sofort an, Jenkins. Sie sollen nach Paris kommen. Du triffst morgen dort ein, verteilst die Tickets und sortierst die Männer aus, die nach all den Jahren nicht mehr verlässlich genug erscheinen. Dann schick sie mit verschiedenen Fluggesellschaften an einem Tag nach Miami. Anschließend machst du dich selbst auf den Weg ins Ambassador Hotel nach Key West. Ihr werdet erwartet.«

»Manche Sachen sollte man zweimal bedenken ...«

»Du hast gehört, was ich gesagt habe!«

»Vor oder nach dem Nachtisch?«, fragte Jenkins sauer. Thompson hatte ihn in der Hand. Nicht nur wegen Pamela.

»Nachtisch bekommst du im Flugzeug. Du machst dich nach den Telefongesprächen von hier sofort auf den Weg zum Kennedy International. Ich treffe dich in der VIP-Lounge und bringe Geld. Danach sehen wir uns in Key West wieder.«

Jenkins hatte es schon immer gehasst, wenn jemand seine Pläne durcheinander brachte. Er wollte den Kopf schütteln. Aber ein einziger Blick in Thompsons kalt glänzende Augen hinderte ihn daran.

»Wir sind Partner«, sagte Jenkins knapp und kühl. »Das ist was anderes als Freunde!«

Er stand auf, um für die nächste Stunde das Telefon zu besetzen.

Thompsons Gedanken arbeiteten wild. Er suchte nach einem anderen Weg, aber es gab keinen. Es blieb auch keine Zeit, etwas mit Parilla abzusprechen und sich auf Diskussionen einzulassen. Alles musste neu organisiert werden.

Hier und jetzt.

Hoffentlich reagierte Don Alfredo de Parilla flexibel genug.

Phil widerstand der Versuchung, Conchita Barrato in der Bar Gesellschaft zu leisten, um ihr so eventuell etwas zu entlocken. Er passierte den offenen Bareingang, ging zu den Liften und benutzte den mittleren, um sich zur Penthousesuite hochziehen zu lassen.

Als die Lifttür aufsprang, war es zur Umkehr schon zu spät.

Der Mann stand nur vier Schritte entfernt, rechts neben der Tür zur Suite. Er hatte den Weg der Kabine nach oben natürlich mit Argusaugen verfolgt und vorsichtshalber schon mal die rechte Hand in die Tasche des schlecht sitzenden Smokings geschoben. Der Kerl war breitschultrig, hatte einen beinahe quadratischen Schädel und die Nase eines Menschen, der sein Gesicht zu oft in die Zielrichtung einer Faust geschoben hatte. Er sah gefährlich aus, wahrscheinlich war er das auch, aber doch nicht besonders intelligent.

Phil torkelte in den mit einem dicken, blauen Teppich ausgelegten Gang. Fauchend schloss die Lifttür sich hinter ihm. Ein endgültiges Geräusch. Es gab von nun an nur noch den Weg nach vorn.

Er ließ sich gegen die Wand fallen und tat, als könne er sich gerade noch auf den Beinen halten. Dabei grinste er stupide.

»Komisch«, lallte er den Mann mit dem quadratischen Schädel an. »Irgendwie siehst du aus wie ein Pfadfinder.«

Der Breitschultrige runzelte die Stirn.

»Dann, verdammt, ist es auch deine Pflicht, eine gute Tat zu vollbringen. Du musst mich stützen und bis zum Bett der Lady begleiten.«

Der Kerl löste sich von der Tür. Er kam einen Schritt näher. Phils Blick wirkte zwar noch trübe, aber seine Gedanken waren hellwach. Einen Schritt musste er noch abwarten, dann konnte er es riskieren. Vorausgesetzt, der Kerl hob die Hand aus der Tasche des schlecht sitzenden Smokings – ohne Waffe.

Er befand sich schon in der Bewegung nach vorn, als die Tür der Suite aufflog und ein beinahe gleich aussehendes Exemplar von einem Mann auftauchte. Wenn man sich die blonden Haare schwarz vorstellte und den Bauch etwas flacher, dann konnten die beiden Brüder sein. Aber was die blonden Haare anging, die waren eingefärbt. Das unterstrich deutlich der dunkle Bartschatten auf dem Gesicht des zweiten Mannes.

Mit zwei Gegnern hatte Phil nicht gerechnet. Nun verfluchte er es, doch nicht mit Conchita in der Bar angebandelt zu haben.

»Was ist …?«, fragte der blond Gefärbte heiser. Er zog die Rechte aus der Tasche. Die Mündung einer 45er Automatic zielte auf Phil.

Obgleich dem G-man alles andere als zum Lachen zu Mute war, tat er es dennoch. »Erstens hat die Lady mir nicht gesagt, dass sie schon verheiratet ist, falls einer von euch ihr Mann sein sollte. Und falls ihr nur ihre Brüder seid, dann lasse ich mich auch mit einer auf mich gezielten Kanone nicht dazu zwingen, eine Frau zu heiraten, nur weil ich einmal mit ihr ins Bett will.«

Der Blonde knurrte. Der Dunkelhaarige kam mit einem schnellen Schritt heran. Phil duckte sich automatisch, weil er einen Faustschlag erwartete.

Stattdessen jedoch traf ihn der Fuß des Schwarzhaarigen in den Bauch.

Er trug kräftige Straßenschuhe, Größe 45.

Der Tritt nagelte Phil an die Seitenwand. Langsam kippte er nach vorn. Dieses Mal richtete ein Schwinger ihn wieder auf. Mit dem Hinterkopf knallte er gegen die Wand. Tausend Sterne tanzten vor seinen Augen und ließen ihn irgendwie die Schmerzen vergessen, die in seinen Eingeweiden tobten.

Dann endlich landete er auf dem weichen blauen Teppich. Im letzten Moment gelang es ihm, sich beiseite zu drehen, um einem weiteren Tritt zu entgehen.

»Hol das Baby nach oben!«

Phil hörte die Stimme des blond Gefärbten wie aus weiter Ferne. Seine Sinne schwanden, aber er fiel nicht in die totale Bewusstlosigkeit. Er hörte den Fahrstuhl nach unten rauschen, spürte sich an den Füßen gepackt und durch den Gang in die nahe Suite gezogen. Irgendwo klatschte eine Tür zu. Ein Telefon wurde abgehoben. Beim Wählen klingelte es leicht nach. Dann redete jemand in einer Sprache, die Phil bei vollem Bewusstsein auch nicht verstanden hätte. Nur zweimal konnte er deutlich den Namen Thompson verstehen. Und bevor er in die Bewusstlosigkeit absackte, sagte eine innere Stimme ihm deutlich, dass er durch sein Vorgehen eine Menge versaut hatte.

Der Schrei einer Frau riss ihn in die Wirklichkeit zurück. Mit Mühe gelang es Phil, die Augen aufzuschlagen. Was er erblickte, machte auch einen Halbtoten auf einen Schlag wieder quicklebendig: Conchita Barrato lag halb über der Couch. Das Kleid hatte man ihr vom Körper gerissen. Die Fetzen lagen im Zimmer herum. Sie trug nur noch einen jener durchsichtigen roten Slips, für den man nicht mehr Stoff als für ein Kavalierstuch benötigte.

Eine perfekte Schönheit, hätte es nicht die Todesangst gegeben, die sich auf ihrem Gesicht spiegelte. Mit weit aufgerissenen Augen starrte sie Phil an und schüttelte den Kopf.

»Ich habe den Mann noch niemals vorher gesehen«, versicherte sie mit zitternder Stimme.

»Aber er dich«, keuchte der blond gefärbte Kerl. »Weißt du, was wir denken?«

Conchita Barrato schüttelte den Kopf. Ihre langen schwarzen Haare flogen.

Dass er das alles schon wieder registrierte, überzeugte Phil davon, dass er beinahe wieder okay war. Aber es erschien ihm gesund, wenn die beiden Kerle das nicht so bald bemerkten.

»Weißt du das wirklich nicht, Puta?«

Erneut schüttelte Conchita Barrato den Kopf. Sie richtete sich auf und strich sich die langen schwarzen Haare aus dem Gesicht. Deutlich waren Schwellungen zu sehen. Ein sicheres Zeichen dafür, dass sie geschlagen worden war.

»Du bist das Nuttenleben in Key West satt, Baby, und man hat dir einen Haufen Geld dafür geboten, dass du redest!«

»Das ist nicht wahr!«

Der Dunkelhaarige ging zur Terrassentür und öffnete sie. Wind blähte die Gardinen und trieb feinen Nieselregen in die schicke Suite.

»Das sind vierundzwanzig Stockwerke«, sagte er mit einem satanischen Unterton. »Vielleicht bleibt dir, bis du unten angekommen bist, noch Zeit für ein Gebet!«

Conchita zitterte. Sie sprang auf, wischte an dem blond Gefärbten vorbei und presste sich dicht neben der Couch an die Zimmerwand.

Phil gab sich keinen Illusionen hin. Einer der Burschen hatte telefoniert und Anweisungen erhalten. Die konnten nicht anders lauten, als ihn und die wunderschöne Südamerikanerin auszuquetschen und sie dann zu liquidieren.

Der blond Gefärbte lachte leise. »Aber deine Rechnung geht nicht auf, Conchita.«

»Mein Gott! Das ist doch alles ein Missverständnis. Ich …«

Der Dunkelhaarige packte sie. Mit einem harten Stoß in den Rücken beförderte er sie auf die Terrasse, wo der blond Gefärbte sie in Empfang nahm. Für Conchita Barrato gab es kein Ausweichen. Bevor sie reagierte, hatte der blond Gefärbte sie ergriffen und zog die halb nackte Schöne in den strömenden Regen hinaus. Dann lachte er diabolisch und hob sie hoch über das Geländer.

»Schau nach unten«, sagte er. »Das ist die Ewigkeit!«

Sie schaute nicht nach unten. Ihr Gesicht war von Panik verzerrt. Sie konnte nicht einmal mehr schreien. Sie drehte den Kopf und schaute in Phils Richtung.

Phils Gedanken arbeiteten wieder einwandfrei. Er musste Zeit gewinnen. Je mehr, umso besser. Damit stiegen die Chancen, dem Schicksal eine Wende zu geben. Und Wende konnte in diesem speziellen Fall nur heißen, dass die beiden Kerle die Opfer wurden und nicht umgekehrt.

Er drehte sich auf die Seite und spürte den Druck des 38ers unter seiner Achsel. Die Burschen waren sich ihrer Sache also total sicher. Sie hatten sich nicht einmal die Mühe gemacht, ihn nach Waffen zu durchsuchen. Für sie waren Conchita und er schon gestorben. Und jemand, der sich seines Sieges absolut sicher war, machte sich auch keine Sorgen.

Der Dunkelhaarige dreht sich zu ihm um. Die 45er Automatic hielt er noch in der Hand. Inzwischen jedoch hatte er die Waffe mit einem Schalldämpfer versehen.

Seine dunklen Augen funkelten böse.

»G-man«, sagte er mit einem harten Akzent. »Und

ich dachte immer, G-men seien unbesiegbare Gegner, Mann!«

G-man! Jemand hatte geredet. Die Nachricht war in den falschen Kanälen angekommen. Es gab eine unsichere Stelle.

Unwillkürlich dachte Phil an Jerry. Wahrscheinlich waren sie auch Jerry schon auf der Spur und den Freund erwartete das gleiche Schicksal. Die Wut, die in Phil aufstieg, brachte ihn nicht einen Schritt weiter. Er musste einen kühlen Kopf bewahren.

Der blond Gefärbte setzte Conchita wieder auf der Terrasse ab und lehnte sich selbst an das nur brusthohe Gitter. Der dichte Regen zwang ihn dazu, die Augen zusammenzukneifen.

»Ich habe keine Ahnung, wer euch etwas geflüstert hat«, sagte Phil und erhob sich stöhnend in die Hocke. Sein Schädel brummte. Der vom brutalen Tritt ausgelöste Schmerz wütete noch immer wild in seinen Eingeweiden. Er zwang ihn hinunter. Er durfte es sich nicht leisten, sich ihm hinzugeben und sich dadurch ablenken zu lassen. »Ruft Thompson im Liberty House noch einmal an. Sagt ihm, ich habe ihm ein Angebot zu machen, das er gar nicht abschlagen kann.«

Als der Dunkelhaarige lachte, wurde Phil bewusst, dass es keine Möglichkeit mehr gab, mit Thompson zu reden.

Der schien New York inzwischen wieder in Richtung Süden verlassen zu haben. Und wenn Thompson verschwunden war, dann befand sich auch Jenkins nicht mehr in der Stadt.

Phil fluchte still in sich hinein. Er hatte den Mann, mit dem sich Thompson im George XIII. getroffen hatte, falsch eingeschätzt. Das war niemand aus der Finanzwelt, das war Jenkins gewesen, der nun unter dem Namen Jefferson hier im Lancaster lebte und sehr wohl mit dem CIA-Agenten zusammenarbeitete.

Zwei Verräter, die Don Alfredo de Parilla unschätzbare Informationen lieferten und Dienste leisteten, ohne dass man es nun noch verhindern konnte. Der Schaden war angerichtet. Die einzige und letzte Chance war die, die Pläne zu durchkreuzen. Aber dazu musste er am Leben bleiben. Conchita, die hoffentlich in einiges eingeweiht war, musste ihm einen entscheidenden Tipp geben.

Phil stand auf und lehnte sich schwankend an einen Tisch, obgleich er sich auch ohne Stütze bestens auf den Beinen halten konnte. Aber es war besser, wenn die beiden ihn noch für total groggy hielten und dass sie davon ausgingen, dass er absolut keine ernst zu nehmende Gefahr mehr darstellte.

»Wichtige Informationen kannst du auch uns geben, G-man«, sagte der Dunkelhaarige und hob die 45er Automatic. »Freiwillig, oder ich schieße sie aus dir heraus!«

»Amateur«, sagte Phil lachend. »Du scheinst noch nicht zu wissen, was eine 45er anrichtet. Wenn du damit auf einen Mann schießt, schweigt er für immer!«

Der blond Gefärbte lachte. Er zeigte mit dem Messer auf Conchita.

»Vielleicht macht es dich weich, wenn du eine schöne Frau langsam sterben siehst, G-man.«

Das traf den Nagel auf den Kopf. Das war auch das Letzte, was Phil wollte. Dennoch machte er ein unbeteiligtes Gesicht. Eine Reaktion, die Conchitas Verzweiflung wachsen ließ. Unter die Regentropfen, die über ihr schönes Gesicht liefen, mischten sich Tränen. Sie weinte lautlos. Nur die runden Schultern zuckten und immer mehr Entsetzen breitete sich auf ihrem Gesicht aus. Sie stöhnte leise, als die Klinge ihre Schulter ritzte und Blut über ihren Körper rann.

»Das ist verdammt kein Witz, G-man!«, fauchte er.

Phil zuckte mit den Schultern. Er deutete auf die Zigarettenschachtel, die auf dem Tisch neben der Verandatür lag. Ohne das Okay des Dunkelhaarigen abzuwarten, ging er an den Tisch und nahm sich eine Zigarette aus der Schachtel. Dann griff er nach den Streichhölzern, obgleich es auch ein Feuerzeug gab.

Der Dunkelhaarige ließ ihn nicht für den Bruchteil einer Sekunde aus den Augen. Er traute ihm sichtlich nicht mehr als einer Schlange, die sich gefährlich zischend vor ihm erhoben hatte.

Phil schob sich die Zigarette zwischen die Lippen, riss ein Streichholz an und entzündete damit die Zigarette. Dann schob er das noch brennende Streichholz auf die Schwefelköpfe der anderen Hölzer.

Die Stichflamme konnte nicht ausbleiben. Er rechnete damit, die anderen beiden nicht. Das war die einzige Chance und es blieb ihm nur eine halbe Sekunde.

Der Schwefel der anderen Hölzer entzündete sich. Eine Stichflamme schoss in die Höhe.

Phil hatte die Augen geschlossen und sprang im selben Sekundenbruchteil auf die Veranda hinaus.

Der Dunkelhaarige schoss sehr schnell. Die Kugel schlug dort in die Wand, wo Phil gerade noch gestanden hatte.

Phil tauchte auf die regennassen, glitschigen Kacheln der Veranda. Seine Rechte zuckte zum 38er, während der Blonde versuchte, Conchita zu packen und sie schützend vor sich zu ziehen.

Bevor ihm das gelang, bäumte sich Phils 38er auf.

Dann wirbelte Phil herum und entging damit der zweiten Kugel, die der Dunkelhaarige für ihn bestimmt hatte. Im Drehen sah er den Blonden zurücktaumeln. Mit dem Rücken prallte er gegen das Geländer. Der Schwung hob ihn darüber hinweg. Er war plötzlich verschwunden, als hätte es ihn nie gegeben. Während des Sturzes in die Ewigkeit stieß er nicht einmal einen Schrei aus.

Conchita Barrato handelte instinktiv richtig. Sie ließ sich der Länge nach auf den nassen Boden fallen und barg den Kopf zwischen den gekreuzten Armen.

Die nächste Kugel klatschte gegen die Fliesen und verirrte sich jaulend in der Weite.

Mitten in den wütenden Aufschrei des Dunkelhaarigen feuerte Phil seinen 38er zum zweiten Mal ab. Er traf den Kerl in die Brust. Zeit zum Zielen war ihm nicht geblieben.

Der Einschlag trieb den Dunkelhaarigen zurück. Die 45er Automatic entglitt seinen Händen und segelte durch die Luft.

In diesem Moment begann Conchita zu schreien. Mit einer wirbelnden Bewegung drehte sich Phil auf sie zu, bedeckte sie halb mit seinem Körper, hob den 38er und zielte auf den Dunkelhaarigen, der auf allen Vieren durch die Suite kroch.

»Bleib hier liegen!«, schrie Phil Conchita an. »Verdammt, es kann dir nichts passieren! Bleib hier liegen, bis ich sage, dass du reinkommen kannst!«

Er rollte sich über sie hinweg, sprang auf und hetzte in den Wohnraum der Suite zurück.

Zwei Yards trennten den Dunkelhaarigen noch von der verloren gegangenen 45er Automatic. Er streckte die Hand schon wieder danach aus. Phil drückte ab, traf die Rechte des Dunkelhaarigen, bevor er sich die 45er greifen konnte. Schreiend wirbelte der Mann herum, prallte mit dem Rücken gegen den Heizungskörper und blieb dann still liegen.

»Du kannst jetzt reinkommen, Conchita!«, rief Phil. »Verschwinde ins Bad und trockne dich ab. Schnell, verdammt!«

In diesem Moment hätte sie wahrscheinlich alles getan, was jemand von ihr verlangte. Wie ein Schatten huschte sie an Phil vorbei und verschwand im Badezimmer.

Die Tür ließ sie weit hinter sich offen stehen.

Phil griff zum Telefon. »FBI«, sagte er, als jemand von der Rezeption den Hörer abnahm. »Sorgen Sie dafür, dass der Aufzug zur Penthousesuite nicht benutzt wird. Keine Cops! Der FBI wird sich in wenigen Minuten mit Ihnen in Verbindung setzen und weitere Anweisungen geben.«

»Mister, ich …«

»… ich verspreche Ihnen zehn Jahre auf Staatskosten, falls auch nur etwas schief läuft!«

Phil drückte die Gabel. Zwei Sekunden später hatte er Mr. High am Apparat. Mit wenigen Sätzen legte er dem Chef dar, was geschehen war, und überließ es ihm, Verbindung mit der Hoteldirektion aufzunehmen und die notwendigen Schritte einzuleiten.

Er legte auf und wischte sich Schweiß und Regen aus dem Gesicht. Ganz schwach klang von der Straße Sirenengeräusch herauf. Natürlich hatten sie den Blonden gefunden, der in die Ewigkeit geflogen war, in die er Conchita hatte schicken wollen. Im Bad rauschte die Dusche. Phil drehte sich kurz herum. Er sah Conchita, die nackt unter dem scharfen Wasserstrahl stand und wie Espenlaub zitterte.

Der Dunkelhaarige neben dem Heizkörper bewegte sich wieder. Phil trat auf ihn zu, blieb vor ihm stehen und ließ ihn in den Lauf des 38er schauen, den er noch immer in der Hand hielt.

»Ich habe den Arzt noch nicht gerufen«, sagte Phil mit dumpfer Stimme, obgleich er sicher war, dass Mr. High für einen Notarztwagen sorgte. »Zuerst deine Geschichte und deine Antworten auf meine Fragen!«

Der Dunkelhaarige mit dem quadratischen Kopf richtete sich auf, lehnte sich mit dem Rücken an das Heizungsgerippe, starrte auf das Blut, mit dem das Leben aus seinem Körper strömte – und grinste.

»Ihr werdet zur Hölle fahren!«, presste er dann durch den fast geschlossenen Mund.

Die blutverschmierte Hand des Dunkelhaarigen tastete in die Brusttasche des Smokings. Phil ließ ihn gewähren. Dort konnte er weder eine Handgranate noch eine Waffe verborgen halten. Es war ein schneller, sehr bewusster Griff. Mit der gleichen Schnelligkeit schob er sich eine Kapsel in den Mund, streckte die Zunge aus und ließ sie Phil sehen.

Ein kalter Schauer jagte über Phils Rücken.

»Ihr werdet zur Hölle fahren«, wiederholte der Schwerverletzte kaum verständlich. »Alle!«

»Und Thompson und Parilla machen das große Geld, he?« Phil versuchte, gelassen zu wirken, obgleich er es nicht war.

»Zur Hölle ...«

Es knirschte, als der Mann die Kapsel zerbiss.

Phil dreht sich um, steckte den 38er ein und strich sich über die Haare. Er hörte und er sah das Sterben nicht. Im Bad wurde die Dusche abgedreht. Conchita kam herein. Sie war nackt und irgendwie hatte sie sich wieder beruhigt. Sie schaute sich um. Es gab keine Trauer in ihrem Blick. Warum auch? Die beiden, die letztlich hatten dran glauben müssen, hätten ohne mit der Wimper zu zucken sie und Phil umgebracht.

»Bastarde«, sagte sie, setzte sich auf die Couch und schlang sich das weiße Badelaken um die Schultern. Sie nahm sich eine Zigarette und zündete sie sich an. Nach dem zweiten Zug hob sie den Blick. Ihre Augen schwammen. Es schien, als begreife sie erst in dieser Sekunde wirklich, wie dicht sie an der Ewigkeit vorbeigerutscht war.

Das Telefon läutete. Es war Mr. High.

»Auch der zweite Mann ist tot«, sagte Phil. »Zyankali, nehme ich an. Ich bin mit Conchita Barrato allein, Sir. Ich will es bleiben und zusammen mit ihr ungesehen das Hotel verlassen können, sobald ich hier fertig bin. Danach nehme ich Kontakt auf. Nur so viel: Unsere Mission ist nicht mehr geheim. Sie wissen, dass zwei G-men in die Sache verwickelt sind. Sie kennen unsere Namen und unsere Gesichter. Was ist mit Jerry?«

»Unterwegs nach Miami.«

»Er wird sich schon retten«, sagte Phil.

»Das nehme ich doch sehr an«, stimmte Mr. High zu. »Niemand wird Sie stören. Ich schicke den Lift für die Penthousesuite nach oben. In der Tiefgarage steht ein silbergrauer Daimler. Platz 7-4, rechts neben dem Ausgang. Ich bleibe im Hotel. Melden Sie sich später bei mir, dann reden wir weiter.«

Phil legte auf. Conchita Barrato hatte eine zweite Zigarette angezündet und schob sie Phil zwischen die Lippen. Dann stand sie auf, wechselte zum Schlafzimmer und blieb mitten im Raum stehen.

»Ich will, dass wir hier reden«, sagte sie. »Mach die Tür hinter dir zu, damit ich den verdammten Kerl nicht mehr sehen muss!«

Phil zögerte einen kurzen Moment.

»Haben wir vielleicht keine Zeit?«, fragte Conchita.

Das weiße Badelaken war wieder von ihren Schultern gerutscht. Sie glich einer aus schwarzem Marmor gehauenen Göttin.

»Alle Zeit der Welt«, versprach Phil, »nachdem ich weiß, ob Jenkins zurückkommt.«

Conchita schüttelte den Kopf. »Er hat mit mir telefoniert. Er heißt nun Jefferson, hat auf diesen Namen einen gültigen Pass und wird nach Paris fliegen – wahrscheinlich schon unterwegs sein.«

Mit dem Absatz warf Phil die Schlafzimmertür hinter sich ins Schloss.

»Geh ins Bad«, sagte Conchita. »Auch G-men können eine Lungenentzündung bekommen. Dein rechter Arm blutet und am Oberschenkel hast du auch etwas abbekommen.«

Phil hatte es nicht einmal bemerkt, aber sie hatte Recht.

»Es gibt einen Arzneikasten, den kannst du später mitbringen.«

Key West
Pirates Cove

Don Alfredo de Parilla hatte das Läuten des Telefons gehört, sich aber nicht darum gekümmert. Dann polterte es an seiner Tür. Mit einem Ruck setzte sich der kleine, untersetzte Mann mit den tief liegenden Augen auf.

»Ja?«

Allegro kam herein und nahm Haltung an. Er deutete auf die Telefonanlage, die neben Parillas Bett stand. »Leitung sieben«, sagte er. »Die Vereinigten Staaten.«

»Thompson?«

Allegro nickte.

»Sonst alles in Ordnung?«

»Alles!«

»Okay.« Parilla wartete, bis sein Comandante den Raum wieder verlassen hatte, dann hob er ab und schaltete auf Leitung sieben.

»Inzwischen hat es in New York vier unserer Männer erwischt«, sagte Thompson mit tiefer, aber keinesfalls aufgeregt klingender Stimme. »Conchita ist ebenfalls tot!«

Don Alfredo de Parilla schluckte trocken. »Und?«, fragte er heiser.

»Wir müssen umdisponieren.«

»Was heißt das?«

»Jenkins und seine Spezialisten kommen spätestens übermorgen an. Die verdammten Russen sollen das angeforderte und versprochene Material schneller liefern.«

»Warum?«

»Weil meine Leute riechen, dass etwas im Busch ist, Parilla. Und weil ich keine Lust habe, ins Gras zu beißen, nur weil jemand nicht schnell genug seinen verdammten Arsch bewegt oder zu langsam reagiert.«

»Ich verstehe kein Wort.«

»Brown war und ist wahrscheinlich noch auf Peninsula, Parilla. Ich werde den Hurensohn in Key West treffen, da bin ich sicher. Er weiß auch, was sich in New York abgespielt hat.«

»Was willst du ihm sagen?«

»Ein Mann namens Don Alfredo de Parilla hätte sich darauf eingestellt, dass Baptista während der Fiesta die Insel verlässt und dann der neue Präsident ausgerufen werden soll. Ich werde ihn davon überzeugen, dass die CIA Baptista früher, zu einem von mir bestimmten Zeitpunkt, zusammen mit der Santa Isabella wegbringen muss.«

»Dann sind wir nicht vorbereitet.«

»Dann müssen wir vorbereitet sein, Parilla, oder du kannst deinen Traum begraben – und die Russen den ihren dazu. Zum vorgesehenen Zeitpunkt der Fiesta wird alles so abgesichert sein, dass auch Jenkins mit seinen Männern nicht den Hauch einer Chance hat. Verstehst du?«

Parilla schwitzte plötzlich. Er tastete nach den Zigaretten, die neben ihm auf dem Nachttisch lagen, und zündete sich ein Stäbchen an.

»Vertrauen sie dir noch, Thompson?«

»Sie werden mir vertrauen, wenn ich ihnen erzähle, wie du das alles zum Zeitpunkt der Fiesta geplant hast, Parilla. Wahrscheinlich geben sie mir dafür sogar einen Orden. Und sie werden verdammt auf mich hören, denn für sie bin ich der Mann, der einen heißen Draht zu dir hat und dem du vertraust. Mach du deine Freunde heiß, die schließlich daran interessiert sind, dass du der neue Präsident von Peninsula wirst, Parilla. Sag denen, in den USA leben und handeln wir etwas schneller und unbürokratischer als hinter dem Eisernen Vorhang. Falls die nicht mithalten können, schaffen es Jenkins und seine Leute auch so. Dann müssen wir uns etwas anderes einfallen lassen.

Widersprich mir nicht. Ich sitze an der Quelle. Ich übersehe die Lage besser. Ich habe mich auf ein Geschäft eingelassen, also werden wir es auch durchziehen.«

Parilla rauchte noch einen Zug, dann drückte er die Zigarette wieder aus. »Ich sehe ein Problem, Thompson.«

»Welches?«

»Jenkins – oder Jefferson, wie er jetzt heißt. Wir machen uns zu sehr von ihm abhängig.«

Thompson lachte rau. »Er hat mit Pamela gesprochen und ist beruhigt. Sobald er hier angekommen ist, wird er Pamela erst wiedersehen, wenn alles gelaufen ist. Schnappt die Kleine und bringt sie ins Lager. Allegro ist der richtige Mann für einen solchen Job!«

»Du hast keinen besonders guten Charakter, Thompson!«

»Bestimmt nicht, wenn es um mich geht, Parilla. Jenkins ist Ballast, seine Männer sind es ebenfalls.«

»Wo ist er?«

»Auf dem Weg nach Paris, wo er die Männer versammelt und mit verschiedenen Fluggesellschaften nach Miami schicken wird.«

»Bist du sicher, dass er so sehr an Pamela Burton hängt?«

»Mehr als an seinem verdammten Leben«, antwortete Thompson überzeugt. »Ich habe lange genug mit ihm reden können. Mit Geld kann man ihn vielleicht kaufen, aber nicht sicher sein, ob er es sich im letzten Moment nicht doch noch anders überlegt. Aber wenn Pamelas Leben auf dem Spiel steht und wenn wir keinerlei Zugeständnisse machen, dann ist er unser Mann bis in den Tod. Verlass dich auf mich. Wenn du jemals in den richtigen Mann investiert hast, dann in mich, Parilla. Und was unsere Charaktere angeht, die liegen nicht einen Fingerbreit weit auseinander, Parilla. Wir könnten Brüder sein. Ich weiß, dass ich mich auf dich verlassen kann, du weißt, dass du dich auf mich verlassen kannst. Darauf kommt es an!«

»Darauf kommt es an«, sagte Don Alfredo de Parilla nach einer kurzen Gedenkminute. »Nur darauf, Thompson. Wann erscheinst du hier?«

»Morgen. Wir treffen uns zu einem offiziellen Dinner im Ambassador. Man wird mich im Auge behalten und aus unserem gemeinsamen Essen schließen, dass die falschen Informationen, die ich ihnen liefere, aus der richtigen Quelle stammen.«

»Du bist ein verdammter Schweinehund.«

»Das weiß ich, Parilla. Allegro soll sich die Kleine schnappen. Es wäre von Vorteil, wenn sie nicht besonders gut aussieht, wenn Jenkins mit seinen Männern ankommt. Verdammt, du verstehst schon, was ich meine. Das ist alles.«

Es klickte. Die Leitung war tot. Parilla behielt den Hörer noch für einige Sekunden in der Hand. Dann legte er auf und griff erneut nach den Zigaretten.

»Comandante!«

Die Tür flog auf, Juan Allegro kam wieder herein. Seine Augen glänzten. Parilla hatte ihn Comandante genannt und ihm damit genau den Titel gegeben, den er seiner Meinung nach auch verdiente.

»Schick jemanden ins Ambassador und lass Pamela Burton ins Lager bringen. Unauffällig, Comandante. Sie gehört dir. Daran sind jedoch zwei Bedingungen geknüpft ...«

Pamela Burton hatte sich gerade zum Schlafen hinlegen wollen. Nach einem erfrischenden Bad trug sie einen roten Morgenmantel. Die langen blonden Haare hatte sie aufgesteckt. Es klopfte. Das verabredete Zeichen mit den Männern, die sie in dieses Hotel nach Key West gebracht hatten.

Gebracht hatten – entführt wäre wohl das richtigere

Wort gewesen. Aber vor nicht einmal drei Stunden hatte sie mit Jeff telefoniert. Keiner hatte sie daran gehindert, ihm zu sagen, was sie sagen wollte. Jeff wusste von allem. Alles sei in Ordnung, alles sei mit seiner Zustimmung geschehen. Bis auf den Mord an den beiden Militärpolizisten. Das, so hatte er gesagt, sei ein unglücklicher Umstand gewesen. Sie könne den Männern vertrauen und sie habe alles zu tun, was sie von ihr verlangten. Alles, solange man ihr nicht zu nahe trat, alles, solange man nicht versuchte, sie aus dem Ambassador Hotel an einen anderen Platz zu bringen, falls er vorher nicht telefonisch seine Zustimmung gegeben habe.

Pamela öffnete. Sie kannte die beiden Männer nicht beim Namen und es fiel ihr manchmal schwer, sie auseinander zu halten. Kleine, etwas gedrungene Südamerikaner. Kolumbianer, schätzte sie, die sich glichen wie ein Ei dem anderen. Vielleicht waren es Zwillinge. Bislang hatte es Pamela nicht interessiert. Sie glaubte auch nicht, dass es sie später interessierte. Die Männer hatten sich bislang korrekt benommen. Man hatte ihre Wünsche, so weit sie erfüllbar waren, erfüllt und sie in Ruhe leben lassen. Als Tourist unter Touristen.

»Es ist spät«, sagte sie.

»Nachricht aus New York«, sagte der, der links stand.

»Von Jeff?«

Der andere nickte. »Quartierwechsel!«

Sehr gesprächig waren die beiden nie gewesen. Während der letzten Tage hatte sie wohl kaum mehr als zwanzig private Worte mit ihnen gewechselt.

Quartierwechsel!

Pamela Burton zuckte zusammen. Das konnte nicht stimmen. Jedenfalls konnte die Nachricht nicht von Jeff gekommen sein. Schließlich hatte er darauf bestanden, dass sie so lange im Ambassador Hotel blieb, bis sie von ihm persönlich andere Order bekam.

»Wir haben nicht viel Zeit«, sagte der mit den etwas abstehenden Ohren. Pamela schüttelte den Kopf. Gleichzeitig spürte sie zum ersten Mal wieder Angst in sich aufsteigen. Es war ein scheußliches Gefühl, das ihre gerade gebadete Haut klebrig machte.

»Ich will mit Jeff …«

Sie kam nicht einmal mehr dazu, einen Schrei auszustoßen. Der mit den abstehenden Ohren sprang sie an. Ein Faustschlag traf ihren Kopf und warf sie halb bewusstlos auf das Bett zurück. Wortfetzen einer fremden Sprache drangen wie aus weiter Ferne an ihre Ohren. Der Morgenmantel wurde ihr vom Körper gerissen. Im nächsten Sekundenbruchteil spürte sie den feinen, scharfen Einstich irgendwo in ihrer Armbeuge. Dann war die Last des einen Mannes, der sich auf sie geworfen hatte, von ihr herunter.

Sie richtete sich auf. Verwundert schaute sie auf ihre Armbeuge. An der Einstichstelle hatte sich ein Tropfen gebildet. Er rollte nun langsam, eine rote Bahn ziehend, zu ihrem Handgelenk. Dann hob sie den Blick und schaute auf die Waffe, die der mit den abstehenden Ohren in der Hand hielt. Der Kerl sagte keinen Ton. Er stand einfach da, starrte ihr in die Augen und seine Lider bewegten sich nicht einmal, als eine Tür knallte, weil der andere einige Kleidungsstücke in einen Koffer geworfen hatte und den Schlafraum nun wieder betrat.

Pamela wollte etwas sagen. Es war unmöglich. Sie brachte keinen Ton über die Lippen. Plötzlich war ihr Mund ausgetrocknet, als hätte sie seit Tagen nichts mehr getrunken. Wie ein Stein lag ihr die Zunge in der trockenen Mundhöhle.

Der Kofferdeckel klappte herunter, die Schlösser schnappten zu.

Sie nahm es deutlich wahr, wollte etwas unternehmen, aber es gelang ihr nicht. Wie lange dieser Schockzustand gedauert hatte, wusste sie nicht.

»Zieh dich an!«, verlangte der mit den abstehenden Ohren dann und plötzlich konnte sie sich wieder bewegen.

Sie stand vom Bett auf, hakte die hochgesteckten Haare auf, dass sie wieder auf ihre schmalen Schultern fielen, sah ihre eigene Nacktheit, sah die Lüsternheit in den Augen der beiden Männer, und es machte ihr nichts aus. Sie lächelte, ging wie auf Watte in den Nebenraum, zog sich Jeans und einen leichten Pullover über die Nacktheit und schlüpfte in offene Sandalen.

»Mach dich etwas zurecht!«

Sie ging ins Bad und schminkte sich. Hinter sich hörte sie das Lachen der beiden Männer, ohne dass es sie störte.

Hätten sie von ihr verlangt, sie solle aus dem Fenster springen, hätte sie auch das getan.

»Okay, dann machen wir jetzt einen Ausflug.«

Lächelnd folgte Pamela Burton den beiden Männern, die die Zimmertür hinter sich ins Schloss zogen, nachdem sie das Schild ›Do not disturb‹ außen angebracht hatten.

Sie fuhr mit ihnen hinunter, durchquerte die volle Lounge des Hotels, lächelte den Portier an, versprach ihm, dass sie ihm morgen tausend Dollar Trinkgeld geben würde, und stieg in einen dicht hinter der ersten Kurve der Auffahrt wartenden gelben Toyota.

Miami

Während des verdammten Fluges hatte ich ihn nicht einmal zu Gesicht bekommen. Er schlürfte in der First Class Champagner. Ich nagte auf einem ausgetrockneten Hamburger und spülte das Elend mit einer Dose Lone Star herunter.

Die Passagiere der First Class checkten gesondert

aus. Ich sah gerade noch einen Schatten, als er den Zoll passierte. Dann war er in der Halle des Miami International verschwunden. Vor mir beschwerte sich eine grauhaarige Lady ausgerechnet beim Zöllner über die schlechte Bordverpflegung und den sehr unruhigen Flug. Das hielt mich zu lange auf, als dass ich noch eine Chance hatte, meinen unbekannten Freund mit den drückenden italienischen Schuhen wiederzufinden.

Aber deswegen brauchte ich mir keine Gedanken zu machen. Den Kerl hatten sie nur mitgeschickt, um sicher zu sein, dass ich mich wirklich auf dem Flug in den Sunshine State Florida befand. Im Moment erinnerten nur die grellen Neonröhren der riesigen Ankunftshalle an die Sonne, die tagsüber hier angeblich alles so paradiesisch machte.

Vielleicht für andere. Für mich war es anders. Beim Einchecken in New York hätte ich als Flugziel auch ›Einmal zur Hölle‹ verlangen können.

Sie hatten mich unter Kontrolle, daran gab es keinen Zweifel. Irgendwelche Augen der vielen Passagiere, die die Halle bevölkerten, gehörten zu den Männern, die mich später durch das Visier betrachten würden.

Hier würden sie nichts gegen mich unternehmen. Vielleicht, wenn ich Glück hatte, warteten sie überhaupt erst einmal ab und versuchten herauszufinden, ob ihnen die Schritte, die ich unternahm, überhaupt gefährlich werden konnten.

Ich zündete mir eine Zigarette an, ging ins Schnellrestaurant, verschlang ein Steak mit Pommes frites, trank zwei Dosen Bier hinterher und verließ die etwas bessere Imbissbude als neugeborener Mensch. Während des Essens hatte ich, hoffentlich ohne Argwohn zu erregen, meine Augen über alles wandern lassen, was sich auf zwei Beinen bewegte. Es war besser für mich, wenn sie der Meinung waren, dass ich noch nicht auf meine Schatten aufmerksam geworden war. Das heißt, dass ich nicht damit rechnete, beschattet zu werden.

Ich nahm mir ein Taxi, ließ mich nach Miami Beach fahren und schaute mich nicht einmal um. Dann verließ ich den Wagen, nahm den nächsten nach Coconut Grove, trank in zwei verschiedenen Kneipen etwas, redete mit jedem, der sich von mir ansprechen ließ, und verließ die Gegend wieder, um erneut nach Miami Beach zurückfahren.

Das Büro der Touristic Information war Tag und Nacht geöffnet. Irgendwie schien die verdammte Stadt es nötig zu haben. Von einer reizenden Blondine ließ ich mir ein Zimmer im Hilton Fountainbleau buchen, erhielt die Auskunft, dass es nur noch eine Suite zu tausendfünfhundert Dollar gab, und nahm die.

Das Taxi, ein von Rostbeulen übersäter Camaro, wartete vor der Tür. Ich blieb für einige Sekunden auf dem Gehsteig stehen, zündete mir eine Zigarette an und stieg dann ein.

Der Fahrer hieß Fernandez, stammte irgendwo aus der Gegend von Sonora, arbeitete auf eigene Rechnung gegen die starke Konkurrenz und ich war ihm schon darum sympathisch, weil inzwischen beinahe zweihundert Dollar auf dem Zähler standen.

»Schlechte Zeiten, Fernandez«, sagte ich.

Er zuckte mit den schmalen Schultern. Unter dem schmuddeligen T-Shirt spannten sich Sehnen und Muskeln. »Man beißt sich durch oder man geht vor die Hunde. Die Scheißlizenz hat mich zehntausend Dollar gekostet, der Wagen noch einmal die gleiche Summe. Ich habe Vierundzwanzig-Stunden-Service, kenne einen Haufen Kneipen und Nutten, die mir Prozente bezahlen, und ich habe keine Familie zu ernähren.«

Er nahm sich eine Zigarette aus der Schachtel, die ich ihm über die Schulter schob. Ich schätzte ihn auf vielleicht fünfundzwanzig. Ohne Frage war er ein cleverer Bursche, der sicher seinen Weg machte.

Er zündete sich die Zigarette an, rauchte einen Zug und lachte dann leise. »Hören Sie«, sagte er. »Ich brauche Scheine. Wenn ich was für Sie erledigen kann, sagen Sie es, wenn es nichts mit Drugs zu tun hat. Mein Bruder ist daran kaputtgegangen.«

»Wie kommst du darauf, dass du etwas für mich tun kannst?«

»Mit zwei Augen und drei Rückspiegeln sieht man eine Menge«, sagte er. »Sie sind nicht so einsam, wie Sie sich das vielleicht vorstellen, Mister.«

Ich drehte die Scheibe herunter und schnippte die Zigarette nach draußen.

»Es ist ein silbergrauer Pontiac. Davor war es ein blauer Ford, davor ein alter Käfer. Wenn die sich ans Zeitschema halten, wechselt der Wagen gleich wieder. Schwierigkeiten mit den Bullen?«

»Würde dir das etwas ausmachen?«

Durch den Rückspiegel grinste er mich an. »Auf jeden Fall würde es den Preis in die Höhe treiben. Ich will mich nicht loben, Mister, aber ich bin jemand, auf den man sich verlassen kann, solange man nicht versucht, mich zu bescheißen. Okay?«

»Warst du bei der Army?«

»Sonst hätten sie mir keinen amerikanischen Pass gegeben«, antwortete er. »Und ohne den bist du weniger als Dreck. Nichts gegen die USA.«

»Nichts gegen die USA«, wiederholte ich seine Worte und lachte leise. »Sagen wir mal, solange wir zusammen in diesem alten Schlitten sitzen, haben wir uns ausgezeichnet verstanden. Nenn mich nicht Mister. Ich heiße Jerry.«

Er tippte auf das Namensschild unter der Lizenz, das an der Sonnenblende angebracht war. »Fernandez«, sagte er. »Was wollen die Kerle von dir?«

»'n Loch in mich reinschießen«, sagte ich. »Hoffentlich willst du nicht wissen, warum sie das tun wollen.«

»Habe ich das gefragt?«

Ich schüttelte den Kopf. Er nahm die rechte Hand vom Steuer und klappte das Handschuhfach auf. Der 38er sah nagelneu aus. Er hatte einen Nickellauf. Daneben lagen zwei Packungen mit jeweils fünfundzwanzig Schuss Munition.

»Das Ding ist taufrisch«, sagte der junge Mexikaner, der inzwischen Amerikaner geworden war.

»Wo hast du gedient?«

»Marines!«

»Dann siehst du dem Ding doch an, ob man damit Löcher fabrizieren kann.«

»Ich würde sagen, ja.«

»Sonst noch was?«

»'n Colt Cobra unter der Fußmatte«, sagte er. »Altes Andenken. Unverkäuflich.«

»Und wenn die Bullen dich kontrollieren?«

»Ich habe einen Waffenschein. Zum anderen suchen die doch nur nach Schnee und dem anderen Zeug. Miami ist auch kein Kurort mehr.«

»Bist du schon mal Bodyguard gewesen?«

»No«, sagte er. »Brauchst du jemanden, der auf dich aufpasst?«

»Nicht wirklich«, antwortete ich. »Aber ich könnte jemanden gebrauchen, der den Anschein erweckt, dass er auf mich aufpasst.«

Fernandez hielt vor einer roten Ampel und drehte sich zu mir um. Er hatte ein scharf geschnittenes Gesicht, das Energie und Durchsetzungskraft ausdrückte. Seine Augen waren groß, dunkel und ehrlich. Das waren Augen, von denen manche Leute behaupteten, sie könnten durch sie hindurch bis auf den Grund der Seele eines Menschen sehen.

»Du willst damit sagen, ich tue, als würde ich dich beschirmen, aber in Wirklichkeit brauche ich meinen Arsch nicht für dich hinzuhalten?«

»Ich will damit sagen, dass ich dich nur unter diesen Bedingungen engagiere, Fernandez.«

Die Ampel sprang auf Grün. Er zögerte eine Sekunde, dann fuhr er langsam wieder an. Zwei Straßenkreuzungen weiter ließ er den Motor stottern. Fehlzündungen knallten wie Schüsse. Zweimal bockte der Camaro noch, dann schaltete Fernandez die Warnleuchten ein und hielt am Bürgersteig. Fluchend stieg er aus, brüllte einige hupende Autofahrer an, öffnete die Motorhaube und steckte seinen Kopf darunter.

Ich duckte mich auf dem Rücksitz zusammen. Ich hatte das Glück gehabt, das ein G-man manchmal braucht, um den Kopf über Wasser zu halten. Ich war auf einen sehr intelligenten jungen Mann gestoßen, der eine exzellente Ausbildung genossen hatte und es zu etwas bringen wollte. Mit Köpfchen. Er hatte den verdammten Wagen mit der angeblichen Panne nur am Bordstein gestoppt, um mir die Gelegenheit zu geben, selbst nach mir eventuell bekannten Gesichtern Ausschau zu halten. Vielleicht hundert Wagen waren an uns vorübergezogen, als Fernandez wieder unter der Motorhaube auftauchte und sie krachend zuschlug. Dann kam er in den Wagen zurück.

»Der rote Mercury«, sagte er, ohne sich nach mir umzudrehen. »Er steht an der nächsten Kreuzung. Hundert Yards hinter uns ist ein gelber Toyota. Vielleicht sind es auch noch mehr.«

»Ich habe gewusst, dass du gut bist, Fernandez. Fahr zum Hilton Fountainbleau. Ich habe eine Suite gemietet. Also Platz für uns beide. Schalte das verdammte Taxischild aus und reich mir den 38er mit der Munition. Den Colt Cobra kannst du dir in den Hosenbund stecken.«

»Ins Fountainbleau?«, fragte er. »Ich sehe aus wie eine Wildsau. Der Portier wird mich in den Hintern treten.«

»Sie werden dich in Watte packen und dir noch heute Nacht neue Sachen bringen, Fernandez.«

»Das heißt, du stinkst vor Geld?«

»Das heißt, ich habe Geld, um es für einen besonderen Job auszugeben.«

»Das heißt, du bist kein Gangster, sondern eher andersrum.«

»Eher andersrum«, sagte ich.

»Scheiße! Normalerweise habe ich einen Blick für Bullen!«

Ich überhörte es. »Du kriegst tausend Bucks pro Tag. Ich engagiere dich für vierzehn Tage und zahle im Voraus. Du tust, was ich dir sage und versuchst nicht, den Helden zu spielen. Medaillen gibt es keine zu verdienen. Alles, was ich brauche, ist jemand, der sich auskennt, der Dinge erledigt, die ich nicht erledigen kann – jemand, der andere davor abschreckt, augenblicklich das Feuer auf mich zu eröffnen oder zu versuchen, mich von der Straße zu fischen. Das sind die Bedingungen, Fernandez. Bis zum Fountainbleau kannst du nachdenken. Falls es etwas länger dauert, fahr einen Umweg.«

Ich hatte es mir schnell und gründlich durch den Kopf gehen lassen. Irgendwie war ich mir gar nicht mehr so sicher, dass sie mich einfach von der Straße schießen wollten. Für die Burschen war es viel interessanter, mich lebend in die Finger zu bekommen. Und während sie sich mit mir beschäftigten, konnte sich Fernandez mit einigen von ihnen beschäftigen. Ich brauchte Informationen über die Männer, mit denen ich es zu tun hatte. Sicher kam Phil mir nach, aber das konnte noch dauern.

Der rote Mercury zog an uns vorbei, nachdem wir die Auffahrt zum Fountainbleau hinaufgefahren waren. Den gelben Toyota hatte ich aus den Augen verloren. Wahrscheinlich war er unterwegs durch einen anderen Wagen abgelöst worden. Und im Moment hatten sie noch alle Hände voll damit zu tun, die Adressen durchzuchecken, an denen ich mich aufgehalten und mich mit verschiedenen Personen unterhalten hatte.

Der Portier trug eine nachgemachte Admiralsuniform. Er riss die Tür an meiner Seite auf, machte einen Diener und hob die Hand an seine Schirmmütze. Gleichzeitig warf er einen schnellen Blick auf den Zähler des Tachos und hatte die linke Hand schon in der Tasche, weil es üblich war, dass der Portier die Taxikosten der Gäste beglich, die hier eine Suite mieteten.

»Das sind zweihundertfünfundsiebzig Dollar, Sir«, sagte er stammelnd. »Das kann doch nicht …«

Fernandez stieg aus, umrundete den altersschwachen, mit Rostbeulen übersäten Camaro und warf dem Portier den Schlüssel zu. Die Plastikhülle mit Lizenz und Fahrausweis hatte er entfernt und einige Utensilien aus dem Handschuhfach genommen. Geistesgegenwärtig fing der Mann in der Admiralsuniform den Schlüssel auf.

Er wandte sich an mich. Mehr Unverständnis konnte auch ein geübter Mime nicht auf sein Gesicht zaubern. »Sir, ich …«

»Kleines Geschenk für die Enkel«, sagte ich. »Die Papiere liegen im Wagen. Aber ich würde den Wagen von hier wegfahren. Er passt irgendwie nicht zur Fassade.«

»Das ist kein Witz«, sagte Fernandez. »Sie sind sympathisch und ich habe geschworen, dieses Prachtstück von einem Auto dem ersten sympathischen Menschen zu schenken, der mir in dieser Scheißstadt über den Weg läuft.«

Ich nickte dem Portier zu, der einfach zu perplex war, um die Eingangstür für uns zu drehen.

Fernandez stand neben mir an der Rezeption. Der Empfangschef sah aus wie jemand, der Essig getrunken hatte.

»Cotton«, sagte ich. »Soviel ich weiß, ist die

Präsidentensuite für mich und meinen Freund reserviert.«

Bevor er etwas sagen konnte, füllte ich das Anmeldeformular aus, setzte meinen Namen darunter und schob den Block zusammen mit zwei Hundertern zurück. Dann schaute ich auf die Uhr. Es war elf vorbei. Ich deutete auf die Bar.

»In dringenden Fällen bin ich in der nächsten Stunde dort zu erreichen«, sagte ich. »Sie telefonieren mit einem Herrenausstatter. Er soll mit einer sehr ausgebreiteten Kollektion vorbeikommen. Komplett, von oben bis unten. Größe 48. Wir brauchen eine Auswahl an exzellenten Koffern. Über AVIS einen 450 SEL und einen Porsche. Friseur und Maniküre könnten auch nicht schaden.«

Dem kleinen, untersetzten Empfangschef mit den goldenen Schlüsseln am Revers klappte die Kinnlade herunter.

»Ich hoffe doch sehr, der Generaldirektion der Hotelkette nicht mitteilen zu müssen, dass dieses Haus nicht einmal den kleinsten Wünschen ihrer Gäste gerecht werden kann, Mister?«

Ich legte Fernandez die Hand auf die Schulter. Wir gingen zur Bar. Und irgendwie gab es in mir den Gedanken, dass es vielleicht der letzte übertriebene Auftritt des G-man Jerry Cotton gewesen sein konnte.

New York City

David Loorne war bleich wie die Wand in seinem Rücken. Es war fünf Uhr morgens. Er trug einen seidenen Morgenmantel, hatte Instant-Kaffee aufgesetzt und der Regen, der gegen die große Panoramascheibe seines Apartments trommelte, war im Moment das einzige Geräusch. Dann klirrte es leise, als er Milch und Zucker in den Kaffee gab und umrührte. Und dann erst, nachdem er den ersten Schluck schlürfend getrunken hatte, schaute er John D. High, dem FBI-Chef von New York, ins Gesicht. Sekundenlang versenkten sich die Blicke der beiden Männer ineinander. Dann schüttelte Loorne den Kopf und stellte die Tasse aus der zitternden Hand.

»Ich bin über fünfundvierzig Jahre im Amt«, sagte er. »Tausende von Menschen sind durch meine Hände gegangen, an deren Gesichter ich mich nicht einmal mehr erinnere. Aber ich habe nicht einem so vertraut wie Mark Thompson.«

Mr. High trank ebenfalls einen Schluck Kaffee. Seit dem Zwischenfall im Lancaster hatte er kein Auge mehr zugetan. Er sah abgespannt und müde aus. Er war auch beides, aber wenn es sein musste, steckte noch genügend Kraft in ihm, die nächsten achtundvierzig Stunden ohne Schlaf zu überstehen.

»Thompson hatte die Namen und die Bilder von Jerry Cotton und Phil Decker«, sagte Mr. High. »Brown wusste ebenfalls Bescheid, aber der hält sich auf Peninsula auf. Thompson traf sich mit Jenkins und verschaffte ihm einen neuen Pass auf den Namen Jefferson.«

Loorne nickte stumm und starrte wie gebannt auf die abgestoßenen Spitzen seiner uralten Hauspantinen, von denen er sich einfach nicht trennen konnte.

»Dazu kommt die Aussage von Conchita Barrato«, fuhr Mr. High fort.

»Die besagt, dass Thompson von Parilla zum Verrat gezwungen wurde ...« Loorne unterbracht sich selbst und schüttelte den Kopf. »Entschuldigung«, stammelte er. »Ich bin nicht nur ein alter Narr, ich versuche auch noch einen Mann zu verteidigen, der sein Land verraten und dadurch schon jetzt einige Menschen auf dem Gewissen hat. Entschuldigung. Ich werde natürlich sofort meinen Abschied nehmen.«

Daran hegte Mr. High keinen Zweifel. Aber das war

nicht der Grund seines frühen Besuches. »Einige Dinge haben sich verändert, Sir«, sagte er in angemessenem Tonfall. »Die CIA schließt den politischen Teil der Peninsula-Sache genauso ab, wie es vorgesehen war. Falls Thompson, aus welchem Grund auch immer, mit neuen Vorschlägen kommt, wird gegen den Mann nichts unternommen, sondern zum Schein wird man darauf eingehen. Den wirklich operativen Teil der Aufgabe übernimmt der FBI. Mit anderen Worten, Cotton und Decker. Das State Department will keine Eskalation auf amerikanischem Gebiet. Auch soll nicht bekannt werden, dass von den USA aus durch den KGB oder von wem auch immer ein Staatsstreich vorbereitet wurde. Wir werden den Spieß umdrehen, Sir.«

Loorne zündete sich aufgeregt eine Zigarette an.

»Zusammen mit Cotton und Decker und einigen anderen alten Kämpfern wird der ehemalige Colonel der Marines Jeff Jenkins dafür sorgen, dass die Russen, aber auch niemand sonst einen solchen Traum jemals wieder träumen werden.«

»Exodus!«, sagte Loorne.

Mr. High nickte. »Der endgültige Auszug von Don Alfredo de Parillas paramilitärischer Einheit aus dem politischen Leben. Erledigt nicht durch die amerikanische Armee, sondern durch von ihr ausgebildete ehemalige Spezialisten. Eine ungewöhnliche Sache, hat das State Department versichert, aber es gibt uns die Sicherheit, dass wir anderen Staaten damit keine Angriffsfläche wegen innerpolitischer Schwächen geben.«

»Und Thompson und Don Alfredo de Parilla?«

Mr. High zuckte mit den Schultern. »Wir hoffen, sie lebend in die Hände zu bekommen. Ihre Aussagen, die sie zweifelsohne machen werden, geben unseren Diplomaten im Umgang mit den Russen mehr Spielraum.«

»Was habe ich zu tun, Mr. High?«

»Sie gehen Ihrem Job nach wie bisher. Über einen

Rücktritt wird erst gesprochen werden, sobald die Operation abgeschlossen ist.«

»Das heißt, wenn Ihre Leute aus der Hölle zurückgekehrt sind.«

Mr. High nickte. Treffender hätte auch er es nicht ausdrücken können.

»Und Jeff Jenkins?«, fragte Loorne.

»Wenn aus einem Mistkerl ein Guter wird und er sein Leben trotz allem für sein Vaterland riskiert, hat er das Recht, dafür ausreichend zu kassieren und irgendwo in Ruhe zu leben.«

»Von wem stammt das?«

Mr. High lachte. »Von mir«, sagte er. »In Washington wollten sie sich nicht auf das Spiel einlassen, das ist Ihnen doch klar, oder? Ich habe den angeblichen Strategen begreiflich gemacht, dass sie gar keine andere Wahl mehr haben. Man kann einen Mann, der sich, sagen wir mal so, verirrt hat, nicht umdrehen und dann mit dem Gesicht an die Mauer stellen. Er ist unterwegs nach Paris. Thompson wird die Morgenmaschine nach Miami nehmen. Brown ist eingeweiht, General Raphael Malestone ebenfalls. Und wir beide, Sir. Von nun an sind uns beiden die Hände gebunden. Es liegt an Cotton und Decker!«

Miami

Im Gegensatz zu gestern war Fernandez nicht wiederzuerkennen. Der Anzug war vom feinsten Tuch. Wer das auf den ersten Blick nicht sah, es gab ja noch Banausen, konnte einen diskreten Blick auf das auffällig angebrachte Etikett des Herstellers werfen und dann ehrfurchtsvoll die Augen verdrehen.

Ungefähr so, wie Fernandez es nun tat, als er sich vor dem Spiegel im Wohnraum der Präsidentensuite drehte, um sich von allen Seiten zu begutachten.

»Meine Mutter, Gott hab sie selig, wäre stolz auf ihren Sohn«, sagte er und streckte sich selbst die Zunge raus.

Das Telefon läutete. Noch während der Nacht hatte ich Kontakt mit New York aufgenommen. Ich wusste also, was sich am Hudson abgespielt hatte. Ich kannte Phils Vorhaben, was Jenkins anging, und nach meinem Bericht aus Miami hatte Mr. High von New York aus alles Notwendige in die Wege geleitet.

»Okay«, sagte eine mir unbekannte Stimme. »Wie heißt das Spiel?«

»Keine Ahnung«, antwortete ich ruhig. »Ich lasse mich auf alles ein. Auf Glück, auf Zufall und auf Berechnung. Hauptsache, der Preis stimmt, Mister.«

Fernandez drehte sich vom Spiegel weg und spitzte die Ohren.

»Wo können wir uns treffen?«, fragte der Mann, der einen harten Akzent hatte.

»Am besten zwischen den Augen«, antwortete ich und legte auf.

»Ist es so weit?«, fragte Fernandez.

»Wahrscheinlich«, antwortete ich, noch immer über die Stimme nachdenkend.

Ich tippte auf Ostblock. Dazu fielen mir nur drei Buchstaben ein: KGB.

Ich nahm den 38er mit dem Nickellauf, ließ die verdammte Trommel kreisen wie John Wayne, bevor er zum letzten, entscheidenden Gefecht die Main Street eines Westernkaffs betrat, und schob die Waffe hinten in den Hosenbund.

Dann schaute ich auf die Uhr. Über den Frühstückstisch hinweg, auf dem noch mehr stand, als zehn Personen verschlingen konnten, schweifte mein Blick durch die grelle Sonne zur azurschimmernden Biscayne Bay hinunter.

»Neben dem Mercedes 450 SEL steht ein Porsche 911, blaumetallic. Den Wagen benutzt du, Fernandez.

Ich mache mich auf den Weg. Ich werde einige Schatten bekommen und du nimmst dir den ersten Wagen vor, der abfällt. Vergiss die Kanone, du bist kein Bulle! Ich brauche die Namen und Adressen der Männer, die sich an meiner Verfolgung beteiligt haben. Das ist alles. Sobald du es herausgefunden hast, ruf hier an. Ich frage jede halbe Stunde ab.«

Ich ging um den Frühstückstisch herum, trat auf den Balkon und schaute hinunter zum Schwimmbad, das sich riesengroß vor dem breiten, weißen Strand und der See erstreckte.

»Beinahe alles«, sagte ich, als ich ins Zimmer zurückging. Ich warf ihm einen kleinen Safeschlüssel zu. »Gehört zur Safe-Abteilung des Hotels, Fernandez. Nummer 13. Das steht nicht auf dem Schlüssel, aber ich dachte, die Zahl lässt sich leicht merken. Es sind fünfzehntausend Dollar in bar. Neben deiner Frühstückstasse liegt ein Umschlag mit fünftausend. Vielleicht hast du unvorhergesehene Ausgaben. Ich brauche keine Abrechnung. Ich brauche nur die Namen und Adressen der Kerle, die mir auf den Hacken sind.«

»Okay, Jerry.«

»Falls ich es dir sage, machst du dich auf den Weg nach Key West, ins Ambassador Hotel, Fernandez. Ich denke nicht, dass es notwendig sein wird, aber es könnte geschehen. Kümmere dich dort um eine Frau namens Pamela Burton. Mit kümmern meine ich: Von mir aus binde sie an dir fest, lass sie nicht aus den Augen und lass keinen an die Kleine heran. Alles verstanden?«

»Ich habe summa cum laude abgeschlossen.«

»Viel Glück, Amigo.«

Ich legte ihm die Hand auf die Schulter und verließ die Präsidentensuite. Die Welt musste wirklich schon an einer Ecke brennen, wenn sie mich derartige Summen ausgeben ließen.

Paris
Hotel L'Amerique

Phil zögerte genau zwei Sekunden, dann trat er einen Schritt zurück, hielt die Luft an und sein rechter Schuh knallte in Höhe des Schlosses gegen die verschlossene Tür. Zimmernummer 13. Das hieß, auf keinen Fall war Jeff Jenkins, der sich nun Jefferson nannte, abergläubisch.

Das wirklich nicht, aber er war ein Mann, der seinen wachen Verstand behalten hatte und der auf die geringste Ungewöhnlichkeit misstrauisch reagierte.

Jenkins hatte die leisen Geräusche vor der Tür gehört, sich die 45er Automatic geschnappt und sich rechts gegen die Wand gepresst, wo die Tür ihn nicht erwischen konnte, wenn sie plötzlich aufflog.

Phil segelte in den luxuriös eingerichteten Raum hinein, drehte sich über den kostbaren Teppich und stoppte seine Bewegungen, als ein leises, gefährliches Lachen sein Ohr traf. Er spreizte die Finger der Rechten und die Waffe glitt ihm aus der Hand. Dann erst drehte er sich weiter herum, setzte sich auf und grinste Jenkins an.

Auf dessen Gesicht gab es nicht den Schatten von Fröhlichkeit. Und der Blick in die Mündung der 45er Automatic war ebenfalls unerfreulich.

Jenkins kam einen Schritt in den Raum hinein und schob die Tür mit dem Hacken wieder ins Schloss. Es war nur beschädigt, aber es schnappte noch ein. Qualität machte sich also bezahlt und das gesplitterte Holz des Türrahmens ließ sich auch leicht wieder ausbessern.

»Kann ich aufstehen?«, fragte Phil.

»Liegt an dir«, antwortete Jenkins mit monotoner Stimme. »Manche sterben gerne aufrecht, manche wollen nicht so tief fallen und sitzen lieber. Bist du allein?«

»Wie ein Waisenkind.« Phil stand auf. Um seinen

guten Willen zu zeigen, schob er den eigenen 38er mit dem Fuß beiseite, entfernte sich dann zwei Schritte und setzte sich auf die Couch.

»Welche Partei?«

»FBI!«

Jenkins Stirn legte sich in Falten. »Wir sind in Frankreich, soweit ich mich erinnere.«

»Im L'Amerique, der Luxusherberge für Söldner und Legionäre, die es im Leben geschafft haben oder die hierher bestellt werden, um noch einmal eine Chance zu bekommen, an viel Geld heranzukommen.«

»Du hättest wenig Chancen, deinen ersten Sold zu kassieren«, sagte Jeff Jenkins. »Ich habe dich schon gehört, als du noch drei Schritte von der Tür entfernt warst. Um nicht aufzufallen, hättest du bewusst und hart auftreten und nicht schleichen müssen. Was willst du?«

»Dich zurückholen, Jenkins!«

Der Lauf der 45er senkte sich gegen den hellblauen, mit einem kunstvollen Ornament versehenen Teppich. »Mit 'ner Kanone in der Hand?«

»Ich wollte wenigstens die Chance haben, reden zu können, bevor ich erschossen werde.«

»Hast du einen Ausweis?«

»Was Besseres«, antwortete Phil. Er tippte auf seine Brusttasche. Erst als Jenkins nickte, griff er mit spitzen Fingern hinein, zog die Brieftasche heraus und warf sie auf den Tisch. »Das zweimal gefaltete Schreiben hinter meinem Pass.«

Jenkins ließ die Brieftasche liegen, hob Phils 38er auf und warf ihn durch die offen stehende Tür ins Badezimmer. Es verursachte ein patschendes Geräusch, als die Waffe in die noch volle Badewanne fiel. Dann steckte er selbst die 45er in den Hosenbund und deutete auf die Bar. »Nimm dir, was du willst. Wähle gut, vielleicht ist es dein letzter Schluck.«

»Dann sollten wir zusammen trinken«, sagte Phil.

»Vielleicht kümmert sich die französische Geheimpolizei um dich und steht Gewehr bei Fuß.«

Jenkins lachte leise. »Doch nicht in diesem Hotel, Mr. G-man. Die Jungs haben meistens Familie. Weihnachten ist nicht mehr weit und das Fest wollen die im Kreis der Lieben verbringen. Außerdem kennst du den Ruf des Hotels. Also kannst du dir vorstellen, dass hier nicht einmal eine Maus hereinkommt, die einen der Gäste beißen will.«

Phil nahm sich einen Bourbon. Jenkins raschelte mit dem Papier, las es zweimal durch und warf es wütend auf den Tisch zurück. »Eine faule Sache oder die haben den Verstand verloren«, sagte er.

»Vielleicht Letzteres«, sagte Phil. »Es wäre nicht schwierig gewesen, dich schon gestern, vor deinem Abflug nach Paris, auf dem Kennedy International festzunageln. Und Thompson dazu. Klar?«

Jenkins zündete sich eine Zigarette an.

»Wir haben vier von den Kerlen in New York erwischt«, sagte Phil. »Darunter wahrscheinlich auch die, die die beiden Militärpolizisten in Pamelas Wohnung erschossen und Pamela nach Key West gebracht haben. Geh davon aus, dass jemand in Washington den Verstand verloren hat, Jenkins. Geh davon aus, dass er denkt, du hättest dich nur so zum Schein mit Thompson zusammengetan und würdest die alten Kämpfer nur zusammentrommeln, um wieder einmal für das geliebte Vaterland tätig zu werden. Genau so steht es in den Unterlagen, die schon vorbereitet und unterschrieben sind.«

Jenkins schwitzte plötzlich.

»Zürich 1267945«, sagte Phil. »Das ist die Nummer des Schweizerischen Bankvereins. Ruf an. Jetzt. Nenn das Codewort ›Barrakuda‹ und frag nach dem Kontostand. Anschließend kannst du mitteilen, dass du das Codewort und die Nummer verändert haben willst und dich wieder bei ihnen meldest.«

Jenkins hob den Hörer ab, ließ sich verbinden, nannte das Codewort ›Barrakuda‹, hörte zu, sagte, dass er es in wenigen Minuten zu verändern wünsche, und legte wieder auf.

»Das ist nicht ein Zehntel von dem, was die Gegenseite mir bezahlt«, sagte er dann.

»Wir geben dir mehr.«

»Was noch?«

»Deine Ehre und dein Leben. Und das Leben deiner Freundin oder Verlobten Pamela Burton. Du warst mal ein guter Mann, Jenkins. Was den Kampf angeht, bist du es noch immer, aber dein Verstand arbeitet nicht mehr scharf genug. Die ziehen dich in einen Staatsstreich und brauchen keine Zeugen. Jedenfalls nicht mehr, als es sie ohnehin schon gibt. Und was Don Alfredo de Parilla angeht, der steht auf schwachen Füßen. Der kriegt seine Befehle und sein Geld von der anderen Seite des Eisernen Vorhanges. Dort wachsen die Devisen nicht so üppig, wie man dir das eingeredet hat.«

»Pamela ...«, sagte Jenkins. »Es geht ihr gut. Ich habe mit ihr gesprochen. Sie weiß beinahe alles und ...«

Mitten im Satz brach er ab und strich sich über die plötzlich feuchtglänzende Stirn.

»Sie ist nicht mehr im Ambassador, Jenkins«, sagte Phil leise. »Sie trauen dir nicht. Sie benutzen sie als Geisel, bis du mit deinen Männern einen schmutzigen Job erledigt hast. Danach legen sie euch um. Das ist höhere Politik, Mann, davon verstehen wir beide nichts. Aber wir verstehen etwas davon, wie man den Brüdern einen Strich durch die Rechnung machen kann.«

Jenkins wollte zum Telefon greifen.

Phil schüttelte den Kopf. »Wenn du sie nicht töten willst, begehe keinen verdammten Fehler mehr, Colonel!«, sagte er scharf. »Zwei Männer holten sie ab.

Sie befand sich in einem Zustand, in dem sie dem Hotelportier tausend Dollar Trinkgeld versprach, weil sie im Moment kein Kleingeld bei sich habe.«

Die Hand von Jenkins, die über dem Telefon schwebte, sackte wieder herab. Er legte sie auf seinen Schenkel und rieb sich die feuchten Handflächen am Hosenbein trocken.

»Warum, verdammt, sollte ich dir vertrauen?«

»Du hast gar keine andere Wahl, Jenkins. Wenn wir es nicht wollen, reist kein Mann in die Staaten ein, der im Armeecomputer steht. Das heißt, du bekommst die Leute nicht einmal nach Miami. Es sei denn, sie würden an der Coast Guard vorbeischwimmen oder über Kuba kommen.«

»Und was verlangt man von mir?«

»Dass du deine verdammte Pflicht tust, Colonel. Deine Männer bekommen den abgesprochenen Sold, wahrscheinlich noch einen Orden und Aussicht auf einen Platz auf dem Heldenfriedhof in Arlington. Aus dir müssen sie etwas Ähnliches wie einen Helden machen. Du hast eine Million und kannst dich damit frei bewegen.«

»Bis die Leute vom KGB mich erwischen.«

»Vielleicht«, antwortete Phil. »Aber ich denke, du bist nicht interessant genug für sie, dass sie wegen dir ein Risiko eingehen. Helden legt man nicht einfach um, das zieht diplomatische Verwicklungen nach sich. Die können wir uns und die sich bei den augenblicklich guten Verbindungen gar nicht leisten.«

»Wo ist sie?«

»Keine Ahnung«, antwortete Phil. »Ein Freund von mir ist in Key West, oder wenigstens in der Gegend. Wir haben Thompson und Parilla im Visier und wir werden schon herausfinden, wo Pamela ist. Aber ich denke, es wird noch viel einfacher kommen, Jenkins. Man wird sie dir präsentieren. Sie wird nicht sehr gut aussehen. Und dann wird man dir sagen, dass es ihr noch schlechter ergeht, falls du auch nur einen falschen Schritt unternimmst.«

Jenkins stand auf, ging ins Bad, fischte den 38er aus der Badewanne, trocknete die Waffe an seiner Hose ab und legt sie auf den Tisch. Sekundenlang blieb er wie angewachsen stehen und schaute Phil in die Augen.

»Pamela«, sagte er dann. »Ihr holt sie raus, meine Männer und ich erledigen den Rest, sobald ich sicher bin, dass sich Pamela in Sicherheit befindet. Ich brauche keine Anweisungen, wenn an dem Wisch aus Washington auch nur ein Funke Wahrheit klebt.«

Phil nickte. Anders hatte er es sich auch nicht vorgestellt. »Wie viele Männer hast du?«

»Über zwanzig, aber ich nehme nur zehn Männer mit. Das wird Thompson und Parilla nicht gefallen, aber sie müssen mir schon glauben, wenn ich ihnen sage, dass sie ausreichend sind. Und, verdammt, das sind sie auch!«

Phil schob die Waffe ins Holster zurück und legte Jenkins die Hand auf die Schulter. »Willkommen an Bord, Colonel Jenkins!«

»Leck mich am Arsch!«, fauchte Jenkins. »Falls ihr mich hereinlegt, müsst ihr mich zweimal totschießen. Einmal reicht dann nicht.«

»Ich werde es nicht vergessen. Zur Kontaktaufnahme wirst du das Ambassador Hotel anrufen und nach Lopez fragen, Colonel. Frühestens dann, wenn du gesehen hast, dass unsere Befürchtungen, Pamela betreffend, der Wahrheit entsprechen. Dann ist unsere Zeit. Danach kommt deine und die deiner Männer. Und noch etwas: Thompson ist für dich tabu, Jenkins! Schalte deine Gefühle einfach aus. Was Parilla angeht, den hätten wir gerne lebend. Mich und meinen Partner hast du niemals gesehen. Es ist dein Unternehmen. Du musst dich blind auf deine Männer verlassen können. Sie müssen dich mehr lieben als ihr eigenes Leben.«

»So wie ich Pamela?«

»Ich hätte es nicht so gut ausdrücken können.«

Als Phil das Hotel L'Amerique am Boulevard Michel verließ und in eines der kleinen, immer halbdunklen Bistros tauchte, fühlte er, dass er schwitzte. Dabei regnete es in Strömen und die Temperaturen bewegten sich schon um diese Zeit dicht am Gefrierpunkt.

»Einen kleinen Roten«, verlangte er.

Er bekam sein kleines Glas roten Wein, zog sich damit an einen der Fenstertische zurück und wartete. Das Einzige, über das sie sich nun noch Gedanken machen mussten, war Pamela Burton. Alles andere stand außerhalb ihrer Macht. Es war von anderer Stelle geregelt, organisiert und abgesegnet.

Er brauchte nicht aufzuschauen, um zu wissen, dass Conchita Barrato das Bistro betreten hatte. Der Atem der anwesenden Männer ging plötzlich etwas schneller und wenn man ganz genau hinhörte, konnte man sogar den erhöhten Herzschlag hören.

Ihr dunkler Trenchcoat fiel auseinander, als sie den Gürtel löste. Der rote Hosenanzug schmiegte sich wie eine zweite Haut um ihre Kurven. Man musste schon mit Blindheit geschlagen sein, um nicht auf den ersten Blick festzustellen, dass sie darunter keinen Stofffetzen trug. In diesem Moment war der G-man Phil Decker der meistbeneidetste Mann der Gegend.

Conchita setzte sich. Der Trenchcoat war durchweicht vom Regen. Sie machte einen müden, erschöpften Eindruck, trank den Rest aus Phils Glas und schüttelte den Kopf.

»Ich bin keine Spielerin«, sagte sie leise, »aber ich verwette mein Leben darauf, dass niemand uns gefolgt ist. Wir sind ungesehen, wie geplant, aus New York hinausgekommen. Kein bekanntes Gesicht, und ich kenne die meisten.«

Phil atmete erleichtert auf, bestellte noch einen kleinen Roten und zündete sich eine Zigarette an.

»Einen Kaffee für mich«, sagte Conchita. »Dazu einen Cognac, anschließend ein Taxi zum Hotel zurück. Es ist der letzte Tag, an dem wir uns sehen, oder?«

»Die letzten sieben Stunden«, antwortete Phil nach einem Blick auf die Uhr.

»Vielleicht sehen wir uns wieder, he?«

»Vielleicht«, antwortete der G-man und rauchte einen tiefen Zug. »Du hast uns geholfen.«

»Du hast mir das Leben gerettet!«

»Du hast mich geliebt ...«

»... du hast mich glücklich gemacht wie nie ein Mann vorher. Wollen wir uns weiterhin Schmeicheleien an den Kopf werfen oder zu Taten übergehen?«

»Die Rechnung!«, verlangte Phil.

Miami

Der 450 SEL war in der Tat von Avis, aber FBI-Techniker hatten Zeit genug gehabt, sich eine ganze Nacht damit zu beschäftigen. Die Anweisungen steckten unter der offenen Naht im Lederpolstersitz. Ich hatte sie gelesen, zerrissen und die Schnipsel durch die halbe Stadt verstreut. Ich hätte vier Augen gebraucht, um alles zu überwachen, was sich hinter und vor mir befand oder sich aus allen Richtungen näherte. Ich entdeckte nicht einmal Fernandez in seinem doch wirklich auffallenden Porsche 911. Das hieß, so auffallend war der Wagen in dieser Stadt nun auch wieder nicht. Das deutsche Statussymbol war zum Spielzeug der Schnell- und Neureichen geworden. Porsches, Ferraris, Daimlers, in jeder Ausführung. Es war sinnlos, nach einem Schatten zu suchen, wenn man nicht einmal eine Ahnung hatte, ob er groß oder klein, dick oder dünn, männlich oder weiblich war. Einfach fahren, Richtungen verändern, einsamere Orte aufsuchen, an denen man den besten Überblick hatte. Das Schicksal herausfordern und darauf hoffen, dass es einem leidlich gut gesonnen war.

Fernandez würde seinen Job erledigen, da war ich sicher.

Und Phil kam irgendwann im Laufe des Tages. Für mich kam es einzig und alleine darauf an zu überleben. Washington hatte die Taktik geändert. Unser Auftrag war wieder ein normaler geworden: Pamela Burton war verschwunden. Wir mussten sie wiederfinden und dann in Sicherheit bringen, damit jemand anderer ans Werk ging.

Gegen Mittag hatte ich ihn entdeckt. Es war ein blauer 84er Buick. Staubbedeckt wie die meisten anderen Fahrzeuge.

Ausgestattet mit den üblichen Beulen. Ein Wagen, der absolut kein Aufsehen erregte. Ein Wagen, wie Profis ihn benutzten. Dass die Männer, die hinter mir her waren, ihr Handwerk verstanden, daran konnte es keinen Zweifel geben.

Ich entdeckte ihn, nachdem ich die Touristenroute verlassen und einen Weg genommen hatte, der – den Schildern nach – nach ungefähr fünf Meilen an einem Motel enden sollte.

Plötzlich waren meine Handflächen feucht. Ich spürte die Gefahr in meinem Genick körperlich. Die Zweifel kamen. War es richtig gewesen, sich allein auf den Weg zu machen? War es richtig gewesen, sich mit dem morgendlichen Anrufer auf kein Gespräch einzulassen?

Was auch immer. Ich hatte diesen Weg gewählt. Die Gefahr war mein Job, das überleben die Kunst des Jobs.

Die superbreiten Reifen des Mercedes wirbelten auf der Straße den Staub so hoch auf, dass der 84er Buick zeitweise aus meinem Gesichtsfeld verschwand.

Dann tauchte er wieder auf. Ich fuhr langsamer. Der

Fahrer des Buick behielt sein Tempo bei. Sie wussten, dass ich sie längst entdeckt hatte, und sie kannten sich in der Gegend besser aus als ich. Wenn sie es sich also leisteten aufzuschließen, dann befand ich mich in einer Sackgasse. Das hieß, die verdammte, staubige Straße endete am Motel – genau wie das halbverwitterte Schild es auch ausgewiesen hatte. Es gab keine Abzweigung, über die ich entweichen konnte. Und der Daimler war ebenso wenig wie der mir folgende Buick für eine wilde Geländefahrt durch die unwirklich erscheinende Mondlandschaft, die von tiefen Rillen durchzogen und von Geröll übersät war, geeignet.

Ich kniff die Augen zusammen und verstellte den Rückspiegel. Undeutlich sah ich hin und wieder zwei Männer. Den Fahrer und den Beifahrer.

Der Fahrer war blond. Sein etwas zu langes Haar wehte durch den Fahrtwind um den ovalen Schädel. Obgleich sich immer wieder eine Staubwolke zwischen uns schob und die Distanz beinahe hundert Yards betrug, glaubte ich zu erkennen, dass er zusammengekniffene Augen hatte und eine Narbe, die quer über seine Stirn verlief. Der Beifahrer war dunkelhaarig. Er wirkte kompakt, quadratisch. Er trug eine moderne Sonnenbrille, ein weißes Oberhemd und einen Binder. Korrekt bis auf die Knochen. Im Laufe der Zeit hatte nicht nur die Welt ein anderes Bild bekommen, auch Killer sahen nicht mehr aus wie Killer.

Ich fuhr ruhig weiter. Es war sinnlos, sich schon jetzt über etwas den Kopf zu zerbrechen. Den 38er mit dem Nickellauf legte ich auf den Beifahrersitz.

Der Buick behielt den Abstand bei. Inzwischen hatte ich ganz sicher festgestellt, dass über die Stirn des Blonden eine Narbe verlief. Der Weg wurde schmaler und holpriger. Irgendwann, während der Regenzeit, hatten sich tiefe Reifenspuren eingegraben. Nun waren die Rillen ausgetrocknet und hart wie Beton. Selbst die ausgezeichnete Federung des Mercedes hatte Mühe, die Unebenheiten zu schlucken. Hin und wieder schleuderte es mich so hoch, dass ich mit dem Kopf den gepolsterten Wagenhimmel berührte.

Eines war sicher: Während der letzten Monate hatte niemand vor uns diesen Weg benutzt. Und das Motel, auf das das Schild hingewiesen hatte, war mit Sicherheit nicht mehr in Betrieb.

Mein Stern stand auf jeden Fall nicht so günstig wie der auf der Kühlerhaube des Mercedes.

Dann tauchten die Gebäude des Motels vor mir auf. Nach einem scharfen Linksknick des Weges, der scheinbar ins Nichts führte, waren da plötzlich die alten, halb verfallenen Holzgebäude des ehemaligen Motels. Was von dem ehemals weißen Farbanstrich nicht ganz abgeblättert war, sah kanariengelb aus. Gefärbt von Staub und Sonne.

Es gab einen mit wilden Pflanzen überwucherten Parkplatz. Die Holzumzäunung, die ihn mal eingegrenzt hatte, war zerbrochen. Ein Hurrikan, der irgendwann einmal über Florida hinweggefegt war, hatte das halbe Dach des lang gestreckten Verwaltungsgebäudes mitgenommen und in der Gegend verteilt. Einige der Hütten, die als Unterkünfte gedient hatten, waren zusammengebrochen.

Ich hatte mir also in der Tat einen Weg ausgesucht, der mitten in der Hölle endete, wenn ich nicht auf der Hut war.

Ich kurvte um den verwilderten Parkplatz herum und stoppte den Mercedes vor dem verfallenen Verwaltungsgebäude.

Der Buick war schneller geworden. Deutlich wollten sie verhindern, dass ich den Mercedes verließ. Aber auch das war sicher: Sie wollten mich lebend! Anderenfalls hätten sie schon während der Fahrt nach hier das Feuer auf mich eröffnet.

Ich schnappte nach dem vernickelten 38er und warf

mich auf der dem Buick abgekehrten Seite aus dem Wagen. Ich drehte durch den aufwirbelnden Staub, knallte mit der Schulter gegen die noch stehende Seitenwand des alten Verwaltungsgebäudes und das Holz splitterte. Ich war im Gebäude verschwunden, als es dem Fahrer des Wagens endlich gelungen war, die Schnauze des Buick in Richtung Verwaltungsgebäude zu drehen.

Dann peitschte auch schon die erste Garbe aus einer Maschinenpistole auf. Wusste der Teufel, wer von den beiden feuerte. Es war mir egal. So dicht es ging, presste ich mich gegen den Boden.

Unnötig, denn sie wollten mich wirklich lebend. Der Schütze hielt den Lauf der Maschinenpistole so hoch, dass die Geschosse auch dann noch über mich hinweggepfiffen wären, wenn ich aufrecht gestanden hätte.

Nach der ersten Garbe herrschte sekundenlang Stille. Dann klang ein dumpfes Lachen auf.

»Zwischen die Augen treffen, hast du am Telefon gesagt«, rief der Mann mit dem harten Akzent, mit dem ich schon am Telefon gesprochen hatte.

»Richtig«, antwortete ich. »Das löst jedes Problem endgültig. Schick mal deinen blonden Freund in die Schusslinie, dann liefere ich dir den Beweis!«

Erneut einige Sekunden Stille, die dann wieder durch die Garbe aus der Maschinenpistole zerrissen wurde. Nur kurz danach detonierte eine Handgranate nicht weit vom verfallenen Verwaltungsgebäude entfernt.

Staub wallte auf, als die Seitenwand einstürzte, als ich mit Dreck, Holz und Steinen bombardiert wurde. Beißender Rauch drang in meine Atemwege. Ich hustete. Der Staub legte sich. Mit einer wütenden Handbewegung wischte ich den Dreck beiseite, der auf mich gefallen war.

Von draußen war wieder das dumpfe Lachen zu

hören. »Wir sind gut ausgerüstet«, sagte der Kerl dann. »Schick ihm doch mal etwas Tränengas ins Haus, Jellinek!«

Ich hielt den Atem an und schaute mich um. Die halbe Seitenwand bestand nicht mehr. Ich konnte einen Teil des Parkplatzes überblicken. Über mir spannte sich der azurblaue Himmel des Sunshine State, weil irgendein Sturm von dem ehemaligen Dach kaum noch etwas übrig gelassen hatte.

Es knallte dumpf. Zehn Yards von mir entfernt rollte ein Gegenstand in das Gebäude, platzte und weißer Nebel stieg auf.

Es war beinahe windstill. So verbreitete sich der Nebel nicht nach einer bestimmten Richtung, sondern langsam und gleichmäßig. Von dem Zeug mussten sie schon eine ganze Menge hier hereinjagen, um mich nach draußen zu bekommen.

Ich wechselte die Stellung, kroch weiter zurück und erreichte die ehemalige Empfangshalle, wo sich sogar noch die Rezeption befand. Ein Gang zweigte nach links ab, einer nach rechts. Beide, davon war ich überzeugt, endeten wieder in der freien Natur, weil ein Teil der Seitenwände des Gebäudes fehlte.

»Was ist?«, rief der Dunkelhaarige mit der Sonnenbrille.

Ich drehte mich nach rechts um den Tresen herum und legte mich flach auf den Boden. Aus dieser Position heraus konnte ich die beiden sehen. Ihr Buick stand vielleicht zwanzig Schritte von meinem Mercedes entfernt. Sie hielten sich seitlich des rechten hinteren Kotflügels auf, der ihnen auf den ersten Blick ausreichend Schutz bot.

»Bis jetzt haben wir nur Spaß gemacht, G-man!«

Komischer Spaß, den sich die beiden da ausgedacht hatten. Meine Augen brannten. Nicht übermäßig, aber die Sicht wurde doch schlechter dadurch.

»Der hat sich in dem Gebäude verkrochen«, sagte

der Blonde, von dem ich inzwischen wusste, dass er Jellinek hieß.

»Hör zu, Cotton«, sagte der Dunkelhaarige. »Komm raus, wir reden miteinander und …«

»… wenn ihr erfahren habt, was ihr wissen wollt, erschießt ihr mich auf die schnelle saubere Art und Weise«, vollendete ich.

Jellinek schoss schon auf meine Stimme. Irgendwo in der ehemaligen Empfangshalle des flachen Gebäudes verirrte sich die Kugel, durchschlug eine Wand und sirrte sich draußen tot.

Ich hob den 38er, legte mich flach auf den Bauch und hielt die Waffe in beiden Händen. Ich konnte weder Jellinek noch den Dunkelhaarigen mit der Sonnenbrille erwischen, denn die waren weiter hinter den Buick getaucht. Dreimal zog ich durch.

Jede einzelne Kugel durchlöcherte das dünne Blech des Buick und schlug in den Benzintank ein. Aus drei Löchern schoss ein Strahl gleichmäßig heraus. Bevor sie sich auf die Verfolgung gemacht hatten, hatten sie den Wagen bis zum Rand voll getankt.

Meine nächsten beiden Kugeln trafen die hintere Stoßstange. Funkenflug entstand. Eine Sekunde später hatte sich das ausgelaufene Benzin entzündet.

Meine Position war nicht gut genug, dass ich die beiden verschwinden sehen konnte. Sie setzten sich in die Richtung ab, die ich nicht einsehen konnte.

Der Buick brannte aus, aber er explodierte nicht. Beißender, schwarzer Rauch stieg in den blauen Himmel über Florida auf. Meilenweit zu sehen. Fragte sich nur, ob sich jemand für Rauchentwicklung am Horizont interessierte.

Nach den Schüssen rollte ich mich geistesgegenwärtig hinter die Rezeption. Der irre Blonde, der auf den Namen Jellinek hörte, schleuderte zwei Handgranaten gleichzeitig. Beide landeten in der Mitte der Halle. Nachdem er gesehen hatte, von wo aus die Schüsse gefallen waren, hatte er natürlich auch gezielt werfen können.

Ich presste mich flach gegen den Boden, hob die Arme über den Kopf und wartete die beiden Detonationen ab.

Als sich die Druckwelle verflüchtigt hatte, gab es nur noch blauen Himmel über mir. Der rechte Gang war zusammengestürzt. Durch den linken wallte der Staub nach draußen in die freie Natur. Von der Rezeption stand gerade noch so viel, dass sich ein Mann dahinter verstecken konnte. Irgendetwas hatte mich am Kopf getroffen. Blut rann über mein Gesicht. Mit dem Handrücken wischte ich darüber hinweg, bevor es mir in die Augen rinnen konnte.

»Der verdammte Hund ist hin, Boris!«, schrie Jellinek.

Boris, der Dunkelhaarige mit der Sonnenbrille, schwieg beharrlich. Er war der Intelligentere der beiden und hatte so seine Zweifel. Allem Anschein nach hatte man ihm bei seiner Ausbildung eingetrichtert, dass G-men mehrere Leben hatten.

Mein Atem ging flach. Schweiß mischte sich mit dem Blut auf meinem Gesicht. Falls der Kerl wirklich noch einige von den tödlichen Eiern in den Rest des Hauses hineinwarf, war es um mich geschehen.

»Wahrscheinlich hast du Recht«, sagte Boris dann die erlösenden Worte. Sie kamen von links. Das hieß, er hatte sich an den äußersten Rand des noch bestehenden Teiles des Gebäudes zurückgezogen.

Um nichts auf der Welt kam ich an ihn heran, wenn er die Position beibehielt, während sich Jellinek vielleicht daranmachte, nach den Überbleibseln eines G-man zu suchen.

In der linken Hosentasche hatte ich den Sender. Ein winziger schwarzer Kasten. Er hatte nur einen einzigen, silbernen Schalter, den auch die zarten Finger eines Babys bewegen konnten.

Ich wartete. Vorsichtig lugte ich um die Ecke herum und sah die Schnauze des Mercedes. Bislang hatte er keinen Schaden erlitten. Er war nur mit Staub überzogen, sodass das Silbergrau gerade noch zu ahnen war.

»Okay«, sagte Boris dann. »Fahr den Mercedes von da weg und dann mach alles platt. Ich will verdammt sicher sein.«

Mein Herz übersprang einige Schläge. Ich hielt die Luft an. Es war ein verdammt komisches Gefühl zu wissen, dass ich gleich einen Menschen tötete, indem ich einfach einen kleinen silbernen Schalter umlegte. Wenn man, wie ich, mit mehr als einem Bein in der Hölle stand, sollte man vielleicht besser daran denken, dass man keinen Menschen tötete, sondern nur eine Gefahr ausschaltete.

Jellinek traute der Wirkung seiner eigenen Handgranaten wohl doch nicht so sehr, wie er es eben noch behauptet hatte. Er kroch von der linken Seite wie eine Schlange auf den Mercedes zu. Vorsichtig öffnete er die dem Verwaltungsgebäude abgewandte Beifahrertür und kroch in den Wagen.

Selbst wenn ich es gewollt hätte, mit dem 38er hätte ich nicht einmal den Absatz seiner Schuhe getroffen.

Ich sah es nicht, aber ich konnte mir vorstellen, wie er auf den Fahrersitz rutschte und sich so klein machte, dass sein Kopf nicht hinter der getönten Windschutzscheibe zu sehen war. Er startete den Wagen, der auf die erste Schlüsseldrehung kam. Er hatte den Rückwärtsgang eingelegt, aber vergessen, die Handbremse zu lösen. Der Motor wurde abgewürgt und erneut gestartet.

Diesmal rollte der Mercedes im Schneckentempo zurück.

Ich schloss die Augen, als ich den verdammten Schalter umlegte.

Der Knall war nicht einmal besonders laut, aber der Mercedes wurde regelrecht zerfetzt. Dort, wo er gestanden hatte, gab es einen dunklen, verbrannten Flecken auf dem grauen Boden.

Die Detonation verebbte schnell in der Weite der unbebauten, unwirklichen Landschaft. Dann herrschte die große Ruhe, die schließlich durch den klagenden Schrei von Boris unterbrochen wurde.

»Ihr verdammten Hunde!«

Er hatte es nötig, uns verdammte Hunde zu nennen.

»Wenn du Richtung Süden rennst, Boris«, rief ich, »kommst du wieder auf den Highway nach Miami! Vielleicht nimmt dich jemand als Anhalter mit!«

»Ihr verdammten Hunde!«

»Unsere Männer haben doch nur eure Spielregeln übernommen«, sagte ich. »Maschinenpistolen, Handgranaten, Sprengstoff, Gift. Deine Vorgesetzten vom KGB werden dich nicht loben. Und ich bezweifle, dass du für unsere CIA interessant genug bist, um einen Sonderstatus zu bekommen.«

Er war einer der KGB-Männer, die Don Alfredo de Parilla darin unterstützten, den Staatsstreich auf Peninsula durchzuführen.

Zweimal feuerte er in sinnloser Wut seine Waffe ab, obwohl ihm klar sein musste, dass er mich nicht treffen konnte.

Ich kroch hinter dem Holzgerippe hervor, das von der Rezeption noch übrig geblieben war. Mit dem Rücken lehnte ich mich gegen einen Stützbalken und zündete mir eine Zigarette an.

Die Partie stand Patt. Er wusste, wo ich mich aufhielt, ich wusste, welche Position er eingenommen hatte. Die Position ändern, bedeutete in beiden Fällen, die Schusslinie des anderen zu kreuzen. Und beide wussten wir voneinander, obgleich wir uns nicht kannten, dass wir mit den uns anvertrauten Waffen ausgezeichnet umgehen konnten. Sich dem anderen zu zeigen, einen Angriff auf ihn zu unternehmen wäre einem Selbstmord gleichgekommen. Kein Mensch konnte so dumm sein, auf sein Glück zu hoffen, wenn alle Chancen gegen ihn standen.

Erst jetzt spürte ich die Quetschungen und Verstauchungen, die ich von dem Krieg übrig behalten hatte, den die beiden KGB-Agenten gegen mich geführt hatten.

»Wir hätten dich unterwegs erledigen sollen«, sagte Boris dann. »Es war ein verdammter Fehler.«

»Möglich«, antwortete ich. »Alles, was ihr angefangen habt, war falsch. Komisch, dass das nicht aufhört, obwohl sich unsere Beziehungen doch gut entwickelt haben.«

»Das liegt nicht an uns.«

Ich lachte leise und rauchte einen tiefen Zug.

»Ich meine, nicht an uns vom KGB«, sagte Boris. »Das liegt auch nicht an den CIA-Agenten oder den FBI-Agenten. Sollen wir vielleicht darüber philosophieren, Cotton?«

Ich schnippte die Zigarettenkippe zwischen die Trümmer, die sich in der ehemaligen Empfangshalle des alten Motels türmten. Beinahe im selben Sekundenbruchteil war das Flappen von Rotorblättern zu hören.

»Dazu bleibt uns keine Zeit mehr, Boris«, sagte ich.

Dass sie kamen, hatte ich gewusst. Das hatte einwandfrei und deutlich auf den Instruktionen gestanden, die unter das Lederpolster des Mercedes geschoben worden waren. Mit der Explosion des Wagens wurde der Alarm ausgelöst, dann konnten sie mich orten und dann machten sie sich auf den Weg. Wenn mich nicht alles täuschte, hatte Mr. John D. High, mein Chef, darauf bestanden, dass die Kollegen wenigstens versuchten, mir beizustehen, wenn es nicht anders ging.

Noch einmal wischte ich mir mit dem Hemdsärmel über das blutende und schwitzende Gesicht. Dann rollte ich mich hinter der Barriere hervor, mitten in die

Halle hinein. Über mir war der offene Himmel. Sie konnten also von oben aus sehen, wo ich mich befand.

Boris, der KGB-Agent, schoss zweimal auf meine Bewegung, mit der er wohl nicht mehr gerechnet hatte. Oder er war durch das Dröhnen des Hubschraubers abgelenkt gewesen. Zweimal pflügte seine Munition in den trockenen Boden, zog tiefe Rillen und klatschte dann gegen die Überreste des Daches, das durch die Handgranaten heruntergekommen war.

Dann hatte ich mich hinter einen der Balken gerollt und dann geschah, was eigentlich zu erwarten gewesen war: Feuernd wie ein Wilder stürmte Boris in die verwüstete Halle. Sie kamen, um mich mit dem Helikopter rauszuholen. Er wollte ihnen nur meine Leiche überlassen.

Mein erster Schuss traf seinen rechten Oberschenkel. Er machte einen Schlenker zu Seite und stürzte. Meine zweite Kugel traf seine rechte Schulter. Die Wucht der Kugel wirbelte ihn herum. In hohem Bogen flog die Waffe aus seiner Hand.

Ich sprang auf, wollte feststellen, ob er eine zweite Waffe besaß. Er hatte sie nicht. Ich erreichte ihn, als er sich stöhnend und ächzend aufsetzte. Ich sah zum ersten Mal seine Augen. Die Sonnenbrille hatte er wegen eines Augenleidens getragen. Seine Augäpfel traten besonders weit heraus. Es knirschte, als er die Zähne zusammenbiss. Was er mir vor die Füße spuckte, war Blut.

Drei Männer in Tarnanzügen sprangen aus dem Helikopter, bevor die Kufen den staubigen Grund des ehemaligen Motelparkplatzes berührten. Sie hielten Maschinenpistolen in den Fäusten, hatten junge, entschlossene Gesichter und rannten auf uns zu.

»Du hast Glück gehabt«, sagte Boris, der KGB-Agent.

Ich schaute ihn an. Dann nickte ich. »Sicher«, sagte ich, obgleich ich wirklich nicht nur Glück gehabt hatte.

Diesmal war ich einfach besser gewesen. Wäre es zu einer zweiten Begegnung gekommen, wäre sie vielleicht ganz anders abgelaufen.

Die jungen Männer in den Kampfanzügen und mit den Maschinenpistolen erreichten uns.

»Cotton?«, fragte einer.

Ich nickte und drehte mich um. Ein zweiter Helikopter kam und setzte nicht weit entfernt vom ersten auf. Die Seitentür stand offen. Zwei Männer in Zivil erschienen in der Öffnung und winkten mir. Ich ging zu ihnen, ohne mich weiter um das zu kümmern, was hinter mir geschah.

Key West
Pirates Cove

Zuerst hatte sie geschrien, nun wimmerte Pamela Burton nur noch leise. Ihre Stimme hatte versagt und endlich war es bis in ihr tiefes Bewusstsein vorgedrungen, dass sie doch keine Chance hatte. Irgendetwas war geschehen, auf das sie keinen Einfluss hatte. Vielleicht hatte Jenkins einen Fehler begangen, vielleicht benötigte man sie nicht mehr als Druckmittel gegen Jeff. Sie wusste es nicht. Sie wusste nur, dass sie litt und dass es für sie einfacher war, wenn sie sich nicht widersetzte, sondern alles über sich ergehen ließ. Und sie wusste, obgleich sie sehr christlich erzogen worden war, dass sie, wenn sie es überlebte und die Chance dazu bekam, den Mann töten würde, der Juan Allegro hieß und nun nackt und mit schweißüberzogenem Körper vor dem alten Feldbett stand, auf dem er sie vergewaltigt hatte.

Noch nie in ihrem Leben war sich Pamela so besudelt vorgekommen. Sie sehnte sich nach der Dusche, die es nicht gab, und nach dem Tod, weil sie sicher mit Recht befürchtete, dass es erneut geschah.

Während sie geschrien und gelitten hatte, hatten irgendwo draußen andere Männer rau gelacht.

Juan Allegro starrte sie an. Langsam und abschätzend glitten seine dunklen Augen über jeden Quadratzoll ihrer Nacktheit. Dann zuckte er mit den Schultern.

»Besonders gut warst du nicht«, sagte er.

Pamela wollte ausspucken, aber es gelang ihr nicht. Sie rutschte weiter im alten Feldbett hinauf, bis sie sich mit dem Oberkörper gegen die rissige Hüttenwand lehnen konnte. Sie starrte ihn an. Und sie verstand nicht mehr, dass man sie einmal gelehrt hatte, ihren Peinigern und Feinden zu vergeben.

Wie, um alles in der Welt, war das möglich? Dazu musste man wahrscheinlich ein ganz besonderer Mensch sein. Und der war sie offensichtlich nicht.

»Er wird dich umbringen«, sagte sie und wunderte sich selbst darüber, mit welcher Kühle die Worte über ihre trockenen, aufgesprungenen Lippen kamen. »Er wird dich umbringen.«

»Dein Marine?«, fragte Allegro grinsend.

Pamela nickte. Mit einer schwachen Handbewegung strich sie sich die feuchten blonden Haare in den Nacken. »Was er tut, tut er für mich, und …«

Mitten im Satz brach sie ab. Erst in dieser Sekunde begann ihr Verstand wieder einwandfrei zu arbeiten. Was Jeff Jenkins tat, tat er für sie. Das war vollkommen richtig und das wussten ihre Peiniger auch. Und die konnten sich an den Fingern einer Hand ausrechnen, dass er besonders gut arbeitete, wenn er sie damit aus dieser mehr als misslichen Lage herausholen konnte.

Juan Allegro ging zum Stuhl, der neben der Tür stand. Seine Kleidung und seine Waffen hingen darüber. Er zog sich mit stereotypen Bewegungen an. Manches, was er tat, wirkte marionettenhaft. So, als steuere jemand seinen Bewegungsablauf, indem er an bestimmten Seilen zog.

»Ich werde ihn dir bringen, deinen Marine«, sagte Juan Allegro dann. »Wahrscheinlich noch heute Abend. Dann werden wir sehen, ob er mich umbringt.«

Juan Allegro drehte sich aus der Tür hinaus. Klatschend fiel sie hinter ihm ins Schloss. Sekundenlang war noch sein heiseres Lachen zu hören, dann herrschte um Pamela herum Stille. Danach hörte sie sich selbst weinen. Sie brach auf dem Bett zusammen und konnte ihre Emotionen nicht mehr steuern.

Irgendwo, ganz tief in ihrem Kopf, gab es den Gedanken, dass sie Jeff am meisten half, wenn sie sich selbst umbrachte.

Sie richtete sich wieder auf, schaute sich um. Es gab ihre zerfetzten Jeans, die einen Gürtel hatten, ihren ebenfalls zerrissenen Pullover und es gab einen Balken.

Sie starrte darauf. Es dauerte Sekunden, bis sie sich entschlossen hatte, es zu tun. Dann schwang sie die Beine aus dem Bett, bewegte sich hölzern auf die Jeans zu und wollte gerade den Gürtel aus der Schlaufe lösen, als die Tür der Hütte wieder aufgestoßen wurde und zwei weitere Männer der paramilitärischen Einheit, die Alfonso de Parilla um sich geschart hatte, die Hütte betraten.

Schreiend wich sie wieder zum Bett zurück. Und voller Entsetzen beobachtete sie, dass einer der Männer ihre Sachen vom Boden aufhob und aus der Hütte hinausschleuderte.

Sie ließen ihr nicht einmal die Chance, einen Schlusspunkt unter ihr Leben zu setzen.

Er war vorsichtig gewesen wie ein Tiger auf der Jagd, davon war ich überzeugt. Aber dass sie ihn dennoch geschnappt hatten, daran konnte es keinen Zweifel geben. Fernandez' letzter Bericht war eine Stunde vor dem Zwischenfall am alten Motel eingegangen. Morningside Avenue, Apartment 39, diese Adresse hatte er herausgefunden. Er hatte sich binnen einer halben Stunde erneut melden wollen, aber die angekündigte Nachricht war bis zu diesem Zeitpunkt ausgeblieben. Sie hatten ihn also.

Phil landete in drei Stunden in Miami. Jeff Jenkins und Thompson waren schon angekommen. Nach und nach trudelten auch die Männer ein, die Jenkins in Paris ausgesucht hatte. Zwischen der Landung des ersten und des letzten Mannes würden beinahe exakt vier Stunden liegen, weil sie sich mit verschiedenen Fluggesellschaften auf den Weg gemacht hatten.

Letztere Informationen waren mir von den Zivilisten im Helikopter mitgeteilt worden. Namenlose. Keiner hatte sich vorgestellt, keiner hatte auch nur mit einem vagen Wort angedeutet, für welche Organisation sie arbeiteten. Mir war es selbst dann egal, wenn der Teufel sie persönlich geschickt hätte.

Da gab es Pamela Burton und Fernandez. Fernandez an erster Stelle, solange sich Jeff Jenkins unter dem Code Lopez nicht im Ambassador Hotel in Key West gemeldet hatte.

Ich hatte einige mir gegebene Telefonnummern angerufen, unter denen sich Leute ohne Namen meldeten. Die Nachricht, auf die ich wartete, erhielt ich bald.

Fernandez' silbergrauer Porsche 911 war gefunden worden.

»Garinchas Garage in Miami Beach«, sagte mein unbekannter Gesprächsteilnehmer.

Ich kam gerade unter der Dusche hervor und rieb mir die Nässe aus dem Gesicht. »Was ist das für ein Mann?«

»Jemand, der Geschäfte macht.«

»Verlässlich?«

»Kommt auf den Druck an und darauf, ob ihm nicht jemand mehr bietet.«

Ich notierte die Adresse in Miami Beach. »Wer bewohnt das Apartment Morningside Avenue 39?«

»Gloria Jackson – wenn sie sich mal in der Stadt aufhält.«

»Was heißt das?«

»Sie ist Reisebegleiterin«, sagte mein Gesprächspartner. Hin und wieder raschelte er mit Papier, also wühlte er in Unterlagen. »Man kann sie mieten. Sie zeigt Männern mit goldenen Kreditkarten Florida, die Bahamas oder bringt ihnen die Praktiken der fernöstlichen Liebeskunst bei. Im Moment ist sie in Miami, aber wir wissen nicht, ob sie sich in ihrem Apartment aufhält. Unsere Anweisungen lauten: Wir haben nur das zu tun, was Sie ausdrücklich anordnen, Sir!«

Ich nickte und zündete mir eine Zigarette an. »Einige Leute sollen sich einsatzbereit in der Nähe des Apartments aufhalten und eingreifen, wenn die Lage es erfordert.«

»Wie soll ich das verstehen, Sir?«

»Sie sollen eingreifen, sobald deutlich sichtbar ist, dass ich alleine nicht klarkomme. Ich nehme an, dass Fernandez dort festgehalten wird. Ich will auf keinen Fall, dass ihm etwas passiert.«

»Verstanden, Sir.«

Die Zigarette war im Ascher heruntergequalmt. Ich drückte sie aus und zündete mir eine frische an. Dann nahm ich mir einen Drink und zog mich an. In aller Ruhe ließ ich mir alles noch einmal durch den Kopf gehen.

Jellinek und Boris hatte es erwischt. KGB-Agenten.

Das hieß, ich musste verdammt vorsichtig sein, wenn ich davon ausging, dass ich es wieder mit diesen Typen zu tun bekam.

Dann verließ ich das Hotel durch einen Sicherheitsausgang, der einer Schleuse glich, benutzte einen zwei Straßen weiter südlich abgestellten VW-Käfer und machte mich auf den Weg zu Garinchas Garage in Miami Beach.

Es war ein von der Western Street zurückversetztes Gebäude mit einer schmalen Einfahrt, die man leicht beobachten konnte. Der Platz war aufgeräumt. Einige bessere Gebrauchtwagen standen herum. Einige korrekt gekleidete Verkäufer langweilten sich sichtlich. Vielleicht sahen sie auch nur aus wie Verkäufer und hatten in Wirklichkeit eine ganz andere Funktion. Es interessierte mich im Grunde gar nicht. Für mich ging es um den silbergrauen Porsche, mit dem Fernandez unterwegs gewesen war.

Ich parkte den gelben Käfer neben dem Eingang zur Werkstatt, die auch zu sauber und aufgeräumt aussah, als dass in ihr wirklich hart gearbeitet werden konnte. Das ganze Garagenunternehmen, so erschien es mir auf den ersten Blick, bestand nur, um von den wirklichen Geschäften abzulenken, die Garincha machte. Bislang schien ihm das gelungen zu sein oder ich hatte meinen unbekannten Gesprächspartner nicht genug gefragt. Die antworteten nur auf direkte Fragen und handelten nur nach direkten Anweisungen.

Die Käfertür klatschte ins Schloss, als mir einer der angeblichen Verkäufer – ein Typ mit roten, halb langen Haaren und einem pickeligen Gesicht – entgegenschlenderte. Er sah erst den Käfer an, dann mich und dann grinste er schief. Eines dieser Grinsen, die Überheblichkeit ausdrückten und die ich auf den Tod nicht ausstehen konnte.

»Die Karre nimmt Señor Garincha nicht einmal geschenkt«, sagte er herablassend.

»Beschäftigt er dich ohne Zähne weiter?«, fragte ich leise.

Der pickelige Rothaarige wich einen halben Schritt zurück. Er grinste nicht mehr.

»Wenn du auch nur einen Fehler machst, Bruder«, sagte ich, »dann hast du überhaupt keine Beschäftigungsprobleme mehr. Dann bist du nämlich tot.«

In seinen grünlichen Augen blitzte es zwar tückisch, aber er war vernünftig genug, sich ruhig zu verhalten. Sein Blick wurde fragend.

»Du kannst mich anmelden«, sagte ich. »Sag deinem Señor, es ginge um mindestens zwanzig Jahre seines Lebens. Und sag ihm auch, dass es eine Menge Freunde gibt, die mich scharf im Auge haben.«

»Ich sehe keinen«, sagte der Rothaarige.

Dieses Mal grinste ich. »Wirkliche Freunde sind jene, die man nicht sieht, die aber in genau dem Moment zur Stelle sind, wenn man sie nötig braucht. Und nun schwing die Hacken, Rotfuchs!«

Er drehte sich um und verschwand in einem zweigeschossigen Gebäude.

Ich zündete mir in aller Ruhe eine Zigarette an. Einige andere Männer waren zwar auf mich aufmerksam geworden, aber sie hatten eine schlechte Arbeitsmoral: Sie taten nur dann etwas, wenn man es ihnen ausdrücklich sagte. Für mich war das ein Vorteil, denn bislang schien ihnen niemand den Auftrag gegeben zu haben, mich mal etwas zu durchleuchten.

Die Zigarette war halb heruntergebrannt. Dann kam der Rothaarige zurück. Er sah sauer aus. Señor Manuel Garincha hatte ihm wahrscheinlich wenig Freundlichkeiten gesagt.

»Im ersten Stock«, sagte der Rotfuchs. »Die Treppe rauf und dann links. Du kannst es nicht verfehlen. Was ist mit dem Miststück von einem Käfer?«

»Den würde ich nicht von der Stelle rollen«, sagte ich. »Er ist sehr explosiv, wenn man die Mechanik nicht kennt. Und besonders schlau siehst du nicht aus.«

Genau das gab der Rothaarige über das Haustelefon, das an der Außenmauer hing, an Manuel Garincha durch, während ich mich auf den Weg nach oben machte.

Alles mochte ziemlich überheblich und übertrieben klingen, aber Garincha kannte mich nicht. Solange das der Fall war, musste er als vorsichtiger Mann, der er mit Sicherheit auch war, vorsichtshalber glauben, was ich sagte.

Der Weg in Garinchas Büro war in der Tat nicht zu verfehlen. Wegen der beiden Männer, die rechts und links neben der gepolsterten Tür standen und genauso aussahen, als wenn sie wirklich nichts anderes konnten, als für zu wenig Geld für jemand anderen den Kopf hinhalten. Sie waren gleich groß, gleich untersetzt. Nur der, der links stand, hatte eine plattere Nase und, was Mode anging, einen fürchterlich schlechten Geschmack. Er trug ein rot gemustertes Jackett mit giftgrüner Hose. Darunter ein schmuddeliges T-Shirt mit dem Aufdruck Western University. Vielleicht hatte er die Uni mal von außen gesehen.

»Hast du eine Kanone?«, fragte er mich.

»Ich komme von der Steuerbehörde«, sagte ich.

»Abliefern!«, sagte der andere.

Die gepolsterte Tür zum Büro stand halb offen. Ich setzte voraus, dass Garincha drin war und alles verstehen konnte.

»Wie willst du sie, Garincha?«, fragte ich. »Im Stück oder scheibchenweise?«

Zwei lange Sekunden verstrichen, dann klang Garinchas Fluch auf. »Lasst ihn rein, verdammt!«, brüllte er. »Johnnie soll die Augen aufhalten und die Straße beobachten!«

Der Kerl knurrte, als ich an ihm vorbei das Büro betrat. Der Chefmanager von General Motors leistete sich sicherlich auch nichts Besseres. Ich tat unbeeindruckt und irgendwie passte diese riesige, kompakte Figur von Garincha auch in diese pompöse Umgebung. Er zuckte zusammen, als ich mit der Hacke die Tür ins Schloss beförderte. Seine buschigen Brauen huschten in die Höhe. Er hatte ein etwas aufgedunsenes Gesicht und in der breiten Fläche wirkten die dunklen Augen extrem klein – aber doch wachsam.

Zwei Sekunden lang musterte er mich eingehend. »Ein Bulle kannst du nicht sein«, sagte er.

»Ach nein?«

Er grinste. »Die meisten stehen auf meiner Lohnliste, melden ihren Besuch an und ziehen die dreckigen Schuhe aus, bevor sie meinen Perser beschmutzen. Von der Konkurrenz kannst du auch nicht sein. Die gibt es kaum noch, und die wenigen, die …«

Ich trat dichter an seinen Schreibtisch heran und unterbrach ihn mit der Bewegung. Ich setzte mich in einen der schweren, schwarzen Ledersessel und zündete mir eine Zigarette an. Ich rauchte und ließ mich weiter von ihm mustern. Es schien sein Hobby zu sein, ohne eine direkte Frage herausfinden, mit wem er es zu tun hatte. Bei mir gelang es ihm nicht. Das machte ihn nicht gerade zugänglicher.

Ich rauchte noch einen Zug, ließ die Zigarette auf den Perser fallen, wartete, bis scharfer Brandgeruch aufstieg, und stellte dann den Hacken darauf. Mit der nächsten Bewegung zog ich Fernandez' vernickelten 38er, der mir beinahe schon ans Herz gewachsen war, legte ihn auf die Lehne des Sessels und stellte ein kleines schwarzes Kästchen daneben.

Der Teppich schien in der Tat ein sehr wertvolles Stück zu sein. Das unübersehbare Brandloch regte ihn mehr auf als die vernickelte Waffe auf der Sessellehne.

»Ich habe einen Freund«, sagte ich, »und der befindet sich in Schwierigkeiten.«

»Du dich auch«, keuchte Manuel Garincha und drückte einen Klingelknopf, der neben dem Telefon in der Schreibtischplatte eingelassen war.

»Sobald jemand hereinkommt und Dummheiten macht, Garincha, fliegt der Käfer in die Luft. Minuten später wimmelt es hier von Cops. Es sind sicher einige darunter, die nicht auf deiner Gehaltsliste stehen. Du siehst aus wie ein intelligenter Mann, der sich nicht mutwillig einen Haufen Ärger an den Hals hängt. Und manche sind richtig heiß darauf, dir etwas anzuhängen. Schau mich an, Garincha, dann wirst du erkennen, dass ich nicht bluffe.«

Er schaute mich an und den kleinen schwarzen Kasten, den ich mir zwischen die Schenkel klemmte.

Dann flog die Tür auf. Drei Männer stürmten mit gezückten Waffen in den Raum. So hastig, dass sie sich beinahe selbst über den Haufen rannten.

»Verschwindet wieder«, sagte Garincha.

»Trinkt auf sein Wohl etwas in der Kantine. Keiner verlässt von diesem Moment an das Grundstück!«, sagte ich.

Alle Augen waren auf Manuel Garincha gerichtet. Sekunden verstrichen. Garinchas Blick rutschte über den vernickelten 38er, der noch immer unschuldig auf der Sessellehne lag, zu dem kleinen schwarzen Kasten, mit dem ich nun herumspielte. Er war nur ein billiger japanischer Transistor, wie man ihn in jedem Warenhaus für einige Dollars kaufen konnte.

»Seid ihr schwerhörig?«, brüllte Garincha.

Die Kerle drehten sich um und verschwanden wieder. Garincha war ins Schwitzen gekommen. »Willst du Geld?«, fragte er.

»Deine Mithilfe!«

»In welcher Angelegenheit?«

»Es geht um den silbergrauen Porsche!«

Er zuckte zusammen. »Ein Gelegenheitskauf«, sagte er. »Falls er deiner ist, kannst du ihn wieder mitnehmen. Ich lasse dir ein neues Radio einbauen, Quadro, und reiße dem Kerl, der ihn geklaut und verkauft hat, den verdammten Arsch bis zu den Ohren hinauf auf. Mit mir kann man über alles vernünftig reden, Mann!«

»Du hast die Nummer des Kerls, der den Wagen bei dir abgeliefert hat?«

Garincha nickte.

»Ruf ihn an. Sag ihm, du hättest einige Mikrobänder im Wagen gefunden und würdest sie ihm gerne verkaufen.«

»Verdammt, bin ich vielleicht lebensmüde?«

»Anscheinend«, sagte ich, nahm den vernickelten 38er und spielte damit herum.

»Und weiter?«, fragte Garincha heiser.

»Sag ihm, dass du einen Mann vorbeischickst. Mit den Bändern. Er soll sie sich in aller Ruhe anhören und dir dann ein Angebot machen. Das ist alles.«

»Und der Mann, der die Bänder vorbeibringt, bist du, he?«

Ich nickte. »Falls du die Telefonnummer gerade nicht bei der Hand hast, kann ich sie dir geben. Es ist die von Gloria Jackson aus der Morningside Avenue, Apartment 39.«

»Bist du doch ein Bulle?«

Ich ließ die Frage offen im Raum stehen und deutete zum Telefon.

»Mach es nicht zu dramatisch, aber dringend. Beschreib mein Äußeres. Sag ihnen, ich trage einen dunkelblauen Overall, komme in einem gelben Käfer und bin absolut vertrauenswürdig.«

»Und danach?«

»Danach fällt dir niemand mehr lästig. Es ist eine einmalige Angelegenheit.«

Ich war nicht wirklich sicher, ob er mir traute, aber im Grunde blieb ihm gar nichts anderes übrig.

»Wann willst du dort antanzen?«

»In genau zwei Stunden, Garincha.«

»Und in dem verdammten Käfer dort draußen steckt Sprengstoff?«

»Du brauchst nur auf meinen Vorschlag nicht einzugehen, um das herauszufinden.«

Er ließ sich genau die Zeit, die ich brauchte, um mir eine Zigarette anzuzünden. Dann griff er zum Telefon. Ich stand auf und schaute aus dem Fenster.

Ich hoffte, Fernandez befand sich wirklich in dem Apartment in der Morningside Avenue und man hatte ihn noch nicht umgelegt. Er war ein Marine. Er musste damit rechnen, dass ich Himmel und Hölle in Bewegung setzte, um ihn aus einer schwierigen Situation herauszuholen. Er musste in erster Linie Zeit gewinnen.

Das linke Auge war so zugeschwollen, dass er dadurch gar nichts mehr sehen konnte. Die Schwellung des rechten Auges vollzog sich etwas langsamer. Er konnte die Nackte und Alex sehen. Der nahm gerade den Hörer des Telefons ab.

Alex, ein Mann mit breiten Schultern und schmalen Hüften, setzte sich und hob den Hörer ab. Gloria Jackson drehte sich auf die andere Seite. Fernandez sah ihre volle Breitseite. Eine herzlose Schönheit. Sie hatte ihn ins Haus gelockt, denn sie war eine von denen, die Jerry auf den Fersen gewesen waren. Und dann war Alex plötzlich da gewesen und das Elend hatte begonnen. Alex' Hobby war es, Menschen zu befragen, alles aus ihnen herauszuholen und sie dann zu töten. Nun hatten sie Fernandez mit Handschellen an den Heizungskörper gebunden. Nicht weiter als drei Yards von dem verdammten herzförmigen Bett entfernt, auf dem sie es vor seinen Augen treiben wollten.

»Ja?«, fragte Alex, kratzte sich am Kopf, zündete sich eine Zigarette an und rauchte einen Zug.

Fernandez schwieg verbissen. Wenn die Karten so

ungünstig verteilt waren wie in diesem Moment, enthielt man sich am besten jeglichen Kommentars.

»In Liebe sterben«, hauchte Gloria. Sie wiegte die prallen Brüste in den Händen. »Du bist ein richtiger Glückspilz, nur arbeitest du für den falschen Verein!«

»Schick den Kerl vorbei – okay, in zwei Stunden – ich weiß nun, wie er aussieht …«

Alex schmetterte den Hörer auf den Apparat zurück und stand vom Bett auf. Nackt trat er auf Fernandez zu und schlug ihm ins Gesicht.

»Mikrobänder«, hörte Fernandez die Stimme seines Peinigers wie aus weiter Ferne. »Ihr Schweine habt uns also auch noch abgehört!«

Fernandez verstand kein Wort.

Alex' Lachen riss ihn aus der drohenden Bewusstlosigkeit.

»Ich höre mir den Scheiß an«, sagte Alex. »Danach frage ich dich, in welchem Wagen die Sender stecken, und du wirst antworten, Junge. Verdammt, verlass dich darauf, du wirst antworten. So hart kann der amerikanische Geheimdienst gar nicht sein, dass wir vom KGB ihn nicht zum Reden bringen.«

»Wer kommt vorbei?«, fragte Gloria.

»Irgendein Kerl, den Garincha schickt«, antwortete Alex mürrisch. »Die haben den Porsche auseinander genommen und die Bänder gefunden. Nun will Garincha Geld.«

»Ist es wenigstens ein gut aussehender Kerl?«, fragte Gloria. Alex stieß einen Fluch aus. Dann schlug er ein zweites Mal in Fernandez' Gesicht und schaute auf Gloria Jackson.

Mikrobänder – ein Kerl kam angeblich vorbei – jemand verlangte Geld …

Langsam aber sicher schwanden Fernandez' Sinne. Es war nur eine schwache Hoffnung, die er mit in die Bewusstlosigkeit hinübernahm, aber er glaubte, dass Jerry ihn gefunden hatte.

Key West
Pirates Cove

Der Jeep holperte die kaum noch befahrbare Küstenstraße entlang bis zu einem felsigen Strand. Dort wartete ein stark motorisiertes Schlauchboot mit vier Männern einer paramilitärischen Einheit.

Jeff Jenkins stieg schweigend in das Schlauchboot um. Er setzte sich in die Mitte, schob mit dem Fuß eine im Weg liegende Maschinenpistole beiseite und zündete sich eine Zigarette an.

Thompson und Alfredo de Parilla würden ihn erwarten, hatte man ihm gesagt, nachdem er im Ambassador abgestiegen war. Angeblich eine letzte Lagebesprechung.

Die Fahrt führte zwischen scharfkantigen Klippen hindurch und über rosa glänzende Korallenbänke hinweg. Nach Westen hin wurde das Küstengebiet durch einen hügeligen, undurchdringlich erscheinenden Urwaldabschnitt abgeschirmt. Irgendwo dahinter hatte Parilla sein Lager. In einer Gegend, für die sich nicht einmal mehr der Naturschutz interessierte, weil keine Menschenseele auch nur auf den Gedanken kam, aus dieser Gegend etwas anderes zu machen, als sie war. Der Küstenstreifen ließ sich nicht zu einem neuen Urlaubsgebiet vermarkten.

Parilla hatte dieses Land irgendwann einmal gekauft und versprochen, es so zu belassen, wie der liebe Gott es wachsen ließ. Das hatte ihm Beifall, Sympathien und dazu den Status der Unkontrollierbarkeit eingebracht. Niemand kümmerte sich um etwas, wo nichts geschah.

Die Coast Guard hatte das Gebiet von See aus einige Zeit lang im Auge behalten, um ganz sicherzugehen, dass Parilla hier keinen Landeplatz für kolumbianische Rauschgiftflugzeuge geschaffen hatte.

Das lag mehr als zwei Jahre zurück. Nichts Ungesetzliches hatte sich ereignet, also war die Beobachtung auch ausgeblieben.

Jeff Jenkins starrte in das azurblaue Wasser. Neben Klippen und Korallenriffen gab es Haie und Barrakudas. Es war also auch nicht zu befürchten, dass hier draußen jemand mit seiner Yacht vor Anker ging, um in aller Ruhe dem Tauchsport zu frönen.

Die Fahrt dauerte eine Stunde, dann wurde das Schlauchboot zum Ufer gelenkt. Neben Sand und Palmen gab es Steine auf dem Strand. Und dahinter eine grüne Dschungelwand, die Jeff Jenkins irgendwie an die Amazonasmündung erinnerte.

Schon der Umstand, dass sie ihn zuerst einmal alleine herbrachten, war für ihn ein schlechtes Zeichen. Pamela war aus dem Ambassador verschwunden. Davon hatte er sich inzwischen selbst überzeugen können. Der Verdacht von Decker, man habe sie in dieses Lager gebracht, bestätigte sich allmählich.

Zwei Mann gingen voraus, dann folgten Jeff Jenkins und zwei weitere Männer. Bis an die Zähne bewaffnet. Von herzlicher Freundlichkeit war wenig zu bemerken. Er war aufgeregt, aber er behielt wenigstens nach außen hin die Ruhe, als er die Hüttenansammlung erreichte, die Lagerplatz und Munitionsdepot der Männer war, die den Stoßtrupp gegen Peninsula bildeten, wenn er, Jenkins, zusammen mit seinen Männern den Job erledigt und damit die Voraussetzungen geschaffen hatte.

Zu sehen war nicht viel. Nur einige Männer hielten sich draußen auf. Die meisten anderen standen auf Wache, um sicherzugehen, dass sich keine fremde, unerwünschte Seele in dieses Gebiet verirrte, oder sie trainierten im Dschungel.

Don Alfredo de Parillas Hütte war nicht komfortabler als die der anderen. Abgesehen davon, dass es einen Extraschlafraum, eine Telefonanlage und eine höchstmoderne Funkstation gab. Parilla war elegant gekleidet. Thompson stand ihm in nichts nach und Juan Allegro, der aussah wie Rambo, passte eigentlich nicht ins Bild.

Die Begrüßung war herzlich, aber doch unterkühlt. Offensichtlich gefiel es weder Thompson noch Parilla, dass Jenkins nur mit zehn Männern angereist war, die in den nächsten Stunden ihr Ziel, das Ambassador Hotel in Key West, erreichten, wenn alles gut ging.

»Ich mache meinen Job und ihr den euren«, sagte Jenkins, als die Sprache darauf kam. »Ich kann es auf den Tod nicht ausstehen, wenn Amateure mir reinreden. Verstanden?«

Parilla wurde bleich. Deutlich fiel es ihm schwer, sich zu beherrschen. Thompson schluckte trocken und grinste dann versöhnlich. Juan Allegro zog die Grimasse eines Einzelkämpfers, der kurz vor dem Angriff stand und sich vorgenommen hatte, so viele Gegner wie möglich mit in die Hölle zu nehmen.

Jenkins schaute ihn amüsiert an. »In Disneyland würden sie dir als Kinderschreck einen Haufen Dollars bezahlen«, sagte er zu Allegro. »Wo ist Pamela?«

»Hier«, antwortete Juan Allegro. »Im Ambassador gefiel es ihr nicht mehr. Dort war es ihr langweilig. Dort gab es keine wirklichen Männer, mit denen sie etwas erleben konnte.«

Jenkins blieb noch immer ruhig. Er wandte den Blick und schaute Thompson an. »Keine Garantien«, sagte er. »Das hast du doch gesagt.«

Thompson nickte.

»Ich hätte dennoch mehr auf dein Wort gegeben.«

»Wir stehen alle mit dem Rücken an der Wand und mussten die Pläne ändern«, sagte er.

»Und ihr wart natürlich nicht sicher, ob ich darauf eingehen würde«, sagte Jenkins. »Deshalb habt ihr auch den Plan geändert und Pamela hergeholt.«

»So ähnlich!«

»Kann ich sie sehen?«, fragte Jenkins.

»Besser nicht!«

»Dann sag deinem Möchtegern-Rambo, er soll mich auf der Stelle erledigen, Parilla!«

Don Alfredo de Parilla zuckte erneut zusammen. »Sie machte Schwierigkeiten«, sagte er und versuchte damit, die notwendige Ruhe wiederherzustellen.

Jenkins warf den Kopf in den Nacken. Er drehte sich einfach um und ging auf die Tür zu. Juan Allegro versuchte, sich ihm schnell in den Weg zu schieben. Eine Sekunde später lag der schwer bewaffnete Mann winselnd am Boden. Jenkins Fuß hatte ihn zwischen den Beinen getroffen.

Allegro richtete die Waffe auf Jenkins.

»Schwachkopf!«, sagte der. »Nur meine Leute und ich können euch die freie Bahn schaffen, die ihr nötig habt. Und wenn Parilla oder Thompson meinen, dass du das besser kannst, dann frage ich mich, warum sie sich solche Mühe gegeben und so viel Geld in mich investiert haben?«

Ein einziger Blick von Parilla reichte.

Allegro ließ die 45er sinken, stand ächzend auf und trat diesmal kommentarlos zur Seite.

Thompson ging voraus. Jenkins folgte. Parilla schloss sich an und Allegro bildete das Schlusslicht.

Die Hütte lag abseits und wurde von vier schwer bewaffneten Männern bewacht. Mit einem wütenden Tritt stieß Jenkins die Tür auf. Er war auf beinahe alles vorbereitet, aber der Schreck lähmte ihn, als er Pamela sah. Zusammengekrümmt, nackt und zitternd lag die schöne Blondine auf der stinkenden Matratze eines alten Feldbettes. Sie stand so deutlich unter Drogen, dass sie gar nicht wahrnahm, was um sie herum passierte.

Jenkins' Herz krampfte sich zusammen. Durch seine Schuld war sie in diese Lage geraten. Und nun hatte er auch noch den verdammten Befehl, sie nicht auf eigene Faust aus diesem Elend herauszuholen. Was ihm wahrscheinlich, wenigstens in diesem Moment, auch gar nicht gelungen wäre. Seine Aufgabe war eine andere. Er war wieder Colonel der Marines, er würde dem Befehl Folge leisten.

Langsam ging er auf das Bett zu und setzte sich. Zärtlich streichelte er den nackten Körper.

»Wir mussten sie ruhig stellen«, sagte Thompson dumpf. »Es geht um eine ganze Menge!«

Pamela reagierte. Sie drehte sich zu Jenkins herum, starrte ihn eine Sekunde lang aus weit aufgerissenen Augen an und versank dann wieder in der barmherzigen Bewusstlosigkeit.

Dennoch war Jenkins sicher, dass sie ihn im Unterbewusstsein erkannt hatte. Und vielleicht war in dieser Sekunde auch die Hoffnung in ihr aufgeflammt, dass sie endlich die Hilfe bekam, auf die sie bislang vergeblich gewartet hatte.

»Wenn alles vorbei ist, hat sie sich in zwei Tagen erholt und kann sich an gar nichts mehr erinnern«, sagte Don Alfredo de Parilla.

»Gute, schmierige Arbeit«, sagte Jenkins und deutete auf Pamela. »Sie ist für euch die Geisel und der Trumpf, dass ich es mir im letzten Moment nicht doch noch anders überlege.«

Er stand vom Bett auf und zündete sich eine Zigarette an. Er hatte sich so sehr unter Kontrolle, dass seine Finger nicht einmal zitterten.

»Wenn ich die Bedingung stelle, dass …«

»Du hast keine Bedingungen mehr zu stellen, Jenkins«, sagte Thompson. »Du hast deinen Job zu erledigen. Morgen Abend geht es von hier los!«

»Ihr seid komplett verrückt. Meine Männer …«

»… morgen Abend geht es von hier los. Um Mitternacht.« Thompson strich sich über die feuchten Haare. »Ich habe alles mit Brown geregelt. Was ihr braucht, haben wir herbeigeschafft. Ihr seid doch Spezialisten, denke ich.«

»Spezialisten«, wiederholte Jenkins und nickte entschlossen. »Du hast vollkommen Recht. Sobald meine Männer in Key West im Ambassador angekommen sind, kann es losgehen. Wir erledigen den Job. Danach wird Pamela augenblicklich in ein Krankenhaus auf Peninsula gebracht. Sollte sie sich dann doch noch an etwas erinnern und mir sagen, dass ihr jemand zu nahe getreten ist, wird es Tote geben, Parilla. Auf deiner Seite, Beinahepräsident. Spezialisten können schnell umdenken und die Waffen umdrehen. Nun will ich mich hier umsehen und begutachten, was ihr für unseren Job vorbereitet habt. Anschließend bringt ihr mich mit dem verdammten Boot wieder nach Key West, damit ich meine Männer einweihen kann!«

Don Alfredo de Parilla schaute ihn misstrauisch an. »Du bist verdammt kalt«, sagte er.

»Nach außen«, antwortete Jenkins dumpf. »Das wird sich ändern, wenn ihr euch dieses Mal nicht an die Abmachungen haltet!«

Miami

Phil kam in dem Moment, als ich mich auf den Weg machen wollte. Warum so früh und wer ihn so schnell hergebracht hatte, interessierte mich nicht. Für mich war es wichtig, nicht mehr alleine zu sein, wieder den Partner zu haben, auf den ich mich blind verlassen konnte.

Jemand hatte ihn eingeweiht. Nicht nur über Fernandez. Er wusste auch, dass Thompson heute noch ins Ambassador nach Key West kam und dort die letzten freien Stunden seines Lebens verbrachte. Thompson hatte sich mit Brown getroffen, hatte eine Lügengeschichte erzählt, und Brown war darauf eingegangen, die »Evakuierung« von Baptista auf morgen Nacht zu verlegen. Phil wusste, dass Jenkins eingetroffen war und sich auf den Weg in das Lager von Parillas Männern gemacht hatte. Die ehemaligen Marines trudelten auch ein.

»Ich fahre voraus«, sagte mein Freund. »Ich bin zehn Minuten vor dir in der Morningside Avenue. Es wird mir kaum Mühe bereiten, in ein Nebenapartment zu kommen.«

Ich atmete erleichtert auf und zog den verdammten dunkelblauen Overall zurecht. »Ein gutes Gefühl, von der Kanone eines Freundes gedeckt zu werden«, sagte ich und klopfte ihm auf die Schulter.

»Danach erwartet uns ein Helikopter, mit dem wir nach Key West, ins Ambassador Hotel, fliegen.«

Phil grinste beruhigend. »Wird schon schief gehen.«

Dann war er verschwunden. Ich rauchte noch eine Zigarette, bevor ich mich auf den Weg machte. Bewusst langsam. Phil sollte Zeit genug bekommen. Wenn sich Fernandez im Apartment befand und es bis jetzt überlebt hatte, kam es auf einige Minuten mehr oder weniger auch nicht mehr an.

Auf der Fahrt stellte ich mir die Frage, was es überhaupt gebracht hatte, den Taxifahrer und ehemaligen Marine in die Sache einzubeziehen und ihm dafür einen Haufen Dollars zu bezahlen? Auf jeden Fall waren wir durch seinen Einsatz, auch wenn er schief gelaufen war, auf ein KGB-Nest gestoßen. Für uns vom FBI spielte das keine besonders große Rolle, dem CIA jedoch half das eine ganze Menge.

Ich fuhr den gelben Käfer, denn Garincha hatte durchgegeben, dass ich mit diesem Wagen kam, damit auch wirklich keine Verwechslung möglich war. Ich fuhr langsam durch die Morningside Avenue. Meine Augen waren überall. Am Bordsteinrand standen geparkte Fahrzeuge. In einigen saßen Fahrer, Frauen, Kinder oder Hunde. Der Parkplatz vor dem Apartmentkomplex war nicht übervoll. Aber auch hier gab es Fahrzeuge genug.

Es war eines von den Gebäuden, bei denen man die Wohnungen erreichte, wenn man über eine Galerie ging, die um das Gebäude herum verlief. Nicht die feinste Wohngegend, aber man musste doch schon einiges erreicht haben, um hier die Miete bezahlen zu können.

Nummer 39 befand sich im dritten Stock. Das neunte Apartment auf der rechten Seite. Die Galerie war verlassen. In der Eingangshalle, durch die hindurch man die Fahrstühle erreichte, standen einige Frauen beieinander und palaverten. Ich war nicht sicher, aber ich nahm an, sie gehörten zu dem Verein, mit dem wir in diesem Fall zusammenarbeiteten. Also der CIA oder einer anderen Organisation, die darüber wachte, dass der Amerikaner ruhig schlafen konnte.

Der Fahrstuhl kam. Ich stieg ein. Im letzten Moment stieg eine der Frauen zu. Sie war Mitte dreißig, jedenfalls sah sie so aus. Aber ihr Alter war genauso zurechtgemacht wie die Biederkeit, die sie ausstrahlte.

»Sie sind zu dritt«, sagte die Lady. »Zwei Männer und eine Frau. Was sich drinnen abspielt, weiß der Teufel. Hin und wieder gab es komische Geräusche, als würde jemand geschlagen. Aber darum kümmert sich in der Gegend niemand. Eher schon um die anderen Geräusche!«

Ich schaute die Lady an, die ein Kopftuch trug und ein zu weites Kleid, unter der sich ihre vollen Prachtformen nur abzeichneten, wenn sie sich bewegte. »Welche anderen Geräusche?«

»Auf jeden Fall wurde da drinnen gebumst«, sagte sie, ohne rot zu werden.

»Dann hoffe ich doch, dass sie schon fertig sind.«

Wir kamen im dritten Stock an. Ich stieg alleine aus. »Decker ist in Nummer 40!«, rief sie mir nach, bevor sich die Tür automatisch und fauchend schloss.

Phil hatte es natürlich geschafft. Es war wirklich ein gutes Gefühl.

Ich strich mir die Haare zurück und ging über die Außengalerie. Vor Nummer 39 blieb ich stehen und läutete.

Sekunden verstrichen, dann näherten sich Schritte der Tür. »Ja?«, fragte eine angenehm klingende Frauenstimme.

»Der Postbote mit dem gelben VW«, sagte ich.

Erneut verstrichen Sekunden, dann wurde die Tür mit einem Ruck aufgerissen. Die halb nackte Schöne und ein Mann standen in der Tür. Ich brauchte also nicht mehr zu ermitteln, wer mit wem ...

Der Mann war sehr groß, breitschultrig, hatte dunkle, feuchte Haare und trug einen weißen Morgenmantel, der seine Schmalhüftigkeit noch unterstrich. Viel interessanter als sein äußerliches Erscheinungsbild war die 45er in seiner Rechten. Der Lauf bewegte sich nicht um einen Fingerbreit nach links oder rechts.

»Soll ich jetzt die Hände heben oder mir vor Angst in die Hosen machen, Bruder?«, fragte ich laut genug, dass Fernandez, wenn er dazu in der Lage war, es ebenfalls verstehen konnte.

»Durchsuch ihn, Gloria«, sagte der Kerl im weißen Bademantel.

»Er ist sauber, Alex«, sagte sie dann, nachdem sie den Umschlag mit den zwei Mikrobändern aus der Tasche meines Overalls gezogen hatte.

Alex nickte. Mit dem Lauf der Waffe deutete er an, dass ich wieder zu verschwinden habe. Ich schaute ihn eine Sekunde lang an, dann schob ich die schwarzhaarige Schönheit beiseite und betrat den Korridor.

»Ich bleibe hier, bis du die verdammten Bänder gehört und mit Garincha telefoniert hast. Und dann tue ich genau das, was Garincha mir sagt, Alex. Den Lauf der 45er kannst du dir in den Arsch stecken.«

Er wurde abwechselnd rot und bleich, hob die Waffe, zielte genau zwischen meine Augen und ließ die 45er schließlich sinken, nachdem er einsah, dass er damit wirklich keinen Eindruck auf mich machte. Gloria Jackson schloss die Tür hinter uns.

In diesen wenigen Sekunden, in denen die Tür offen gestanden hatte, davon war ich überzeugt, waren mehrere Gewehrläufe auf Alex gerichtet gewesen. Einen Schuss auf mich hätte er also mit Sicherheit nicht überlebt.

»Du bist wohl ein besonders harter Junge, he?«, fragte er sauer.

»Ich werde gut bezahlt«, antwortete ich. »Ich bekomme einen Auftrag und bringe ihn auch zu Ende. So einfach ist das.«

Ich folgte ihm. Das Zimmer wurde von dem Bett beherrscht und eine offene Tür zeigte ins Badezimmer. Fernandez war mit Handschellen neben dem Bett an einen Heizungskörper gefesselt.

Ich streifte Fernandez nur mit einem schnellen Blick, dann setzte ich mich auf das Bett und winkte der schönen Gloria. Nach Lage der Dinge konnte ich davon ausgehen, dass sie zwar Herren mit goldenen Kreditkarten begleitete, aber doch nur die, die ihr das KGB ans Herz legte. Sie stand auf der anderen Seite. Sie trug keine Waffe. Ihr Körper war Sprengstoff genug. Sie wusste auch, wie man ihn am besten einsetzte, um jemandem etwas für die Gegenseite Interessantes zu entlocken.

Und ich Idiot hatte immer geglaubt, die Bronx sei der größte Sumpf der Welt. Hier steckte ich bis Oberkante Unterlippe im Morast. Das Schlimme war, dass dieser nicht einmal stank und man darum spät, oftmals zu spät bemerkte, in welchen Schwierigkeiten man sich befand.

Gloria Jackson setzte sich neben mich. »Bist du wichtig?«, fragte sie.

»Keine Ahnung«, sagte ich und deutete auf Alex. »Auf jeden Fall wichtiger als der.«

Bevor er etwas sagen konnte, läutete das Telefon. Er legte den Umschlag mit den wertlosen Mikrobändern aufs Bett und behielt die verdammte 45er in der Rechten, während er den Hörer abnahm.

Als sein Blick einmal in meine Richtung huschte, wusste ich, dass etwas schief gegangen war. Er nickte und legte wieder auf. Meine Gedanken jagten sich. Eine Waffe hatte ich nicht mitnehmen können. Gloria trug keine, wo hätte sie sie auch hinstecken sollen? Alex hielt die 45er fest in der Hand. So fest, dass die Knöchel seiner Hand weiß hervortraten, als er sie hob. Langsam legte sich sein Zeigefinger um den Abzug.

»Du hast wirklich Pech«, sagte er zu Fernandez, der sich in dieser Sekunde zum ersten Mal bewegte und mit dem rechten, noch nicht ganz zugeschwollenen Auge klimperte. »Und du auch, G-man.«

Ich schnappte mir Gloria, als sie mit einem Ruck von mir abrücken wollte. Alex lachte hohl. Ich schaute in seine kalten, glitzernden Augen.

»Ich schieße glatt durch sie hindurch«, versprach er. »Mit 'ner 45er ist das keine Schwierigkeit. Du hast Boris und Jellinek erwischt.«

»Dich auch«, sagte ich. »Oder glaubst du, dass du hier lebend rauskommst?«

Fernandez stöhnte. »FBI«, sagte er kaum verständlich. »Hätte ich gewusst, dass du ein Bundesbulle bist, hätte ich den doppelten Preis verlangt.«

Ich ließ Gloria los. Er würde durch sie hindurchschießen, daran gab es nicht den geringsten Zweifel. Wenn es mich erwischte, was noch lange nicht feststand, wollte ich selbst das Leben dieser Frau nicht auf dem Gewissen haben. Gloria wich vom Bett zurück und lehnte sich schwer atmend gegen die Seitenwand des Zimmers.

Das Telefon klingelte erneut. Auf die gleiche Art und Weise hob Alex ab, hörte einige Sekunden lang zu und nickte, bevor er wieder auflegte.

»Ich soll dir noch einige Fragen stellen«, sagte er.

Ob er die Erleichterung auf meinem Gesicht sah, wusste ich nicht. Anscheinend nicht, denn sonst hätte er bestimmt nicht so fröhlich ausgesehen. Fragen stellen, das hieß, ich gewann Zeit und Phil bekam die Chance, auf die er bislang vergeblich wartete.

Ich stand vom Bett auf und zündete mir eine Zigarette an. Gloria hatte mich nach Waffen durchsucht. Alex unternahm also nicht den geringsten Versuch, mich davon abzuhalten, in die Tasche des Overalls zu greifen. Ich rauchte einen Zug und bewegte mich nach rechts durch das Zimmer. So zwang ich Alex, die Richtung zu wechseln. Bis zu diesem Moment stand er mit dem Gesicht zum Fenster zugewandt. Das war schlecht für Phil.

»Welche Fragen?«, fragte ich provozierend.

Er sollte und musste sich auf mich konzentrieren. Zum anderen aber durfte ich ihn auch nicht so sehr reizen, dass er damit drohte, Fernandez den Gnadenschuss zu verpassen, wenn meine Antworten ihm nicht gefielen.

»Peninsula«, sagte er.

»Ein kleiner, strategisch wichtiger Inselstaat«, sagte ich.

»Thompson.«

»Ehemaliger amerikanischer Präsident.«

»Und jetzt?«

»Staub, nehme ich an. Ich glaube nicht an Inkarnation.«

»Jeff Jenkins?«

»Center bei den New York Knicks. Er befindet sich auf dem absteigenden Ast und spielt in der nächsten Saison mit Sicherheit nicht mehr in der NBA.«

»Du willst mich verarschen, he?«

»Warum sollte ich? Ich bin doch gleich tot. Und, verdammt, wenn ich wüsste, womit ich mein Leben retten könnte, würde ich es dir mit Freuden vor die Füße werfen. Jede Information. Darauf kannst du dich blind verlassen.«

Alex krauste die Stirn. Fernandez kniff das geschwollene Auge noch mehr zusammen. Er ahnte zumindest, dass es da für uns beide noch eine Chance gab. Aber bislang hatte er keinen Schimmer, woher die kommen sollte und wie die aussah.

Ich deutete auf Fernandez. »Mit dem habt ihr euch zu viel Mühe gegeben. Er ist ein kleines Licht. Für einige Dollars sollte er herausfinden, ob Spinella auf mich aufmerksam geworden war.«

»Spinella?«, fragte Alex. Er wandte sich an Gloria Jackson, die vor Aufregung am ganzen Körper zitterte. »Wer ist Spinella?«

»Einer von der Mafia, von dem man behauptet, dass er die meisten Geschäfte in der Stadt steuert.«

Alex schüttelte ungläubig den Kopf. »Und wegen dem seid ihr hier?«

»Das ist unser Job«, antwortete ich ruhig.

Die weißen Gardinen hatten sich bewegt. Plötzlich aufkommender Wind, oder aber es war Phil, der in der Tat auf dem kleinen Balkon stand und auf seine Chance wartete. Vom Nebenapartment aus konnte er den leicht erreicht haben.

»Du lügst schneller, als ein wildes Pferd laufen kann, Cotton«, sagte Alex.

Er traute mir nicht. Wäre ich an seiner Stelle gewesen, hätte ich das auch nicht getan.

Zwei Schritte hinter mir stand ein schwarzer Sessel. Ich wich einen Schritt zur Seite aus. Erneut bewegte sich Alex mit. Ich konnte regelrecht hören, wie sein Gehirn arbeitete. Er rechnete mit einer Schweinerei meinerseits, obgleich er das für unmöglich hielt.

»Spinella«, wiederholte er.

Ich nickte brav.

»Und inzwischen weißt du aber, dass wir mit Spinellas Verein nichts zu tun haben.«

Ich zuckte unschuldig mit den Schultern. »Das weiß man niemals genau. Schließlich kennt ihn deine Schwester!«

»Wie tausend andere in der Stadt.«

»Aber mit diesen tausend anderen haben wir nichts zu tun.«

»Was hat Brown dir über Pamela gesagt?«

»Ich kenne mindestens tausend Browns, die wahrscheinlich Miller heißen. Und Paella ist ein spanisches Gericht.«

Ich hatte ihn genauso wütend gemacht, wie ein Mensch es sein musste, um ihn zu einer Dummheit verleiten zu können.

Fernandez schloss das geschwollene Auge. Glorias Augen weiteten sich. Sie mussten alle beide meinen Freund Phil Decker entdeckt haben. Ich nicht, denn verständlicherweise konzentrierte ich mich nicht auf das Fenster, sondern auf die todbringende 45er, die Alex in der Rechten hielt.

Mir blieb nur der Bruchteil einer Sekunde, um mich zu entscheiden. Ich hechtete mit einem sehr tiefen Sprung auf den Sessel zu. Um dahinter in Deckung zu gehen und um Alex nur auf mich zu konzentrieren.

Der Plan war richtig und ging auf.

Alex feuerte aus dem Reflex heraus, ohne zu zielen.

Mit der allerletzten Drehung entging ich der Kugel, die einen wilden Elefantenbullen stoppen konnte.

Sie knallte in den Teppich und Staub wirbelte auf. Gloria stieß einen spitzen Schrei aus. Glas klirrte. Ein 38er brüllte. Mitten in den Knall hinein kam Alex' Schrei. Ich sah ihn regelrecht auf mich zufliegen. Die 45er hielt er noch immer in der Hand wie ein Schiffbrüchiger den Rettungsring, obwohl die Haie schon an seinen Beinen knabberten.

Ein zweiter Schuss brüllte auf und traf Alex, den KGB-Mann. Es riss ihn mit aller Macht herum. Er drückte die 45er ab, mit der er in diesem Moment kein

Unheil mehr anrichten konnte. Die Kugel klatschte in die Seitenwand und ließ den Putz wegspritzen.

Auf der anderen Seite rollte ich mich hinter dem Sessel hervor.

Phil lag noch bäuchlings in den Scherben. Mit einem gewaltigen Sprung war mein Freund durch das geschlossene Fenster gehechtet. Der weiße Tüll der Gardine hing ihm wie ein Brautschleier um die Schultern.

Im nächsten Moment splitterte die Eingangstür. Unbekannte Männer stürmten in den Raum. Schwer bewaffnet. Nicht nur zum Schein. Durchweg junge Burschen mit harten, entschlossenen Gesichtern, die sie um einiges älter aussehen ließen. Das war typisch. Wenn man sich diesem Beruf verschrieben hatte, verlor man schnell den Touch von Jugendlichkeit.

Gloria ließ sich auf die Knie fallen und kreuzte die Hände im Nacken. Eine nackte, reuige Sünderin auf den ersten Blick. Aber in erster Linie fürchtete sie das Blei, das sie treffen konnte, wenn sie auch nur eine falsche Bewegung machte.

Fernandez stöhnte.

Ich kickte Alex' 45er in die äußerste Ecke des Zimmers. Phil befreite sich von der Tüllgardine und erhob sich aus den Scherben. Die mir unbekannten jungen Männer blieben unentschlossen stehen.

»Löst ihn von der Heizung! Ruft einen Notarztwagen!« Ich schrie sie an. »Und ihr braucht euch von nun an keine Mühe mehr zu geben, leise aufzutreten. Inzwischen weiß die ganze Gegend, was vorgefallen ist.«

Einer von ihnen verschwand, einer löste Fernandez' Handschelle vom Heizungskörper und einer legte Gloria Handschellen um. Ich ging neben Fernandez in die Knie und legte ihm die Hand auf die Schulter.

»Wahrscheinlich habe ich einen Fehler gemacht«, sagte er leise. »Ich konnte und wollte einfach nicht daran glauben, dass eine solch schöne Frau etwas mit einer krummen Sache zu tun hat. Ich konnte nicht wissen ...«

»Mann«, unterbrach ich ihn. »Du bist 'n Taxifahrer. Sicher hast du einen Fehler begangen, aber du hast den ganzen Verein in den Schatten gestellt, der für Amerikas Sicherheit sorgt. Du hast ausgesorgt. Die bezahlen dir schon ein Vermögen, damit du die Geschichte nicht an die Presse weitererzählst. Falls die mit dem Angebot nicht von sich aus rüberkommen, erinnere sie daran. Sei nicht zu bescheiden. Ich stehe auf jeden Fall voll hinter dir.«

Fernandez nickte und verlor die Besinnung. Dass er überhaupt so lange durchgehalten hatte, war schon ein Wunder gewesen.

Ich wandte mich an den Mann, der sich mit Gloria beschäftigte. »Falls ihr diesen Jungen nicht in Watte packt und ihm jeden Wunsch von den Augen ablest, rasiere ich euch mit einem stumpfen Messer!«

Phil grinste. »Wir müssen nach Key West«, erinnerte er mich an unsere wirkliche Aufgabe. »Bedeutende Reden kannst du auch unterwegs noch schwingen.«

Key West

Jeff Jenkins erwartete uns in einer Kellnerunterkunft unter dem Dach. Der Colonel der Marines sah schlecht und mitgenommen aus. Er brauchte gar nicht zu berichten, was er gesehen hatte. Er tat es dennoch. Es gab Dinge, die musste ein Mann sich von der Seele reden, um nicht daran zu ersticken.

Brown tauchte auf. Er war noch immer so mickrig, wie ich ihn in Mr. Highs Büro kennen gelernt hatte, aber in meiner Achtung war er gestiegen. Er beherrschte sein Handwerk.

Von seiner Seite aus war alles geregelt. Don Alfonso

de Parillas und die Träume des KGB, sich Peninsula in einem Handstreich unter den Nagel zu reißen, waren wie die Seifenblasen geplatzt. Eines von Browns Verdiensten. Dass er einen Mann wie Baptista in Watte legen musste, war Politik und eine andere Sache. Um die hatten wir uns als G-men nicht zu kümmern, obgleich sie doch anfangs versucht hatten, uns da hineinzuziehen. Aber inzwischen hatten sich die Zeiten geändert. Und das konnte uns nur recht sein.

Jeff Jenkins saß auf dem schmalen Bett. In einer Hand hielt er eine Zigarette, in der anderen ein Whiskyglas. Er hatte inzwischen eine ganze Menge getrunken. Wer wollte ihm das verdenken? Er und seine ehemaligen Kameraden von den Marines hatten die Drecksarbeit zu erledigen, sobald Phil und ich unseren Job erledigt hatten.

Auf dem Tisch lag eine Zeichnung, die nach Jenkins' Angaben angefertigt worden war. Brown wirkte etwas nervös, aber man musste ihn schon sehr genau beobachten, um es zu bemerken.

»Thompson ist im Hotel«, sagte er. »Jetzt müssen wir alles entscheiden. Danach können wir durchgreifen. In Miami ist Ruhe eingekehrt. Gloria hat gesungen wie ein Vogel. Die CIA hat ein ganzes Rattennest von KGB-Agenten ausgenommen. Die meisten von ihnen hielten sich allein wegen der Peninsula-Sache in den Staaten auf.«

»Was ist mit der Funk- und Telefonverbindung in Parillas Lager?«, fragte Jenkins.

»Für die Außenwelt abgeschlossen«, versicherte Brown. »Nur wir können mit den nötigen technischen Zwischenschaltungen und Tricks Verbindung zu Parilla aufnehmen ...«

»Die Boote?«

»Liegen klar.«

Jenkins stand auf und wanderte einige unruhige Schritte durch den kleinen Raum. Eine ganze Weile blieb er am Fenster stehen. Dann drehte er sich zu Phil und mir herum.

»Die Hütte steht links außen. Auf der Karte ist sie in Rot angegeben. Meine Leute und ich können nicht hinein und sie auch nicht sichern. Wir könnten euch beide bestenfalls – aber auch das nur sehr vage – Feuerschutz geben, wenn es wirklich kritisch wird.«

Ich nickte verstehend.

»Meine Leute und ich sind im Lager und stiften einige Verwirrung. Einige sind voll damit beschäftigt, das Munitionsdepot zur Sprengung vorzubereiten, andere haben den Auftrag, Parilla lebend zu schnappen. Ich selbst muss auf Juan Allegro achten. Er ist ein Fanatiker und er kann die anderen mitreißen.«

Phil und ich stimmten ihm nickend zu. Jenkins war der Koordinator, wir in diesem Moment sein Werkzeug.

»Ihr kommt in einem der ersten Boote mit und wartet im Wasser, bis meine Männer den Strand vermint haben, oder ihr springt mit dem Schirm aus einem Lastensegler vielleicht fünf Meilen vom Lager entfernt ab. Das bestimmen wir noch. Für unsere Arbeit am Strand benötigen wir genau zehn Minuten. Der Weg zwischen den Minen hindurch ist gekennzeichnet. Ihr könnt ihn nicht verfehlen. Draußen wartet anschließend ein Boot. Wenn ihr einen einzigen falschen Schritt macht, dann …«

Er redete nicht zu Ende. Das war auch nicht nötig.

»Im Boot befindet sich ein Sender. Sobald ihr es mit Pamela erreicht habt, legt ihr einfach den Hebel um und das Feuerwerk beginnt. Von dem Moment an kann euch keiner mehr folgen. Für meine Männer und mich ist es das Zeichen, dass alles glatt gegangen ist. Die Coast Guard wird euch auffischen. Es gibt drei grüne Leuchtraketen, zum anderen einen zweiten Sender, über den sie euch anfunken und sich zu erkennen geben. Okay?«

Es war okay. Jenkins schenkte sich einen weiteren Whisky ein. Eine Welle musterte er Phil und mich.

»Ihr schafft es«, sagte er, nachdem er das Glas auf einen Zug ausgetrunken hatte.

»Mit Sicherheit«, antwortete Phil.

Brown kratzte sich am Kopf. Jenkins ging auf ihn zu.

»Kein Mensch kümmert sich um das, was im Lager geschieht, Brown«, sagte er ruhig. »Und wenn ich das sage, dann meine ich das auch. Das ist ein Job für besonders ausgebildete Männer. Das sind meine Männer. Ich bin in diesem Fall Verteidigungs- oder Kriegsminister. Such dir aus, was dir am sympathischsten ist.«

Brown zuckte zusammen.

»Hast du das verstanden, Mr. CIA?«

Brown nickte.

»Dein Verein kümmert sich um Thompson und wir versuchen, Parilla lebend herauszubringen. Letztere Chancen sind nicht besonders groß. Ich würde also nicht so sehr damit rechnen. Falls ich zurückkomme, ist Pamela in einem Krankenhaus und die besten Spezialisten kümmern sich um sie. Ich selbst werde keinen Bericht schreiben, aber ich unterschreibe jeden Wisch, den dein Verein oder jemand aus Washington aufsetzt. Das ist alles, Gentlemen.«

Zehn Männer in schmutzig grauen Kampfanzügen, mit schwarz gefärbten Gesichtern. Ich hatte jeden Einzelnen von ihnen persönlich kennen gelernt.

Nicht einer war unter fünfzig und jeder war sich bewusst, dass er wahrscheinlich vor dem letzten Coup seines Lebens stand.

Es waren drei Boote. Die See hatte sich gegen uns verschworen. Es wurde keine ruhige Fahrt. Vielleicht wäre der Absprung aus einem Lastensegler doch besser gewesen. Vielleicht!

Jenkins saß zusammen mit Phil und mir im dritten Boot. Ich hatte selten zuvor einen ernsteren und entschlosseneren Mann erlebt.

»Pamela wird sterben, wenn ihr es nicht schafft«, sagte er. »Und es ist nicht einfach.«

»Ich weiß.«

»Falls meine Männer oder ich euch helfen müssen, ist alles verloren!«

Mit ›alles‹ meinte er Pamela.

»Parilla oder sein verdammter Comandante Juan Allegro durchschauen das augenblicklich. Die jagen die Hütte mit Pamela in die Luft!«

Hinter der vorgehaltenen Hand zündete ich mir eine Zigarette an. Phil tat das Gleiche. Jenkins erwartete keine Antwort. Er trank aus der Flasche. Vielleicht brauchte er den Alkohol in diesem Moment. Er musste wissen, was er tat.

»Ihr gebt uns genau eine Stunde für die Vorbereitungen. Dann kommt eure Zeit. Es ist Minutensache, nicht mehr.«

»Klar.«

Mit einem wütenden Schwung warf er die Flasche über Bord. Starr waren seine Augen auf die beiden vorausfahrenden Boote mit seinen Männern gerichtet.

»Die tun das für mich«, sagte er. »Auch fürs Geld, aber in erster Linie für mich. Es ist ein gutes Gefühl, Freunde zu haben.«

Wolken waren aufgezogen, der Himmel hatte sich verdunkelt. Das konnte gut, aber auch schlecht sein. Es kam auf die Umstände an, die wir zu diesem Zeitpunkt noch nicht kannten.

Wir lagen inzwischen flach auf dem Grund des Gummibootes. In einer kleinen Kiste verpackt, in der Nähe der Ruderpinne, stand der Kasten. Der Inhalt bestand aus einem einfachen Impulsgeber und einem Sender mit Empfänger. Der dunkle Küstenstrich befand sich zu unserer Rechten.

Falls man uns beobachtete – Jenkins rechnete nicht damit –, sah man drei Boote. Jeweils drei Mann in den ersten beiden und Jenkins im Dritten. Phil und ich waren nicht zu sehen.

Wir trugen die gleiche Tarnkleidung, die gleiche dunkle Farbe auf den Gesichtern. Große Kinder beim Kriegsspiel. Dieses aber war der Ernstfall. Für Phil und mich ging es um das Leben einer einzigen Frau. Für Jenkins, für seine Männer und für einige Leute vom State Department in Washington um viel mehr. Wir trugen zwei Handgranaten am Gürtel und unsere gewohnten 38er. Schließlich waren wir G-men und keine Krieger.

»Noch zwei Minuten«, sagte Jenkins, ohne sich zu uns umzudrehen.

Vor uns verlangsamten die Boote das Tempo. Jenkins kroch an den wulstigen Rand des Schlauchbootes heran.

»Eine Stunde«, sagte er, als er den Treibanker über Bord warf. Bei dem Wellengeräusch war das Aufklatschen im Wasser kaum zu hören. Auf jeden Fall sollte der Treibanker so gut sein, dass sich das Boot auf nicht mehr als fünf Yards von der Stelle bewegte.

»Noch eines«, sagte Jenkins. Diesmal schaute er uns an und grinste verkniffen. »Es gibt jede Menge Haie und Barrakudas, Gentlemen. Aber ich habe, verdammt, noch nie davon gehört, dass die einen G-man gefressen haben!«

Dann war er verschwunden. Er tauchte in das aufgewühlte Wasser. Als eine Welle das Schlauchboot sehr hoch hob, sah ich ihn in ein anderes Boot überwechseln.

Ich schaute zur Uhr.

»Warum bin ich nicht Busfahrer geworden?«, sagte Phil. »Zum Beispiel bei Greyhound. Dann hätte ich alle Schönheiten der USA umsonst sehen können.«

»Kannst du ja immer noch werden«, murmelte ich.

Die Männer robbten über den Strand. Jenkins wusste, dass man sie beobachtete. Irgendwo hinter der grünen Wand des Dschungels, die nun schwarz und bedrohlich aussah, wartete Comandante Juan Allegro mit einigen Männern.

Jenkins kroch voran. Rechts und links neben ihm zwei weitere Männer. Die anderen hatten sich fächerförmig über den Strand verteilt. Dass sie ihn verminten, konnte Allegro gar nicht auffallen. Zwischen ihnen gab es eine Schneise von genau fünf Yards, die von einem sich im Wasser befindlichen Felsen genau auf eine besonders hohe, leicht nach Süden gewölbte Palme verlief.

»Wenn es ernst gewesen wäre, hätten wir euch wie die Hasen abgeschossen«, sagte Allegro, nachdem alle Männer den Rand des Dschungels erreicht hatten.

Jenkins grinste schief. »Wenn es ernst gewesen wäre, Mann, hätte ich dir mit Napalm den Arsch angesengt«, antwortete er.

»Was ist mit dem verdammten Boot da draußen?«

»Es war ein Ersatzboot«, antwortete Jenkins. »Der Motor ist ausgefallen. Ich habe den Kanister mit einer Chemikalie geöffnet, die es binnen drei Stunden total zerfressen hat. Du wärst natürlich nur mit zwei Booten gekommen, hättest dich auf die verdammte Technik verlassen und die Hälfte deiner Männer wäre zu Fischfutter geworden!«

Allegro fluchte verhalten. »Wir haben nicht viel Zeit«, sagte er.

»Ich rede erst noch mit Parilla.«

»Wer bestimmt das?«

»Ich!«

Allegro zuckte zusammen.

Es klickte, als einer von Jenkins' Männern die Maschonenpistole entsicherte. Allegro konnte nicht einmal sehen, wer es war.

»Wenn ihr drüben auf Peninsula seid, Parilla sich

die Krone aufgesetzt und dich zu seinem Minister gemacht hat, kannst du wieder Befehle geben, Motherfucker. Bis dahin bestimme ich den Ton oder das Unternehmen findet ohne dich statt. Okay?«

Allegro nickte. Er ließ den Blick über die Männer streichen. Lebende Tote. Sobald sie den Job erledigt hatten, würde es sie nicht mehr geben! Jenkins sollte ruhig denken, dass er der große Mann sei. Im richtigen Moment wollte Allegro ihm beweisen, wer der Meister über Leben und Tod war.

Don Alfonso de Parilla erwartete Jenkins vor der Hütte. Er wirkte gelöst. Auch er war sich seiner Sache absolut sicher.

Gerade noch hatte er einen Funkspruch von Thompson erhalten, dass alles in Ordnung sei. Dass Thompson die Nachricht an ihn mit einer Waffe im Nacken abgeschickt hatte, wusste er natürlich nicht.

»Alles, was ihr braucht, ist in dem Boot«, sagte Parilla.

»In welchem Boot?«

Parilla deutete nach Westen. »Es gibt noch eine Bucht«, sagte er. »Ihr werdet sie erreichen, wenn ihr mit den Schlauchbooten die Landzunge umrundet.«

Davon hatte Jenkins nichts gewusst. Er fluchte leise. »Dann hätten wir uns doch gleich auf den Weg nach dort machen können«, sagte er und es klang in der Tat so, als ärgere ihn die Verzögerung.

»Ich dachte, du willst sie noch einmal sehen.«

Jenkins zuckte zusammen. Er spürte den Schweiß, der ihm aus allen Poren gleichzeitig brach. Dann schüttelte er den Kopf. »Ich werde sie auf Peninsula sehen«, sagte er. »In einem besseren als diesem Zustand!«

»Thompson hat telegrafiert.«

»Und?«

»Alles in Ordnung und vorbereitet. Wir sind nicht in Zeitnot. Es wird alles nach Plan ablaufen.«

»Falls wir unterwegs nicht einen Motorschaden bekommen, he?«

Parilla schaute Allegro fragend an.

»Er hatte Pech mit einem Boot«, sagte der Comandante. »Er verlässt sich nicht alleine auf Technik ›Made in USA‹.«

»Was geschieht mit dem Boot?«

»Irgendeine Chemikalie, die es von selbst auflöst und vernichtet«, sagte Allegro. »Ich verstehe nichts davon.«

»Ihr könnt es natürlich auch in die Luft jagen und damit die Coast Guard anlocken«, sagte Jenkins hämisch. »Im Gegensatz zu Thompson und deinen Strategen habe ich mich nach den Kontrollfahrten der Coast Guard erkundigt.« Er schaute auf die Uhr. »In ungefähr einer halben Stunde kurven die nicht weit von hier entfernt an der Küste entlang. Das heißt, die halten sich schon in der Nähe auf.«

Allegro fluchte.

»Du bist ein vorsichtiger Mann«, sagte Parilla.

»Nur gründlich. Darum bin ich auch Colonel geworden und kein Rambo!«

Allegro wollte etwas sagen. Parilla winkte mit einer heftigen Handbewegung ab. »Keinen Streit!«

Jenkins zündete sich eine Zigarette an.

»Seine Männer streunen auf dem Gebiet herum«, sagte Allegro.

»Meine Männer bewegen sich auf einem Stützpunkt, der nun auch der ihre ist, Mann«, sagte Jenkins. »Und sie schauen sich deine Männer gründlich an, damit sie später nicht vielleicht doch einen Falschen treffen. Ich kann natürlich auch an jeden eine Flasche Whisky zur Volksbelustigung austeilen lassen.«

Jenkins lachte, ging zu einem Tisch der Veranda, auf dem eine Flasche stand, und schenkte sich ein Glas ein. Aus den Augenwinkeln heraus beobachtete er die Hütte, in der sich Pamela aufhielt. Er entdeckte zwei

Männer vor der Tür. Wahrscheinlich wurde die Hütte auch noch von hinten gedeckt. Cotton und Decker hatten also wirklich keinen leichten Job.

Ich glitt als Erster ins Wasser. Phil zögerte einen Moment, als wolle er abwarten, ob die Tierchen, auf die Jenkins uns aufmerksam gemacht hatte, G-men wirklich verabscheuten. Dann folgte er mir.

Wir trugen Schwimmflossen. Die Dünung trug uns hoch hinaus, aber zu sehen war von uns wirklich nicht mehr als die geschwärzten Gesichter. Es waren dreihundert Yards. Wir legten sie relativ schnell zurück und erreichten den Strand.

Flach gegen den Sand gedrückt, blieben wir schwer atmend liegen. Unsere Blicke waren über den Strand hinweg auf die riesige Palme gerichtet, deren Wipfel sich im Wind nach Süden neigte. Hinter uns befand sich der Felsen, der steil und spitz aus dem Wasser ragte, dann wieder in den Wellen verschwand.

»Fünf Yards sind eine ganze Menge Spielraum«, wisperte ich Phil zu.

»Falls nicht jemand aus Versehen eine Mine mitten auf den Strand gelegt hat«, sagte Phil grinsend.

»Dann wünsche ich dir alles Gute, Freund, denn du marschierst zuerst los.«

Das war so abgesprochen. Phil sollte versuchen, die Hütte von hinten zu erreichen. Ich wählte den Weg durch das Lager auf den Vordereingang zu.

Phil nickte mir zu, dann kroch er los. Zehn Sekunden verstrichen, dann war er aus meinem Blickfeld verschwunden. Ich holte noch einmal tief Luft, warf einen letzten Blick auf das schaukelnde Schlauchboot, das wir wieder erreichen mussten, und folgte meinem Freund, von dem ich nichts mehr sah.

Es gab mehrere ausgetretene Pfade, die verschlungen oder in gerader Linie auf das Lager von Parillas paramilitärischen Einheit zuliefen. Ich entschied mich für den geraden Weg. Irgendwann hatte ich mal in der Schule gelernt, dass die schnellste Verbindung zwischen zwei Punkten die Gerade war.

Es dauerte fünfzehn Minuten, dann sah ich die ersten Hütten. Dazwischen die Männer. Die von Parilla und die von Jenkins. Zu unterscheiden waren sie nicht. Alle waren gleich gekleidet, alle mit der gleichen dunklen Farbe auf dem Gesicht.

Phil hatte einen anderen Weg eingeschlagen, das war mir klar. Irgendwo hinter der Hütte, die sich am Rande des Platzes befand, wartete er auf mein Eintreffen und mein Zeichen.

Ich richtete mich auf. Es war unmöglich, sich kriechend über den Platz zu bewegen. Drei Männer passierte ich. Sie schenkten mir keine Beachtung. Der Dritte stieß mir etwas in die Seite. Ich spürte den Lauf der kurzen Maschinenpistole zwischen den Rippen. Ich erkannte in ihm einen von Jenkins' Männern. Mein pochender Herzschlag normalisierte sich wieder.

»Dein Freund hat sein Ziel erreicht«, wisperte er mir zu und deutete mit dem Kopf nach rechts.

Ich sah die etwas größere Hütte mit der Veranda. Drei Männer saßen an einem Tisch. Parilla, Jenkins und der Comandante, den ich nicht kannte.

»Sobald du drin bist, stoße einen schwachen Pfiff aus«, sagte Jenkins' Mann. »Dein Freund wird dann die Rückwand zertrümmern. Jenkins hat es so beschlossen und Decker weiß Bescheid. Ihr verschwindet durch das Loch in der Rückwand. Von dem Moment an hat man euch entdeckt. Zwischen Parillas Männern ist einer von uns. Wir haben hier im Lager alle Hände voll zu tun. Nehmt den Weg zwischen den Hibiskussträuchern hindurch. Dann nach links zum Strand. Vergiss nicht, du bist nicht unsterblich, G-man!«

Ich wollte noch etwas sagen, aber da drehte er sich schon um und setzte seinen Weg in die andere Richtung fort. Jenkins hob ganz kurz den Kopf. Ich konnte nur den Schatten seiner Gestalt sehen, aber ich wusste, dass sich sein Gesicht in Spannung verzerrte.

Ich ging weiter. Die Hütte, auf die es ankam, wuchs. Mit ihr die beiden bis an die Zähne bewaffneten Gestalten, die rechts und links neben der kleinen Treppe postiert standen, die zur Eingangstür hinaufführte.

Automatisch veränderte sich ihre Haltung, als ich näher kam. Ich kannte ihre Anweisungen nicht, aber ich konnte mir vorstellen, dass ihr Comandante Juan Allegro ihnen eingebläut hatte, niemanden heranzulassen, den er nicht persönlich schickte.

Der rechts hob die UZI ein Stück höher. Der links kam einen halben Schritt nach vorn und erreichte die letzte der vier Treppenstufen.

»Das hier ist tabu für euch«, sagte er, denn er glaubte, in mir einen von Jenkins' Marines zu erkennen.

»Mach dir mal nicht in die Hose«, sagte ich. »Ihr sollt der Kleinen für alle Fälle noch etwas geben.«

Der mit der erhobenen UZI krauste die Stirn. »Das ist doch nicht unser Job!«

»Okay, okay«, winkte ich ab. »Ich werde es Parilla und dem Comandante sagen. Sollen die sich doch darum kümmern.«

Das half genau, wie ich es mir erhofft hatte.

»Was?«, fragte der Mann, der die letzte Treppenstufe blockierte.

Ich griff in die Hosentasche des Tarnanzuges und fischte eine Eierhandgranate heraus. Ich riss den Stift heraus und streckte ihm die Granate entgegen. »Das hier«, sagte ich.

Er wich zurück. »Bist du verrückt? Die ist entsichert!«

»Sicher, sonst geht die ja auch nicht los«, antwortete ich ruhig. »Geh mal beiseite. Ich mach das alleine.«

Der Lauf der UZI zielte inzwischen auf meine Brust.

Der Mann war nervös. Was ihn davon abhielt, den Abzug durchzuziehen, war die Granate in meiner Hand.

Schweiß rann über meine Stirn und brannte in den Augen. »Ihr geht jetzt langsam auf den Platz«, sagte ich. »Ich gehe rein. Dann könnt ihr euch beim Comandante beschweren.«

Irgendwie schaffte ich es, den Lauf der automatischen Schnellfeuerwaffe, die auf meine Brust zielte, einfach zu ignorieren.

Ich ging zwischen den beiden hindurch und erreichte die Eingangstür.

»Runter auf den Platz!«

Sie sprangen.

Im selben Moment stieß ich die Tür auf, knallte sie hinter mir ins Schloss und stieß einen leisen Pfiff aus.

Das Holz der Rückwand splitterte.

Mitten in das Geräusch hinein belferte eine Maschinenpistole. Einer der Kerle hatte seinen Verstand wiedergefunden, die Nerven behalten und feuerte hinter mir her.

Ich warf mich zu Boden.

Rechts in der Ecke, nicht weit von der Stelle entfernt, wo Phil durch das Loch in der Rückwand brach, stand das Bett. Pamela Burton lag bewusstlos darauf. Zusammengerollt wie eine müde Katze.

»Schnapp sie dir!«, schrie ich Phil zu.

Er hechtete auf das Bett zu, riss sie zu Boden und schleifte sie hinter sich her zum Loch in der Rückwand.

Ich wartete, bis sie verschwunden waren. Dann ließ ich die Handgranate los und hechtete den beiden nach. Eine Maschinenpistolen-Salve peitschte über mich hinweg.

Dornengestrüpp und spitze Steine zerrissen meinen Tarnanzug und zerfetzten meine Haut. Hinter mir krepierte die Handgranate und zerstörte die Hütte. Etwas

Hartes traf mich im Rücken. Ich wurde nach vorn geschleudert, knallte mit dem Kopf gegen einen Stein und schien fast das Bewusstsein zu verlieren. Der Überlebenswille, der Gedanke an Phil und Pamela, an Jenkins und die anderen hielten mich bei Bewusstsein. Vor mir tauchten die Hibiskussträucher auf. Ich taumelte darauf zu.

Den Jeep sah ich so spät, dass ich dagegen lief.

Der Motor brüllte auf. Verschwommen sah ich Phil geduckt hinter dem Steuer. Auf der kleinen Ladefläche lag Pamela Burton. Immer noch zusammengerollt wie eine schlafende Katze. Von all dem, was um sie herum geschah, bekam sie nichts mit. Vielleicht ihr Glück. Aber auch unser Glück. Sich auf die Flucht zu konzentrieren und sie gleichzeitig still zu stellen wäre wohl doch etwas zu viel gewesen.

Ich wurde in den Sitz geschleudert. Phil trat das Gaspedal durch und hielt auf eine grüne Wand zu, ohne zu wissen, was sich dahinter befand. Wir kamen etwa dreißig Yards weit, dann knallte der Jeep gegen einen Baum, kippte um und wir rollten heraus.

Ich drehte mich noch immer halb benommen auf Pamela zu, riss sie an mich und stand zusammen mit ihr auf.

»Nach links!«, schrie Phil. »Verdammt, hau endlich ab!«

Ich rannte los. Er war vor mir im Lager gewesen, hatte den Mann, der mich angesprochen hatte, vorher gesprochen. Die Sache mit dem verdammten Jeep musste von Jenkins im wirklich allerletzten Moment geregelt worden sein.

Ich war vielleicht zehn Yards weit gekommen, als die Explosion erfolgte und Phil keuchend neben mir auftauchte.

»Ich hatte den Auftrag, das Ding in die Luft zu sprengen!«, schrie er mir zu. »Das soll die Leute vom Strand fernhalten.«

Ich rannte weiter. Pamela war plötzlich nicht mehr die Last, als die ich sie zu Anfang empfunden hatte. Als der verdammte Strand dann endlich vor uns auftauchte, fragte ich mich, welcher Idiot einen so fähigen Mann wie Jenkins wegen Disziplinlosigkeit aus der Army entfernt hatte.

Phil wollte mir Pamela abnehmen. Das kostete zu viel Zeit. Jede Sekunde, die wir herausholten, konnte Jenkins und seinen Männern das Leben retten.

Auch rennend war die Schneise von fünf Yards, die sich zwischen den Minen befand, breit genug. Mit einem Hechtsprung warf ich mich in die Brandung.

Phil landete neben mir. Erst jetzt übergab ich ihm Pamela, mobilisierte die letzten Kräfte und schwamm voraus. Phil blieb wie erwartet zurück.

Ich erreichte das Boot, wartete ab, bis es sich in ein Wellental senkte, und ließ mich hineinrollen. Mit zitternden Fingern öffnete ich den Kasten mit dem kleinen Impulsgeber, der die Explosionen der gelegten Strandminen auslösen sollte. Ich legte den Hebel um.

Dort, wo sich der Strand paradiesisch gegen den Dschungel abhob, stieg eine Feuersäule senkrecht in den Himmel. Staub, Dreck, Steine, ganze Palmen, die durch die Luft geschleudert wurden, verdunkelten den Himmel noch mehr.

Phil befand sich noch zehn Yards vom Schlauchboot entfernt. Ich warf ihm eine Leine zu. Er klammerte sich daran fest. Keuchend zog ich ihn heran, nahm ihm Pamela ab und ließ sie ins Boot fallen. Dann zog ich Phil hinterher und kappte den Treibanker.

Der Motor kam gleich beim ersten Versuch.

Hinter uns war die Hölle losgebrochen. Coppola hätte das nicht stilechter inszenieren können.

Ich drehte das Boot der See entgegen. Phil jagte drei grüne Leuchtraketen in die Luft. Über den Sender erklang eine tiefe, atmosphärisch verzerrte Stimme.

»Südost – Südost ...«

Ein Blick auf den Kompass. Hinter uns tobte die Hölle und blieb immer weiter zurück.

Phil kniete neben Pamela im Boot, richtete sich wieder auf und nickte. Er warf einen schnellen Blick zurück. Feuer war am Horizont zu sehen und Rauch, der aussah wie zu tief hängende Wolken.

Wir dachten beide an Jeff Jenkins, als der Schatten des Motorkreuzers der Coast Guard plötzlich vor uns auftauchte. Die Maschinen stoppten. Männer in Uniformen standen an der Reling. Seile flogen herüber. Ich fing sie auf und verknotete sie in den Metallschlingen des Schlauchbootes.

Über drei Jakobsleitern kamen Männer der Besatzung. Zwei von ihnen hoben Pamela Burton aus dem Boot, die anderen beiden kümmerten sich um Phil und mich.

Zigaretten wurden uns entgegengestreckt. Ich griff mit klammen Fingern danach, führte den Glimmstängel zitternd zum Mund. Dann deutete ich zur Küste, die nicht einmal mehr als ein Schatten auszumachen gewesen wäre, wenn sie nicht hin und wieder von grellen Blitzen erhellt worden wäre.

»Und das da?«, fragte ich. »Bekommen die keine Hilfe?«

»Wetterleuchten«, sagte der Commander des Coast-Guard-Kreuzers. »Das gibt es häufig in der Gegend.«

Ich fror. Eine Decke wurde mir um die Schultern geschlungen. Das half nichts. Die Kälte kam von innen.

»Wetterleuchten«, sagte Phil leise. Er stand dicht neben mir. »Das da drüben hat niemals stattgefunden, Jerry.«

Der Commander nickte.

Ich fragte mich, wie ich das jemals aus meinem Schädel herausbekommen sollte.

»Okay!«, rief jemand von unten. »Keine Lebensgefahr.«

Es war der Arzt, der Pamela untersucht hatte.

Ich hatte feuchte Augen und das kam nicht alleine vom Seewasser, das hoch aufspritzte. Ich rauchte noch einen Zug und schnippte die Zigarette über Bord.

»Warme Getränke und zu essen in der Pantry«, sagte jemand.

Ich ließ mich nach unten führen wie ein Blinder. Phil und ich sahen uns an. Wir hielten Teetassen in der Hand. Und unsere Hände zitterten, als wir sie an die Lippen führten.

Jeff Jenkins kam aus dem Zimmer, in das wir hineinwollten. City Hospital Miami. Der weiße Gang war riesig lang, unterbrochen nur von Hinweisschildern.

Er trug die Uniform eines Colonels der Marines. Sein Gesicht war kantig und die Augen lagen müde und sehr tief in seinem Schädel. Den linken Arm trug er in einer Binde. Die rechte Hand zuckte zum Mützenschirm und die sauber geputzten Schuhe knallten gegeneinander.

Einige Schwestern blieben stehen. Wahrscheinlich hielten sie uns für hohe Militärs aus dem Pentagon, vor denen der Colonel Haltung annahm.

»Ausgezeichnete Arbeit«, sagte Jenkins mit schnarrender Stimme. »Falls ich jemals im Leben wieder gute Leute brauche, werde ich euch anfordern!«

Für den Bruchteil einer Sekunde blitzte es in seinen Augen auf.

»Arschgeige in Uniform«, sagte Phil grinsend und schlug ihm aus Versehen auf die falsche Schulter.

Er zuckte zusammen und knirschte mit den Zähnen.

»Ihr wart zufällig mit einem verdammten Boot unterwegs und zufällig genau an der Stelle, an der Pamela zufällig segelte und zufällig kenterte.«

»Und zufällig haben wir ihr das Leben gerettet.«

»Ja«, sagte Jenkins dumpf. »Was es doch für Zufälle im Leben gibt.«

Er ging weiter. Nach drei Schritten blieb er stehen und kam wieder zurück. »Sie kann sich an nichts mehr erinnern«, sagte er.

»Das ist gut«, sagte ich und Phil nickte.

»Es ist noch besser, wenn es so bleibt.«

»Für was hältst du uns?«, fragte Phil. »Für Klatschweiber?«

»Für Arschgeigen in Zivil«, sagte Jenkins grinsend. »Wir heiraten in New York und haben euch als Trauzeugen angegeben. Ist das okay?«

»Alles andere wäre eine Beleidigung gewesen.«

Er ging weiter. Ich hielt die Rosen für Pamela fester. Am Ende des Ganges pendelte die Tür, durch die Jenkins verschwunden war.

Zusammen mit Phil ging ich auf die Tür des Krankenzimmers zu. Schon in diesem Moment wussten Phil und ich sicher, dass wir niemals erfahren würden, was sich abgespielt hatte.

Das Pentagon hatte beschlossen, dass es die Hölle nicht gab, in die sie zwei G-men geschickt hatten.

ENDE

Drei Stunden bis zum Super-GAU

Dick Balton versuchte, mit einem schnellen Schritt zurückzuweichen, aus der Zelle hinauszukommen und um Hilfe zu schreien. Von allen drei Vorhaben gelang ihm nicht eins. Der schwergewichtige Aufseher des Staatsgefängnisses von Rutland, das liegt im Bundesstaat Vermont, war auf das lächelnde Kindergesicht von Brian Toole hereingefallen.

Und da war er nicht der Erste.

»Ganz still stehen bleiben, Fatty«, zischte Toole wie eine Schlange. »Ich habe das Ding für dich besonders scharf geschliffen.«

Balton blieb stehen. Hundert Mal hatten sie einen solchen Zwischenfall bestimmt geprobt. Jedes Mal hatte er genau gewusst, was er zu tun und zu lassen hatte. Jetzt, im Moment höchster Lebensgefahr, erinnerte er sich an gar nichts mehr. Er spürte die scharfe Schneide eines messerähnlichen Gegenstandes an seiner Kehle, den feinen Schmerz, als der scharfe Gegenstand seine Haut ritzte. Der Tod, von dem er sich noch so unendlich weit entfernt geglaubt hatte, stand ihm plötzlich genau gegenüber.

»Brav so, Fatty. Willst du mir keine Predigt halten?«

Dick Balton schwieg. Er biss die Zähne zusammen. Das Knirschen schien ihm so laut, dass es bis in den Käfig dringen musste, in dem sich die beiden anderen Kollegen aufhielten. Es war ein ruhiger Trakt. Die Männer, die in Block D saßen, das D stand für ›Death‹, dachten an Revision, an laufende Wiederaufnahmeverfahren oder ganz einfach an den Moment, in dem ihre Zellentür sich öffnete und Marrisson, der Direktor, ihnen mitteilte, dass es endlich so weit sei. Die letzte Hinrichtung lag mehr als ein Jahr zurück, aber wenn man die letzten fünf Jahre als Maßstab nahm, war die Tendenz steigend.

»Die Predigt, Dick Balton«, zischte Brian Toole erneut. »Falls du sie vergisst, wird man dir einen Strick daraus drehen und dich von der Pensionsliste streichen.«

Der Druck des scharfen Gegenstandes an seinem Hals verstärkte sich, das Eisen drang tiefer und näherte sich der Schlagader.

»Es hat keinen Zweck, Toole«, presste Aufseher Dick Balton durch die zusammengebissenen Zähne. »Hier ist noch nie einer rausgekommen.«

Brian Toole lachte leise. Balton konnte sein Gesicht nicht sehen, aber er konnte es sich vorstellen. Seit drei Monaten saß Toole hier. Der Gangster mit dem Babyface hatte noch nie von etwas anderem gesprochen als davon, dass ihm der große Sprung in die Freiheit gelingen würde. Sie hatten ihn nicht wirklich ernst genommen, weil jeder Gefangene den gleichen Traum hatte. Nach einer gewissen Zeit stellte sich mit der Gewissheit, dass der Weg in die Freiheit verschlossen war, die Resignation ein. Dann sprachen sie oftmals tagelang nicht, aßen nicht, lagen nur auf der Pritsche und starrten gegen die Wand, die meistens mit den Mittelseiten des Playboys tapeziert war.

»Hier ist noch nie einer rausgekommen?«

»Noch nie«, bestätigte Balton. »Und sie haben auch noch nie einen springen lassen, nur weil er einen Aufseher bedrohte. Mann, Toole, ich bin ein kleines Licht! Von meiner Sorte kriegen die jeden Tag zehn. Du glaubst doch nicht wirklich …?«

»Eine wunderbare Predigt«, sagte Toole leise. »Falls mich jemand danach fragt, Fatty, werde ich sagen, dass ich noch nie eine schönere gehört habe. Hast du eigentlich Angst, Balton?«

»Ich scheiße mir gleich in die Hosen«, sagte Balton. Er spürte den heißen Atem des Todeskandidaten im Nacken und fragte sich, wie es in einem Mann aussah, der nichts mehr zu verlieren hatte.

Gab es da noch einen Funken von Barmherzigkeit? Irgendeine psychische Sperre, die ihn daran hinderte, erneut zu töten?

»Du meinst, ich kriege den Dreh auch nicht?«

»Nicht auf diesem Weg und mit diesen Mitteln, Toole«, sagte der Aufseher Dick Balton. Ein paar Gebete aus der Kinderzeit fielen ihm ein. Am liebsten hätte er sie laut heruntergebetet, aber er tat es nicht.

Keine Schwäche zeigen!, hatten sie ihnen bei Lehrgängen eingetrichtert. Cool bleiben! Keinen Widerstand! Erst einmal auf alles eingehen, was ein Sträfling verlangt! Keine Panik!

Die Theoretiker hatten leicht reden. In diesem Moment war Balton davon überzeugt, dass sich noch keiner der Klugscheißer, die solche Weisheiten an das Gefängnispersonal weitergaben, jemals selbst in einer solchen Lage befunden hatte. Die lasen ab und gaben nur das weiter, was sich irgendein Schwachkopf irgendwann nachts, als er nicht schlafen konnte, ausgedacht hatte.

»Wir gehen jetzt raus, Fatty!«

»Sofort?«

»Jetzt«, sagte Toole mit einer Ruhe, die Balton an den Rand des Wahnsinns trieb. Drei Morde hatten sie dem Mann nachgewiesen, der ihn mit dem scharfen Gegenstand bedrohte. Einige Vergewaltigungen und organisiertes Bandenverbrechen. Zusammen mit anderen hatte Toole Überfälle ausgeführt, die an Brutalität alles bisher Dagewesene übertroffen hatten. Mehr als zehn Tote. Drei auf Tooles Konto. Der Staatsanwalt hätte ihm zwar gerne alle Leichen in die Schuhe geschoben, aber das war nicht möglich gewesen. Da gab es Tooles Partner. Schattengleiche, wesenlose Personen. Keine Namen, nicht einmal Beschreibungen, mit denen der FBI etwas hatte anfangen können. Und Toole, dem man anstatt der Todesstrafe ›lebenslänglich‹ in Aussicht gestellt hatte, hatte geschwiegen wie ein Grab.

Balton trat auf den schmalen Gang vor den Zellen, bis an das Geländer des Schachtes, der eine Etage tiefer mit einem Netz gesichert war, sodass sich niemand zu Tode stürzen konnte.

Brian Toole schlug ihm mit einer schnellen Bewegung der linken Hand die Mütze vom Kopf, packte in seine buschigen Haare und bog den Kopf hart zurück.

Dick Balton spürte, wie ihm das Blut warm am Hals herunterrann und schließlich im Kragen seines sorgsam gebügelten Uniformhemdes versickerte. Karin, seine Frau, hatte es heute Morgen als letzte Amtshandlung noch herausgelegt, bevor sie für vierzehn Tage zu ihrer Mutter nach Dallas geflogen war.

Komisch, dass er in diesem Moment an Karin dachte. In der letzten Zeit war ihre Ehe alles andere als gut gewesen. Er hatte schon an Scheidung gedacht. Nun jedoch, angesichts des Todes, konnte er sich nichts Schöneres vorstellen, als neben Karin im Bett zu liegen und einen Weekendausflug zum Pico Peak zu besprechen. Karin war eine leidenschaftliche Skiläuferin. Er selbst hielt nichts davon, aber, verdammt, wenn er noch jemals die Chance erhielt, würde er sie begleiten und sich sogar selbst auf die Latten stellen.

Balton starrte zu dem abgeschlossenen gläsernen Käfig, in dem seine Kollegen Muller und Teetoon saßen. Er brauchte nicht zu rufen, um sie auf seine missliche Lage aufmerksam zu machen. Das erledigte Toole selbst.

»He, ihr Arschgeigen!«, schrie der kleine, zierliche Mann mit der blutigen Vergangenheit. Er hatte nie einen Zweifel daran aufkommen lassen, dass er noch eine Zukunft hatte. »He, Motherfuckers!«

Es knackte ringsum. Einer der beiden im Glaskäfig hatte einige Knöpfe gedrückt. Sondersicherungen waren eingerastet.

Von nun an konnte nur noch Direktor James Marrisson irgendwelche Türen öffnen.

»Was soll das, Toole?«, fragte Teetoon, ein großer schlanker Mann mit indianischen Vorfahren. Blechern klang die Stimme über den Lautsprecher. Nun erst wurden Mitgefangene darauf aufmerksam, was sich in ihrem Trakt abspielte.

Block D des Staatsgefängnisses von Rutland, Vermont, wurde so unruhig wie sonst nur, wenn einer von ihnen auf dem Stuhl gelandet, wenn das Licht kurz geflackert und er seine Seele ausgehaucht hatte.

»Leg das fette Schwein um, Toole!«

»Ja, leg es um!«

Das war die einhellige Meinung, die Toole aus allen Käfigen entgegenschlug. Der kleine zierliche Mann grinste schief. Zwei Gefangene konnte er sehen, von den anderen nur die Arme, die sie durch die Gitter streckten. »Das ist absolut sinnlos, Toole«, erklang Teetoons Stimme wieder über den Lautsprecher.

»Sie lieben dich nicht besonders, Fatty«, sagte Toole zu seiner Geisel Balton. »Gibt es hier denn keinen, dem dein Leben etwas bedeutet?«

»Keinen«, krächzte Dick Balton mit kaum noch verständlicher Stimme.

»Dann bist du ja noch beschissener dran als ich«, sagte Toole. »Ich kenne 'ne Menge Leute, denen mein Leben etwas bedeutet. Aber vielleicht liegt das auch nur an dem Geld, das ich verbuddelt habe. Keiner will, dass es verschimmelt, wo man doch so schöne Dinge damit tun kann. Sie sehnen sich danach, dass ich rauskomme und sie an die richtige Stelle führe. Du bist wirklich noch beschissener dran als ich.«

»Das kann man wohl sagen.«

»He, ihr Motherfucker!«, schrie Toole. »Sagt dem

Boss dieses christlichen Heimes gefallener Jungs, dass ich ihn sprechen will. Er soll sich beeilen, Motherfucker! Dieser Mann hier will leben, versteht ihr?«

»Leben …«, klang es aus einer Zelle. »Leben …«, nahmen andere es auf und die Lautstärke schwoll an. Binnen einer Minute gab es in Block D des Staatsgefängnisses Konkurrenz für alle Kirchenchöre Vermonts, jedenfalls vom Volumen her.

Und Brian Toole grinste nur.

Dass Senator Cillerman mit Familie und einem befreundeten Botschafter hier Urlaub machte, hatte Phil Decker und mich nach Vermont gebracht. Irgendwo war eine Stimme laut geworden, dass es jemand auf den Senator abgesehen habe. Einige Leute hatten das ernst genommen, was auch richtig war, wenn es wirklich zutraf, und so war Cillerman zu zwei G-men gekommen, die ihn auf seiner Reise begleiteten.

Es war das, was man mit reinem Herzen einen ›Scheißjob‹ nennen konnte. Cillerman war einer der Politiker, die mit Recht von sich behaupteten, dass sie aus dem Volk stammten. Cillermans Vater hatte noch als Holzfäller in Arkansas gearbeitet und er selbst war in einer Gesellschaft aufgewachsen, in der man alles können musste, wenn man seinen Weg machen und anerkannt werden wollte. Cillerman konnte alles, und auf Skiern bedeutend mehr als Phil und ich.

Phil hatte sich das linke Handgelenk bei einem Sturz verstaucht und mein rechter Fußknöchel war unnormal dick und schimmerte – nach einem Zusammenstoß mit einem auf der Piste liegenden Stein – in allen Regenbogenfarben.

Ein erholsamer Urlaub war es für Phil und mich nicht gewesen.

Ich erinnerte mich nicht daran, wann ich zuletzt einen so zufriedenen Ausdruck auf Phils Gesicht gesehen hatte wie in dem Moment, als die Maschine mit Cillerman, mit seiner Familie und dem befreundeten Botschafter an Bord von der schneegeräumten Piste abgehoben hatte.

»Das war's dann«, sagte Phil, als wir in der Bar des Flughafens einen Whisky auf Cillermans Wohl und das aller Senatoren stemmten.

»Und wenn noch jemand auftaucht, der Vermont ein Paradies nennt und Wintersport ein Vergnügen, dann fange ich an zu schreien.«

Ich teilte seine Meinung. Ich dachte an das gemütliche Hotel in Mendon und daran, dass Mr. High, unser New Yorker Chef, uns großzügigerweise noch eine Urlaubswoche zugestanden hatte.

»Die verbringen wir doch wohl auf Hawaii«, sagte Phil, stellte das Glas auf den Tisch und zündete sich eine Zigarette an. »He, Jerry, der Schnee macht mich schwermütig. Ich brauche Wärme ...«

»Was ist mit dem Zimmermädchen, das dich seit Tagen mit verliebten Kuhaugen anstarrt?«, fragte ich.

»Das ist eine von den für Vermont typischen Landpomeranzen«, stöhnte Phil. »Die will keinen Mann, die will die Pension und nimmt den Mann in Kauf, weil es nicht anders geht.«

»Du hast Erfahrung auf dem Gebiet, scheint mir.«

»Ich habe den wachen Verstand eines G-man und den ungebrochenen Freiheitsdrang eines Junggesellen. Wärme von der Sonne ist mir im Moment lieber. Vielleicht fragst du mal in New York nach, ob es für uns nichts in Hawaii zu erledigen gibt.«

Bevor ich darauf antworten konnte, klang das Stakkato von Schüssen selbst durch die geschlossenen Scheiben der Flughafenbar.

Ich sprang auf, vergaß den in Mitleidenschaft gezogenen Fuß und bei der ersten falschen Bewegung trieb der Schmerz mir die Tränen in die Augen.

»Haben Sie das gehört?«, fragte Phil den Barkeeper.

In seiner Stimme schwang die Hoffnung, dass er einer Halluzination aufgesessen war.

»Schüsse«, sagte der zwergenhafte Mann lakonisch, der eine Glatze hatte und einen riesigen Schnurrbart. Er zuckte mit den Schultern. »Noch was zu trinken?«

»Schüsse«, sagte Phil.

»Der Sheriff wird sich drum kümmern«, sagte der Mann hinter der Bar, dem die Haare des Schnauzbartes auf dem Kopf besser gestanden hätten.

Ich ging zur Panoramascheibe. Der Blick reichte über zwei Hangars hinweg zur Rollbahn des kleinen Flughafens, auf dem nur Privatmaschinen starteten und landeten.

Links befand sich ein Parkplatz. Ich schirmte das Innenlicht mit den Handflächen ab. Ein Suzuki-Jeep scherte aus der Reihe der geparkten Fahrzeuge aus. Rotweiß lackiert. Das war deutlich zu sehen, als er den Lichtfall einer Peitschenleuchte passierte, bevor er in der Dunkelheit verschwand.

Der Suzuki musste mit den Schüssen in keinem Zusammenhang stehen, bislang wusste ich nicht mal, wo die gefallen waren, aber ich hatte doch ein komisches Gefühl in der Magengegend.

»Was zu sehen?«

»Nichts«, antwortete ich.

»Der Sheriff wird sich drum kümmern«, übernahm Phil die Aussprache des glatzköpfigen Barmannes.

Wie auf ein Stichwort bog der Streifenwagen der County Police um den Hangar und fuhr langsam auf den Parkplatz. Scheinwerfer wurden aufgeblendet. Im gelblichen Lichtkegel hob sich der dunkle Schatten auf der Schneewehe, am Rand der Parktaschen, besonders deutlich hervor. Es war nicht klar zu sehen, aber ich war mir auf den ersten Blick sicher, dass es sich um eine Person handelte, die dort im Schnee lag.

Ich löste mich vom Fenster, legte einen Geldschein auf die Theke und gab Phil einen Wink. Er meldete keinen Protest an, weil er mir ansah, dass ich etwas von Belang entdeckt hatte.

Plötzlich spürte ich den in allen Regenbogenfarben schimmernden Knöchel auch nicht mehr. Wir durchquerten die Halle, in der gerade der einzige Abfertigungsschalter schloss. Bedient von dem Mann, der auch das Mietwagengeschäft auf dem Airport beherrschte.

»Was ist?«, fragte Phil.

Im selben Moment wurde die Sirene des Streifenwagens der County Police eingeschaltet. Rotlicht zuckte durch die helle Nacht, fing sich in den spiegelnden Scheiben der Tür und wurde zurückgeworfen.

Im Gehen zog ich mir den dicken gefütterten Mantel an, schlug den Kragen hoch, schloss das Bekleidungsstück und stieß die Ausgangstür auf.

Bis zum Parkplatz waren es zwanzig Schritte.

Die beißende Kälte schnitt in mein Gesicht. Vierundzwanzig Grad Minus. Celsius. Es gab auch in New York kalte Winter, aber so was wie hier in Vermont hatte ich noch nicht mitgemacht.

Als wir den Parkplatz erreichten, beugte sich der Gehilfe des County Sheriffs gerade über die leblos im Schnee liegende Gestalt. Er hörte uns und wirbelte herum. Die Rechte mit dem 38er streckte sich Phil und mir entgegen.

»Keine Aufregung, Deputy«, sagte ich leise. »FBI!«

Mit der linken Hand griff er nach dem Gürtel. Sekunden später flammte die Stablaterne auf. Der Lichtkegel strich über Phils und mein Gesicht.

»Und?«, fragte der Deputy, ein Mann von ungefähr vierzig Jahren, der einen Stetson trug wie die in Dallas. Er hatte ein sehr schmales Gesicht mit stechenden Augen. »Ich dachte, der Senator und seine Freunde hätten ihre Ärsche wieder aus Vermont wegbewegt.«

Ich nickte. »Wir waren in der Bar und haben die Schüsse gehört.«

»Andere auch, und die kümmern sich auch nicht darum«, sagte der Deputy. Er mochte keine New Yorker oder keine G-men. Ich hatte es noch nicht herausgefunden. Eigentlich legte ich auch keinen Wert darauf, es herauszufinden. »Das erledigt der Sheriff!«

Er hielt die Waffe noch immer auf uns gerichtet und machte keinerlei Anstalten, sie herunterzunehmen. »Ihr habt hier nichts verloren, verschwindet!«

Phil warf mir einen erstaunten Blick zu. »Das ist doch nicht sein Ernst?«

»Was fragst du mich das, Phil?«

»Das ist doch nicht Ihr Ernst«, sagte Phil zu dem Deputy.

»Wir wiederholen uns hier nicht besonders gerne, Mister«, knurrte der Deputy. »Macht euch schnell unsichtbar!«

»Vielleicht haben wir was gesehen.«

»Vielleicht interessiert es den Sheriff, vielleicht auch nicht«, sagte der Deputy. »Falls ihr was loswerden wollt, meldet euch morgen im Office.«

»Dann ist der Kerl über alle Berge.«

»Das ist er jetzt auch.«

»Es war ein rotweißer Suzuki-Jeep«, sagte ich. »Er fuhr kurz nach den Schüssen los.«

»Rotweiße Suzuki-Jeeps fahren hier Hunderte rum.«

»Er fuhr Richtung Proctor«, sagte ich.

»Okay, ein rotweißer Suzuki-Jeep fuhr Richtung Proctor.«

»Der Mann am Steuer könnte immerhin der Schütze gewesen sein.«

»Könnte er wirklich«, nickte der Deputy. »Sonst noch was?«

»Wollt ihr die Straße nicht sperren und wenigstens versuchen, das Fahrzeug irgendwo zu stoppen?«

»Ein Jeep, oder?«

Er ging mir gefährlich auf den Geist, aber ich nickte dennoch. Dabei sagte man uns New Yorkern hier in

Vermont nach, dass wir nicht besonders freundlich waren und uns zu viel auf unseren Big Apple einbildeten.

»Warum sollen wie 'ne Straße sperren? Mit einem Jeep kann man quer durch die Botanik rauschen. Dafür sind die Dinger gemacht, nicht für Fahrten auf asphaltierten Straßen. Verstanden?«

Phil näherte sich dem Deputy einen Schritt. »Wer ist der Tote?«, fragte er.

»Ich habe gesagt, ihr sollt verschwinden. Ihr behindert die Polizeiarbeit. Unser Richter mag keine Fremden, schon gar keine, die die Polizeiarbeit behindern.«

Ich hatte richtig gehört. Er sprach doch wirklich von Polizeiarbeit! Phil legte mir die Hand auf die Schulter und ich legte ihm im selben Moment die Hand auf die Schulter.

»Ich sehe da wirklich keinen tieferen Sinn drin, mir hier die Füße abzufrieren, wenn man uns doch nicht haben will.«

»Nicht haben will«, echote der Deputy mit dem Texashut. »Da hast du den Nagel direkt auf den Kopf getroffen.«

»Wir sprechen uns noch«, sagte ich.

»Nicht mehr in diesem Leben«, antwortete er. »Ich habe meiner Mutter auf dem Sterbebett versprochen, mich nicht mit Leuten zu unterhalten, die hier wie die Vandalen einfallen, unsere Landschaft zerstören und glauben, sich alles leisten zu können, weil sie in irgendeiner Stadt mehr verdienen als wir hier. Verschwindet.«

Es war wirklich sinnlos.

»Freundliche Leute«, sagte Phil, als wir das Flughafengebäude wieder betraten, die Halle zur anderen Seite hin kreuzten und sie wieder verließen, weil unser Pontiac auf der Straße stand. »Sie mögen uns nicht, sie nehmen nur unser Geld. Hauen wir hier ab.«

Hank Mulder wartete seit über zwei Stunden in der luxuriösen Hütte. Draußen war es lausig kalt. Obgleich hier drinnen zwei elektrische Öfen um die Wette heizten, fror Mulder immer noch. Er dachte, dass er, um es warm zu bekommen, auf den Boden liegen und dicht an die Heizstäbe herankriechen musste. Mulder hatte die Lampen ausgemacht. Nur das Rot der glühenden Heizstäbe spendete Licht. Er stand neben dem Fenster. Mit zusammengekniffenen Augen starrte er in die weiße Landschaft, in der die hohen Fichten dunkle, schlanke Schatten warfen.

Mit einem Motorpflug, der zur Standardausrüstung jeder Hütte gehörte, hatte er den schmalen Zufahrtsweg bis zur Straße hin befahrbar gemacht.

Mulder zündete sich eine Zigarette an. Er spürte das Zittern seiner Finger und verfluchte sich deswegen. Er hatte gar keinen Grund, nervös zu sein. Alles war vorbereitet, und alles wurde für ihn geregelt. Er hatte nichts anderes zu tun, als nach der Pfeife anderer zu tanzen. Und das hatte er sein Leben lang tun müssen für bedeutend weniger Geld.

Die Scheinwerfer eines Wagens ließen den Schnee wie Millionen von Kristallen blitzen, bevor der Wagen die letzte Kurve des schmalen Weges vor der Hütte passiert hatte.

Unwillkürlich duckte sich Hank Mulder neben dem Fenster.

In der näheren Umgebung gab es mehr als vierzig solcher Hütten, die wie diese an einen bewaldeten Hang gebaut waren. Alle waren vermietet an Wintersportgäste aus den großen Städten, die es noch vor Weihnachten in die Natur gezogen hatte. Und zehn Meilen weiter südlich befand sich das riesige Sun Valley Hotel. Fünf Sterne de luxe mit dementsprechenden Preisen. Voll bis unters Dach. Geld spielte für die Leute, die über Weihnachten nach Vermont kamen, keine Rolle. Das hatte man, darüber redete man nicht.

Hank Mulder fluchte leise. Noch gehörte er nicht dazu, aber bald war er auch einer der Privilegierten. Und dann würde er hier seinen Krempel zusammenpacken und in die Sonne fliegen. Er hasste den Schnee.

Das Scheinwerferpaar tastete sich um den letzten Wegknick. Jede Hütte hatte ihre eigene Zufahrt, die man, wenn man mal nicht zu Hause war, mit einer Eisenschranke elektronisch verschließen konnte.

Es war ein Jeep Cherokee mit großen, grobprofiligen Reifen und Vierradantrieb. Die sicherste Art, sich in dem manchmal einsamen, unwegsamen Gebiet zu bewegen. Es war der Wagen, den Mulder erwartete.

Das Telefon klingelte. Draußen wurde der Motor des Jeeps abgestellt. Eine Wagentür schlug. Mulder überlegte nur eine Sekunde lang, dann entschied er sich fürs Telefon.

»Ja«, meldete er sich knapp.

»Ist Jane angekommen?«

»In diesem Augenblick.«

Der Anrufer lachte. »Dann viel Spaß und keine Sorge, Hank. Wir haben dir dein Problem vom Hals geschafft.«

»Peterson?«

»Wen sonst?«

Mulder schluckte trocken. »Ist er tot?«, fragte er heiser.

Zwei Sekunden Pause am anderen Ende der Leitung. Dann lachte der Anrufer brüllend. »Eine dümmere Frage habe ich noch nie im Leben gehört, Hank. Wenn man Probleme wirklich loswerden will, muss man sie endgültig behandeln. Das tust du doch auch.«

Die Eingangstür knarrte. Für eine Sekunde wehte kalter Wind in die Hütte. Dann fiel die Tür wieder ins Schloss.

»Wann?«, fragte der Anrufer.

»Weiß ich noch nicht. Aber ich bekomme früh genug Nachricht und …«

»… hoffentlich dauert es nicht mehr zu lange.«

»Ganz bestimmt nicht.«

Mulder drehte den Blick, als Jane den Hauptraum der Hütte betrat und das Licht einschaltete. Sie trug eine weiße Pelzjacke. Darunter einen roten Rollkragenpulli, straff sitzende Jeans und halbhohe Cowboystiefel. Das lange schwarze Haar fiel ihr bis auf die Schultern. Sie lächelte genauso hinreißend, wie sie es vor einigen Wochen in Rutland, wo er ihr zum ersten Mal begegnet war, getan hatte.

»Jane hält den Kontakt, Hank«, sagte der Anrufer. Dann klickte es und das Gespräch war beendet.

Jane Basset zog sich die Pelzjacke aus, ließ sie achtlos auf den Boden fallen und kam zu Mulder. Er riss sie so dicht an sich, dass er jede Rundung ihres Körpers spürte.

»Du hast mich lange warten lassen«, sagte er dann atemlos nach dem ersten Kuss. »Verdammt lange.«

Jane Basset lächelte. Sie trat einen Schritt zurück und streckte sich. »Wie hätte ich denn eher kommen sollen?«, fragte sie. »Dan Peterson lag doch regelrecht auf der Lauer und wartete nur darauf.«

Hank Mulder fluchte. Dan Peterson, der Rauschgifthai, der blendend davon lebte, Touristen mit anderem Schnee zu versorgen, als sie es gewohnt waren, jedenfalls in dem Wintersportort. Das Problem Peterson gab es also fortan nicht mehr. Und von nun an gab es in der Gegend verdammt viele, denen Peterson und seine prompten Lieferungen fehlten.

»Wie viel Zeit haben wir für uns?«, fragte Jane Basset.

»Diese Nacht«, antwortete Mulder. »Und morgen den ganzen Tag.«

Er starrte sie an. Die Sucht nach Heroin hatte er vor der Umwelt verbergen können, aber die Sucht nach dieser schwarzhaarigen Frau, von der er eigentlich gar nichts wusste, war viel stärker.

»Komm«, sagte er heiser. »Komm!«

Jane Basset lachte leise. Abschätzend strich ihr Blick über den großen, wuchtigen Mann. Er hatte dunkles, volles Haar, buschige Brauen und ein etwas kantiges Gesicht. Wie ein Atomwissenschaftler sah er wirklich nicht aus.

Mulder zitterte. In seinen blauen Augen blitzte es auf, als Jane den Pulli fasste und ihn sich mit einem Ruck über den Kopf zog. Darunter war sie nackt. Mulder starrte sie an. Plötzlich war ihm nicht mehr kalt.

Mulder gab sich keinen Hoffnungen hin. Sie brauchten ihn, und Jane war der Köder gewesen. Zusammen mit reichlich Kokain hatte sie eine verheerende Wirkung auf ihn gehabt. Er war wie Wachs in ihren Händen geworden, war es noch immer. Um sie zu besitzen, um eine Million Dollar zu bekommen und vielleicht mit Jane aus dem Land verschwinden zu können, hatte er sich auf alles eingelassen, was man an ihn herangetragen hatte. Nur hin und wieder, und dann waren es Gedanken wie Blitze, wurde ihm bewusst, was passierte, wenn etwas schief ging. Tschernobyl war dagegen gar nichts.

Jane ging zum Tisch, auf dem ihre Handtasche stand. Ihre vollen, prächtigen Brüste wippten aufregend. Sie öffnete die Handtasche und holte einige Plastikbriefchen daraus hervor.

»Das reicht für diese Nacht und morgen den ganzen Tag, Hank«, sagte sie leise. »Wir werden uns einschließen und alles vergessen, Hank. Oder doch beinahe alles. Kannst du den Kamin anzünden, während ich ins Bad gehe?«

Ohne seine Antwort abzuwarten, verließ sie den großen, elegant möblierten Hauptraum der Hütte. Sie kreuzte das Schlafzimmer mit dem breiten Bett und ging ins Bad. Die Türen ließ sie hinter sich weit offen, sodass Mulder sie sehen konnte. Er beobachtete sie, als sie sich auszog die Dusche anstellte und in die Wanne stieg. Er hatte noch nie eine solche Frau gesehen. Er hasste das Wort perfekt, aber sie war es. Sie war vollkommen. Als sie den Duschvorhang vorzog, drehte sich Hank Mulder dem Kamin entgegen.

James Marrisson, der Gefängnisdirektor, kam schnell. Er wurde von zwei mit Gewehren ausgerüsteten Wachmännern flankiert.

Marrisson war klein, beinahe zierlich und er wurde von den meisten unterschätzt. Er sah aus wie der verhärmte Orgelspieler einer Baptistengemeinde, aber in Wirklichkeit war er ein harter, konsequenter Hund.

Das Gittertor neben dem Glaskäfig, in dem die Wachbeamten saßen, wurde automatisch geöffnet. James Marrisson betrat den Trakt D seines Gefängnisses. Er ging zwei Schritte auf die Galerie vor. Dann blieb er stehen und schaute Brian Toole an, der ihm, was die Statur anging, sehr ähnlich war.

Marrisson hatte einen blonden Bürstenhaarschnitt. Wäre er zwanzig Jahre jünger gewesen, hätte man ihn für einen Marine oder einen Angehörigen der Nationalgarde halten können. Kaum jemand in diesem Gefängnis wusste, dass Marrisson bei beiden Einheiten gedient hatte und Lieutenant gewesen war.

»Was ist, Toole?«, fragte er schneidend. »Willst du eine Privathinrichtung?«

Dick Balton, der schwergewichtige Aufseher, der noch immer die Klinge am Hals spürte und vor Angst beinahe ohnmächtig geworden war, riss sich wieder zusammen.

Toole lachte auf seine Art. Ohne Aufregung. Er schaute an seiner Geisel vorbei auf Marrisson.

»Ich habe drei Anträge gestellt, weil ich mit dir sprechen will«, sagte Toole. »Wahrscheinlich haben die

Motherfucker von Wärtern die gar nicht an dich weitergegeben, Marrisson, oder?«

»Sie haben«, sagte Marrisson kühl. »Ich habe hier vierhundert Gefangene und eine lange Liste von Leuten, die mich sprechen wollen. Du stehst im Moment an dritter Stelle.«

»Und jetzt an erster«, sagte Toole beinahe amüsiert. »Du weißt doch, dass Balton ins Nirwana abdriftet, wenn die Motherfucker mit den Gewehren auch nur einen falschen Augenaufschlag machen!«

»Sicher«, sagte Marrisson. »Aber wir haben keinen Mangel an Aufsehern. Ein Anruf und ich bekomme zehn neue. Jeder, der hier anfängt, unterschreibt, dass wir nichts für ihn tun, wenn er sich als Geisel nehmen lässt.«

»Ist das so, Balton?«, fragte Toole seine schwergewichtige Geisel.

»Ja«, keuchte Balton.

»Wie kannst du nur bei einem solchen Scheißverein anfangen?«, fragte Toole vorwurfsvoll. »Wenn ich wieder draußen bin, Balton, schicke ich einen meiner Männer bei dir vorbei, der dir ein besseres Angebot macht. Du kannst einem geradezu Leid tun, Mann!«

Zwei, drei Sekunden lang herrschte Schweigen.

»Okay«, sagte Toole dann leise. »Ich wollte nur, dass du weißt, dass es mich noch gibt, Marrisson. Das war alles.«

Er ließ Balton los und schob ihn einfach einen Schritt nach vorn. Den scharf geschliffenen Gabelstiel ließ er fallen, trat an das Gitter seiner Zelle zurück und zündete sich eine Zigarette an.

Balton rieb sich den Schweiß aus dem Gesicht. Er war aschfahl geworden. Für einen Moment sah es aus, als würde er sich umdrehen und Toole anfallen, der ihm die schlimmsten Sekunden seines Lebens beschert hatte. Vielleicht hätte er es getan, wenn Marrisson nicht den Kopf geschüttelt hätte.

Der kleine, zierliche Gefängnisdirektor schlich wie eine Raubkatze auf Toole zu. Einen halben Yard vor dem Gefangenen blieb er stehen und schaute Toole scharf in die Augen.

»Was willst du Toole?«, fragte Marrisson.

»Nicht mehr die Zeitung von gestern, sondern die neueste Ausgabe«, antwortete Toole.

»Und deswegen gehst du ein solches Risiko ein?«

Toole lachte leise. »Welches Risiko?«, fragte er und sprach betont laut. »Du kannst jetzt einige von deinen Affen auf mich hetzen und sie sonst was mit mir tun lassen, Direktor. Aber ich kann dir jetzt und hier versprechen, dass es jedem, der hier drinnen die Hand nach mir ausstreckt, draußen verdammt dreckig ergeht. Jedem, Marrisson. Keine Ausnahme. Ich will die Zeitung von heute und nicht mehr die alten, zerfledderten Dinger.«

Marrisson starrte den zum Tode Verurteilten an. Er hatte in seinem Leben schon jeden Typ von Menschen kennen gelernt. Die Lauten, die Leisen, die, die nur drohten, und die, die es ernst meinten, die Devoten und die Aufsässigen. Er kannte sie alle, aber er konnte diesen Mann, der wegen dreifachen Mordes zum Tode verurteilt worden war, nirgends einordnen.

»Wir brauchen nicht zu reden, Marrisson«, sagte Toole leise. »Du weißt genauso gut wie ich, dass ich es ernst meine. Entweder ich lande in den nächsten Tagen auf dem Stuhl, oder ich bin draußen. Der Kasten hier ist so löchrig wie ein Schweizer Käse. Jede Botschaft kommt sehr schnell nach draußen. Und genau an die richtige Adresse. Ich kann es dir beweisen.«

»Und wie, Toole?«

»Sag mir, wann du sterben willst. Ich lasse es erledigen!«

Marrisson zuckte zusammen. Er ballte die Hände zu Fäusten, aber er schlug nicht zu. Nicht, weil er der Direktor war oder Gewalt verabscheute. Er schlug nicht zu, weil ihn etwas in der Stimme des zum Tode Verurteilten warnte.

Toole war kein Bluffer.

»Lass Balton ein Schmerzensgeld zukommen, Toole«, sagte er. »Dann weiß ich auch, ob du von hier drinnen draußen etwas bewegen kannst.«

Toole nickte und trat in seine Zelle zurück.

»Ging es dir wirklich nur um die Zeitung, Toole?«

»Nur um die Zeitung«, antwortete Toole. »Wenn ich einen umbringen will, mache ich nicht so ein langes Theater. Ihr habt mich doch schon zum Grillen verurteilt. Was soll mir noch mehr passieren?«

Marrissons Augen waren kalt wie Gletschereis. Er strich sich über den blonden Bürstenhaarschnitt und knurrte etwas Unverständliches.

Dann drehte er sich um und ging davon. »Die Vorstellung ist beendet!«, brüllte er in die anderen Zellen.

Der Anruf kam am nächsten Morgen, aus New York. Mr. High befand sich am anderen Ende der Leitung.

»Ihr bleibt in Vermont«, sagte der Chef des New Yorker FBI, »aber der Urlaub ist gestrichen, Jerry. Sagt Ihnen der Name Brian Toole etwas?«

»Brian Toole?«, fragte ich und schaute Phil an. Mein Freund zuckte ebenfalls mit den Schultern. »Nichts, Sir«, sagte ich dann zu Mr. High.

»Nur so viel: Er ist in New York, in Washington und Los Angeles in Erscheinung getreten. In Vermont haben sie ihn geschnappt und ihm drei Morde nachgewiesen. Von seinen Männern ist kein Einziger geschnappt worden. Über die Männer ist auch nichts bekannt. Gar nichts. Nun deutet unmissverständlich einiges darauf hin, dass sich etwas um Toole herum tut, Jerry. Er behauptet, vor der Vollstreckung seines Urteils zu fliehen. Da oben in Vermont stimmt etwas nicht. Irgendwas geht dort vor.«

»Das Gefühl haben Phil und ich auch«, sagte ich. »Gestern Abend wurde ein Mann am Flughafen erschossen und ein Deputy hat uns deutlich gemacht, was er und der Sheriff davon halten, wenn FBI-Agenten aus New York ihre Nase da reinstecken wollen.«

»Kümmert euch darum!«

»Auch um den Toten vom Flughafen?«

»Um alles.«

»Dienstlich oder mehr privat?«

»Dienstlich.«

Ich lachte.

»Was gibt es da zu lachen, Jerry?«

»Phil träumte von einem Auftrag, der uns in warme Gefilde führt.«

»Er soll sich warm anziehen, das hilft auch.«

»Wir kennen hier keinen, Sir.«

»Setzt euch mit James Marrisson, dem Gefängnisdirektor, in Verbindung. Vielleicht auch mit einem Reporter. Marrisson hat mir von ihm erzählt. Er heißt Harry Intosh und hört angeblich die Flöhe husten, wo es gar keine geben kann. Okay?«

»Okay, Sir.«

»Ich lasse euch Material über Brian Toole aus New York zukommen. Wohnt ihr gut?«

»So, wie Senatoren und Botschafter zu wohnen pflegen, Sir. Im Sun Valley Hotel. Fünf Sterne das Hotel, zwei die Küche. Die Preise sind astronomisch. Bis jetzt hat Washington bezahlen müssen. Unsere Spesenabrechnung ist da pingeliger.«

»Vielleicht könnt ihr was anderes finden?«

»In Vermont, kurz vor Weihnachten? Gar nicht dran zu denken. Die haben hier jede Hundehütte, jeden Ziegenstall für einen Haufen Geld vermietet.«

»Dann genießt das teure Leben«, sagte der Chef. »Ich erwarte in den nächsten Tagen einen Bericht. Das ist alles.«

Ich legte auf, zündete mir eine Zigarette an und Phil plünderte den Kühlschrank der Minibar um zwei Bourbon. »Mit oder ohne Wasser?«

»Welche Marke?«

»Four Roses.«

»Ohne Wasser, du Barbar. Mit der Sonne wird es nichts, Phil. Und gegen die Kälte kann man sich von innen und außen schützen.«

»Von innen beginne ich gerade«, sagte Phil und prostete mir zu. »Fröhliche Weihnachten in Vermont, Jerry. Wir sind doch wirklich Glückskinder. Ein normaler Mensch muss ein Vermögen dafür bezahlen, hier die Feiertage zu verbringen. Wir bekommen das geschenkt. Verdammte Scheiße! Ich hatte wirklich darauf gehofft, diesem ungastlichen Staat, in dem Hoteliers und Barbesitzer menschliche, dollarfressende Piranhas sind, den Rücken zuzukehren.«

»Du kannst ins Staatsgefängnis fahren und dich mit dem Direktor über Toole unterhalten. Dort ist es warm und die Küche soll auch ausgezeichnet sein.«

»Gar kein schlechter Vorschlag. Sofort?«

»Zeit genug, um auszutrinken und dich warm anzuziehen, hast du noch.«

»Und was machst du?«

»Ich suche einen Reporter namens Harry Intosh«, sagte ich. »Und den County Sheriff will ich auch kennen lernen. Er wird sich freuen, Besuch aus New York zu erhalten, der ihn wegen eines plötzlichen Todesfalles ein Loch ins Hemd fragt.«

Captain Joe Morgan fuhr den Jeep. Er war groß, breitschultrig und trug eine abgegriffene braune Fliegerjacke, obgleich er mit der Air Force nichts zu tun hatte. Genauso wenig wie Major Enzo Jonkers, der neben ihm auf dem Beifahrersitz hockte und die Gegend durch ein scharfes Glas beobachtete.

Morgan hielt den Jeep auf einer Anhöhe, stieg aus, stapfte einige Schritte durch den Schnee und pinkelte gegen eine verkrüppelte Kiefer. Rechts unter ihm, an den Hängen, tummelten sich die Touristen auf den Pisten, leisteten die Schlepplifts Schwerstarbeit. Links hinter einem dicht bewaldeten Hang, in einem Talkessel gelegen, befand sich Syrakus II.

Syrakus II war der amtliche Sammelname für den Atommeiler und die anschließende Wiederaufbereitungsanlage für Brennelemente. Die Sperrzone betrug fünf Quadratmeilen. Das hieß, keiner der Touristen kam auch nur auf Sichtweite an den Komplex heran, wenn er nicht, wie Morgan und Jonkers nun, auf einer Höhe stand. Und viele von denen, die hier ihre Ferien und die Weihnachtstage verbrachten, wussten wahrscheinlich nicht einmal von dem Meiler und der Anlage. In den touristischen Prospekten wurde die Nähe eines Atomkraftwerkes aus so genannten psychologischen Überlegungen verschwiegen.

Enzo Jonkers, der Major, der italienische Vorfahren hatte, verließ ebenfalls den Jeep, blieb neben Morgan stehen und zündete sich eine Zigarette an. Auch sein Blick streifte über die atomare Anlage, bestehend aus riesigen Gebäuden, zwei Kühltürmen und einem eiförmigen Meiler. Er kratzte sich am Kopf.

»Wie gut gesichert?«, fragte der Major.

Joe Morgan lachte leise. »Die AMC, der Betreiber der Anlage, behauptet, dass diese Anlagen besser gesichert sind als Fort Knox«, sagte er.

»Und? Ist das nicht so?«

»Das war es vor zehn Jahren, als sie die Anlage in Betrieb genommen haben«, antwortete Captain Joe Morgan. »Inzwischen ist der Alltag eingekehrt. Es gibt zwar immer noch die gleiche Anzahl Sicherheitsleute, aber da es zehn Jahre lang keinen Zwischenfall gegeben hat, nimmt von denen keiner mehr seine Aufgabe ernst, wie er das eigentlich tun müsste.«

»Was sagt Professor Hank Mulder dazu?«

Morgan nahm sich ebenfalls eine Zigarette. »Mulder hat den Vorschlag selbst an mich herangetragen«, sagte der Captain. »Er meint, das sei eine einmalige Gelegenheit, die Sicherheitsvorkehrungen zu testen und den Leuten, die nicht mehr Geld ausgeben wollen, als eben nötig ist, einen gehörigen Schrecken einzujagen. Er findet es selbst unverantwortlich, wie hier mit der Sicherheit umgesprungen wird. Das hat er die Direktion der AMC einige Male deutlich wissen lassen. Ich habe die Korrespondenz gelesen, aber die Reaktion der hohen Herren war gleich Null. Sie bestand bestenfalls in Vertrösten.«

»Und Sie meinen, Captain, dass Sie …?«

»Ich marschiere da mit zehn Männern rein und wieder raus, ohne dass uns jemand aufhalten kann, Major. Wir schlagen zwei Fliegen mit einer Klappe: Erstens ist es eine ausgezeichnete Übung für die Männer und zweitens rütteln wir die Herren aus der Chefetage der AMC wach und stellen sicher, dass das Gelände und die Anlage in Zukunft besser gesichert werden. Es könnten auch kriminelle Elemente auf die Idee kommen, eine solche Anlage zu stürmen und das Land mit einem Super-GAU zu erpressen.«

»Eine fürchterliche Idee«, sagte Major Enzo Jonkers.

»Eben.« Captain Morgan nickte. »Deshalb habe ich den Vorschlag gemacht und Sie mit nach hier oben genommen, Major. Sie müssen die Übung genehmigen oder verwerfen.«

Major Enzo Jonkers brauchte nicht lange zu überlegen. »Im Prinzip bin ich absolut einverstanden. Aus den Gründen, die Sie gerade genannt haben, Captain. Aber wir müssen doch sicherstellen, dass aus dem Scheinangriff nicht blutige Wirklichkeit wird. Das heißt, dass die Wachmannschaft, die doch nicht unterrichtet ist, das Feuer auf unsere Männer eröffnet. Haben Sie mit Professor Mulder darüber gesprochen?«

Captain Morgan nickte. »In der Nacht, in der wir den Scheinangriff durchführen, wird an die Sicherheitsmannschaft blinde Munition ausgegeben. Das heißt, wenn sie uns früh genug entdecken, könne sie schießen und Krach machen, ohne jemanden zu verletzen. In diesem Fall ist die Übung als gescheitert anzusehen und sofort abzubrechen. Wir gehen absolut kein Risiko ein.«

»Mulder ist damit einverstanden?«

»Er muss es hinter dem Rücken seiner Gesellschaft tun«, sagte Morgan. »Das heißt, die Army muss ihm den Rücken freihalten. Offiziell führen wir ein Kommando von höchster Dringlichkeit durch und haben Mulder zum Schweigen verdonnert. Das dürfte doch wohl keine Schwierigkeiten bereiten, oder?«

»Keine«, antwortete der Major und schnippte die Zigarette in den Schnee, wo die Glut zischend verlosch. »Haben Sie eine Ahnung, was Sie tun müssten, um eine Katastrophe auszulösen? Ich meine, wenn Sie ein Terrorist wären und es Ihnen gelungen wäre, ein solches Kraftwerk zu besetzen.«

»Absolut keine Ahnung.« Morgan schüttelte den Kopf. »Ich will es ehrlich gesagt auch gar nicht wissen. Schließlich wohne ich mit meiner Familie in der Gegend und ich will nachts wenigstens gut schlafen können.«

»Das ist auch der Grund, abgesehen von den meistens ausgezeichneten Sicherheitsvorkehrungen, warum noch keine terroristische Organisation etwas Ähnliches geplant hat. Die müssen da nicht nur rein, die müssen auch einige Wissenschaftler dazu zwingen, irgendwelche Handlungen zu verrichten, um aus dem Atom-Ei eine Atombombe zu machen.«

»Wahrscheinlich wird das der Grund sein«, stimmte Captain Joe Morgan zu.

»Wann soll das Unternehmen starten?«

»So schnell wie möglich«, antwortete Morgan.

»Morgen oder übermorgen Nacht. Wir müssen lediglich Hank Mulder einen halben Tag vorher unterrichten.«

»Übermorgen Nacht«, bestimmte Major Enzo Jonkers aus dem Stegreif. »Um Punkt Mitternacht, Captain. Geisterstunde im Atomkraftwerk.«

»Wenn wir drin sind und die AMC anrufen, werden die nach Mitternacht kein Auge mehr zumachen. Ich unterrichte Mulder.«

Major Enzo Jonkers nickte und stiefelte durch den hohen Schnee zum Wagen zurück.

Der County Sheriff sah nicht nur aus wie eine Bulldogge, er bellte auch so. Ich schätzte, dass der massige Kerl mit den Hängebacken und der platten Nase mindestens zweihundert Pfund Übergewicht mit sich herumschleppte.

Der Gürtel der Hose drückte die Fettmassen nach oben und ließ sie dann einem Rettungsring gleich wieder über den Hosenbund fallen. Er hatte wulstige Lippen und ein schlechtes, gelbliches Raubtiergebiss.

Blake Ballerton! Vorgestellt hatte er sich nicht. Sein Name stand auf einem Aluminiumschild, das auf dem Schreibtisch stand. Er starrte mich mit geröteten Augen an.

»Das ist hier der Bundesstaat Vermont«, kläffte er. »Ich bearbeite ein Gebiet von dreißig Quadratmeilen, betreue einige tausend Bürger und ein Vielfaches an Touristen, die hier stille, ruhige Tage verbringen wollen. Die haben die Schnauze voll von Polizei, FBI und dem anderen Scheiß. Deshalb kommen sie hierher. Verstanden, G-man?«

Ich wusste wirklich nicht, warum er sich aufregte.

»Verstanden schon«, antwortete ich schnell, bevor er wieder genug Luft geholt hatte, um die Predigt fortsetzen zu können. »Aber das hier ist kein autonomer

Staat, Sheriff, das hier sind die Vereinigten Staaten von Amerika.«

»Darauf scheiße ich, Mann!«

Er war wirklich ein grober Klotz und verfügte über das gesamte Vokabular der Fäkaliensprache. Vielleicht machte er damit auf andere Eindruck. Mich konnte er nicht erschüttern.

»Das ist etwas, was Sie mit sich selbst ausmachen müssen, Sheriff«, sagte ich. »Aber es ist nun einmal so, dass Sie in diesem Land leben und zudem noch ein Amtsträger sind, der zur Zusammenarbeit mit übergeordneten Behörden verpflichtet ist.«

Die Bulldogge auf zwei Beinen verzog ihr Gesicht zu einem breiten Grinsen.

»Hier in meinem Bezirk gibt es keine mir übergeordnete Behörden, Mann! Ich bin der County Sheriff und damit basta.«

Ich setzte mich und zündete mir eine Zigarette an. Typen wie dieser, die sich für den Mittelpunkt der Welt hielten, waren mir schon in den Südstaaten untergekommen. Auf normale Art und Weise konnte man sie nicht hantieren.

»Nichtraucher«, sagte er.

»Geschenkt!«, antwortete ich.

Die Tür knarrte in meinem Rücken. »Wenn der Sheriff sagt, dass hier Nichtraucher ist, Mann, dann hast du dich daran zu halten.«

Ich brauchte mich nicht umzudrehen. Ich erkannte ihn an seiner Stimme. Es war der freundliche Deputy, dem Phil und ich gestern auf dem Flugplatz neben der Leiche begegnet waren.

Ich rauchte noch einen tiefen Zug. Dann hörte ich die Schritte des Deputy hinter mir und sprang mit einem Satz auf. Gerade zum richtigen Zeitpunkt, denn er hatte die Hand schon erhoben und wollte mir die Glut der Zigarette ins Gesicht drücken. Wirklich freundliche Menschen hier in Vermont! Und das alles in der Friedenszeit, etwas mehr als eine Woche vor Weihnachten.

Sein Plan ging schief. Meiner nicht. Ich ließ den Ellbogen zurückschwingen und traf ihn genau über dem Gürtel.

Der Deputy rülpste, taumelte zurück und verlor das Gleichgewicht.

Als ich mich nun zu ihm umschaute, sah ich ihn mit blau angelaufenem Gesicht auf dem rissigen Holzboden liegen. Er rang noch immer nach Luft. Er hatte wohl die große Klappe eines Nilpferdes, aber er konnte nichts vertragen. Zwei Tage New York, mit einem Einsatz in der Bronx, und er war reif für ein Staatsbegräbnis.

Blake Ballerton, die Bulldogge, kam sehr schnell hinter seinem Schreibtisch hervor. Eigentlich schneller, als ich es bei seinen Massen vermutet hatte. Ich wirbelte zu ihm herum. Er blieb stehen, als sei er gegen einen unsichtbaren Baum gelaufen. Genau so ein Gesicht zog er auch.

»Wenn die Trauergestalt nicht verschwindet, Sheriff, werde ich ihn hier von Amts wegen demontieren. Verstanden?«

Ich hatte die Stimme erhoben. Das Glas, hinter dem sich das Bild des Präsidenten der Vereinigten Staaten von Amerika befand, klirrte leise.

Es war genau die Tonlage, auf die Sheriff Blake Ballerton ansprach.

»Die ›Trauergestalt‹, wie du ihn nennst, ist Deputy Tommy Surrey und mein verdammter Schwiegersohn.«

»Beileid«, sagte ich.

Surrey kroch wie eine Schildkröte mit Orientierungsschwierigkeiten durch das Office. Er stieß mit dem Kopf gegen ein Tischbein, warf den Papierkorb um, griff dann danach wie nach einem Rettungsanker und hielt ihn sich vor den Mund, als er sich übergab.

»Er isst zu fett«, sagte ich zu Sheriff Ballerton, zog den Stuhl wieder heran und setzte mich. »Was ist mit dem Mann, der auf dem Flughafen erschossen wurde?«

Ballerton kam noch einen Schritt heran. Dann hob ich mahnend den Zeigefinger.

»Ich komme aus New York«, sagte ich. »Ich hasse Gewalt, wenn sie nicht unbedingt sein muss, Sheriff. Aber es macht mir nichts aus, dir den Fettkranz über der Hose so hoch zu massieren, dass dir der Hals platzt. Haben wir uns verstanden?«

Er blieb stehen. Er beobachtete seinen missratenen Schwiegersohn aus den Augenwinkeln, aber er machte sich falsche Hoffnungen. Ich sah Surrey ebenfalls. Wenn er etwas tat, was mir nicht gefiel, würde ich ihn mitsamt Papierkorb durchs Fenster werfen.

»Wen hat es auf dem Flughafen erwischt, Sheriff? Welche Stellen sind eingeschaltet? Wie stehen die Ermittlungen und was hat die Suche nach dem rotweißen Suzuki-Jeep ergeben, der nach den Schüssen in Richtung Proctor davongefahren ist?«

Surrey richtete sich auf. Seine Knie waren weich. Vom Kotzen war er so erschöpft, dass er zu keinen Heldentaten mehr fähig war.

»Geh dich waschen und zieh dir was Frisches an, Held«, sagte ich. »Du stinkst wie ein Scheißhaus in Alabama.«

Was die Ausdrucksweise anging, konnte ich hier sehr gut mithalten und mich auch schnell darauf einstellen. Da es die einzige Methode war, sich hier Gehör zu verschaffen, machte es mir auch nichts aus.

Surrey trollte sich. Ballerton schickte ihm einen wütenden Blick nach. Wahrscheinlich wies er später seine Tochter an, zwei Monate lang nicht mehr mit dem Deputy zu schlafen, oder er befahl ihr, sich von ihm scheiden zu lassen. Kannte sich einer aus mit den Bräuchen in Vermont!

Ballerton setzte sich wieder. Ich lachte leise, als er zwei Sekunden lang nach seiner Kanone schielte, die samt Holster und Patronengurt auf dem Stuhl neben dem Schreibtisch hing,

»Um das noch einmal richtig zu stellen, Sheriff«, sagte ich schneidend, »mein Name ist Jerry Cotton und ich bin FBI-Agent. Ich stelle dir Fragen und du beantwortest sie augenblicklich und wahrheitsgetreu, oder binnen zwei Stunden steht eine Ablöse für dich vor der Tür. Und das, verdammt, ist kein New Yorker Witz, Ballerton!«

Er hielt es auch nicht mehr für einen Witz. Er nahm mich ernst, was aber nicht auch gleichzeitig hieß, dass er es mir nicht heimzahlen würde.

»Dan Peterson«, sagte Ballerton. »Der Tote heißt Dan Peterson …«

Der Candlelight Club in Rutland öffnete um zwölf Uhr mittags, drehte bis nachts um vier ohne Pause durch, wurde dann sauber gemacht, die Einnahmen wurden von Ruby Hangston persönlich gezählt und zur Bank gebracht und mittags öffnete der Club wieder. Eine Goldgrube, weil es der einzige Ort in Rutland war, in dem man illegal spielen konnte, jede Art von Räuberspiel. Ein Ort, in dem die schönsten Mädchen saßen, die ab fünfhundert Dollar aufwärts aktiv wurden …

Hangston hießt eigentlich Rudi, aber wegen seiner feuerroten Haare nannte ihn jeder, der ihn besser kannte, ›Ruby‹. Das hörte Hangston auch lieber als den deutschen Namen, den sein Großvater ihm in die Wiege gelegt hatte, der irgendwann von Hamburg nach Vermont gekommen war. Damals, als Rutland noch eine Ansammlung weniger Hütten war. Ruby war geschäftstüchtig, hemmungslos und ging über Leichen, wenn für ihn genug dabei heraussprang. Über andere Leichen. Sein eigenes Leben war ihm heilig. Deshalb fühlte er sich auch unbehaglich, als er dem Mann mit dem dunkel gelockten Haar gegenübersaß, dessen rechte Gesichtshälfte von einer Narbe verunziert wurde.

»Ich habe hier einige Leute, die in den nächsten Tagen in deinem Club ungehindert trinken, spielen und bumsen wollen, Ruby«, sagte Maggio Valetti. Als er sich eine Zigarette anzündete, schlug er das Jackett des korrekt sitzenden Anzuges etwas beiseite und das Schulterholster war zu sehen.

»Sicher«, sagte Ruby schnell. »Wer bezahlt?«

»Ich. Maggio Valetti ist mein Name, Ruby. Ruf deinen Schwager in Baltimore an. Er wird dir bestätigen, dass ich für jede Summe gut bin und es schlecht für jemanden ausgeht, der mir widerspricht. Wie stehst du mit den Bullen?«

»Ich bezahle nicht wenige von ihnen.«

Valetti kratzte sich das schwarze Lockenhaar. »Dan Peterson hatte einen hässlichen Unfall«, sagte Valetti. »Er hat die Geschäfte bislang über deinen Club abgewickelt und dir eine schlechte Provision bezahlt. Richtig?«

»Das stimmt.«

»In Zukunft kannst du die Geschäfte auf eigene Rechnung machen, Ruby.« Valetti bückte sich und stellte seine Diplomatentasche auf den Tisch. Er klappte den Deckel auf und schob drei handliche Pakete in Rubys Richtung. »Das ist Petersons Hinterlassenschaft. Die Kundenliste liegt bei. Auch Petersons private Buchhaltung. Er hatte große Außenstände, die du kassieren lassen kannst. Du hast doch Jungs, auf die du dich verlassen kannst, oder?«

Ruby Hangston schluckte trocken. Sein schmales Geiergesicht bekam nun noch mehr Ähnlichkeit mit dem Aasfresser.

»Und was kostet mich das?«, fragte er dann.

»Nichts, Ruby. Wir spielen nicht im und nicht mit

Schnee. Wir machen andere Geschäfte, sind in der Gegend fremd und brauchen einen Mann, auf den wir uns rückhaltlos verlassen können. Dich, Ruby!«

»Und was habe ich zu tun?«

»Nur das, was ich dir sage. Du setzt dich selbst, deinen Laden und deine Mädchen ein. Einige Tage, nicht länger. Danach sind wir verschwunden. Wenn mit dir alles geklappt hat, wenn wir keine Schwierigkeiten durch dich bekommen haben, lassen wir dich als noch reicheren Mann zurück und du hörst niemals wieder etwas von uns. Zugegeben, es würde uns schwer fallen, uns einen anderen Partner zu suchen, aber wir würden ihn finden, wenn du nicht mitspielen willst.«

Ruby Hangston zündete sich mit zitternden Fingern eine Zigarette an.

Für eine kleine Stadt wie Rutland war der Mann namens Maggio Valetti eigentlich eine Nummer zu groß. »Da ist nur eine Schwierigkeit, Ruby.«

»Welche?«

»Ein anderer Partner würde wahrscheinlich deinen Laden und deine Geschäfte übernehmen wollen, Ruby. Und wir könnten ihm das nicht einmal abschlagen. Das verstehst du, oder?«

Ruby verstand ausgezeichnet.

Er hatte gar keine andere Möglichkeit, als sich einverstanden zu erklären. »Ich bin schon der richtige Mann für euch«, lobte er sich selbst. »Ich habe zu allem und jedem Beziehungen. Ich kann euch alles besorgen, was ihr braucht.«

»Das höre ich gerne, Ruby.« Valetti hielt den Arm ausgestreckt über dem Koffer mit Kokain. »Ich brauche sechs Kampfanzüge der Marines komplett. Einige Maschinenpistolen, am liebsten UZIs, und ausreichend Munition. Vielleicht ein paar Handgranaten, etwas Sprengstoff und anderen Kleinkram, der Krach macht. Das alles brauche ich bis morgen Mittag. Wenn du das nicht auf die Beine stellen kannst, sag es gleich.«

»Das geht in Ordnung«, sagte Ruby. »Ich habe dir doch gesagt, ich habe Verbindung zu allem und zu jedem.«

»Dann sind wir uns einig?«

»Beinahe.«

»Was noch?«

»Was springt unter dem Strich gesehen für mich dabei heraus?«, fragte Ruby.

Valetti lachte schallend. Dann drohte er Ruby mit erhobenem Zeigefinger. »Du bist wirklich ein cleverer Hund«, sagte er. »Man kann dich nicht einfach platt fahren, he?«

»Kann man nicht.«

»Eine Million garantiert«, sagte Valetti. »Aber wahrscheinlich viel mehr.«

Ruby Hangston starrte Valetti staunend an. Er lebte, verdammt, seit mehr als zwanzig Jahren in dieser Scheißstadt, die Rutland hieß. Aber dass hier die Millionen so herumlagen, dass man sie einfach nur aufzuheben brauchte, das hatte er noch nicht bemerkt.

»Eine Million«, wiederholte er mit versagender Stimme.

»Das ist das Garantiehonorar, Ruby. Es lohnt sich, mit uns zusammenzuarbeiten.«

»Für 'ne Million«, sagte Ruby, »kannst du alles von mir verlangen.«

»Das werde ich auch ganz bestimmt tun«, versprach Valetti. »Das Kokain und Petersons Geschäft betrachte ich als milde Zugabe.«

»Wie erkenne ich deine Leute, Valetti? Ich meine, ich muss dem Personal und den Mädchen schließlich sagen, wen sie besonders nett zu behandeln haben.«

»Wenn jemand kommt, wird er sich vorstellen, Ruby. Er wird ein Gespräch mit dir beginnen und auf irgendeine Art und Weise meinen Namen erwähnen.

Valetti, Ruby. Den vergisst du doch nicht so schnell, oder?«

Das Haus lag abseits der Straße. Ein schmaler, verschlungener Weg führte zum Eingang hinauf. Es ging durch einen tief verschneiten, parkähnlichen Garten. Im Frühling und im Sommer musste es herrlich hier sein. Ich wusste, dass Harry Intosh, der Reporter, hier zusammen mit seiner Freundin wohnte und das Haus von seinem Vater geerbt hatte. So viel Geld, um sich diese Pracht leisten zu können, hatte er mit seinen Artikeln noch nicht verdienen können.

Ich ließ den Wagen unten an der Straße stehen und machte mich zu Fuß auf den Weg. Das Weiß war von vielen Fußspuren durchzogen. Dazwischen die scharfen Rillen, die ein Schlitten hinterlassen hatte, und die etwas breiteren Spuren, die von Skiern stammten. Die Fenster waren mit schweren Gardinen verhangen. Es war zwei vorbei. Vielleicht waren Intosh und seine Freundin Langschläfer, vielleicht waren sie auch ausgeflogen.

Dagegen sprachen die beiden Geländewagen, ein Jeep und ein weißroter Suzuki. Unter dem Suzuki war der Schnee geschmolzen. Das hieß, sein Motor war heiß gewesen. Der Wagen konnte hier noch nicht lange stehen. Sonst hätte die eisige Kälte den Schneematsch unter dem Wagen lange wieder mit Eis überzogen.

In einem musste ich Sheriff Ballertons dusseligem Schwiegersohn und Deputy Surrey Recht geben: Hier fuhren zahlreiche rotweiße Suzuki-Jeeps herum. Es wäre wirklich sinnlos gewesen, nach dem zu fahnden, den ich gestern nach den Schüssen am Flughafen ganz kurz gesehen hatte.

Im Vorbeigehen berührte ich die Motorhaube. Sie war noch warm. Die Stufen zum Eingang waren eis- und schneefrei. Es gab riesige Silberbeschläge an der weißen, ovalen Tür und eine in die Mauer versenkte Glocke. Einen Moment zögerte ich noch, dann schellte ich.

Nichts passierte. Im Haus blieb alles ruhig. Komisch, wo doch draußen ein Wagen stand, mit dem gerade jemand angekommen sein musste.

Ich schellte noch einmal. Das Resultat blieb das Gleiche.

Vielleicht war Harry Intosh menschenscheu, vielleicht mochte er keinen Besuch, den er nicht kannte, vielleicht hatte er gerade etwas Besseres zu tun, als die verdammte Tür zu öffnen.

Ich trat vom Eingang zurück und schaute zu den Fenstern mit den vorgezogenen Gardinen. Im ersten Stock rechts bewegte sich etwas. Auf jeden Fall, ich hatte es auch gar nicht anders erwartet, war jemand im Haus.

»Es dauert nicht lange, Mr. Intosh!«, rief ich zu dem Fenster hinauf. »Es ist wichtig.«

Einige Sekunden verstrichen, dann sah ich den blonden Frauenkopf am Fenster auftauchen. Dem Gesicht nach war die Frau nicht viel älter als zwanzig Jahre.

»Dauert wirklich nicht lange, und es ist wirklich wichtig!«, rief ich.

Die junge Frau verschwand, die Gardinen schwangen zurück. Jetzt, nachdem ich sie ohnehin aufgescheucht hatte, würde sie wohl öffnen.

Ich stiefelte wieder zum Eingang. Wenig später ertönte der Summer. Ich schob die Tür auf, betrat die wirklich riesige, hohe Halle und schloss die Tür hinter mir. Die Halle war mit antiken Möbeln ausgestattet. Auch die Bilder an den Wänden und die zahlreichen Skulpturen deuteten auf Wohlstand hin. Eine weiße, geschwungene Treppe, die einen Messingumlauf hatte, vielleicht war er auch vergoldet, führte auf eine Galerie.

Ich blieb stehen und wartete. Weitere Sekunden verstrichen. Dann tauchte die junge Blondine, deren Gesicht ich eben schon am Fenster gesehen hatte, oben an der Treppe auf.

Hinter ihr war ein schwarzhaariger Mann mit scharfen Gesichtszügen und sehr schmalen Lippen. Harry Intosh war das sicher nicht. Den hatte man mir anders beschrieben. Und ich wollte nicht daran glauben, dass Sheriff Blake Ballerton mich doch noch angelogen hatte.

»Sorry«, sagte ich und zuckte mit den Schultern. »Ich wollte wirklich nicht stören, aber …«

Gleich nachdem ich den Schwarzhaarigen hinter der Blondine gesehen hatte, hatte ich ein komisches Gefühl in der Magengegend gehabt. Nun stellte sich heraus, dass ich mich auch hier in Vermont darauf verlassen konnte.

Die Rechte des Mannes schwang hoch. Die 45er Automatic in seiner Hand war nicht zu übersehen. Die Mündung zielte mitten in das lockige Blondhaar der jungen Frau.

»Willst du dich nicht vorstellen?«, fragte der Schwarzhaarige. »Das Baby kennt dich nicht und ich kenne dich auch nicht.«

»Ich komme wegen der neuen Küchenmaschine«, sagte ich. »Mr. Intosh hat es mit mir abgesprochen. Vielleicht bin ich etwas zu früh.«

»Absolut nicht, du kommst genau richtig.«

Die Blondine mit dem Lockenhaar stieß einen unterdrückten spitzen Schrei aus, als der Schwarzhaarige ihr einen Stoß versetzte und sie so unsanft nach vorn trieb.

»Das finde ich auch!«

Ich schaute nach links. Zwischen der Büste des Göttervaters und der von Aphrodite führte eine Treppe nach unten. Dort tauchte der zweite Mann auf. Er war ebenfalls dunkelhaarig, aber etwas rundlicher und kleiner. Er trug sein Haar in der Mitte gescheitelt. Es lag so platt an seinem runden Schädel an, als habe er das Haupt gerade in Olivenöl getaucht. Seine Artillerie bestand aus einem grundsoliden 38er Special mit kurzem Lauf und aufgesetztem Schalldämpfer.

Damit stand auf jeden Fall schon mal fest, dass es sich nicht um Gelegenheitseinbrecher handelte. Die benutzten anderes Handwerkszeug.

Ich holte tief Luft und blieb stehen. Meine Gedanken jagten sich. Ich suchte nach einem Ausweg für die Blondine und für mich. Es gab keinen. Beide schwarzhaarigen Zeitgenossen sahen genau so aus, als könnten sie ausgezeichnet mit den Waffen umgehen und als würde es ihnen nichts ausmachen, sie auch zu gebrauchen.

Die lockige Blondine taumelte die Treppe hinab. Der Kerl hinter ihr trieb sie an. Sie musste sich einige Male am Geländer halten, um nicht zu stürzen. Dann endlich hatte sie die Halle erreicht, deren Boden mit weißem Marmor getäfelt war. Auch von der feinsten italienischen Sorte.

Sie schaute mich an. Angst flackerte hell in ihren blauen Augen. Ihre Nasenflügel bebten und die Mundwinkel zuckten. »Ich bin Ellen Sue Detering«, sagte sie leise. »Ich habe keine Ahnung …«

»Quatsch keine Opern, Baby«, zischte der mit der 45er Automatic. So aus der Nähe wirkten seine Gesichtszüge beinahe messerscharf. Eine Frau, die ihn küssen wollte, musste erst eine Hemmschwelle überwinden.

Der rundliche Gigolotyp, der eben im Treppenniedergang aufgetaucht war, pirschte sich von der Seite an mich heran. Ich beobachtete ihn aus den Augenwinkeln. Als er grinsend die Oberlippe hob, sah ich einen Goldzahn blitzen.

»Hast du auch was mit der Zeitung zu tun?«, fragte er mich.

Ich nickte. »Empire State Building News«, sagte ich. »Christliches Monatsblatt für die keusche Endfünfzigerin …«

Ich redete Unsinn, um sie unsicher zu machen. Ich hoffte darauf, dass sie einen Fehler begingen und mich noch einige Zeit unbehelligt ließen.

Ich konnte sie nicht verblüffen und sie hatten keinen Sinn für Humor. Der Rundliche flog mich von der Seite an. Der andere hob die Waffe und drückte sie wieder in Ellen Sue Deterings Lockenpracht. Damit hinderte er mich daran, eine abrupte Bewegung zu machen. Die wäre nun einmal nötig gewesen, um dem rundlichen Typ auszuweichen.

Ich zog noch den Kopf zwischen die Schultern. Das reichte nicht aus.

Der Gigolotyp erwischte mich mit einem harten Schlag. Die Kanone, mit der er diesen Schlag ausführte, war solider Edelstahl.

Ich hatte das Gefühl, als würde mir jemand plötzlich die Beine wegziehen. Ich stürzte. In meinem Kopf hallten jede Menge Explosionen. Ich war so benommen, dass ich nicht einmal mehr daran dachte, die Hände nach vorn zu bringen oder mich doch wenigstens zusammenzurollen.

Der weiße Marmor raste mir entgegen wie eine unheilvolle Lawine. Es knallte erneut in meinem Hirn, weil ich mit dem Kopf auf den edlen Stein aufschlug.

»Filz ihn!«, hörte ich wie aus weiter Ferne eine Stimme. Schon so undeutlich, dass ich nicht mehr bestimmen konnte, wer den Befehl gegeben hatte.

Jemand trat mir in die Seite und drehte mich auf diese unkonventionelle Art und Weise herum. Eine Gestalt beugte sich tief über mich. Das Gesicht des Mannes lag in einem tiefen Schatten und war ohne Konturen. Eine Hand tauchte in die pelzgefütterte, halblange Lederjacke und schlug sie zurück.

»Er hat eine Kanone!«

»Filz ihn, verdammt!«

Einige Sekunden verstrichen. Dazwischen hörte ich noch das Schluchzen von Ellen Sue Detering.

»Das ist 'n Bulle, 'n FBI-Bulle. Soll ich ihn kaltmachen?«

Selbst die Ankündigung meines baldigen Todes konnte mich nicht aus dem Schwebezustand zwischen Wachen und Schlafen reißen. Ich war unfähig, auch nur ein Ohr am Kopf zu bewegen. Mich kaltzumachen war wirklich kein Kunststück. Jedes Kind hätte das gekonnt.

»Warte! Ruf erst Maggio an!«

»Was wollen Sie von mir?«, fragte Ellen Sue Detering in das sich anschließende Telefongespräch hinein. »Mein Gott, ich habe nichts getan, was …«

»… beten kannst du später, Schwester!«

»Wir sollen ihm noch eine verpassen und dann liegen lassen, sagt Maggio.«

»Verdammt, er hat uns gesehen. Er kann uns vielleicht Schwierigkeiten machen.«

»Willst du Maggio das sagen?«, fragte der andere.

»Nein. Verdammte Scheiße!«

»Ich weiß wirklich nicht …«, begann Ellen Sue Detering wieder.

»Stell sie endlich ab!«, fauchte jemand. »Ich kann das Gejammer nicht mehr hören!«

»Bitte – nicht! Ich sage ja nichts mehr!«

Ein, zwei klatschende Geräusche, dann herrschte wieder für eine Sekunde Stille.

»Haben wir was vergessen?«

»Glaube nicht.«

»Dann lass uns endlich verschwinden! Besorg es dem FBI-Bullen!«

Danach vernahm ich noch einen Riesenknall. Ich dachte, dass der Gigolo mir seinen schweren Schneestiefel an den Kopf gesetzt hatte, und stürzte in ein rabenschwarzes tiefes Loch.

»Willst du eine Revolution anfangen oder einen kleinen Privatkrieg?«

Ruby Hangston lachte leise, zündete sich eine Zigarette an und inhalierte einen tiefen Zug. Er fühlte sich in seinem Element.

Endlich war auch in Rutland mal richtig was los und er spielte eine Hauptrolle.

»Ich habe dir die Bestellung durchgegeben«, sagte Ruby. »Ich brauche das Zeug bis heute Abend. Du stellst keine Fragen, du sagst mir nur, ob du liefern kannst.«

»Was ist mit meinen Schulden bei dir?«

»Für fünftausend schmeiße ich die Schuldscheine in den Papierkorb«, sagte Ruby.

Im selben Moment dachte er, dass er damit viel zu hochgegriffen hatte. Aber das ließ sich jetzt auch nicht mehr ändern.

»Ich muss ins Arsenal …«

»… mir egal, wohin du musst und woher du das Zeug holst. Bis heute Abend. Geht das in Ordnung?«

»Sicher.«

»Bring es hintenrum, über den Hof. Vergiss nichts. Wenn du mehr abstauben kannst, umso besser.«

»Vielleicht ein paar Pershings oder Boden-Boden-Raketen?«

»Auch recht«, sagte Ruby und legte den Hörer auf.

Die Schwarzhaarige, die auf seiner Couch lag, hieß Gloria. Sie trug noch einen Tangaslip von der Größe, mit der man nicht einmal die Hand eines erwachsenen Mannes bedecken konnte. Aus drei laufenden Yards Stoff konnte der Fabrikant die Jahresproduktion fertigen.

Sie schaute Ruby aus großen dunklen Kulleraugen staunend an.

»Ist was, Blacky?«, fragte der rothaarige Clubbesitzer.

»Nichts, Ruby«, beeilte sich Gloria zu sagen.

»Absolut nichts. Ich staune nur, wie du das alles managst. Wirklich.«

Ruby Hangston nickte selbstgefällig. »Ein Mann wächst mit der Größe seiner Aufgabe«, sagte er. »Und was dich angeht, Gloria, du machst deinen Job auch sehr gut. Du kümmerst dich ab sofort um einen Mann namens Maggio Valetti. Ich gebe dir seine Adresse. Mit kümmern meine ich, dass du ihm aber auch wirklich jeden Wunsch von den Augen abliest und tust, was er dir sagt. Wenn er sagt, du sollst aus dem Fenster springen, dann zögerst du nicht. Verstanden?«

»Ja, Ruby«, hauchte die schwarzhaarige Gloria. »Aber das wird er hoffentlich nicht verlangen, oder?«

»Bestimmt nicht.«

Gloria atmete einmal tief ein und aus. Das war schon wegen des wogenden Busens ein sehenswertes Schauspiel.

»Vielleicht nur für ein oder zwei Tage«, sagte Ruby Hangston. »Anschließend, wenn du deine Aufgabe gut erledigt hast, wirst du hier Chefin der anderen Mädchen, Gloria.«

»Wirklich, Ruby?«

»Wirklich. Zieh dich an. Dann komm in mein Büro. Ich gebe dir dann die Adresse. Kein Wort zu irgendjemandem, Blacky. Alles verstanden?«

Gloria nickte, strich sich die kurzen schwarzen Haare zurück und lächelte Ruby Hangston dankbar an.

Dazu hatte sie auch allen Grund. Ruby hatte sie vor einem Jahr aus der Gosse gefischt. Sie war total am Ende gewesen. Er hatte sie wieder aufgepäppelt wie ein Robbenjunges, dessen Mutter vom Eisbär verschlungen worden war.

Ruby schaute eine Sekunde lang auf die Tür, die hinter Gloria ins Schloss gefallen war. Er konnte sich auf sie verlassen.

James Marrisson und Phil Decker saßen sich in Marrissons Büro im Staatsgefängnis von Rutland gegenüber. Marrisson nuckelte versonnen an einer Coke, während Phil flüchtig in Brian Tooles Akte blätterte. Etwas anderes als flüchtig war gar nicht möglich. Das Werk war so umfangreich, dass man zum intensiven Studium mehr als eine Woche benötigt hätte.

»Was ist mit ihm?«, fragte Phil.

James Marrisson zuckte mit den Schultern. »Mit ihm wahrscheinlich nichts«, antwortete er dann. »Aber da draußen muss was vor sich gehen, was ihn verdammt sicher macht, dieses gastliche Haus bald verlassen zu können. Er ist nicht auf den Kopf gefallen, Mr. Decker. Er weiß genau, dass es beinahe unmöglich ist, einen Gefangenen, der zum Tode verurteilt ist und der nur noch auf die Vollstreckung des Urteils wartet, freizupressen. Aber er ist sicher, dass es dazu kommt.«

»Und das lässt Sie annehmen, dass sich dort draußen in der nächsten Zeit etwas ganz Gewaltiges abspielt, Mr. Marrisson.«

»Genau«, nickte der kleine, zierliche Mann mit dem blonden Bürstenhaarschnitt. »Und der Coup scheint schon aus der Vorbereitungsphase raus zu sein. Toole meint, wenn wir ihn in den nächsten Tagen nicht grillen, dann wird nichts mehr aus der Party. Ich weiß, wann ein Mann blufft und wann er die Wahrheit sagt.«

»Toole blufft nicht?«

»Auf keinen Fall. Er ist eiskalt. Ich habe Ihnen gesagt, dass er einen Wärter als Geisel genommen und ihn mit dem Tod bedroht hat, nur um immer die aktuelle Zeitung zu bekommen. Der ist so kalt, das gibt es eigentlich gar nicht, Mr. Decker.«

»Und er hat Kanäle nach draußen?«

Marrisson zuckte mit den Schultern. »Kein Gefängnis ist wirklich dicht. Wir in Rutland bilden da keine Ausnahme.«

»Haben Sie eine Vermutung, über wen und wie der Kontakt nach draußen hergestellt wird?«

»Absolut nicht. Anderenfalls wäre es leicht, die Spur zu verfolgen und so auf Freunde zu stoßen, die Toole draußen aller Wahrscheinlichkeit nach hat.«

»Ja«, pflichtete Phil Decker dem Direktor des Staatsgefängnisses bei. »Das wäre dann leicht. Versuchen Sie, etwas aus Toole herauszubekommen.«

»Er lacht mich doch nur aus.«

»Lassen Sie ihn lachen, Mr. Marrisson, so viel und so laut, wie er will. Aber versuchen Sie, etwas aus ihm herauszubekommen.«

Als Phil das Gefängnis verließ, blies ein eisiger Nordwind durch die Stadt, fing sich an Hausecken und in Eingängen und tobte sich heulend an allem aus, was sich ihm in den Weg stellte.

G-man Phil Decker hasste diese Stadt. Wegen des verdammten Wetters und weil in ihr etwas passieren würde, auf das er und Jerry sich noch nicht einstellen konnten.

»Mann! Wachen Sie endlich auf!«

Jemand schlug mir klatschend mit der flachen Hand ins Gesicht und redete auf mich ein wie auf ein totes Pferd. Die Beharrlichkeit, die er dabei an den Tag legte, rief mich wieder in die Wirklichkeit zurück. In eine Wirklichkeit, die aus einem teuflischen Kopfschmerz und einem über alle Maßen verschwommenen Blick bestand. Ich sah von dem Mann nur den dunklen Schatten und ich spürte seine Schläge in meinem Gesicht.

Abwehrend hob ich die Hände.

»Na endlich!«

Ich bewegte die Beine. Dann führte ich die Hände langsam an meinen Kopf heran und nahm das brummende Etwas stöhnend zwischen die Handflächen.

»Geht's wieder oder soll ich einen Arzt rufen?«

Ich riss die Augen weit auf. Die Nebel lichteten sich vor meinen Pupillen. Das Gesicht des Mannes, der sich tief über mich beugte, nahm Konturen an.

Es war ein jungenhaftes Gesicht mit einem Zweitagebart, wie er in Mode gekommen war. Dunkle Augen schauten mich fragend an. Die tiefen Kerben rechts und links der Mundwinkel verrieten Angespanntheit und Sorgen.

»Mr. Cotton. Bitte, was ist passiert? Wie kommen Sie hier rein? Wo ist Ellen Sue?«

Ich drehte mich auf die Seite. Nur einen Yard von mir entfernt lagen meine Waffe und mein Ausweis. Intosh hatte ihn gesehen, daher wusste er meinen Namen. Und er wusste, dass ich FBI-Agent war.

»Verdammt, können Sie nicht ...«

»... nicht so laut und nicht so viele Fragen auf einmal«, bat ich.

Ich streckte ihm die Hände entgegen und Harry Intosh, der rasende Reporter, half mir auf die Beine.

Meine Knie waren noch weich. Ich musste mich für einen Moment an die Wand anlehnen. Dann ging es mir wieder besser.

»Was ist passiert?«

»Das würde mich auch brennend interessieren«, sagte ich schlapp. »Kann ich was zu trinken haben?«

»Was?«

»Hauptsache scharf.«

Auf dem Weg in den Salon berichtete ich Harry Intosh in groben Zügen, was sich ereignet hatte. Er hörte schweigend zu, was ich in diesem Moment als sehr angenehm empfand. Es fiel mir noch schwer, mich zu konzentrieren.

»Ich kann mir keinen Reim darauf machen«, sagte er, als er mir einen Bourbon brachte. Er selbst hatte sich irgendeinen klaren Schnaps eingeschenkt. »Ich muss den Sheriff verständigen.«

Ich sah die Bulldogge vor mir, wie sie schnüffelnd durch das Haus strich, in dem es nichts zu finden gab.

»Ich glaube nicht«, sagte ich. Der Whisky brannte scharf in meiner Kehle.

»Warum …?«

Das Telefon schellte. Wie hypnotisiert starrte Intosh den schwarzen Kasten an, der auf seiner Anrichte unter dem Fenster stand. Langsam bewegte er sich darauf zu, zögerte noch einen Moment und hob dann doch mit einem entschlossenen Ruck ab.

Ich setzte mich. Der Kopfschmerz war weniger geworden, aber die Beule, die mir jemand getreten hatte, schien noch immer zu wachsen. Ich tastete danach und dachte, dass ich als Einhorn durch Vermont trabte, wenn das Ding weiterwuchs.

»Ja«, sagte Intosh einige Male. »Ja – ich will sie sprechen – verdammt – Sie können nicht – ich will …«

Der Hörer flog auf den Apparat zurück und Intosh, der Reporter, drehte sich zu mir um. Die Kerben, die längs seiner Mundwinkel verliefen, waren noch tiefer geworden.

»Sie sagen nichts und lassen mich nicht mit ihr sprechen. Verdammt, ich weiß nicht einmal, ob Ellen Sue noch lebt, Mr. Cotton. Ich …«

»Was wollen die von Ihnen?«

»Sie wollen sicherstellen, dass sie später eine gute Presse bekommen. Ich weiß nicht …«

»Haben die das so gesagt? Ich meine, dass sie eine gute Presse haben wollen?«

»Sie haben gesagt, sie brauchen einen Reporter, der die Wahrheit nicht totschweigt. Sie haben gesagt, alles würde unter den Tisch gefegt werden und nichts an die Öffentlichkeit dringen. Ellen Sue sei der Garant dafür, dass ich sehr wohl Alarm schlagen würde. Total wirres Zeug, Mr. Cotton. Ich weiß nicht, was ich davon halten soll. Ich dachte immer, Menschen würden gekidnappt, weil man Geld erpressen will. Und hier –

auf jeden Fall hat man mir versichert, dass Ellen Sue nichts passiert, wenn ich mitspiele.«

»Wie klang das?«

»Ernst«, antwortete er, denn er wusste sofort, worauf ich hinaus wollte. »Sehr ernst und ehrlich.«

Ich stellte das leere Glas auf den Tisch. »Was geht hier vor?«, fragte ich.

»Keine Ahnung, von was Sie reden.«

»Ein Mann namens Dan Peterson wurde ermordet, Intosh. Gestern Abend, auf dem Parkplatz des Flughafens. Ich habe mit dem Sheriff gesprochen. Er sagt, Peterson habe zwar etwas mit ›Schnee‹ gehandelt, sei aber sonst ein durchaus verträglicher Mann gewesen. Die Bulldogge mit dem Sheriffstern will nie Schwierigkeiten mit Peterson gehabt haben. Im Grunde, so scheint mir, hatte er auch nichts gegen ihn. Er sagte, Peterson versaue keine Schulkinder, sondern mache seine Geschäfte mit Touristen.«

Intosh setzte sich mir gegenüber. »Sheriff Blake Ballerton ist ein Riesenarschloch. Er tolerierte Peterson, weil er hinter dem Rücken die Hand aufhielt und Peterson jeden Monat einige Scheine reinlegte. Das denke ich. Beweisen kann ich es nicht. Und wenn, dann würde mich doch keiner ernst nehmen. Das hier ist Touristengebiet, Mr. Cotton. Und die Leute mit den dicken Brieftaschen kommen nur so lange, wie die Welt hier noch in Ordnung ist. Verstehen Sie?«

Ich nickte. Peterson, der Dealer, der die Touristen vergiftete, war tot und die Freundin eines Journalisten wurde entführt. Die Kidnapper hatten in mir einen FBI-Agenten erkannt, aber sie hatten doch nichts unternommen, um mich auszuschalten.

»Ich bin eigentlich gekommen, um mehr über Peterson zu hören«, sagte ich. »Scheint, dass ich mir einen denkbar ungünstigen Zeitpunkt ausgesucht habe.«

Intosh zündete sich eine Zigarette an. »Was soll ich

tun?«, fragte er. »Ich will einen ehrlichen Ratschlag. Vergessen Sie mal für einen Moment, dass Sie FBI-Agent sind.«

»Warten Sie ab«, sagte ich. »Und wenn Sie meinen, es sei ein günstiger Zeitpunkt, oder wenn Sie zu wissen glauben, wer das Mädchen entführt hat, setzen Sie sich wieder mit mir in Verbindung. Sun Valley Hotel, in Mendon. Gleich um die Ecke. Falls ich etwas erfahre, setze ich mich mit Ihnen in Verbindung.«

»Sie glauben also auch nicht daran, dass Ellen Sue etwas passiert?«, fragte Intosh hoffnungsvoll.

Ich zögerte einige Sekunden, dann schüttelte ich den Kopf. »Ich glaube nicht, dass man ihr etwas tun wird«, antwortete ich dann. »Man braucht Sie, Intosh, und ihren Draht zur Presse. Ich glaube wirklich nicht, dass der Kleinen etwas passiert, solange Sie tun, was man von Ihnen verlangt. Aber das ist keine Garantie.«

»Haben die gewusst, dass Sie Bulle, Pardon, FBI-Agent sind?«, fragte er und gab sich die Antwort nickend selbst. »Natürlich. Ihre Waffe und Ihr Ausweis lagen neben Ihnen auf dem Boden. Verstehen Sie das?«

»Ehrlich gesagt, nein.«

»Ich weiß wirklich nicht, was ich tun soll.«

Ich stand auf und legte ihm die Hand auf die Schulter.

»Nichts, solange Sie ein gutes Gefühl dabei haben.«

»Hat Petersons Tod etwas damit zu tun?«

Das war eine gute Frage, über die ich mir eigentlich noch keine Gedanken gemacht hatte. »Hatte Peterson gute Freunde?«, fragte ich, anstatt ihm eine Antwort zu geben.

»Wer mit dem Zeug handelt, wer liefern kann, hat immer Freunde.«

»Wenn ihn jemand suchte, wo konnte man ihn finden?«

»Bei Ruby Hangston, im Candlelight Club. Hangston ist einer, der seine Finger in jedem Gewinn bringenden, schmutzigen Geschäft hat. An ihm kommt man einfach nicht vorbei. Sie haben mir meine Frage noch nicht beantwortet. Hat Petersons Tod etwas mit Ellen Sues Entführung zu tun, Mr. Cotton?«

»Ich denke, ja.«

Intosh nickte.

»Sie kennen Hangstons Geschäft«, sagte ich. »Kennen Sie auch seine Kunden?«

»Einige sicherlich«, sagte Intosh leise. »Aber ich kann mich jetzt nicht konzentrieren.«

Ich verstand ihn. Ellen Sue war verschwunden. Natürlich konnte er an nichts anderes denken. Es war schon fantastisch, wie gut er sich hielt. Nach außen hin. Innerlich, dessen war ich mir sicher, war er einem Zusammenbruch sehr nahe.

»Wenn Sie dazu in der Lage sind, Mr. Intosh, machen Sie mir eine Liste. Ich nehme Kontakt mit der Polizei in Rutland auf, weihe sie für alle Fälle ein und gebe Anweisungen, wegen Ellen Sue nichts zu unternehmen. Einverstanden?«

»Ja.«

Ich verließ das Haus, das eigentlich eine Villa war, ging durch den verschneiten Garten und stieg wieder in den gemieteten Jeep. Was, verdammt, wurde hier rund um den El Pico Peak gespielt?

Ein kleiner Rauschgiftlieferant wurde ermordet, man entführte die Freundin eines Reporters und im Staatsgefängnis spielte ein zum Tode verurteilter Mörder verrückt. Und das alles, davon war ich überzeugt, stand in einem ursächlichen Zusammenhang.

Ich startete und fuhr los. Phil war wahrscheinlich schon wieder aus Rutland zurück und erwartete mich im Hotel. Vielleicht hatte er etwas in Erfahrung gebracht.

Die Schüsse fielen, als ich den Jeep die Passstraße hinaufgescheucht hatte und unter mir die verschneiten Hänge voller Skitouristen sah und auf der anderen Seite Syrakus II, das Atom-Ei, die Kühltürme und die Wiederaufbereitungsanlage.

Der erste Schuss traf rechts die Frontscheibe des Jeeps und hätte, falls es einen gegeben hätte, den Beifahrer getötet. Das getönte Glas zersprang. Was übrig blieb, war ein undurchsichtiges Spinnwebennetz.

Ich trat die Bremse, zog die Handbremse an und ließ mich aus dem Jeep fallen.

Die nächsten Schüsse wurden aus einer automatischen Schnellfeuerwaffe abgegeben. Sie stanzten Löcher in die Karosserie des nagelneuen Fahrzeuges. Einige Projektile schlugen auf dem Asphalt der Straße, auf dem knochentrockenen Hang, über den ich rutschte, und in den Stämmen einiger unschuldiger Kiefern ein.

Genauso überraschend, wie das Feuerwerk begonnen hatte, hörte es auch wieder auf. Ich presste mich noch gegen den harten Hang, wühlte mich in den Schnee und hielt die Luft an, als plötzlich wieder Stille herrschte. Ich wartete einige Sekunden. Dann richtete ich mich auf und schob mich langsam den Hang hinauf, bis ich die Straße erreichte.

Im selben Moment wurde drei weitere Schüsse abgefeuert. Fluchend rutschte ich den Hang weiter runter und hielt mich am dünnen Stamm einer Kiefer fest, um nicht ins Bodenlose abzurutschen. Es ging ziemlich tief hinab, für den Aufstieg würde ich später sicherlich mehr als eine halbe Stunde brauchen. Auf dem Hang konnte mich niemand sehen, also auch niemand erwischen. Ich rutschte etwas höher, lehnte mich mit dem Rücken gegen den Stamm, dessen Borke tief eingerissen war, und zündete mir eine Zigarette an. Den 38er hatte ich für alle Fälle neben mich in den

Schnee gelegt, obgleich ich jetzt schon davon überzeugt war, dass ich die Waffe nicht brauchte. Jedenfalls nicht, um mich gegen den oder die unsichtbaren Heckenschützen zu verteidigen.

Die nämlich hatten mich gar nicht treffen wollen. Sie wollten mir einen Schreck einjagen, mir vielleicht begreiflich machen, dass sie mich zu jeder Zeit erwischen konnten.

Sei vorsichtig, G-man!, bedeuteten die Schüsse. Tritt schön leise auf und verirr dich nicht in unsere Richtung!

Die Zigarette brannte herunter, ohne dass ich einen Zug davon rauchte. Ich lauschte angestrengt in die beinahe beängstigende Stille, die über dieser Winterlandschaft lag. Zehn, fünfzehn Minuten verstrichen. Ich hatte nicht auf die Uhr geschaut, aber die Zigarette war inzwischen so weit heruntergebrannt, dass ich sie fallen gelassen hatte. Dann klang ganz leise Motorengeräusch an mein Ohr. Es kam nicht von der Straße, sondern von dem Hügel, der sich auf der anderen Straßenseite befand.

Er war von schmalen, eigentlich um diese Zeit unbefahrbaren Wegen durchzogen, die im Frühling und Sommer von den Waldarbeitern benutzt wurden.

Genau dort hatten sie auf mich gewartet. Nun verschwanden sie.

Später, bei einem Drink an irgendeiner Bar, erzählten sie sich stolz, dass sie einen G-man zum Frieren gebracht hatten.

Ich ließ zur Sicherheit noch einige Minuten verstreichen. Dann arbeitete ich mich zur Straße hoch. Als ich diesmal den Kopf über den Böschungsrand streckte, geschah nichts.

Die Kerle waren verschwunden. Es war absolut sinnlos, nach ihnen zu suchen.

Ich klopfte mir den Schnee aus der Kleidung. Nun erst, als ich zur Ruhe gekommen war, merkte ich, wie steif gefroren und gefühllos meine Glieder waren. Ich kletterte in den Jeep zurück und versuchte, ihn zu starten.

Es war unmöglich. Einige der Stahlmantelgeschosse waren in den Motor eingeschlagen.

Es ging auch ohne Motor. Ich löste die Handbremse, die ich vorhin noch geistesgegenwärtig angezogen hatte. Hätte ich es nicht getan, wäre der Jeep weitergerollt und den steilen Abhang hinabgestürzt. So aber konnte ich, weil die Bremsen noch gut funktionierten, langsam die steile Passstraße hinabrollen.

Als ich die Kreuzung der kleinen Straße erreichte, die über East Pittsford durch die Grifford Woods nach Mendon führte, glühten die Bremsklötze und fraßen sich fest. Hier unten war das kein Problem mehr. Ich schaffte es, den Jeep an den Straßenrand rollen zu lassen, und stieg aus.

Keine zwei Minuten später hatte ich einen Lift nach Mendon, ins Sun Valley Hotel.

Als das Telefon schellte, drehte sich Hank Mulder müde auf die Seite, verfluchte den bimmelnden Kasten innerlich, hob aber doch ab. Von nun an konnte alles wichtig sein. Und für alle Fälle hatte er seine Nummer auch in Syrakus II hinterlassen.

»Captain Joe Morgan«, meldete sich die Mulder bekannte Stimme.

»Ja, Captain?«

»Morgen Nacht, Mr. Mulder«, sagte der Offizier des Marine Corps, das südlich von Rutland stationiert war. »Genau so, wie wir es besprochen haben. Sie sorgen dafür, dass die Wachmannschaft mit blinder Munition ausgerüstet wird. Wir geben Ihnen Deckung. Sie erhalten nun, wie gewünscht, eine offizielle Anweisung, an die Sie sich zu halten haben. Diese Anweisung wird auf Band mitgeschnitten, Mr. Mulder.«

»Okay«, sagte Mulder. Mit einer heftigen Bewegung winkte er ab, als sich Jane Basset unter der Bettdecke hervorrollte und in seine Nähe rückte. Beschwörend legte er den Zeigefinger an seine Lippen.

»Mr. Mulder, hier spricht Captain Joe Morgan, 24. Marine Corps Rutland-Süd. Morgen Nacht, die Zeit wird Ihnen nicht bekannt gegeben, werden Angehörige dieser Einheit einen Scheinangriff auf Syrakus II durchführen. Als Übung für die Truppe und zur Überprüfung der Sicherheit von Syrakus II. Sie geben an die Wachmannschaft für morgen Nacht blinde Munition aus. Falls wir von Ihrer Mannschaft entdeckt werden, falls diese mit der Blindmunition das Feuer auf uns eröffnet, gilt die Übung als gescheitert und wird abgebrochen. Keine Instruktionen an die Mannschaft. Auch in Ihrem eigenen Interesse. Sie informieren Ihre Gesellschaft, die AMC, erst, wenn die Übung abgeschlossen ist, Professor Mulder. Zu niemandem ein Wort. Wir sehen uns morgen, so gegen Mitternacht in Syrakus II. Haben Sie alles verstanden?«

»Alles verstanden«, antwortete Mulder mit rauer, angekratzter Stimme. »Habe ich eine Möglichkeit, mich gegen die Übung zu stellen, Captain?«

»Nein. Sie dient der Sicherheit des Landes. Sie haben zu gehorchen. Wir sehen uns morgen Nacht in Syrakus II und werden bis dahin keine Verbindung zueinander aufnehmen, weil jemand daraus den Schluss ziehen könnte, dass das Marine Corps etwas Ähnliches plant. Alles verstanden, Professor Mulder?«

»Ja.«

»Ende des Gesprächs.«

Am anderen Ende der Leitung wurde der Hörer aufgelegt. Sekundenlang starrte Mulder auf den Hörer in seiner Hand. Dann erst hatte er begriffen, dass alles wie geplant ablaufen konnte. Und was ihn anging, ihm hatte man mit diesem aufgezeichneten Telefonat im Voraus einen Persilschein ausgestellt.

»Was ist, Hank?«, fragte Jane Basset. Erst jetzt, nachdem Mulder aufgelegt hatte, kroch sie zu ihm und streichelte ihn mit ihren atemberaubenden Kurven.

»Alles in Ordnung. Es passiert morgen. Ich denke, sie planen es um Mitternacht, Jane. Deinen Leuten bleibt nicht viel Zeit.«

Mulder glühte, aber dennoch stand ihm der kalte Schweiß auf der Stirn. Er musste aus dem Bett. Das Kokain lag im Wohnzimmer der Hütte. Er brauchte dringend eine Prise. Das Herz schlug so wild in seiner Brust, dass er befürchtete, es würde zerspringen.

Als er ins Schlafzimmer zurückkam, hatte Jane die Nachricht durchgegeben. Sie saß im Bett. Ihr Atem ging schwer. Er hob und senkte ihre großen, festen Brüste.

»Da ist noch etwas«, sagte Mulder spröde.

»Ja?«

»Wenn das alles vorbei ist, Jane, dann will ich, dass es mit uns beginnt. Verstehst du?«

»Du meinst, wir bleiben zusammen, Hank?«

»Ja. Und wir werden das Land später gemeinsam verlassen, Jane. Ich liebe dich und ich brauche dich.«

Ihr Atem ging noch um eine Spur schneller. Ihre Augen wurden schmal und die vollen Lippen bewegten sich kaum, als sie sagte: »Ich liebe dich auch und ich brauche dich auch, Hank.«

Es war eine verdammte Lüge!

Aber nachdem Mulder geschnupft hatte und schon ihr Anblick ihn wieder um seinen Verstand brachte, glaubte er ihr alles.

»Nichts, Sir«, sagte ich. Ich telefonierte mit Mr. High, meinem New Yorker Chef. »Ellen Sue Detering bleibt verschwunden. Nach dem Scheinattentat auf mich hat sich niemand mehr mit uns in Verbindung gesetzt und Brian Toole verhält sich im Staatsgefängnis ruhig und gesittet. Was den Mord an Dan Peterson, den Dealer, angeht, zeichnet sich auch noch kein Silberschein am Horizont ab. Weihnachtsstimmung in Vermont, Chef. Irgendetwas liegt in der Luft, aber niemand kann oder will es wahrnehmen.«

»Können Sie etwas mit den Unterlagen über Brian Toole anfangen?«

Die waren gestern Abend gekommen. Interessantes Material, soweit es Toole selbst betraf. Aber Toole machte uns keine Sorgen. Noch saß der bei Marrisson im Staatsgefängnis sicher.

Ich sagte es Mr. High.

»Bleibt am Ball«, sagte der Chef.

Wir blieben. Nicht am Ball, denn den hatten wir nicht, aber in Vermont. Im Sun Valley Hotel, das wahrscheinlich zu den zehn prächtigsten Nobelherbergen des Landes gerechnet werden konnte.

Für den späten Abend hatten wir einen ersten Besuch in Ruby Hangstons Candlelight Club geplant.

Am späten Nachmittag, so gegen fünf, rief Harry Intosh an. »Ich habe telefonisch Nachricht bekommen«, berichtete er aufgeregt. »Ich soll das Haus nicht verlassen und mich bereithalten. Wozu, hat man mir nicht gesagt. Aber ich konnte mit Ellen Sue sprechen. Sie scheint okay.«

Ich atmete erleichtert auf und gab die Neuigkeit an Phil weiter, der vor dem Fernseher herumhampelte.

Über die Mattscheibe flimmerte ein Trockenkurs in Wedeln.

»Nur, damit ich in Form bleibe«, versicherte Phil. »Auf Latten werde ich mich auch dann nicht stellen, wenn ich in der Theorie Weltmeister geworden bin.«

»Du solltest spazieren gehen und dir das Gehirn durchlüften lassen«, sagte ich. »Vielleicht fällt dir dann dort etwas ein, wo ich mit meinem Latein am Ende bin.«

Phil grinste schief. »Wann gehen wir zu Ruby?«

»Gegen acht. Nach dem Dinner.«

»Hast du die Speisekarte gesehen?«

Ich schüttelte den Kopf.

»Geräucherte Entenbrust, Lachsforelle mit Mandelkruste, Lammrücken, Grand Dessert à la Sun Valley.«

Phil schüttelte sich. »Ein Hamburger an der Ecke West 45th Street wäre mir lieber.«

Ich glaubte ihm aufs Wort. Bevor ich etwas sagen konnte, läutete das Telefon. Phil hob ab. Ich ging ins Bad und ließ Wasser in die Wanne. Der Boden war kaum bedeckt, als Phil mir nachkam.

»Wir sollen das Hotel nicht verlassen, sondern hier auf eine wichtige Nachricht warten. Angeblich betrifft sie Brian Toole.«

Ich zog das Hemd aus und warf es in den Wäschekorb. »Und? Hast du nicht gesagt, dass wir schon etwas anderes vorhaben?«

»Sicher«, sagte Phil. »Aber der unbekannte Freund am Telefon meinte, dass Ellen Sue Detering es ausbaden muss, wenn wir uns nicht an die Anweisungen halten. Angeblich beobachten sie uns. Du sollst an den Zwischenfall auf der Passstraße denken.«

Ich fluchte leise. Ich kam mir vor wie ein kleiner Junge, den man herumschubste und von dem man absoluten Gehorsam verlangte. Sie beobachteten uns. Das war leicht möglich. Das Sun Valley Hotel hatte mehr als achthundert Zimmer. Das hieß, hier tummelten sich fast doppelt so viele Personen, von denen jede etwas mit der Sache zu tun haben konnte. Frauen, Kinder, Greise und Geistliche mal ausgenommen. Und sie drohten damit, Ellen Sue etwas anzutun, wenn wir nicht nach ihrer Pfeife tanzten. Das war nicht nur möglich, das war sehr wahrscheinlich.

»Ich gehe jetzt in die Bar und lasse für alle Fälle mein Gesicht sehen«, sagte Phil und verließ mein Zimmer, um sich etwas anderes anzuziehen.

Ich drehte den Wasserhahn wieder auf, holte mir

eine Zeitung und stellte das Telefon neben die Wanne. Dann stieg ich ins Wasser. Es hatte wenig Zweck, sich über Dinge aufzuregen, von denen man nichts wusste und bevor sie geschehen waren.

Um acht Uhr abends kam die Nachtschicht. Wachmänner, technisches Personal, Wissenschaftler. Der Schichtwechsel war Routine. Man begrüßte sich, tauschte besondere Vorkommnisse aus, übernahm einen Arbeitsplatz oder verließ ihn.

Die Wachleute trafen sich im Magazin. Die einen gaben ihre Waffen ab, die anderen nahmen ihre in Empfang. Und an diesem Abend kümmerte sich Hank Mulder persönlich um die Nachtschicht.

Es dauerte eine halbe Stunde, dann befand sich jeder auf seinem Posten. Das Magazin schloss. Eine Nacht begann, von der die meisten meinten, sie würde genauso langweilig werden wie alle anderen vorher. Mulder jedoch wusste, dass das Gegenteil der Fall sein würde.

Um halb elf würden es auch die anderen begreifen.

Zuerst meldete sich Harry Intosh. Ellen Sue Deterings Kidnapper hatten ihn um zehn ins Staatsgefängnis bestellt. Dann rief Marrisson, der Direktor des Gefängnisses, an. Ihm hatte man ans Herz gelegt, Brian Toole ein Gespräch mit einigen Leuten zu ermöglichen, wenn er nicht wollte, dass ein Unglück geschah.

»Die glauben wirklich …«, sagte Marrisson.

»Das ist ernst«, unterbrach ich ihn. »Tun Sie, was man verlangt.«

Und nach Marrisson meldete sich der Unbekannte. »Kommt pünktlich um zehn ins Staatsgefängnis. Brian Toole hat etwas zu sagen.«

Mehr sagte er nicht, aber das war auch nicht notwendig. Ich zündete mir eine Zigarette an und ging zu Phil, der es sich am Bartresen bequem gemacht hatte. Neben ihm saß ein traumhaftes Geschöpf mit scharfen Kurven und sonnengebräunter Haut. Ich winkte ihm und zuckte mit den Schultern, als er mich verdrießlich anschaute.

»Du bist hier als G-man«, grinste ich, »und der Staat bezahlt deine Getränke. Also kann er auch sagen, wann du zu trinken aufzuhören hast. Der Unbekannte hat angerufen.«

Ich unterrichtete Phil über den Inhalt des Gesprächs. Er legte die Stirn in Falten und kratzte sich am Kopf. Es war neun vorbei. Um pünktlich in Rutland zu sein, mussten wir uns beeilen.

Die Männer waren nicht zu sehen. Im Schatten des Unterholzes arbeiteten sie sich langsam, aber stetig auf den groben Maschendraht zu, mit dem das Gelände um Syrakus II gesichert war. Auf der Drahtkrone waren feine Sensoren befestigt. Ein Ultraschallstrahl tastete das obere Ende des Drahtes ab. Falls sich jemand hinüberschwingen wollte, würde in der Wachzentrale sofort Alarm ausgelöst werden. Dann flammten die Halogenscheinwerfer auf und legten einen hellen Lichtteppich auf das Gelände. Wenn das geschah, hatte niemand eine Chance, sich den Produktionsstätten ungesehen zu nähern.

Aber es handelte sich um ein veraltetes, zentral gesteuertes Alarmsystem, das von Fachleuten leicht zu überwinden war. Vor allem dann, wenn sie detaillierte Pläne geliefert bekommen hatten und auf Hilfe von drinnen rechnen konnten. Der Schaltkasten befand sich innerhalb und außerhalb des Geländes.

Maggio Valetti beschäftigte sich damit. Er stemmte die Tür eines kleinen Transformatorenhäuschens auf, die nur mangelhaft gesichert war. Der scharfe Lichtstrahl seiner Stablampe huschte über Zähler, kompliziert aussehende Verdrahtungen und einige Sicherungskästen. Maggio Valetti nahm den Plan zu Hilfe. Von den mit seinen Männern abgesprochenen fünf Minuten benötigte er genau drei. Dann hatte er die richtigen Drähte gekappt und so überbrückt, dass der Stromkreis auf den Kontrollcomputern in der Wachzentrale nicht unterbrochen schien.

Maggio Valetti verließ das Transformatorenhäuschen. Er schloss die Tür und ließ sich daneben in den Schnee gleiten. Sein Blick streifte nach links, zum bewaldeten Hügel. Das dichte Unterholz reichte an dieser Stelle bis an die Umzäunung heran. Seit zwei Jahren wollte die AMC den Hügel roden, um auch nach dieser Seite freie Sicht zu haben.

Naturschützer hatten sich widersetzt. Der Prozess, ob nun gerodet werden konnte oder nicht, schleppte sich noch vor dem Bezirksgericht dahin.

Maggio Valetti lachte leise und glucksend, als er daran dachte. Er kniff die Augen zusammen, nahm das Glas zu Hilfe und entdeckte erst dann die Schatten seiner Männer, die die Drahtumzäunung, die erste Sperre, beinahe erreicht hatten.

Zehn Minuten später war dieses Hindernis überwunden.

Rechts und links neben dem Wachhaus befand sich ein Käfig mit jeweils einem Deutschen Schäferhund. Unruhig strichen die Hunde durch den Käfig, hoben witternd den Kopf und knurrten leise.

Maggio Valetti nahm das Luftgewehr, mit dem man Betäubungspatronen verschießen konnte. Zweimal ertönte ein leises Plopp, als er feuerte. Die Hunde jaulten kurz auf, winselten und einer von ihnen begann zu kläffen.

Maggio Valetti gab das Zeichen. Zwei Männer im Kampfanzug arbeiteten sich nach vorn. Sie erreichten die Fassade des Wachhauses, als die Tür aufgestoßen wurde und zwei Wachmänner nach draußen traten.

So schnell wie Maggio Valetti ihre Schatten hatte auftauchen sehen, so schnell waren sie auch wieder verschwunden. Sie waren tot. Das wusste Valetti. Kein Risiko, lautete die Devise. Die Wachzentrale musste besetzt werden. Danach war alles andere kein so großes Problem mehr. Von hier aus konnte man den Männern falsche Informationen zukommen lassen und sie in eine Falle locken.

Die Männer in den Kampfanzügen standen rechts und links neben der offenen Tür, dicht an die Fassade gedrückt.

Maggio Valetti erhob sich in die Hocke. Er zögerte noch einen Moment. Wachsam ließ er den Blick in die Runde schweifen. Nichts war zu sehen. Bislang waren sie niemandem aufgefallen. Dann reckte Valetti die Rechte in die Luft.

Die Männer, die an der Fassade gestanden hatten, verschwanden in der Wachzentrale. Drei weitere Männer folgten wie unheilvolle Schatten. Hinter den verhangenen Fenstern blitzte es einige Male kurz auf. Dann zog Rauch aus der offenen Tür. Er wurde vom scharfen Wind erfasst und auseinander gefetzt. Von den anderen Seiten des Gebäudes war auch nichts zu sehen. Genau dort hielten sich weitere fünfzehn Männer auf, die zur Wachmannschaft gehörten.

Maggio Valetti stand auf. Tief geduckt hastete er durch den Schnee. Er erreichte den Eingang des Hauses, in dem sich die Wachzentrale befand, und streifte sich die Gasmaske über. Dann war er verschwunden.

Er kreuzte den langen Gang, stieß einige Türen auf und sah Männer in verkrümmter Haltung auf dem Boden liegen. Wie tot. Aber das waren sie nicht. Sie würden wieder aufwachen.

»Okay, Maggio«, sagte einer der Männer, die aus der

Hauptschaltzentrale kamen. »Wir haben alles unter Kontrolle.«

Der andere deutete mit dem Daumen über die Schulter. »Jetzt noch in das Ei, dann sind wir im Himmel.«

Maggio Valetti grinste schief. Noch in das Ei. Und wenn alles schief ging, noch die Marines abhängen, die ihnen bald folgen würden.

Maggio Valetti schaute auf die Uhr. Es war zehn Uhr fünfzehn Minuten …

»Die Sache ist die«, sagte Brian Toole gewichtig und streckte seine dünnen Beine weit von sich. »Entweder lasst ihr mich jetzt frei, oder es passiert ein Unglück.«

Marrisson konnte sich ein Grinsen nicht verkneifen. »Einfach so?«, fragte er.

Toole zuckte mit den Schultern. Er war siegessicher. »Könnt ihr das vielleicht nicht?«, fragte er scheinheilig.

»Doch«, sagte ich. »Wir brauchen nur aufzuschließen, Toole.«

Toole setzte sich auf und schaute mich aus zusammengezogenen blitzenden Augen an. »Du bist der Bulle, der schon zweimal hätte tot sein können, he?«

Marrisson zuckte zusammen. Ich schaute den Gefängnisdirektor erstaunt an und Toole lachte schallend.

»Ich hab doch gesagt, das Ding hier ist löchrig wie 'n Schweizer Käse. Der FBI-Bulle aus New York! Bislang hast du mit deinem Partner zusammen ja auch noch keine Glanzrolle abgegeben, Mann.«

»Kommt schon noch, Toole«, sagte ich verbissen. »Kommt schon noch.« Seine Worte ärgerten mich. Wie hätten Phil und ich in der kurzen Zeit etwas bewegen sollen?

Toole schaute zur Uhr. Ich tat es ebenfalls. Es war zehn Uhr fünfzehn.

»Irgendwas Besonderes, Toole?«, fragte Harry Intosh, der bislang als schweigender Zuhörer fungiert hatte.

»Kommt schon noch«, sagte Toole. »Ich erwarte einen Anruf. Und dann, Reporter, steht dir die Welt offen. Die Agenturen werden sich um deine Meldungen reißen. Ohne es gewollt zu haben, wirst du ein reicher Mann. Sie werden dir verbieten, etwas in die Welt zu setzen, Intosh, aber wenn du auf sie hörst, ist deine Freundin tot! Ich habe sie noch nicht kennen gelernt, sie soll aber ausgesprochen schön sein.«

Intosh zuckte zusammen. Er wollte aufstehen. Ein einziger Blick von mir zwang ihn wieder auf den Stuhl zurück. Nervös knetete er die Finger und zündete sich schließlich eine Zigarette an.

Toole, daran gab es keinen Zweifel, hatte wirklich einen ausgezeichneten Draht nach draußen. Und irgendwie schien mir, als hätte er, was immer es auch sein mochte, den Coup aus dem Todestrakt heraus vorbereitet.

»Du kannst schon mal schreiben, dass ich auf die Katastrophe aufmerksam gemacht und ihnen die Chance gegeben habe, sie abzuwenden, wenn sie mich in den nächsten fünfzehn Minuten auf freien Fuß setzen«, sagte Toole selbstsicher.

Hätte ich nicht genau gewusst, dass er kein Psychopath war, hätte ich ihn für verrückt gehalten.

»Du weißt genau, dass das, selbst wenn wir es wollten, gar nicht möglich wäre«, sagte Phil.

»Komisch«, dehnte Toole. »Eben habt ihr noch gesagt, ihr brauchtet nur die Türen aufzuschließen.«

»Ich bin dafür, dass wir dieses Affentheater abbrechen und Toole in die Isolierzelle stecken«, knurrte Marrisson. »Dort kann er mit den Wänden reden und sich austoben.«

Mit einem Satz schnellte Toole von seinem Platz. Er streckte seine kleine, zierliche Gestalt. Das Kindergesicht mit den unschuldigen blauen Augen bekam plötzlich Ecken und Kanten.

Er hob die rechte Hand. Sein Zeigefinger schnellte in Marrissons Richtung.

»Versuche es, Marrisson«, fauchte er. »Verdammt, versuch's, und du wirst sterben. Tausendprozentig, Marrisson! Versuch's! Ich habe nichts dagegen. Ich weiß, dass ich von nun an keine halbe Stunde mehr in irgendeiner Zelle verbleiben werde.«

Marrisson ließ die Luft ab. Es klang wie das Zischen einer alten Dampflok, die vor einer schwierigen Steigung protestierte. Phil und ich wechselten einen schnellen Blick miteinander. Wir verhielten uns ruhig. Intosh ließ die halb gerauchte Zigarette auf den Boden fallen und trat die Glut mit einer kreisenden Absatzbewegung aus.

»Was habt ihr vor?«, fragte er Toole.

Ich erwartete keine Antwort, aber Toole grinste zuerst und dann sagte er: »Wir werden die Gegend um Rutland zum einsamsten Platz auf der Welt machen.«

In genau dieser Sekunde sah ich Syrakus II genauso deutlich vor mir wie gestern von der Passstraße aus, wo man mich unter Feuer genommen hatte. Ich sprang regelrecht zum Telefon. Doch bevor ich den Hörer aufnehmen konnte, begann es zu klingeln. Meine Hand zuckte zurück. Ich starrte Toole an, der gespannt wie eine Feder wirkte.

Der Zeiger der runden Uhr, die an der Frontseite des Raumes hing, sprang auf halb elf.

Ich zögerte eine Sekunde, wartete das dritte Bimmeln ab, dann hob ich den Hörer und presste ihn an mein Ohr. »Ja?«

»Gib mir Toole«, sagte eine Stimme, die ich sehr gut kannte. Es war der gleiche Kerl, der uns schon im Hotel angerufen hatte.

»Du kannst es mir erzählen«, sagte ich. »Ich gebe es an Toole weiter.«

»Ist er da?«

»Das weißt du doch.«

»Okay, Bulle aus New York. Wir sind drin.«

Plötzlich rann mir der Schweiß in Strömen über das Gesicht. »Schön für euch«, sagte ich heiser.

»Wir mussten leider einige Wachleute ausschalten. Hier drin wird es auch nicht ganz ohne Opfer abgehen, Bulle aus New York. Mulder weigert sich noch, mit uns zusammenzuarbeiten. Wir müssen also härter durchgreifen. Sagt den Marines, sie können unseretwegen ungehindert auf das Gelände. Bis auf zweihundert Yards an den Meiler heran, Bulle! Vergiss das nicht. Zweihundert Yards! Wenn sie es nicht glauben, sollen sie einen vorschicken, der keine Familie hat.«

Das Gespräch brach ab, bevor ich noch etwas sagen konnte. Wie betäubt legte ich den Hörer auf die Gabel zurück. Ich schaute Toole an, der sich in aller Ruhe eine Zigarette anzündete.

»Syrakus II«, sagte Toole dann und wandte sich damit an Intosh. »Du kannst durch den Ticker jagen, dass eine Gruppe ›Freiheitskämpfer‹ Syrakus II besetzt hat und den Super-GAU vorbereitet.«

»Freiheitskämpfer?«, keuchte Intosh. »Willst du damit sagen, dass es sich um Terroristen handelt?«

»Freiheitskämpfer«, wiederholte Toole. »Nachdem ihr mir die Freiheit nicht zurückgegeben habt, kämpfen da nun einige Freunde drum. Wie willst du sie anders bezeichnen, als als Freiheitskämpfer, Intosh?«

James Marrisson starrte in mein schweißüberströmtes Gesicht. Er schüttelte den Kopf. Immer und immer wieder. »Das ist unmöglich«, murmelte er. »Das ist absolut unmöglich.«

Harry Intosh tastete nach der nächsten Zigarette und Phil strich sich mit einer beinahe hilflosen Geste über die Haare.

Ich ging zum Telefon und ließ mich mit dem 25. Marine Corps Rutland-Süd verbinden. Der Mann, den ich als letzte Instanz an die Strippe bekam, hieß Major Enzo Jonkers.

»Ich kann mit Ihnen am Telefon nicht reden«, versuchte er mich abzuwimmeln. »Sie können FBI-Agent sein, aber auch ein Verrückter.«

»Okay«, sagte ich. »Ich habe Ihnen die Nachricht, die wir bekommen haben, durchgegeben, Major Jonkers. In einem Radius von zweihundert Yards um den Meiler herum besteht Lebensgefahr. Jedenfalls müssen wir vorerst davon ausgehen.«

»Total verrückt«, keuchte der Major am anderen Ende der Leitung. »Total verrückt. Wir haben für Mitternacht einen Scheinangriff geplant, um die Sicherheitsvorkehrungen zu testen, Mr. Cotton. Captain Joe Morgan und seine Männer sind unterwegs.«

»Dann pfeifen Sie die Männer zurück!«

»Wir sind kein Schützenverein, Mr. Cotton! Wir sind das 25. Marine Corps der Vereinigten Staaten von Amerika!«

»Ja«, sagte ich. Inzwischen sah ich ein, dass es total sinnlos war, einem Major von den Marines telefonisch Order zu geben. Die nahm er nicht an. Erst recht nicht von einem Zivilisten.

»Noch etwas, Mr. Cotton?«, fragte Jonkers.

»Ja«, sagte ich. »Ich hoffe, dass das 25. Marine Corps der Vereinigten Staaten von Amerika aus Unsterblichen besteht, Major. Sie bekommen Order von höherer Stelle.«

Ich legte auf.

»Ich könnte was zu essen gebrauchen«, sagte Brian Toole. »Ein blutiges Steak mit Chips und 'ne Flasche Burgunder.«

Ich ging auf ihn zu und blieb so dicht vor ihm stehen, dass wir uns beinahe berührten. »Du solltest nicht für eine Sekunde vergessen, wer du bist, wo du bist und was dich erwartet, Toole«, sagte ich leise. »Und ob deine Freunde drin oder draußen sind, ändert nichts an deinem Status und deiner Situation.«

Toole verzog das Gesicht zu einem mitleidigen Lächeln. »Du bist wohl ein ganz Harter, he?«, fragte er.

»Härter geht's gar nicht«, antwortete ich. »Sie haben dich rechtskräftig zum Tod auf dem elektrischen Stuhl verurteilt, Toole. Und, bei Gott, auf dem landest du!«

Hank Mulder schwitzte. Immer wieder rieb er sich mit dem Ärmel des weißen Kittels über das nasse Gesicht. Er starrte die drei Männer an, die mit vorgehaltenen UZIs in die Schaltzentrale, ins Herz des Meilers, eingedrungen waren. Er kannte nicht einen von ihnen, aber er wusste, dass sie ihn kannten.

»Ich weiß nicht, was ihr wollt«, sagte Mulder leise. »Aber ihr habt euch den falschen Platz ausgesucht. Hier gibt es nichts zu holen, und ...«

Er rechnete mit einem Schlag mit der UZI. Es kostete ihn Überwindung, einfach stehen zu bleiben und sich schlagen zu lassen. Es gehörte dazu. Der UZI-Mann schlug hart zu. Es sah echt aus. Die Stirnhaut riss. Blut rann Hank Mulder übers Gesicht. Schreiend drehte er sich über den Steinboden und kam wieder in die Hocke hoch.

Tom Lonnigan, Alfred Pinter und Susan Lyer standen an der Wand neben den riesigen Schaltpulten mit der verwirrenden Elektronik.

»Ihr verfluchten Hunde!«, schrie Mulder.

Der Mann, der ihn geschlagen hatte, kam einen Schritt näher. Er hob die Maschinenpistole und der Lauf zielte genau auf Mulders Gesicht.

»Mein Gott – nein!«, schrie Susan Lyer, die einzige Frau im Team der Nachtschicht.

Der Mann, der die UZI auf Mulder gerichtet hielt, lachte schallend. »Da gibt es doch wirklich noch jemanden, der um dich trauern würde, Weißkittel!«

»Das ist Professor Mulder«, sagte Tom Lonnigan.

»Und?«, fragte der Untersetzte.

»Er ist der Chef. Ohne ihn läuft nichts!«

»Verstehe ich nicht«, sagte der Untersetzte und die beiden anderen lachten. »Wir sind hier auch ohne seinen Segen hereingekommen. Und wir haben einen Spezialisten, der sich mit dem Zeug hier bestens auskennt.«

Hank Mulder wischte sich das Blut aus dem Gesicht. Sie machten es wunderbar, fand er. Er wollte aufstehen, als ihn der nächste Schlag traf. Mulder schrie. Schmerzwellen fluteten durch seinen Körper. Ein violetter Schleier senkte sich vor seine Pupillen. Er dachte an die Million Dollar und an sein Leben mit Jane Basset, die er liebte.

Dann war Susan Lyer neben ihm. Die große schlanke Blondine mit dem schmalen, aristokratischen Gesicht baute sich als letzte Barriere zwischen ihm und dem Mann mit der Maschinenpistole auf.

Mulder hatte schon lange gewusst, dass Susan Lyer in ihn verliebt war. Aber dass sie sogar ihr Leben für ihn opfern wollte, hielt er für arg übertrieben.

Er blieb liegen. Sekundenlang. Susan Lyer strich ihm über den Kopf und Mulder wünschte sich, es wäre Jane Basset. Dann richtete er sich vorsichtig auf und schüttelte den brummenden Schädel.

»Okay«, sagte er leise, als der Untersetzte ihm wieder mit der UZI drohte. »Okay.«

Der Mann grinste. »Ich habe schon gesagt, wir brauchen dich nicht! Wir haben unseren eigenen Spezialisten, der dieses Ei hier in eine tickende Zeitbombe verwandeln kann.«

»Wenn ihr doch keinen braucht, dann lasst die Männer und die Frau nach draußen!«

»Das ist unmöglich«, begehrte Lonnigan auf, der sich, genau wie sein Kollege Pinter, inzwischen wieder gefangen hatte.

»Sie haben ihren eigenen Spezialisten«, sagte Mulder. »Also brauche ich euch nicht mehr.«

Mulder ging einige Schritte. Seine Knie waren weich und in seinem Kopf schienen noch immer kleine Explosionen stattzufinden. Ihm war schwindelig, aber er konnte sich auf den Beinen halten.

»Lasst die Leute raus«, verlangte er noch einmal. »Ihr braucht sie doch nicht mehr!«

Zehn Männer hatte Captain Joe Morgan mitgenommen. Genau wie Valetti vor ihm, so begann auch der Captain der Marines seinen Einsatz beim kleinen Transformatorenhäuschen. Dort stellte er fest, dass der Stromkreis für die Ultraschallüberwachung schon fachmännisch unterbrochen und überbrückt worden war.

Captain Joe Morgan dachte, Mulder habe es getan, um ihm die Sache zu erleichtern. Er fluchte leise. Für diesen Einsatz wollte er keine Hilfe. Sie probten den Ernstfall. So realistisch wie eben möglich. Und wenn es alleine nach Captain Joe Morgan gegangen wäre, dann wäre die Wachmannschaft von Syrakus II auch mit scharfer Munition ausgestattet worden. Seine Männer glaubten ohnehin, dass es so war. Wohlweislich hatte er ihnen nichts von der Absprache mit Mulder berichtet.

Morgan verließ das Transformatorenhäuschen und gab seinen Marines den Befehl, den Maschendrahtzaun zu überwinden.

Sein nächstes Ziel war das Haus, in dem sich die Alarmzentrale befand.

Die Türen waren geschlossen. Licht brannte hinter den vorgezogenen Gardinen. Rechts und links in den Käfigen sah er die Schatten der Schäferhunde. Die lagen bewegungslos am Boden. Es hatte den Anschein, als schliefen sie.

Morgan, der an der Spitze seiner Männer ging, blieb stehen und duckte sich. In diesem Moment flammte zum ersten Mal der Verdacht in ihm auf, dass etwas nicht in Ordnung war.

Auf sein Zeichen hin tauchten die Marines in den Schnee. Morgan ließ sich ebenfalls zu Boden gleiten. Geräuschlos robbte er weiter auf das flache Gebäude zu. Zehn Schritte trennten ihn noch vom Eingang in die Alarm- und Wachzentrale von Syrakus II, als er die Männer im Schnee vor der Tür liegen sah. Zwei Sekunden lang drückte Morgan sein Gesicht in die Armbeuge und machte sich unwillkürlich noch flacher gegen den gefrorenen Boden. Dann hob er den Blick erneut und kniff die Augen zusammen.

An der Stelle, wo die beiden Männer lagen, hatte der Schnee eine dunkle Färbung angenommen.

Entweder die Burschen waren cleverer, als er sich das gedacht hatte, und hatten hier zwei Mann in den Schnee gelegt, um ihn näher zu locken, oder aber …

Morgan dachte den Gedanken nicht zu Ende.

Die waren nicht clever, die waren tot!

Morgan robbte vorsichtig weiter. Seine Marines hielt er auf Distanz. Es dauerte nur einige Sekunden, dann hatte er den ersten Toten erreicht. Er hob dessen Kopf, sah die tödlichen Verletzungen, die dem Wachmann mit einem Messer beigebracht worden waren, und ließ ihn wieder in den Schnee zurücksinken.

Bis zur Tür in die Wachzentrale waren es nur noch wenige Schritte. Schon hier roch Morgan den scharfen Gasgestank, der sich aus den Ritzen nach draußen verflüchtigte.

Das Herz schlug ihm bis zum Hals hinauf. Das hier war keine Übung mehr. Irgendwelche Männer waren ihnen zuvorgekommen, hatten das Gleiche versucht wie sie und es war ihnen gelungen.

Morgan spürte den Schweiß, der ihm ausbrach.

Absolute Funkstille war mit Major Enzo Jonkers

vereinbart. Er, Morgan, wollte sich erst dann melden, wenn die Operation Syrakus II abgeschlossen war. Wie auch immer. In diesem Moment jedoch fiepte das kleine Funksprechgerät wie eine aufgescheuchte Ratte.

»Syrakus II«, meldete sich Morgan mit leiser Stimme.

»Besondere Vorkommnisse?«

Morgan schluckte trocken. Das war keine Frage nach besonderen Vorkommnissen, das war eine Frage, mit der sich Enzo Jonkers die besonderen Vorkommnisse nur bestätigen lassen wollte.

»Zwei tote Wachmänner, bis jetzt«, antwortete Morgan rau. »Die Ultraschallsicherung war ausgeschaltet und aus dem Haus, in dem sich die Wachstation und die Alarmzentrale befinden, strömt Gasgeruch.«

Enzo Jonkers stöhnte auf. »Also doch«, sagte er gepresst.

»Also was?«, fragte Morgan, der die Welt nicht mehr verstand.

»Jemand ist uns zuvorgekommen, Captain. Der gleiche Coup, aber mit total anderen Absichten. Aus dem Ei haben sich Gangster gemeldet.«

»Das kann doch nicht sein!« Morgan schloss die Augen und rieb sie sich mit dem Handrücken. Er spürte den kalten Schweiß auf seiner Stirn. »Das kann doch unmöglich …«

»Warum?«, unterbrach der Major ihn. »Schließlich haben Sie und ich es auch für möglich gehalten, oder?«

»Wo stecken die Gangster?«

»Im Ei«, wiederholte Enzo Jonkers. »Es können nicht viele sein, Captain. Sie haben das Herz des Reaktors besetzt und einen Radius von zweihundert Yards um das Ei herum zur Sperrzone erklärt.«

Captain Joe Morgan richtete sich auf. Wenn es stimmte, was der Major an ihn durchgab, und eigentlich hatte er keinen Grund, daran zu zweifeln, dann brauchte er von diesem Moment an auch nicht mehr vorsichtig zu sein. Morgan zündete sich eine Zigarette an. Er drehte sich zu den Männern herum, mit denen zusammen er die Übung durchführte, hob die Hand und winkte sie heran.

»Gasmasken auf! Drei Mann in das Haus rein, Sergeant!«, wandte er sich an einen großen, bulligen Sergeant.

»Captain?«

»Major?«

»Was halten Sie davon?«

»Sieht nicht aus wie ein Bluff, Sir«, gab Morgan durch. »Sieht absolut nicht nach einem Bluff aus.«

Vor ihm stürmte der Sergeant mit drei Männern in das Haus.

Sie hatten sich die Gasmasken übergestreift.

»Meine Männer sind im Haus. Moment noch, Sir!«

Es dauerte wirklich nicht länger als zwei Minuten. Dann kam der hünenhafte Sergeant als Erster wieder nach draußen gestürmt.

»Acht Angehörige der Wachmannschaft sind drinnen, Sir. Sie sind bewusstlos. Es steht nicht gut um sie. Sie brauchen sofort ärztliche Hilfe!«

»Sir?«

Major Enzo Jonkers meldete sich wieder. Morgan gab den Bericht des Sergeanten an den Major weiter.

»Ich komme mit mehr Leuten heraus, Captain, und bringe die Ambulanzfahrzeuge mit. Tasten Sie sich weiter vor, erkundigen Sie die Lage. Ich weiß nicht, was die zweihundert Yards Schutzzone wirklich bedeuten.«

»Bis Sie hier sind, werde ich es herausgefunden haben«, knurrte Captain Joe Morgan und schaltete sich aus.

In den nächsten fünfzehn Minuten fanden Morgan und seine Männer weitere zwölf andere Leute vom Wachpersonal von Syrakus II. Bewusstlos in einem etwas abseits stehenden Gebäude. Ohne Zweifel mit dem gleichen Gas außer Gefecht gesetzt wie die Männer in der Wachzentrale.

Über sein Funksprechgerät forderte Captain Joe Morgan weitere Rettungsfahrzeuge an. Dann sammelte er seine Männer und machte sich mit ihnen auf den Weg zum Ei, das sich bedrohlich schwarz aus der weißen Winterlandschaft hervorhob.

Es gab nur einen verdammten Eingang mit doppelt gesicherten Stahltüren in yarddickem Beton, der auch einem Luftangriff standhalten sollte. Die stählernen Gerippe von gezackten, nach oben verlaufenden Eisenleitern waren zu sehen. Auf halber Höhe befand sich eine Plattform mit einem Gebilde, das auf den ersten Blick aussah wie ein Anstand im Jagdrevier.

Captain Joe Morgan schätzte die Entfernung zum Ei auf knapp dreihundert Yards. Er ließ seine Männer in dem Augenblick volle Deckung nehmen, als Halogenscheinwerfer aufflammten und einen hellen Teppich vor das Ei legten.

Der Lichtstrahl reichte vielleicht hundertfünfzig Yards weit.

Captain Joe Morgan kniff die Augen zusammen. Es dauerte einige Sekunden, dann hatte er sich an die veränderten Lichtverhältnissen gewöhnt.

Die schwere Tür wurde langsam geöffnet. Einige Sekunden verstrichen. Dann taumelten drei Gestalten nach draußen. Personal. Sie trugen weiße Kittel, blieben ganz kurz stehen und begannen dann zu laufen, um aus dem Lichtteppich herauszukommen.

»Hierher!«, schrie Captain Joe Morgan. »Hierher!«

Die drei Personen, unter denen sich auch eine groß gewachsene blonde Frau befand, das konnte Morgan schon deutlich erkennen, wechselten die Richtung und liefen nun genau auf ihn zu.

Keuchend warfen sie sich neben dem Captain in den Schnee.

»Was, verdammt ...?«

»Wir haben drei gesehen«, sagte Susan Lyer, die als Erste die Sprache wiederfand. »Sie haben Professor Mulder drinnen behalten. Sie haben ihn geschlagen und misshandelt. Er hat dafür gesorgt, dass wir rauskommen. Mein Gott – können Sie nichts für ihn tun?«

Die schwere Tür schloss sich wieder. Das Einrasten geschah so laut, dass der Wind das Geräusch bis zu ihnen trug.

»Jetzt nicht mehr«, sagte Morgan dumpf. »Jetzt nicht mehr.«

Susan Lyer brach in leises Schluchzen aus. Tom Lonnigan und Alfred Pinter, die anderen beiden Wissenschaftler, ließen sich Zigaretten geben.

»Drei?«, fragte Morgan.

Pinter, ein kleiner schlanker Mann mit Brille, nickte. »Aber es sind garantiert mehr, Sir. Garantiert!«

Morgan nickte dumpf. Natürlich waren sie nicht nur zu dritt. Für diese Übung hatte er zehn erfahrene Männer mitgenommen. Selbst das war knapp bemessen.

»Ich versuche, mit zwei Männern dichter ranzukommen, Captain«, sagte der hünenhafte Sergeant.

Morgans Gedanken jagten sich. Er dachte an den Todesstreifen, der zweihundert Yards vor dem Ei beginnen sollte. Wahrscheinlich dort, wo das grelle Licht auf den Schnee traf und ihn wie abertausend Kristalle leuchten ließ.

»Die haben angeblich eine Sicherheitszone von zweihundert Yards gezogen, Sergeant«, sagte Captain Morgan.

Der hünenhafte Sergeant knurrte etwas Unverständliches. »Um das herauszufinden, Sir, müssen wir uns schon auf den Weg machen. Oder?«

»Okay, Serg.«

Susan Lyer hörte auf zu weinen. Lonnigan und Pinter kauten nervös auf den Mundstücken ihrer Zigaretten und spuckten sie schließlich beide wie auf

Kommando aus. »Sie können die Männer nicht gehen lassen«, keuchte Susan Lyer. »Die meinen es ernst, Captain!«

»Wir auch«, knurrte Captain Morgan. »Wir meinen es auch verdammt ernst, Ma'am.«

Der Sergeant und drei weitere Marines robbten weit auseinander gezogen auf den Rand des Lichtteppichs zu. Morgan richtete sich auf, ließ die Maschinenpistole neben sich in den Schnee fallen und ließ sich einen M16-Karabiner geben. »Falls irgendwas passiert«, sagte er mit rauer Stimme an die restlichen Männer, »feuert ihr, was die Rohre hergeben. Ich will den Serg und die drei anderen heil zurückhaben.«

»Yes, Sir!«

»Einer bringt die Zivilisten hier weg!«

Ein Marine kam heran. Er gab Lonnigan, Pinter und Susan Lyer ein Zeichen. Ohne ein Wort zu sagen, folgten die drei dem Marine, erreichten eines der flachen Gebäude und verschwanden dahinter.

Morgan atmete erst einmal erleichtert auf. Dann richtete sein Blick sich wieder nach vorn. Er sah die Schatten des Sergeanten und der drei Marines, die sich höchstens fünfzig Yards vom Rand des Lichtteppichs entfernt befanden. An der Stelle, die sie nun erreicht hatten, sollte angeblich die Todeszone beginnen.

Captain Morgan hielt die Luft an. Er hob den M16-Karabiner. Es gab kein Ziel, auf das er die Waffe hätte richten können. Er hielt sie deshalb auf das Ei, das sich bedrohlich dunkel vor ihnen türmte.

Im nächsten Sekundenbruchteil hackte MG-Feuer auf halber Strecke zum Ei das Eis auf.

Drei, vier Feuerstöße. Schnee und Dreck spritzten dort auf, wo der Sergeant und die drei Marines im Schnee lagen. Jemand wurde getroffen.

Morgan konnte nicht sehen, wer es war. Auf jeden Fall sprang der Marine auf und hob sich nun deutlich gegen das Licht der Sperrzone ab.

»Feuer!«, brüllte Morgan. »Auf den verdammten Blechkasten da oben!« Es war die einzige Möglichkeit, den MG-Schützen dort oben daran zu hindern, die nächste Salve auf den Verwundeten abzufeuern, der noch immer aufrecht dastand und dann taumelte.

Das wilde Stakkato von Schüssen brach sich an den Hängen, zwischen denen das Atomkraftwerk Syrakus II gebaut worden war, und prallte als helles Echo zurück.

Der Verwundete taumelte in dem Augenblick, als das Hämmern des MGs wieder einsetzte.

Mit weit aufgerissenen Augen starrte Captain Morgan auf seinen Marine, der herumgerissen wurde, die Arme in die Luft warf und dann zu Boden fiel.

Das MG-Feuer setzte aus. Auch die M16 der Marines schwiegen.

In die plötzliche Stille erklang blechern die Lautsprecherstimme.

»Das ist sinnlos, Marines!«

Captain Morgan zuckte zusammen. Er duckte sich, suchte den Lautsprecher, um ihn mit einigen gezielten Schüssen zum Schweigen zu bringen, aber er konnte ihn nirgends sehen. Er war viel zu weit vom Ei entfernt.

»Es ist absolut sinnlos und wir wollen keinen Krieg beginnen, Marines. Der Lichtschein ist die Todeszone. Niemand kann ihn ohne unsere Zustimmung betreten. Wir haben nicht nur ein leichtes MG, wir haben mehrere. Und wir haben einen Teil des Zugangs vermint. Haltet euch außerhalb des Lichtscheins auf, solange ihr wollt. Das war alles. Wir geben keine weitere Warnung mehr.«

Die Stimme brach ab.

Der Sergeant und die beiden anderen schleppten den Getroffenen. Morgan sah die dunkle Spur im Schnee. Er wusste, dass es Blut war.

»Miller ist tot, Sir«, sagte der Sergeant mit bebender

Stimme. »Die verdammten Hunde haben Miller erschossen wie einen Hasen! Er hatte keine Chance und …«

»Serg!«

Der Sergeant schwieg. »Sir?«

»Bringen Sie den Toten hier weg, Serg! Alle anderen ziehen sich ebenfalls zurück!«

Jake Michigan, der Senator, war mit seinem Beraterstab, der aus zehn Männern bestand, mit einem kleinen Privatjet aus Burlington gekommen. Zusammen mit dem Polizeichef von Rutland und dem Bürgermeister saß Michigan, ein großer, wuchtiger Kerl mit Übergewicht, an dem runden Tisch. Sie studierten die Detailkarte des Atomkraftwerkes Syrakus II.

Ohne weiser daraus zu werden. Das wussten Phil und ich, bevor Jake Michigan nach einer ganzen Weile den Blick von der Karte hob, aufstand und mit wuchtigen Schritten zu uns kam. Wir standen neben dem Fenster und rauchten. Der Rathaussaal von Rutland war zur Kommandozentrale geworden. So unauffällig wie eben möglich, um ja keine Touristen aufzuscheuchen, um ja keine Panik unter der Bevölkerung aufkommen zu lassen. Ängstlichen Anrufer, die sich nach den Schüssen bei Syrakus II erkundigt hatten, war gesagt worden, dass es sich um eine militärische Übung der Marines handele. Es schien, als hätten sich die besorgten Anrufer damit zufrieden gegeben.

Harry Intosh, der Reporter, war ausgesperrt worden. Eigentlich traf eingesperrt besser zu. Intosh befand sich bei Marrisson und Toole im Staatsgefängnis. Intosh hatte über den Zwischenfall berichten wollen, obgleich er genau wusste, dass es Wahnsinn war. Aber der Reporter dachte an seine Freundin Ellen Sue, die sich in der Gewalt der Gangster befand. Er dachte daran, dass man sie mit dem Tod bedroht hatte, falls er sich gegen ihre Anweisungen stellen würde.

Es war eine Ermessensfrage gewesen. Ich hatte so entschieden und Intosh versichert, dass wir alles taten, um Ellen Sue aus der Hand der Gangster zu befreien.

»Die haben uns ganz schön in der Klemme«, sagte Senator Michigan, schaute mich an und versuchte ein schwaches Grinsen.

»Das kann man so sagen, Sir.«

Er nickte, zündete sich eine Zigarette an und nahm sich einen Pappbecher, in den er sich aus der großen Kanne Kaffee einschenkte.

»Ich habe Anweisungen aus Washington bekommen, Mr. Cotton«, sagte er, nachdem er einen Schluck getrunken, sich die Lippen verbrannt und kräftig geflucht hatte. »Die Leute dort scheinen eine Menge von Ihnen und Ihrem Kollegen Decker zu halten.«

»Ach ja?«

»Man hat Ihnen und Decker die Einsatzleitung übertragen. Was immer man darunter auch verstehen mag.«

Phil stöhnte.

Michigan zuckte mit den massigen Schultern. »Das heißt, es geschieht nichts, was Sie und Decker nicht vorher abgesegnet haben, Mr. Cotton. Haben Sie Erfahrungen mit solchen Terroranschlägen?«

»Keine«, antwortete ich. »Wenigstens nicht, wenn es um Atomkraftwerke geht, Senator. Wir brauchen einige Wissenschaftler, die uns weiterhelfen können. Zum Beispiel Lonnigan, Pinter und Susan Lyer, die sich zusammen mit Mulder in der Zentrale befunden haben, als es passierte.«

»Sind schon unterwegs«, sagte Michigan. Natürlich hatte er selbst auch schon daran gedacht. »Und weiter?«

»Ruhe«, antwortete ich.

Michigan zog die buschigen Brauen hoch.

»Das sind keine Terroristen, Sir. Das sind Gangster. Angehörige der Mörderbande, von der Brian Toole der Anführer gewesen ist. Toole hat das Verbrechen angekündigt und wahrscheinlich mit vorbereitet. Oder er hat seinen Freunden doch zumindest einen Tipp gegeben.«

»Kann man Toole nicht zum Reden bringen?«

Ich schaute den großen, wuchtigen Mann zweifelnd an. Einen Moment nur, dann war mir klar, dass er das wirklich so meinte. »Mit Daumenschrauben anlegen und so?«

»Wenn es sein muss, ja«, sagte Jake Michigan hart. Er deutete aus dem Fenster. Ungefähr in die Richtung, in der sich Syrakus II befand. »Haben Sie eine Ahnung, was die dort auslösen können?«

»Ehrlich gesagt, nein«, antwortete ich. »Ich weiß, dass die Dinger eine Gefahr sind, wenn etwas schief geht, aber ich weiß nicht, was eine Hand voll Gangster an so einem Ei manipulieren kann, Sir. Ich hoffe, das werden die Wissenschaftler uns begreiflich machen.«

»Ein Marine ist gestorben und unter dem Wachpersonal hat es zwei Tote gegeben und einige von den Männern, die das Giftgas in den Lungen haben, sind auch nicht gut dran. Wir müssen die Sache rasch zu Ende bringen.«

Phil drehte sich vom Fenster weg. »Und wie? Stürmen ist unmöglich, solange sich die Gangster im Ei verschanzt haben. Die Eingangstür und die Außenwände sind angeblich so gesichert, dass man sie unter keinen Umständen sprengen kann. Nicht einmal ein frontal auf den Meiler prallendes Flugzeug soll die Konstruktion gefährlich beschädigen können. Dazu kommt, dass sie mindestens ein MG-Nest draußen aufgebaut haben. Möglicherweise können die Marines es ausräuchern, Senator, aber was haben wir damit gewonnen?«

»Mein Freund hat Recht«, sagte ich, als Senator

Michigan noch nachdenklich schwieg. »Wir müssen die Sache von außen aufrollen. Es sind nicht alle Gangster drinnen. Ich denke, derjenige, der dieses Unternehmen führt, steckt irgendwo in der Gegend. Wahrscheinlich noch zwei oder drei weitere Personen. Sie beobachten, was draußen passiert. Und noch etwas, Senator: Wenn ich dem Bericht der Marines glauben kann, dann hat die Gruppe nicht ohne sachkundige Hilfe gearbeitet. Auf jeden Fall wussten sie, dass die Marines für heute Nacht etwas geplant hatten, und sie wussten auch, wie man die Alarmanlage überwinden konnte. Diese Informationen sind nicht auf dem freien Markt zu kaufen. Verstehen Sie, was ich meine?«

»Von außen aufrollen.«

»Ja«, sagte Phil und stellte einen Pappbecher Kaffee aus der Hand.

»Über Toole?«

Phil schüttelte den Kopf. »Der redet nicht. Auch dann nicht, wenn Sie ihm wirklich Daumenschrauben anlegen. Dieser Coup ist seine einzige Hoffnung, nicht auf dem Stuhl zu enden. Ich denke, dass der Mord an Dan Peterson, dem Dealer, eine Rolle spielt. Genau dort müssen wir einhaken. Ich fahre jetzt zum Gefängnis raus und werde mich mit Intosh unterhalten.«

Phil nickte dem Senator und mir zu, dann war er aus dem Rathaussaal verschwunden.

»Haben wir eine Chance?«, fragte Michigan, nachdem Phil verschwunden war.

»Vielleicht«, antwortete ich.

»Glauben Sie wirklich, dass die Gangster es ernst meinen? Ich meine, ob sie auch wirklich eine Katastrophe auslösen würden, wenn …«

»Darüber kann ich erst dann ein Urteil abgeben, wenn ich die Möglichkeiten kenne, Sir. Die Wissenschaftler müssen sie aufzeichnen.«

»Ich kümmere mich darum, dass sie endlich kommen!«

Michigan stapfte davon. Seine Schritte wirkten zwar geschmeidig und er versuchte den Anschein zu erwecken, als würde ihn keinerlei Panik erfassen, aber ich wusste, wie schwer er unter der Bürde litt. Es waren sein Staat, sein Reaktor und seine Menschen.

Keine Panik! Das war in diesem Moment wirklich die erste Bürgerpflicht. Wenn eben möglich, durfte nichts nach draußen dringen.

Irgendwo schellte ein Telefon.

Jemand nahm ab und schrie meinen Namen. Ich ging rüber in die andere Ecke des großen Saales und nahm den Hörer entgegen. Ein Tonbandgerät war eingeschaltet und lief mit. Jedes einkommende und ausgehende Gespräch wurde seit einiger Zeit automatisch aufgezeichnet. Später, wenn wirklich etwas schief ging, brauchte man jemanden, den man ans Kreuz schlagen konnte.

»Sind Sie der G-man?«, fragte ein Mann aufgeregt. »Ich meine der, mit dem Toole geredet hat und auf den geschossen wurde?«

»Ja.«

»Ich bin Professor Hank Mulder«, sagte der Anrufer. »Sie wissen, von wo aus ich anrufe und was sich hier abspielt, Sir. Ich muss einen von meinen Mitarbeitern sprechen.«

»Die sind noch nicht hier, Professor. Kann man Sie im Kraftwerk erreichen?«

»Zu jeder Zeit, wenn die Polizei die Leitung nicht gekappt hat.«

»Das haben wir nicht, Sir. Schließlich sprechen Sie ja mit mir.«

»Ja, natürlich.«

Mulder, daran gab es keinen Zweifel, war über alle Maßen aufgeregt und durcheinander. Kein Wunder. Niemand, der in seiner Haut steckte, konnte so etwas einfach hinunterschlucken und zur Tagesordnung übergehen. Wirklich niemand!

»Dürfen Sie Fragen beantworten, Sir?«

Ich hörte, wie er sich deswegen an jemand anderen wandte. Der stimmte zu.

»Ich will keinen technischen Kram, sondern allgemein verständlich von Ihnen hören, wie Sie die Lage und die Möglichkeiten der Gangster einschätzen.«

»Es kann zu einer Katastrophe kommen, Mister. Nicht zu irgendeiner Katastrophe, sondern zu einem Super-GAU. Das bedeutet, den größten anzunehmenden Unfall in einem KKW, wie er im Allgemeinen von Errichtern und Betreibern einer Anlage wie Syrakus II bestritten wird.«

»Tschernobyl?«, fragte ich. Ich hätte auch Harrisburg sagen können, aber angeblich war es dort im letzten Moment wieder in normale Bahnen geleitet worden.

»Schlimmer, Mister. Viel schlimmer!«

»Welcher von Ihren Mitarbeitern soll sich mit Ihnen in Verbindung setzen, Sir?«

»Susan Lyer«, antwortete Professor Hank Mulder augenblicklich. »Sie ist auch meine Stellvertreterin, wenn ich einmal nicht da bin. Moment, da will noch einer der Männer mit Ihnen reden.«

Ich hatte nichts anderes erwartet und zündete mir eine Zigarette an. Es dauerte nur einige Sekunden, dann hatte ich einen anderen Gesprächspartner.

»Hast du eine Ahnung, welche Macht wir haben, Cotton?«

»Nicht im Geringsten.«

»Wenn wir hier die richtigen Knöpfe bedienen, Cotton, ist Vermont entvölkert. In den Nachbarstaaten Maine, New Hampshire und New York kommt das große Sterben etwas später. Wir können Gott spielen, Mann!«

»Spielen«, sagte ich. »Das ist vollkommen richtig.

Wir haben noch keine Forderungen von euch bekommen.«

»Die kommen schon noch. Im Moment nur so viel: Es soll keiner versuchen, an das verdammte Ei heranzukommen, Cotton. Keiner!«

Die Verbindung riss ab. Ich rieb mir den Schweiß von der Stirn, rauchte noch einen Zug und schenkte mir einen frischen Kaffee ein.

»Die sind verrückt!«, keuchte Senator Michigan. »Wer Gott spielen will, ist immer verrückt.«

Der Mann mit dem schwarzhaarigen Lockenkopf hatte sie nicht schlecht behandelt. Darüber konnte sich Gloria Vanderbilt, das Mädchen aus Ruby Hangstons Candlelight Club, wirklich nicht beklagen. Eigentlich hatte er sie überhaupt nicht behandelt, sondern sich von ihr behandeln lassen und dabei einen Dreck darauf gegeben, ob sie es gerne tat oder nicht.

Gloria Vanderbilt dachte daran, als sie in die Wanne stieg und der Schaum beinahe über ihr zusammenschlug. Es war einer jener Machotypen, die sie auf den Tod nicht ausstehen konnte, weil sie sich wirklich für etwas ganz Besonderes hielten.

In dieser Nacht jedoch war Maggio Valetti anders. Gespannt, leicht reizbar. Er zeigte Gefühl und belauerte das Telefon wie einen Erzfeind.

Etwas mit dem Burschen, den Ruby Hangston ihr so sehr ans Herz gelegt hatte, war nicht in Ordnung.

Vor zwei Stunden war er total verfroren und verdreckt in die Hütte gekommen. Zusammen mit seiner Kleidung hatte er auch eine Maschinenpistole in die Ecke geworfen.

Sie hatte versucht, etwas für ihn zu tun, weil Ruby sie darum gebeten hatte, aber er hatte an nichts Interesse gezeigt.

»Wann kommen die nächsten Nachrichten, Blacky?«

Gloria Vanderbilt richtete sich in der Wanne auf und rieb sich den Schaum aus dem Gesicht.

»Wie spät ist es?«

»Halb zwei.«

»Um zwei kommen die nächsten Nachrichten. Die internationalen.«

Die Badezimmertür flog auf. Gloria Vanderbilt erschrak. Sie starrte in das scharf geschnittene Gesicht des schwarzhaarigen Lockenkopfes. Die Narbe auf seiner rechten Gesichtshälfte schien zu glühen. Hätte sie es nicht besser gewusst, hätte sie angenommen, Maggio Valetti sei betrunken.

»Was interessieren mich die internationalen Nachrichten?«, fauchte Valetti. »Ich will die lokalen.«

»Die kommen jede halbe Stunde und zwischendurch, wenn etwas Besonderes geschehen ist. Aber was geschieht hier schon, außer, dass sich ein betuchter Tourist aus New York oder Frisco ein Bein bricht?«

Maggio Valetti lachte.

Es klang nicht die Spur fröhlich. »Du hättest wohl auch nichts dagegen, wenn hier in Vermont etwas mehr los wäre, he?«

»Eigentlich nicht«, antwortete Gloria. Sie richtete sich in der Wanne auf. Mit beiden Händen rieb sie sich genießerisch den Schaum von den Brüsten.

Valetti starrte sie an. Einen Moment lang sah er aus, als würde er sich die Kleidung vom Leib reißen und zu ihr in die Wanne springen.

Dann jedoch drehte er sich um, nachdem er einen letzten Blick auf Glorias Busen geworfen hatte, und verließ das Bad.

Gloria Vanderbilt hörte ihn mit der Fernbedienung des Fernsehers alle Kanäle abfahren.

»Kanal 17!«, rief sie aus dem Bad.

»Danke.«

Sie traute ihren eigenen Ohren nicht. Er hatte wirklich danke gesagt.

»Zum Teufel«, sagte sie dann leise zu sich selbst. »Was geht der Kerl mich an? Nur für ein paar Tage, hat Ruby gesagt. Und die gehen meistens schneller vorbei, als man sich das vorstellt.«

Im Wohnzimmer der Hütte ließ sich Valetti auf einen bequemen Sessel sinken. Einmal hatte sich Jeff Delmare, der Untersetzte, aus dem Kraftwerk gemeldet. Alles in Ordnung, hatte es geheißen.

Alles in Ordnung!

Maggio Valetti stand auf, holte sich einen Whisky und grinste schief, als er sich wieder setzte und einen Schluck trank. Natürlich war alles in Ordnung. Mit Mulders Unterstützung, mit den Informationen, die der Professor geliefert hatte, hatte gar nichts schief gehen können. Erneut ging Valetti alle Kanäle durch, dann ließ er den Apparat auf Kanal 17 stehen. Das Telefon schellte.

»Es wird das letzte Mal sein, dass ich dich von hier aus anrufe«, sagte Jeff Delmare mit ruhiger, gefasster Stimme. »Ich denke, die werden bald eine Fangschaltung gelegt haben. Alles in Ordnung. Ich habe mit dem New Yorker Bullen Cotton gesprochen. Die warten sehnsüchtig auf unsere Forderungen, Maggio.«

»Werden die bald bekommen. Was macht der Professor?«

»Hält sich für einen Amateur ausgezeichnet«, versicherte Delmare.

»Der denkt nur an unsere Sexbombe, an eine Million und an ein glückliches Leben.«

»Gut so. Keinen Kontakt mehr von nun an. Es läuft alles genau so ab, wie wir es besprochen haben. Keine Programmänderungen. Falls jemand die vorschlägt, Delmare, kommen sie nicht von mir, und du wirst dich nicht daran halten. Verstanden?«

»Meinst du, die versuchen irgendwelche Tricks?«

»Worauf du dich verlassen kannst.«

»Okay, alles nach Plan, keine Veränderungen. Falls

jemand die verlangt, werde ich denen nicht nachkommen. Auch dann nicht, wenn sie von dir kommen? Ich meine, wenn du sie persönlich durchgibst?«

Valetti überlegte einen kurzen Moment. »Sprechen wir einen Code ab«, sagte er dann. »Egal wer auch immer Kontakt mit dir aufnimmt, Delmare, du befolgst die Befehle und Anordnungen nur dann, wenn das Codewort ›Venedig‹ fällt. Das gilt auch, wenn ich anrufe. Ich kann und will zwar nicht daran glauben, aber möglicherweise werden sie auf mich aufmerksam und zwingen mich mit einer Kanone am Schädel dazu, mit dir zu telefonieren. Wenn das geschieht und ich dabei nicht das Codewort ›Venedig‹ sage, dann wirst du dich nicht daran halten. Hast du das gut verstanden?«

»Ausgezeichnet«, antwortete Delmare. »Du bist wirklich ein schlaues Kerlchen, Maggio.«

Maggio Valetti legte auf. Er zündete sich eine Zigarette an und trank den Rest Whisky. Dann kamen die Zwei-Uhr-Nachrichten. Gesprochen von einer entzückenden, blonden Ansagerin. Die nahm das Wort Syrakus II nicht in den Mund. Nichts Neues in Vermont! Darauf liefen die Nachrichten hinaus. Die Touristen, die sie verfolgten, konnten also ruhig schlafen.

Maggio Valetti fluchte. Es gab zwei Möglichkeiten: Der Reporter hatte die Nachricht von der Kraftwerkbesetzung so spät durchgegeben, dass man sie in diesen Nachrichten nicht berücksichtigt hatte. Oder aber, er hatte sie gar nicht durchgegeben. Und das hieß, dass die Bullen ihn abblockten.

Valetti griff erneut zum Telefon. Eine Minute später hatte er Ruby Hangston an der Strippe. »Hast du unseren Gast gut untergebracht?«, fragte er.

»Ausgezeichnet«, sagte Ruby. »Und seit ihr sie gebracht habt, dämmert sie leise vor sich hin. Ich habe noch nie einen ruhigeren Gast gehabt.«

Valetti lachte leise. Kein Wunder, dass sich die lockige Blondine ruhig verhielt. Wenn man so viel Stoff im Blut hatte wie sie, wurde selbst ein Rennpferd zum Spaziergänger.

»Hast du auch einen Freund, der ihr vielleicht die Ohren abschneidet und sie der Ratte von Reporter schickt, Ruby?«

Sekundenlanges Schweigen am anderen Ende der Leitung. »Ich würde jemanden finden«, sagte er.

»Das ist gut.«

»Sonst ist alles ruhig«, sagte Ruby. »Ein Abend und eine Nacht wie jede andere. Hast du nicht gesagt, dass bald etwas passiert?«

»Wird es schon noch, Ruby. Halt die Ohren und Augen offen. Okay?«

»Auf mich kannst du dich verlassen.«

Valetti schmetterte den Hörer auf die Gabel zurück. Als er sich umdrehte, sah er Gloria Vanderbilt in der offenen Tür zum Schlafzimmer stehen. Aus weit aufgerissenen Augen starrte er die schwarzhaarige Schönheit an.

»Du schleichst hier rum, wie 'ne Rothaut«, fluchte Valetti. »Das kann ich auf den Tod nicht ausstehen.«

»Ich wollte dich nur nicht stören.«

»Wie lange stehst du hier schon?«

»Ich weiß nicht – einige Zeit«, antwortete Gloria.

»Hast du mich telefonieren hören?«

»Ja«, sagte sie und nickte, ohne zu wissen, dass sie damit ihr eigenes Todesurteil unterschrieb.

Susan Lyer war bleich wie die Wand in ihrem Rücken. Mit zitternder Hand legte sie den Telefonhörer auf die Gabel zurück. Sie hatte mit Mulder gesprochen. Ich hatte mitgehört, aber von dem Fachchinesisch der beiden Atomwissenschaftler nichts verstanden. Genauso wenig hatten Senator Jake Michigan, der First

Attorney, der Polizeichef und der Bürgermeister verstanden.

»Also?«, fragte Michigan, nachdem ich Susan Lyer Feuer für die Zigarette gegeben hatte. »Müssen wir uns wirklich Sorgen machen oder bluffen die nur mit ihrem so genannten Experten?«

Susan Lyer setzte sich steil auf. »Wenn Sie sich an die internationalen Spielregeln halten, dann müssen Sie nun eine bevorstehende Katastrophe an alle befreundeten Nationen durchgeben und damit beginnen, Vermont zu evakuieren, Senator.«

Die breiten Schultern des schwergewichtigen Politikers fielen nach vorn. Bis zu diesem Zeitpunkt hatte er, wie wahrscheinlich wir alle, auf einen Bluff gehofft.

»Alle älteren Druckwasserreaktoren wie Syrakus II haben, und das wissen wir, ein Sicherheitsrisiko: Heizrohrleck! In Tausenden von Heizschlangen, im Dampferzeuger, zirkuliert 300 Grad heißes nuklear verseuchtes Kühlwasser. Diese Heizschlangen sind eine empfindliche Nahtstelle zwischen dem hochradioaktiven Reaktorkern und den Turbinen im Sekundärkreislauf, mit deren Hilfe atomare Energie in Strom umgewandelt wird. Wie Tauchsieder heizen diese Schlangen das Wasser im Dampfkessel auf. Bricht eines der Röhrchen, entsteht ein Druckgefälle zwischen Primär- und Sekundärkreislauf. Auf einen Schlag wird hoch belastetes Kühlwasser in den mit unbelastetem Speisewasser gefüllten Dampferzeuger gepresst. Sind sehr große Mengen erst einmal abgeflossen, schaltet sich automatisch eine Notkühlpumpe des Reaktors ein. Die Folge: Noch mehr verseuchtes Wasser fließt in den nichtradioaktiven Teil …«

»Ich verstehe kein Wort«, keuchte Michigan.

Susan Lyer schaute in die Runde. Auch die anderen Gesichter signalisierten ihr, dass sie für Laien unverständlich argumentierte.

»Auf einen Nenner gebracht«, sagte ich.

»Ganz einfach: In den übervollen Dampfleitungen wird ein Leck entstehen. Zwangsläufig. Es lässt sich sogar ausrechnen, wann das geschehen wird, Gentlemen. Und der radioaktive Heißdampf wird nun direkt in die nähere Umgebung des Kraftwerkes geblasen.«

»Das heißt, die Katastrophe nimmt ihren Anfang, hat den Höhepunkt aber noch nicht erreicht, oder?«, fragte ich. Ich sah ihr regelrecht an, dass sie uns ganz langsam auf das Schlimmste vorbereiten wollte.

»Das ist richtig, Mr. Cotton. Simpel ausgedrückt wird Folgendes geschehen: Die Kühlwasservorräte sind begrenzt und werden ausgehen. Der Reaktorkern wird leer laufen, sich überhitzen und letztlich schmelzen. In Harrisburg ist Ähnliches geschehen, da ließ sich plötzlich ein Ablassventil nicht mehr schließen. Genau das, wahrscheinlich schlimmer, wird bei Syrakus II geschehen.«

»Und das kann man manipulieren?«, fragte Michigan.

»Mit der nötigen Fachkenntnis, ja.«

»Und die haben die Leute im Kraftwerk?«

»Ja«, sagte Susan Lyer hart. »Der Vorfall ist schon manipuliert. Professor Mulder hat es an mich durchgegeben.«

Michigan ließ sich schwer auf einen Stuhl sinken. »Wie viel Zeit haben wir?«

»Sie meinen, bis der Reaktorkern leer läuft, sich überhitzt und schmilzt?«

»Ja.«

»Zwölf Stunden schlimmstenfalls, zwanzig Stunden bestenfalls«, antwortete Susan Lyer ruhig. »In der Zwischenzeit jedoch wird jede Menge radioaktiver Dampf in die Gegend abgelassen, weil die Gangster oder Terroristen, oder was immer diese Kerle auch sind, zwei Ventile blockiert haben. Das ist einfach, wenn man weiß ...«

»Wenn Sie rein könnten, Miss Lyer«, sagte ich, »gäbe es dann eine Möglichkeit, die Katastrophe abzuwenden?«

»Ohne Frage, solange es noch nicht zur Schmelzung des Reaktorkerns gekommen ist. Das könnte auch Professor Mulder, wenn man ihn ließe. Ich denke, sie werden ihn lassen und ihn deshalb auch drinnen behalten haben. Aber wahrscheinlich wird man ihm die Erlaubnis erst dann geben, wenn alle Forderungen, was immer das auch sein mag, erfüllt worden sind.«

»Die gehen doch selbst mit drauf!«, keuchte Michigan, der Senator.

»Ja«, sagte ich. »Und sie wissen sich in bester Gesellschaft, Senator. Es ist unmöglich, innerhalb von zwölf Stunden, die uns von jetzt an noch bleiben, geeignete Gegenmaßnahmen durch Evakuierung durchzuführen.«

Susan Lyer schaute zur Uhr. »Wenn wir zwölf Stunden annehmen«, sagte sie erneut mit dieser beinahe unbeteiligten Stimme, »dann kommt es in Vermont morgen Mittag um drei Uhr zum Super-GAU. Und niemand kann ihn verhindern. Absolut niemand, außer dem regulären Personal, wenn man es lässt.«

»Wird man?«, fragte der First Attorney, der bislang die Rolle des Zuhörers gespielt hatte.

»Ich denke, dass das alleine an Ihnen liegt, Gentlemen«, sagte Susan Lyer. »Oder Mulder müsste die Gangster überwältigen und Zeit genug finden, um die notwendigen Arbeiten durchzuführen. Ich verstehe nichts von Polizeiarbeit und Politik, aber ich kann Ihnen mit meinem gesunden Menschenverstand sagen, dass es unsinnig wäre, die Bevölkerung zu unterrichten. Die Panik wäre unvorstellbar. Ein solcher Schritt kostet Hunderte, vielleicht Tausende das Leben. Unnötige Tote, wenn es Ihnen letztlich doch gelänge, das grausame Spiel zu stoppen.«

Ich schluckte trocken. Mein Blick schweifte von

einem zum anderen. Bis jetzt wussten außer den Wissenschaftlern aus Syrakus II nur der Senator, der Bürgermeister, der First Attorney, der Polizeichef und Phil und ich von der drohenden Katastrophe.

»Sie haben von Washington die Entscheidungsgewalt zugesprochen bekommen, Mr. Cotton«, sagte Michigan genau das, was ich befürchtet hatte.

»Unsinn. Ich bin ein G-man! Ich kann einen Einsatz leiten, aber nicht darüber bestimmen, ob man es riskieren soll, einen Staat einfach unbewohnbar zu machen oder nicht. Vielleicht haben wir eine Chance, vielleicht nicht. Wir hier, alle zusammen, tragen die Verantwortung. Nicht ein Einzelner. Miss Lyer sagt, es sei abwendbar, wenn wir die richtigen Wissenschaftler in den Reaktor bringen oder wenn Mulder eine Chance bekommt. Wir haben zwölf Stunden. Das ist verdammt viel Zeit, aber viel zu wenig, um für die Bevölkerung geeignete Schutzmaßnahmen zu ergreifen.«

Stille um mich herum.

Feuerzeuge schnappten klickend, Zigarettenrauch stieg bläulich zur Deckenbeleuchtung auf. Michigan hustete als Erster.

»Ihre Meinung, Mr. Cotton?«

»Wir versuchen, das Unheil abzuwenden. Wir haben doch keine andere Chance.«

»Mit allen Mitteln?«

»Mit allen«, sagte ich.

»Ich schließe mich Ihrer Meinung an. Aber ich werde Washington unterrichten müssen.«

»Einverstanden«, sagte ich rau.

»Was ist mit Ihnen?«, wandte sich Michigan an die anderen in der Runde.

»Wir haben keine andere Möglichkeit«, sagte der First Attorney. »Ich schließe mich an.«

Der Bürgermeister und der Polizeichef waren schließlich auch der Meinung, dass man das Problem von außen anpacken musste.

Michigan ging zum Telefon und meldete ein Gespräch nach Washington an.

Ich ging ans Fenster und schaute in die noch friedliche Schneelandschaft von Vermont. Ich konnte und wollte mir nicht vorstellen müssen, dass es alles das bald nicht mehr gab.

Susan Lyer trat neben mich und legte mir die Hand auf die Schulter. »Wir müssen nur rein, Mr. Cotton«, sagte sie leise. »Nur rein oder Professor Mulder die Chance geben, den Wahnsinn zu stoppen. Innerhalb der nächsten zwölf Stunden, sonst haben wir dieses Spiel verloren.«

Ich nickte. Zu sagen gab es nichts mehr.

Harry Intosh zog den Kopf ein. Seine Nackenmuskeln spannten sich. Er starrte mich an, als wolle er mich ermorden. »Es geht um Ellen Sues Leben, G-man«, sagte er. »Ich habe Anweisungen erhalten. Wenn ich denen nicht nachkomme …«

Mit einem schnellen Schritt trat ich auf ihn zu. Er versuchte, nach mir zu schlagen. Ich duckte mich leicht unter dem Schlag weg, packte ihn am Hemd und schleuderte ihn gegen die Wand des Vernehmungszimmers im Staatsgefängnis.

»Sie sind wirklich verrückt!«, schrie Intosh. »Sie haben nicht das Recht, über das Leben einer jungen Frau zu entscheiden!«

»Ich weiß!«

»Warum, verdammt, lassen Sie mich dann nicht …

»Schweigen Sie, Intosh!«, brüllte Phil den Reporter an. »Halten Sie verdammt noch mal Ihren Mund!«

Intosh schwieg

»Ich sage es Ihnen, weil Sie hier doch nicht rauskommen, Harry«, sagte ich dann leise. »Es geht nicht allein um Ellen Sues Leben, Harry. Es geht um das Leben von Hunderttausenden.«

Intosh rieb sich den Schweiß von der Stirn.

»Und das ist kein Witz. Die haben Syrakus II besetzt und den Reaktor so manipuliert, dass es in zwölf Stunden zur Katastrophe kommt. Zum Super-GAU.«

Harry Intosh kam näher. Er hatte nicht mehr das Gesicht eines Jungen. Ernster als er konnte man gar nicht aussehen. Ich sah ihm auf den ersten Blick an, dass er nicht glaubte, ich wolle ihn nur bluffen. Da war etwas, was er wusste und wir nicht.

»Wer ist drin?«, fragte er.

»Die Gangster. Einige Männer.«

»Mit Mulder?«

»Ja«, sagte ich. »Mit Mulder.«

Ich schaute Phil an. Der zuckte mit den Schultern, was so viel hieß, dass er gegenüber Harry Intosh nichts davon erwähnt hatte.

»Wie kommen Sie darauf?«, fragte ich und es kostete mich Mühe, es ruhig zu fragen.

»Er war ein Kunde von Peterson«, sagte Intosh. »Sie wollten doch eine Liste von Petersons Kunden und Verbindungen. Ich habe sie.«

Peterson war tot, Mulder saß mit den Gangstern im Kraftwerk eingeschlossen. Meine Gedanken kreisten wie wild, aber ich sah keinen realen Zusammenhang zwischen diesen beiden Dingen. Susan Lyer hatte uns den Zwischenfall in der Zentrale des KKWs beschrieben. Mulder hatte gekämpft wie ein Löwe. Man hatte ihn brutal geschlagen und misshandelt. Dennoch war es ihm letztlich gelungen, die Gangster dazu zu bewegen, Susan Lyer, Tom Lonnigan und Alfred Pinter freizulassen.

»Mulder war Kunde von Peterson«, wiederholte Intosh leise und gefasst. »Und Peterson verkaufte nicht nur das Zeug, er hatte auch die unhübsche Eigenart, besondere Kunden zu erpressen.«

Ich nickte nachdenklich. »Das ist immerhin ein Motiv, aus dem man ihn umgebracht haben kann.«

»Er kann aber durch Zufall auch auf etwas gestoßen sein, was auf keinen Fall an die Öffentlichkeit gelangen durfte, weil es den Coup mit Syrakus II möglicherweise gefährdet hätte.«

So weit, wie das auf den ersten Blick vielleicht erschien, war das gar nicht hergeholt. Peterson hatte etwas herausgefunden, was den Coup gefährdete. Durchaus möglich, dass sie ihn deshalb zur Hölle geschickt hatten. Aber das musste nichts mit Mulder zu tun haben.

Musste nicht, aber konnte.

»Geben Sie uns alles, was Sie über Peterson haben, Harry«, sagte Phil heiser, der die gleichen Gedanken wälzte wie ich.

Was, wenn das ganze Schauspiel in der Zentrale nur inszeniert war? Was, wenn Mulder auf der Gegenseite mitspielte?

Der Polizeichef von Rutland hieß Norman Waterloo. Er hörte den Namen nicht gerne, weil man ihn immer wieder mit Napoleons entscheidender Niederlage in Zusammenhang brachte. Ich hoffte, dass der Name kein schlechtes Omen war.

Waterloo arbeitete mit Phil und mir zusammen. Das hieß, alles, was wir wollten, setzte er augenblicklich in die Tat um. Noch nie in der Geschichte von Vermont hatten zwei G-men den ganzen Apparat gesteuert. Aber es war ja auch noch nie um so viel gegangen. Genau genommen um alles.

Phil und ich hatten veranlasst, dass Ruby Hangston überwacht wurde.

Gleichzeitig wurden alle Besitzungen von Ruby, das waren immerhin einige Häuser in der Stadt, einige Ferienhäuser und einige gut ausgebaute Hütten, unauffällig überprüft. Waterloo hatte die besten Männer damit beauftragt.

Um fünf Uhr morgens, die ersten Silberschatten zeichneten sich schon am Horizont ab, erhielten wir Nachricht. Es handelte sich um eine der modern ausgebauten Ferienhütten in East Pittsford. Waterloos Männer, die einige Zeit in der Gegend herumgeschlichen waren, hatten festgestellt, dass sie von zwei südamerikanisch aussehenden Männern bewohnt wurde. Zweimal hatte einer von ihnen die Hütte verlassen, hatte Ruby einen kurzen Besuch abgestattet und war wieder zurückgekehrt. Und in diesem Moment befand sich wieder einer der Männer unterwegs.

Phil und ich fuhren los. Unterwegs pickten wir einen Lieutenant der Rutland City Police auf, der als Pfadfinder fungierte und uns den schnellsten Weg wies.

»Wo ist der Kerl jetzt?«, fragte Phil, während ich mich auf die verschneite Straße konzentrierte. Seit Wochen schien darauf niemand mehr gefahren zu sein. Aber angeblich war es der Weg, der uns am dichtesten an die Hütte heranbrachte.

»Unterwegs von Rutland, genau wie wir«, antwortete der Lieutenant. »Er nimmt eine besser befahrbare Straße. Wir können ihn zu jeder Zeit abfangen, Sir.«

Phil warf mir einen fragenden Blick zu.

»Wo?«, fragte ich den Lieutenant.

Der Officer aus Rutland beugte sich nach rechts und deutete den Hang hinunter. Vielleicht zweihundert Yards unter uns, undeutlich in der Morgendämmerung zu sehen, zog ein schmaler grauer Streifen durch das Weiß der Landschaft.

»Er kommt über die Straße dort unten.«

»Wie kommen wir runter?«

»An der nächsten Schneise rechts runter, Sir.«

Ich beschleunigte. Hin und wieder brach der Jeep aus, aber er war leicht wieder auf den Weg zurückzubringen. Dann erreichte ich die Schneise und starrte mit weit aufgerissenen Augen auf den steil abwärts führenden Weg, auf den der Lieutenant deutete.

»Sind Sie da schon mal runtergefahren?«

Er grinste. Er war Mitte dreißig und sah aus wie ein braver Familienvater, der Frau und Kinder liebte und nicht vergaß, sonntags in die Kirche zu gehen. Eher ein Vertreter als ein Polizistentyp.

»Ja«, antwortete er grinsend. »Auf Skiern. Das liegt drei Jahre zurück. Ich kann mich noch daran erinnern, dass ich mir bei einem Sturz den rechten Fuß gebrochen habe.«

Ich zündete mir eine Zigarette an.

»Mit einem Jeep ist das einfacher«, sagte der Lieutenant. Er deutete von links nach rechts. »Sie müssen nur nicht stur dem Weg folgen, sondern rechts und links auf den Hang ausweichen und den Jeep schräg stellen. Soll ich fahren?«

Das hätte mir gerade noch gefehlt. Wenn ich schon dran glauben musste, dann wollte ich mich auch selbst auf dem Gewissen haben.

»Okay!«

Ich fuhr an. Augenblicklich neigte sich die Schnauze des Jeeps in einem mehr als nur beängstigenden Winkel nach vorn.

»Kann wirklich nichts passieren«, sagte der Officer, während Phil laut und deutlich Vermont und alle Bundesstaaten mit Schnee und Bergen verfluchte.

»Kommen wir früh genug?«

Der Lieutenant nahm über Walkie-Talkie Kontakt zu seinen Kollegen auf. Die atmosphärischen Störungen waren fürchterlich. Zudem unterhielten sie sich auch in einem Dialekt, der für New Yorker Ohren absolut fremd war.

»Wir sollten uns vielleicht etwas beeilen, Sir!«

»Ich hatte eigentlich nicht vor, mich in Vermont begraben zu lassen«, knurrte Phil, der sich mit beiden Händen an seinem Sitz festklammerte.

Ich sah sein Gesicht für einen kurzen Moment im Rückspiegel. Er war bleich, und sein Gesicht war über alle Maßen angespannt.

Ich lenkte den Jeep vom Weg auf den Hügel. Die Karre stellte sich augenblicklich quer und rutschte mehr als zwanzig Yards ab, ohne dass ich es verhindern konnte. Dann hatte ich ihn nach Schwerstarbeit am Steuer wieder gefangen.

»Das meine ich«, sagte der Lieutenant. Entweder hatte er keine Nerven oder es war wirklich ungefährlich. »Auf diese Art und Weise rutschen wir schnell und sicher nach unten.«

Schweiß rann mir in die Augen. Mit dem Ärmel rieb ich mir über die Stirn. Dann steuerte ich den Jeep quer über den Weg auf die andere Seite des Hügels. Hier passierte genau das Gleiche. Der Wagen rutschte, ließ sich nach vielleicht zwanzig bis dreißig Yards wieder fangen und benahm sich wie ein artiges Kind.

Es dauerte fünf Minuten, dann lag noch eine Waldschneise vor uns und wir hatten die schmale Straße erreicht, über die auch der Mann kommen musste, der südamerikanisch aussah und in einer von Ruby Hangstons Ferienhütten wohnte.

Links unten war eine Riesenschneewehe, hinter der der Jeep verschwand und von der schmalen Straße aus nicht mehr gesehen werden konnte.

Phil stieg als Erster aus. Seine Knie zitterten etwas. Er musste sich an der Karosserie festhalten. Dann warf er einen Blick nach oben, zog die Strecke, die wir hinabgerutscht waren, noch einmal mit zusammengekniffenen Augen nach und schüttelte sich.

»Was ein Mensch doch alles freiwillig auf sich nimmt, um die Menschheit zu retten«, keuchte er, tastete nach den Zigaretten und brauchte drei Streichhölzer, bevor er die Zigarette in Brand gesteckt hatte.

Ich deutete auf die Kurve. Sie war ziemlich scharf.

Erst nachdem ein Fahrer den Scheitelpunkt passiert hatte, konnte er sehen, was sich ausgangs der Kurve tat.

»Ich warte dort. Ihr bleibt hier hinter der Schneewehe«, sagte ich. »Falls ich ihn nicht stoppen kann, werdet ihr das tun. Aber passt auf. Eine Leiche hilft uns nicht weiter.«

Der Lieutenant zog seinen 38er Dienstrevolver. Phil hielt seine Kanone ebenfalls schon in der Hand.

»Wenn wir die Reifen erwischen«, sagte der Lieutenant, »die auf der rechten Seite, vorn und hinten, dann rutscht er von der Straße gegen den Hügel. Mehr als dreißig Yards geht es nicht bergab, dann wird er von den Baumstämmen gestoppt. Es müsste mit dem Teufel zugehen, wenn er sich dabei das Genick bricht.«

Ich schaute den Lieutenant noch einmal an. Er sah noch immer aus wie ein Vertretertyp, war noch immer der brave Familienvater, der sonntags zur Kirche ging und sich seine Sünden vergeben ließ. Wie doch das Aussehen eines Menschen täuschen konnte! In Wirklichkeit hatte er das Gemüt eines Fleischerhundes und kalkulierte scharf und berechnend dicht an der Katastrophe vorbei.

»Einverstanden, Sir?«, wandte er sich an Phil.

»Sicher«, antwortete mein Freund. »Alles, was Sie wollen, Officer. Ich bin nur Gast in diesem Staat.«

Ich nickte den beiden zu und hastete die schmale Straße entlang.

Bis zu der Stelle, die ich mir ausgesucht hatte, waren es beinahe zweihundert Yards. Ich schaffte sie in Rekordzeit, ohne am Ziel besonders außer Atem zu sein. Die Stresssituation setzte Kräfte frei, von deren Existenz ich noch nicht einmal eine Ahnung gehabt hatte.

Ich schaute zurück. Phil, der Lieutenant und der Jeep waren nicht zu sehen.

Zwei Minuten später zerschnitten Scheinwerfer die Dunkelheit. Sie legten einen hellen Teppich auf die weiße Schneedecke. Von dem Wagen war noch nichts zu sehen, aber das Motorengeräusch war schon zu hören. Vor der Kurve heulte der Motor auf und wurde zurückgeschaltet. In einem zu kleinen Gang, mit viel zu hoher Drehzahl scheuchte der Südamerikaner den Suzuki durch die scharfe Kurve.

Er kam schnell. Viel zu schnell, um den Wagen noch anhalten und drehen zu können, als er mich im aufgeblendeten Scheinwerferlicht entdeckte.

Ich stand mitten auf der Straße, starrte in das Licht, hielt die Augen dicht zusammengekniffen und den 38er in beiden Händen. Ich hob die Waffe so hoch, dass sie ungefähr auf die Windschutzscheibe zielte. Dann zog ich den Lauf weiter nach rechts, um ganz sicher zu sein, dass ich den Kerl am Steuer nicht traf, und drückte ab.

Der Knall, mit dem die Windschutzscheibe platzte, mischte sich in das Explosionsgeräusch des Schusses.

Nun heulte der Motor wirklich auf. Die großen, grobprofiligen Reifen drehten jaulend auf der Asphaltdecke durch. Wie ein Pfeil jagte der verdammte Geländewagen auf mich zu.

Mit einem Riesensatz, ich hatte mit diesem Zwischenfall gerechnet, sprang ich nach rechts. Genau wie vorausberechnet, landete ich in einer weichen Schneewehe, als der Wagen an mir vorbeidröhnte.

Ich drehte mich auf die Seite und starrte den rot glühenden Schlussleuchten nach. Der Geländewagen hatte gewaltig an Fahrt aufgenommen. Unwillkürlich fragte ich mich, ob die Rechnung des Lieutenant noch aufgehen konnte.

Dann peitschten die Schüsse auf.

Die rot glühenden Schlussleuchten wedelten über die Straße wie ein alkoholisierter Skifahrer über die Piste. Der Wagen zog nach rechts, nachdem es Phil und dem Lieutenant gelungen war, die Reifen platt zu schießen. Der Kerl kurbelte vergeblich am Lenkrad. Gegen die natürliche Fliehkraft war kein Kraut gewachsen.

Das alles dauerte nur wenige Sekunden. Dann war der Geländewagen von der Straße verschwunden.

Genau wie vorausberechnet, war er über die Straße auf die Böschung zugerutscht und befand sich nun auf dem Weg zu den ersten Fichten, die eine natürliche Barriere mitten auf dem Hang formten.

Ich sprang auf und stürmte los.

Vor mir tauchten Phil und der Lieutenant auf, erreichten den Hang vor mir und verabschiedeten sich mit einem gewaltigen Sprung.

Schreie fetzten zu mir herüber, dann ein Schuss, dann erneut Schreie. Als ich die Stelle erreichte, an der der Geländewagen abgerutscht war, war schon alles gelaufen. Natürlich. Ich hatte keinen Grund gehabt, mich zu beeilen. Die Sache konnten Phil und der Lieutenant der Rutland City Police alleine erledigen.

Ich blieb oben am Hang stehen.

Der Wagen klebte regelrecht an der ersten, etwas nach oben versetzten Fichte. Und der Fahrer hatte sich geistesgegenwärtig noch vor dem Aufprall aus dem Fahrzeug geworfen.

Jetzt hockte er auf Knien im tiefen Schnee. Phil und der Lieutenant standen vor ihm. Beide hielten ihre Waffen auf den Kerl gerichtet. Ich konnte mir vorstellen, wie er sich fühlte.

Sie kamen nach oben, erreichten die Straße und ich schaute in das breitflächige Gesicht des Mannes, der wirklich Südamerikaner war. Sein Gesicht verzerrte sich. Er kannte mich, daran konnte es keinen Zweifel geben. Vielleicht war er an dem Anschlag beteiligt gewesen, den man vorgestern auf der Passstraße auf mich verübt hatte. Um mir Angst zu machen, um mich zu töten.

»Und jetzt?«, fragte der Kerl, als wir mit ihm hinter der Schneewehe verschwanden, hinter der auch unser Jeep stand.

Den ersten Schrecken hatte er überwunden. Sein Gesicht war keine verzerrte, starre Maske mehr. Es glättete sich und er grinste.

Genauso lange, bis der rechte Fuß des harmlos aussehenden Lieutenant nach vorn schnellte. Ich sah nicht, wo er den Südamerikaner traf. Aber dass er ihn traf, davon überzeugte der gurgelnde Aufschrei. Den stieß er aus, bevor er kopfüber in die Schneewehe tauchte. Der Lieutenant setzte nach, zerrte ihn wieder aus dem Schnee und legte ihn neben den Vorderreifen des Jeeps.

Phil wollte etwas sagen. Ich schüttelte den Kopf. Es gefiel mir auch nicht, was der Lieutenant tat, aber ich dachte an Syrakus II.

Wenn Susan Lyer die Zeit richtig berechnet hatte, befanden wir uns noch Knapp zehn Stunden vom Super-GAU entfernt. Ich hatte überhaupt keinen Zweifel daran, dass sie richtig gerechnet hatte.

»Zwei Minuten!«, keuchte der Lieutenant. »Geht auf die Straße, zündet euch eine Zigarette an und beobachtet den herrlichen Sonnenaufgang über Vermont ...«

»... he, G-man, der legt mich doch um!«, schrie der Südamerikaner.

Damit hatte der Lieutenant genau das erreicht, was er hatte erreichen wollen. Der Kerl hatte Todesangst. Er klammerte sich mit Händen und Füßen an alles, was ihm Hoffnung auf Überleben vermittelte. In diesem Fall waren das Phil und ich.

Ich ging auf ihn zu. Der Lieutenant drehte sich weg. Es war eine schnelle Bewegung.

Erst als der Südamerikaner erneut aufschrie, sah ich, dass der Officer ihn mit dem schweren Schuh in die Seite getroffen hatte.

»Name?«
»Enrique Valparaiso!«
»Wer ist der andere in der Hütte?«
»Lopez Martinez!«
»Wer ist noch in der Hütte?«
Der Kerl biss die Zähne zusammen und rückte gleichzeitig weiter nach rechts, um aus dem Aktionsradius des Lieutenant herauszukommen.
»Okay«, sagte ich. »Wir schauen uns den Sonnenaufgang an.«
»Verdammt, nein!« Seine Augen weiteten sich. Entsetzt starrte er auf den Lieutenant, der so harmlos aussah. »Das Mädchen ist in der Hütte.«
»Welches Mädchen?«
»Die Freundin des Reporters.«
»Wo?«
»Im Schlafzimmer.«
»Wo ist Lopez Martinez?«
»Auch im Schlafzimmer. In einem anderen.«
Mein Blick huschte zum Lieutenant. Der nickte. »Die Hütten sind alle gleich gebaut. Zwei Schlafzimmer, Wohnraum, Bad.«
»Nach wohin geht das Schlafzimmer raus, in dem Ellen Sue Detering gefangen gehalten wird?«
»Zum Hang«, keuchte Valparaiso. »Zum Hang!«
Ich ging neben ihm in die Knie. »Bist du sicher?«
»Ja, verdammt …«
Jetzt, als ich so dicht vor ihm kniete, sah ich die Beulen in seinem Gesicht, die er sich bei dem Unfall zugezogen hatte. Die Braue seines linken Auges klaffte weit auseinander. Die Lippe war aufgeplatzt. Violette Aufprallspuren befanden sich auf seiner Stirn und seiner linken Gesichtshälfte. Er schaute mich an, dann rollte er die Augen nach innen und verlor das Bewusstsein. Ganz langsam neigte sich sein Oberkörper der Schneewehe entgegen und er versank beinahe in ihr.

Ich richtete mich auf.

Meine Hand zitterte. Phil gab mir eine Zigarette, dem Lieutenant ebenfalls. Das Feuerzeug klickte. Wir rauchten einen Zug.

»Das ist sonst wirklich nicht meine Art«, sagte der Officer. »Aber ich kann an nichts anderes mehr denken. Ich bin hier geboren. Ich habe eine Familie – und …«

Ich legte ihm die Hand auf die Schulter. »Das ist okay«, sagte ich. »Das ist verdammt okay. Ich würde mir an Ihrer Stelle deswegen keine Gedanken machen. Jemand musste es tun. Sie waren am dichtesten an ihm dran. Okay?«

Er rieb sich den Schweiß von der Stirn und nickte. »Okay.«

Phil war in den Jeep getaucht. Ich brauchte ihm nicht zu sagen, was wir benötigten, um Ellen Sue Detering aus der Hütte herauszuholen. Wir waren schon viele Jahre lang ein erfolgreiches Team, waren in Situationen wie diesen so zusammengeschweißt, dass wir doch meistens die gleichen Ideen hatten. Und in diesem speziellen Fall gab es nicht viel zu überlegen.

»Warum melden die sich nicht und stellen wenigstens die Forderungen?«, fragte der Bürgermeister nervös.

Jake Michigan, der Senator, hatte seine Ruhe wiedergefunden. Er hatte mit Washington telefoniert, hatte denen alles ausgelegt und auch Susan Lyer mit irgendwelchen Fachleuten sprechen lassen. Es lief darauf hinaus, dass Washington dem Senator und seinen Mitarbeitern hier in Vermont erst einmal freie Hand gegeben hatte. In Washington setzten sich zu dieser Stunde Wissenschaftler an den Tisch, um zu überlegen, wie man die absolut tödliche Bedrohung eventuell doch noch von außen abwenden konnte.

Michigan warf einen Blick zur Uhr. Es war halb

sechs vorbei. »Die wollen uns gar kochen«, sagte er dann überzeugt. »Die wissen genau, wann das Unternehmen in die kritische Phase eintritt. Wir haben noch knapp zehn Stunden. Wenn die sich erst fünf Stunden vorher mit den Forderungen melden, bleibt keine Zeit mehr für Verhandlungen und Scheingefechte, Bürgermeister. Dann sind wir im Zugzwang. Dann bleibt uns gar nichts anderes übrig, als allen Forderungen blitzschnell nachzugeben.«

Der Bürgermeister nickte. Er war Mitte fünfzig und hatte eine Halbglatze. Das Resthaupthaar war so dünn, dass die Glatze bald perfekt war. »Ich bin immer dagegen gewesen, dass die uns hier so ein Atom-Ei in die Gegend stellen. Immer ...«

Senator Michigan nickte. Was sollte das Stadtoberhaupt von Rutland auch anderes sagen? Der Bürgermeister war mit einer Situation konfrontiert, der er nicht gewachsen war, weil er sich nie damit beschäftigt hatte. Er konnte nichts anderes sagen und versichern, als dass er immer dagegen gewesen sei.

»Glauben Sie, die beiden New Yorker G-men und unsere Polizei werden es schaffen, Sir?«

»Mit Gottes Hilfe«, murmelte Michigan.

Ich kam mir vor eine Bergziege. Ich robbte durch den tiefen Schnee, der jeden Stein und jedes Hindernis sanft zudeckte. Dass es Steine gab, Baumstümpfe und anderes Zeug, das einen Menschen quälen konnte, stellte ich jedes Mal erst dann fest, wenn ich dagegen gestoßen war.

Fünfzig Yards über mir befand sich die Hütte. Sie war auf einen Hügelkamm gebaut. Nach beiden Seiten hin fiel ein Hang tief hinab und es gab nur einen schmalen Zufahrtsweg

Solange wir nicht wussten, ob Lopez Martinez auf seinen Freund wartete und die kleine Straße beobachtete, konnten wir die nicht benutzen. Das hieß, Phil und der Lieutenant hatten auf der anderen Seite der Hütte, am anderen steilen Hang, einen genauso beschwerlichen Weg vor sich, wie ich ihn zurücklegen musste.

Meine Hose war der Länge nach aufgerissen. Spitze Steine und unter dem Schnee verborgene Äste hatten tiefe, blutige Schrammen in mein rechtes Bein gerissen. Ich spürte keinen Schmerz. Durch die barbarischen Minustemperaturen waren die Glieder steif und gefühllos geworden. Erst später, wenn die Kälte aus den Knochen vertrieben worden war, würde ich die Verletzungen spüren.

Ich klammerte mich an allem fest, was Halt bot, und zog mich auf diese Art und Weise Yard um Yard nach oben. Ich schaute nicht zurück. Es ging hinter mir schwindelerregend steil hinunter. Besser, man sah nicht, in welche Hölle man abstürzen konnte, wenn man nicht aufpasste.

Mein Blick war starr auf die Rückfront der großen Hütte gerichtet. Es gab an dieser Seite drei Fenster. Küche, Wohnzimmer und ein Schlafzimmer. Das Schlafzimmer, in dem angeblich Ellen Sue Detering liegen sollte. Valparaiso war nicht mehr aus seiner Bewusstlosigkeit erwacht. Wir hatten ihm also nicht noch heftiger auf den Zahn fühlen können. Sie hatten ihn mit einem Krankenwagen abgeholt. Der Doc hatte uns auch keine Hoffnungen machen können, dass Valparaiso in den nächsten Stunden erwachte. Also hatten wir uns mit den erhaltenen Informationen auf den Weg gemacht.

Vielleicht hatte er gelogen. Die Möglichkeit bestand, aber irgendwie glaubte ich nicht daran.

Noch zehn Yards. Mein Atem ging schwer. Ich blieb für einige Sekunden lang ausgestreckt auf dem steilen Hang liegen. Dann scharrten meine Hände durch den Schnee, suchten nach einem Halt und fanden ihn. Ich zog mich weiter nach oben. Im Wohnzimmer brannte Licht. Die Gardinen waren vor das Fenster gezogen. Rote Gardinen, die wenig Licht durchließen und den Schnee, auf den es traf, blutrot färbten.

Noch fünf Yards.

Ich drückte mein heißes Gesicht in den Schnee und hob es wieder. Mein Atem beruhigte sich. Vor mir befand sich Gestrüpp, das die Wurzeln tief in den kargen Bergboden geschlagen hatte. Ich griff danach. Es hielt, als ich mich daran weiter nach oben zog und die Fassade der Holzhütte erreichte.

Ich zog die dicken, pelzgefütterten Handschuhe aus. Die eisige Kälte war durch das Material hindurchgedrungen. Meine Finger waren steif geworden. Es schmerzte, als ich Bewegungsübungen machte. Ich ließ mir Zeit. Es hatte keinen Sinn, etwas zu überhasten. Wir wussten, wo Ellen Sue Detering war. Es bestand kein Anlass zur Eile, die immer Fehler in sich barg.

Zwei Minuten später zirkulierte das Blut klopfend durch die abgestorbenen Finger. Ich konnte sie so normal bewegen, wie es notwendig war.

»Phil«, sagte ich leise in das Walkie-Talkie.

»Wir sind oben, Jerry. Das Wohnzimmer ist beleuchtet. Von hier aus lässt sich nicht feststellen, ob sich Martinez darin aufhält. Hinter dem zweiten Schlafzimmerfenster brennt kein Licht.«

»Hier hinten auch nicht.«

Ich richtete mich auf. Das Fenster befand sich in Schulterhöhe. Die Gardinen waren vorgezogen. Man konnte unmöglich durch sie hindurchschauen. Die Außenfassade war aus groben Brettern zusammengesetzt. Im Holz gab es tiefe Fugen. Tief und breit genug, dass die Schuhspitzen reinpassten.

»In genau fünfzehn Sekunden, Phil«, sagte ich.

»Okay«, kam es heiser zurück.

Ich stemmte den rechten Fuß in eine Nut, packte den Haken in der Rückwand, an dem sonst schwere

Fensterläden aufgehängt waren, und zog mich hoch. Mein linker Fuß fand ebenfalls Halt.

Leise zählte ich die Sekunden mit und beugte meinen Oberkörper weit zurück. Es gab nur eine Möglichkeit, um rasch in das Schlafzimmer zu gelangen. Mit der Schulter die Fensterscheibe durchstoßen und sich in den Raum hineinfallen lassen.

Drei, zwei, eins …

Mein Oberkörper schwang nach vorn. In genau dem Sekundenbruchteil, als drinnen im Haus die durch die Fenster an der Vorderseite geschossenen Blendgranaten krepierten, klirrte das Glas unter meinem Anprall.

Mit einem Ruck zog ich mich höher, neigte mich durch die zersplitterte Scheibe und ließ mich fallen.

Die verdammten Gardinen nahmen mir die Sicht. Mit einer wütenden Handbewegung fetzte ich sie herunter und rollte mich nach vorn.

Martinez befand sich nicht im anderen Schlafzimmer, auch nicht im Wohnzimmer, sondern in Ellen Sues Bett …

Ich sah seinen Schatten. Dann im Mündungsblitz seines ersten Schusses sein bis zur Unkenntlichkeit verzerrtes Gesicht.

Er feuerte auf mich, richtete sich steil im Bett auf und die Rechte mit dem Revolver zuckte nach vorn. Schreck und Aufregung ließen ihn den Fehler begehen, der Ellen Sue möglicherweise das Leben rettete und mir meinen Job leichter machte.

Zweimal schoss er noch. Schnell, überhastet. Vielleicht sah er mich nicht richtig, vielleicht war er kein guter Schütze.

Die Eingangstür splitterte. Ich hörte Phil, der brüllend in die Hütte stürmte und sich das falsche Schlafzimmer aussuchte. Im nächsten Sekundenbruchteil kam der Lieutenant der Rutland City Police. Phil und er hatten sich zum Glück die Arbeit geteilt.

Aus vollem Lauf heraus hatte er sich gegen das nicht sehr stabile Türblatt krachen lassen.

Martinez wirbelte herum.

Deutlich hob sich sein Schatten vor mir ab, als ich schoss.

Das einschlagende Projektil schleuderte den Südamerikaner aus dem Bett. Ich hörte, wie er auf dem Boden aufschlug. Der 38er des Lieutenant wummerte. Phil tauchte mit erhobener Waffe in dem Loch der Wand auf, das mal von der Schlafzimmertür bedeckt gewesen war.

Ich richtete mich auf.

Im selben Moment ging das Licht an.

Ellen Sue lag im Bett auf der Seite. Der Südamerikaner hatte ihr die Bettdecke weggezogen. Sie war nackt, wunderschön und bewusstlos. Von allem, was hier geschehen war, hatte sie nichts mitbekommen.

Phil war neben Lopez Martinez zu Boden getaucht. Ich hörte eine Handschelle klicken und wusste, dass alles in Ordnung war. In diesem Moment stellten sich die Schmerzen ein. Am aufgerissenen Bein, am linken Oberarm und der Schulter, mit der ich die Scheibe durchschlagen hatte. Das Glas war durch die Lederjacke gedrungen und hatte mir tiefe Schnittwunden zugefügt.

Phil tauchte hinter dem Bett auf. Der Lieutenant sicherte ihn noch immer mit der erhobenen Waffe. Seine Augen waren schmal, die Wangenknochen traten hart hervor, weil er knirschend die Zähne zusammenbiss.

»Okay«, sagte Phil. »Okay!«

Der Lieutenant ließ die Waffe sinken. Sein Gesicht entspannte sich. Er sah wieder aus wie der harmlose Staubsaugervertreter, der kein Wässerchen trüben konnte.

Und in diesem Moment wurde mir bewusst, dass ich nicht mal seinen Namen kannte. Ich fragte ihn danach, obgleich es wirklich nicht die richtige Zeit und der richtige Ort war.

»Antony Jamason«, sagte er, schob die Dienstwaffe ins Schulterholster und ging zum Bett. Er beugte sich tief über die nackte, bewusstlose Blondine. Als er sich aufrichtete, war sein Gesicht wieder hart und kantig. Er zog das Walkie-Talkie aus der Tasche und forderte einen Notarztwagen ohne Krach an. »Hoffentlich haben sie ihr nicht zu viel gegeben.«

Phil zog Lopez Martinez hinter dem Bett hervor, stellte ihn auf die Beine und schob ihn in den Wohnraum. Er war nackt, wie der liebe Gott ihn geschaffen hatte. Meine Kugel hatte ihn in der rechten Schulter erwischt. Blut rann über seinen Oberkörper, aber der Schock blockierte den Schmerz.

»Nummer zwei«, sagte Antony Jamason dumpf. »Wie viele sind das noch, G-man?«

»Keine Ahnung«, antwortete ich. »Aber ich denke, wir haben es hier draußen nicht mehr mit vielen zu tun.«

Mein Blick fiel auf die Uhr. Beinahe sieben.

Noch acht Stunden bis zum Super-GAU.

Der Doc wollte ihn mitnehmen. Ich schüttelte den Kopf und starrte Martinez an, der in eine Decke gehüllt in einem Ledersessel saß und rauchte.

»Er ist schwer verletzt«, sagte der Doc.

»Er lebt noch«, sagte Antony Jamason. »Er raucht noch und er kann noch grinsen. Ich habe andere gesehen, die hatte es schlimmer erwischt, die kamen auch ohne einen Weißkittel wieder auf die Beine. Verdammt, kümmert euch um das Mädchen.«

Der Doc zuckte zusammen. Sein Blick flog regelrecht auf mich zu. »Wie stehen die Chancen von Ellen Sue Detering?«, fragte ich ihn, obgleich er etwas ganz anderes von mir erwartete.

»Das kann ich noch nicht sagen, Sir. Ich ...«

Die Sanitäter, die Ellen Sue in den Notarztwagen getragen hatten, kamen zurück und blieben abwartend in der Tür stehen.

»Fahrt los!«, sagte Phil.

»Ich lehne jede Verantwortung ab«, sagte der Doc. Er tat nur seine Pflicht. Ich verstand ihn. Er wusste nicht, um was es ging, wusste nicht, dass er auf dem Pulverfass lebte. Aber vielleicht hätte er, wenn er es gewusst hätte, auch nicht anders gedacht und gehandelt.

»Okay«, sagte ich. »Es gibt hier Zeugen genug, die es gehört haben.«

»Kommen Sie mit raus«, sagte er dann. »Das sind zwar nur Schnittverletzungen, aber wenn Sie noch länger auf den Beinen bleiben wollen, dann müssen die gesäubert und verbunden werden.«

Er ging nach draußen. Ich zögerte.

»Hast du nicht gehört, Jerry?«, fragte Phil. »Oder willst du uns das alles hier alleine machen lassen?«

Fluchend folgte ich dem Doc in den Notarztwagen. Ellen Sue Detering war an Sauerstoff und eine Infusion angeschlossen. Irgendwie schien es mir, als hätte ihr Gesicht schon wieder etwas mehr Farbe bekommen.

»Die feiert Weihnachten zu Hause«, sagte ein Sanitäter, der sich mit Rauschgiftopfern wahrscheinlich besser auskannte als der junge Doc, der sich um meine Wunden kümmerte.

Besonders feinfühlend ging er nicht mit mir um.

Als der Wagen abfuhr und ich in die Hütte zurücktrat, waren zehn Minuten verstrichen.

Martinez rauchte nicht mehr und er grinste nicht mehr. Er starrte mich aus weit aufgerissenen Augen an. Todesangst flackerte in seinen dunklen Augen. Aber niemand bedrohte ihn oder hatte ihm sein baldiges Ableben mit Worten nahe gebracht.

»Ich verblute«, sagte er. Sein Blick senkte sich auf

den Druckverband, den der Doc ihm angelegt hatte. »Ihr könnt doch nicht einfach den Arzt wegschicken.«

»Auf Kidnapping steht die Todesstrafe«, sagte Lieutenant Jamason ruhig. »Falls es dich hier erwischt, spart der Staat eine Menge Geld.«

»Der ist verrückt«, keuchte Lopez Martinez.

»Er sagt dir nur, was dich erwartet, wenn du nicht mit uns zusammenarbeitest«, sagte Phil. »Wie ist die kleine Blondine zu dir ins Bett gekommen?«

»Ruby hat sie gebracht.«

»Ruby wer?«, setzte ich sofort nach. »Ich kenne zwanzig Schweinehunde, die sich mit diesem schönen Namen zieren.«

»Ruby Hangston, aus dem Candlelight Club.«

»Der hat sie persönlich gebracht?«, fragte Phil. »Enrique hat etwas ganz anderes behauptet, Mann.«

»Enrique ist ein notorischer Lügner! Er kommt aus Venezuela!«

»Du kommst nicht aus Venezuela, nehme ich an«, grinste Lieutenant Jamason schwach.

»Kolumbien«, antwortete Martinez. Er vergaß seine Schulterverletzung, bewegte sich etwas zu schnell und stieß einen gellenden Schrei aus.

»Richtig international. Noch mehr Nationen als Kolumbien und Venezuela?«

»Italien …«

»Ach ja?«

»Ich sage kein Wort mehr.«

»Brauchst du auch nicht, wenn du nicht willst, Lopez. Wir bleiben hier ganz still mit dir sitzen und warten. Falls du frühzeitig ins Nirwana abflatterst, schaust du dir von oben an, wie hier unten alles vor die Hunde geht. Ihr seid verdammt verrückt! Ihr habt doch nicht wirklich geglaubt, dass ihr damit durchkommt, oder?«

»Maggio …« Wieder brach er ab und schaute Phil wütend an, der ihn herausgefordert hatte.

»Maggio ist geisteskrank«, sagte Phil. »Der kann nicht mal richtig Spagetti wickeln. Wie will er dann mit Atom spielen, Mann? Und Maggio lügt noch mehr als einer aus Venezuela, Lopez. Dem ist auch Toole im Staatsgefängnis scheißegal. Der hat nur zwanzig Millionen Dollar gefordert und wird damit abziehen, ohne einen von euch mitzunehmen. Würde ich an seiner Stelle genauso machen!«

Phil schoss mit den ehrlichsten Augen der Welt ins Blaue und brachte es so überzeugend, dass selbst ich daran geglaubt hätte, wenn ich es nicht besser gewusst hätte. »Er hat Recht«, sagte Lieutenant Jamason. »Maggio hat euch alle geleimt. Im Reaktor läuft auch nicht alles so, wie es laufen sollte. Im Grunde läuft da überhaupt nichts. Du glaubst doch nicht, dass sich Mulder auf ein krummes Geschäft einlässt ...«

Lopez lachte dumpf. »Du kennst Jane Basset nicht«, sagte er. »Mulder hat sie einmal ausprobiert und ist süchtig nach ihr geworden. Für Geld und Jane tut er alles. Maggio Valetti hat schon gewusst, warum er gerade Jane auf Mulder angesetzt hat. Kokain und Jane, das ist eine verheerende Mischung. Und jetzt sage ich gar nichts mehr. Ihr könnt mich einsperren, verdammt! Maggio wird uns alle rausholen. Wir haben nichts zu befürchten. Absolut nichts. Ihr habt gar keine Chance.«

Es kostete mich einige Mühe, meine Nervosität nicht zu zeigen. Mulder auf der anderen Seite? Ja, verdammt, warum sollte Lopez Martinez lügen? Was hatte der Südamerikaner schon zu verlieren? Er war sowieso davon überzeugt, dass für ihn alles gut ablief.

Und damit lag er gar nicht so schief. Wenn wir den Wahnsinn nicht früh genug stoppen konnten, wechselte viel Geld den Besitzer und würde auch Toole, genau wie angekündigt, erhobenen Hauptes aus der Todeszelle hinausmarschieren. Neben Toole konnten die Gangster freipressen, wen immer sie wollten.

Ich zündete mir eine Zigarette an.

»Wo ist Jane Basset?«

Lopez Martinez schüttelte den Kopf. »Ich weiß es nicht«, antwortete er. Das klang ziemlich ehrlich. »Keine Ahnung.«

»Und Maggio Valetti?«

»Irgendwo, Bullen! Irgendwo. Sucht mal schön.«

Ich wechselte einen schnellen Blick mit Phil und Lieutenant Jamason. »Wie soll man dich freipressen, wenn du tot bist, Lopez?«, fragte ich.

»Ich weiß nicht, wo Jane und Valetti sind. Irgendwo in der Nähe. Ich weiß es wirklich nicht. Jetzt lasst mich in Ruhe!« Er wusste es nicht, das erschien mir sicher. Er war schon weit mit seinen Erzählungen gegangen. Hätte er mehr gewusst, hätte er auch mehr geredet. Lopez gehörte zu denen, die ihr ganzes Leben binnen weniger Minuten vor einem anderen ausbreiteten, wenn sie richtig in Form waren und glänzen wollten.

»Okay«, wandte ich mich an Jamason. »Informieren Sie die Kollegen. Wir verschwinden von hier.«

Mulder starrte auf die Apparaturen. Es war warm in der Kernreaktorzentrale von Syrakus II. Aber nicht allein die stickige Luft trieb dem Professor der Atomphysik den Schweiß auf die Stirn. Es war auch der alarmierende Stand der Apparaturen. Die Ventile waren blockiert. Im Dampferzeuger stiegen die Temperaturen bedrohlich an. Jeden Moment konnte eine der vielen Heizschlangen platzen.

»Was ist, Professor?«, fragte James Delmare, der untersetzte Gangster. Er hatte sich von seinem Platz erhoben und trat neben Mulder. Obgleich er nichts davon verstand, betrachtete er interessiert die Digitalanzeigen, die von Sekunde zu Sekunde höhere Werte anzeigten. »Hast doch keine kalten Füße bekommen, oder?«

Kalte Füße, Mulder lachte gespielt. Der Untersetzte hatte den Nagel genau auf den Kopf getroffen. Er, Mulder, der die ganze Katastrophe erst möglich gemacht hatte, bekam in der Tat langsam aber sicher kalte Füße. Es lief etwas anders, als Mulder es sich vorgestellt hatte. Er hatte eigentlich fest damit gerechnet, dass die offiziellen Stellen viel schneller auf die Katastrophenmeldung reagierten, die er an Susan Lyer durchgegeben hatte. Seine Stellvertreterin hatte doch ein sehr realistisches Bild von dem malen können, was sich hier in Vermont abspielte, wenn der Wahnsinn nicht auf die eine oder andere Art gestoppt wurde.

Mulder schaute zur Uhr.

Sieben Uhr und dreißig Minuten. Das bedeutete, wenn nichts geschah, wenn keine geeigneten Gegenmaßnahmen gefahren wurden, erlebten die Vereinigten Staaten von Amerika hier in Vermont den ersten Super-GAU. Die Folgen der Katastrophe waren nicht auszudenken und schon lange nicht auszurechnen. Das alles überstieg die menschliche Vorstellungskraft.

»Wie lange noch bis zum großen Knall?«, fragte Jeff Delmare.

»Sieben Stunden«, antwortete Mulder heiser. »Ich begreife nicht, warum sich nichts tut.«

Delmare zuckte mit den Schultern. Er zündete sich eine Zigarette an. Sieben Stunden, das erschien ihm unendlich weit. »Vielleicht pokern die dort draußen«, sagte er. »Vielleicht rechnen sie sich eine Chance aus und verzögern. Oder sie glauben gar nicht an die Katastrophe, Mulder. Bist du sicher, dass du alles gut an deine Kollegin durchgegeben hast?«

»Absolut«, begehrte Mulder auf. »Und die dort draußen wissen auch genau, was sie erwartet. Vielleicht hat sich Valetti noch gar nicht mit den Forderungen an die zuständigen Stellen gewandt. Vielleicht treibt er es auf die Spitze, Delmare.«

Delmare rauchte einen Zug. Erneut zuckte er mit den Schultern. Sein Vertrauen in Valetti war grenzenlos. Sie hatten den Coup geplant, um ihren alten Boss Brian Toole aus dem Staatsgefängnis herauszuholen. Und ganz nebenbei konnten sie auf diesem Weg so viele Millionen Dollar abstauben, wie sie wollten. Möglicherweise trieb Valetti es wirklich auf die Spitze und meldete sich erst bei den zuständigen Stellen, wenn die absolut keine Chance mehr hatten, etwas umzubiegen.

»An deiner Stelle würde ich mir keine Gedanken machen, Mulder«, sagte der untersetzte Gangster. »Nimm doch eine Prise, dann fühlst du dich besser.«

Toole war nervös. Über alle Maßen nervös. Als er von zwei Wachleuten in den Vernehmungsraum geführt wurde, als er Phil und mich zusammen mit Marrisson, dem Direktor, dort sitzen sah, zuckte er zusammen.

»Du darfst dich setzen, Toole«, sagte ich und deutete mit einer einladenden Handbewegung auf einen wackligen Holzstuhl. »Aber vorsichtig, damit du dir nicht das Genick brichst und den Staat Vermont um das Vergnügen bringst, dich auf den elektrischen Stuhl zu schnallen.«

Toole ließ zischend die angehaltene Luft ab und fluchte. Er setzte sich vorsichtig. Sein Blick huschte von einem zum anderen. »Der Reporter fehlt«, stellte er fest.

»Der ist nach Haus, um einige Bilder zu holen.«

Tooles Brauen huschten erstaunt in die Höhe. Dann schaute er zur runden Uhr, die an der Frontwand hing. Der Zeiger zeigte acht Uhr und dreißig Minuten.

»Noch etwas mehr als sechs Stunden bis zum Super-GAU, Toole«, sagte Phil leise. »Valetti hat noch keine Forderungen gestellt. Bis auf die, zwanzig Millionen Dollar für ihn bereitzuhalten. Auf dem Flugplatz wartet eine Sportmaschine, in die wir das Geld gebracht haben. Ich denke, in spätestens vier Stunden wird er einsteigen und davonschweben.«

Toole lachte leise. »Valetti«, sagte er.

Ich nickte. »Maggio Valetti«, sagte ich. »Du warst mal sein Boss, aber inzwischen hat er festgestellt, dass er ohne dich viel besser leben und verdienen kann.«

»Auch ohne Lopez Martinez und ohne Enrique Valparaiso, Toole«, setzte Phil nach. »Die Namen nur, damit du endlich aus einem Traum erwachst. Du hast zwar irgendwie – wie, wollen wir eigentlich gar nicht wissen – an Valetti durchgeben können, dass es hier einen Atomreaktor gibt, dass der leitende Mann, Professor Mulder, kokainsüchtig ist und dass man, wenn man Mulder richtig anpackt, hier das größte Ding in der amerikanischen Geschichte drehen kann. Aber du spielst nicht einmal die zweite Geige in diesem Horrorkonzept, Toole! Du bist eine Null! Das hat Valetti früh genug erkannt. Deshalb lässt er dich auch schmoren.«

Phil hustete und trank einen Schluck Wasser. Er sah kaputt aus, hatte tiefe Ringe unter den Augen und seine Hand zitterte, als er das Glas Wasser wieder auf den Tisch zurückstellte.

»Das ist doch Bullshit!«, fauchte Toole. »Niemand vergisst mich!«

»Du bist schon vergessen«, sagte Marrisson. »Von deinen Kumpels, die du vor Gericht noch geschützt hast. Und in einigen Wochen, wenn das Urteil hier vollstreckt worden ist, hat dich die ganze Welt vergessen. Menschen wie du hinterlassen keine Spuren, Toole. Willst du immer noch sagen, dass du es in der Hand hast, mich umlegen zu lassen?«

Die Augen traten dem kleinen, zierlichen Todeskandidaten weit aus den Höhlen. »Bullshit!«, wiederholte er.

»Hat sich Valetti vielleicht mit dir in Verbindung

gesetzt, Mann?«, fragte ich. »Weißt du, was er gerade macht? Natürlich nicht. Ich will es dir sagen, damit du in Gedanken mit Valetti mitgenießen kannst. Er vernascht in diesem Moment gerade Jane Basset! Die Frau, von der Professor Hank Mulder glaubt, dass sie für ihn reserviert ist.«

Toole wurde immer kleiner. Damit, dass wir ihm so schnell so viele Namen um die Ohren schlagen konnten, hatte er natürlich nicht gerechnet. Gott sei Dank konnte er nicht ahnen, dass wir trotz des Wissens um einige der beteiligten Personen total machtlos waren.

»Er wird mich hier nicht schmoren lassen!«, schrie Toole. »Der verdammte Spagettiwickler wird mich hier nicht schmoren lassen. Ich habe die Grundidee des Plans geliefert! Ich habe ihn mit der Nase auf all den Reichtum gestoßen, den man in Vermont abstauben kann. Ich war es, verdammt! Valetti kann nicht mal vernünftig bis drei zählen!«

»Uns hat er gesagt, er kann bis zwanzig Millionen zählen und wir sollen ja nicht versuchen, ihm auch nur einen Dollar weniger in die Sportmaschine zu laden«, sagte Phil. »Du kannst jetzt frühstücken, Toole! Das steht dir zu. Die normale Ration, nicht ein Gramm mehr.«

»Das wird der verdammte Spagetti nicht wagen ...«

Marrisson rief die Wächter und deutete auf Toole. »Schafft die Kröte raus!«, fauchte er. »Keine Angst, er ist nicht zerbrechlich!«

Toole jaulte wie ein Schakal, als die Wärter ihn aus dem Vernehmungszimmer schleiften, weil er versuchte, sich zu widersetzen.

Als die Tür ins Schloss fiel, atmete ich auf. Phil stand auf und schaute in einen trüben Morgen. Schwere Wolken waren aufgezogen. Die Luft roch nach Schnee. Aber es war viel zu kalt zum Schneien.

»Hat dir schon jemand gesagt, dass in vier Tagen Weihnachten ist?«, fragte er mich.

»Ich weiß nur, dass es kein Weihnachten gibt, wenn nicht rasch ein Wunder geschieht, Freund«, sagte ich.

»Genau das ist falsch«, sagte Phil. »Im Kalender ist es auch dann Weihnachten, wenn Vermont verglüht. Den Kalender juckt das nicht.«

»Er wird weich«, wechselte Marrisson das Thema. »Er wird weich wie eine zu lange und falsch gelagerte Tomate, G-men. Er schmort im eigenen Saft und er hat Angst. Er wird euch ein Geschäft vorschlagen.«

»Vielleicht versucht er das wirklich, aber er kann uns nicht helfen, Marrisson«, sagte ich. »Er weiß nur in etwa, was laufen soll. Valetti führt die alleinige Regie. Toole kennt Namen, sicherlich, aber er weiß nicht, wie die Leute von Valetti eingesetzt worden sind. Er hilft uns einen Dreck mit seinen Halbweisheiten. Wir brauchen Valetti und Jane Basset!«

Intosh kam zurück. Er sah genauso müde aus wie wir alle, aber er hatte glänzende Pupillen, weil er wusste, dass sich Ellen Sue auf freiem Fuß und auf dem Wege der Besserung befand. Harry Intosh kam an den Tisch und warf einen Packen Bilder auf die rissige Resopalplatte. Seine Finger wühlten in dem Haufen. Dann zog er eines hervor und sonderte es aus.

Die Fotografie zeigte Hank Mulder zusammen mit einer atemberaubenden Schwarzhaarigen.

»Das ist in Rubys Candlelight Club aufgenommen«, sagte Intosh. »Seht in die Augen des Mannes! Der ist voller Stoff und voller Wahnsinn. Mit einem solchen Blick schaut man nur eine Frau an, der man total verfallen ist.«

Ich nahm das Bild auf und fand, dass Intosh Recht hatte. Auch Phil nickte. »Wir brauchen sie, Jerry!«

»Ja«, sagte ich leise. »Aber erst Valetti, Phil. Am besten greifen wir sie beide zusammen.«

Ich rieb mir die brennenden Augen und zündete mir eine Zigarette an.

»Ich lasse frischen Kaffee bringen«, sagte Direktor

Marrisson. Er stand auf und verließ das Vernehmungszimmer.

»Lieutenant Jamason ist bei Ruby«, sagte ich dann nachdenklich. »Nicht um etwas zu bewegen. Er will Ruby nervös machen. Alle Leitungen, die aus dem Candlelight Club hinausführen, sind angezapft und werden überwacht. Ein einziges Gespräch von Ruby Hangston und wir haben Valetti geortet. Nur ein einziges Gespräch, Phil!«

Intosh kümmerte sich weiter um die Bilder. Er sortierte sie aus, schob beiseite, sortierte wieder ein und hatte schließlich eine Kollektion auf dem Tisch ausgebreitet.

»Ich war hinter Dan Peterson her«, sagte er. »So bin ich auch auf Mulder gestoßen. Die Personen hier haben alle mit Mulder, der schwarzhaarigen Schönen, Peterson und Ruby Hangston zu tun. Es sind Bilder, die an verschiedenen Tagen zu verschiedenen Zeiten gemacht worden sind. Das heißt, das Publikum im Candlelight Club müsste eigentlich immer ein anderes sein, oder?«

»Müsste es eigentlich«, nickte ich.

»Aber eine Figur ist immer dann zugegen, wenn Jane Basset in der Nähe ist. Der hier!«

Das Bild zeigte einen südländischen Typ mit einem scharf geschnittenen Gesicht. Valetti! Auffällig und unverwechselbar war die Narbe auf seiner rechten Gesichtshälfte. Wir hatten ihn nicht im Computer gehabt, also war Valetti nicht sein richtiger Name.

Ich fischte das schärfste Bild heraus und schaute es mir noch einmal gründlich an. »Okay«, sagte ich dann. »Es wird vervielfältigt und an alle Cops dieser Stadt verteilt. Valetti ist durch die Narbe eine auffällige Erscheinung, dass man sich an ihn erinnert, wenn man ihn einmal gesehen hat.«

Marrisson brachte den Kaffee persönlich. Für einen Moment weckte er wieder die Lebensgeister.

»Toole schreit nach euch wie ein Baby nach der Mutterbrust.«

»Er soll verfaulen«, sagte ich und das meinte ich auch.

Im Rathaussaal von Rutland war die Stimmung beinahe auf dem Nullpunkt. Michigan saß mit Susan Lyer zusammen. Die hatte sich noch einmal mit ihren hochkarätigen Kollegen in Washington unterhalten.

»Sie wollten andere Spezialisten schicken«, sagte Michigan. »Aber wozu? In den uns verbleibenden Stunden können die auch nichts mehr erreichen. Verdammt, Cotton, wir müssen doch einen Weg finden …«

»Wir haben wahrscheinlich einen«, sagte ich. »Kommt nur darauf an, dass wir die Personen dazu finden, die wir brauchen.«

Wie elektrisiert wuchtete sich Michigan in die Senkrechte. Auf einen Schlag, so schien es, war alle Müdigkeit aus seinen Knochen geblasen.

»Kennen Sie die Frau?«, fragte ich Susan Lyer und schob ihr eine Fotografie von Jane Basset zu.

Sie schaute darauf, sah mich an und schüttelte den Kopf. »Nein«, sagte sie. »Wohl erkenne ich Professor Mulder. Was hat er mit dieser Sexbombe zu tun?«

»Wir denken, dass er ihr verfallen ist und dass er, um sie zu gewinnen, jede Schandtat vollbringt, Miss Lyer.«

»Wenn Sie damit auch nur andeuten wollen …«

»… nicht andeuten«, sagte ich und setzte mich neben sie. »Die Gangster, die Syrakus II besetzt haben, haben die Frau auf ihn angesetzt. Mulder hat nicht widerstehen können. Vielleicht ist die Kokainsucht daran schuld …«

»… warum versuchen Sie, etwas zu konstruieren?«, bellte Susan Lyer.

Und erst in diesem Moment begriff ich, dass Mulder für sie mehr als nur der Chef war. Sie hatte sich in ihn verliebt oder sie liebte ihn, und sie war bereit, für ihn zu kämpfen.

»Tut mir Leid«, sagte ich leise. »Mulder ist kokainsüchtig. Von einem stadtbekannten Dealer hat er sich beliefern lassen. Die Gangster wussten es. Sie setzten diese Frau, Jane Basset, zusätzlich auf ihn an und haben ihn durch sie in genau die Ecke getrieben, in der sie ihn haben wollten. Mulder wusste von der Übung der Marines. Er hat sie betrieben, dann nach Kräften unterstützt und gutgeheißen. Und das nur, um seinen neuen Freunden und damit auch den Freunden seiner Geliebten, Jane Basset, eine reelle Chance einzuräumen, ins Kraftwerk vordringen zu können. Gleichzeitig hat er dafür gesorgt, dass nach außen hin der Eindruck entstand, als sei er Opfer. Die Szene, als man ihn misshandelt und geschlagen hat, als er die Gangster dazu bewegen konnte, Sie, Lonnigan und Pinter freizulassen, war gestellt, Mrs. Lyer. Und jetzt frage ich Sie, weil ich Mulder nicht kenne, was kann diesen Mann zur Umkehr zwingen?«

Phil gab der jungen blonden Frau eine Zigarette und Feuer. Michigan hielt die Luft an, stieß sie leise wieder aus und kniff die Lippen zusammen, damit ihm ja nichts herausrutschte, was die sonderbar gespannte Atmosphäre störte.

»Was kann diesen Mann zur Umkehr bewegen, Susan?«, fragte ich noch einmal. Ich rückte dichter an sie heran und legte ihr den Arm um die Schultern. Das Wasser schoss ihr in die Augen. Einige Sekunden später wurde sie von einem Weinkrampf geschüttelt, denn ich hatte ein Denkmal gestürzt.

Die Zigarette in ihrer Hand brannte herunter. Ich nahm sie zwischen ihren Fingern weg, bevor die Glut sie versengte, und drückte sie im Ascher aus. Fünf, vielleicht auch zehn Minuten verstrichen. Susan Lyer weinte nicht mehr. Sie starrte dumpf vor sich hin und wirkte apathisch. Aber irgendwie war ich sicher, dass sie das in Wirklichkeit nicht war. Sie überlegte.

Michigan wollte etwas sagen, er hielt die Spannung nicht mehr aus. Phil schüttelte mit einer wilden Bewegung den Kopf und brachte ihn damit zum Schweigen, bevor auch nur die erste Silbe über seine Lippen rutschen konnte.

»Mulder ist krank«, sagte Susan Lyer dann.

Ich hatte damit gerechnet, dass sie nach einer Entschuldigung suchte und nickte. »Das ist anzunehmen«, sagte ich.

Susan Lyer stand auf. »Es gibt nur einen Weg, um ihn wieder zur Vernunft zu bringen, Mr. Cotton«, sagte sie dann. »Hass!«

»Hass?«

»Er muss diese Frau, die ihn anscheinend zu allem getrieben hat, bis auf den Grund seiner Seele hassen. Wenn das geschieht, verliert alles andere an Wichtigkeit. Er wird es stoppen, weil er kein Ziel mehr sieht.«

Das hörte sich an, wie aus einem Liebesroman vorgelesen, aber es traf die Wirklichkeit auf den Kopf.

Hass! Mulder musste Jane Basset hassen, mit ihr Valetti und alle anderen, die ihn dann seiner Meinung nach betrogen hatten.

Wir brauchten die Frau!

Um acht Uhr und fünfzehn Minuten ging Ruby Hangston in sein Büro, griff zum Telefon und tippte die Nummer von Valetti.

Bis zu diesem Zeitpunkt hatte er sich auf Schritt und Tritt das grinsende Gesicht von Lieutenant Antony Jamason angesehen. Ein Grinsen, aus dem Ruby nicht schlau geworden war. Aber irgendwie, so bildete er sich ein, drückte es aus: »Du bist am Arsch, Ruby. Wir haben dich!«

In der Zentrale wurde das Gespräch mitgeschnitten und die Leitung verfolgt. Drei Minuten später bekamen Phil und ich Nachricht in den Saal des Rathauses.

Valetti hatte geschlafen. Erst das Bimmeln des Telefons ließ ihn hochschrecken. Sein erster Blick galt Gloria Vanderbilt, die brav neben ihm lag, die ihre Kurven an ihn drückte und ihn wärmte. Draußen war es hell. Valetti schaute zur Uhr. Acht Uhr und fünfzehn Minuten. Er hob ab und meldete sich.

»Ja?«

»Ich bin's, Ruby.«

Valetti fluchte und weckte so Gloria Vanderbilt. Die schwarzhaarige Schöne richtete sich neben ihm im Bett auf, rieb sich den Schlaf aus den Augen und streckte sich.

»Kaffee?«, fragte sie als Erstes, genau wie in den vorangegangenen Tagen, die sie mit dem Italiener unter einem Dach verbracht hatte. »Kaffee?«

»Ja, verdammt!«

Gloria Vanderbilt schwang die langen Beine aus dem Bett. Nackt ging sie in die Küche. Erst als sie verschwunden war, konnte sich Valetti wieder konzentrieren. »Was, verdammt, ist los?«, fragte er.

»Nichts. Ich wollte mich nur erkundigen, ob bei dir alles in Ordnung ist. Wegen der Kleinen und so.«

»Alles in Ordnung«, knurrte Valetti. »Sie hat große Ohren, Ruby. Ich denke, sie hat gestern etwas gehört, was sie besser nicht gehört hätte. Vielleicht kann sie nicht schweigen. Vielleicht ist es besser, sie umzulegen.«

Gloria Vanderbilt hatte wirklich große Ohren, bildlich gesprochen, und sie war etwas neugieriger als andere Frauen. Während Valetti sprach, befand sie sich nicht, wie von Valetti angenommen, in der Küche, um die brave Hausfrau zu spielen, sondern hielt sich hinter der Schlafzimmertür auf.

Auf diese Art und Weise bekam sie mit, wie sich Valetti ihr weiteres Schicksal gedacht hatte. Mit Mühe und Not konnte sie einen erschreckten Schrei unterdrücken, huschte auf nackten Füßen wieder in die Küche zurück und rappelte dort mit dem Kaffeegeschirr.

Sie hörte ihn nicht kommen. Sie spürte seine Anwesenheit, so wie manche die Anwesenheit eines schlechten Geistes spürten.

»Wie weit ist der Kaffee?«

Sie drehte sich um, lächelte und zeigte Valetti die ebenmäßig gewachsenen, schneeweißen Zähne.

»Fünf Minuten«, sagte sie. »Ich habe Brötchen in die Röhre gelegt.«

Valetti grinste. »Eigentlich bist du für einen Mann eine gute Frau, oder?«, fragte er.

»Ich denke, ja«, antwortete Gloria. »Ich kann auch treu sein.«

»Fürchterlicher Gedanke«, sagte Valetti und verschwand wieder aus der Küche.

Sie waren noch in der Hütte, daran konnte es keinen Zweifel geben. Lieutenant Antony Jamason, der sofort nach hier rausgefahren war, signalisierte es mit der erhobenen Hand.

Phil saß neben mir auf dem gewaltigen Schneepflug, der eine breite, spitz zulaufende Schaufel hatte. Wir trugen Schneebrillen und hatten uns die wollenen Pudelmützen tief in die Stirn und über die Ohren gezogen.

»Wenn er sie umbringen will, muss die Frau etwas Wichtiges wissen«, sagte Phil, nachdem wir den Wagen mit Lieutenant Jamason passiert hatten.

Der Weg führte geradeaus. Die Schranke, die ihn

normalerweise versperrte, war aufgeschlossen worden. Eigentlich wurde hier nie mit einem städtischen Pflug geräumt. Aber woher sollte Valetti das wissen?

»Deshalb sind wir unterwegs«, sagte ich. »Valetti interessiert in diesem Fall nicht mehr besonders. Wenn wir ihn schnappen, wird er uns nicht helfen. Er lässt es garantiert lieber auf die Katastrophe ankommen und fährt mit uns zur Hölle.«

Genauso schätzte ich ihn ein. Nach dem, was geschehen war, hatte er nichts mehr zu gewinnen. Genau wie Toole war ihm ein Platz auf dem elektrischen Stuhl sicher. Ihm und seinen Freunden, die sich noch draußen bei und in Syrakus II aufhielten. Es kam auf die Frau an. Auf die, die Valetti umbringen wollte und die auf keinen Fall Jane Basset sein konnte.

Nachdem Ruby Hangston leichtsinnigerweise eine Spur zu Valetti gelegt hatte, nachdem Jamason und seine Leute festgestellt hatten, dass sich der Italiener und die Frau noch in der Hütte aufhielten, war die Telefonleitung gekappt worden. Drei seiner besten Männer, so hatte Jamason uns versichert, befanden sich um diese Zeit im Candlelight Club. Und wenn die Männer wie der Lieutenant waren, dann ging es Ruby Hangston in diesem Moment nicht besonders gut. Ruby Hangston hatte noch eine Sache zu erfüllen, bevor er Marrissons Stammgast im Staatsgefängnis wurde: Er musste erzählen, wo wir Jane Basset fanden.

Wie die Hütten von innen aussahen, wussten Phil und ich inzwischen. Schließlich hatten wir schon einer einen Besuch abgestattet.

Die Ketten des schweren Raupenfahrzeugs lärmten auf dem asphaltierten Weg, der zur Hütte von Valetti und zu zwei anderen hinaufführte. Die Schaufel, mit der sonst yardhoher Schnee geteilt und beiseite geschoben wurde, hatte ich auf halbe Höhe gestellt. Wir konnten gerade noch darüber hinwegschauen.

Und als wir die letzte Kurve passierten, tauchte die

Hütte vor uns auf. Es gab einen Zaun, dann eine freie Fläche von vielleicht zehn Yards, die im Sommer Garten war, und dann den mit einem Holzbaldachin überdachten Eingang. Rechts angeschlossen eine Garage.

Das Wohnzimmer befand sich zentral in der Mitte. Dahinter, schräg nach rechts versetzt, die kleine Küche und dann die beiden Schlafzimmer.

Wir waren noch zwanzig Yards vom Ziel entfernt. Phil und ich starrten mit zusammengekniffenen Augen durch die dunklen Schneebrillen, die nicht nur unsere Gesichter unkenntlich machten, sondern auch eine bessere Sicht garantierten. Nichts war hinter der großen Panoramascheibe des Wohnzimmers zu sehen.

Valetti und das unbekannte Mädchen hielten sich in einem anderen Raum auf.

Ich kuppelte und gab einmal Vollgas. Der schwere Diesel röhrte wie ein Panzer. Dunkler Rauch quoll aus dem Senkrechtauspuff und einige Fehlzündungen knallten.

Das Geräusch musste Valetti ins Wohnzimmer treiben und ihn nachschauen lassen, was sich draußen vor seiner Tür abspielte.

»Wir sind auf zehn Yards dran, Lieutenant«, gab ich Meldung an Jamason durch. »Ich drehe jetzt auf die Hütte zu!«

Der schwere Pflug sah ungelenk aus, aber er drehte auf den breiten Ketten beinahe auf der Stelle. Die spitz zulaufende riesige Schaufel schwang zur Hütte herum. Ich warf den niedrigsten Gang ein und gab Gas.

Neben mir kauerte Phil. Bereit, jeden Moment abzuspringen. Der 38er Special lag wie angewachsen in seiner Hand. Sein Gesicht wirkte verkniffen.

Ich sah Valetti gerade noch aus einem anderen Zimmer in den Wohnraum stürmen.

»Rechts!«, schrie ich Phil zu.

Dann bohrte sich die Schaufel des Schneepfluges

durch die riesige Scheibe, riss die halbe Fassade mit sich und schob sich in den Wohnraum, alles beiseite schleudernd, was sich ihr in den Weg stellte.

Phil sprang nach rechts ab. Er verschwand dort, wo ich gerade eben noch Valetti hatte auftauchen sehen.

Ich warf mich auf der anderen Seite aus der Kabine.

Der Schneepflug rasselte weiter, durchquerte das Wohnzimmer und schob sich auf der anderen Seite aus der Hütte hinaus, um mit Gedonner einen steilen Hang hinabzustürzen.

Ich raste nach links, wo sich eines der Schlafzimmer befand und von wo es in die Küche ging.

Irgendwo schrie jemand. Dann fielen Schüsse.

Ich hatte keine Zeit, mich darum zu kümmern. Es war Phils Sache. Es war abgesprochen, dass er Valetti beschäftigte, während ich mich auf die Suche nach der unbekannten Frau machte.

Der nächste Schrei kam von links, wo der riesige Schneepflug die halbe Wand weggerissen hatte. In den gezackten Holzresten hing das Fenster. Einige Balken ragten ins Freie, auf den steilen Hang hinaus, über den der Schneepflug gerade abgestürzt war. Eisiger Wind pfiff durch das Zimmer. Er erfasste die nackte schwarzhaarige Frau, die vor dem Bett stand und mich aus weit aufgerissenen Augen entsetzt anstarrte.

Ich flog auf sie zu, bevor sie sich beiseite drehen und in die genau falsche Richtung davonstürmen konnte.

Nämlich dorthin, wo sich Phil und Valetti aufhielten.

Sie schrie. Abwehrend streckte sie mir die nackten Arme entgegen. Ich tauchte darunter weg, umklammerte sie, riss sie an mich wie eine Beute und sprang nach draußen auf den steil abfallenden Hang.

Unwillkürlich klammerte sie sich an mir fest, sodass ich sie nicht verlieren konnte.

Während einer Drehung sah ich Valetti da oben auftauchen. Irgendwie war er Phil entwischt. Er hielt eine

Maschinenpistole in den Fäusten und riss die Waffe hoch. Dann tanzte sie in seinen Händen. Wie aus weiter Ferne drang das Stakkato der Schüsse an mein Ohr. Irgendwo um die Frau und mich herum spritzten Dreck und Schnee auf.

Dann lagen wir still. Mitten auf dem Hang. Vielleicht fünfzehn Yards von der Hütte entfernt befand sich ein Plateau, auf dem Büsche wuchsen und einige kleine Bäume. Dort war unsere Talfahrt beendet.

Ich schaute hoch.

Valetti stand noch dort. Er hielt noch immer die Maschinenpistole in den Fäusten. Er suchte uns, daran gab es keinen Zweifel. Ich konnte die Waffe nicht ziehen. Ich hatte alle Hände voll damit zu tun, die nackte schwarzhaarige Frau festzuhalten.

Und dann, wirklich im allerletzten Moment, tauchte ein Schatten hinter Valetti auf.

Es war Phil.

Er schnellte aus dem vollen Lauf nach vorn, mit den Beinen voran. Seine Füße trafen Valetti in den Rücken, bevor der erneut den Finger um den Abzug der Maschinenpistole krümmen konnte.

Valetti verlor das Gleichgewicht. Er stürzte nach vorn. Als er auf dem Hang aufschlug, ließ er die Maschinenpistole los. Dann wurde sein Körper wieder hochgeschleudert. Er überschlug sich sicher an die zehn Mal, bevor er den Sturz beendet hatte und irgendwo dort unten zwischen den Bäumen liegen blieb. Nicht weit von dem riesigen Schneepflug entfernt.

Phil hatte sich oben an der halben Hütte, mehr stand wirklich nicht mehr, an der Holzwand festkrallen können. So blieb ihm der Sturz in die Tiefe erspart.

Lieutenant Antony Jamason tauchte auf. Auch einige Beamte aus seiner Abteilung, die ich nicht kannte.

Obgleich das alles, vom Einsatz bis zu diesem Augenblick, nicht länger als zehn Sekunden gedauert hatte, schien mir eine Ewigkeit vergangen. Erst die schwarzhaarige Nackte, die sich nun in meinen Armen aufbäumte, erinnerte mich daran, wie wenig Zeit verstrichen war.

Ich hielt sie fest. »Okay«, sagte ich leise. »Okay, keine Angst! Es ist alles gut. Verstehen Sie?«

Sie schaute mich aus großen dunklen Augen an.

»FBI«, sagte ich. »Keine Sorge! Da kommt schon jemand runter, um uns zu helfen.«

Es waren Lieutenant Jamason und zwei seiner Männer. Die anderen rutschten tiefer, um sich um Valetti zu kümmern.

Ruby Hangston sah nicht besonders gut aus, als er von zwei Polizisten in den Rathaussaal von Rutland geführt wurde. Sein linkes Auge war geschwollen. Er hatte einen Bluterguss am rechten Wangenknochen und aufgeplatzte Lippen.

»Unfall, Sir!«, meldete Lieutenant Antony Jamason, der seinen beiden Männern folgte, ihnen Ruby dann abnahm, wie man kleinen Kindern eine Puppe abnahm, weil sie ungezogen gewesen waren, und ihn weiter in den Saal hineinschob. »Treppensturz.«

Senator Jake Michigan hob die Augenbrauen, seine Mundwinkel zuckten und er nickte. »Passen Sie das nächste Mal besser auf«, sagte er zu Jamason.

»Yes, Sir!«

Obgleich die Situation alles andere als lustig war, konnte ich mir ein Grinsen nicht verkneifen. Ich starrte den gebeutelten Clubbesitzer an, der sich vorsichtig auf einen Stuhl setzte und aussah, als wolle er jeden Moment zu heulen anfangen.

»Schwere Zeiten, Ruby«, sagte ich. »Wenn man mit den Wölfen heult, erkennt man auch ihre Gesetze an und muss die Folgen tragen.«

Er wollte etwas sagen.

»Schnauze halten, bis du was gefragt wirst!«, schrie Phil ihn an.

Neben Ruby zuckte auch Senator Michigan zusammen.

Ruby Hangston zog den Kopf zwischen die Schultern.

Ich zündete mir eine Zigarette an und trat dichter an den Stuhl heran, auf dem der Clubbesitzer saß. Jeder Knochen im Leib tat mir weh. Nach dem Sturz mit Gloria Vanderbilt den steilen Hang hinab war mein ganzer Körper ein einziger blauer Fleck.

»Du wusstest, dass Valetti sie umlegen wollte, und du hast nichts unternommen«, sagte ich.

Er wollte wieder etwas sagen.

»Schnauze!«, schrie Phil erneut. »Du beantwortest nur Fragen und lieferst keinen Kommentar. Den kannst du dir bis zur Gerichtsverhandlung aufheben und bis dahin ausfeilen.«

»Hast du etwas getan, um Gloria Vanderbilts Leben zu retten, Ruby?«

Er schüttelte den Kopf.

»Ich kann dich nicht verstehen, Ruby Hangston!«

»Nein«, sagte er. »Ich verlange einen Anwalt!«

Ich schaute Michigan an. Langsam aber sicher begriff der Senator, wie wichtig Ruby Hangston war. Wir hatten noch keine Zeit gehabt, ihn in alles einzuweihen.

»Er will einen Anwalt, Senator.«

»Ich bin Anwalt«, sagte Michigan. »Ich passe auf, dass Sie nicht die falschen Fragen stellen, Mr. Cotton, und dass Sie meinen Mandanten nicht unter Druck setzen. Fahren Sie fort.«

Ruby quollen die Augen aus dem Kopf. Er schluckte trocken.

»Du weißt, wer Valetti ist?«

»Ja.«

»Und du weißt, was er und seine Männer hier geplant haben?«

»Nein!«

Das war ein regelrechter Verzweiflungsschrei. Er wusste es wirklich nicht, daran hegte ich gar keinen Zweifel.

»Heißt das, du distanzierst dich von allem, was Valetti und seine Männer angeht?«

»Ja«, sagte er diesmal leiser.

»Du kennst Hank Mulder, den Professor?«

»Sicher.«

»Dan Peterson hast du auch gekannt?«

»Ja.«

»Sie waren des Öfteren zusammen in deinem Club. Richtig?«

»Ja.«

»Zusammen mit einer schwarzhaarigen Frau, Ruby. Mit Jane Basset. Kannst du dich erinnern?«

Er nickte.

»Wo ist sie? Ich meine, in welchem Hotel ist sie abgestiegen, welches Apartment oder welche Hütte hat sie gemietet?«

»Lone Star Hotel«, antwortete Ruby. Er gab die Antwort aus reiner Gewohnheit. Es war eine alte Weisheit, dass eine zu vernehmende Person automatisch aus dem Unterbewusstsein heraus antwortete, wenn man sie nur lange genug mit kurzen Fragen eindeckte.

Phil starrte mich an, als könne er es nicht glauben. Ich hatte selbst auch meine Zweifel und hakte noch einmal nach.

»Lone Star Hotel?«

»Ja.«

Mein Blick fiel auf die Uhr. Es war zehn vorbei.

Noch fünf Stunden bis zum Super-GAU.

Ich nickte Phil zu. Er ging zur Seitentür des Saales und öffnete sie. Gloria Vanderbilt kam herein. Sie hatte einige Pflaster im Gesicht, aber das tat ihrer Schönheit keinen Abbruch. Sie blieb stehen. Ihr Blick richtete sich starr auf Ruby.

»Es hätte dir nichts ausgemacht, wenn der Italiener mich umgebracht hätte«, sagte sie tonlos. »Möglich, dass du mich mal aus der Gosse gezogen hast, Ruby, aber das gibt dir nicht das Recht, über mein Leben zu bestimmen. Ich werde den Officers jede Frage beantworten, die sie mir stellen. Damit bist du erledigt.«

Er war auch so erledigt. Anscheinend hatte er es aber noch nicht begriffen. Erst wurde er rot, dann bleich.

Die beiden Beamten, die ihn reingebracht hatten, führten ihn wieder raus. Gloria Vanderbilt setzte sich. Phil brachte ihr einen Kaffee. Ich gab ihr eine Zigarette und Feuer. Der First Attorney, der Bürgermeister und der Polizeichef hielten sich im Hintergrund. In diesem Spiel waren sie Statisten ohne Funktion. Das wussten sie. Sie waren hier und in alles eingeweiht, weil sie, wenn man so wollte, der Stadt vorstanden. Helfen jedoch konnten sie uns nicht.

Ich zog mir einen Stuhl heran und setzte mich neben Gloria Vanderbilt. Nach dem Zwischenfall war sie sofort ins Krankenhaus gebracht worden. Seitdem hatte ich sie nicht wieder gesehen.

»Warum, glauben Sie, wollte Valetti Sie umbringen, Gloria?«, fragte ich.

Sie schaute mich an, dann Phil. »Ich muss mich bedanken«, sagte sie. »Ich hatte noch keine Gelegenheit dazu.«

»Später«, sagte ich. »Das ist jetzt unwichtig.«

»Für mich nicht. Valetti hätte mich umgebracht. Ich habe es laut und deutlich gehört. Ich hatte ihm angeblich zu große Ohren.«

Wir kamen dem Kern der Sache näher.

»Sie haben etwas belauscht?«

»Nicht direkt«, antwortete sie ruhig. »Er telefonierte und ich bin ins Zimmer gekommen. Das ist eigentlich alles.«

»Was haben Sie gehört, Gloria?«, fragte Phil, der sich

neben die Frau mit dem schwarzen Kurzhaar gestellt hatte und ihr eine Hand auf die Schulter legte.

»Er verabredete mit jemandem einen Code«, antwortete Gloria Vanderbilt sofort. »Er sagte, alles solle so laufen, wie es abgesprochen sei. Niemand könne noch etwas ändern. Falls jemand das versuchte, wäre es ein Trick. Und selbst wenn er selbst noch etwas ändern wolle, sollte der andere damit rechnen, dass jemand ihn mit vorgehaltener Waffe dazu zwang.«

Ich verstand nicht viel von dem, was sie sagte. Ich nahm mir eine Zigarette, weil sie zu reden aufhörte und einen Schluck Kaffee trank.

»Einen Code«, sagte ich dann.

Sie nickte ernsthaft. »Ja, wie im Krimi oder in einem Spionagethriller. Er sagte, nur derjenige, der den Codenamen ›Venedig‹ nenne, könne noch etwas am Ablauf verändern. Auf den habe der andere zu hören.«

»Venedig?«

»Richtig«, nickte Gloria. »Was das alles zu bedeuten hat, weiß ich auch nicht. Aber allem Anschein nach war es so wichtig, dass er mich deswegen umbringen wollte. Oder?«

»Ja«, sagte ich, beugte mich nach rechts und küsste sie auf die verpflasterte Wange. »Nun haben wir uns zu bedanken. Falls Sie einen Wunsch haben, Gloria, nennen Sie ihn. Ich bin mir mehr als sicher, dass Sie ihn erfüllt bekommen.«

»Rubys Club«, sagte sie. »Falls er den nicht mehr selbst führen kann, wollte ich genug Geld haben, dass ich ihn übernehmen kann. Aber das ist natürlich unmöglich. Ich weiß, dass ...«

Ich stand auf und schaute sie an. Den Senator, den Bürgermeister, den First Attorney und den Polizeichef. »Was ist?«, fragte ich. »Ich höre nichts, Gentlemen. ›Venedig‹ heißt das Zauberwort und wir sind viereinhalb Stunden von der Katastrophe entfernt.«

»Ich sorge dafür, dass Sie den Laden übernehmen

kann, wenn ich aus Rutland abreisen und vorher nach Washington durchgeben kann, dass alles in Ordnung ist, Mr. Cotton. Dass die Michigans eine reiche Familie sind, liegt an der Sparsamkeit ihrer Vorfahren. Aber ich sorge dafür und ich werde mir einen Teil der Kosten wieder reinholen.«

»Okay, Gloria«, sagte ich. »Sie sind gerade Clubbesitzerin geworden. Ein Laden ohne Schulden.«

»Das ist nicht wahr«, stammelte sie. »Das ist doch nicht wirklich wahr, oder?«

»Tut uns Leid, aber es ist so«, sagte Phil. Er musste sie vom Stuhl hochziehen und sie mit sanfter Gewalt wieder nach draußen schieben.

»Glauben Sie wirklich, dass sie reinkommen, Mr. Cotton?«, fragte der Bürgermeister. »Ich meine, dass Sie vielleicht …«

»Wo ist Miss Lyer?«

»Schläft nebenan. Sie will sofort geweckt werden, wenn es etwas Neues in der Sache gibt.«

Ich schaute aus dem Fenster. Wolken ballten sich über der Stadt, wahrscheinlich über dem ganzen Staat Vermont.

»Wecken Sie sie«, sagte ich. »Lieutenant Jamason soll zum Lone Star Hotel gehen und die schöne Jane Basset herbringen. Ich bin sicher, sie ist ganz wild darauf, uns zu helfen. Und ich bin sicher, sie weiß genauso wenig wie Ruby, auf was sie sich eingelassen hat.«

Der Polizeichef schickte Lieutenant Jamason los. Jamason war mir richtig ans Herz gewachsen. Ich fragte mich, was wir ohne seine Hilfe gemacht hätten. Alles wäre verdammt viel schwerer gewesen.

Es dauerte zehn Minuten, dann erschien Susan Lyer. Sie hatte geduscht, roch nach Parfum und die blonden Haare waren noch nass.

Ich schaute sie an. Sie hatte etwas geschlafen, aber sie sah bleich aus und genauso erschöpft wie alle anderen im Rathaussaal von Rutland.

Hass, hatte sie gesagt. Hass würde einen Mann wie Mulder wieder zu Verstand bringen.

Ich wusste in diesem Moment verdammt gut, wie man Mulder zum Hassen bringen konnte. Dazu brauchten wir Jane Bassets Hilfe. Dass sie sich auf unsere Seite schlug, wenn sie erfuhr, um was es ging, das stand für mich felsenfest. Schönheiten wie sie verspürten nicht die geringste Lust, sich in der Blüte ihres Lebens von der Welt zu verabschieden. Mit dem Gedanken musste sie sich, genau wie wir es getan hatten, vertraut machen, wenn sie sich quer legte.

Auf dem runden Tisch, mitten im Rathaussaal, lag eine Detailkarte von der Steuerzentrale des Reaktors, in der sich Mulder zusammen mit drei weiteren Männern aufhielt.

»Ich will alles erklärt haben«, sagte ich. »Ich will, dass Sie mir jeden Handgriff erklären, Miss Lyer. Wenn ich da reinkomme und mit Mulder geht etwas schief, dann muss ich die richtigen Schalter und Knöpfe bedienen können, um die Katastrophe zu stoppen. Ich darf nicht den kleinsten Fehler begehen. Denken Sie, ich sei ein kleines Kind und schwer von Begriff.«

Miss Susan Lyer stellte keine Frage. Sie setzte sich an den Tisch, zog die Karte an sich heran und nahm einen Rotstift zur Hand.

»Noch eine Frage«, sagte ich. »Ist einer der vielen Monitoren geeignet, das normale Fernsehprogramm zu empfangen?«

»Ja.« Susan Lyer nickte. »Der Monitor rechts oben in der Ecke ist ein normales Fernsehgerät, Mr. Cotton. Während der Nachtschicht ist er beinahe durchgehend eingeschaltet. Das lenkt ab.«

Phil und Senator Michigan drängten sich neben mich. »Was, verdammt, haben Sie vor, Cotton?«, fragte der Senator und vergaß vor Aufregung zum ersten Mal den Mister vor meinem Namen.

»Ich verstehe auch kein Wort mehr«, sagte Phil.

»Und noch was, ich lasse dich da nicht alleine reinspazieren.«

»Ich kann schon auf mich aufpassen, Kleiner.«

»Sicher«, sagte er. »Kann mich auch nicht kümmern, wenn sie dich über den Haufen schießen, großer Held. Es geht mehr darum, dass auch ein zweiter Mann die verdammte Katastrophenmaschinerie außer Gefecht setzen kann. Doppelter Boden, verstehst du, Freund?«

»Okay, dann kümmere du dich schon mal um den Maskenbildner vom Städtischen Theater, Phil. Ich denke, die Kerle kennen uns und lassen uns mit diesem Gesicht auch mit dem passenden Codewort nicht rein.«

»Ich erledige das«, sagte der Bürgermeister. »Mr. Decker soll sich lieber um das kümmern, was Miss Susan Lyer Ihnen beiden zu erzählen hat. Okay?«

»Okay«, nickte ich. »Und noch was, Sir. In einer Stunde brauchen wir den örtlichen Fernsehsender für eine Privatausstrahlung.«

»Das ist eine private Sendeanstalt.«

»Dann bezahlen Sie die Sendezeit. Falls die darauf nicht eingehen, lassen Sie den Sender durch die Marines besetzen. Das ist ein Notstand, Sir.«

Der Bürgermeister zögerte.

»Kümmern Sie sich darum!«, brüllte Senator Michigan. Langsam, aber sicher zeigte der kräftige, robust aussehende Mann Nerven.

Kein Wunder!

Um elf Uhr klingelte in der Schaltzentrale des Reaktors das Telefon. Die Verbindung nach draußen. Mulders Blick hetzte zum schwarzen Kasten. Er saß auf einem hohen Stuhl vor dem Schaltpult. Seine Augen waren rot und seine Hände zitterten. Das Kokain putschte ihn nur noch für Minuten auf. Danach kam die Depression. Mit ihr die Gedanken und dann die

Horrorvisionen. Dann sah er Bilder von Vernichtung, sah Tote und mittendrin Jane Basset, nackt, verlockend, unwiderstehlich. Er war am Ende. Lange hielt er es nicht mehr durch.

Jeff Delmare, der Untersetzte, schnappte nach dem Hörer wie ein Habicht nach seiner Beute. Genau wie allen anderen dauerte es ihm zu lange. Er war nicht gerne eingesperrt.

Nicht in einer Zelle und auch nicht in einem Atom-Ei, dessen radioaktiver Kern langsam unter ihm zu schmelzen begann. Oder doch beinahe.

»Ja?«, fragte er barsch.

»Venedig.«

Delmare atmete einmal durch. Dann legte er die Stirn in Falten. Die Stimme am anderen Ende der Leitung kannte er nicht.

»Alles in Ordnung?«

»Wer bist du?«

»Du musst keine Fragen stellen, sondern zuhören. Maggio, Lopez und Enrique bereiten alles für den Abmarsch vor. Sieht so aus, als seien die Bullen hinter ihnen her. Maggio will kein Risiko eingehen und die beiden Südamerikaner nicht allein lassen. Verstehst du?«

»Nein«, sagte Delmare. Er zündete sich eine Zigarette an. »Wenn das ein Witz sein soll ...«

»Wenn du es so auffasst, dann viel Spaß auf der Bombe, Freund. Maggio hat mir gesagt, dass du schwer von Begriff bist. Aber er hat auch gesagt, dass du eindeutige Befehle bekommen hast, an die du dich gefälligst zu halten hast.«

»Und welche?«

»Dass du Gewehr bei Fuß stehen sollst, wenn das richtige Wort fällt. Ist das vielleicht nicht so?«

Delmare brummte. Das hatte Maggio gesagt. Aber er hatte dennoch ein ungutes Gefühl.

»Weiter?«, fragte er.

»Zwei Mann kommen in genau einer halben Stunde. In einem weißen Jeep. Sag denen draußen Bescheid. Der Jeep fährt mitten durch die Linie, die die Marines um das Ei gelegt haben. Ihr öffnet die Tür von innen, lasst die Männer rein und dann wieder zu die Klappe. Die oben sollen aufpassen, dass sich nicht zufällig die amerikanische Landstreitmacht mit hineinschmuggelt. Verstanden?«

»Im Grunde schon.«

»Dann bist du doch intelligenter, als Maggio dich beschrieben hat. Ich konnte mir auch nicht vorstellen, dass ein Schwachkopf eine so wichtige Aufgabe erfüllt.«

»Wie war das Codewort nochmal?«

»Willst du mich verscheißern?«

»Das Codewort, Freund.«

»Venedig. Und wenn du mich noch weiternervst, dann kannst du von mir aus da drinnen verfaulen. Dann rühre ich keinen Finger mehr. In einer halben Stunde.«

»Ihr habt uns verdammt lange schmoren lassen.«

»Unsinn. Frag Mulder. Es sind noch mehr als drei Stunden bis zur Katastrophe. Das war alles.«

Es klickte. Die Leitung war tot.

Delmare starrte auf den Hörer, den er wie eine Waffe umklammert hielt.

»Was ist?«, fragte Hank Mulder.

»Wie lange noch bis zum kritischen Moment, Professor?«

Mulder schaute zur Uhr. »Dreieinhalb Stunden«, antwortete er. »Was ist los?«

»Maggio schickt zwei frische Leute. Wahrscheinlich die Ablösung.«

Mulder wischte sich den Schweiß von der Stirn. »Wenn sich Maggio nicht beeilt, Delmare, sind wir alle verloren. Noch dreieinhalb Stunden. Danach lässt sich die Katastrophe nicht mehr aufhalten.«

Delmare fluchte leise. »Du wirst doch nicht die Nerven verlieren, Professor? Denk an Jane. Sie wartet auf dich. Denk an das schöne Geld, mit dem ihr beide euch ein angenehmes Leben machen könnt. Denk einfach nur an die schönen Dinge im Leben, dann kannst du alles durchhalten, Mann.«

Mulder fluchte leise. Er stand auf, holte sich einen Kaffee und setzte sich wieder. Rote Kontrollleuchten flackerten schon seit einigen Stunden. Sie würden noch dreieinhalb Stunden, vielleicht auch noch etwas länger flackern. Den akustischen Alarm hatte Mulder ausgestellt.

Delmare weckte die beiden anderen Kerle, die sich in der Ecke zusammengerollt hatten und schnarchten. Er sagte ihnen, was er gerade telefonisch durchbekommen hatte. Dann nahm er über Walkie-Talkie Kontakt mit den beiden Männern auf, die draußen zwei Maschinengewehrnester eingerichtet hatten und hin und wieder die Marines beharkten.

»Ein weißer Jeep. Um elf. Ihr lasst ihn durch und gebt Nachricht, wenn er eingetroffen ist!«

Nach dem Telefongespräch, das ich mit dem Untersetzten in der Schaltzentrale des Reaktors geführt hatte, war leichter Optimismus angesagt. Sie würden uns passieren lassen, so viel stand fest. Das war noch keine Garantie, aber ein Schritt in die richtige Richtung. Ein Riesenschritt selbst.

Der Sender war für uns reserviert. Um kurz nach elf begann das Privatprogramm. Jane Basset hatte sich ohne Schwierigkeiten aus dem Hotel abholen lassen und uns Rede und Antwort gestanden. Sie war von Maggio auf Mulder angesetzt worden. Sie wusste, dass etwas mit Syrakus II laufen sollte, aber was es genau war und was es nach sich ziehen konnte, das hatte ihr keiner gesagt. Nachdem wir es ihr gesagt hatten, war sie augenblicklich bereit, alles zu tun, was die Katastrophe stoppen konnte.

Es war so kalt, dass es einem die Därme zusammenzog. Aber weder Phil noch ich froren. Ich lenkte den Jeep langsam die steile Straße hinab ins Tal, in dem Syrakus II gebaut war. Das Gelände wurde wieder flach. Das Tor im Maschendrahtzaun stand weit offen. Die Marines, die hier Wache hielten, waren eingeweiht. Kurz dahinter, außer Sichtweite des Eies, hielt ich den Wagen an.

Zwei Offiziere, Major Enzo Jonkers und Captain Joe Morgan, kamen heran. Sie grüßten militärisch. Ich wusste nicht, was man ihnen gesagt hatte, aber sie hielten Phil und mich für hohe Tiere.

»Sie gehen rein?«, fragte der Major.

Phil nickte und tastete automatisch nach seiner Langhaarperücke. Sie hielt, genau wie der Schnäuzer, dem sie ihm verpasst hatten. Wenn wir so in New York aufgetaucht wären, hätte uns nicht ein Kollege erkannt. Aber das war auch der Sinn der Übung gewesen.

»Sobald Sie da drinnen Klarschiff gemacht haben«, sagte Jonkers, »werden meine Jungs die beiden verdammten MG-Nester ausheben. Es hat einen meiner Männer das Leben gekostet.«

»Wir geben Ihnen dann auf irgendeine Art und Weise Nachricht«, sagte ich.

Jonkers und der Captain salutierten.

Wir fuhren weiter. Phil rauchte hastig noch einige Züge und schnippte die Zigarette dann aus dem Fenster in den Schnee.

Das Ei tauchte vor uns auf. Wir passierten eine Schützenkette der Marines. Es wimmelte von Militär. Zwischen den Gebäuden, die vom Ei aus gar nicht einzusehen waren, hielten sich ebenfalls Marines auf. Die Kerle, die die Maschinengewehre bedienten, hatten, sobald drinnen alles klar war, wirklich nicht den

Hauch einer Chance, wenn sie sich nicht augenblicklich ergaben.

»Ich habe mich auch schon besser gefühlt«, sagte Phil.

»Ich auch«, sagte ich. Ich versuchte ein Grinsen. Es misslang auf der ganzen Linie. In meiner Brusttasche hatte ich den zusammengefalteten Schaltplan, den Susan Lyer uns mitgegeben hatte. Die Schalter und Knöpfe, die wir nacheinander zu bedienen hatten, waren nummeriert. Wenn wir von eins bis siebzehn gekommen waren, war die Katastrophe gestoppt. Was wir dann ausgelöst hatten, wusste ich nicht. Das hatte Phil und mich auch nicht zu interessieren.

Als wir nach oben schauten, war eines der MG-Nester auf halber Höhe des Atom-Eies zu sehen. Die Kerle hatten sich in einer Art Anstand verschanzt.

Ich verlangsamte das Tempo und fuhr direkt auf die riesige Tür des Eies zu, die sogar einem Flugzeugfrontalabsturz standhalten sollte.

Genau wie die ganze Konstruktion.

»Auf Luftangriffe haben die sich vorbereitet«, sagte ich zu Phil, als ich den Jeep vor der Tür anhielt. »Aber eine Hand voll Gangster nehmen die ganze Anlage mit etwas Hilfe von innen im Sturm.«

Phil knurrte etwas Unverständliches.

Wir stiegen aus und legten die letzten Schritte zu Fuß zurück. Irgendwo knackte es, als würde der yarddicke Stahlbeton bersten. Es war der elektronische Schließmechanismus der Tür, die nach diesen beinahe Furcht einflößenden Geräuschen nun aufschwang.

Gerade so weit, dass Phil und ich uns reinschieben konnten. Dann wieder die knackenden Geräusche, als sich die Tür hinter uns schloss.

Wir befanden uns in einem Labyrinth aus Treppen, Rosten, blitzenden Maschinen und offenen Gängen, die in alle Richtungen verliefen. Die Gefahr, dass wir uns verliefen, bestand nicht.

Zwei Männer erwarteten uns hinter der Tür. In einem erkannte ich auf den ersten Blick den Mann, der in Intoshs Haus hinter der lockigen Blondine aufgetaucht war und ihr die 45er ins Haar gedrückt hatte. Der Kerl starrte mich an wie einen Geist. Vielleicht versuchte er sich zu erinnern, ob er mich schon einmal gesehen hatte. Das war sinnlos. Der Maskenbildner der Städtischen Bühnen von Rutland war ein Meister seines Fachs. Niemand konnte in mir den G-man erkennen, den sie niedergeschlagen und in der Halle von Intoshs Haus liegen gelassen hatten. Der Kerl hielt auch jetzt die 45er Automatic in der Faust und zielte auf meinen Kopf.

»Sei vorsichtig«, warnte ich. »Das Ding könnte losgehen. Dann ist Maggio dein Feind.«

Der Schwarzhaarige fluchte leise. »Kennst du die Typen?«, wandte er sich dann an seinen Partner. Der hatte mittelblondes, etwas zotteliges Haar und hielt eine UZI in den Händen.

»Noch nie gesehen«, sagte er. »Muss aber in Ordnung sein, sonst hätte Jeff Delmare sie nicht reingelassen.«

Ungewollt tat er Phil und mir einen Gefallen, indem er uns den Namen des Untersetzten nannte, mit dem wir es bald zu tun bekommen würden.

Sie suchten Phil und mich nach Waffen ab. Sie fanden nichts, mit dem wir ihnen gefährlich werden konnten. Wir hatten keine Waffen mitgenommen, weil wir von Anfang an damit gerechnet hatten, dass sie uns die abnehmen würden.

»Kommt mit!«

Der Schwarzhaarige mit der 45er ging voraus. Der Mittelblonde mit der UZI schlurfte wie ein alter Mann hinter uns her. Es ging einige verwinkelte Gänge entlang. Dann tauchte die Glaskuppel vor uns auf, die sich über der Schaltzentrale spannte. Dann sahen wir Professor Hank Mulder und Jeff Delmare, den Untersetzten. Auch der war mir gut in Erinnerung. Es war der Typ mit dem pechschwarzen, in der Mitte gescheitelten Haar. Einer der Entführer von Ellen Sue Detering.

Ich schluckte und spürte meine Handflächen feucht werden. Der Eingang zur Glaskuppel stand offen. Delmare hatte sich seitlich davon aufgebaut. Er war nicht bewaffnet. Seine Maschinenpistole stand an irgendeinem Schaltpult, ganz links. Sein Blick glitt prüfend über Phil und mich.

»Sag den Kameraden, sie sollen die Waffen aus meinem Kreuz nehmen«, sagte ich. »Das macht mich über alle Maßen nervös.«

Phil kümmerte sich nicht um den Dialog. Unbeirrbar setzte er seinen Weg fort, kreuzte die Schaltzentrale und blieb neben dem schwitzenden Professor Mulder stehen. Dessen Augen waren feuerrot. Er stand am Rand eines Zusammenbruchs. Das Kokain hatte ihn ausgehöhlt. Dazu das schlechte Gewissen, das er sicherlich hatte, und die Fragen, was aus Jane geworden war und wann er sie wiedersah.

»Was wollt ihr hier?«, fragte Delmare.

»Mulder helfen und alles für den Abmarsch fertig machen«, antwortete ich. »Draußen sind die Sachen so gut wie geregelt.«

»Kommt der Professor nicht alleine klar?«

Ich zuckte mit den Schultern. »Keine Ahnung«, sagte ich. »Ich tue, was Maggio gesagt hat. Für was anderes werde ich nicht bezahlt.«

Reden und nochmals reden. Ich musste sie einlullen, ihre scharfe Wachsamkeit stumpf machen und sie davon überzeugen, dass Phil und ich auch wirklich zu ihnen gehörten. Und nebenher musste ich noch nach einer Chance suchen, an die MPi von Delmare heranzukommen, die an dem Schaltpult lehnte.

»Dann helft dem Professor mal«, sagte Delmare.

»Ich kann mir nicht helfen«, sagte der andere

Schwarzhaarige, den ich ebenfalls aus Harry Intoshs Haus kannte. »Ich vertraue den Burschen nicht.«

Ich tat so, als hörte ich nicht auf das, was er sagte. Ich ging zu Phil und zu Mulder. Ich deutete auf die Uhr.

»Drei Stunden bis zum Super-GAU, Mulder«, sagte ich leise. »Ist es das wert?«

Er zuckte zusammen. Seine Augen weiteten sich. Er war übermüdet und durcheinander von dem vielen Kokain, aber er verstand mich ausgezeichnet.

Ich legte die Skizze von Susan Lyer auf den Tisch vor Mulder. Sie hatte das Schriftstück abgezeichnet. Mulder sah die Unterschrift. Seine Hände zuckten.

»Dann fangen wir mal an«, sagte Phil.

Delmare kam heran. »Schalt mal das Fernsehen ein«, sagte ich zu ihm. »Maggio hat gesagt, er lässt uns über Schirm eine Nachricht zukommen.«

Delmare wandte sich an den Mittelblonden mit der UZI. »Schalt mal ein«, sagte er.

Ich trat nach rechts, zündete mir eine Zigarette an und wanderte an den Schaltpulten entlang, auf dem die roten Warnleuchten wie verrückt zuckten. Ich knurrte etwas Unverständliches und schüttelte immer wieder den Kopf.

»Ist etwas nicht in Ordnung?«, fragte Delmare besorgt.

»He, Professor!«, rief ich. Inzwischen hatte ich mich mehr als zehn Yards von Mulder und Phil entfernt. »Wie lange noch?«

Mulders Blick huschte zur Uhr, die sich neben dem Fernsehschirm befand.

»Drei Stunden«, sagte er dumpf.

Dann sprang die Mattscheibe mit Verzögerung an.

Ich brauchte nicht hochzuschauen, wie die anderen es taten. Ich wusste, dass Jane Basset vor der Kamera saß und ins Objektiv lächelte wie eine Schlange, bevor sie dem Beutetier die giftigen Zähne ins Fleisch hieb.

»Du hast doch nicht geglaubt, dass ich hier draußen auf dich warte, Hank«, fragte die Fernsehstimme von Jane Basset. »Verdammter Idiot! Wir haben dich nur gebraucht! Du hast deine Schuldigkeit getan!«

Mulders Schrei hallte von der Glaskuppel zurück.

Ich schaute nicht zu ihm. Ich konzentrierte mich auf die verdammte UZI, die noch vier Schritte von mir entfernt an dem Schaltpult lehnte.

»Hast du wirklich geglaubt, ich würde mit einem Kokain schnupfenden Professor meine Tage verbringen, Mulder?«

Erneut der Schrei von Mulder.

Delmare wirbelte zu mir herum. Ich beherrschte mich. Ich blieb stehen. Mein Blick war starr auf das Schaltpult mit den flackernden Lichtern gerichtet.

»Was soll das, verdammt?«, schrie Delmare.

»Was geht mich das an, was der Alte da mit seiner Flamme hat!«, schrie ich zurück. »Ich habe etwas anderes zu tun!«

Delmare schluckte es.

Die beiden anderen auch.

Aus den Augenwinkeln heraus beobachtete ich Phil, der damit begonnen hatte, nach Susan Lyers Aufzeichnungen die ersten Schalter umzulegen und Knöpfe zu drücken.

»Ein Kokain schnupfendes Ungeheuer«, schleuderte Jane Basset in die Kamera. »Du fliegst mit deinem verdammten Scheißding in die Luft, Mulder! Maggio und ich werden dann …«

Zum dritten Mal schrie Mulder gellend auf. Er ruderte wild mit den Armen und stürmte nach vorn.

Delmare wich ihm aus. Der Mittelblonde mit der UZI ebenfalls. Der Schwarzhaarige mit der 45er blieb stehen. Mulder erwischte ihn mit einem absolut unkontrollierten Schlag. Der Kerl verlor die 45er. Sie schepperte auf den Steinboden und knallte gegen einen Computerunterschrank.

»Der Kerl spielt verrückt!«, schrie Delmare.

Ich drehte mich um und machte gleichzeitig einen schnellen Schritt in Richtung Maschinenpistole. Ich sah Phil. Er kümmerte sich um nichts anderes als darum, nach Susan Lyers Anweisungen die verdammten Schalter umzulegen und die Knöpfe zu drücken. Erst dann, das war abgesprochen, würde er blitzschnell auf Tauchstation gehen.

»Ich hoffe, du kannst mich gut sehen und hören, Mulder ...«, sagte Jane Basset vor der Kamera.

Mulder ließ sich fallen, krümmte sich zusammen. Seine Glieder zuckten. Die schweren Schuhe schrammten über den Steinboden. Mulder rutschte auf den Computerschrank zu, wo die 45er lag.

Im selben Sekundenbruchteil sprang ich zur Seite, tauchte ab und warf mich auf die UZI zu.

Der Mittelblonde, der ebenfalls eine UZI in den Fäusten hielt, wurde von Mulder abgelenkt. Er konzentrierte sich nur auf ihn.

Mit weit nach vorn gestreckten Händen erwischte ich die automatische Schnellfeuerwaffe. Ich riss sie an mich und drehte mich wahnsinnig schnell auf die Seite.

»Phil!«

Phil sprang auf Jeff Delmare zu. In der Nähe des Gangsters war er am sichersten.

Der Mittelblonde warf sich herum. Die Maschinenpistole in seinen Fäusten begann zu tanzen. Einen Feuerstoß lang. Dann zerriss die brüllende Explosion des Schusses, den Mulder aus der 45er Automatic abfeuerte, die kurze Pause zwischen zwei Feuerstößen.

Ich hielt die UZI in der Hand und sprang auf.

Delmare versuchte, nach Phil zu schlagen. Er verfehlte ihn. Der Untersetzte mit dem lächerlichen Mittelscheitel wich nach rechts aus. Sein Partner, dem Mulder die 45er Automatic aus der Hand geschlagen hatte, folgte ihm.

Mulder kniete auf dem Boden. Seine Augen waren weit aufgerissen. Er starrte auf den Kerl, der eben noch mit der UZI auf mich geschossen hatte. Der konnte niemandem mehr gefährlich werden. Wahrscheinlich aus Zufall hatte Mulders Geschoss den Kopf des Mannes getroffen. Ein Anblick, der einem Mann wie Mulder schon auf den Magen schlagen konnte.

»Weißt du, was Maggio mir gibt und was du mir niemals geben kannst, Mulder?«, fragte Jane Basset über den Schirm.

Es interessierte Mulder nicht. Er wollte es nicht hören. In sinnloser Wut hob er die 45er und feuerte die nächste Kugel direkt in den flimmernden Schirm.

Phil war aufgesprungen. Er kümmerte sich um nichts. Er werkelte weiter an den Schaltern und den Knöpfen herum.

»Ich habe es gewusst!«, kreischte der Kerl neben Jeff Delmare. »Die versuchen, uns reinzulegen, Jeff!«

Ich ließ die Maschinenpistole hochschwingen.

Der Schweiß rann mir in Strömen über das Gesicht. Er verwischte die Theaterschminke und ließ mein wirkliches Gesicht langsam, aber sicher zum Vorschein kommen.

Delmare starrte mich an. »Der FBI-Bulle!«, presste er hervor. Er wollte einen Schritt in meine Richtung kommen. Im letzten Moment überlegte er es sich zu seinem Glück anders.

»Auf den Boden!«, schrie ich die beiden Gangster an. »Das Gesicht auf die Steine! Die Hände im Nacken kreuzen!«

Sie tauchten.

Mulder saß auf dem Boden und drehte die 45er in seiner Hand. Geistesabwesend starrte er auf die zertrümmerte Mattscheibe. Sein Körper wurde im Krampf geschüttelt. Tränen rannen über sein graues Gesicht.

»Ich habe sie geliebt«, sagte er leise. »Ich habe sie

geliebt. Sie war mir mehr wert als mein Leben – viel mehr …«

Sein Schluchzen riss die Worte auseinander.

»Es ist vorbei«, sagte ich leise. »Es waren drei Stunden bis zum Super-GAU. Jetzt ist es hoffentlich eine Ewigkeit bis dahin.«

»Ich habe sie geliebt – sie war mir mehr wert, als mein Leben …«

»Mulder!«

Es ging so schnell, dass ich es gar nicht verhindern konnte. Er drehte die verdammte 45er, richtete den Lauf gegen seinen Brustkasten und feuerte.

Phil wirbelte herum. »Verdammt, nein!«

»Mach weiter, Phil!«

Ich ging zum Telefon und hob den Hörer ab. Meine Finger waren steif, als ich die Nummer eintippte.

Michigan meldete sich. Seine Stimme war vor Aufregung kaum zu verstehen.

»Cotton und Decker«, sagte ich. »Rufen Sie Washington an, Senator. Sagen Sie denen, die Uhren sind drei Stunden vor dem Super-GAU stehen geblieben.«

»Hören Sie, Mr. Cotton …«

»… keine Ansprachen, keine Orden, Senator. Nicht! Nur einen verdammten Schlusspunkt.«

Ich schaute zu Phil. Er nickte. Der Schweiß rann in wahren Sturzbächen über sein Gesicht. Seine Knie zitterten. Er musste sich festhalten, um nicht zusammenzubrechen. Er versuchte ein Grinsen, aber es wurde zu einer Fratze. Dann ließ er sich zu Boden gleiten, setzte sich und zündete sich eine Zigarette an. Das Päckchen flog zu mir. Ich fing es mit einer Hand auf.

»Sind Sie noch dran, Mr. Cotton?«

Es war Susan Lyers Stimme.

»Ja.«

»Lonnigan, Pinter und ich kommen jetzt raus«, sagte sie.

»Kommen Sie etwas später, Susan«, sagte ich. »In

einer halben Stunde, wenn die Marines hier drin gewesen sind.«

»Mulder ...?«

»Ja«, sagte ich. »Und bei Gott, ich wollte, ich hätte es verhindern können.«

»Er hat es selbst getan?«

»Ja.«

Sie legte auf. Was sollte sie auch sagen? Es gab nichts zu sagen. Auch Phil und ich schwiegen. Wir warteten darauf, dass die Marines draußen für Ordnung gesorgt hatten, darauf, dass sie hereinkamen, dass sie uns ablösten und wir verschwinden konnten.

Nach irgendwohin. Weg aus Vermont. Weg von der Beinahe-Katastrophe, von der die Welt hoffentlich nie etwas erfuhr.

ENDE

Jerry Cotton ist die erfolgreichste Kriminalromanserie der Welt. Die Gesamtauflage der Serie liegt bei über 800 Millionen Exemplaren und wird in über fünfzig Ländern der Erde gelesen
BASTEI-LÜBBE präsentiert für alle Freunde des Kriminalromans drei lange vergriffene Ausgaben der Jerry-Cotton-Taschenbücher in einer Sonderausgabe.

Dieser Band enthält die Romane:

Die ihre Haut verkaufen
Unternehmen Firebird
So schön wie meine Mörderin

ISBN 3-404-31935–4

BASTEI LÜBBE

Gefährliche Fluten

Der Gansterboss Vincente Cesario hatte seinem ehemaligen Buchhalter Franco Masone tödliche Rache geschworen, denn der hatte vor Gericht gegen ihn ausgepackt. Masone und seine kleine Tochter Jessica erhielten damals im Rahmen des Kronzeugenprogrammes neue Identitäten – doch jetzt waren ihnen Cesarios Killer wieder auf den Fersen. Mein Partner Phil Decker und ich, der FBI-Agent Jerry Cotton, sollten die beiden schützen, und Jessica, inzwischen eine junge Frau, verliebte sich Hals über Kopf in mich.
In dem kleinen Ort Henderson in Colorado kam es schließlich zum mörderischen Showdown. Ein Jahrhundert-Unwetter tobte, und die Killer sprengten den Damm. Die Wassermassen rollten auf Henderson zu, und in diesen Katastrophen-Szenario veranstalteten die Gangster eine gnadenlose Jagd auf uns …

3–404–31486–7

BASTEI LÜBBE

›Jeder Roman von Ridley Pearson ist ein Highlight des Thriller-Genres.‹ *WASHINGTON TIMES*

Am Strand von Puget Sound wird ein großer Metallcontainer angespült, aus dem menschliche Schreie dringen. Die Küstenwache verständigt Lou Boldt von der Polizei in Seattle. In dem Container befinden sich neun halb verhungerte Chinesinnen und drei Leichen. Ganz offensichtlich handelt es sich um illegale Einwanderer, und Lou beginnt mit seinen Ermittlungen, um den skrupellosen Menschenhändlern das Handwerk zu legen. Doch die Verbindungen der Schlepper-bande reichen weit in die höchsten Kreise hinein, und nur wenige haben ein Interesse an dem, was Lou ans Tageslicht bringen möchte …

Die Gierigen und die Toten

In New York wird der zwielichtige Geschäftsmann Mark Ryan auf einem Schrottplatz erstochen, und sein Leichnahm verschwindet mitsamt Wagen in der Schrottpresse. Keine Spur soll von ihm zurückbleiben. Aber die gewissenlosen Gangster ahnen nicht, dass sie bei ihrer Tat beobachtet werden – von dem jungen Johnny Greene und seiner Freundin. Als sich Johnny an den FBI-Agenten Jerry Cotton wendet, gerät dieser in ein verzwicktes Verwirrspiel aus Erpressung, Entführung und Mord. Denn Mark Ryan soll nicht der einzige Tote in dieser Nacht bleiben, und bald steht Cotton selbst auf der Todesliste brutaler Gangster …

3–404–31485–9

BASTEI LÜBBE